JUAN CRIOLLO

COLECCIÓN CLÁSICOS CUBANOS # 23

EDICIONES UNIVERSAL, 2013

Carlos Loveira

JUAN CRIOLLO

ESTUDIO PRELIMINAR Y NOTAS DE
CARLOS RIPOLL

..EDICIONES UNIVERSAL

Primera edición, Cultural S.A., Cuba, 1927
Las Americas Publishing Co., New York, 1964
Primera reedición de Ediciones Universal, 2013
Colección Clásicos Cubanos # 23

EDICIONES UNIVERSAL
P.O. Box 450353 (Shenandoah Station)
Miami, FL 33245-0353. USA
Tel: (305) 642-3234   Fax: (305) 642-7978
e-mail: ediciones@ediciones.com
http://www.ediciones.com

ISBN-10: 1-59388-248-7
ISBN-13: 978-1-59388-248-8

ESTUDIO PRELIMINAR

CARLOS LOVEIRA

(1882 — 1928)

El Hombre

Muchos aspectos de la vida de Carlos Loveira no han podido ser aclarados suficientemente. La misma trayectoria de su quehacer político, dentro del movimiento socialista americano, espera el detallado estudio que nos muestre todas sus luchas, esperanzas y desilusiones. Un dato tan sencillo como el lugar de su nacimiento, sigue siendo motivo de discrepancias. En un artículo periodístico publicado en La Habana el pasado año, comentando la nueva edición de *Generales y Doctores* y *Juan Criollo*, se dijo de la procedencia de Loveira: "Algunos lo consideran nacido en Matanzas, ciudad donde vivió mucho tiempo y que conocía perfectamente según demuestra su novela *Los Ciegos*. Recientemente se me aseguraba, en un seminario de profesores de segunda enseñanza, que en Placetas lo tienen como hijo de aquella población. Y hay quien considera que nació en Camagüey, quizás por el tiempo que trabajó en aquella provincia como obrero ferrocarrilero."[1] Su vida privada y los numerosos viajes que realizó están llenos de lagunas y alguna vez de verda-

---

[1] Salvador Bueno, "Lo que se sabe de Carlos Loveira," *El Mundo*. 6 de noviembre de 1963.

dero misterio. Hasta la fecha de su muerte anda anotada por ahí con inexplicables diferencias.[2] Mientras esperamos el trabajo erudito que nos descubra toda su interesante y riquísima vida,[3] dejemos hablar al propio novelista. En 1927, con ocasión de haberse publicado *Juan Criollo,* hizo las siguientes declaraciones:

> Hace cuarentaicinco años, [1882] nací en El Santo, pueblecito de las orillas del Sagua la Chica [Provincia de Santa Clara]. Pueblecito típico, de una sola calle digna del nombre, que por ambos extremos se prolonga en carretera. Mi padre, "gallego" que comenzaba a luchar, murió allí cuando yo tenía tres años. Cuando tenía nueve, en Matanzas, mi madre pasó de la cocina de una casa rica al Hospital Santa Isabel y de allí al Cementerio San Carlos.
>
> Al principio de mi vida fuí obrero en todo lo que pude. Aquella familia de Matanzas, en cuya cocina enfermó de muerte mi madre, emigró cuando se supo que venía Weyler. En New York, vendiendo dulces y frutas, en las calles, aprendí el inglés. Fuí expedicionario, desde Tampa [a los diez y seis años con el general José Lacret Marlot]. La experiencia como filibustero me sirvió más tarde para dos capítulos de *Generales y Doctores.* Entré en Camagüey con las fuerzas libertadoras [1898]. Saber inglés era enton-

[2]Eduardo Agüero Vives —mencionado en las páginas de la primera obra importante de Loveira: *De los 26 a los 35* (1917)— quien acompañó al novelista en muchos de sus viajes y le evocara como su "amigo, compañero y maestro," dijo que fue "enterrado en el panteón de los Periodistas en el Cementerio de Colón en la tarde del 26 de noviembre de 1929." ("Carlos Loveira un activo trabajador social," discurso pronunciado en "La Casa de los Poetas de Cuba," el 26 de noviembre de 1946, p. 5). Guillermo Martínez Márquez, "amigo y admirador" del escritor, obrero, dijo en 1929: "Al morir repentinamente el 8 de diciembre último, había publicado cinco novelas, etc." ("Carlos Loveira. Su vida, su obra," *Repertorio Americano,* Vol. XVIII, No. 16 (1929), p. 250). Y Emilio Roig, por cuya gestión se publicó la primera novela de Loveira, da como fecha de su muerte el 18 de diciembre de 1928 desde las "Notas" de la revista *Social.* Vol. XIV, No. 1 (enero 1929), p. 5.

[3]El profesor J. Riis Owre de la Universidad de Miami —a quien agradecemos datos biográficos de este prólogo— ha realizado generosos esfuerzos de investigación con tal fin, y promete publicar un exhaustiva monografía.

ces algo así como encontrarse uno, de la noche a la mañana, con un acta de representante en las manos. Vivía bien. Después, hasta las piedras comenzaron a saber inglés, y tuve que ser retranquero, guarda-equipajes, conductor de trenes de caña, y más tarde maquinista, jefe de trabajos de construcción [1903-1908]. Fuí todo eso en el Canal de Panamá, en el Ecuador, en Costa Rica, el noble y generoso país, que dió fraternal abrigo a los impacientes conspiradores cubanos, grandes de la patria: los Maceo, Cebreco, Crombet, Loynaz. En Costa Rica fuí un costarricense más, pero un costarricense mimado, dentro de mi modesto ambiente de empleados y obreros. Amo a Costa Rica, casi tanto como a Cuba. Obrero aficionado a la letra de molde, caí en el socialismo.[4] La rebeldía socialista, sea de la modalidad que sea, es el estado perfecto del hombre pobre, que a la vez sea inteligente. Fuí "leader," de acción nacional e internacional, mis últimas labores dentro del laborismo fueron en Washington, al lado de Samuel Gompers, donde llegué a ser Secretario de habla española de la Federación Americana del Trabajo [1915-1916].

Escribí mi primera novela, por necesidades de la propaganda socialista. *Los Inmorales* [1919] tenían por objeto secundar la campaña pro divorcio en Cuba. La crítica con una extensa, espontánea y múltiple dedicación me metió en el caletre que yo tenía madera de novelista. Hombres y publicaciones que sólo conocía a distancia, a enorme distancia física e intelectual de mí, apadrinaron *Los Inmorales*: Justo de Lara, "La Lectura," de Madrid, "El Diluvio," de Barcelona, "Nosotros," de Buenos Aires, "Evening

[4]La ideología política de Loveira no puede ser analizada desde tan modesta introducción. Ante el peligro de una ubicación mal intencionada —muy propia de nuestra época— creemos conveniente dejar anotados los juicios que sobre ese tema hizo Arturo Montori, en un estudio que el propio Loveira alabara un año antes de su muerte. Dijo el crítico sobre la "orientación revolucionaria" del novelista cubano: "Concibe la posibilidad de una transformación social mediante un proceso de lenta pero firme evolución, que conserve para las generaciones herederas el tesoro de la organización material, acumulada por el esfuerzo humano durante muchos siglos, sin sacrificar ninguna generación en el cataclismo revolucionario que ha de volcar el régimen económico-social." "Las novelas de Carlos Loveira," *Cuba Contemporánea*. Vol. XXX, No. 119 (noviembre, 1922), p. 336.

Transcript," de Boston, "La Revue de l'Amerique Latine," de París. En La Habana, las revistas, editoriales de diarios, los Carricarte, Márquez Sterling, Roig de Leuschenring, los generosos hombres de "Cuba Contemporánea," Pedro A. López, Palomares, Tulio Cestero y cien más. Claro: seguí escribiendo novelas, al principio a una por año. Que no deja de ser velocidad (perniciosa velocidad), si no se olvida que ha sido labor al margen del Negociado, las comisiones, los viajes oficiales y los Congresos en el extranjero [después de *Los Inmorales* en 1919, *Generales y Doctores* en 1920, *Los Ciegos* en 1922 y *La última lección* en 1924].

Por los mismos motivos que comencé a hacer novelas, hice periodismo ocasional. Necesidades de la lucha, más que vocación original. En Camagüey, cuando creé la liga Cubana de Empleados de Ferrocarriles [1908] —primera organización de obreros ferroviarios de alcance nacional— fundé "El Ferrocarrilero," que duró tres años. En Sagua tuve el efímero diario "Gente Nueva." En Yucatán, [1913] pertenecí a la redacción del primer diario de sus días: "La Voz de la Revolución." Dos veces fuí su Director interino. En "The Federationist," órgano de la Federación Americana del Trabajo, me atreví a publicar algunos trabajos en inglés [1916]. También hice discursos. Era la época de la fiebre idealista en mí. Tenía un motor, y logré algún renombre como discurseador. Tal renombre fué la base de cierta envidiable personalidad que llegué a tener en el Sur mexicano. Fuí gran amigo de Carranza, de Alvarado, del inolvidable mártir de la emancipación de los indios yucatecos, Felipe Carrillo. Hoy no puedo hacer discursos. Me falta entusiasmo y me sobra autocrítica. Admiro a los que lo hacen seriamente.[5]

Habrá que añadir a este breve recuento de su vida —cuya abundancia informativa se interrumpe con la amarga consideración "Me falta entusiasmo"— que Loveira llegó a ser uno de los cubanos más capacitados en materia laboral. Desde su puesto en la Secretaría de Agricultura como Jefe del Negociado de Colonización y Trabajo, y como representante de su país en importantes congresos

---

[5]Armando Leyva, "Una entrevista con Carlos Loveira," *El País*, Año VI, No. 37, 1927.

internacionales, fue tejiendo una valiosa obra que recogieron, entre otros, sus informes de 1922 sobre la "Tercera
Reunión de la Conferencia Internacional del Trabajo"; el
que publicó en 1926 con el título: *La Séptima Reunión de
la Conferencia Internacional del Trabajo y de la Sociedad
de las Naciones;* y otro sobre la Octava y Novena reunión
de dicha asamblea mundial, un año antes de su muerte.

La casualidad y la vocación hicieron de Loveira un
gran viajero. Conoció toda la América: "Desde Boston a
Buenos Aires y Valparaíso," como dijo de sus andanzas
por nuestro continente. Además, visitó en Europa: Fran-
cia, España, Alemania, Italia, Bélgica, Austria y Suiza.
Insaciable en sus indagaciones, añadió al aprendizaje
cruento de una vida difícil, el que le proporciona-
ban sus lecturas constantes. Sin el fundamento mínimo
de una educación, el valioso autodidacta explicó su forma-
ción intelectual con estas sencillas palabras: "¿Cómo he
adquirido alguna cultura para hacerme un pasable aficionado en el campo de las letras? Porque he sido un
lector omnívoro e incansable; pero con predilección por
las divulgaciones científicas, la filosofía y la literatura.
Porque llevado de un espíritu aventurero he viajado mucho, y porque una indesviable vocación me llevó a perio-
diquear y a ensayar literatura en publicaciones de menor
importancia, desde joven."[6] Así llegó a ser miembro de
la Academia de Artes y Letras de Cuba y a correspon-
diente de la Real Academia Española. Aquella fuerte inclinación literaria también le permitió grabar con honor
su nombre en la novelística cubana y llevar el de la patria
más allá de sus cortas fronteras.

Como Lope de Vega, Torres Villarroel, la Fernán Caballero, Blanco Ibáñez o Valle-Inclán, y de este lado de la
cultura hispánica, como Esteban Echevarría, Isaacs, Rive-

---

[6]Guillermo Martínez Márquez, "Carlos Loveira. Su vida, su
obra," *Repertorio Americano*, Vol. XVIII, No. 16 (1929), p. 249.

ra, Güiraldes, Martín Luis Guzmán o Mariano Azuela, Carlos Loveira pudo alimentar del caudal precioso de sus extraordinarias experiencias, su despierta imaginación de novelista. Casi exageradamente incluye el elemento biográfico en la trama de la ficción; pero su vida cosmopolita, inquieta y trabajosa, aporta el color brillante de lo vivido al cuadro de su producción artística.

No puede ser una coincidencia que los protagonistas de sus novelas, o por lo menos algún importante personaje de ellas, tengan como rasgo fundamental una niñez dura y huérfana: Jacinto Estévanez en *Los Inmorales* e Ignacio García en *Generales y Doctores* fueron, cuando niños, reflejo de los primeros años del novelista.[7] Alfonso Valdés de *Los Ciegos* y el propio Jacinto Estévanez son asimismo obreros en los ferrocarriles. La experiencia del "leader" laboral es la que pinta el fondo de intranquilidad obrerista para *Los Ciegos* o *Los Inmorales*. También de la vida errante de su autor, cruzada de viajes y latitudes, llega a la obra tan notable movilidad y riqueza del escenario. Es por eso que todo lo valioso de su imaginativa se hace difícil

[7]Es tan frágil la frontera entre la realidad y la fantasía de Loveira, que emplea hasta el mismo lenguaje de sus novelas cuando se refiere a su propia vida. Compárense los párrafos de la breve autobiografía que hemos copiado anteriormente, con esta descripcicón del protagonista de *Los Inmorales*: "Era Jacinto Estévanez . . . huérfano de padres menesterosos, en la edad en que se llevan los calzones por la rodilla, fué recogido por rica familia villareña que, en calidad de sirviente, llevóle a los Estados Unidos, en la época en que el general español Weyler, con su famosa reconcentración, engrosaba las filas de los separatistas en el destierro y en la manigua. Poco tiempo después de la llegada a New York . . . de casa en casa, de empleo en empleo, chapoteando la nieve en invierno, derritiéndose en trabajos demasiados fuertes para su edad, en los días de furioso calor neoyorquino, fué adquiriendo algo inapreciable en nuestras latitudes, para la lucha por la vida: el idioma inglés. . . .Trotando tierras por media América; devorando libros en una de veras manía de lectura, y supliendo con su clara inteligencia de criollo la falta de instrucción metódica y la orfandad de toda educación y guía paternal, pudo él procurarse una relativa cultura y cierta mundología, etc." (La Habana: Sociedad Editorial Cuba Contemporánea, 1919, p. 10.

separarlo de la vida real. En *Juan Criollo* el protagonista es contemporáneo de Loveira (nacen en 1882); ambos han tenido como padres un "gallego" y una cubana; sus madres se rinden ante la más terrible miseria cuando quedan viudas. "Cuando tenía nueve, en Matanzas, [ha dicho en su autobiografía] mi madre pasó de la cocina de una casa rica al Hospital de Santa Isabel y de allí al Cementerio San Carlos." También a los nueve años quedó en la orfandad Juan Cabrera. ¿Cuántos rincones de aquella "casa rica" y cuántos de sus moradores no serán los mismos que conoció en la "quinta del Cerro" el que habría de ser Juan Criollo? Y ¿cuántas aventuras y secretos del personaje adulto pertenecen en silencio a la biografía del novelista? Huérfanos y "recogidos," el creador y su héroe parecen dialogar en las páginas de *Juan Criollo* con esa tristeza imborrable de quien, siendo niño y en castigo increíble, le hicieron escribir "mil quinientas veces": "De bo portarme bien, porque no tengo padre ni madre."[8]

Con frecuencia y razón se ha dicho que Loveira murió muy joven. Todos los hombres buenos — no importa la edad que alcanzaron— parecen haber muerto jóvenes; es que siempre ha habido falta de ellos en el mundo. Pero sí es lástima que cuando había llegado a los cuarenta y seis años y acababa de producir *Juan Criollo,* marcando un hito de superación en su técnica y de reflexión en su pensamiento, el valioso escritor cubano muriera pobremente en una sala pública del Hospital de Emergencias de La Habana.

El novelista

Las novelas de Loveira no podrían nunca servir como modelos del mejor estilo tradicional. Hay en ellas un involuntario desdén por la forma que alguna vez parece

---

[8]*Juan Criollo,* p. 73 de esta edición. En lo adelante daremos la página entre paréntesis y a continuación de cada cita.

consciente y hasta rebuscado. Suple la ausencia de todo ornamento y la abundancia de giros menos admisibles del lenguaje, el verismo que logra imprimir a toda narración. No sólo respeta en el diálogo la especial manera de hablar de sus personajes, sino que también recurre a vocablos y a expresiones cubanas para preservar todo el "realismo" de lo que él describe. A pupila y sensibilidad criollas debe corresponder un lenguaje preñado de cubanismos —parece decir desde sus obras— y los incluye, con abundantes alusiones históricas, sin reservas ni medidas en el caudal así complejo de su léxico.[9]

Si bien esas características del estilo reducen el valor formal de su novelística, no logran disminuir el interés de sus valiosas interpretaciones y pinturas vernáculas. Difícilmente pueden encontrarse en la literatura cubana contemporánea descripciones más vivas, con tal economía de trazos, del paisaje urbano y rural de Cuba: sus hombres y mujeres, sus costumbres y miserias. Por eso se ha dicho de él y con justicia: "Este narrador espontáneo es tal vez el más desprovisto de festones literarios; pero también es uno de los que con más naturalidad y acierto ha vertido en las páginas de sus libros la realidad cubana y la verdad humana."[10] Y esto puede lograrlo haciendo gala del conocimiento amplio que le proporcionó la vida, feliz instrumento con el que crea situaciones y personajes perfectos: desde los más humildes hasta los más empinados aristócratas. Pero siempre es mejor cuando describe vicios y defectos, pues a ello le inclina su estética y las tendencias de la época. Así, no toda la realidad queda encerrada en las páginas de *Juan Criollo*, pero muy pocos de los errores

---

[9]Esta peculiaridad del escritor ha hecho que, al preparar la presente edición, se incluyan las más necesarias notas aclaratorias para los lectores no familiarizados con el lenguaje popular y la historia de Cuba.
[10]Juan J. Remos, *Tendencias de la Narración Imaginativa en Cuba* (La Habana: La Casa Montalvo-Cárdenas, 1935), p. 156.

XV

y horrores de la sociedad que él conoció, escapan a su lente de aumento, siempre interesada en lo más vergonzoso y negativo.

"De todos los escritores hispanoamericanos, Loveira es quizás el que más se acerca a Zola."[11] Es por ese motivo que sus obras ofrecen con tanto relieve los excesos de la escuela naturalista. "La nature vue a travers un tempérament" —como definió el pontífice de "le roman expérimental" su técnica de novelista— fue para Loveira como un dogma absoluto que debía regir su producción. No menos que en sus anteriores novelas, *Juan Criollo* presenta las detalladas descripciones del medio que absorbe y condiciona a sus personajes. Josefa Valdés, la madre del protagonista, agobiada por dificultades económicas, es sólo el "juguete de un negro destino de miseria e ignorancia" (p. 41). Su último amante, Don Roberto, el indolente y "criollísimo" jefe de familia que recoge al huérfano, "no había sido bueno ni malo. Muchas de sus maldades eran hijas de las costumbres de su época y de su medio ambiente" (p. 267). Pero la fuerza inexorable del más claro determinismo queda reservada para Juan Cabrera: la condición de sus padres, la orfandad, la falta de hogar, los malos ejemplos y las desafortunadas corrientes históricas que le ahogan la patria, señalan inevitablemente el derrotero de sus pasos y de su pensamiento. Cuando Juan Criollo sufre en la cárcel mexicana las consecuencias de ser "querido" de una mujer de burdel —después que ha abandonado a la esposa y al hijo —también se nos aparece esclavo del accidente vital: "Por ese camino le empujó el azar de su origen, de su educación, de su desvalidez en el mundo" (p. 339).

Dentro de la filosofía determinista no puede concebirse la existencia de hechos y realidades que no se presenten

[11] Arturo Torres-Ríoseco, *Nueva historia de la gran literatura Iberoamericana* (4a. ed., Buenos Aires: Emecé Editores, 1961), p. 181.

perfectamente encadenados. En conscuencia, un observador que conozca un grupo de circunstancias está en posición de dictaminar lo que necesariamente debe surgir de ellas. Es así como Loveira resuelve, en forma simplista, la compleja ecuación humana: "Un hogar decente, una niñez desahogada y varios años de Universidad, pueden conducir a un sillón de Fiscal; por el *solar,* la *bodega* y el cañaveral, fácilmente se llega al banquillo de los acusados" (p. 426). Esas dos situaciones extremas son los límites que marcan la probabilidad de los personajes en la novela. Y no sólo los seres humanos se presentan como víctimas de la externa influencia; la historia misma aparece sujeta a una serie de causas y efectos frente los cuales nada puede la voluntad del hombre.

Ante el esfuerzo infructuoso por modificar el medio, nace en Loveira una marcada inclinación pesimista. En ese aspecto *Juan Criollo* se aparta algo del enfoque usado en sus anteriores novelas, para eliminar así mucho de la propaganda ingenua tan propia de la escuela naturalista. Parece que al final de su vida, el novelista ya había renunciado a la fácil solución de arreglar al hombre mejorando el medio. Surge entonces dominante el pesimismo que se insinuaba en sus anteriores obras. Ya decía Cuco, el personaje de *Los Ciegos*: "Adolfina está enamorada, y le durará poco la perturbadora intensidad del dolor: que así es la condición de nuestra naturaleza. En cuanto a lo demás, para todo lo humano, el dolor precede a lo nuevo, y desde entonces no se queda a gran distancia en ese camino hacia la muerte, que es la vida."[12] Y no menos derrotista se nos manifiesta en algún momento Ignacio Aguirre desde las páginas de *La última lección;* quizás recordando *"Sicut naves,"* el poema afligido de Amado Nervo, llega a confesar: "Uno de mis poetas, dijo del amor que

---

[12]Carlos Loveira, *Los Ciegos* (La Habana: Sociedad Editorial Cuba Contemporánea, 1922). p. 449.

ese sí que pasa como las naves, las nubes y las sombras. Se
afirma que la conclusión es triste, melancólica. Yo creo
que es sublevadora. Porque, valiente vida la que debemos
a Dios. No tiene más que el amor, y el amor dura lo que
una bola de nieve, en el infierno, que dicen los yanquis."[13]
Pero en *Juan Criollo* se agigantan los males del mundo.
El mismo desenlace de la obra confirma la imposibilidad
de suprimir las calamidades que arrastran al impotente
protagonista. Las fuerzas más negativas hacen claudicar
a Juan Cabrera e incluirlo, con sus rebeldías inútiles, en
el río destructor de la vida cubana de aquella época. "¡Qué
sinvergüenza es el mundo!" (p. 254) dice al descubrir
sus miserias. Y Julián, su mejor amigo, desde la posición
ventajosa a la cual le llevó su desaforado utilitarismo, exclama complacido: "¡Cuidado que debo sentirme satisfecho de no haberme quedado atrás en la vida! ¡Qué mundo, chico! ¡Qué jaula de lobos!" (p. 403).

Loveira aprovecha la frustración del protagonista para esbozar las bases de su pensamiento del que brotan
ideas nihilistas. La última decisión de Juan Cabrera
—cuando decide buscar "criollamente" el triunfo— nace
"de tanta seguridad de que no existía Dios, ni alma inmortal, ni Bien ni Mal ni nada ni nadie serio, lógico, trascendental, en el Universo" (p. 415). Y el futuro periodista
que firmará sus escritos con el seudónimo que da título
a la novela, llega a razonar del siguiente modo: "Este
mundo es una especie de pelota de *foot ball,* llena de hormigas, a la cual un jugador desconocido ha dado un tremendo puntapié, lanzándola a dar vueltas por el espacio;
sin que las hormigas tengan la menor idea de dónde vienen, a dónde van, ni para qué van y vienen" (*Ibid*).

Otra particularidad —no ajena a la filiación estética
de Loveira— que logra su mejor manifestación en *Juan*

---

[13]Carlos Loveira, *La última lección* (La Habana: Imp. Rambla, Bouza y Cía., 1924), p. 255.

Criollo, es la preferencia por lo sórdido del carácter y las costumbres de sus personajes. Detrás del determinismo y el pesimismo (con sus derivaciones nihilistas) que estructuran la acción y justifican el desenlace, aparece el impulso erótico como motor primario de la vida. Esta característica del *Juan Criollo* es empleada para presentar las diversas manifestaciones de una tendencia, presuntamente cubana, que mereció el nombre de "juancriollismo."[14] Loveira, cuya ideología socialista le inclina a subrayar las diferencias económicas de las clases, hermana a los cubanos solamente en sus luchas por la independencia y en su erotismo. La rica familia de Ruíz y Fontanills, inmoral y egoísta bajo la máscara de su privilegiada posición, supo pagar con su mejor hijo, Domingo, el precio de la libertad para su patria. Allí terminaron las odiosas diferencias impuestas a la sociedad. Aquel aristócrata "tomó el camino de la Revolución, con el sereno y consciente propósito de batirse con los españoles, hombro a hombro con el negro, con el guajiro más humilde" (p. 220). También en íntima amalgama, los pobres y los ricos aparecen unidos en la erotomanía más violenta. El viejo don Roberto se hace amante de Josefa Valdés mientras mantiene cerca de la "quinta del Cerro" a "una mulata cuarentona, gruesa, fondilluda" (p. 84), con la que tiene dos hijos; en la finca *Las Mameyes* enamora y conquista a Rosa, la linda "guajira" que accede a los requerimientos del amo de aquellos lugares. Y todo este milagro de vitalidad senil se produce por un "estimulante sexual" que manda a preparar en las farmacias de La Habana. Los hijos y nietos del anciano Tenorio siguen el ejemplo del jefe de familia; a veces, hasta por caminos de franca depravación se-

---

[14]El término aparece usado por Marcelo Pogolotti en *La República de Cuba al través de sus escritores* (La Habana: Editorial Lex, 1958), p. 26.

xual. Los criados de la casa, el confesor de doña Juanita y Nena —la joven nieta de don Roberto— hacen, hablan y gustan, respectivamente, de más o menos atrevidos "relajos".

Loveira no duda en calificar esa inclinación de sus personajes como "primordial *leit motiv* de la vida criolla" (p. 158), y guarda para el protagonista las más ricas experiencias amatorias: de niño, Juan Cabrera mezcla con su picardía infantil las visitas indagatorias a los burdeles habaneros; luego despierta su instinto sexual, cumplidos los diez años, rodeado por las impúdicas criadas y las atrevidas nietas de doña Juanita. Al sorprenderle sus amos "jugando a los matrimonios" con una de las niñas, es enviado a la finca *Los Mameyes*. Allí "pierde" a una "mulatica", para escapar cuando la sabe próxima a tener un hijo. Al llegar a México se inicia como amante de una "chola" de burdel; después se casa con una mestiza —a la que también abandona con su hijo— para volver con la "pupila" de doña Carmen, la infame "matrona" de la casa de prostitución de Mérida. Cuando regresa a La Habana se enamora de Julita, la superficial y burocrática mecanógrafa que lo lleva al matrimonio. "Pero se desgració [dice Loveira] ... Julita le venía todo lo ajustado que lo pide la famosa maldición árabe. Con eso y ser cubano, la Mujer le absorbió; le sorbió, mejor dicho, con toda la maligna influencia de que hablara Zaratustra. Se entregó al amor; a sumar veces y más veces, semanas y años, como único objetivo. Dominado por el inentibiable apego a la carne de Julita" (p. 404). Y cuando al final de la novela "el criollo imprevisor y gozón" se ha sumado al grupo de cubanos que "supieron triunfar" —ya es un Representante a la Cámara que "comienza a meter un pie en el Senado" de la República— "tiene una rubita de cutis de rosa y formas modernistas" y visita, en el Malecón habanero, "una casa de frescos y sabrosos bocados nocturnos". Todo aquello le sirve para apuntalar su matrimonio amargo y vacío como los propios cónyuges.

"Sensual, noblote, frívolo, imprevisor, escéptico instintivo, dignidad siempre en guardia, rica mina cerebral gastada en salvas, incoherencia de ideas, de acción y propósitos, y alguna vez en la vida jugador, burócrata y político" (p. 433), son los rasgos que justifican el seudónimo del protagonista. En él se encierra la idiosincrasia del cubano, contemplada con el prisma de acerba autocrítica —esa sí, bien criolla— acentuada en sus defectos por el duro pesimismo de Loveira y de su momento histórico.

La época

La militante ideología socialista de Carlos Loveira y su particular cosmovisión, lo empujan a incluir una bien definida tesis dentro de su creación imaginativa. En todas sus novelas se reserva para las últimas páginas el mensaje que quiere transmitir al lector. Allí, en apretada síntesis, se presentará una proposición sustentada por el complejo aparato de la narración previa. A esa altura "el novelista cierra las compuertas de su imaginación y de su emoción estética, y abre el grifo de su capacidad especulativa, de su formidable potencia dialéctica, e inicia una aguda crítica de las normas morales, políticas o sociales en vigor, con la expresión más o menos precisa de sus propias soluciones en los aspectos de la conducta humana analizados. En *Los Inmorales,* es la última conversación entre Caín Romero y el protagonista Jacinto, la utilizada para esta disertación doctrinaria; en *Generales y Doctores,* todo el último capítulo está dedicado a la crítica, un tanto dramatizada, de la corrupción política y administrativa que infecciona nuestro ambiente, y en *Los Ciegos,* los dos últimos capítulos, casi íntegramente están ocupados por diferentes diálogos entre el hacendado Ricardo y su cuñado, el iconoclasta, bohemio y revolucionario Cuco, en cuyas palabras vierte el autor todo el caudal de sus opiniones sociológicas."[15] Dos años después de escritas estas palabras, Loveira publicaba *La última lección*. También allí quedaron en las páginas finales los juicios de su autor; esta vez, sobre la sociedad incomprensiva que precipita a una mujer en horrible tragedia.

Juan Criollo no es una excepción a esa técnica. Después de presentar el panorama de Cuba desde 1880 hasta casi los días en que se escribe, ofrece en su última parte el gesto y la postura intelectual de un cubano en la tercera década republicana. Es una actitud asumida desde un momento bien definido de la historia nacional. Habían pasado veinticinco años de independencia, de errores e infortunios, y los cubanos ya moldeaban una manera muy criolla de conformidad y rebeldía. Loveira es un escritor bien sentado en su época: respira, siente y habla sorprendido y lastimado por el destino de su joven república. Parcial y polarizada en sólo un sentido —como en la novela picaresca con la que tiene también *Juan Criollo* otros vínculos— la visión del escritor descubre una "atalaya" que sintetiza la esencia misma de una época. En aquel momento el cubano exterioriza, con trágico relieve, la inutilidad del esfuerzo por la inconsistencia de su República, lo absurdo de la virtud y la ridiculez de lo heroico. Cuba y Juan Cabrera fueron derrotados por los mismos enemigos. Trataremos de identificar algunos de ellos tal como se manifestaron y se sintieron en aquellos años.

Después de las largas y costosas luchas por la independencia, Cuba había logrado una soberanía limitada en el año 1902. Los Estados Unidos prefirieron mantener una vigilancia estrecha sobre el porvenir cubano, agregan-

---

[15]Montori. *Cuba Contemporánea*, Vol. XXX, No. 119, p. 221.

do a la Constitución de la nueva República un apéndice que les autorizaba la intervención.[16] La trascendencia de ese acontecimiento confiere características decisivas a la generación de Loveira, y se refleja en la literatura de la época. Directa o indirectamente, los cubanos destilan la queja de lo que sienten como una frustración de sus sueños independentistas.

La sola permanencia de los Estados Unidos en Cuba después de terminada la guerra había pesado desagradablemente sobre la conciencia criolla. En ése el sentimiento que refleja Juan Cabrera cuando regresa a Cuba, y que Loveira describe con estas palabras: "La llegada frente al Morro, donde las ilusiones de ingenuo patriota de poco más de veinte años, el sentimental optimismo político de un emigrado separatista, acabado de convertirse en hombre con voto, esperaba hallar sola [no junto a la de los Estados Unidos] ondeante y triunfadora, la bandera de la patria libre (p. 350). Al terminar aquella ocupación, quedaba el instrumento legal autorizando la intervención en la isla. Esto produjo un malestar que permaneció clavado en la sensibilidad nacional, sirviendo de estímulo para los escritores. "La Enmienda Platt fué tema de abundante literatura para los cubanos, en el deseo legítimo de combatir por todos los medios lo que era una merma a nuestros derechos de soberanía absoluta."[17]

---

[16]El artículo tercero de dicha disposición decía: "El Gobierno de Cuba consiente que los Estados Unidos puedan ejercer el derecho de intervenir para la preservación de la independencia y el sostenimiento de un Gobierno adecuado a la protección de la vida, la propiedad y la libertad individual, y al cumplimiento de las obligaciones con respecto a Cuba, impuestas a los Estados Unidos por el Tratado de París y que deben ahora ser asumidas y cumplidas por el Gobierno de Cuba." *Constitución de la República de Cuba* (La Habana: Imp. de Rambla y Bouza, 1901), p. 36.

[17]Félix Lizaso, *Panorama de la cultura cubana* (México: Fondo de Cultura Económica, 1949), p. 123.

Se veía en aquella actitud norteamericana una confirmación del vaticinio fatalmente determinista de John Quincy Adams, quien, desde la segunda década del siglo XIX, comparaba la inexorabilidad del destino de Cuba con el de una manzana que debe caer del árbol.[18] A ésa habrían de seguir otras opiniones, también nacidas en los Estados Unidos, que aseguraban el mismo fin para la colonia española. Martí advirtió el peligro en muchas ocasiones. En una carta de 1889, escribe a Gonzalo de Quesada: "Sobre nuestra tierra hoy otro plan más tenebroso que lo que hasta ahora conocemos y es el inicuo de forzar a la isla, de precipitarla a la guerra para tener pretexto de intervenir en ella, y con el crédito de mediador y de garantizador, quedarse con ella."[19] Años después, cuando Cuba republicana empezó a dar sus primeros pasos, vería confirmada en aquella disposición del gobierno americano —la Enmienda Platt— toda una tradición de sospechas. Los hombres que habían peleado en la independencia no pudieron tener la plena satisfacción de victoria y, frente a su propio pueblo, sentíanse inferiorizados. Parecía que los esfuerzos que se realizaron no habían sido suficientes, que se necesitó el concurso de otros hombres para la realización emancipadora. "Tanto los libertadores como la generación subsiguiente a ellos tuvieron la sensación de que nuestro pueblo no había peleado, de que todo había sido una ilusión, un sueño, acaso una pesadilla, y de que la independencia no la habíamos

---

[18]"There are laws of political as well as of physical gravitation; and if an apple severed by the tempest from its native tree cannot choose but fall to the ground, Cuba, forcibly disjoined from its own unnatural connection with Spain . . . can gravitate only towards the North American Union, which by the same law of nature cannot cast her off its bosom." Robert F. Smith, *What happened in Cuba?* (New York: Twayne Publishers, Inc., 1963), p. 21.
[19]José Martí, *Obras Completas* (La Habana: Editorial Lex, 1953), Vol. II, p. 197.

alcanzado por nuestro propio esfuerzo, sino por la decisiva ayuda extranjera."[20]

Durante tres décadas el cubano sintió el temor de la intervención americana que, aunque sólo materializada en alguna ocasión, estuvo siempre presente como molesta posibilidad moviendo los destinos de su patria. Loveira escoge como momento climático para la derrota definitiva del protagonista un importante acontecimiento del año 1917. Con él se produce verdaderamente el desgraciado nacimiento de Juan Criollo. El novelista lo describe con estas palabras: "Cuando va para su casa, con todos estos grados de presión en la caldera cerebral, compra un diario de la *tarde,* y ve lo del *Minnesota,* el barco de guerra norteamericano, que viene a respaldar ciertas notas conminatorias, con la disciplinaria amenaza de sus cañones. A la vez que mezcla su patriótica indignación, con la otra que le esfervece en el cráneo, vislumbra la oportunidad de valerse de una grave situación, que tanto conmueve al país, para lanzar sus primeros artículos, anunciadores de que hay nuevos colmillos en la manada." (p. 431). Es que la fuerza cohercitiva de la Enmienda Platt imponía en aquella ocasión a Cuba —quizás con mayor arbitrariedad que nunca— una solución abiertamente impopular. El gobierno de Washington, con el *Minnesota,* no intervenía "para la preservación de la independencia y el sostenimiento de un Gobierno adecuado a la protección de la vida, la propiedad y la libertad individual," como rezaba el apéndice constitucional. Aquel acorazado había venido a resolver los conflictos internos de Cuba, de acuerdo con los intereses norteamericanos.[21] A partir

---

[20]Francisco Ichaso, "Ideas y aspiraciones de la primera generación republicana," *Historia de la Nación cubana,* Vol. VIII (La Habana: Editorial Historia de la Nación cubana, 1952), p. 333.

[21]El pueblo, comprendiendo lo inoperante de aquella intervención para resolver sus verdaderos problemas, decía: "Lo del *Minnesota,* ni se nota."

de aquel evento, Juan Criollo entra en la irrefrenable decadencia de la "segunda república."[22]

Otro factor también se ha de sumar en la configuración del carácter del primer cuarto de siglo republicano. Al lado de la herencia de vicios coloniales, aparece el infame peculado de muchos gobernantes cubanos y las luchas que mantuvieron en sus asaltos al tesoro público. Los "generales" y los "doctores" de la novela de Loveira, son símbolos y síntesis de las fuerzas que se debaten en las esferas políticas de la época. Aquéllos creyeron tener el derecho que les había dado su presencia en el campo de batalla; éstos alegaron su mejor preparación intelectual: el poseer un título universitario, dijeron, podría asegurarles mejor éxito en la gestión administrativa. Pero ninguno acertó.

La limitación política y la imposibilidad de organizar un gobierno medianamente capaz de orientar a la nación, forman un círculo de interacciones difíciles de separar. ¿Anula el optimismo martiano la Enmienda Platt y el intervencionismo de los Estados Unidos? ¿Llega hasta la República el pesimismo que se engendra en la guerra larga después de 1895? Si hubo malos gobiernos porque había indolencia fatalista, o ésta fué la consecuencia de aquellos, no es de nuestro interés el analizarlo dentro de los límites del presente estudio. Sólo queremos señalar esas realidades que influyen decisivamente en la época y pudieran explicar el carácter de Loveira.

Mientras Cuba se enfrenta con sus primeras dificultades internas, Enrique José Varona, una de las pocas figuras que atraviesan el mundo de tres generaciones de cubanos —con su mayor influencia en la de Loveira— también

---

[22]La idea de considerar el proceso republicano dividido en dos momentos por la intervención de los Estados Unidos fue muy aceptada en aquella época. Aparece expuesta en *El Progreso y el Retroceso de la República de Cuba;* conferencia de Carlos M. Trelles, publicada en Matanzas por la Imprenta Tomás González, 1923.

había hecho fe pesimista dentro de la filosofía estrecha del positivismo. "Descubre la inconsistencia de la fibra humana en punto a las virtudes que las elaboraciones éticas y religiosas postulan," explica Vitier, y se entrega entonces a la desconfianza. Le domina un "pesimismo fundamental" después del examen de las "tres instancias: el hombre en sí, sus instrumentos civilizadores y sus (¿aparentes?) propósitos de elevación."[23] De esa manera, su posición ante la vida, la base de su filosofía, es la misma que petrifica el espíritu de la época. "¿A qué anhelar [decía], si cuanto toco se va en polvo? ¿A qué amar, si todo es efímero? De las entrañas mismas de la humanidad sube un clamor eterno: *cuncta fluunt,* todo pasa, todo huye, *velut unda supervenit undam,* una ola sigue a otra, un amor a otro, una vida a otra vida...".[24] Entonces Cuba y muchos de sus mejores hombres se embriagaron en el más crudo positivismo, generador de ideas antiespiritualistas y utilitarias. Era la infortunada consecuencia de coincidir en el mismo momento histórico la limitación de la Independencia, la limitación de sus hombres y la limitación de su pensamiento: la soberanía, la política y la filosofía estuvieron así, inevitablemente, alejadas de las necesidades del país.

Loveira mojó su pluma en la desilusión imperante. Escribió las páginas ásperas de *Juan Criollo* para dejar en la actitud del protagonista un ejemplo vivo de las terribles doctrinas. Aquel cubano infeliz había aprendido la lección de la época y legaba al hijo su funesta experiencia: "Al Nene me lo enseñas [dice a su frívola esposa] para vivir en esta tierra, y no en el Cielo. ...En primer

---

[23]Medardo Vitier, *La filosofía en Cuba* (México: Fondo de Cultura Económica, 1948), p. 154.
[24]Enrique José Varona. Citado en la conferencia pronunciada el 13 de abril de 1949 en el centenario de Varona por Jorge Mañach, *Para una filosofía de la vida* (La Habana: Editorial Lex, 1951), p. 189.

lugar, remáchale en el cerebro la más grande, la más profunda máxima de todos los tiempos: 'Si puedes, haz dinero honradamente. Si no, haz dinero. O redúcela, para mayor facilidad y porque es bastante: Haz dinero" (p. 432). Y continúa aquel discurso para recorrer toda la escala de la conveniencia humana, repitiendo en cada caso la torpe letanía de su ética utilitarista: "Con dinero. Con dinero."

Loveira llegó a pensar que todo estaba perdido para Cuba y escondió los personajes de su novela en la bruma desesperante de aquellos años. Pero no todo había claudicado. El mismo Loveira, aunque enfermo por el mal de su tiempo, era preciosa excepción a la regla. Y había otras, las suficientes para que Cuba —encontrando distintos peligros— superara o disminuyera los anteriores. Ya había nacido una generación; luego vino otra. Traían, sí, sus propios vicios a la vida nacional, pero iban a rebelarse contra lo anterior, en un esfuerzo por salvar a Cuba.

Muchos males conculcaron la patria de Juan Criollo. La herencia de maldades y miserias del primer cuarto de siglo, sumado a lo peor del legado colonial, no se pudo eliminar de la historia cubana. Quizás hoy mismo sólo sea una forma distinta de la vieja aristocracia la que ha engendrado nuevos don Roberto y doña Juanita, y otra vez se hace gala de intolerancia y de crueldad por otros motivos y bajo distinto ropaje. Quizás sea el discurso vacío y mentiroso de los representantes y senadores, a lo Julián o a lo Juan Cabrera, el que ahora resuena en la plaza pública con cambiadas falsedades. Quizás es el egoísmo de la sociedad antigua, que mataba con hambres de toda clase, la que hoy mata de odio a los nuevos desheredados de la suerte. Juan Cabrera, sus padres, sus amigos, los criados de la "quinta del Cerro" y los humildes "guajiros" de *Los Mameyes* vivían al margen de una sociedad de injustificadas y caprichosas clases. Quizás es herencia de aquella separación absurda la que hoy divide a los cubanos y reparte con desigualdad criminal, la posesión y disfrute de la patria. (¡Cuánto material para Loveira!) Quizás hasta aquel compulsivo erotismo es el que ha derivado en la nueva obsesión sádica de los Tenorios de la muerte, y los "chulos" que conocimos en *Juan Criollo* —por un milagro de la dialéctica y de los tiempos— han sido uniformados para realizar en más infames hazañas su bochornoso ministerio.

Cuba confronta hoy —con mayores proporciones que en aquella primera época republicana— una crisis de su soberanía, de sus hombres y de su pensamiento: otra ingerencia extranjera, otros mentidos patriotas, otras destructoras doctrinas. Quizás sea sólo herencia monstruosa de los viejos males lo que ahora se exhibe por soluciones. Si eso es así, *Juan Criollo* añade a su valor literario el de precioso y oportunísimo instrumento para estudiar el carácter del cubano y las desgracias de su patria.

Carlos Ripoll.

Queens College, New York
Octubre, 1964.

I

Los primeros recuerdos, con imágenes claras y firmes, que conserva él de su extraordinaria vida, son de hace cuarenta años, de cuando tenía seis años de edad.

Habitaba con su madre una casucha de madera y zinc, en lo que era entonces una orilla de La Habana: la pina calle del Príncipe, cerca del litoral, en aquellas fechas huérfano de asfaltado, malecón y palacetes; abundante de charcos, basuras y construcciones como la tal casucha. Componíase ésta de una sola pieza cerrada, seguida de pequeño colgadizo con piso de tierra y minúsculo patio cercado de viejas tablas renegridas. La pieza cerrada era sala, comedor y dormitorio, porque en ella estaban unas pobres sillas descoloridas, la mesa de pino a medio cepillar y el típico catre de viento con mortaja de "cutré".[1] En el colgadizo se entretenía él viendo chisporrotear un anafe lleno de planchas o coronado por una humeante cazuela de barro, cuando no estaba en su predilecto juego de imitar, en la batea de la madre, con trocitos de madera y velitas de papel, las embarcaciones que blanqueaban allá abajo, en la azul llanura del Golfo.

Entreteníase así, solo, porque no había en torno suyo primos, abuelos o amiguitos, y por esta misma razón, de su pasado de sus otros familiares, sólo supo lo que decíale su madre: se llamaba Juan, era único hijo de Manuel Cabrera, barbero y español, muerto en el Hospital tres años antes, y tenía, allá por la aldea gallega de donde viniera el padre,

---

[1] "cutré"   lienzo muy pobre de algodón.

unos viejos tíos labradores, y acá, por el pueblecito camagüeyano donde nació la madre, unas oscuras tías lavanderas.

También era este oficio, duro y miserable, el oficio de
la madre de Juan Cabrera. Lavando los montones de sábanas, horrendamente percudidas, que cada mañana venían
de la cercana Casa de Beneficencia y Maternidad y cada
tarde llenaban el patiezuelo, en largas hileras, blancas y
ondulantes, la animosa mujer luchaba por la vida, aferrán-
dose al empeño de ser "honrada y trabajadora", de sostener
sólo a fuerza de batea y plancha un hogar propio e independiente, con el único hijo por compañero.

Para mantener este más que heroico, temerario empeño,
trabajaba diez y doce horas diarias, sin derecho a enfermarse,
ni derecho a descansar un solo día; en un aniquilador esfuerzo, agravado por la alimentación pobre, escasa e insegura, y por la agonía de un vivir en que todo lógicamente
rimaba con tal alimentación, aquella bárbara jornada de
trabajo y tanta penuria de ajuar y de vivienda. Aún ella
vestía los olancitos del medio luto, cien veces lavados, corcusidos y reaprovechados en increíbles combinaciones. Juan,
con los burdos zapatitos de vaqueta, agujereados por la
suela, después del almuerzo de arroz en blanco, o de ensa-
lada de bacalao, atravesaba un vecino e inmenso solar¹ yermo,
arenoso y candente, como un desierto africano para ir a la
"escuelita", donde le enseñaban la cartilla y el catecismo,
o para traer los mandados de la *bodega*,² donde aprendía
un escogido lenguaje, la virtud del matonismo, la alta nota
cívica que es el insulto a la madre ajena y la moda del nudo
en la camisa y el sombrero sobre la oreja. Algunas noches
faltaba el "cuartillo" de petróleo, para alumbrar la casucha,
solitaria y desvalida en un oscuro suburbio de La Habana
colonial, hamponesca e incivilizada, y hasta el Divino Rostro, que desde una esquina de la mísera vivienda guiaba

---

¹*solar* terreno con límites precisos, dentro de la ciudad.
²*bodega* abacería, tienda de comestibles.

y amparaba a sus moradores, solía compartir la inopia ambiente, al quedarse sin los dos centavos de aceite para su
humildísima lamparita·

Claro que aquella infeliz mujer hallábase avanzadamente
consumida por tanta miseria: era una anciana de veinte y
ocho años, con carnes fofas y pálidas e incompleta denta-
dura; pero como estaba bien formada y tenía unos grandes
ojos negros, encendidos en la blanda cera del rostro, casi
todos los hombres que la veían sola y pobre, acosábanla
con las más audaces y desconsideradas pretensiones amorosas: el mulatón greñudo, de alpargatas y camiseta de crepé,
que cargaba los bultos del lavado; el dueño de la *bodega*,
donde fiaban hasta dos pesetas de víveres, hombrón con
boina y sin cuello, a quien ella le hallaba el mismo olor de
la tropa que pasaba por allí, camino de la vecina batería de
Santa Clara, y un renombrado filántropo habanero: el
doctor Roberto Ruiz y Fontanills, sujeto medio viejo, bajo
y delgado, conocido por Don Roberto, masón del grado 18
y Presidente de la Junta de Patronos de la Beneficencia,
a quien la lavandera debía su empleo, y de quien más tarde
pensara Juan Cabrera, que era uno de tantos aristócratas
cubanos con savia de esclavo o de emigrante en el escondido árbol genealógico.

Don Roberto solía llegar entre dos y tres de la tarde.
Pagaba el café; regalábale algún realejo al huérfano; entre
aquellas y otras "obras" caritativas, insinuaba sus planes de
amorío barato y ecuánime, y precavidamente marchábase
antes del anochecer. Porque, a tal hora, y más de una vez
por semana, su esposa, Doña Juana de Cárdenas, o Doña
Juanita, como le decían "sus" pobres —cincuentona gruesa
y con gafas— acostumbraba llegar en su coche de pareja,
hasta la puerta de la calle, para extender una mano aristocrática, plena de brillantes, y deslizar en la flaca diestra de

la lavandera, algún ínfimo billete del Banco Español de la
Isla de Cuba.

Una de tantas veces en que la miseria llegaba al límite
de lo humanamente soportable, y era por tanto necesario
apelar a los más supremos esfuerzos, la madre de Juan Cabrera arrancó del fondo de su viejo baúl, siempre metido
debajo del catre, un dorado reloj de bolsillo, último gran
recuerdo del padre de su hijo, y nerviosamente agarrada a
una mano de éste, llevó la modesta prenda a la más próxima
casa de empeños. No sólo faltaba, aquella mañana, de puertas adentro, hasta un polvo de café que poner al fuego, sino
que, a fin de visitar, el mismo día, a la Superiora de la
Beneficencia y cobrarle una quincena de lavado, la lavandera necesitaba hacer ciertas compras, del todo imprescindibles: siquiera fuesen unas pantuflas calzables, de a peso
el par, y un retazo de tira bordada, para intentar el último
milagro de aprovechamiento, con uno de aquellos, sus ya
harto recompuestos y transparentes vestiditos de medio luto.

Cuando ya iban a salir, Juan, lavado y vestido, la madre
con sus pantuflas nuevas, el vestido readornado y planchado, el rostro rejuvenecido por un tanto de polvos, presentóse
Don Roberto.

Al encontrar a la obrera tan compuesta, mucho más deseable que en anteriores ocasiones, el ricacho no supo contener sus pegajosos rodeos dentro de lo que exigían la más
elemental educación y las más explicables conveniencias.
Alejó a Juan, mandándole a traer café, y luego a comprar
dulces, y más tarde un barato juguete de *bodega*; sostenien-
do así su impertinente rondar de moscón enamorado, hasta
que comenzó a anochecer.

Y al anochecer ocurrió lo que no era un milagro que
ocurriese. Juan, en el colgadizo, ante la batea llena de agua
jabonosa y maloliente, y a la luz del crepúsculo, estrenaba

un bergantín de a peseta; la madre, de pie ante la única mesa de la casa, disponíase a encender el quinqué, y Don Roberto, cada vez más acomodado en su silla, con las piernas muy abiertas y las manos en los muslos, seguía con la vista, golosamente, todos los movimientos de la codiciada viuda. De pronto sintióse el ruido, peculiar y allí de todos conocido, de un carruaje con dos caballos, que llegaba rapidísimo. Hombre y mujer quedaron donde se hallaban, sujetos por indisimulable sorpresa, los ojos con gran ansiedad clavados en la entornada puerta de la calle; en tanto que hacia ésta corría el muchacho, sacudiendo las manos y gritando regocijado:

—¡Doña Juanita! ¡Ahí viene Doña Juanita!

Y por la puerta, que Juan puso de par en par, enmarcando en ella su inquieta figura, pasaron ceremoniosamente enfrenados por el negro cochero, los dos caballos retintos y lustrosos. En seguida el carruaje se detuvo, ya con la rotunda humanidad de Doña Juanita, doblada hacia adelante en el muelle asiento.

Del rostro engafado surgió un sonriente:

—¿Qué dice mi tocayito?

Pero la sonrisa fue instantánea. Por encima del niño vio Doña Juanita lo inesperado. Don Roberto, ya de pie, hallábase muy cerca de la insólitamente acicalada viuda. Ambos, con los rostros inmutadísimos vueltos hacia la que llegaba, tenían toda la descompuesta actitud de dos delincuentes sorprendidos en pleno delito. Y la señora, poniéndose a tono con el horror que imaginaba, dignamente, altivamente, descendió del carruaje; echó a un lado a Juan; prescindió de la dueña de la casa, y encarándose con su esposo, sólo con él, centelleantes las gafas y trémula de soberbia la voz, le dijo:

—¿Conque estabas aquí, eh?

El aturdido hombre contestó con lo primero que le vino a la mente:

—Sí. He pasado a socorrer a esta pobre señora.

—¡Señora ...! —recalcó Doña Juanita, hinchando el cuello y la nariz, en gesto de no muy señoril ironía.

La lavandera quiso, desde el primer momento, desviar a la ofuscada · y tremante[1] señora de su natural error y del injusto camino que éste la hacía emprender. Asimismo Don Roberto intentó aclarar, cuanto antes, la situación y contener el desborde de soberbia de la sulfurada mujer, encimándosele con la diestra extendida y en alto, e ininterrumpible hablar:

—¡Espérate! ¡Calla un momento! ¡Oyeme con calma!

Pero Doña Juanita, ni con calma ni de ningún otro modo quiso oír. ¡Nada! Sólo ella tenía la culpa, por su terquedad en querer ayudar a ciertas mujeres; sabiendo que todas eran iguales, y que su marido tenía finísimo olfato para descubrir las buenas piezas.[2] Porque:

—Supongo que recordarás cuántas van con ésta. ¿No?

Frase de dura intención, reforzada por el más despreciativo gesto. Frase que Juan ha recordado siempre, íntegra, textualmente, junto con otra no menos ofensiva, arrojada ya de un modo directo, hiriente, por Doña Juanita, al volverse furiosa en dirección de su lujoso carruaje:

—¡Que Dios te lo pague, hija!

E inútil fue entonces, como antes, cuanto por explicar la situación intentaron decir los otros. Doña Juanita trepó el carruaje, que ya comenzaban a rodear algunos amiguitos de Juan, oscuros y trapientos, y el vehículo arrancó tan bruscamente, que Don Roberto apenas tuvo tiempo de lanzarse al estribo y caer al lado de la que ya lloraba de vergüenza y rabia, repitiendo muy apurado, sofocadísimo:

---

[1] *tremante* tremente.
[2] *buenas piezas* mujeres de poca moral.

—Te digo que te esperes. Que me oigas. Mira . . .

La madre de Juan cerró la puerta· Insultada, en una crisis de nervios y de lágrimas, se tiró en la silla más próxima. Allí, con voz cortada, de sollozante, absurdamente comenzó a sincerarse con su hijo; a poner por testigo de tan inmerecida mala hora, a su solo compañero, a la criatura que estaba frente a ella, con los labios trémulos, los ojos nublados y el corazoncito henchido y trepidante.

Bien lo había visto él. A ella de nada podía culpársele, y sin embargo, por pobre, por desgraciada, estaba obligada a tragarse tantas ofensas, tan violentísimos insultos. Y lo peor: desde aquel momento casi podía considerarse sin trabajo. Las monjas no necesitaban lavandera fuera del hospicio, y si a ella le daban el lavado de las sábanas, era sólo por socorrerla; era únicamente por recomendación de Doña Juanita, la principal madrina de la Beneficencia. De modo que ya estaban, ella y su hijo, otra vez solos en la vida. "Sin nadie y sin nada." Casi más valía que ambos acabaran de morirse. ¡Oh, si no fuera por él!

Así; con este natural paso hacia la desesperación, vino la crisis final: más fuertes sollozos; intensos sacudimientos de congoja; el niño abrazado al cuerpo de la sufriente, mezclando sus lágrimas con las de ella y mesándole los cabellos, temblorosamente.

Y no todo fue en él infantil dolor emotivo. Si desconocía el total significado de las palabras y la actitud que acababa de tener Doña Juanita; si no pudo penetrar todo el hondo sentimiento de humana maldad, oculto en la dolorosa escena, algo de ello relacionó su nebuloso pensamiento de niño de seis años, con ciertos gestos y frases, obscenos, con todas las desvergonzadas alusiones que la pobreza le hacía aprender en la calle, la *bodega* y la escuelita suburbana.

II

Josefa Valdés, nombrábase la madre de Juan Cabrera. Ya de noche, no pudo Josefa Valdés ir a cobrarle a Sor Juana, la Superiora del hospicio de huérfanos. Temeridad hubiera sido el dejar la puerta de la casa a cargo de su baratísimo candado y de los guardias de turno: aquellos guardias coloniales, famélicos y desteñidos. Y más temerario, el lanzarse una mujer, no vieja, con la sola compañía de un niño de seis años, por las callejas y escampados del arrabal, feliz arcadia de la ñañiguería¹ habanera en aquellos tiempos. De cada tertulia de cafetín y frutería, hubiese brotado, al paso de la viuda y su hijo, una turbia oleada de insinuaciones y requiebros canallescos, sin sombra de respeto a la desvalidez de ella, ni a la más respetable inocencia del niño. Cualquier callejero grupo de hampones, híbrido de chancleta y alpargata, podría haber intentado más de una perversa violencia de degenerados, con la mujer y su compañerito, al pasar ambos por la caleta de San Lázaro, oscura y solitaria.

Fueron en la mañana, después del café, a la sombra de casas y tapias. Entraron en el macizo caserón con la seguridad que a la madre daba su condición de empleada del mismo, y la confianza de que, por sus heroicas virtudes, hacíanla objeto las hermanitas del hospicio; pero esta vez no fue posible trasponer la reja que al fondo de la entrada guardaba una hermana portera, pálida, menudita y picada de viruelas. Esta religiosa, española como todas las de la casa, que invariablemente recibía el saludo de la madre de Juan, con un tranquilo y sonriente "Buenos días le dé Dios, hermana", preguntándole, en seguida, con maternal interés por la salud y los adelantos en doctrina, del niño, aquella

---

¹ñañiguería   secta de una sociedad secreta de negros.

mañana recitó su *orapronobis* de contestación al saludo
secamente, y luego, en voz baja y con labios temblones,
cumplió la terrible resolución superior que la infeliz lavandera presentía desde la noche antes· Ya Doña Juanita había
hablado con Sor Juana. Esta, que era una lozana y saludable mujer, con el hábito levantado por amplias redondeces
de verdadera madre, tenía asimismo grandes cualidades de
madre de los pobres, y distinguíase en la maternal protección
con que todas las hermanitas del hospicio favorecían a su
lavandera; mas, Sor Juana precisamente había llegado a
Superiora por su inflexibilidad en lo moral y su ciego respeto a toda clase de jerarquías, divinas y humanas. Y aquella
mañana había dado a la monjita portera los realejos de la
obrera, a fin de que se los entregase, con el recado de que
sus servicios ya no eran gratos, y de que no debía pasar a
inquirir las causas de tan violento cambio.

No por presentida, la situación dejó de sacudir a la desdichada mujer, súbita e intensamente; con toda la fuerza
de la injusticia y el abuso, sociales, en ella envueltos. Por
exigencia de la moral de Dios, se ponía a una de sus más
abandonadas hijas en el camino de la inmoralidad, o del
hambre, como única disyuntiva. Y encima, la ofensa implícita en el procedimiento adoptado por la Superiora. Esta,
con todas sus bondades y todos sus altruismos, egoístamente
quería ahorrarse una prueba demasiado fuerte para su blanca
alma de religiosa: la de entrar en explicaciones relacionadas
con un escabroso tema del mundo no religioso, y desoir a
su protegida, cuando ésta se le presentara, angustiada, tremante, a llorar su protesta o su arrepentimiento, con el hijo
de la mano.

Y Josefa Valdés era una lavandera: una pobre mujer sin
cultura; pero también era cubana:

—¡No y no! —dijo exaltadísima, a la vez que rechazaba el dinero con nerviosos gestos y hacía ademán de pasar adelante, de todos modos: a que se le oyeran sus descargos o sus ruegos, en seguida. —Déjeme entrar. Necesito ver ahora mismo a Sor Juana. Piense en mi miseria, hermanita·

Pero la hermanita, más que con el cuerpecillo, todo ansiedad y temblores, interponíase con la fuerza de su edad y su hábito, al paso de la insubordinada mujer del pueblo:

—¡Por el Señor, hermana! —con su duro acento español rogaba, resistiéndose, la hermana portera.— No se ponga en pecado mortal. No puede usted pasar hoy.

Insistió la mujer en pedir, protestar y rebelarse, cada vez más, y la monja en mantener su heroica resistencia. La monja prometía interceder, más tarde, en favor de la obrera de modo tan violento despedida. Y alentaba la esperanza, la casi seguridad, de aplacar el rigor moralista de la Superiora; pero su interlocutora debía calmarse; retirarse en el acto.

Fracasaron tales recursos. Ante tal fracaso, la monja apeló a los consejos con visos de amenazas. Aquello iba a terminar en algo peor, singularmente para la parte más delgada. Por último fué preciso forcejear, empujar con suavidad pero con firmeza, a la desesperada mujer, para lograr echarle llave a la reja·

Entre tanto, a la escena, y en calidad de mirones, habían acudido más personajes: en la acera, un soldado y dos mulatas; en corro detrás de la hermanita, diez o doce rapados y multicolores huérfanos del hospicio. Juan, lloroso, sollozante, presa de un miedo que le sacudía como una terciana, tiraba con insistencia del vestido de la madre, mientras le imploraba sin cesar, ansiosamente:

—¡Vámonos, mamá! ¡Vámonos!

Al fin, la monja, consternada ante el progresivo escándalo, de que también ella era sufriente y abnegada parte, desesperando ya de un éxito decente, como convenía a la moral, a la religión, a la comunidad del hospicio, a todos, se adaptó a las circunstancias, como todo prójimo, y a ojos cerrados dijo una mentira:

—Hermana. Oigame. Yo tengo orden de no decirle la verdad. Pero, mire. El Señor me perdone. Con Sor Juana está ahora Doña Juanita.

Vió una nube de titubeo en la encendida mirada de la insultada trabajadora, y agregó impávida:

—Retírese. Sor Juana lo está arreglando todo. Todo quedará en la paz de Dios. Váyase, y vuelva a verme más tarde.

La madre de Juan Cabrera obedeció al freno que ya la dominara la tarde pasada· Tuvo el ancestral servilismo del paria ante el señor, que salva a los más encopetados, de muchas situaciones violentas y escandalosas, cien veces más temibles para ellos que para los que nada tienen que perder. Se hizo cargo de la escena y de cuanto podía significar su prolongación. Sobre todo, sintió la angustia, el dolor del hijo, que mojado en lágrimas, convulso, empavorecido, le imploraba calma y el inmediato abandono de aquel lugar, tirándole de la ropa, afanosamente. Y reaccionó en mujer pobre, en desgraciada, en desposeída hasta del derecho a la dignidad. El péndulo de aquella gran excitación se fue al otro extremo. La lavandera terminó por suplicar a la hermanita de la Caridad, que por lástima, con piadoso empeño, la ayudase a reconquistar, prontamente, la ocupación perdida. Lo pidió por Dios; por su santísima Madre, y luego se marchó, con el hijo por delante.

III

Pronto quedó evidenciada la mentira de la monja. Ni
Sor Juana ni Doña Juanita querían saber una palabra acerca de la lavandera despedida. Josefa Valdés, además de los
inútiles viajes a la casona de San Lázaro y Belascoaín y a
la aristocrática barriada del Cerro, donde entre palmas y
frutales alzábase la señorial quinta de Don Roberto, tuvo
que recorrer todo el calvario de la búsqueda de trabajo;
calvario horrible, tratándose de una mujer que llevaba a
cuesta la cruz de un hijo. De haberlo matado al nacer, o
de no espantarle la idea de ver algún día, a su Juan, entre
aquellos tristes muchachos uniformados del hospicio, acaso
le hubiera sido más fácil hallar caritativo acomodo, de lavandera o de cocinera, a base de diez pesos en billetes, al
mes. Pero la cruz le estorbaba para entrar, como sirvienta,
en los cristianos hogares de los habaneros de buen vivir.
Mientras tanto, y a pesar de algún trabajito de ocasión que
iba cayendo por la casucha, en ésta iban desapareciendo los
últimos realejos cobrados en la perdida colocación. Fué
preciso agarrarse, cada día más desesperadamente, a todas
las tablas de salvación de la pobreza extremada. Almuerzos
de boniatos salcochados, o de arroz en blanco, o de harina
de maíz al agua pura, o de cualquier otro de esos criollos
alimentos que llenan mucho y nutren poco, arraigados en
el país por un negro pasado de esclavitud. Cenas de café
y pan, cuando no compartíanse los bodrios, por el estilo de
los anteriores, de dos o tres vecinos, algunos grados menos
miserables que la viuda y el huérfano, o cuando no participaban estos de las sobras de comida rica, traídas a un
"solar" próximo, por una negra cocinera, para su concubino —un pardo ciego y casi demente—; sobras amontonadas

en una lata que había sido de manteca, y dentro de la cual, Juan, con dedos ansiosos y ojos hambrientos, descubría exquisitas, soñadas golosinas: aceitunas, desechos de jamón, pedazos de frituras. Eran también amigas de Juan y su madre, las hermanitas del cercano Hospital Reina Mercedes, entonces a medio construir, y las de la más inmediata leprosería de San Lázaro, y a uno y a otra llegaban ambos, al caer de los días inópicos, para beneficiarse con los restos del puchero de los enfermos; ello si Juan no se corría hasta la batería de Santa Clara, a incorporarse a la pandilla de arrapiezos, mendigadora de las sobras de pan y de rancho de los soldados, o si no se alejaba por el rumbo de la Estancia de Medina, a desgajar frutales a palos y pedradas. Con este aumento de la libertad de callejear de Juan, coincidió el no asistir más a la escuelita: por falta de zapatos, de jabón para la ropa, de energía por parte de una madre que en tanta pobreza veía al hijo; y con este progresivo debilitamiento de la autoridad materna, de la fuerza de resistencia contra toda miseria moral y física, coincidió asimismo un recrudecimiento del terco mosconeo amoroso de aquel bodeguero vecino, resistido ya a dar a cuenta, el más necesitado medio de café y azúcar. Y entonces la madre de Juan Cabrera descendió al más hondo, al más horrible infortunio, de cuantos la doblaron de dolor, desde el día en que se quedó viuda, con un hijo de batica, sin cultura, ni familiares cercanos, ni otro recurso para la lucha por la existencia, que sus débiles brazos de mujer ignara y desnutrida. Cierta mañana, después de un largo día de desesperada inopia, sin que Juan supiera cómo, su madre tuvo en el bolsillo de la falda tintineo de monedas; hubo desayuno de café con leche y pan (¡suspirados panecillos franceses, tostaditos y olorosos!) y ambos salieron a comprar un catre más para la casa: un catre que ella colocó lejos del otro,

alzando entre ambos la pared de una sábana, atada con
cordeles, de tabique a tabique ,en uno de los ángulos de
la salita dormitorio. Como razón de tal cambio, dijo la
madre al hijo que ya estaba él muy crecido para dormir
con ella. Pero, para el hijo, cubanito pobre, aquello más
que razón fué un pretexto; un valor entendido, fácilmente
comprensible para su precoz conocimiento de la vida· Porque, a partir de aquel día del milagroso brote de dinero
en el bolsillo de Josefa Valdés, no menos milagrosamente
pudo el muchacho ir, cada mañana, a la cercana *bodega*,
a cargarse con dos pesetas de víveres. Y porque algunas
noches creyó percibir, él, entre sueños, a la par que aquel
conocido, fuerte olor a tropa europea, una voz de hombre,
en afanoso, entrecortado secretear de zetas y jotas durísimas.

IV

Juan Cabrera, entrevió algo de la gran abnegación, del
inmenso sacrificio, implícitos en la dolorosa transigencia
que su madre acababa de tener con la vida. Pero era amo-
ral y egoísta, porque era niño, y de aquel nuevo estado de
cosas, supo tomar ventaja, para seguir relajando, poco a
poco, la autoridad materna —que era ir adquiriendo, día a
día, mayor derecho a desertar de la escuela, a corretear por
calles y "placeres", con los pies en el suelo y al aire el pelo
enmarañado y la falda de la camisa; a rebelarse en contra
de toda disciplina, moral o social, no respaldada de cerca
por la violencia; a imitar, finalmente, cuantos gustos, hábitos, desplantes e inclinaciones eran norma y orgullo de
sus prójimos en el ambiente que le rodeaba.

Así, nada sacaron de él, ruegos, dádivas y reflexiones,
como no anularon su insubordinación, las amenazas de

chancleteo, que pocas veces realizábanse, ni las condenas a palizas, que nunca llegaban a cumplirse, ni el coco de la próxima Celaduría, más temible para la propia madre que para el hijo rebelde. Este, como decíalo ella, en su vulgar léxico, habíale "cogido la baja",[1] y cada mañana, aún con los ojos engomados y los labios húmedos de café, lanzábase a la calle, a vivir más intensamente que hasta entonces: a grabar en su memoria, con mayor fijeza y precisión, los cuadros de vida colonial criolla, en que se deslizara su niñez libre, acrática, espiritual y físicamente descuidada de hijo del arroyo.

Mujer y muchacho despertaban al despuntar la mañana. La mañana del trópico se entraba de súbito por las rendijas de la casa: con la luz de un sol fuerte, en el cielo muy limpio y sobre el gran espejo del Golfo aledaño; con el estrépito del tranvía a vapor que daba su primer viaje a la Chorrera, trepidando sobre los rieles enlodados y semi-sepultos de los cruceros. Razón o pretexto de la temprana salida era para Juan, la búsqueda del "diario" de dos pesetas, que daba el padrastro gallego, en compras de la *bodega* y en efectivo para el "puesto" y la carnicería. Echaba él hacia arriba, por la calle y el vecino "placer",[2] casi despoblados: la calle plena de las basuras derramadas la noche anterior y que sólo el viento debía barrer, y el "placer" aún fangoso por el relente de horas antes, que rebrillaba en las manchas de yerba, salpicadas de latas, botellas, pedazos de papel, cáscaras de frutas, inmundicias en putrefacción. En la primera esquina tropezaba con el grupo formado por un lechero, de los de a caballo, y algunas multicolores compradoras, tocadas con grandes pañuelos de colorines. El lechero iba lentamente derramando su líquido blanco, espumoso, de una de las botijas de lata amontonadas dentro del serón, en los jarros asimismo de lata de las comprado-

---

[1] *"cogido la baja"* encontrado su lado flaco.

[2] *"placer"* extensión de tierra inculta de la ciudad, generalmente con mayores y más imprecisas dimensiones que el "solar" (ver Nota 1, p. 2).

ras, cuyas fuertes y acres emanaciones rompían el puro
ambiente de la mañanita, fresca y diáfana· Más adelante
el cruce era con un malojero madrugador que cabalgaba
al frente de sus ambulantes montañas, verdes, húmedas, intensamente aromáticas, o con el repartidor de pan, de canasta a la cabeza, que dejaba tras de sí el vaho agrio y
tibio de su mercancía recién horneada; o con el "viandero"[1]
negrote de camiseta al aire y pies en chancletas, que ayu-
dado por su hijo, mulatico descalzo, empujaba un carrito
de frutas, legumbres, tubérculos, y que dejaba en el silencio
y la serenidad del barrio adormilado, junto con un fuerte
olor a huerta, el intenso y extenso pregón de su nativa
mercancía:

—¡Oooye, caserita! ¡El viaaandero se va!

Pregón seguido por la cantada letanía de los huevos frescos, las papas de Güines, la yuca de la tierra, coloraditos
como sangre los mameyes, y epilogado con el no menos
atronador ritornello de:

—¡El viaaandero se va!

En la otra esquina estaba la *bodega* del "gallego". A tan
temprana hora, ya había en el establecimiento chillona
conjunción de muchacheril clientela y tertulia de vagos,
matones y apuntadores de "charada".[2] Los primeros, del lado
de la carbonera y los mazos de caña, entre maquinales gritos de "Cuartillo de café y cuartillo de azúcar", citábanse
para sus colectivas pillerías de la mañana; los segundos,
frente a la cantina, cercada de verdes listoncitos terminados
en punta de lanza, en ruidosa y acongojada charla comentaban la riña de ñáñigos de la noche anterior.

—¡Qué bágbaro é! —admiraba uno entusiasmado, la última proeza del "Illamba" de este o el otro "juego" del barrio.— Le metió la do puñalá junta po la ingle.

---

[1] *"viandero"* que vende "viandas": raíces comestibles
(Yuca, Malanga, Boniato, Ñame) y otros frutos del país (Plátanos, Calabazas, etc.).

[2] *apuntadores de "charada"* los que anotan números para
la lotería china prohibida.

A lo cual se agregaba, por otro, que "arreglao" iba a estar el "chota" que se atreviese a denunciar al matón, a "entregalo", y por un tercero, que si lo entregaban qué. ¿No se hacía el presidio para los hombres?

Después Juan continuaba su matinal clase de barriotera educación. Unas veces, recibía las zafias, descarnadas alusiones, de chicos y grandes, blancos y negros, a las relaciones concubinarias de la madre con el "gallego". Esto, cuando en vez de tal educación, no se trataba de exhibiciones de un precoz saber, que eran en el muchacho un alardeante, significativo amor al aplauso. De rodillas en el asqueroso suelo de la *bodega*, con un carbón en la diestra y rodeado de vagos y pilletes, burlones por la ignorancia o la envidia, trazaba él enormes y rápidas operaciones aritméticas. Maravilla para los "galleguitos" del establecimiento que a tal hora más fuertemente exhalaban su mal olor a trastienda, ropa sucia y cuerpo hidrófobo.

De la *bodega* se iba Juan al "puesto" de enfrente. El "puesto" era de chinos, vendedores de frutas y legumbres, de pescado y hortalizas. El olor a "puesto" trascendía a la calle, mezclándose al vaho de las basuras esparcidas por el arroyo. Olor a manteca rehervida y tabaco chino. Muchas veces, el olor era a opio, cuyo humo aspiraba imperturbable el "guardia" de turno. El "guardia" desde la esquina, adulón les sonreía a los guapos reunidos en la *bodega*, y a las suculentas mulatas que le pasaban por el lado, con la jaba o la canasta, airosamente encajada en la cimbreante cadera. En el "puesto", como luego en la carnicería, Juan no respetaba la lista del "diario", formulado por Josefa, y a la cual limitábase, en sus entregas de efectivo, el precario, escondido padre de familia; sino que, con la plata en la mano, solía el muchacho contravenir las órdenes que para la compra le daba la madre, despachándose a su gusto; adquiriendo los más ricos manjares: maíz tierno, para tamal, residuos de puerco, para arroz amarillo, o morcilla, para freír con azúcar, pasas y almendras.

Cargado con las compras, envueltas en amarillo papel de estraza, emprendía Juan su regreso. Regreso de dos horas para dos cuadras; porque faltábale todavía algún aprendizaje antes de almorzar: el recién importado *base ball* en un *one-two-three* de "placer" con la más revuelta y mal hablada golfería del barrio; el "siló", los "botones" y "las tres cartas",[1] en cualquier callejero grupo de fulleros y viciosos del más bajo linaje; el florido vocabulario de cierto cochero catalán, inquilino de cercana "accesoria", que cada mañana medía el cuerpo de una su mestiza concubina, con el látigo profesional; los desplantes, amenazas e injurias, a soeces gritos y ademanes, de un escándalo de "solar". El horrible "solar" habanero, empollado en la miseria, ética y material, del pueblo de la colonia; colectiva vivienda popular más promiscua, escandalosa y moralmente sucia, que sus congéneres de mayor fama: el conventillo chileno y el *tenement* del East side neoyorquino. Josefa Valdés exprimía su extremada pobreza para mantenerse en casa independiente, aislada con su hijo, de la babélica sentina del "solar". El hijo, con la invencible necesidad de salir a la calle y la natural sed de saber e imitar, de sus cortos años, deteníase a beber, constante y ansiosamente, a las puertas de la odiosa casa de vecindad, las enseñanzas que podía darle un pueblo abandonado, ineducado, miserable de toda miseria.

Frecuentemente llegaba sofocadísimo, mojado en el sudor de una larga carrera, delante de los guardias que intentaban una encerrona de pilletes. Josefa Valdés, temerosa de una desgracia, a la vez que enojada al ver cómo inútilmente consumíase el fuego destinado al almuerzo, solía esperar a aquel mataperros con el estremecimiento de muy trágicos

---

[1] "siló", los "botones" y las "tres Cartas"   juegos de azar prohibidos.

propósitos; dispuesta a llevar a cabo el más recordable escarmiento; pero la amenazada tragedia pronto degeneraba en lo consabido: ruidosas explosiones verbales e insinceros y aparatosos correcorres, en busca de la maldita chancleta, que casi nunca aparecía.

Y un minuto, o una hora, después del almuerzo, con pretexto o sin él, Juan andaba nuevamente en la calle, bajo un cenit de fuego, ofuscador y quemante, con una semidesnuda y policroma pandilla de granujas de su edad y de su barrio. La pandilla realizaba toda clase de maldades, visibles y ocultas, lícitas y peligrosas; pero dedicábase dilectamente a las auras, los coches y los chinos. Faltábale, a la tribu mataperril, todo respeto a la legal autoridad de las auras, policía sanitaria de la colonia, y apenas los pilluelos vislumbraban la aleteante mancha negra de las tiñosas,[1] sobre el cadáver de un perro que pudríase al sol, o entre las inmundicias en fermentación de algún basurero de "placer", declarábanle una encarnizada guerra de guerrillas: avance subrepticio, al amparo de cercas y matorrales; emboscada al doblar de una esquina o detrás de un grupo de árboles, y súbita descarga de piedras; alguna de las cuales, proyectil perdido, podía echar al suelo, hecho pedazos, el cristal de un farol público, o de un coche de alquiler, con los consiguientes desbande y fuga precipitadísimos, de la alborotada guerrilla. No bien asomaba un coche por el arrabal, traqueteando, desvencijado y polvoriento, salíale detrás la fila de pilletes, y uno a uno, cautelosamente, sofrenando la risa y recatando el cuerpo, arracimábanse en el eje posterior del vehículo. Casi siempre, un fuerte salto de las ruedas, lanzábalos contra los pedruscos de la vía, si antes el cochero no persignaba a uno de ellos de arriba a abajo, con un certero trallazo. La proximidad de un chino vendedor de dulces, anunciábase por el repique peculiarísimo, inconfundi-

---

[1] "tiñosas" aves carnívoras muy abundantes en Cuba.

ble, de un palillo contra el costado del "tablero", que el
asiático llevaba en la cabeza, sobre mugriento rodete; tan
mugriento como el "tablero", al rojo almagre; como las manos del chino, todo el chino y sus dulces.

—¡El chino! ¡El chino!

Gritaba el jefe de la pandilla, que con él al frente corría
al encuentro del enemigo; todos de acuerdo para un asalto
por medio de la estrategia harto conocida. El grupo corría
a situarse, silencioso, recatado, detrás de una esquina, por
donde acabase de pasar el chino. El cabecilla se le presentaba de frente, por la esquina próxima, muy tranquilo, con
la diestra en la faltriquera:

—A ver· "Abaja" el tablero.

"Abajaba" el asiático su caja, colocándola en la acera.
Comenzaba el pillete a escoger sus dulces, golosa y cuidadosamente; pero de pronto arrebataba lo que más a mano
hallábase, y emprendía furiosa carrera por donde acababa
de llegar. Olvidado de anteriores, análogas estratagemas
granujeriles, el chino se lanzaba detrás del ladrón, a quien
sólo podría alcanzar con sus desvergonzadas injurias bilingües. Brotaban entonces de su escondite los otros muchachos, que corrían al abordaje del "tablero". A empellones,
cada cual queriendo despacharse mejor y primero, llená-
banse las manos de dulces, a granel, frenéticamente; preparándose para la violenta retirada, cuando la víctima se
volviese sobre ellos, con redoblado coraje y multiplicado
esfuerzo. Para dificultar la persecución de los guardias, ad-
vertidos por los desesperados "¡Ataja!" del infeliz robado,
la banda se deshacía; cada cual iba por sus rodeos y veri-
cuetos despistadores, hacia el lugar, previa, invariablemente
señalado para la reunión de todos; allá por la Loma, bajo
un grupo de árboles; ocultos tras agrietado paredón del cementerio de Espada, o sobre los arrecifes del Vedado, dentro

de algún viejo casco de embarcación, allí lanzado por cualquier célebre enfurecimiento del Golfo. Rehecha la banda, sus miembros, chorreantes de sudor, encendidos por el sol a medio cielo, sentábanse en corro, a gritar el feliz éxito del asalto y el elevado mérito de las proezas individuales, mientras engullían, vorazmente, embarrándose de cremas, azúcar y caramelo, la barata dulcería, allí reunida, como fruto de un robo, para sus autores, lo más glorioso y naturalísimo. Acaso Juan, el más chico de todos, era el único que tragaba sus dulces con la recóndita pena de entrever la pérdida inmensa que eran para el pobre vendedor, aquellas dos o tres pesetas de la ínfima mercancía, que ellos devoraban allí, glotones, bestializados. Al menos sólo Juan, instantáneamente, solía tocar la sensible fibra de la piedad en aquellos sus compañeros, como él mal encarrilados en la vida, al exclamar, mientras los otros enmudecían por el atracón, en hondo, sincero, remordedor suspiro:

—¡Pobre chino!

Pero sólo instantáneamente; porque "El jabao",[1] cabecilla del grupo, pecoso mestizuelo de trece años, flaco y trapiento como un espantapájaros, rápidamente acudía a justificar lo hecho, atajando todo desborde sentimental, impropio de hombres:

—¡Que se jeringue![2] ¡Pa qué es chino!

Y en pandilla, o individualmente, Juan siguió aprobando todas las asignaturas de su carrera de pillo de playas.

Cien razones y mil pretextos tuvo para desaparecer, cada día con mayor facilidad y por más tiempo, de la vista de la madre.

Comenzó por no poder ir a la *bodega* subiendo rectamente por la calle del Príncipe. Esto facilitábale todo intento de desaparición. Era que, allá adelante, en una cuartería de madera —tabiques amarillos con puertecitas verdes— tenía

---

[1] *"El jabao"* el negro albino.
[2] *¡Que se jeringue!* Que se fastidie.

su cubil una fiera temible, cócora de los vecinos y los guardias del barrio: una mulata de las de bata de tira bordada, chal de burato y chancletas de piel de venado, nombrada Caridad, por sobrenombre "La Barredora". Sin duda el alias se debía a que complacíale a la mulata, grandemente, ostentosamente, barrer las calles del barrio con la cola de sus blanquísimas y rizadísimas batas de a diez pesos cada una; a no ser que fuese porque calles y aceras se despoblasen, en cuanto Caridad se ponía en jarras, en la puerta de su cuarto, o a media esquina, y desataba su catapultante lengua "solariega".

"La Barredora" empezaba a cogerla con la madre de Juan, porque barruntaba que era ésta "quien le había quitado al gallego de la bodega"; su nocturno marchante de dos o tres veces por semana y fuerte candidato al concubinaje que ajustadamente necesitaba ella: manso y por horas. Y fué al muchacho a quien le hizo los primeros disparos:

—¡Oye, chiquito! Dile a esa moquita mueta e tu casa: tu madre, o lo que sea, que se deje de etale quitando lo macho a la mujere, poque le puen desfigurar la caricatura de un navajaso.

Esta vez primera, Juan quiso protestar varonilmente, haciendo de tripas corazón; pero pronto sintió encima una andanada de barbaridades, de un solo golpe, dichas por "La Barredora": "Blancos sucios", "muertos de hambre"; era preciso dejarse de "fiticio"[1] y ser, de una vez, honrada o lo otro.

No pudo el pillete, con todo y serlo, resistir, corresponder dignamente. "¡La Barredora!" ¡Cualquiera se defendía siquiera!

Tan acertado fue el proceder del muchacho, que Josefa Valdés, la guajira débil, sensible, naturalmente inclinada a la decencia y el comedimiento, tomó aquella resolución de.

---

[1] "fiticio" ficticio, hipocresía.

que el hijo no pasara más por la puerta de la zafia mestiza;
resumiéndola, con los ojos y los labios en preludio de llanto,
en estas dos amargas frases de ingenua resignación:

—¡Qué le vamos a hacer, hijo! ¡Dios quiere que vivamos
así!

V

Y así Juan participó de los famosos baños de caballos
en la Caleta y el Caletón, vecinos: desnudito bajo la lluvia
de brasas del sol meridiano, que ponía la cegadora pirotecnia
de sus rayos en los hombres y las bestias chorreantes de
sudor y agua; desnudito como parte de una viva, natural
estatuaria de mármol, bronce y ébano, que en vez de apo-
líneas suavidades, mostraba indecentes y repelentes negruras. Y así vagó por las calles y las plazas, con su convecino
y camarada, también "blanquito",[1] dos años más viejo que
él, y que tenía el pelo crespo y azafranado, los pies descalzos, el ombligo al aire y una bien notable, prematura
adaptación al medio ambiente que le educaba. El medio
ambiente era el de un limpiabotas callejero, que ocasional-
mente recogía apuntaciones de charada china, o regaba
alcances y periódicos. Josefa Valdés, redondamente oponíase
a que el hijo ingresara en el gremio profesional de Julián,
el Gravoche amigo; pero el hijo andaba siempre con los
montones de impresos y el cajoncito de lustrar calzado de
su émulo y mentor: Juan tomaba una acera y Julián la
de enfrente, para vencer calles y más calles, regando car-
teles y periódicos. Julián tomaba un pie, y Juan el otro,
cuando pegaban las rodillas en el suelo para bruñir un par
de botines, en afanosa competencia de arte. Servíales la
retribución de su labor, para atracarse de caña o de man-

[1] "blanquito" de la raza blanca.

gos, de "cajitas premiadas" o de jalea de guayaba con "queques", y de ese modo pasarse las horas de comidas lejos del
hogar, en excursiones a los barrios más opuestos y lejanos,
más ejemplares y edificantes. Porque íbanse, unas veces, a
Los Sitios, El Manglar o Jesús María, supremos centros del
hampa afro-criolla, a ver el sonado entierro de un venerable
del ñañiguismo, la "subida de un santo",[2] a "bongó",[3] marugas[4] y timbales, o las lúbricas, bestiales contorsiones de una
rumba, tamborileada con los propios bárbaros instrumentos
carabalíes, y otras veces, a "recorrer las estaciones",[5] como
todo unos hombres, maduros en la vida fuerte, por las calles
de las meretrices, que eran la mitad de las calles de La Habana española, la ciudad entonces renombradísima, sin rival
en todo el mundo, por el número de sus prostíbulos, a
puertas abiertas y cínicamente mezclados con el resto de la
población. Recorrían San Miguel, San José, Virtudes y
otras calles más arriba del Prado, en que abundaban las
casas "serias", es decir, con mamparas y persianas, por encima de las cuales, trepados como monos en los barrotes de
hierro de la clásica ventana criolla, los dos amiguitos revis-
taban a las pupilas alineadas en una docena de mecedoras.
Permitíanse, en ocasiones, algunos piropos obscenísimos, dirigidos a la "hembra" que mostraba las carnes, por encima
y por debajo del bordado y encintado traje; hasta que la
aproximación de la "matrona",[6] o de una pareja del Orden
Público, hacíales descender y escapar, con gritos de triunfo,
jubilosos y regustadísimos:

—¡Las vimos!
—¡Qué piernotas tenía la mulata!
—¿Vámonos hasta Bomba?
—¡Vamos!

En Bomba, Aguacate, Obrapía y hasta veinte calles de
las limitadas por el Recinto, donde estaba la prostitución

---

[1] "queques" bizcocho de harina de trigo.
[2] "subida de un santo" rito de la "santería": sincretismo
de la religion católica y el fetichismo africano.
[3] "bongó" tambor introducido en Cuba por los negros.
[4] "marugas" maracas.
[5] "recorrer las estaciones" visitar burdeles. Usa la expresión de los católicos que recorren varias iglesias un mismo
día de Semana Santa.

más sucia, podrida y desvergonzada, un burdel junto a otro, y casi todos con las puertas abiertas, los dos muchachos se mezclaban con aquel mundo asqueroso, maloliente, infame, triste, que las autoridades coloniales, maestras de las autoridades republicanas, consentían y explotaban, con la mayor tranquilidad y desfachatez. La sala o "accesoria",[1] con la cama al fondo; el cuadrito del desnudo estrafalario, frente a la alumbrada estampa de la Caridad o de San Lázaro, y en el medio, indolente, o desvergonzada, en una mecedora, la lumia que se ofrecía: con reclamos de alcoba, siseos y chistes groseros; con la ligereza de sus ropas, las piernas al aire, hasta las ligas, y el busto y los brazos desnudos, hasta la pelambrera de las axilas y la zanja del pecho. La ruidosa tertulia en el cafetín esquinero, desde donde los chulos,[2] de saco, guayabera, mangas de camisa y camiseta al aire, empolvados y peinaditos, vigilaban su mercancía y la marcha del negocio; entre ginebras, fichas de dominó y ensordecedoras chácharas de lujos y baraterías. Y el escándalo que levantaba la súbita irrupción, en una de estas animadas calles de lupanares, de algún grupo de desfachatados invertidos, procedentes de las "cuarterías"[3] y casuchas, bajas, despintadas y polvorientas, que orillaban las ruinas de la Muralla, a lo largo de la calle de Monserrate, desde la de Dragones a la de Obrapía. A las burdas cuchufletas de los transeúntes, el gritar de las meretrices, ciegas enemigas de los hombres que "ejercían", y el agresivo ofender de los proxenetas, propicios a lucir sus heroismos con aquellos degenerados, uníanse Juan y Julián, fruitivamente, con el precoz cinismo de la pillería cubana de calzones cortos, que por hábito y educación de ambiente alardea de inmoral y relajada. Uníanse los muchachos al abominable espectáculo, hasta que un celador "igualado" a onza por burdel y por mes, o una pareja de "guardias", con gabela mensual

---

[1] "accesoria" vivienda muy pobre de las ciudades, compuesta generalmente de una reducida habitación.

[2] chulos proxenetas.

[3] "cuarterías" edificio cuyas pequeñas habitaciones se arriendan como viviendas a distintas familias.

de medio centén por "matrona", presentábase en la innoble
escena, a imponer "orden y moralidaz en la vía pública".
Media hora después, con jadeante y sudoroso esfuerzo de
andarines, o como viajeros en la tabla posterior de algún
quitrín campesino, resto de la muriente especie, que se en-
caminara a Marianao o a San Pedro, Juan y Julián llegaban
a su barrio, cuando empezaban a medio alumbrarlo los po-
bretes y mortecinos faroles de petróleo del alumbrado pú-
blico· Llegaban seriotes y mudos de miedo; momentánea,
pero fuertemente arrepentidos, maquinando apuradísimos
la estupenda excusa con que habrían de presentarse ante sus
madres respectivas, armadas de los consabidos, trágicos impulsos escarmentadores, y de la consiguiente ineficaz chancleta.

VI

Al caer de la tarde, cambiaba de frente la vida de Juan.
Apenas las calles y escampados del arrabal comenzaban a
enfundarse en la oscuridad de la noche, poblada de los rojos
fantasmas del ñañiguismo, la prostitución callejera y todo el
nocturno bandidaje de La Habana española, la niñez del
muchacho imponía sus fueros por sobre todas las influencias
de la educación y el medio ambiente, y Juan, según la familiar frase, cosíase a la falda de la madre, que a tal hora
melancólica, abría su alma plena de tristes pensamientos,
ingenua e irreflexiva, al alma de su confidente único, precoz
y lamentablemente enseriado, o enternecido y suspiroso

Eran las confidencias al amparo de un quinqué nuevo, de
alto porte y amplia y brillante mariposa de luz. La luz del
quinqué, en las noches oscuras trazaba un fuerte y tremante
cono amarillo, sobre el retazo de calle, pedregoso y enyer-

bado, a que sacaban sus dos asientos la madre y el hijo, y en las noches de luna mezclábase aquella claridad con la natural de la luminosa noche del trópico, en la que casi desvanecíanse las muy esparcidas lucecitas de los faroles públicos, de los barcos sumidos en la inmensidad del Golfo propincuo, o de los coches que a ratos la orillaban, imitando lejanos y solitarios cocuyos. En estas noches de luna, sobre todo en las calurosas, la velada extendíase hasta el toque de ánimas, temerariamente. En las oscuras, aunque el calor fuese guayaquileño, no era posible pasar de las siete y media o las ocho, sin abandonar el campo a todas las lenguas sucias y las intenciones más sucias aún, que pasaban por allí con la navaja en la faltriquera, la bayoneta a la cintura o el cuchillo entre calzón y pellejo.

Allí, en aquellas íntimas conversaciones con su madre, conoció Juan los más minuciosos e interesantes pormenores de la vida de su padre en Cuba; de la lucha de un hombre pobre con un trabajo constante e improductivo y una enfermedad aniquiladora e incontenible; los años en que fuera engendrado y a su vez puesto en la lucha con el medio, con el prójimo, el hijo destinado a temprano desamparo, a prematura mayoría de edad. Cuando aún no tenía veinte años, vino Manuel Cabrera a Cuba. Súbitamente, como número de un batallón de reemplazo, pasó de la mísera peluquería de su villorrio coruñés, a los herbazales camagüeyanos, donde la disentería y el paludismo, más que el machete separatista, clareaban sin cesar las filas españolas.

No había más que ver un borroso ferrotipo del imberbe soldadito, hecho en Puerto Príncipe meses después de la llegada del batallón; ferrotipo que la madre de Juan guardaba en el viejo baúl matrimonial, entre viejos papeles, para comprender la feroz rapidez con que la anemia del trópico hizo presa en las carnes y los colores del recién lle-

gado españolito. En el ferrotipo, que Juan muchas veces
había tenido bajo sus ojos, a la luz del quinqué, extensamente, su padre mostraba todo el aspecto de un anguloso
autómata de madera, grotescamente ataviado con un semivacío uniforme de dril crudo, una abrumadora canana repleta de plomo, un machetón cuya punta daba en el suelo
y un enorme jipijapa[1] escarapelado, que parecía bailar en
la huesuda cabeza de su dueño. En aquella lamentable
caricatura de guerrero, no tardó en realizar su desastrosa
invasión el paludismo. El muñeco y su miserable dril crudo,
temblaron y se empaparon con la terciana, en medio de
horribles cuadros de la guerra hispanocubana, que la madre
de Juan había recogido en su memoria, inolvidablemente,
de labios de su propio desventurado compañero: en una
camilla de la impedimenta, a lo largo de las interminables
sabanas del Camagüey, bajo el fuego del sol tropical, sin
el oasis de un grupo de árboles y una corriente de agua,
clara y fresca, o en la penetrante tristeza del hospital provinciano, entre dos enormes paredones encalados y dos
larguísimas filas de camas numeradas, donde otros infortu-
nados como él lloraban la dolorosa nostalgia del hogar y el
terruño, dejados a la fuerza, a cuatro mil millas de tierra y
mar. Como un milagro, después de unos días de medio
muerto, con pérdida de la razón, vino la crisis favorable, y
tras una lenta convalecencia, de misérrima dieta y vida
regulada a toque de corneta, cesaron los inmediatos efectos
del paludismo. Pero sólo los inmediatos, porque tan flaco,
pálido y encorvado quedó aquel hombre, que sus superiores
no le dejaron en el servicio, ni se atrevieron a someterlo a
los peligrosos ajetreos de la repatriación.

Lo que más se pudo hacer por el ex-barbero aldeano,
fue permitirle que se ganase la vida libremente, pelando y
afeitando a los que —según él mismo lo contaba después—

---

[1] jipijapa sombrero de jipijapa.

no le cogieran miedo a sus huesos descarnados, su palidez
cadavérica y una maldita tos, cavernosa y muy significativa,
adquirida en los últimos tiempos, y que tenía la virtud de
exacerbarse, inoportunamente, con los recortes de pelo echados a volar por el peine y las tijeras profesionales. Batalló
por la subsistencia, como oficial de barbería ajena, primero,
improvisando la suya después, en poblaciones de importancia y en caseríos y p(...)puebluchos, siguiendo los altibajos de la
suerte profesional y de la deteriorada salud. En una fuerte
y larga crisis de ésta perdió un establecimiento que había
logrado levantar, embellecer y acreditar en Puerto Príncipe;
en otro período de mejoría, abrió la primera barbería formal,
con sillones, espejos y litografías, del poblado de Minas.
Minas era el pueblo de la madre de Juan. Allí la conoció
Manuel Cabrera. Allí se casaron después de medio año de
noviazgo, pasado entre las planchas y la máquina de coser,
que amenizaban las veladas de tres hermanas huérfanas,
solteras, necesitadas de marido. Al año de matrimonio, y
tras un largo y duro esfuerzo de trabajos y economías, lograron el sueño dorado de quel hombre animoso y trabajador: tomar un día el tren que pasaba por Minas, rumbo a
Nuevitas, y abordar al siguiente el viejo vaporcillo que hacía
el viaje de Nuevitas a La Habana, para establecerse en la
Meca criolla, con veinte centenes en el bolsillo, y en la
mente el ideal de una barbería habanera, orgullo de los del
gremio y mina enriquecedora de Manuel Cabrera y su mujer. Pero el ahorro inverosímil y el esfuerzo de trabajo,
realizados en Minas, dieron sus naturales frutos en La Habana. A poco de nacer Juan, su padre sufrió un acceso de
hemoptisis, que encharcó de rojo el suelo de la céntrica
peluquería donde trabajaba como oficial. Perdió el empleo.
Antes de conseguir otro, gastó casi todos sus ahorros. Después siguió una lucha terrible en que la enfermedad, con

sus expectoraciones sanguinolentas, sus fiebres diarias y su tos delatora y pavorosa, le iba expulsando de todas partes. Quiso su compañera ayudarlo, cosiendo forros de catre para una gran casa de la calle de Muralla, pero pagaban dos reales por una docena de forros; se propuso lavar, y fue lo mismo. De una casita de ocho pesos al mes, en Vives, pasaron a una accesoria de seis en un solar de Jesús María, y del solar fueron a caer, de mal en peor, a un tugurio de madera del miserable arrabal de la Víbora. Allí, un golpe de sangre ahogó al pobre hombre, sin darle tiempo a besar al hijo, a quien amaba con patológico afán, como si anhelase refundir en el poco tiempo en que podría tenerle junto a sí, todo el cariño y todo el amparo paternal, que faltaríale más tarde, en largos años de orfandad y desvalidez. El hijo no se acordaba, porque era muy chico, y porque aquel día, y la noche siguiente, unos vecinos pobres, solidarizados con la desgracia que era suya y de su madre, se lo llevaron a sus cuartos, para ahorrarle a su tierna conciencia el doloroso espectáculo de la muerte.

Con lágrimas en los ojos y temblores en la voz, contaba la infeliz mujer lo anterior. Lágrimas y temblores no sólo por la angustia de tan terribles recuerdos, sino por el más angustioso temor que le inspiraba el porvenir de su hijo. Cualquier día, acaso no lejano, también podía ella comenzar a escupir los pulmones, tras brutales accesos de tos, y repetirse ante aquella misma puertecilla de la casucha del Príncipe, el espantoso espectáculo y la misma terrible historia de la casucha de la Víbora: el ataúd negro, miserable, con setenta libras de huesos y pellejo, que cuatro buenos vecinos metían en la odiosa "Lechuza";[1] después de un largo *via crucis* de fiebres, ayunos, correcorres y desesperaciones inenarrables, y ante la desoladora perspectiva de la fosa común, sin una cruz, o una flor, que indicase el pedazo de

---

[1] *"Lechuza"* carro fúnebre para los pobres que recogía ocho o diez cadáveres a domicilio para trasladarlos a la fosa común del cementerio.

tierra sobre el cual más tarde pudiese doblar las rodillas y llorar su dolor el hijo abandonado en la vida. Temor que no todo era enfermizo sentimentalismo, recrudecido por la evocación de aquellos negros cuadros de la enfermedad y la muerte del marido; pues ella sentíase crecientemente abatida por la falta de salud, complicada con su deprimente, aniquiladora situación moral: falta de fuerzas, neuralgias faciales, dolores de espalda, abatimiento nervioso, propensión a la tristeza, que a veces llegaba a verdaderos ataques de llanto y convulsiones.

Como no le quedaba a ella más remedio que alternar las tareas de plancha, o batea, o máquina de coser, con esas crisis morbosas y sentimentales, su situación constituía una especie de círculo vicioso, de causas y efectos desastrosísimos: la enfermedad demoraba y hacía más duro el trabajo: el trabajo aumentaba los sufrimientos y la fuerza de la enfermedad, y esto era un motivo más de alarma y justificación de la madre, en cuanto al más inmediato futuro de su hijo, ya sin padre ni pariente alguno y tan inevitablemente mal encarrilado en la vida.

Por estos caminos de mutua exaltación sentimental, de contagioso verbalismo, solían madre e hijo caer en el estudio de su situación de aquella época. Esta, si por el lado material había mejorado algo, desde que la casa, más o menos, tenía un hombre, por el lado moral llegaba al límite de lo humanamente sobrellevable. El concubinato, con el recuerdo de un buen marido no lejanamente muerto y con un hijo por en medio, se hacía por momentos carga fuerte y penosa. Más aún, porque "La Barredora" rebasaba entonces todo lo tolerable de sus injurias y amenazas, a voz en cuello y sobrecargadas de desvergüenzas, y desde lo del "gallego", ya no había en el barrio hombre alguno, soldado o paisano, blanco o negro, sucio o resucio, que no se creyera con derecho a la conquista, a las proposiciones y al abordaje, más indecentes y ofensivos.

Era, por tanto, necesario desasirse del pegote, buscar otros caminos, descubrir otros horizontes, desaparecer de aquel barrio. Pero ¿cómo? ¿A dónde? No había ella dejado de contar nunca, definitivamente, con la Beneficencia; pero en los últimos tiempos la católica murmuración había llevado a los santos oídos de la Superiora el cuento del bodeguero y, según la locuaz hermanita portera, Sor Juana consideraba el caso de su ex lavandera, como un caso perdido. Nada debía intentarse, como medio de arrepentimiento y enmienda. Las almas todas, aún las más rodeadas de miserias, peligros y tentaciones, tienen su libre albedrío, su opción al bien y al mal. ¿Josefa Valdés no se inclinaba al mal, tercamente? Pues a qué más preocupaciones y esfuerzos. La Beneficencia, para ella, si no para su hijo, era puerta cerrada. ¿Y la quinta del Cerro: la casa de Doña Juanita? ¿Aquel punto de esperanza, a que la mente de la desvalida pareja se iba de vez en cuando, porque no podía pensar en otro conocido entre el cielo y la tierra, podría también considerarse por siempre perdido a causa de un error, de una injusticia, de una hora de mala suerte? Para ella, casi seguro. Sí. Doña Juanita conocía muy bien a su filantrópico y honorable esposo, y, además, era mujer. Como en la Beneficencia, acaso Juan sería el único que podría llegar a obtener la caridad del albergue, si su madre le dejaba huérfano, con aquellas dos mujeres secamente religiosas, áridamente ignorantes de las grandes realidades de la vida no conventual ni millonaria. Una noche descubrió el muchacho que en sus correrías de limpiabotas, habíase aparecido una tarde, como un perrito perdido, por la quinta del Cerro. Le acogieron con ruidosa bondad; le dieron dulces y centavos, pero no le preguntaron, ni le oyeron, una sola palabra sobre

su madre, y tuvieron inoculto cuidado de que se marchase
antes de la llegada de Don Roberto.

—¿Por qué? —preguntó ella.

—Sería por lo de aquella vez —repuso el muchacho con
el instintivo pudor con que solía rehuir explicaciones, encogerse de hombros, instintivamente, ante todas aquellas
cuestiones que eran de vergüenza y de amargo desagrado
para él y su madre.

Y así supo la madre a qué acabar de atenerse, por aquel
lado.

A esta altura de la conversación, que era la consabida
altura de la noche: las ocho u ocho y cuarto, aparecía siempre la causa determinante de la retirada de la madre y el
hijo al interior de la casucha, cuya puerta ya cerraban con
los temblores del miedo que había de durarles hasta la llegada de Don Fulano, armado de una manopla y pleno de
sudor, los olores y las excitaciones de un día entero de
bodega. La causa determinante era, por lo común, cierto
soldadote borracho que surgía de los oscuros yerbazales
fronteros, exagerando intencionalmente las eses y traspiés
que marcaban su avance, casi en línea recta, hacia la iluminada puertecita de la casa. Cuando no aparecía este "gallego"[1], era un sujeto enorme, con indumentaria de vagabundo, negruzco y peludo, que rondaba aquel lugar insistente
y sospechosamente, recatándose en las sombras, donde solía
zafarse botones del andrajoso pantalón, para exhibiciones
descaradas de lo menos exhibible. Todo esto, si antes no
estallaban bruscamente voces de ataja, tiroteo de portazos,
gritos de mujeres y chiquillos y todo el espantoso alboroto
ocasionado por una riña de tahúres, de hampones celosos,
de lumias de "solar", de guapos y policías. Entonces madre
e hijo se quedaban encogidos, mudos, temblorosos, en una
esquina de su inópica vivienda, o aferrados, con las contrac-

---

[1] *"gallego"* en lenguaje vulgar se les llama así a todos los
españoles.

ciones del miedo, a las dos trancas de la puerta, volviendo los ojos, con perdidas ansias, al ángel de la guarda de aquellos cuatro tabiques con techo; a la estampa del Divino Rostro, siempre alumbrada, pero siempre asimismo impasible, ridículamente impasible e inútil. Su lamparita si acaso servía para orientar en la oscuridad nocturna del barrio, a los que venían a saciar sus brutales pasiones: el bodeguero, a moverse, y a resoplar, y refocilarse, bestialmente, tras la débil pared de sábanas; la mulata de los alias pavorosos, a meter por las rendijas de la puerta el anónimo insultante y amenazador, o a dejar frente a la propia puerta el plato de brujería,[1] con el cadáver de un gallo y algún rezo de maldición y venganza. O venía algún desalmado noctámbulo, obseso por brutales deseos y negras intenciones de violencia, a empujar las tablas de la casucha, ignorando, sin duda, que entre ellas hallábase un hombre, para pedir ronca, ansiosa, conminatoriamente, que se le franqueara la puerta:

—¡Abre! ¡Anda, abre! Traigo plata pa ti.

VII

Era una noche de aciclonado octubre. Pesada noche, con ráfagas de pegajoso calor y grandes nubes bajas, aisladas, que corrían veloces, haciendo incesantes eclipses de una luna redonda y esplendente. En la casucha, ya cerrada, sin otra luz que la mortecina y parpadeante del Divino Rostro, Josefa y su hijo esperaban al "hombre". Afuera no se juntaba al rugir del Golfo y el silbar del viento, más ruido ciudadano que el monótono e inacabable tamborileo de una rumba lejana.

Inesperadamentee, en un instante de relativo silencio, la mujer y el niño, con toda claridad percibieron un ruido

---

[1] *brujería* preparado que realizan los curanderos ("brujos" de la religión fetichista introducida por los africanos) para lograr un fin. Generalmente está compuesto de maíz, aves de corral muertas, cintas de colores y otros objetos.

sordo, de pasos, que lentos y cautelosos acercábanse a la endeble pared de tablas.

Todo oídos, sin aliento casi, invadidos por un miedo incoercible, aquellos dos seres, solos e inermes, sintieron cómo la persona que de un modo tan misterioso se acercaba al tabique, después se dejaba caer, rozándolo con la espalda, hasta dar en la yerba que circundaba la solitaria vivienda, y cómo luego la propia persona, inmóvil en la sombra, respiraba contenida, pero agitadamente. ¿Era que una nueva forma de su constante desgracia se prolongaba allí, del otro lado de aquellas tablas, flojas y débiles? ¿O era que el frente de la casucha iba a convertirse, instantes después, en el escenario de un robo a mano armada, de alguna alevosa venganza de ñáñigos, o de cualquier bárbaro asesinato, de los entonces frecuentísimos en los hamponescos barrios de La Habana?

Mientras, ya sin la luz de la santa lamparita, cogidos de las manos, temblorosos, trataban Juan y su madre, de avizorar por las rendijas del tabique, y con nervioso secretear hacíanse tales preguntas y comunicábanse desesperados planes, hijos del terror que les estremecía, sintieron en la calle los pasos claros, recios, de un hombre que avanzaba como afirmándose, enarcando el cuerpo para vencer el viento. Eran pasos conocidos. Era el "hombre" esperado que, si no muy querido, al fin era quien daba el pan y el techo, y bajo el techo dormía cada noche.

Un impensado, generoso rasgo humanitario, hizo que la mujer saltara al sitio donde tenía los fósforos, y después a la puerta, para avisar, con un grito, al que acaso venía a caer entre los brazos de la muerte, para abrirle un hueco de refugio y salvación, para tirar una ráfaga de luz amparadora sobre aquellas sombras cargadas de criminales designios.

Pero, no hubo tiempo.

—¡Párate ahí, gallego! —gritó el hombre recogido en la sombra, oyéndose a la vez cómo caía, con salto de tigre, sobre el hombre que llegaba.

Rasgó la noche algo como el alarido de un cerdo clavado en la mitad del corazón por certera cuchillada. Cayó sorda, pesadamente, un cuerpo en la tierra. Hubo un afanoso, brutal atareo en el trágico grupo. Y después un fuerte golpear de pasos, en furiosa, desatentada carrera, hacia la inmensidad solitaria, oscura y rugiente, del vecino playazo.

Con las manos torpes, por la angustiosa precipitación, y el hijo, convulso de pánico, tirándole de la falda, implorándole a lágrima viva que no le dejara solo en la casa, Josefa logró hacer luz, abrir la puerta y saltar a la calle:

—¡Dios mío! ¡Es él!

Y no le llamó a gritos, ni se lanzó a sacudirle, a palparle las carnes, a buscar en ellas la mortal puñalada. Contúvola el temor a la ley, y el espanto del trágico cuadro y el comienzo de una recóndita egoísta vergüenza. Además, ¿para qué? Aquel hombre estaba muerto: inmóvil todo el cuerpo, sobre el corazón una grande y quieta mancha de sangre, el rostro de manera horrible contraído y los ojos entreabiertos, fijos, tétricamente vidriados por la luz amarilla y empañada de la luna.

Una ráfaga dejó a oscuras al muchacho, que comenzó a gritar, entonces, furiosamente. La desdichada mujer, a pesar del temblor que estremecía todo su cuerpo y casi le doblaba las piernas, logró aún el enorme esfuerzo de volver atrás, encender el quinqué, razonar clara y rápidamente. No podía encerrarse y dejar a "su" muerto allí, tirado, ni era prudente después de los gritos del hijo y de haber ella salido, haciendo antes luz, a la escena del asesinato, ni de hacerlo así podrían ambos quedarse dentro de la casa, solos, empavorecidos, expuestos a cien incalculables consecuencias. Era preciso gritar, pedir auxilio, atraer gente. Y anegada en llanto, con trémolos de congoja en la voz, comenzó a gritar:

—¡Auxilio! ¡Auxilio! ¡Socorro!

Avizoraba a la vez, ávidamente, las negruras del playazo. Podía regresar el salvaje que teníala muerta de espanto y vergüenza, e imponerles silencio, a ella y al hijo, con otras bárbaras cuchilladas· Juan, que no atrevíase a quedarse en la casa, oscura o alumbrada, ni acercarse con su madre al espantoso cadáver de su padrastro, cado vez más roto por la brutal excitación nerviosa, clamaba por su madre, enloquecido. Que viniese. Que se encerrase con él, a gritar, a pedir auxilio, a conmover al vecindario de diez manzanas de distancia.

Pronto llegó gente. Vino, el primero, "Pimentón", un desteñido, resudado policía del barrio, que debía tal mote a su rostro encendido y rezumante de alcohol. Llegó "Pimentón", sofocado, asustadísimo, después de haber corrido dos cuadras con el pito en la boca. Llegó seguido de hombres, mujeres y chiquillos, con una garra sobre la funda del revólver y la otra cerrada en la empuñadura del machetín.

—¿Está muerto? —le preguntó a Josefa.

—Sí.

—¿Y quién lo ha matado?

—Uno, que salió corriendo por ahí.

Y extendiendo el brazo, Josefa mostró al polizonte las desoladas tinieblas del litoral.

Pero el polizonte optó por descargar al aire su revólver y pitar locamente, aumentando el espanto de la escena· El cadáver no podía ser tocado en tanto no viniera el juez. La mujer y el muchacho, que no se perdiesen de vista. De la gente que había allí, alguno debía correr, adentrarse, en

aquellas negruras, en persecución del homicida. El no podía abandonar el "caso".

De la gente, entre la cual ya se encontraban varios soldados, nadie se perdió en la oscuridad, detrás del que huía
con un ensangrentado cuchillo en la mano. Unos acorrieron
a la mujer; otros al muchacho; a darles agua, un cocimiento
de tilo, y preguntarles, y darles consejos.

Continuó el afluir de gente. Entre ésta, más policías y
soldados. Los de uniforme hicieron un claro circular en
torno del muerto, al que ya alumbraba una mortecina lin-
terna de sereno.

Dos o tres viejas y ahumadas linternas más fueron rompiendo las sombras, entre guardias y espectadores. Los espectadores, en voz baja, resistiendo a pie firme la ventolera
incesante, comentaban, conjeturaban, adivinaban y malpen-
saban. Lo propio sucedía en el interior de la casucha, a la
parpadeante luz del quinqué y bajo la impasible mirada del
Señor; donde Josefa, con la cara entre las manos, y Juan,
prendido a sus faldas, enfermizamente seguían trepidando
y llorando.

Una hora muy larga tardó en llegar el Celador. Dos
horas, el juez y el médico, enfundados en exóticos, tene-
brosos levitones. En el interior de la casa, el Secretario del
Juzgado rasgó, en maloliente papel de barba, la declaración
de Josefa Valdés. Una camilla se llevó al muerto, y "Pimentón", por orden del juez, a pesar de la ostensible pena
de vecinos y curiosos, a pesar de las desesperadas súplicas
de la madre y el hijo, se los echó por delante, colgó el
candado de la puertecilla de la calle y los condujo al vivac¹
Que el gallego estaba muerto, el asesino se había escapado,
y era deber de la justicia el demostrar que para algo servía.

La justicia hizo la autopsia del cadáver. Barajó cuarenta
testigos que nada presenciaron. No pudo encontrar al ase-

---

¹ *vivac* prisión preventiva donde esperan juicio los acusados.

sino, ni siquiera conocer su nombre. No quiso admitir, de una vez, que el móvil del crimen había sido el robo. Cierto que el occiso fué hallado con el único bolsillo del pantalón vuelto al revés, y en la ruta seguida por el "supuesto" criminal apareció la bolsa de estambre que aquél usaba; pero asimismo era cierto que "según las minuciosas averiguaciones practicadas", surgían dudas graves en cuanto a Josefa Valdés: era concubina oculta del bodeguero muerto; era malquerida de "La Barredora", que en las declaraciones la calificó de "honrada de tapadillo"; el crimen se había cometido frente a su casa y, sobre todo, fué ella la primera persona que pidió auxilio. La justicia, pues, consideró justificado retener a Josefa Valdés; máxime cuando nunca ha sido necesario ni justo el tener consideraciones con la gente de mal vivir. Mujer como aquella, de cierto nivel con "La Barredora", y otras buenas piezas de semejante barriada, nunca estaba mal detenida. Y como la ley no permitía la prisión de menores, Juan fué arrancado de los brazos de su madre, y enviado a casa de aquellos sus vecinos, la negra cocinera y su pardo concubino, ciego y medio loco; primer refugio para el muchacho, en que pensó la madre cuando le notificaron tan rígida aplicación de la ley. Era penoso para el juez, para el Celador y hasta para "Pimentón", encargado de desprender al hijo de los brazos de su madre, y conducirlo a casa de la pobrísima gente que lo iba a recoger; pero ¿qué podían ellos hacer? ¿Cuándo la Ley, al encerrar a un ser humano, había tenido en cuenta a los hijos, la esposa, los padres ancianos, que quedaban en el mundo, con la inmediata y desesperante realidad del hambre, la desnudez y el abandono?

Juan, estrujado, adolorido, miedoso, al ver entre rejas a su único afecto y su único amparo, puso todo el esfuerzo al alcance de un niño de sus años, en vivir aquellos días

con adulta formalidad, como un hombrecito, según inútilmente pedíaselo su madre, cuando, humilde y todo, ambos
tenían su casita; cuando ella estaba a su lado, libre y cariñosa, protectora de la inmensa desvalidez de su hijito. Juan,
desde la temprana hora de la mañana en que visitaba a la
madre presa, hasta la hora de acurrucarse en el catre de la
bondadosa negra que lo recogiera, realizaba toda clase de
obras buenas. Limpiaba el hogar solitario; cumplía en éste
los encargos de la madre; no quitaba los ojos del candado de
la puerta, mientras callejeaba por el barrio; servíale de laza-
rillo al concubino de su protectora en la diaria y miserable
búsqueda de limosnas por el miserable arrabal, y salía de
"forrajeo"[1] con Julián, su gran camarada de callejeras in-
cursiones.

Juan se graduó rápidamente en todas las asignaturas del
"descuido", con el fin de llevarle dinero a "su" presa, como
era la costumbre de sus convecinos cuando tenían a la sombra amigos y familiares. Es decir: le llevaba el muchacho
aquellos realejos a su madre, si antes no los perdía en el
juego del "picao"[2] con su pandilla de limpiabotas, o en el
hule negro con números blancos, de una callejera banca
de dados.

¿Que maltratado de la vida va por ella sin el consuelo
de contar con un asidero, más o menos ilusorio, para la
hora siempre inminente de la desvalidez y la miseria? Pero
nada más triste y doloroso que las esperanzas de las mujeres necesitadas de confiar en la solidaridad humana, para
cuando les falte el trabajo propio, o el de "su" hombre (padre, hermano, marido o amante) o de que se les muera,
se lo encierren o se les vaya. Sueñan estas infelices con los
más inverosímiles o espantosos salvavidas, para ese gran
día del hogareño desastre: una, con los ancianos padres,
refugiados en un cuarto de "solar"; otra, con la hermana

---

[1] "forrajeo"   como un pícaro, a procurarse algunas monedas.
[2] "picao"   picado: juego con monedas que se tiran contra la
pared.

que, a su vez, va por el mundo cargada de hijos y de pobreza; ésta, con el viejo enamoradizo, gastador y buscahonradas, que en un caso extremo y bien llorado ha sido la salvación de otras desdichadas; aquella, con la señora rica, "conocida", de cuyo posible amparo —como del puerto erizado de acechanzas y peligros el marino envuelto por la tormenta— no se decide a alejarse la mujer menesterosa, aun a costa de resistir todos los vientos airados, de beberse la sal y la amargura de una amistad desigual, sólo caritativa y por tanto humillante. Por eso, así como Josefa Valdés se acordó de aquellos pobrísimos vecinos para enviarles el hijo a compartir su miseria, al verse presa, sin amparo, con sus pobres cosas abandonadas y el hijo prácticamente en la calle, volvió a pensar, entonces con mayor insistencia, en Doña Juanita, la señora del Cerro, su antigua caritativa "amiga", que violentamente abandonárala en un momento de explicable error. Y redactada por ella, con letra y gramática de Juan, fué a la quinta una carta suplicante. Una carta de cien trabajosos renglones, conmovedores a fuerza de triste verdad humana; escrita en tres de las diarias visitas de Juan a su madre, e interrumpida por accesos de llanto y súbitas neuralgias. Se clamaba por la ayuda de la poderosa "amiga" para salvar de la cárcel, de su oprobio y contagio, a una mujer buena que denodadamente luchaba por seguirlo siendo. Se pintaba, con viva exaltación sentimental, el estado de la más inocente víctima de tanta desgracia; al muchacho, ya también huérfano de madre, abandonado a la guía y amparo de dos ancianos menesterosos. Se llegaba, desesperadamente, a pedir piedad para él, sólo para él, si la señora negaba toda inocencia a la encarcelada, juguete de un negro destino de miseria e ignorancia: que se le recogiera al hijo, si aquella injusta prisión preventiva se prolongaba, o si ésta, recrudeciendo la enfermedad física y

moral de la madre, se la llevaba de la prisión al cementerio, pasando antes por la sala de presas del hospital Reina
Mercedes. Terminada su carta Josefa Valdés, poniendo toda
su esperanza ansiosamente en la señora rica y por tanto
influyente dentro de la ciega y poderosa máquina social que
trituraba a la infeliz: la formidable máquina social del juez,
la prensa, el obispo, los magistrados, que ella entreveía
como un conjunto de seres y cosas superiores, extraordinarias, de un mundo aparte, deslumbradoramente rematado
por la figura, todopoderosa e inaccesible, del Capitán General.

Portador de la carta fué Juan. En la quinta, se vió rodeado de gente. Su llegada era un acontecimiento para
aquellos "amigos" que conocíanle desde la anterior visita, y
que habían leído en los periódicos e intensamente comen-
tado días atrás, la noticia del crimen y la prisión de Josefa. Desataron la lengua del muchacho al darle importancia a su relato, y al darle, tácitamente, la esperanza de
una buena cosecha de golosinas y centavos. Saciaron bien
su curiosidad. Se asombraron de ver cómo el muchacho
contaba sucesos tan terribles para él "¡con una tranquilidad...!" y cómo tenía de negras las uñas, de sarrosos los
dientes, de sucias las orejas, de greñudo el pelo. Y como la
la caridad para Doña Juanita era la que se hace en la iglesia,
en los asilos, desde un coche de pareja a la puerta de un
tugurio, en una suntuosa fiesta caritativa entre sedas y
brillantes, y no la de disculpar y rescatar a las gentes que
"teniendo albedrío" caen en el libertinaje concubinario, en
la prostitución, en el vicio, en el mal, el resultado práctico,
único, de la carta de Josefa, fué la siguiente respuesta verbal
de Doña Juanita al muchacho:

—Tú le dices a ella, que yo no he querido contestarle
nada; que no me escriba más; que hubiera pensado las cosas

antes de hacerlas. Ahora, tú ,cuando quieras, y si ella te deja, ven por acá a buscar algo, o a quedarte aquí.

La respuesta era dura, ofensiva, pero Josefa se la tragó a gusto. La ofensa era para ella, y la noticia, confirmando previas suposiciones consoladoras, referíase a su hijo. Claro que mientras hubiese esperanzas de libertad, ella prefería para Juan el amparo miserable e inseguro de los negros generosos, al prohijamiento sólido y estable de los soberbios señores; pero ¿y si no había libertad, prontamente, o la que llegaba era la libertad del cementerio?

Josefa apeló, con todo, al clavo ardiente de Sor Juana, y a la ilusoria ayuda de las hermanitas del hospital, y al quemante salvavida de Don Roberto. Con Don Roberto, desde luego, tenía ella que ceder. Pero ¿no había cedido antes con el repelente bodeguero? ¿No estaba ya nivelada por la justicia, por la gente religiosa, por la sociedad, por todo el mundo, con las mujeres perdidas? ¿No era un nuevo, justificado sacrificio por el hijo, puesto que mejor le era tener madre mala y no madre muerta? Juan fué también el portador de la carta para Don Roberto, y dió vueltas por el Cerro hasta que vió al señor de la quinta y pudo temblonamente cumplir su encargo.

Sor Juana no quiso contestar. Las monjitas no hicieron más que asustarse con una misiva plena de terrible cosas del mundo. Don Roberto, impulsado por uno de los más poderosos móviles humanos, fué el único que leyó su carta con el deseo de entenderla bien, de servir rápida e útilmente, de hacerse digno de gratitud y recompensa.

Media hora después de leída la carta, Don Roberto hizo detener su carruaje frente a un "guardia" de puerta; puso de pie a un alcaide y cuatro "guardias" más, y en el despacho del alcaide celebró una breve, secreta y decentísima entrevista con Josefa Valdés. De allí Don Roberto se fué de

nuevo al Cerro, a otra quinta de jardín, palmeras y frutales, residencia de un magistrado amigo, adiposo y feliz. El
magistrado acompañó a Don Roberto hasta el carruaje, cuyo
caballo, ya jadeante, enjabonado de sudor, un cuarto de hora
más tarde se paraba frente a cierto juzgado, polvoriento e
inópico de la Calzada de San Lázaro. Y no pasó aquel día
sin que Josefa Valdés, con dos centenes en el bolsillo y el
hijo al lado, anduviese buscando una "accesorita" bien lejana del Cerro; de ser posible por el otro polo de La Habana:
los alrededores de la Catedral o el barrio del Angel.

En el barrio de Cecilia Valdés,[1] halló Josefa Valdés un
albergue ideal: una "accesoria" de cuatro pesos mensuales,
en la cuadra más "decentica" de la calle de Cuarteles: la
primera. Ideal era la "accesoria", además de lo por lo del
polo; el precio y la situación, porque también estaba polarizada de la calle del Príncipe: la calle de "La Barredora",
de "Pimentón", de tanta gente sucia conocida, de los propios negros salvadores de Juan en el momento del abandono, que prestaron, sin duda, un inapreciable favor, pero que
eran negros.

A pesar de que allí acabaron en crisis inacabables los
males de Josefa, recrudecidos por los sobresaltos y angustias
de la reciente, violenta, prolongada e injusta prisión preventiva, fué en la "accesoria" de la calle de Cuarteles donde mejor retazo de vida vivieron la mujer y su hijo. Al
nuevo hogar no vinieron, del anterior, otros tarecos que el
viejo y tachuelado baúl familiar, el catre, que no había
trepidado con los nocturnos estertores y resoplidos del "gallego", aquel flamante y elegante quinqué, productor de una
enorme mariposa de luz, la muy usada, herrumbrosa y desdorada *New Home* y la imprescindible estampa del Divino
Rostro, protector de la moral y la suerte de la familia. Lo
demás fué vendido. Con su importe y parte de los consabi-

---

[1] *barrio de Cecilia Valdés*   La Loma del Angel. Se refiere a
la novela de Cirilo Villaverde cuya primera parte se publicó
en 1839 y la segunda en 1882.

dos dos centenes, Josefa sacó de la casa de empeños de "su"
calle (en La Habana, no obstante afirmar Pangloss[1] que no
existe entre nosotros el problema social, hemos tenido siempre las casas de empeños, a razón de una por calle) una
cama de hierro, con adornos de calcomanía y perillas doradas, unas sillas de Viena, en buen uso, una copia litográfica
de *La Magdalena* de Guido Reni y otra de una de las once
mil vírgenes de Murillo. No faltaban ya, ni un solo día, los
dos guisos de almuerzo y comida, con el inevitable acompa-
ñamiento de arroz en blanco. Juan, formalmente metido en
propósitos de enmienda, comenzó a asistir a una escuela
pública que en la calle de Compostela dirigía, a pescozones
y zurriagazos, un señor Don Adrián, típico maestro de la
colonia: uñisucio, nicotinoso, asmático; de fúnebre terno
ensalivado; soñoliento y temblequeante por el hambre y la
ginebra. Y como los achaques de Josefa lo justificaban, y
"cuentan de un sabio que un día", hasta criada tuvo la
gente de Cuarteles: cierta ruina humana recogida por Josefa en vecino "solar"; Doña Marta, una viejecita rugosa,
chupada, encorvadita, de ojos vidriosos y húmedos, que más
hacía por esfuerzo psíquico, por galvanizamiento de su es-
clerótica armazón, que porque le restase algún poder de
trabajo.

Para colmo de felicidad, Don Roberto era "amigo" no
exhibible. Satisfecha la curiosidad sexual de la primera semana, en que vino diez, doce, hasta catorce veces, mientras
Juan estaba en el colegio o en el catre, reguló metódica y
sensatamente sus visitas: dos veces a la semana, de once a
doce de la noche, en un carruaje de alquiler, que bajaba
por la loma del Angel, dando tumbos, como un barco de
vela. Que tampoco daba para más Don Roberto, de quien
oyera decir Juan a un negro "mantecadero"[2] una noche en
que éste le viera entrar en la casa de Cuarteles:

---

[1] *Pangloss* personaje de la novela *Candide* de Voltaire que
simboliza la filosofía optimista.
[2] *"mantecadero"* vendedor de helados.

—¡Cuidao que el viejo ese e caliente, cabayeros! Tiene una mulata enome po allá, po e Cerro, y mira onde se mete ahora.

Y de quien oyera Josefa, abochornada, esta anécdota, que le contara el hijo. Un día le descubrió Don Roberto, embobado, frente a la vidriera de los dulces del *Café Europa*. Se le acercó; le compró matagallegos y piononos,[1] y le dió un papel escrito y muy dobladito, para que le trajese un mandado de la próxima farmacia. Se trataba de un estimulante sexual. El dependiente, larguirucho y pajizo, entregó la droga, acompañándola con una indecente, brutal "gracia", en que mezcló a la madre del muchacho.

Mentalmente ágil, tropicalmente educado, Juan ripostó en el acto, firme y certero:

—¿Tu madre, decías?

E hizo el innecesario ademán de emprender la carrera. Pero el boticario en canuto se conformó con la contrarréplica de dos o tres frases invariablemente terminadas en "la tuya".

Pero ¿era aquella la única realidad temible en la nueva etapa de la vida de Juan y su madre? ¿O aquella, unida a lo pródigo que era de sus declinantes y harto exprimidas energías sexuales el viejo, flaco y bajito, Don Roberto?

Había mucho más, para que la relativa felicidad de Josefa y Juan sufriese constantes eclipses parciales que amenazaban con una inminente, total desaparición. Don Roberto se iba aburriendo; no porque fuese malo; aburriéndose sinceramente. Josefa marchaba de mal en peor con sus neuralgias, su enflaquecimiento, sus ataques de "histerismo", y quizá cuántas insinuaciones a la variación amorosa le brindaba por ahí el viejo gallo "machorro", la miseria de lavanderas, costureras y demás mujeres "honradas" y "trabajadoras". Por otra parte, "ya" el azúcar

---

[1] *matagallegos y piononos* panetelas muy dulces.

estaba en crisis; Don Roberto tenía muchos gastos y en razón inversa a la multiplicación de estos, los negocios le "iban malísimamente mal', y si nunca dejó a su gente de Cuarteles del todo en el aire, eran inútiles sus esfuerzos para dar lo más imprescindible y para no darlo con atrasos que a veces convertíanse en *déficits* irremediables.

Y así volvió para Josefa el terrible círculo vicioso, igno-rado de casi ningún pobre: el trabajo que recrudece la en-fermedad; la enfermedad que hace un martirio del trabajo. Así la madre de Juan Cabrera tuvo un nuevo tomo de su dolorosa experiencia anterior, y una segunda edición de la experiencia de su infortunado marido. De tal manera, vol-vieron los días de amargas visitas a la casa de empeños, hoy con un tareco imprescindible, mañana con una pieza de ropa necesarísima; los días en que Juan iba al colegio, después del almuerzo de un plato de arroz blanco, abrillan-tado y oloroso por unas cucharadas de manteca hirviente; los días de coser media docena de forros de catre, por me-dio peso billete, o seis guayaberas llenas de botones y alfor-citas, por tres pesetas, o doce pantalones de "equifación", por doce reales en papel.

En aquella creciente, desastrosa situación, transcurrieron seis, u ocho, o diez meses. Y en verdad, durante tal tiempo, Juan adquirió una letra clara y firme, todos los conocimien-tos de aritmética que tenía Don Adrián y el arte de la buena lectura, base sólida y primordial de toda persona de ilustra-ción, lo cual no quiere decir, por supuesto, que también dejase de adquirir enseñanzas como aquellas del "mante-cadero" y del embrión de boticario; ni como las obtuvo en largas pesquerías al anzuelo, por la cortina de Valdés; ni por el estilo de las que aprendiera durante algunos medio-días en el interior de la iglesia del Angel, mientras con otros pilletes —Julián "ya" entre ellos— raspaba del suelo

las gotas de cera para derretirlas después con lagrimones de
cirios, recortes y cabos de velas, en una gran vasija de cobre
que para tal fin guardábase en la sacristía; incitante operación que aquellos fariseos de calzones por las rodillas apro-
vechaban, subrepticia y gozosamente para ponerle sandalias
de cera a las vírgenes descalzas, o para levantarle el oscuro
hábito a cualquier San Antonio, con un tieso pegote del
propio material.

Una noche, hallándose Don Roberto en la casa de Cuarteles, Josefa, que llevaba muchos días de fiebres y dolores,
sin tregua ni alivio, cayó repentinamente al suelo con un
formidable ataque nervioso, que la puso pálida, demudada
y convulsa, como una agonizante· Entre él, Doña Marta y
Juan, despertado de pronto y con natural azoro, colocaron a
la accidentada en la cama. Pero Don Roberto, como cole-
gial pescado en la sorpresa de un garito, o como hombre
casado cogido en un escándalo de burdel, alarmadísimo,
buscó el medio más rápido y expedito de abandonar la escena, con todo y hallarse profunda y sinceramente conmovido.
Fué a buscar un médico; pero el médico vino solo. Como el
médico le avisó al otro día que la enferma lo estaba seriamente, Don Roberto no volvió hasta media semana después;
cuando ya todo lo tenía preparado para enviar a Josefa a
una sala de distinción del hospital Reina Mercedes.

Para el hospital salió Josefa en un coche, acompañada de
Doña Marta, que después esperaría en la casa hasta que
volviera la inquilina, o en su defecto el dueño que habría
de poner en la calle, de nuevo, a la viejecita de la cara
chupada, el cuerpo encorvado y los ojos fruncidos y lacri-
mosos.

Y aquel mismo día salió Juan para la quinta del Cerro,
donde también Don Roberto hábilmente preparara el terreno para que se admitiese al muchacho en calidad de "reco-

gido". Fué Juan, desde la calle de Cuarteles hasta la Calzada del Cerro, de polo a polo, en un carretón, sentado sobre el viejo tachuelado baúl heredado del padre; y aunque hacía el viaje larguísimo sobre ruedas —inmensa dicha del muchacho pobre—, y llevaba en el bolsillo tres o cuatro pesetas que le dejara la madre antes de cerrar tras sí la puerta del hospital, y rodaba hacia una casa rica, con jardines, carruajes y mucho que comer, iba serio, triste, con el pecho muy apretado y las lágrimas muy próximas; porque iba sin su madre, e intuía su horrible situación en la vida, a partir de entonces. Poco le restaba en el mundo que le ligase a éste, con el cariño familiar, el deber y la responsabilidad de una madre, de un padre, de un familiar cualquiera.

Casi no le quedaba más que aquel baúl, sobre el cual iba dando tumbos por en medio de la enorme ciudad, atareada e indiferente, y además del baúl, Dios.

VIII

La quinta del Cerro estaba a una cuadra de la Calzada, y era acabado tipo de las mansiones señoriales de la época, situadas en los barrios extremos de las ciudades cubanas: sólidas y espaciosas, pero sin verdadero *confort* ni mayores complacencias arquitectónicas.

Media manzana, con una casona de dos pisos en medio y, en torno, la tosca verja de hierro, con pilares y sardinel, de negruzca mampostería. Entre la verja y la casona, arriates de ladrillo, con policromía de hojas y flores. Por entre los hierros de la verja, ramajes y enredaderas. Por encima de todo, tupidas copas de frutales y altivos penachos de palmas.

La casona tenía veintidós, o veinticuatro varas de frente, repartidas en dos únicas piezas: un gabinete de estudio, con diez estantes de libros de medicina, y una sala en que hol-

gadamente se empolvaban las veinte y pico de piezas de un
juego Luis XIV, recio y monumental. Después, saleta y
comedor inmensos. En seguida, divididas por un patio de
losas "isleñas", dos hileras de cuartos de proporcionales dimensiones. Por un lado eran siete. El penúltimo, era capilla
de un Cristo de palo, de equivocada anatomía y mal clavado en la prieta cruz, que mostraba sus chorros de almagre a Nuestra Señora de Regla, la madre mestiza que ya,
entonces, se le había aparecido del otro lado de la bahía
habanera. Al lado estaba el baño, con descomunal bañera
de cemento, dos duchas, cuatro llaves laterales y amplio
desagüe al gran sumidero de rigor: fecundísimo criadero
de todos los órdenes de mosquitos necesarios para el gasto
de la casa. En frente estaban dos cuartos dormitorios de varones grandes. Junto a estos dormitorios se hallaba el museo
de tarecos de la familia: unos arreos de quitrín, guarnecidos
de plata; una gran montura mexicana, tachonada de níquel
y platino, y un ventrudo órgano de cilindro, que aún molía
sus tres únicas piezas a impulsos de los muchachos de la
casa. Luego, la cocina, grande como la de una fonda, con
friso de azulejos, chimenea de ladrillos y media locería en-
ringlerada en el locero· Adjunto, el "odoro",¹ con tribuna
de madera y desahogo a un pozo negro que sostenía subte-
rráneas relaciones con el sumidero de los mosquitos y el pozo
blanco del traspatio. En el centro del patio, una maciza
fuente circular, de rojos ladrillos y verduscos pegotes de
mezcla, con una cuadrada pilastra en el centro, en la cual
había prietas manchas de limo, verdes plantas de pantano y,
de tarde en tarde, chorritos de agua clara y parlera. En el
traspatio, comenzado en una cerca de verdes listones, estaban: la despensa, la caballeriza, las habitaciones de los criados, un cuarto con los arreos, el cobertizo de los carruajes,
con portada al fondo, y la caseta del perro de presa, inevi-

---

¹"odoro" inodoro.

table. En medio del traspatio había un pozo, con basto y cuadrado brocal de piedra. A un lado, el pozo negro de los criados. Al otro, la llave de agua que les servía de baño. El piso alto tenía una carrera de siete cuartos, sobre la fila de los siete de abajo. Lo demás era azotea, con bajito muro de mampostería, y cuatro losas de grueso vidrio. Del comedor ascendía una amplia escalera de caracol. El resto era: cegadora blancura de cal en las paredes; verde, de aceite, en las puertas y en los marcos de las ventanas; en éstas, blancas persianas y postigos con cristales; medios puntos de vidrios de colores en unas y otras, y en el patio, jaulitas de güin, con las inquietas manchitas amarillas de sendos canarios.

La casa era casona, porque en ella debían vivir todos los "muchachos", aun después de casados. Era esta una vieja costumbre criolla, que se complicaba con otra debida al pasado régimen de la esclavitud: la reunión de una numerosa servidumbre, de ambos sexos, en feliz promiscuidad con la familia de la casa· A la gran mesa de caoba, que ocupaba el enorme comedor de la quinta, sentábanse, mañana y tarde, catorce personas. En un extremo de la mesa presidía Don Roberto. Don Roberto, además de cubanísimo en su debilidad por las faldas, de bata o de vestido de percal o de seda, lo era por otras muchas características. Además, por ejemplo, de la presunción del pie pequeño, el jipijapa fino y las medias de holán de hilo, tenía el hábito de la conversación en alto registro, cálidamente accionada y, sobre todo, cuando discutía, no dejaba hablar al desdichado que le replicaba, adivinándole siempre lo que iba decir. Así, argumentando con la facilidad del sacerdote en el púlpito, replicando con la ventaja del que juega solo al ajedrez, cuando él estaba en el uso de la palabra, en la mesa, nadie más hablaba. Ni los tres hijos varones, que ya eran hombres con

carrera. Doña Juanita, que sentábase siempre a la mesa
frente a una torre de platos hondos y un cucharón de
plata, reliquia de la familia, tampoco hablaba con Don
Roberto en la mesa. Ni en ninguna otra parte: por lo de
las faldas, porque Don Roberto había ido a la de los Diez
Años,[1] a beber fango y comer cuero de taburete, para traer la
República, enemiga de la iglesia, y porque pertenecía a una
logia, ya casi con los grados necesarios para entrar en ebullición. Y Doña Juanita se confesaba, semanalmente. Los
tres hijos eran: Domingo, médico; Adolfo, abogado; Robertico, farmacéutico. Domingo era quien tenía aquel gabinete
de estudio, con diez estantes de libros de medicina. Con uno
de ellos en la mano, o con el cultivo gelatinoso de una
colonia de microbios, bajo el lente del microscopio, o con
las pruebas de imprenta de su revista *Pasteur,* bajo la pluma, se pasaba horas enteras encerrado, sin visitas ni consul-
tas. Cobraba lo necesario para vestir muy modestamente.
No formaba parte de tertulias, dentro o fuera de la casa.
No tenía vicios. Había ido a la Universidad, por vocación.
Adolfo había ido a conseguir un título. Robertico llevaba
dignamente el diminutivo: ese marchamo con que la viveza
criolla suele dar un merecido pasaporte vitalicio de medio-
cridad. Robertico estaba casado con Laura Jústiz, proce-
dente de ex aristocrática familia habanera; alta, rubia, afi-
cionada a las batas de escote y los trajes teatrales. El matrimonio vivía en los altos, y era prolífico. Laura y Robertico bajaban al comedor, a las horas del almuerzo y la comida, para sentarse a la mesa con tres hijos varones y dos
hembras. El más chico de los varones era Fernando: once
años y cien libras de muchacho blanco, fuerte, bien hecho,
sin adiposidades; de grandes ojos grises, penetrantes y do-
minadores; que sin andar siempre con los libros, se llevaba
todos los sobresalientes del colegio, y sin aficiones calleje-

---

[1] *la de los diez Años*   la guerra de los Diez Años, iniciada
con el grito de Yara el 10 de octubre de 1868, dura hasta el
Pacto del Zanjón firmado el 8 de febrero de 1878.

ras, a la salida del colegio era el primero en el rápido y contundente manejo de los puños. Erasmo, era sujeto de doce años, flaco, cetrino, de aspecto seriote y cabeza ladeada; con memoria de cámara fotográfica, y hablar pausado y sentencioso. A Betico, el mayor, de trece años, lo había retratado Fernando con el mote de "Preguntabobo". Después venían Cusa y Cuca. Cuca era una prietecita de ocho años, flaca, planchada, vivaracha y con voz de muchacho. Nena tenía nueve años, y era una de esas niñas criollas, de tal edad, que promueven malos pensamientos: trigueña, crecidita, de labios gruesos y húmedos, ojos grandes y candentes e instintivas actitudes de mujer; de escote pleno y alto, y muslos llenos, redondos, envueltos en el blanco encaje de una sayita coquetona. Sentábase a la mesa, al lado de Don Roberto, su hija mayor, Corina. Corina era una muchacha de diez y ocho años, fina, pálida, espiritual, de ojos almendrados, negros y pestañudos, a quien tenían fuera de toda activa feminidad, el aislamiento de la quinta, la falta de primos, los lutos y medios lutos constantes en toda numerosa familia; las misas, salves, sermones y confesiones. Próxima a Corina quedaba Cucusa, su hermana, recién graduada de señorita; hermana en tipo, carácter, educación y monotonas perspectivas. Y al lado de Doña Juanita, tenía su puesto en la gran mesa, Doña Candita, una vieja hermana de la dueña de la casa. Doña Candita estaba blanca en canas, hecha casi una bola, con surcos y bolsas por todas partes, y no realizaba más esfuerzo, ni tenía otros deseos, que los de vivir uno, dos, tres años, con su dieta de leche y huevos pasados por agua.

En la cocina, con un plato, una fuente o una cazuela, en las piernas, comían ocho sirvientes. Tres eran criados de manos: Goyo, robusto mulatón de doscientas libras; Mercedes, bien formada mulata de veinte o treinta años; Can-

delaria, negrita de los altos. Los cocheros eran Ruperto y
Ñango, dos negros membrudos y sudorosos. Perico, chino
cocinero, largo, nudoso y pajizo, como una pipa de opio.
Cheché, ayudante de Perico, adolescente color de aceituna,
gran bailador de rumba e introductor, en la quinta, de chistes y dicharachos populares. Donato, viejo, rugoso y abetu-
nado jardinero, contemporáneo del General Tacón.[1] Los criados varones se exhibían ante las señoras, señoritas y niñas
de la casa, en desmangadas camisetas, con los brazos y el
pecho desnudos, los pantalones desabotonados y a medio
caer. Las criadas andaban entre los hombres de la casa, con
aquel remedo de camisa que era la bata abierta por el pecho
o la espalda, y el camisón caído hasta la cintura.

Domingo, como se ha dicho, era médico de gabinete y
no de enfermos. Adolfo era abogado sin pleitos. Robertico,
boticario sin botica. Así, no engañaba Don Roberto a Josefa
Valdés, cuando se refería a sus apuros económicos. Con tal
casona, aquel familión y tan nutrida servidumbre, había que
echar la gandinga,[2] según criolla frase del propio Don Roberto, para cubrir los gastos. Gracias a los caserones de alquiler, que conservaba el hombre por la calle de Cuba, y
diez o doce solares y cuarterías por Cayo Hueso, Carraguao
y Jesús del Monte, iba escapando la familia, no sin creciente déficit, que se traducía en frecuentísimos enredos de censos, hipotecas y otras calamidades por el estilo. Poseía Don
Roberto, además, un ingenio demolido en Minas; una finca
de frutales en Güines, y un potrerito, por detrás de la Víbora; pero esas posesiones campestres sufrían aún el terrible
desbarajuste económico producido por la emancipación de
los negros, y que entonces acentuaba la crisis azucarera
número cien. Los únicos visibles productos de estas propiedades, eran los caballos de maloja y cogollo de caña, las
carretas de carbón y los serones de viandas y pollos, que

---

[1] *General Tacón*   Gobernador de la Isla desde 1834 hasta
1841.

[2] *echar la gandinga* esforzarse extraordinariamente.

entraban por el portón de la cochera, para uso de la quinta y, a veces, vergonzante venta a las tiendas y fruterías de la Calzada.

En la mesa, cuando Don Roberto no se dignaba conversar; en las tertulias de los cuartos y en las de la cocina, hablaban todos a la vez, mientras los muchachos y los criados gritaban, silbaban, cantaban. Doña Juanita daba sus órdenes a gritos, desde la saleta a los cuartos; desde los cuartos a la cocina. Corina y Cucusa trataban de sacarle danzas, valses y mazurkas a un viejo piano de cola, enseñoreado de la sala. Los muchachos correteaban por el patio o la azotea, o le daban de lo lindo al manubrio del órgano. Y en medio de aquel admirable medio acústico, en aquella desapacible y ruidosa atmósfera —que subsiste hoy en no pocos hogares cubanos— tan lejana de lo que debe ser el verdadero *home*, sereno y agradable, zurcía o rezaba Doña Juanita, se mecía y abanicaba Doña Candita, y Laura leía a Montepín, López Bago y Pérez Escrich.

Así, hasta por la tarde, en que Doña Juanita, sola o acompañada de sus hijas, se iba de limosnas o cofradía. O hasta por la noche, en que se formaba la tertulia en la saleta, a base de los invariables temas caseros o sociales, sosos, vacíos, en que los más triviales asuntos tomaban importancia de grandes acontecimientos; en que volvían a rumiarse las mismas ideas, los mismos lugares comunes, los mismos insustanciales apasionamientos; con la misma monotonía con que, acaso al propio tiempo, trituraba por allá dentro el órgano de cilindro, las eternas tres piezas de su primitivo repertorio. Y así, hasta que Goyo pasaba con el catre de Don Roberto, para el comedor, cabalgándole en un hombro, o con el suyo, para la sala. Goyo dormía en la sala, como guardián de aquel extremo de la casona. Don Roberto dormía en el comedor y en catre, por el calor, según se les explicaba a los muchachos bobamente; pero, en realidad, porque no era sólo de palabra la edificante separación conyugal de los dos aristocráticos señores.

IX

Diez años tenía Juan cuando vino a vivir a la quinta del Cerro, sin que él supiera entonces, ni haya podido imaginar después, qué rodeos y consideraciones empleó Don Roberto con Doña Juanita, para obtener semejante resultado, ni cuáles fueron los tratos y escenas entre ambos con el propio motivo· Porque si bien ella siempre contaba con la probabilidad de prohijar, algún día, a Juan, seguramente no esperaba, llegada la hora, una sospechosa y batallona iniciativa de Don Roberto, en tal sentido.

Antes del primer domingo, aviaron al muchacho de ropa, calzado y sombrero: tres pantalones de dril crudo, tres camisitas de irlanda, borceguíes amarillos y panza de burro de a peso. Además, le podaron las uñas a ras de carne y le cortaron el pelo a punta de tijera. Esto último, naturalmente, le fué más amargo y doloroso que la separación de la madre. Antes de someterse a tal tortura del amor propio, tuvo varias veces la idea de escaparse e ir a vagabundear otra vez por su antiguo barrio del cementerio de Espada. Aunque ello significase la vuelta al catre y los bodrios de la negra cocinera.

—Voy a parecer un quinto,[1] señora —le decía a Doña Juanita, con dos lágrimas prendidas en las pestañas.

—Nada de eso. Los quintos no son los únicos que se pelan así.

—El sí, señora. Los quintos nada más. Como los cocos, nada más que los quintos· Se van a burlar de mí. Me van a poner nombretes.

---

[1] *quinto* español a quien entre cinco tocó por azar servir de soldado.

—No hagas caso a las burlas, ni a los nombretes, que son cosas de la gente sucia. Así se pelan los quintos y los que no tienen otra manera de andar con la cabeza limpia y sin greñas.

Por este lado, Doña Juanita hablaba con sinceridad; pero había otra razón no exteriorizable. ¿Cómo se iba a diferenciar de los muchachos de la casa, si también se le cortaba el pelo a la "malanguita"?[1] Nada. Doña Juanita le dió un real, y en una peluquería de las de *10 y 10* le dejaron cabeza de huérfano pobre.

Fué lo anterior, antes del primer domingo, porque Juan, en lo sucesivo, debía acompañar a Doña Juanita y sus hijas a la misa dominical, de diez, en la Merced —hora e iglesia de los católicos ricos de La Habana— y natural era que lo hiciese dignamente, con el cuerpo aseado y el traje sano y limpio. Aunque la compañía era para que Juan llevase desde el carruaje hasta el reclinatorio de la señora, y desde éste al carruaje, los catrecitos de alfombra en que habían de sentarse Corina y Cucusa.

El primer domingo, Doña Juanita le dijo al muchacho que se colocase al lado de una de las columnas del templo, a la vista de ella, para que la tomase de modelo en todas las teatrales genuflexiones de la misa. A Juan no le impresionó lo más mínimo el gran aparato de la misa cantada, ni la enorme afluencia de gente señorial y lujosa. Estaba acostumbrado al espectáculo, desde sus días de la iglesia del Angel, cuando se reunía con Julián para llamar a misa con una rumba de campanas, o para levantarle el hábito carmelita a San Antonio, con un tieso pegote de cera. Ni se sintió místico. Más bien hizo todos sus visajes religiosos, hoscamente, con actitud de mal genio zafio, con cara de perro bravo; porque como estaba allí, con el panza de burro en la mano, al aire el coco esquilado, no se le olvidaba la

---

[1] *a la "malanguita"* pelado corto que deja un poco más largo el pelo en la parte anterior de la cabeza.

afrenta. Y ya, con las más pecaminosas intenciones, miraba
ensimismado la cartera que una beata dejaba sobre la sillita,
al acabarse la misa, cuando vió que las muchachas le hacían señas para que se acercase, y que Doña Juanita cu-
chicheaba con el cura, de sotana, encaminándose hacia un
confesonario próximo. No pudo llegar a donde estaban
Corina y Cucusa, porque antes le llamó Doña Juanita.

—¡Uh! Ya sé para qué —pensó refunfuñón, rabioso—. No
me chiven¹ más con su religión.

Efectivamente. El cura se metió en el confesonario,
hundido en la penumbrosa esquina de una capilla lateral,
y Doña Juanita le dijo a Juan:

—Anda. Confiésate con el padre César, y procura acabar
pronto. En cuanto acabes, nos buscas. Nosotras también
vamos a confesarnos.

Pegó Juan las rodillas en el suelo, junto al confesonario.
El padre César abrió el postiguito; sacó por éste un brazo,
grueso y pesado, y después de darle dos palmaditas en las
mejillas, paternalmente, comenzó a acariciarle los recortadi-
tos pelos de la nuca, mientras le preguntaba su nombre,
su edad y otros detalles, maquinal e insincero· El padre
César tenía ojos viperinos; fuerte acento español; aliento de
dispéptico en ayunas, y exhalaba, por la bocamanga de la
sotana, que el muchacho tenía en el cuello, un insoportable
olor a europeo sudado. Con el mal humor de malcriado que
se gastaba el muchacho, el acento, el manoseo y la "pes-
tecita", desde el primer momento pensó, en insurrecto,
"¡Que patón² más cochino!"; dándole al calificativo todas las
acepciones del caso, y disponiéndose a la rebeldía.

—Vamos. A ver. ¿Qué pecados has cometido? —preguntó el confesor, con acento que anhelaba ser meloso y que
sólo era silbante.

—Todos, padre.

---

¹*chiven* fastidien.

²*patón* de pies grandes. También se les dice en lenguaje
vulgar a los españoles.

—¿Cómo?

—Sí, señor. Me acuso de todo. He faltado a todos los mandamientos de la Ley de Dios.

—Vamos. Vamos. Que no serás tan malo como dices· ¿A que no has faltado al sexto mandamiento?

Alzó Juan la cabeza, sorprendido, y vió en la cámara oscura del confesonario el brillo insinuante de los ojos del cura.

Este, con voz temblona, como asustado, insistió, a la vez que le amasaba el cogote al niño:

—¡Eh! ¿No has hecho ninguna picardía por ahí?

—Sí. Sí. Me acuso de todo. ¡Déjeme ir!

Y se deshizo del brazo, grueso y pesado, y se puso de pie.

El cura, resoplante, optó por contenerse, por hacerse el enojado:

—A ver, tío granuja. Váyase a àquel altar, y récele allí cuarenta credos a San José. Para que el Señor le oiga, y le perdone·

Juan no sabía el Credo. Sin embargo, se fué rectilíneo al altar; dobló las· rodillas, y se quedó con los ojos clavados en una de las gradas. Estaba entonces más serio, peor encarado; y maldito si se acordaba de sus pecados, ni de la penitencia para borrarlos.

Diez minutos después estaba detrás de él Doña Juanita.

—Vamos. ¿Todavía no has acabado?

A Juan le dolían las rodillas, pero respondió impávido:

—No, señora. Me pusieron cuarenta credos, y sólo llevo diez y siete.

—Bueno. Vamos. Los acabarás en casa. Así serán las barbaridades···

Echaron a andar el uno detrás de la otra. Ya juntos con Corina y Cucusa, Juan recogía y se colgaba de un hombro los catrecitos, cuando, de pasada por el grupo —por si acaso— el padre César se acercó a Doña Juanita, y jesuíticamente, entre advertidor con ella y congraciador con aquella panterita indomesticada, le dijo:

—Este chico es un granujilla, eh.

—¿Por qué, padre? —inquirió, ansiosa, Doña Juanita.

—No. Debo callar. Además: nada grave. ¡Es un pillín! Y el cura siguió de largo.

—¿Por qué ha dicho eso el padre, eh? —preguntó Doña Juanita, aunque con secretear de templo, amenazadoramente.

—Porque comenzó a preguntarme relajos,[1] y ...

—¡Siiii! ¡Dios mío! ¿Qué has dicho?

—Sí, señora ...

—¡Cállate! —y al propio tiempo que de nuevo le interrumpía, le dió al muchacho un fortísimo pellizco de monja, en un brazo.— ¡Anda! ¡Vamos para casa! Que allí me vas a repetir eso, encerrados los dos en el cuarto de los arreos. ¡Ya verás qué correítas! ...

Al llegar Juan, descendió del pescante, se echó al hombro los catrecitos, y entró. Doña Juanita se limitó a ordenarle secamente:

—Ven conmigo.

Y entró con las muchachas por delante.

Las siguió Juan, con cara de condenado a muerte. En aquel momento, el muchacho sintió gravitar sobre su ser toda la horrible significación de la palabra "recogido". Fué una rara, turbia, amarga mezcla de temor, vergüenza e indignación. Por primera vez le venía encima una tunda grande, de las que hasta entonces sólo conociera por referencias, como algo remoto e improbable para él. ¡Por una mujer! ¡Y encerrados en el cuarto del traspatio tras de pasar a la vista de todos los de la casa, grandes y chicos, varones y hembras, amos y criados! Por un instante pensó en rebelarse; en "fajarse" con la vieja en el cuarto, a mordidas y arañazos. Pero pronto se acordó de todos los varo-

---

[1] *relajos* actos depravados o contrarios a la moral.

nes, y al abandonar la idea ya no se le ocurrió otra para defenderse.

Ya en el cuarto, la señora tiró la consabida mantilla negra sobre la cama; se sentó al borde de ésta, y cuando tuvo al muchacho cara a cara, temblón y anhelante, le preguntó:

—Vamos a ver. ¿Qué le has dicho al padre cura?

—Yo, nada· El fué quien empezó a preguntarme lo que le dije a usted y, también a manosearme.

—Pero, ¿qué te dijo?

—No puedo decirlo delante de usted, señora.

—Porque es mentira. Tú lo que eres un sucio, un sinvergüenza. ¡Vamos! ¡Ponga eso en el suelo!

Y la insultada Doña Juanita, mientras dijo lo anterior, agrandó los ojos, los acercó a los llorosos del acusado, y trepidó en alto los puños crispados.

Pero el acusado tenía escuela, y tenía la verdad.

—Pues es cierto.

Al principio, la indignada señora no hizo más que negarse a oír. Sólo ella hablaba, disparando los más duros calificativos. ¡Mentiroso! ¡Deslenguado! ¡Sinvergüenza! Pero el muchacho, atemorizado y todo, no se doblegaba fácilmente. La beata comenzó a tomarle verdadero temor al escándalo que podía surgir de todo aquello. Se quedó un instante muda, irresoluta, con los ojos inmóviles en la terca mirada del huérfano· Y comenzó a amainar, tan claramente, que ya Juan casi sintióse libre de la paliza a cuarto cerrado y rienda limpia. ¡Vamos! Ella no podía creer que el padre César, al acariciar al desagradecido chiquillo, no sólo quiso ser cariñoso, atraérselo, paternalmente. ¿Qué barbaridad podía imaginarse? ¿No estaba el templo lleno de personas?

Las imprudentes ideas que así se escapaban de la corta mentalidad de Doña Juanita, sonsacaron al ex pillete, para aventurar:

—Sí, señora. Pero, por mi madre le juro, que hay hombres que no se pueden contener. Aunque no sea más que para tocar.

—¡Insolente! ¡Qué hombre, ni hombre! ¿No te das cuenta de que hablas de un sacerdote? ¡Cuidadito con repetir una palabra de esto! ¿Me oyes?

El muchacho únicamente afirmó con un movimiento de cabeza.

—Te guardarás muy mucho. Ahora, vete a donde nadie te vea, y mira a ver si tienes marca del pellizco. Si la tienes, ven para ponerte árnica.

Juan dió media vuelta, rápido, a fin de salir de capilla, cuanto antes, mejor. Y Doña Juanita agregó:

—Que nadie se entere de esa sinvergüencería, ¡eh! Porque si hoy te has salvado, ¡mucho ojo con lo que haces!

Al fin, con un "Sí, señora", firme y claro, el indultado desapareció.

A esa misma hora tenía que ayudar a uno de los cocheros a cortar cogollo de caña para los caballos. Mientras apilaba el cogollo frente a una hoz, clavada filo arriba en la caballeriza, tomó profunda nota mental, profunda hasta donde le permitió su infantil cerebro, de aquella primera ventaja que le había dado el cisma masónico-religioso, existente en la prócer jefatura de la quinta.

X

Los domingos eran días de visitar enfermos en el hospital. Aquel primer domingo, después del almuerzo, Juan fué a ver a su madre. Corina, Cucusa y sus sobrinitas iban a pasar la tarde en la quinta que tenían cerca del fuerte de la Chorrera unas tías y primas maternas, y llevaron al muchacho hasta la puerta del hospital. Le llevaron en el pescante, junto a Ruperto, el cochero de confianza, encargado de cuidar a las muchachas durante el trayecto de ida y regreso.

Las hermanitas acogieron afablemente a Juan. La propia Superiora, mujerona ventruda y mal encarada, vino al encuentro del niño, con lo que ella creía que era una sonrisa. Le dió a besar el colgante crucifijo, y sonando a su lado un nutrido llavero y las cuentas del enorme, consabido rosario, le condujo a la cama 7, sala B, donde el desmedrado cuerpo de Josefa Valdés apenas si se marcaba debajo de la sábana que lo cubría hasta el cuello. Josefa estaba dormida, con la boca entreabierta y la cabeza de lado sobre la almohada. La Superiora le señaló al niño una silla próxima a la cabecera de la cama, secreteándole a la vez:

—Siéntate ahí, y espera, a ver si despierta.

Juan se sentó de frente a su madre. Estaba emocionado, con emoción que debió dejar honda huella en su memoria. Allí, frente a él, alentaba sorda y débilmente, al través del prieto hueco de la boca desdentada, lo único que le restaba en el mundo: un ser flaco, pálido, arrugado, en pleno derrumbe, en la más fuerte y desagradable visión. Torció el cuello, espantado, y se halló con el cuadro desolador de la sala del hospital. Sala larga y estrecha, con dos filas de camas de hierro, altas y angostas. Las camas estaban amortajadas, inmóviles, silentes, como si sólo las ocupasen cadáveres que pusieran sobre la blancura de las almohadas las manchas, de cera o de carbón, de sus rostros afilados. El era el único visitante. Allá lejos, una monja daba sorbos del contenido de un tazón, a una esquelética negra, retrepada en el lecho. En el fondo, penumbroso, de la sala casi cerrada, siniestramente ardían dos velones, en escolta del sanguinolento crucifijo insuprimible. Sentíase un enervante olor a incienso, mezclado con emanaciones de yodofor-

mo y ácido fénico. Juan, con miedo, volvió la vista hacia la
única ventana entornada que tenía la sala. Vió luz de sol
y verde de árboles, al través del ventanuco, y le asaltaron
poderosas tentaciones de irse de allí, saltando por aquel
hueco luminoso, a la arboleda, y luego a la calleja colindante.

Como tal pensamiento, de pueril egoísmo y cobardía, era
un absurdo, optó por tocar con suavidad las descarnadas
piernas de la madre, llamándola, al propio tiempo, tímidamente:

—Mamá.

La madre, como si aún soñase, con lentitud, con turbia
expresión, abrió los ojos, a la vez que musitaba débilmente:

—¿Qué hay, mi hijo? Ven.

Extrajo un brazo de la sábana para coger en su mano
huesuda y febril, una mano de Juan y retenerla y acariciarla
mientras durase la visita. Esta iba a ser corta. Así se lo dijo
la encargada de aquella sala: la monja que acababa de alimentar a la negra esquelética:

—Ya lo sabe, número siete. En la sala de los graves, no
se pueden hacer visitas largas. Y el médico se lo dijo: ni a
usted ni a su hijo les conviene.

—¡Ay, hermana! ¡Si más valdría que mi hijo se muriese!

Y al decir lo anterior Josefa, acongojada comenzó a sollozar.

—Ya lo ve usted. Ya lo ve usted —regañó la monja.—
Lo mismo que acabo de decirle. Tranquilícese, o me llevo
al niño.

Claro. Se tranquilizó. Dialogaron ambos. Juan contó a su
madre lo bien que se comía en la quinta, la enormidad de
sirvientes, cómo estuvo por la mañana en la misa de la
Merced, cómo se había confesado contritamente, cómo después de la confesión rezaba por la salud de ella. Se inten-
sificaba el olor a ácido fénico, y una enferma había comen-

zado a quejarse lastimeramente. La madre se mantuvo firme; quiso saber la vida del hijo en la quinta; celebró la ropita del muchacho, y en este punto, por inevitable asociación de ideas, flaqueó su espíritu y exclamó:

—Pero ya debían haberte comprado las camisitas de luto.

Y con esta frase volvió a los sollozos, entonces, al parecer, incoercibles.

Un nuevo y prolongado regaño de la monja, al fin contuvo otra vez el lloroso desahogo de la número siete; pero, insegura ya de toda fortaleza, vencida por el dolor, puso la misma enferma rápido término a la entrevista. Dijo que Juan debía ir a ver, en seguida, a Doña Marta, para recomendarle que "quemase"[1] los muebles por lo que le dieran, guardándose el dinero y marchándose por ahí en busca de otro lugar en que encovarse. Juan tuvo necesidad de protestar. ¿Por qué todo el dinero para Doña Marta?

—Porque a ti nada muy necesario te hace falta. En cambio, esa otra pobre, quizá a dónde irá a parar.

Y a punto estuvo de volver a llorar. Mas Juan se puso en conformidad, con tal de acercar el momento de la partida. La madre se lo atrajo hacia sí, con el brazo descarnado en torno del esquivo cuerpecito.

—Ven —le dijo a la vez que con la otra mano sacaba una llavecita de debajo de la almohada—. Toma. Esta llave abre un secreto que tiene el baúl: un doble fondo. Busca el huequito debajo del forro, en una esquina de abajo. Y guarda la llave. Por si acaso. Allí encontrarás el retrato de tu padre, con algunas cosas de los dos. Y cartas y papeles. Al menos, el día de mañana, podrás probar que tuviste padre... y madre...

Y le besó, ya con el rostro convulso y mojado en llanto. Juan sintió junto con las lágrimas que se le agolpaban

---

[1] "quemase" vendiese a cualquier precio.

en los ojos, un ya irresistible propósito de cortar la escena, demasiado fuerte y brutal para él.

La monja lo hizo. Juan se apresuró a salir, sin que su madre tuviera fuerzas para darle el que podía ser su último adiós.

La hermanita llevó al emocionado muchacho al pasillo. La Superiora le llevó al patio, y debajo de un matizado ciruelo permitió que el panza de burro se llenase de fruto, amarillo y oloroso. La monjita portera le puso en la diestra una colección de estampitas religiosas, diciéndole al hacerlo:

—Y reza a Nuestra Señora, todas las noches, para que te ponga buena a tu madre...

XI

El próximo domingo, Doña Juanita no quiso llevar a Juan a la iglesia. Don Roberto tuvo un aparte con el muchacho para preguntarle la causa de aquel cambio tan rápido. Juan se hizo el ignorante. Estaba tan sorprendido como quien preguntaba. Don Roberto, entonces, por embromar, o porque lo necesitase, le ordenó:

—Vete a Carlos III, esquina a Pereira. En aquel edificio de dos pisos, que está donde sale el callejón, verás una escalera muy ancha. Sube al segundo piso y, a quien esté, dile que vas a buscar los documentos que tengo allí.

En aquellos días las logias masónicas estuvieron muy perseguidas. El Gobierno supo que tornaban a ser activos focos de conspiración separatista, y todas las que eran denunciadas, recibían terminante orden de clasura. Don Roberto mandaba a Juan a una logia, establecida en la esquina mencionada.

Fue más divertido que la iglesia. La teatralidad del "templo" le sorprendió y azogó enormemente. Se puso a verlo y palparlo todo; mientras unos obreros desclavaban gradas, tronos y adornos, dorados y chillones. Pronto estuvo Juan reunido con tres aprendices y otros muchachos, que también curioseaban por allí, burlonamente:

—¡Cuántos machetes!

—¡Machetes![1] ¡Qué bestia! Son espadas. Por eso dicen que los gallegos le han cogido miedo a los masones.

Después se asombraron de ver el sol, la luna y las estrellas, "salíos" todos juntos.

De pronto:

—¡Vengan, caballeros! ¡Vengan! Miren esto.

Era un pasillo largo, angosto y completamente tapizado de negro, que terminaba en un cuartito, asimismo forrado del mismo color fúnebre.

Por las rendijas de un postigo entraba la luz, filtrada, debilísima. En el medio hallábase un negro ataúd sobre tres sillas y entre igual número de grandes candelabros. En las paredes, huecos con calaveras y letreros espeluznantes. La pandilla no escapaba a toda velocidad de sus temblonas piernas, por amor propio, afán de curiosear y tentación de hacer una bien sonada. Y la hicieron. Uno se coló en el ataúd; dos le hicieron compañía, quietecitos en los rincones, y los demás corrieron a buscar un profano. Le hallaron: un flaco blanquito de nueve o diez años. El del ataúd era Juan. Los que condujeron al profano le hablaron, durante el trayecto, de las cosas rarísimas, sorprendentes, que había por allá arriba. Acabaron por hablarle de muertos y aparecidos. Cuando le tuvieron en el cuarto, apenas comenzaba el pobre a descubrir las líneas del ataúd. Juan le habló, del modo más cavernoso posible:

—¡Ooooye! ¿Quién eres tu?

---

[1] *Machetes*   espadas anchas de un solo filo. El llamado "machete paraguayo" era usado por los soldados cubanos en las luchas emancipadoras.

Y saltó del ataúd, con los brazos abiertos hacia el neófito. Corrieron a lo largo del tenebroso pasillo, uno en pos del otro. El muchachuelo huía despavorido, loco de horror, y al llegar a donde estaban los obreros, cayó al suelo presa de un formidable ataque de nervios. Mientras aquéllos corrieron a levantarle, escaparon los otros, a toda carrera, por la Calzada y callejas transversales.

Juan llegó a la quinta, jadeante, sudoroso y ¡sin los documentos! Ni siquiera los llegó a pedir. Inventó ante Don Roberto la consabida mentira. No se los quisieron dar, por desconfianza. No le conocían. ¡Un gallego portero, más animal! ...

Los documentos eran muy importantes para que Don Roberto se quedase tranquilo. Tildado de insurrecto, como estaba desde que estuvo en la Guerra Grande,[1] con cualquiera de aquellos papeles podían perjudicarle sus enemigos naturales. Eran unos papeles que hablaban de Pancho Carrillo, de Emilio Núñez,[2] de una logia de New York, en medio de frases cabalísticas, iniciales, números de clave y triangulitos de puntos negros. Además, imposible que se resignase a correr el riesgo de que se le extraviase un grupo fotográfico, inmenso, en el cual aparecía él con otros graves señores, vistosamente adornados con mandiles, insignias y otros pintorescos colgajos.

Así, como el carruaje estaba en la logia de Doña Juanita, tomó Don Roberto un pesetero, para ir en busca de sus documentos, personalmente.

Media hora después entraba en la sala de la quinta, con un rollo de papeles debajo del brazo y una gran cartulina en la diestra. Juan, que avizoraba la puerta de la calle desde el trapatio, al percibir a Don Roberto, se volvió a ver en capilla; por segunda vez, e inapelablemente, condenado a una mano de riendas en el temido cuarto de los arreos.

---

[1] *Guerra Grande*   Guerra de los Diez Años (ver Nota 1, p. 52).
[2] *Pancho Carrillo y Emilio Nuñez*   patriotas cubanos que se distinguieron durante la Guerra Chiquita (1879-1881).

Pero, no. Le salieron al paso, a Don Roberto, sus hijos Domingo y Adolfo, seguidos de Laura y todos los muchachos de la casa. Juan les vió hablar en voz baja, mientras le miraban disimuladamente, con expresión de pena y tristeza.

Un momento después, Don Roberto le llamó para decirle:

—Tú sabes lo que has hecho, y yo también. Te esperaba la gran tunda; pero te salvas, porque tu madre está muy grave. Tanto, que hoy, domingo, no puedes ir a verla.

En seguida los muchachos de la casa le rodearon solícitos, piadosos. Todos le ofrecieron algo: dulces, una pelota, un envidiado tirapiedras. Más tarde, cuando vino Doña Juanita, hubo nuevo conciliábulo, secreto y misterioso. En el instante la señora le llevó a rezar al penúltimo cuarto, diciéndole que rogase a Dios por Josefa. Y mientras él, de rodillas, simulaba rezar, vió a la dueña de la casa extraer de un viejo armario varios usados trapos de luto y medio luto. Luego le pidieron una de sus mudas de ropa nueva, y en su presencia comenzaron a cortarle las piezas de una camisita.

Luego, por si aún no había comprendido, Doña Juanita, con discretos eufemismos, le hizo acercarse a ella, y sin nuevos rodeos, sin previa explicación alguna, empezó a decirle, suspirosamente:

—¡Ya puedes estar agradecido!... ¡Gracias a nosotros!... ¡Si no fuese por nosotros, qué sería de ti ahora!... Pórtate bien, a ver si te haces aquí un hombre de provecho, ya que tienes la suerte de no ir a la Beneficencia.

—¿Es que se murió mi madre?

—Sí... Pero, por fortuna, nos tienes a nosotros.

Juan se fue al traspatio. Estuvo arrinconado todo el día. Lloró, unas veces por verdadera tristeza, y otras porque era su deber. Aún tenía el alma demasiado en flor para tener plena conciencia de su enorme desgracia. Por la mañana, día de visita a la madre casi moribunda, alegremente había jugado con la muerte. Por la tarde, la muerte le dejaba solo en la vida, sin el menor nexo natural con cosa alguna de la vida. Ya, cuando se le debilitasen las impresiones de la infancia, por efecto del tiempo e imperio de las experiencias de la juventud y la madurez, sería uno de tantos desdichados que nunca pueden comenzar un relato, diciendo: "Una vez, mi madre..." o "Recuerdo que mi padre, en una ocasión..." ¡La incalculable desdicha de los que, siendo niños, no tienen hogar, ni padres, ni niñez!

Piadoso Don Roberto, y a fin de que acabase Juan de olvidar su inmensa pena ,le dió a leer uno de los pocos libros que tenía a mano: el libro de Justo Zaragoza, *Historia de las insurrecciones en Cuba*. No obstante lo injusto que Don Justo fue con los cubanos en aquel libro, Juan se bebió ávidamente una lectura que dejaba entrever la constancia en el heroísmo y el sufrimiento de los cubanos, y la constancia en el quijotismo y la crueldad de los hoy olvidadizos señores de la Raza, la Religión y el Idioma. Por la noche, Don Roberto, viendo al muchacho tan entusiasmado con la obra, contra su costumbre, se quedó un rato después de la comida, para hablarle del *Virginius*,[1] de los Estudiantes,[2] de Valmaseda[3] y del Brigadier Acosta.[4] Juan, aquella noche y la siguiente, se sintió más hermanado a los que no eran de la Raza, a la gente del traspatio, y les estuvo leyendo el libro hasta muy tarde. Hasta darle fin.

Por la mañana, cuando aún le duraba la impresión de la lectura del día anterior, y de los relatos de Don Roberto, Juan obtuvo permiso para ir a darle a Doña Marta el recado de la madre muerta, y a decirle que lo estaba, a la viejecita. Bajó por Monte, a la plazuela de la Puerta de Tierra.

[1] *Virginius*   nombre de un barco con expedicionarios cubanos y venezolanos apresados y ejecutados por los españoles durante la Guerra de los Diez Años.
[2] *los Estudiantes*   los ocho fusilados el 27 de noviembre de 1871.
[3] *Valmaseda*   gobernador español cuando el fusilamiento de los Estudiantes.

Aún no llegaba a ésta, cuando se hizo cargo de que algo gordo ocurría en Muralla, la calle de los que acostumbraban "ponerse a gritar ¡Viva España! sobre un barril de manteca o un cuñete de aceitunas". Hombres, mujeres y chiquillos convergían, locuaces y fiesteros, en la famosa calle. La multitud invadía las aceras, los balcones, las azoteas, las bocacalles. Allá, por el otro extremo de la comercial vía: por Oficios y Mercaderes, sonaban cohetes y voladores, repiques de campanas, y dispersos acordes militares, de una banda que avanzaba calle arriba, entre arcos, banderas y colgaduras, rojas y amarillas, y entre estentóreos vivas a España, que se propagaban por la multitud, ahogando el lejano rumor de las campanas y la música.

—¡Eh! ¿Qué pasa? —preguntó Juan en alta voz, pero sin dirigirse a persona alguna.

—Que la gente anda alborotá otra ve por la Villas— le aclaró alguien.

Más adelante, cuando ya el muchacho ingresaba en las nutridas aceras de Muralla, pudo a su vez satisfacer la curiosidad de una mujer que lanzaba al aire análoga pregunta, diciéndole la misma frase, enterita; mientras un tercero agregaba:

—Entonces son esos mismos cabeciduros de siempre: Carrillo, Emilio Núñez y Serafín Sánchez.[1]

No necesitó Juan más. Estos nombres hicieron efervescer en él toda la incipiente inquina patriótica, acumulada el día anterior. Perdido en la muchedumbre, oculto por su propia estatura, comenzó a lanzar escupitajos a banderas y cortinajes, a arrancarles flecos y girones, que se iba introduciendo entre camisa y barriga, con la idea de hacerse quizás qué en ellos, cuando regresase a la quinta.

Se acercaba la estrepitosa banda, y detrás de ella la cuádruple fila de bayonetas. Estremecíase la calle, de factoril

---

[1] *Serafín Sánchez* Jefe insurrecto de la provincia de Santa Clara durante la Guerra Chiquita.

patriotismo. Estallaban, próximos, bombas y cohetes. Al lado
de Juan, un gigante con novísimas alpargatas blanquinegras
y boina de pimiento morrón, gritó frenético y atronador:

—¡Viva España, reco... ontra!

El muchacho, con su voz fina y chillona, le gritó:

—¡Sió, animal!

Y puerilmente echó a correr calle arriba, por el espacio
empedrado, que despejaron los guardias; en salvador retroceso a la poblada plazoleta de la Puerta de Tierra.

Pero, no era la muchachada tan leve, ni tan fácil la huída.
Cuando el guardia le tenía en un puño, retorcido como
una etcétera, se le vinieron encima veinte puños más, apretados y en alto, y cien roncas imprecaciones:

—¡Mambí!' ¡Mulato! ¡Malnacido! ¡Hijo de mono y perra!

Uno de los más enfurecidos llegó a agarrarle por la camisa. El muchacho, recordando a los Estudiantes, horrorizado
ya, dió un fuerte tirón para desasirse del bárbaro que le
atenazaba. Cayeron al suelo los girones de la bandera rojo
y gualda. Llovieron entonces sobre el muchacho más manotazos y puntapiés que los que en él cabían. Entablose una
lucha entre los guardias, no aturdidos, y los obcecados salvadores del honor nacional, y...

También intervino, afortunadamente, la vanguardia del
batallón, al abrirse paso por entre el remolino humano. Los
guardias al fin se hicieron fuertes por su creciente número.
Unas valientes mujeres del pueblo, asimismo amparaban al
réprobo, al distraer a sus perseguidores con gritos de:

—¡Abusadores! ¡Hágansalo a los hombres!

Fuertemente sujeto por las muñecas se lo llevaron los
guardias. Veinte minutos después, sofocados, goteando sudor y seguidos por una ruidosa cauda de pilletes, estaban
en el Cerro, a la puerta de la quinta. Fue tal el escándalo
allí, que los guardias no obstante haber llegado furiosos,

---

¹*Mambí* nombre que aplicaban despectivamente los españoles a los soldados de la Independencia durante las guerras
de emancipación.

hablando de multas, de insurrectos, de escarmientos bien
sonados, se retiraron medio asustados por las proporciones
del suceso y por la señorial apariencia de la casa, con sus
metálicas chapas del abogado y los doctores, que espejeaban
en la gran puerta de la sala.

Doña Juanita, recordando sus sustos y correcorres de la
Guerra Grande, quería poner al huérfano en medio de la
calle, si era que alguien no iba, en seguida, a meterle en la
Beneficencia. Don Roberto, porque en el fondo estaba encantado con la acción del muchacho, y Domingo, por su
fobia a todo lo violento y escandaloso, intercedieron a favor
del culpable. Doña Juanita acabó por culpar a Don Roberto,
por su empeño de darle a leer al muchcho libros como el
de Zaragoza. Robertico se permitió asentir. Don Roberto
acalló a todo el mundo soltando cuatro gritos y recordando
que él era el amo de la casa. Con esto se escurrieron familiares y criados, faldas y pantalones. Y terminó el incidente
con la condenación de Juan a una insignificante penitencia.
Fue condenado a pasarse tres noches, solo, en el primer
cuarto alto, donde Adolfo tenía tres estantes repletos de
Derecho. Tres noches en que debía escribir, y escribió, mil
quinientas veces —en la mesa escritorio del abogado y debajo de una sofocante lámpara de petróleo— la frase "Debo
portarme bien, porque no tengo padre ni madre".

XII

Siguieron discurriendo los días de Juan en la quinta del
Cerro, entre horas ingratas y horas placenteras, que sólo le
causaban efecto superficial, momentáneo, siempre de rápida
dilución en la feliz inconsciencia de su alma de niño, en
tanto que su viva mentalidad de hijo de tísico y educando

de la calle, absorbía como una esponja, aunque también inconscientemente, las lecciones de aquel medio que el juego de la vida le deparaba.

Juan era allí un criado más, y, a veces, un niño más. Mientras los niños de la casa estaban en el colegio, o se preparaban para el colegio —aseo, estudio y comidas entre clases— Juan trabajaba, cantando y silbando felizmente, acaso con la íntima, inconfesable felicidad de no ir al colegio. Cuando los niños jugaban, Juan solía mezclarse con ellos, a todo fuero de libertad, de niñez.

En las mañanas, a las seis, cuando según la costumbre cubana de entonces, todo el mundo en la quinta estaba en pie, y por las puertas y ventanas, a todo abrir, entraban en la casa alegrías de luz tropical y de purísimo olor a rosas y jazmines, y los canarios cantaban en sus criollas jaulitas, predominando ellos en el concierto de las voces de mando, a todo galillo, de los amos, el dahomeyano[1] cantar de los criados y las fuertes risas y parloteos de los niños, Juan, sentado en las losas del patio, con paños, cepillos y una redonda lata de betún español (marca "El Gallo") lustraba la circular hilera de zapatos que le hacían coro en el suelo, silbando a "su" vez, alegremente, al compás del cepillo, convertido en guayo,[2] cualquier *yambú* de última moda. A partir de esa primera faena, que duraba una hora, por el cuidadoso, experimentado y aplaudido arte de Juan como limpiabotas, el muchacho realizaba cien diversos trabajos más al día. Unas veces ayudaba a Corina y Cucusa a "desenredar" madejas de estambre para el imprescindible bordado que hacían las señoritas de la época, cuando no se ocupaban de romper tímpanos con el solfeo y otras torpes cantaletas de piano. Otras veces iba a frotar con un paño los quinientos volúmenes de Derecho que tenía Adolfo en la biblioteca de los altos, cuidaditos, ordenaditos, herméticos, virginales.

---

[1] *dahomeyano*   de los negros de Dahomey, en el Africa Occidental.

[2] *guayo*   instrumento formado por un "güiro" seco y rayado que al friccionarlo produce un sonido rítmico en la música popular cubana.

En ocasiones abrillantaba con limón y ceniza, los metales
de los arreos históricos de la quinta, con esmeril y aceite,
los avíos de cacería, de Robertico, que sabía más de las
cápsulas y las píldoras de plomo de matar pájaros, que de
las de curar al prójimo. E invariablemente Juan ayudaba a
los cocheros a cortar el cogollo para los caballos, antes de
irse a la cocina a almorzar con los demás criados: con un
plato, una fuente o una cazuela sobre los muslos. A la hora
meridiana, cuando llovía fuego sobre la casa y el jardín,
callaban los canarios y la gente, blanca y negra, se amodo-
rraba sudorosa por los cuartos, frente al hálito de fragua
que se filtraba por los ramajes incendiados. Juan también
echaba su siesta por allá por el traspatio, a la sombra de un
árbol, o sobre el colchón, húmedo y aromático, de una pila
de maloja, con uno de los escondidos libros insurrectos del
amo de la casa, prendido entre los dedos. Por las tardes, entre juego y juego con los muchachos, llegados a las tres del
colegio, barría hojas secas en los senderos del jardín, iba
a mandados, ayudaba a baldear la cochera, cepillaba ternos
en los cuartos de los varones, sacudía los montones de libros,
revistas, folletos y circulares del gabinete de Don Domingo,
descuidados, revueltos, a medio abrir, plenos de tiras de papel, tarjetas y otros marcapáginas. Por la noche, mientras
los muchachos estudiaban, él hacía mandados nuevamente,
o jugaba solo, hasta la hora de irse a dormir en su catre,
que estaba en un cuartito del traspatio, solo, y junto con
el catre en que dormía la aislada pubertad de Cheché, el
accitunado introductor en la quinta del Cerro, de todas las
degradaciones y ñañiguismos del hampa ibero-africana, en
aquellos felices días del régimen colonial... Cuando los
muchachos jugaban en conjunto, hembras y varones, incli-
nábanse al juego del "teatrico", casi siempre por insistencia
del pachecal[1] Erasmo, que era el asombro de la familia por

---

[1] *pachecal* con actitud de "Pacheco": personaje simbólico
de presunción y engreimiento.

la "facilidad" que todos le reonocían como confeccionador de dramas. Al igual que Shakespeare y Moliére (citas del propio Erasmo) al muchacho le gustaba mezclarse con sus actores en el escenario improvisado con cajones, hules, cortinas y manteles viejos.. Los dramas de Erasmo se titulaban *La Santidad de un Angel o el Sacrificio de una Esposa Cristiana, Corazón Arrodillado,* o se *Muere la Mulata,* y de más está decir que aquella crisálida de simulador del talento, hurtaba de lo lindo en *El Alcalde de Zalamea, La Vida es Sueño* y la *Cena Jocosa.* Claro es que algunas veces el drama tenía epílogo de títeres. Como en cierta ocasión en que Erasmo, con voz grave y campanuda, comenzó muy serio:

Si es o no invención moderna...

—¡Adiós, Baltasar de Alcázar! —le interrumpió Fernando, que·en aquellos momentos estudiaba nociones de literatura.

Juan, que era uno de los actores, creyendo que aquel nombre se lo aplicaba Fernando a Erasmo, de puro invento, en la improvisación de la pieza representada, agregó en seguida, muy gravemente:

—¡Alto ahí, Don Baltasar! Que si vas...

—No le dejó terminar Erasmo, creyendo que el huérfano también se burlaba.

—¡Oye! Tú sí que no puedes chotearme. No somos iguales. ¡So parejero!¹

Juan quedó atónito. Nena y Cuca protestaron de que se interrumpiese la "obra", e intentaron poner paz entre los varones. Pero Fernando acabó de "formarla", diciéndole a Erasmo:

—¿Parejero, por qué? ¿No es tu tío?

—El no puede ser mi tío, porque es muy hijo de... su madre —replicó Erasmo, que se sentía enfurecido, y respaldado por su mayor estatura.

¹*parejero   fantarrón, atrevido.*

Para Juan aquella incomprensible, inesperada alusión a su madre, fué una declaración de guerra; y como él hasta entonces no había tenido oportunidad de conocer su condición de inferioridad a la hora del juego, como no se consideraba más que un muchacho entre muchachos, soltó la contestación de ritual, irreflexivamente:

—¡La tuya!

Y alzó los puños apretados a la altura del pecho, como cuando se "fajaba" "por" Príncipe o en la Loma del Angel.

Fernando, también a puños apretados, se interpuso entre Juan y Erasmo, gritándole al último:

—¡Déjamelo a mí!

Erasmo no quiso sino unirse a su hermano en la ofensiva. Las niñas corrieron llamando chillonamente a la madre, para que viniera a ver a Juan "pegándole a Fernando y Erasmo en el cuarto de las monturas". Detrás de ellas, muy despacio, haciéndose el hombre, iba Betico, "Preguntabobo", que agregaba a los gritos de sus hermanitas:

—¡Oye, mamá! Ven a arreglar a estos guanajos.

Corrieron al cuarto Corina y Cucusa, con el corro de chiquillos gritones, y detrás, a todo andar de sus seniles piernas, Doña Juanita. Le trepidaban sobre la nariz las gafas centelleantes, que sujetaba con una mano. Con la otra recogíase la falda para facilitar la desacostumbrada carrera. En el patio se encontró con Erasmo. Venía de retirada.

—¡Corre! —le dijo a la madre—. Que la cosa es a palos.

Llegó Doña Juanita. Quedaron inmóviles las yayas[1] que enarbolaban los dos muchachos, y entre las cuales las vociferantes Corina y Cucusa no habían osado meterse. Eran las yayas que tenían al cinto los actores, a guisa de espadas, mientras representaban los calderonianos plagios de Erasmo. Fernando había logrado quitarse todos los golpes de Juan, le tenía con dos palos en el hombro izquierdo, lloroso

---

[1] *yayas* gajos de un árbol del mismo nombre que tiene madera muy dura.

de dolor, pero también de coraje; ciego, no escarmentado, enfurecido.

—¡Bandido! —gritó aspaventera, melodramática, Doña Juanita—. ¡So sinvergüenza! ¡A ver ese palo!

Como Juan se tuvo que quedar a pie firme, sólo defendiéndose con su fuerza suprema:

—¡Me mentó la madre! ¡Me mentó la madre!

Como tenazas abiertas lanzó la furiosa Doña Juanita sus dedos sobre las estremecidas carnes del huérfano. Le hizo gritar y retorcerse con cuatro, seis, ocho brutales pellizcos en los brazos y en los costados, mientras los otros actores de la refriega dispersábanse, en algarabía, por los cuartos y las escaleras.

Explicaron los gesticulantes testigos. Fernando le había dicho a Erasmo que Juan era su tío. Erasmo se molestó y dijo algo fuerte. Juan le soltó aquella réplica bestial. Se "fajaron", pero en verdad que Juan era el único que tenía dos yayazos marcados en el cuerpo. Llorando, pero siempre "revirado", por sentirse con la justicia de su parte, el muchacho se había rodado la abertura de la camisa por el hombro golpeado, y enseñaba la huesuda clavícula con dos enormes listones morados. Compadecida Corina, se llevó al muchacho de la mano, a ponerle árnica en el hombro de los palos, que aún la víctima llevaba al aire. En el patio se habían reunido todos los habitantes de la casa. Hasta Doña Candita asomaba por un postigo su mata de canas y sus fofos mofletes, toda trémula y angustiada.

—¡A ver —les dijo Doña Juanita a los criados allí congregados— ¿qué pasa? ¿Se ha muerto algún gallego? ¡Cada uno a su trabajo! Que ahora me voy yo a buscar a esos sinvergüencitas. Mis nietos no tienen más tíos, que mis hijos. Y este otro mataperros, o se da pronto cuenta de lo que es, o me lo sacan de aquí. Para la Beneficencia, o para la calle...

Y con esos truenos se perdió por los cuartos, detrás de los nietos, inútilmente.

No estaban en la quinta, a la sazón, ni Don Roberto, ni Robertico, ni el abogado de la casa. Laura, no bien tuvo noticias de lo ocurrido, soltó a Pérez Escrich y vino al piso de abajo "a ver si aquel villano, que había estado a punto de asesinar a su hijo, iba a permanecer en la quinta después de lo sucedido". Halló eco en Doña Juanita; pero el médico le salió al paso, diciéndole, irónico, que la cosa no era para tanto; que no se fuera "a morir en la escena". También vino Corina, en apoyo del huérfano, con el magnetismo de sus melancólicos ojos pestañudos, puesto en poderosa súplica. Y vino a lo mismo el propio Fernando, tan fuerte en la generosidad con el adversario, como en el valor frente a él.

Ya casi amainaba el ciclón, cuando llegó a la quinta Don Roberto. Sólo por la satisfacción de abuelo que le causaba el saber la valentía de Fernando, y en parte por justicia, se puso de parte de los que deseaban ser clementes con Juan. Hubo, con esto, un conato de escena entre Don Roberto y su esposa, que no llegó a ser más, por respeto al hijo médico y la consabida pena por los muchachos. Pero Don Roberto estuvo varios días sin comer en la quinta, porque estaba muy ocupado en la calle... y Doña Juanita, sin sentarse a la mesa, porque estaba enferma... A la larga, casi todos los grandes y chicos de la casa echaron sobre el huérfano la culpa de aquel recrudecimiento en el divorcio moral de los señores de la quinta. Y en Juan dejó huella no muy superficial y deleznable todo aquello de que él pudiera ser o no tío de los muchachos de la quinta. ¿Acaso su madre?... No. Porque él tenía las cuentas bien claras

en su caletre. E íntimamente y ya con un brote de odio
hacia la dueña de la casa, exclamó:

—¡Esta lechuza malpensá!

Al fin aquella ausencia de Don Roberto, de la mesa,
sirvió para que la familia, que sólo allí se reunía, expusiese
borrascosos puntos de vista, de otro modo inexteriorizables.
Adolfo, que comenzaba a leer a Kardec, y ya había visto
hablar a trípodes y paredes, y a histéricas accidentadas, que
le endilgaban a Víctor Hugo versos de *Flor de un Día*,
polemizaba con Domingo, que le oponía el argumento de
su microscopio y de sus traducciones de Darwin, Spencer
y Lamark, mientras Erasmo colaba citas de papagayo, y
Laura, Corina y Cucusa amenazaban con abandonar la mesa, para no caer en pecado mortal. Otras veces Robertico
hablaba de instalar una sala de esgrima en los altos, no sin
antes tenerle que explicar a Betico qué era esgrima, y con
el más gozoso apoyo por parte de Fernando, y la nueva
religiosa oposición de Corina y Cucusa, y los argumentos
de Juan de Dios Peza[1] contra el duelo, que acababan de
llegarle, al través del Golfo, a Laura Jústiz. Una vez se
empeñó Adolfo en que Corina y Cucusa debían ir a un
sonado baile que se preparaba en la cercana y aristocrática
"La Caridad del Cerro". ¡Qué caray! ¡Ni que fueran monjas! Y se alborotó la mesa. Las mismas interesadas no estaban conformes con la gratuita abogacía de su hermano el
abogado. Su argumento, tímidamente expuesto, era lo pecaminoso del baile: un hombre y una mujer enlazados y
dando vueltas y encontronazos, con aquellos bailes moder-
nos que no eran como las piezas de cuadro —galantes, airosas, versallescas— sino toda una apretura de danzas semi-
africanas, danzas lúbricas, de danzones, *yambúes* y habaneras "acongadas".[2] Robertico hablaba del triste espectáculo de
los varones o los "viejos" que acompañaban a sus hermanas,

---

[1] *Juan de Dios Peza* (1852-1910) poeta y diplomático mexicano de ideas conservadoras.

[2] "acongadas" con ritmo de conga: el baile popular de origen negro.

o sus hijas a los bailes, y que luego venían en la madrugada, como cabestros, con los ojos enrojecidos, "papujos", del
sueño contenido por defender la virginidad de unas niñas
que venían de sentir todos los sacudimientos de la carne...
Aquí, por el tono alto que iba tomando la charla, intervino
Domingo, para matar la disputa con este argumento:

—Ese recato que tenemos en ciertas casas cubanas con
las mujeres, y lo mucho que expurgamos a los que han de
pasar de nuestras puertas adentro, es un mal necesario para
defendernos en lo único que ya casi nos queda de sagrado
e inviolable: el hogar. Si no, ¡cómo viviríamos en este país
de aventureros y degenerados! Yo no soy un moralista. Creo
que la juventud debe tener otras expansiones, además de
la misa en la Merced y el paseíto en coche por el Prado;
pero, mientras no cambien las cosas, nuestras mujeres deben estar detrás de la barrera infranqueable de la puerta
de la calle.

El cubanismo se impuso a todos. Terminó la resbaladiza
conversación. Las muchachas no fueron al baile de "La
Caridad". Juan, ya no sólo quiso más al doctor por bueno,
sino que comenzó a admirarle profundamente como orador
insurrecto...

Los goces más fuertes de Juan en sus primeros tiempos
de la quinta fueron los del sentido del gusto. En los mediodías caniculares, cuando los muchachos estaban de vacaciones, solíase poner una mesa de champola,¹ de limonada
o de helados en el jardín, bajo la sombra fresca, olorosa y
oxigenada de los grandes frutales. Y en torno a la gran
cubeta de plata en que sobrenadaban rodajas de limón y
trozos de hielo, o de la enorme sorbetera plena de blanca
nieve de guanábana, se daba unas harturas en verdad pan-
tagruélicas —no obstante la desproporción reconocida por
Domingo, existente entre el hijo de Josefa Valdés y el de

---

¹champola   refresco de guanábana.

Gargantúa. Constantes oportunidades de acallar hambres viejas y satisfacer viejos anhelos de celestiales manjares, le daban al ex-hijo de viuda lavandera las incesantes comilonas criollas, "también" rabelesianas, con que celebrábanse en la quinta todas las fiestas tradicionales y todos los inacabables onomásticos familiares, y en los cuales la veintena de habitantes de la quinta despachaba todo un cargamento de comestibles: tres inmensos pargos que el chino cocinero traía de una tarima de la propia Caleta para hacer al horno; diez exóticos postres encargados a "La Viña"; un serón[1] de pavos, guineas[2] y pollos llegados de la finca de Güines, y una ensarta de codornices que el gran cazador Robertico escogía en la Plaza del Vapor.

En uno de estos familiares atracones, Juan le puso perdurable nombre para los de la quinta, a uno de los más típicos platos de nuestra mesa cubana. Durante los preparativos de la gran mesa —que Juan iba a ayudar a servir— el muchacho tuvo su prólogo de cerveza inglesa (Marca T) y Jerez dulce, que le achisparon un poco. Ya la familia en la mesa, Juan, cuya "guarapeta"[3] había sido advertida por Fernando y gozada por todos los demás muchachos, antes de entrar en el comedor portando una gran fuente de arroz con pollo adornado con dos largas franjas de pimientos morrones, voceó desde el patio, audazmente:

—¡Toquen la Marcha Real, que voy con la bandera de la madre patria!

Hubo explosión de risas y palmadas. Fernando le preguntó por dónde le entraba el agua al coco, y el huérfano agravó su impertinencia al responder que por donde le entraba la pintura al mamey colorado. Y si no, que se lo preguntaran a Betico. Le mandaron para el traspatio. Pero desde aquel día el arroz con pollo se llamó bandera de la madre patria.

---

[1] serón   bolsa ancha tejida con hojas de ciertas palmas (guano).
[2] guineas   especie de aves comestibles.
[3] "guarapeta"   borrachera.

Trago amargo para Juan era el de acompañar a la mulata Mercedes cada vez que ésta salía de compras. Mercedes era mujer bien formada, máxime en aquella época,
cuando las dueñas de canillas¹ no tenían que mostrarlas en
público. Con su polizón, la alta coraza del corset, apretada
hasta la asfixia, y los vestidos en desuso, de Corina y Cucusa, que ella rehacía y conformaba a su cuerpo, realzando
todo ello un rostro fresco e involuntariamente sensual, Mercedes sonsacaba a todo el donjuanismo importado, de mal
gusto, que iba encontrando a su paso, y que la envolvía en
un fuego graneado de piropos, algunos de ellos insoportables
para el "hombre" que iba a su lado.

—¡Cabayero qué popa! —exclamaba un negro cochero,
a la vez que con faunesca mirada acariciaba la comba del
polizón.

—¡Cuídamela bien, chiquito! —le decía a Juan cualquier
barbero de moño y chancleta.

O un sujeto de mugrienta camiseta y exóticos zuecos,
que saltaba el mostrador para encararse con la mestiza y
decirle, con formas que estaban a tono con la camiseta y
los zuecos:

—¡Ay, mi negra! Un luis doite. ¡Pur mi madre!

Juan también iba a la calle para hacer otras cosas lícitas
que muchas veces servían de pretexto para algunas muy
edificantes: el médico le mandaba a cobrar algunas cuentas,
cada vez que necesitaba dinero, y a la vez llevarle algún
encargo a una hermana de Mercedes, tan agradable como
ésta, que vivía por allá por las últimas casitas de madera de
la propia Calzada del Cerro. Los encargos a veces eran "en
comandita": de Domingo y Robertico. Años más tarde, ha
pensado Juan que aquella hermana de Mercedes, seguramente había sido echada de la quinta, después de haber
servido, como era la costumbre en época de esclavitud, de ·

---

¹ *canillas* piernas delgadas.

desahogo a la incontenible fogosidad juvenil de los "muchachos" de la casa: desahogo profiláctico y a domicilio. Aceptada la racional hipótesis, no quedaba duda de que Domingo y Roberto, se habían quedado con aquella amante, a estilo de la época, y más tolerada por la moral y la iglesia, que las de ahora, por facilidad, economía y precaución. Otras veces era Adolfo quien enviaba a Juan, a mandados a dentro de La Habana, pero con desviaciones a casa de una tal Josefa, muchacha blanca, delgada, pálida, con grandes acariciadores ojos grises, que tenía su "accesorita" por Revillagigedo. Y por último don Roberto, el propio Don Roberto, le mandaba con frecuencia a diligencias complicadas y duraderas; porque eran ambiláteras, de don Roberto y de una mulata cuarentona, gruesa, fondilluda,[1] que tenía una casita de portal en la Calzada, cerca de la quin ta; una hija, casi blanca, muy parecida a Corina, y un muchachón, alto y flaco con la misma cara de don Adolfo, sólo que mojado en leche con canela. De más está decir que estas salidas de Juan se complicaban extensamente, con los zigzags del muchacho, para reunirse con Julián u otros pilletes de sus antiguos barrios, e irse juntos a "correrla",[2] con las pesetas y a veces los pesos que Juan hurtaba en la quinta, de bolsas, gavetas y faltriqueras, con todas sus mañas de perro viejo.

Tales mañas, tales precocidades en lo ilícito, a veces le daban útiles simpatías, salvadoras actitudes. Los cursos de pillería de playa,[3] de adaptado al medio, en ocasiones le eran de excelentes resultados. Una noche se fue a dormir tarde, por haberles estado leyendo, a los negros viejos del traspatio, *Desde Yara hasta el Zanjón*,[4] y aquella misma noche, por haber participado en una rumba, vino también a meterse en el cuartico que compartía con Juan, Cheché, el grandullón del traspatio. Parecía venir más excitado, más

[1] *fondilluda* de nalgas abultadas

[2] *"correrla"* irse de juerga

[3] *"pillería de playa"* picardía

[4] *Desde Yara hasta el Zanjón* se refiere a la obra del patriota cubano Enrique Collazo (1848-1921). Es una historia de la

bestializado que nunca, y quiso forzar a su pequeño compañero de cuarto a sucias manipulaciones, primero, a cosas peores después. Hubo afanoso secretear y forcejear y hasta una navaja barbera brilló en la semioscuridad del cuarto, pero Juan se mantuvo firme, heroico. Amenazó con gritar, con irse a dormir a la cochera, con salir a llamar a Don Roberto, y luego se hizo el rendido, pero no se durmió hasta que estuvo seguro de haber oído el obligado fraude bestial y no menos de una hora de sueño calmo y sonoro. Y por la mañana se lo plantó a doña Juanita, mondo y lirondo:

—Doña Juanita: Anoche no pude dormir, porque Cheché quiso hacer relajos conmigo, y me pegó, y me sacó una navaja . . .

—¡Muchacho!

Pero doña Juanita tuvo un conciliábulo, en el acto, con su hijo Domingo. Domingo se fué al traspatio. Llamó a Cheché para la cochera, y le abochornó de tal modo que el adolescente se fué de la quinta, sin decirle a nadie una palabra, sin recoger su ropa y demás pertenencias, sin que le viera la cara otra persona que Juan. A Juan, después del caso, después de la acusación, como antes de ella, le juró que lo iba a matar, por "chota";[1] que él, Cheché era miembro del más fuerte "juego de ñáñigos", de la gran barriada del Cerro.

La amenaza de Cheché sería una boconada o una cuestión de cuidado, mas por lo pronto Juan ya se anotaba aquel su primer gran triunfo de muchacho que no iba cuando hombre, a vivir entre los ángeles precisamente. Hubo nuevo conciliábulo tan pronto se notó la huída de Cheché, y Juan pasó a dormir con Adolfo en uno de los cuartos de "varones", contiguo al comedor.

Una noche hubo sesión espírita en el cuarto de Adolfo y Juan. Fué en la madrugada, cuando estaban más hundi-

---

[1] *"chota"* soplón.

dos en su sueño de gente joven. Despertó al abogado el
fuerte zumbido de unas luces fosforescentes, que como espantosa conjunción de bólidos cruzaban el negro cielo de la
habitación.

—¡Juan! ¡Juan! gritó Adolfo.

Juan en el principio también creyó que se las había con
muertos inconformes. Y asustadísimo, comenzó a clamar
por luz.

—¡Pronto, don Adolfo! ¡Pos su madre! ¡Encienda! Que
ahora sí son.

Pero instantáneamente salió de su error y sacó del suyo
al abogado que sentía una nerviosa mezcla de infantil terror
y de satisfacción de catecúmeno deslumbrado:

—¡Si son mis cocuyos!

Y eran. El muchacho había aprisionado tres cocuyos la
noche anterior, y los había puesto, con trocitos de caña, en
un vaso invertido y con los bordes levantados ligeramente,
del mármol del velador. Y por allí los prisioneros lograron
escaparse de la improvisada cocuyera.

El abogado hizo luz. Juan capturó a los fugitivos y los
puso de nuevo y más seguros, dentro del vaso invertido.
Y entre hombre y muchacho quedó formalizado el compromiso de no decir "absolutamente nada, absolutamente a
nadie" de aquella inesperada y ridícula sesión espírita, habida en el cuarto del niño huérfano y el señor graduado
en Derecho en la Universidad de la Habana.

A pesar de estos incidentes, Adolfo le iba tomando cariño
a Juan, por el humano sentimiento del compañerismo; porque el muchacho le sabía sus secretos extra hogar; entre
otros el de irle a comprar a lejanas farmacias, el mismo
patente que aquella recordable vez, don Roberto le man-
dara a buscar a una farmacia de la calle de Aguiar, y porque la homónima de la madre de Juan, aquella muchacha

pálida y de bellos ojos grises de la calle de Revillagigedo,
le había tomado maternal afecto al muchacho y continua-
mente le regalaba dulces, dinero y pañuelitos de seda.

XIII

Juan tiene doce años.

Doña Juanita, aunque siempre cuidadosa de mantener
una prudente distancia moral entre sus nietos y el huérfano,
ya le concede cierta brusca forma de afecto. Don Roberto
le tiene franco, piadoso cariño, por más que, en beneficio
de la disciplina y la tranquilidad sociales, se muestre hu-
raño e imponente. Adolfo y Domingo le amparan a corazón
abierto. Corina se ha convertido en una hermana mayor,
solícita y protectora, que obtiene para su protegido, toda
suerte de bondades, regalos de ropas adaptables de Adolfo,
obsequios económicos del mismo y Robertico, padrinazgos de
Domingo, tolerancias de Doña Juanita, comprensión y trato
humano de todos los demás.

Cabalmente el día de su cumpleaños, Juan, por primera
vez se ha visto un buen rato en el espejo de la sala. La
imagen devuelta por el gran espejo, es la imagen personal
más lejana de que ha de acordarse él cuando sea hombre.
Tiene un trajecito de casimir, taumaturgamente hecho de
un terno usado de Adolfo, camisa con cuello, zapatos oscuros, uñas y oídos de muchacho con madre, y una media
pluma esmeradamente recortada y peinada. Y luce bien.
Es un muchacho bastante alto para su edad. Delgado y
pálido, pero fuerte, nervudo, derechito. Tiene gruesas facciones de criollo plebeyo, pero por la proporción de los rasgos y el dominador influjo de unos grandes ojos grises,
tristones, expresivos —ojos preparados para ser poderosos
instrumentos de fascinación en el mundo femenino— su

rostro, si bien no es una careta de alambre, ni un primer premio de belleza infantil, en cambio promete convertirse en un noble y atrayente conjunto fisonómico, pleno de personalidad, con sello propio.

Aún trabaja, mientras los otros muchachos de la casa van al colegio. Es más, la desaparición de Cheché —oportuna economía de un sueldo y una boca en el desequilibrado presupuesto de la quinta— ha sido motivo de un aumento, en cantidad y formalidad, en las ocupaciones del muchacho. Ahora, no sólo lustra un ejército de zapatos, limpia de hojas secas los senderos del jardín y hace mandados a la calle, con los consabidos zigzags a casa de las amigas baratas, sumisas y sin complicaciones, de los hombres de la quinta. También seca la loza ,los cubiertos y cristales, usados en cada comida, barre el patio, el traspatio y sus anexos; de rodillas en el suelo, con jabón, cepillo y una esponja, da brillo a las losetas de un cuarto, la sala o el comedor. Pero le queda tiempo para aficionarse, cada mía más a la lectura, y para aprender en cuanto le es propicio. Aprende separatismo,[1] con los libros, folletos y recortes de periódicos, amarillentos, cuarteados, en sucios dobleces, que don Roberto le presta. Descubre, cada vez más asombrado, la maravilla de lo infinitamente pequeño, en algunos cultivos experimentales, que Domingo a cada rato le muestra, bajo el ocular de su microscopio. Estudia fisiología sexual, subrepticiamente, en cierto volumen con fascinadoras láminas, que ha descubierto en uno de los estantes del propio Domingo. Practica la aritmética, aprendida con el sórdido don Adrián, en las cuentas de la despensa y la lavandera, de doña Juanita. Penetra en las interioridades de alcobas y jardines, hurtándole a Adolfo, y leyendo a hurtadillas, *Gustavo el calavera*, o *La dama de los tres corsets*. Explora juveniles oscuridades femeninas, mientras sujeta una esca-

---

[1] *separatismo*   ideario que propugnaba la completa independencia de Cuba.

lerilla casera, bajo las faldas en campana de su protectora
Corina, que limpia con agua y jabón los canelones de la
lámpara de la sala. Le queda tiempo —¡claro!— para jugar
con los muchachos en el jardín o en la azotea, a los trompos,
la pelota y los papalotes,[1] cuando aquéllos regresan del colegio. O para, cuando los muchachos tienen clases, y las hembras no, jugar solo con Nena y Cuca, en el cuarto de las
monturas, o en las solitarias habitaciones altas, a las muñecas, los "cocinaditos" y otros juegos, acaso demasiado
juegos para la edad de Nena y de él.

Y sin acaso.

Nena tiene once años. Su mirada es más fija, intensa y brillante. Su escote es más alto, más lleno, con muy nuevos,
pero pujantes brotes iniciales. Las dos trenzas en que divide
su pelo, negro, lustroso y abundante, ahora le llegan a la
cintura. Sus caderas van hacia un rápido desarrollo de
púber. Ya le han estirado el vestidito hasta cuatro dedos más
abajo de las rodillas, sobre las redondas piernas con medias
de mujer, bien apretaditas y castamente blancas.

—¿Vamos arriba, a ver las figuras? —le pregunta Nena
a Juan, cuando éste acaba de secar la loza del almuerzo,
y casualmente nadie hay cerca.

—Vamos, pero tú por la escalera del comedor, y yo por
la del traspatio.

Es a mediados de septiembre. Han comenzado las clases
en los colegios de varones, y no han comenzado en los de
las niñas. Los cuartos altos están desiertos. De abajo viene
el ruido de las cazuelas que lava el chino, de los gorriones
que se persiguen bajo el cálido hojerío del jardín, de los
caballos que incesantemente patean, mortificados por el
"mosquero" canicular. Corina y Cucusa, están en sendas
mecedoras, frente al engaño de fresco que entra por las
puertas del comedor, con los bastidores del bordado sobre

---

[1]*papalotes cometas.*

las piernas. Laura se amodorra en otra mecedora cercana. Doña Juanita, con el canastillo del zurcido en las piernas, repasa las bolitas de medias y calcetines, torpemente. Cabecea su respetable hermana, en una vieja poltrona criolla, de caoba y cuero no curtido. Dormitan los ex-esclavos, en sus rincones del fondo de la casona. Domingo, en su gabinete, manipula tubos de cristal, algodones, reverberos. Los demás hombres pasan, quizás en dónde, las horas pesadas y soporíferas del mediodía septembrino.

Nena llega seguida de Cuca, sofocada, encendida por el bochorno de la hora y el ascenso de la escalera. Ya Juan ha llegado, y extraído de los estantes de libros, una enorme encuadernación de *La Ilustración Española y Americana,* y con éste en las manos, se dirige a un sofá, breve y céntrico, del nominal bufete de Adolfo.

—¡Ay, hijo! ¡Qué calor! —exclama Nena, dirigiéndose a Juan—. ¡Uf! Mira cómo traigo el corazón.

Y tomando la diestra del muchacho, se la pone sobre el pecho.

—¡Vamos! —le dice Cuca—. ¡Tú te quieres hacer más mujer! ¡Pues, yo no tengo na!

En seguida se sientan en el sofá. Juan abre el volumen, extendiéndolo sobre las seis piernas, muy juntas. Las de él en el medio.

No obstante el inmenso calor, Nena se estrecha con Juan, hunde la huesuda cadera de él en las masas, duras y redondas de la cadera de ella, e introduce su mano de aquel lado, entre el librote que el muchacho sostiene por el centro y las piernas de él. Y por centésima vez vuelven los tres a ver y leer las ilustradas páginas de los "magazinescos" relatos de viaje, aventuras y descubrimientos, de *La Ilustración.*

Puerilmente interesan a Cuca, las explicaciones de las costumbres de los salvajes, de los viajes Amazonas arriba, de una helada y desolada expedición de trineos, de algún tartarinesco ascenso alpinista, de alguna rooselvetiana cacería de fieras. Sonsacan la cálida curiosidad de Nena, los comentarios que hace el huérfano de ciertas láminas y pasajes, que ya él casi se sabe de memoria: lo que descubre la escasez de ropa de las hotentotes, las raras costumbres matrimoniales de los zulúes, la suerte que corren las blondas princesitas inglesas raptadas en Turquía; las rarísimas ocupaciones domésticas y profesionales, de las pálidas *gheishas* de Tokío. Hasta que Cuca se aburre, y se va en busca de marimachescas actividades: a que se despabile la negrita de los altos, adormilada por algún rincón y colabore en cualquier estrepitoso juego de saltos y carreras; a simular una cacería, en plena azotea y pleno sol, con las redes, cananas, escopetas y demás bélicos avíos del padre; a gritar, hacia abajo, desde la baranda que cae al patio:

—¡Goyo! Mira a ver qué humasera es esa, que sale del último cuarto!

—¡Mercedes! ¡Si no quitas esos gorriones del sol, se los lleva la pelona![1]

Entretanto Nena, con gozosa y contenida sonrisa, le muestra a Juan las colgantes bolsas pectorales de una salvaje casi en cueros, o se abochorna y se estremece alborozada, al ver un anuncio, con tipo grueso, de cierto específico llamado' 'Papayina''[2], o después de una constante inquietud de la mano que tiene entre el libraco y las piernas de Juan, al fin las deja quietas, caídas, descuidadas, en el sitio deseado.

El ex muchacho callejero se presta y coopera a tales ingenuidades, como todos los niños de su edad: por incentivo de lo malo, más que por reales deseos fisiológicos. Sus

---

[1] *pelona* la muerte.
[2] *"Papayina"* látex medicinal del Papayo. En las provincias occidentales de Cuba se le llama "Fruta Bomba" a la de ese árbol, pues en lenguaje vulgar el sustantivo papaya se aplica metafóricamente a la vulva de la mujer.

intenciones, o mejor su gusto, en estas cosas, es un gusto parecido al del primer cigarro, la primera copa, la primera noviecita del colegio. Pero, como al propio tiempo se acerca al borde de la pubertad, ahora, por primera vez se le despierta y se le yergue la altiva dignidad de hombre, con las provocaciones de la masuda chiquilla; por lo que quitándose de encima el libro, bruscamente, y bruscamente lanzándolo a un lado del sofá, protesta lleno de audacia:

—¡Oye! ¡Mira esto! ¡No sigas!

—¿Qué miro? —contesta ella, poniéndose de pie, sin pasar muy rápidamente la vista de donde la tiene puesta, a los chispeantes ojos de él, y enseriada, soberbia, preparándose para lo que pueda ocurrir —¿Qué te traes?

—Tú bien lo sabes. Mira.

—¡Juan! ¡Te digo que qué te traes! ¿O quieres que allá abajo te lo pregunten?

—¿Qué me van a preguntar? —se replega él un momento, en tanteo de las intenciones de ella—. ¿Yo qué te he hecho? Si lo que estaba era jugando contigo. ¡Boba!

—Pues, no quiero más juegos. Eres muy fresco. Muy descarado. ¡Muy sucio!

—Pero ¿por qué —insiste él en defenderse a tiempo, rápidamente.

—Porque debes verte bien, y acordarte de que no somos iguales. ¡So parejero! ¡Atrevido!

Y le "retuerce" los ojos, a la vez que con golpe de criada de la época le vuelve la espalda, para salir camino de la escalera del comedor. Sale amenazadora o despreciativa, marcando un zafio contoneo de las caderas, realzadas por la ancha banda del vestidito, y haciendo trepidar fuertemente las masas de las pantorrillas, ceñidas por sus medias de mujer, castamente blancas.

Esta vez dejan pasar dos días sin hablarse, sin verse casi. Ella, enfurruñada; él muy serio. En verdad, les anda por dentro una gran procesión de miedo y arrepentimiento. Ella ha comprobado algo de lo que esperaba en sus exploraciones al descuido, con el único muchacho disponible; pero la prueba la ha puesto muy nerviosa, asustadísima, no obstante la garantía de impunidad implícita en la obligada discreción del propio muchacho. Este sueña despierto con los más terribles castigos, si se descubre lo que, en verdad, ha habido en aquellos ingenuos hojeos de *La Ilustración*. Primero, las torcianarias manos de Doña Juanita, la vieja vestidora de santos, que le pone a temblar las carnes cada vez que le llama con hosco ademán de superiora enfurecida. Luego, una gran mano de fusta, o de correas con hebillas, en el espantoso cuarto de los arreos. Acaso el padre de Nena se haga cargo de él, del bandido callejero, para darle trompadas de hombre; para echarle a rodar por la escalera, a puntapiés, como a un perro; para exigir que le planten en la puerta de la calle, con el baúl al lado, o quizás para meterle en un coche y llevárselo, fuertemente sujeto por las muñecas, a la Celaduría del Cerro. ¡Oh! Con seguridad que si salía bien de aquella no se metía en otra:

—Por mi madre lo juro.

Pueriles fantasías e inocentes juramentos. La vida puede más. A medida que se diluyen las posibilidades del descubrimiento y el castigo, Nena siente renacer sus impulsos de curiosidad, avivada por el último experimento satisfactorio. Y Juan, a su vez, más sonsacado, comienza a entrever menos peligros, y a ver con renovada complacencia los brillantes ojazos de Nena, sus labios, carnosos y húmedos, las dos medias naranjas, que le levantan los altos encajes del vestido, y las rotundas piernas, con atisbos de maciza carne morena, cuando la robusta muchacha corre, delante de él, escalera arriba.

Porque vuelven a correr juntos, solos o con Cuca. Y en esos juegos de carreras hay caídas en grupo, encontronazos en las puertas, apretaduras en los lugares estrechos; todo tan llano, natural e infantil, como cabe en una niña educada por las monjas y que va a misa cada domingo. Como lo suponen las angelicales almas de las mujeres de la casa.

Vienen los "cocinaditos" en el jardín, ante los cansados ojos del viejo jardinero Donato. Llegan los juegos de muñecas, con desviaciones al riesgoso juego de los maridos, en el cuarto de las reliquias familiares. Juan y Nena se las arreglan siempre admirablemente, para que Cuca sea la encargada de ir a los "mandados",[1] a lejanos sitios de la casona en siesta, huérfana de varones bulliciosos, aplanada bajo una lluvia de sol meridiano.

Suele participar de estos juegos Candelaria, la negrita del piso alto. Y cuando ésta se resiste a acompañar a Cuca a las "compras", a servir de "cocinera" de los "maridos"; a ser criada en el juego, como en todas partes, no hay más remedio que apelar a los "escondidos", con sus ocultos roces y apreturas.

Pero un día juegan a los maridos. Está abierta la puerta que comunica el cuarto de las antiguallas con el de Adolfo y Juan. La "casita" tiene, así, sala y cuarto. Estos están semicerrados y semioscuros. El "matrimonio" duerme sobre una colcha extendida debajo de la cama del abogado. Cuca ha ido a la "bodega", que es la cocina. Candelaria anda por el "mercado", que es el jardín. Cuando regresen con los "mandados" (hojas, semillas, puñaditos de víveres) no deben entrar en el "cuarto", para no despertar a los "señores". El plan es endemoniado. La imaginación de los obsesos

---

[1] "mandados" compras diarias.

se ha ido más allá de todo precedente; de todo límite de prudencia. Candelaria tiene la doble malicia de su raza y de su oficio, además de que ya el pecho y las caderas le han adquirido desarrollo de centroafricana en plena sazón. Regresa con los "mandados" antes que Cuca. Se acerca al "cuarto" en puntillas, contiene la respiración y pone los oídos, ávidamente, en un afanoso forcejear, que sale de tras el ruedo de la cama:

—¡Mentira! —protesta Nena, con voz débil y más bien incitante negativa de quien quiere y no quiere ser aleccionado—. Los maridos no hacen eso.

Y después de esta frase elocuente y concreta, Candelaria sólo pesca otras, breves y aisladas, entre el secreto farfullar de los otros.

—¡Oh, no! ¡A los muchachos los traen de París! ¡A ti te trajeron!, ¿verdá?... ¡Claro!... ¡Quita!... ¡Si es para engañarte!.. ¡Que sí!... ¡Que no! ¡Me voy! ¡No juego más!

Y siempre debatiéndose con el encendido muchacho, sale Nena retrocediendo:

—¡Suéltame! ¡No quiero más juego!

Hasta que, al ponerse de pie, despeinada, sudorosa, con el vestidito estrujado, ve los ojos y los dientes de Candelaria blanquear, rientes, en la penumbra del cuarto. La negrita, entre asombrada y advertidora exclama:

—¿Qué se traían utede do, abajo e la cama?

—Nada —responde Nena, mientras se alisa el pelo y el vestido—. En el juego. Y los varones, que siempre se ponen muy pesados.

—Y tú que te dejaba... —le responde atrevida Candelaria, persuadida de que en este momento pisa un seguro terreno de rebeldía de criada.

—¿Me dejaba qué?

—¿Sí? ¿Qué? —agrega Juan, con los puños en alto y el cuerpo en pose de guapo.

—¡Eh! ¿Utede se creen que le voy a cogé mieo? Pue, miren: no me jeringuen mucho, porque voy y lo desembucho to.

—Pero, si no estábamos haciendo nada —dice Nena—.

—Nada. Jugando —ratifica Juan.

—Jugando con candela —les contesta impávida la negra. Estaban manosiándose...

Nena hace una O enorme con los labios:

—¡Oh!

Y pasa al próximo cuarto, en retirada.

Juan deja caer los puños, y ruega, vencido.

—Oye, Cande. No te ponga con eso. Que nog van a regañal a toos.

—¡Ah, bueno! ¡Ah, bueno! Ese e otro cantá. Pero ya lo saben. Mucho ojo conmigo.

En esto, llega Cuca con sus "mandados". Quiere saber lo que ocurre. Por más que todos se afanan en negar que haya pasado algo, ella insiste gritona; máxime porque Nena, sin explicar los motivos, pero muy seria, muy agitada, muy encendida, se niega a seguir jugando, y Juan, con el índice cruzado sobre los labios y los ojos de Dolorosa, ruega su silencio a Candelaria. Es tal el barullo que a la larga forman, que doña Juanita lanza desde su cuarto un prolongado y mayoralesco silbido de silencio.

Como no se callan más que un momento, doña Juanita atraviesa el claustral patio de la quinta; alzándose la sayota, plegada y larguísima, con sus largos dedos gavilanescos, a la vez que con el rostro —que nunca ríe— de mal tiempo, y la voz de prior encabronado[1] regaña y amenaza:

---

[1] encabronado en lenguaje vulgar por "encolerizado".

—¡Vamos a ver! ¡A ver! ¡Nena! ¡Cuca! ¡Se acabó el juego! ¡Caray! Que no dejan ustedes que uno descabece la digestión ni un momento.

Y al tropezarse con los muchachos, que ya salen al encuentro del ciclón:

—¡Eso es! Todos juntos. Blancos y negros. Arroz con frijoles. Como si no estuviera cansada de decir que no quiero más ajiaco¹ de esa clase, ni más juegos de hembras y varones juntos.

Y espanta a Candelaria. Que vaya a ver si tiene algo que hacer por allá arriba. Después, sobre Juan. Con intenciones de morder, entre el índice y el pulgar, doblados, un brazo del muchacho:

—¡No me huyas! Mucho miedo y muy poca vergüenza. ¿Ya limpiaste el jardín? ¿Desde cuándo te dije que te lavaras esa cabeza hedionda a sudor?

Juan, de todos modos, se escurre, andando de medio lado, como el cangrejo, y la cabeza caída sobre el pecho. Se va pensando que la que hiede a carretón de basura, es la "salá vieja", que cada vez le mira con mayor odio y le reprende con más cólera.

Mientras tanto, a la vez que Candelaria y Juan van hacia el fondo de la casa, Doña Juanita regresa a su cuarto, pastoreando a las nietas: Nena, al comedor, a ayudar a Corina y Cucusa, que sacan hilas para el Asilo. La marimacho de Cuca, a repasar el Fleury, o a coger una aguja.

Laura no se ha presentado en escena, porque ampliamente sentada en una mecedora del comedor, está ansiosa de saber si al fin resucita, o no, una duquesa de Montepín.

Para la gente del traspatio, el incidente ha sido una bulla más:

---

¹*ajiaco*   guiso de varias especies de "viandas" (ver Nota 1, p.16) y otras carnes sazonadas con ají.

—¿Qué pelotera es esa? —ha interrogado Goyo, flemático.
Y Mercedes ha respondido, con significativo laconismo:
—¿Qué va a ser? Doña Juanita. Cualquiera bobería.

Candelaria guarda su secreto, con el cuidado y la fruición
con que se guarda un arma bien apreciada y lista ya para
toda necesidad.

El día siguiente es domingo. Van a misa de nueve,
Laura, Corina, Cucusa y Candelaria. A misa de once, Doña
Juanita, sus dos nietas y Juan. En el ancho asiento posterior caben la señora y las niñas. Juan queda solo en el asiento
delantero, con las piernas pegadas a las de Nena. Por más
que insistente se las roza, atribuyéndoselo a las sacudidas
del coche; por más que sus ojos buscan sin cesar los de ella,
ella se hace la insensible, la desentendida. Así es inútil
cuanto hace para descubrir los pensamientos de la muchacha. Ni una mirada de ésta cruza la seminoche del templo, lleno de fieles y de luces, saturado de incienso y de
exaltadores cánticos, para venir a calmar al nervioso muchacho, que desde un tosco banco popular la mira ávidamente. A la vuelta, ella con una hábil maniobra le planta
frente a Cuca. Por la tarde, en la casona plena de muchachos en dominical asueto; en la tertulia del jardín, que
tiene por centro una sorbetera con crema de anón; entre los
criados, que trajinan presurosos, para endomingarse lo más
temprano posible, tampoco puede Juan cruzar con Nena
unas breves frases que le tranquilicen, y si tanto es posible, le den la esperanza de otras gozosas escondidas, de las
cuales, a pesar de todos los pesares, salga él tan regustado
como de la última.

Porque en Juan aparecen ya, ciertos vagos y tímidos
síntomas precursores del amor. Pero él ha sabido mucho y
muy temprano de la vida, para que tan fuerte sentimiento

brote en su ser, sin francos impulsos de deseo. Un deseo más o menos cerebral, más o menos preciso en sus manifestaciones y objetivos; pero que desde ahora le absorbe, le perturba, le impele obsesionante hacia nuevos, deleitosos y sensacionales prolegómenos amorosos.

En la tardecita, que es soleada y alegre, las niñas van con su madre, Corina y Cucusa, a pasear en carruaje por el Prado y el Parque de la India.

En la mañana del lunes, trajinan desde muy temprano los habitantes del piso alto; pero no descienden Nena y Cuca, hasta el momento de tomar el coche, que ya las aguarda frente a la quinta, para llevarlas al colegio con la sola compañía de Candelaria, los bastidores del bordado y las ediciones bilbaínas de "El Fleury", la "Historia Sagrada" y la "Historia de España".

Después pasan los días, las semanas, un mes y otro mes, sin que Juan deje de sentir crecientemente, la más fervorosa, constante, servil inclinación hacia Nena. La sigue, ahora, a todas partes, con los ojos, o con pasos de instintiva persecución celosa, disimulados por cien valederos pretextos. Se asocia a todos los juegos de que ella participa, previendo sus intenciones y adivinando sus deseos; afanándose en ayudarla, en complacerla, en, inútilmente, propiciar intencionados apartes de ambos.

Nena persiste en su actitud, esquiva y desentendida, del primer día de arrepentimiento. Ya no tiene ningún secreto móvil inmediato. No lleva ahora, dentro de sí, sentimiento alguno que la impulse a fijarse en el vencido muchacho, ni a hablarle, ni a estar a su lado. Más bien la dominan e impulsan al más pétreo desdén, el temor y el disgusto, recónditos, por lo lejos, a que llegara con el "recogido", en alocadas y temerarias exploraciones sexuales.

XIV

Inesperada, lentamente, vuelve el afecto de Nena. Con el retorno de este afecto vibra el alma del muchacho, en un bello florecimiento sentimental. Vibra el cuerpecito semi-púber, con la renovada proximidad de la niña-mujer, pujante y fascinadora: el contacto de sus carnes, duras y morenas; el prestigio de su dulce voz, ya de adolescente; la caricia de sus grandes ojos, enternecidos por ingenuo arrepentimiento. Y no son de muchacho enamorado, pleno de carnales curiosidades, los esfuerzos que realiza Juan, para no dejar traslucir sus sentimientos y pensamientos; para no ahuyentar a Nena con la rápida y chocante vuelta a los escondidos, pecaminosos afanes del pasado. Mundólogo de calzones cortos, procede ahora como lo haría el más ducho y vivido enamorado de treinta y cinco años. En los primeros momentos, muda adoración, tímidas galanterías, asiduidades bien pretextadas, minúsculos celos indirectamente aventurados. Después vuelven, aunque más cautelosos y estudiados los infantiles descuidos, con vistas a los apretones de carnes, y los constantes pretextos para posar los dedos temblorosos de emoción, sobre la espesa cabellera negra, o sobre la tenue y corta falda, combada por los muslos redonditos. Vuelve todo ello por propio derecho natural: siempre que la diaria rutina hogareña o el descuido de los demás propician un solitario encuentro. Y surgen los pretextos, con mayor frecuencia, cuando Cuca se ve obligada a ir sola al colegio, porque Nena comienza a tener dolores de cabeza, hondas y moradas ojeras, largas crisis de pereza y sueño. Esto suele ocurrir en la hora del medio día; cuando los muchachos están en el colegio, las mujeres con sus bordados y beaterías, y los hombres en sus ocupaciones, visibles o invisibles.

Juan comienza a mostrarle a Nena una nueva colección de Paul de Kock, con sugestivos dibujos, que el muchacho va sacando, tomo a tomo, los días de oculta entrevista. La entrevista, a veces, es tan corta y expuesta a sorpresa, que Nena no puede pasar de un rápido hojeo; con el libro pegado al pecho y Juan pegado a la espalda. En cierto momento favorable, Nena llega a leer muchas páginas, a solas. Lo lee sin ocultarse, aumentada la natural fruición del caso, por el poderoso imán de lo oculto y prohibido. Rara vez ella comenta la lectura con Juan; pero sí suele hacer imprudentes marcas con lápiz al margen de lo más notable e incitante.

Pronto Juan se atreve a proponer algo más fuerte:

—¿Quieres ver otros libros con unos grabaos mu buenos?

—¿Cochinadas?

—No. Si son de Don Domingo.

—¡Ah, no! De esa clase, no.

A Juan tanta negativa le suena insincera. Más bien parece encubrir un irresoluto, pero fuerte deseo de aceptación. E insiste, alentador:

—Sí, boba. Si son pa enseñar cómo estamos hecho por dentro. Cómo se nace y to. Te los llevo uno a uno, como los de Don Adolfo. Los meto en el estante, atrá de la fila de libro. ¿Llevo uno hoy?

—Bueno. Uno nada más.

E ingénianse, en seguida, para la lectura que ha de realizar ella, asimismo a solas, de aquellos libros de embriología, fisiología sexual y otros de la propia estirpe, desde tiempos atrás descubiertos por la callejera mentalidad del huérfano, en el gabinete del médico. Suele Nena arrinconarse en el esquinéro sofá del gabinete de Adolfo con su prohibido libro, oculto entre las grandes páginas de la socorrida *Ilustración Española y Americana*. Allí, a toda ansiedad, mira y remira las fuertes láminas anatómicas, y ávidamente bebe las para ella difusas explicaciones técnicas. Mira y lee, con la cara arrebolada, el cuerpo en temblores y el corazón saltarín; mientras abajo, la gente tropicalmente entregada a sus manías, pasiones y comodidades, por nada se inquieta o sorprende. En la sobremesa, Don Roberto, a toda voz, habla de los rancios blasones criollos de la familia y sus aristocráticas amistades. En las callejas que circundan la quinta, los muchachos escandalizan la tarde, plena de sol, con algún encarnizado y "democrático" juego de *base ball*. O en el cuarto de los altares, a la tristona hora del crepúsculo, Doña Juanita encabeza el canturreo del rosario, en medio de un corro de faldas, del cual falta Nena, porque sigue achacosa, y el volteriano Domingo ha recetado distracción y reposo, transitoriamente...

XV

Un domingo en la mañana, Nena y Juan se quedan, diríase que solos en la quinta. Porque no permanecen en ésta más familiares de Nena, que su tía-abuela senil y alifáfica. Mercedes ha acompañado a todo el mundo femenino de la casa, a misa de once. Domingo se halla en una matinal junta de la *Sociedad Económica de Amigos del País*. Adolfo y Robertico andan por Obispo, mezclados con los oficiales españoles que piropean a las habaneras, en grupos brotados de las iglesias, a la terminación de cada misa. Don Roberto, con mambisa intención, hace escarceos, Prado abajo y Prado arriba, con el caballo rumbosamente enjaezado a la criolla. Abajo, los criados varones, y arriba Candelaria,

como domingo que es, barren, friegan, desempolvan, van y
vienen, activísimos, ensimismados. Juan ha permanecido en
casa, para atender a la puerta de la sala y a la puerta de
la cochera; para hacer mandados a la calle, o a lejanas latitudes de la casona inmensa. Y para cada diez minutos, verse
con Nena en los altos, o en el medio cerrado cuarto contiguo al de Adolfo.

Doña Candita y Nena deben hacerse mutua compañía.
Doña Candita tiene ahora el subrepticio encargo de abordar, hábil y quedamente un tema harto delicado: cierta
íntima crisis experimentada por la Nena el día anterior, y
de la cual fueron seguros precursors unos vagos dolorcillos
algo más arriba de la confluencia de los muslos, morenos y
redonditos, que son poderoso imán de los ojos del huérfano.
Pero justamente tal íntima crisis le sirve a la muchacha
para, a cada momento, separarse de su anciana compañera,
con el pretexto de frecuentes viajecitos a los más reservados
lugares de la casa.

Uno de los encuentros de Nena y Juan es en el predestinado cuarto aledaño al de Adolfo y el huérfano. La mañana es mañana de noche lluviosa: fría, húmeda, nublada,
triste. El cuarto tiene semicerradas la puerta y la ventana
que caen al patio, y de par en par el alto postigo que se
abre sobre el jardín circundante. Los ramajes de un jazmín
de Orisa, cercanos al postigo, ponen en éste una quieta nota
verde, y hacen más penumbroso y melancólico el ambiente
de la pieza. La muchacha ha venido del último cuarto; el
muchacho, de la sala y, sin previo aviso, aquí han coinci-
dido, como dos trenes expresos de forzado itinerario. Con
tal precisión, que quedan uno frente al otro, en proximidad
y otras condiciones difícilmente excusables en caso de sorpresa. Como siempre, y como es de rigor en caso así, hablan
de mil naderías insinceras, faltas de correlación, hipócrita-

mente encaminadas a gozar la honda voluptuosidad de estar juntos y conversar a solas. La voluptuosidad de Nena, ahora en plena alma de mujer, es la de dejar avanzar hacia su belleza las nerviosas ambigüedades con que el muchacho ingenuamente desnuda su intensísima adoración. La del muchacho es más a conciencia, más pura. En medio del natural aturdimiento; de toda la perturbadora emoción que profundamente le conmueve, siente brillar ahora, en su interior, la total maravillosa intuición del momento amoroso. Lleva él, danzándole en el alma desde hace mucho tiempo, una idea puerilmente dulce y bella, y para aventurarla todo es, en este instante, propicio, indesperdiciable: la semisoledad del caserón, el penumbroso, melancólico ambiente de la pieza, cierta piadosa vibración que hay en la voz de ella, y una como leve humedad de lágrimas, que brilla en sus ojos, hoy más grandes y ojerosos. Y así, como si adivinase él que la hora más débil de la mujer es la hora compasiva, y quisiera hacer más favorable la ocasión improvisamente arroja a los ojos de la muchacha una poderosa mirada, para acompañar una decisiva frase conmovedora, en que amorosamente egoísta mezcla el nombre de la madre muerta:

—¿Te acuerdas del día en que ustedes me llevaron en el coche hasta la puerta del hospital a ver a mi madre?

Afirmativo movimiento de cabeza de Nena.

—Ahorita hace un año que se murió, ¿verdad? —insiste él.

—¿Tú no sabes el día? ¿Tú nunca te acuerdas de ella?

—¿Y ahora mismo no me he acordado? ¡Figúrate tú! Si estoy solo en el mundo.

—Pero, tú no eres solo, solo. ¿No me has dicho que tienes tíos? ¿Nunca sabes de ellos?

—¡Qué va! Si ni los conozco siquiera. Están en Galicia; por Puerto Príncipe. ¡Y son tan pobres! Yo no tengo a nadie que me quiera.

—¡Cómo no! Nosotros.

—¿Tú? ¿Tú me quieres?

E intensifica Juan, en este felizmente logrado momento sentimental, la penetrante mirada de sus ahora invencibles ojos, dulces y tristones.

Y ella, con los suyos ya vidriosos de lágrimas, responde:

—¡Claro! Yo también.

—¿Pero, tú no me quieres ma? ¿No me tienes ma lástima?

—Yo te tengo mucha. Por eso, y como vives aquí, te quiero. Pero... Mira. Vámonos ahora. Que nos van a pillar aquí, solos.

E intenta escapar de una escena que, por fuerte, la tiene mentalmente insegura.

—¡No! —detiene él a la hora propiciamente conmovida, interponiéndose a su paso, y lanzándole ya, con nerviosos labios, la gran idea por tanto tiempo contenida:— No te vayas. Oyeme un momentico na más. ¿Vamos a ser novios?

—¿Cómo? ¿Novios tú y yo? ¿Y para qué?

—Pa que sí.

—Pero, ¿tú estás loco? ¿Cómo vamos a ser novios tú y yo?

—Pues siéndolo.

—Pero, ¿para qué?

—Por gusto. Así como ahora. Nos vemos; hablamo cuando puédamos; nos escribimo...

Ella titubea. El sentimentalismo la domina. El insiste, con todo el enorme poder de la piedad que inspira:

—¿Eh, chica? ¿Sí? ¿Vamo?

—No. No. Porque si se enteran ...

—¡Qué va! ¡Qué va! ¿Quién se va a enterar? Tenemo cuidao. ¿Eh?

Nuevo titubeo de ella, para que él la venza. Ella comienza a complicar la piedad con el incentivo de la nueva, pero prohibida experimentación.

—¿Eh, chica? ¿Sí?

—Pero lo de escribirnos, no. Porque nos pueden pescar, y entonces ¡Dios mío! A ti te botan y a mí me matan.

—¡Qué va! ¡Qué va! Corto. Papelitos cortos. Con mucho ojo por todas parte.

—Bueno. Sí. Pero, vámonos ya.

—¿De vera? ¿Ya somos novio? ¿Tú quieres?

—Sí. De veras que sí. Pero, ahora, vámonos. Yo, para el comedor, y tú para allá dentro. Primero yo.

XVI

El ilícito noviazgo avanza felizmente, serpeando, cauteloso e inadvertido, por entre las veinte vidas que se agitan dentro del hogar inmenso. Los otros muchachos ruidosamente corretean por el jardín, las callejas que lo rodean o los aledaños escampados o paséanse por la azotea, con el entreabierto libro a la espalda, los ojos en el cielo, y en los labios la cantaleta del absurdo aprendizaje de memoria. Laura lee novelones, o sueña con cada día más imposibles lujos, o habla de sus remotos pergaminos, asturianos o gallegos. Domingo crea y destruye microbios. Adolfo y Robertico panglosean[1] por La Habana española, o contribuyen al mejoramiento de la Raza, clandestinamente. Corina y Cucusa, siguen de prototípicas señoritas de su época y de

---

[1] *panglosean*   pasean indiferentes y optimistas como el doctor Pangloss (ver Nota 1, p. 45).

su medio: bordan, rezan, desgastan las teclas del piano y
asisten a inocentes veladas en la quinta del Vedado. Doña
Candita vive sus últimos meses de mecedora, bastidor de
cama, cojines de carruaje y vasos de leche. Doña Juanita
sigue con sus misas, cofradías y limosnas, en la calle; cuando en la casa no sermonea y hace correr arriba y abajo,
sudorosos e incesantes, a los seres inferiores, a quienes la
santa Providencia ha encargado los prosaicos y desagradables quehaceres domésticos. Sólo Fernando, a veces, ha
creído sorprender a Juan, embobado en la contemplación
de las estatuarias rodillas de Nena, o un encuentro de los
dos, a todo correr, en un sitio estrecho, con demasiada casualidad y demasiado estrujón. Pero el muchacho tiene ya
un claro sentido de la dignidad, y se ha conformado con
dirigirse a su hermana:

—Oye. Cuídate un poco las piernas, hijita. Que siempre
andas con ellas, como una bailarina.

—Mira. Vete dando cuenta de que ya eres muy grande,
y de que Juan es un varón y un recogido, para que te dejes
de jueguitos de carreras con él.

Pasa el tiempo. No obstante seguir Nena tan activa como
Juan en el intercambio de flores, papelitos, estampitas piadosas y murillescas miradas; con todo y haber vuelto ambos
a los diálogos "ingenuos" y los contactos al descuido, ella
se mantiene en su actitud de fría curiosidad y de gozo puramente mental de lo vedado y pecaminoso.

El en cambio vive en pleno deslumbramiento, del que
apenas le hacen volver algunas realidades de su vida de
maltratado por Dios: el hiriente abuso de los muchachos
de la casa, que en medio de un juego, o con motivo de la
más pueril discusión, le enrostran su inferioridad social, o
la tanda de mojicones y pellizcos de la caritativa Doña Juanita, al hallarle mano sobre mano y con la mente ocupada

por idílicos ensueños. No le distraen ni le sonsacan sus
aficiones de antes. Ni los comentarios y esperanzas del "insurrecto" don Roberto; comentarios que sólo ha oído siempre con interés, en la quinta, Domingo, quien también
tiene el culto de la patria en el alma y en los labios los
nombres de sus más heroicos hijos. Ni los amarillentos
y polillosos papeles separatistas que el viejo suele dejar al
alcance de las manos de la gente joven. Ni las escapatorias
con su amiguito Julián, cuando hay mandados a la "otra"
casa de don Roberto, o a la de la hermana de Mercedes,
o a la de la homónima de Josefa Valdés: la joven alta,
pálida, de bellos ojos grises, que vive en la soslayada calle
de Revillagigedo. Y es una fortuna. De otro modo, la fiebre
erótica en que comienza a encenderse su sangre; los museos
de femenina estatuaria que pueblan sus sueños, llevaríanle a
buscar, con su antiguo compañero del arroyo, marchitado-
ras iniciaciones del unisexualismo o brutales desahogos viciosos en el multicolor estercolero humano de los Fosos,
Bomba y Egido. Así, pegado a su deslumbrante ídolo, el
muchacho sólo tiene una grave mancha en su amorosa pureza: la irresistible atracción que sobre él ejercen las masas
nuevas, redondas, satinadas, incitantes, que dejan ver y
entrever los vestiditos de Nena, finos y llenos de blanquísimos encajes, y que humanamente tienen al muchacho en
constante e indispensable afán de ver otras juveniles carnes
de mujer. Obsedido persigue y propicia las más atrevidas
situaciones, para recrear los ya febriles ojos, en los nervudos
muslitos de Cuca, en las lindas piernas de cubana blanca
de Corina y Cucusa, en los aristocráticos hombros de Laura, en los enhiestos pechos de virgen mestiza de Mercedes,
en las amplias caderas de "Venus Accroupié" de la dahomé-
yica Candelaria. Un día recibe dos manotazos de la masuda negrita, porque en un nocturno encuentro, a media

escalera de caracol, inesperadamente le echa los brazos en torno de la cintura, para apretarla contra sí, enardecido. Otro día le prende un cálido y espontáneo piropo al encorsetado talle de Mercedes, a la vez que intenta acariciárselo a dos manos. Una noche Robertico cree sorprenderle detenido en la oscuridad del alto pasillo, mientras del otro lado del cristal de un postigo, Laura, semidesnuda, se recrea en la reproducción de su aún no marchito cuerpo, en la luna de cuerpo entero de su peinador. Una tarde, so pretexto de quitar del sol la jaulita de un canario, se asoma a un alto postigo del inmenso y luminoso cuarto de las duchas, en el momento en que Corina va a dejar caer sobre su cuerpo, virgen y hermoso, el blanco e impoluto camisón del postbaño. De todos estos calenturientos arranques escapa ileso, por inseguridad de acusación, como en el caso de Robertico, o por temor a un castigo a tono con el delito, como en el lance con Mercedes, o por inadvertencia, como la de Corina.

Destruye Nena toda prueba material de sus malandanzas. Jura él que hace lo mismo; pero lleva a su baúl, al secreto que le descubriera la madre antes de morir, cuanto la muchacha le da: flores, tarjetas, estampitas y cuantos papeles tienen letra de ella. Van a formar parte, asimismo, del oculto y sagrado tesoro, dos tomos de Paúl de Kock, que tienen señas marginales hechas por ella, y una fotografía, en blancos velos de comunión, sustraída del colegio, y ahora dedicada a "su" Juan.

XVII

Una mañana los "novios" vuelven a encontrarse en el cuarto de los viejos lujos familiares. Hace justamente

veintiocho días desde que en este mismo sitio y en una
propicia hora de fisiológico sentimentalismo, comenzaron
las singulares relaciones amorosas de los dos muchachos.
Son hoy análogas las condiciones que permiten y favorecen
la entrevista. Es mañana de domingo y de cumpleaños de
Doña Juanita. La virtuosa señora se ha ido a la última misa
de la Merced, con dos carruajes cargados de gente de faldas. En la quinta no quedan más mujeres que Doña Candita, Nena y Candelaria. Candelaria se halla en los altos,
como los criados de abajo, en cuerpo y alma entregada a los
premiosos quehaceres de toda dominical mañana. Nena ha
quedado encargada de acompañar a su tía-abuela, como hace
veintiocho días. Es que el nuevo período de ojeras y erótico
brillo en los ojos, se ha presentado con una intensidad que
está a tono con la cálida naturaleza y el tropical desarrollo
de la muchacha, y la última misa de la Merced es misa de
ricos, misa de larga duración. A los muchachos varones,
desde muy temprano los llevó Ruperto al Vedado, donde
se baten al *base ball* con sus primos y los amigos de sus
primos. De los hombres de la familia, sólo don Roberto y
el médico se encuentran en la quinta. Don Roberto, en el
comedor, doblado sobre su veterana mesa ministro y de
espalda a la claridad del patio, saca recortes de un periodi-
quito de Tampa y escribe, con apuro, como si temiese la
llegada de alguien que pudiese interrumpirle, unas cartas
enormes y sendos sobres para las cartas y los recortes. Las
cartas comienzan siempre con títulos militares: *General,
Coronel, Teniente Coronel.* Los sobres van invariablemente dirigidos, en gruesos trazos, a ciudades hispanoamerica-
nas: México, Caracas, Santo Domingo, San José de Costa
Rica. Para desazón de Juan, don Roberto está hoy muy solí-
cito con él. Cada vez que pasa cerca del intranquilo conspirador, éste le llama para preguntarle a qué hora debe lle-

gar la señora, a qué hora suele acabarse la última misa de
la Merced, a dónde ha dicho doña Juanita que iría al salir
de la iglesia. Domingo está en su gabinete, acomodado en
una gran mecedora, con las piernas en puente entre el
asiento y una mesita cargada de periódicos, un libro y un
cortapapel en las manos, y la ventana del frente abierta a
la luz, el aire y la alegría del jardín. Porque hoy ampara
la audaz cita de los muchachos, no una mañana de noche
lluviosa, ni un comienzo de día oscuro y melancólico; sino
un cielo primaveral, que da a la arrabaleña y señorial residencia, envuelta en verdes follajes, un placentero ambiente
de sol, de fresco oxígeno, de suaves efluvios perfumados.
La cita ha sido acordada en dos papelitos, escritos con nervioso lápiz y asustadamente intercambiados en dos rapidí-
simos encuentros de rincón. Juan debe limpiar esta mañana,
para la exuberante comida de cumpleaños, un cajón lleno
de cubiertos de plata, que llevará al consabido cuarto, donde se guardan los antiguos arreos con adornos del propio
metal y la cajita de blanco de España, para abrillantarlos,
con sus trapos y cepillos correspondientes. Nena pasará por
allí, una o dos veces, hasta sacarle la última gota de jugo
a tan feliz oportunidad. El cuarto también tiene hoy entornadas la puerta y la ventana que lo comunican con el patio,
y el jazmín de Orisa pone más fuertes y tupidos brochazos
verdes en el alto postigo que da al jardín; pero hay aquí
dentro la fuerte claridad del luminoso día y el enervante
perfume que recoge el aire al filtrarse por entre los ramajes
del florecido jazmín. Y para colmo de bienhadadas coinci-
dencias, no falta afuera un tanto de ruido encubridor; que
no por respeto a la escritura de don Roberto, dejan de albo-
rotar los canarios, enardecidos por la catarata de oro solar
que inunda el patio, y los gorriones, que incesantemente

lo cruzan para disputarles el alpiste a los alados prisioneros de la quinta.

Cuando Nena entra por primera vez en el cuarto, Juan le muestra una lima, un martillo y un destornillador, que ha traído juntos con el cajón de los cubiertos, y le dice que si alguien les encuentra juntos, simularán que han venido a componerle las deterioradas entrañas, al órgano.

Aprueba ella la idea, y pregunta:

—¿No nos vio Goyo, cuando te di el papelito?

—No. Ni medio.

—¿Lo rompiste?

—Y lo boté.

Tras de esta serenísima mentira de Juan, comienzan las nimiedades de rigor, dichas con voz trémula, frases entrecortadas, calor y rojez en las mejillas. En él sigue progresiva la avidez de pegarse a ella. Casi se le trasluce, en los ojos, en toda la actitud, un irrefrenable deseo de abrazarla. Pero ella no espera, no teme tanto de él. Tiene plena conciencia de que tan pueriles escarceos amorosos han llegado ya a todos sus límites, lícitos e ilícitos. Si no los han cortado, por ñoños e inútilmente peligrosos, es porque todavía, en determinados momentos pasionales del muchacho, surgen nuevos y muy curiosos síntomas. Estos síntomas aún la atraen pecaminosamente. La dan unos como cálidos cosquilleos en la sangre, una como recóndita, inconfesada excitación, que la sujetan al lado del obseso y la incitan a estimularle, a encandilarle, más y más.

—¿Por qué te peinas así, con agua, en vez de lavarte bien la cabeza? ¡Estás más feo! ¡Pareces un ratón mojado!

Así le dice ella, burlona, displicente como un pretexto para peinarle, con sus suaves dedos, los mechones de pelo, húmedos y empastados. Lo dice a la vez que junta sus casi sazonadas formas, al estremecido cuerpo de él. El, hechizado, responde casi sin voz, a toda alma sincerísima:

—Tú sí eres linda. ¡Como una rosa!

E intenta asirla por las manos.

Pero ella las retira y se aparta, diciéndole conminativa:

—Estate quieto, o me voy.

—¿Por qué?

—Porque ya te he dicho que no me toques más.

—¿Y tú por qué me has tocao? E verdá. Pa decirme ratón. Porque tú juega conmigo como el gato con el ratón. ¡Claro! ¡Como que soy un recogío, un criao...

—¡Ah! ¿Sí? ¿Eso crees? Pues mira. ¡Hasta luego!

E inicia ella un fingido ademán de retirarse.

—¡No! ¡No te vayas! —ruega él con los ojos en honda súplica—. Ven. Por mi madre que no te vuelvo a tocar.

Pero pronto vuelve a enloquecerle la proximidad de ella. Furiosamente le excita el afrodisíaco perfume del jazmín de Orisa, y el más afrodisíaco de las sudadas carnes de la muchacha, asomadas por entre las tiras bordadas del blanco vestidito. Y enardecido torna a querer mesarle los cabellos, a agarrarla.

—¡No! ¡Quita!

—¡Sí! ¡Déjame!

Y entonces secretean afanosos, forcejean hasta lastimarse; hasta que Juan, en pleno arrebato, exigente, lloroso de deseos, se apodera de una mano de ella, y se la besa, atenaceándola para que no se le escape, una, dos, diez veces, con febriles y voraces labios.

Logra ella desasirse. Sale al patio agitadísima, jadeante, con un susto difícilmente disimulable, si se tropezase con alguien en este momento. Se ha ido jurando que:

—¡Se acabó! ¡Ahora sí se acabó para siempre!

Tanto ha perdido el juicio Juan, que no se conforma con la resolución de la muchacha, ni aun para este instante. Y corre a lo largo de los cuartos, a acorralarla, a obligarla a volver.

Todavía la alcanza. Nadie los ve. Se para delante de ella, y le dice, firmemente decidido:

—Vuelve, o te abrazo y te beso aquí mismo.

Comprende ella que la intención es de las que no admiten disimulos. Ha creado intereses, y éstos amenazan con hacerla caer en sus propias redes.

—¿Pero te has vuelto loco?

—Na. Anda. Vamo. A arreglal el ólgano.

La domina con su audacia, y le sigue ella los pasos, barbotando:

—Tú verás, si esto se descubre. Y lo vas a descubrir, porque eres muy bruto y muy atrevido.

Pero él nada replica, hasta que entran de nuevo en el cuarto:

—Es que te quiero mucho. Y me has vuelto loco.

—Pues mira: no me quieras más. Porque hoy es el último día. ¿Lo oyes? ¡Se acabó!

—No. No se puede acabar. Yo no lo acabo. Ni te dejo. Y que lo sepan, y me boten, o me maten, o me hagan lo que le dé la gana.

Y lo afirma, uniendo tales amenazas, disculpadas por la vehemencia que le domina, a un nuevo incontenible acercamiento al cuerpo de ella; a los ruegos más fervorosos, incontrastables:

—No te vuelvas a ir. ¿Eh? Quiéreme aunque yo sea meno que tú. ¿Sí? ¿Vas a ser buena?

Estas súplicas la hacen ceder en actitud, pero no en intenciones. Estas, desde ahora, deben ser irrevocables; a prueba de toda resistencia.

—No. Y si de veras me quieres, vamos a terminar esto ahora mismo. Dame el papelito que te escribí hoy.

Dice él que lo tiene guardado y salta ella:

—¿Ves? Te he cogido el embuste. ¿No lo habías roto y botado?

—No. Lo tengo guardao, con los otros, y las flores, y los libros.

—¿Sí, verdad?

Y la muchacha deja caer, flojos, los brazos; mientras a los ojos le asoman lágrimas de congoja y en las carnosas facciones se marca un rictus de angustia.

—Me has engañado —solloza—. Me has engañado. Sólo yo tengo la culpa. Yo...

Mas la fuerte emoción que conmueve al muchacho, al verla llorar, le lleva a tomar las caídas manos de ella, y a decirle, en una mezcla de piedad a la amada y de recrudecimiento carnal, por la misma fuerza emotiva del momento:

—Pero te los doy, mi vida. Te juro que te los doy, si tú quieres. ¿Lo quieres ahora mismo?

—Sí.

—Bueno, pues dame un beso.

Y acerca los labios, ávidos y resecos, a los trémulos de ella; a la vez que sus manos, ardientes y galvanizadas, oprimen los pugnaces brazos de la ahora rebeldísima:

—No. Que nos ven. No.

—El no. Nadie.

—Que no. No quiero. Déjame.

—Sí, mi cielo. Sí. Es uno solo. Uno solito, y te doy el papel. Te lo doy enseguida.

Titubea ella un instante. Va a ceder, sólo con el propósito, femenilmente intencionado, de recuperar aquellas comprometedoras pruebas de delito.

—¿En seguida? —le pregunta, mirándole con penetrante intensidad.

—Sí.

—¿Todo?

—Todo. Por mi madre.

Y sin esperar la ya innecesaria tolerancia de ella, le echa las manos a la cabeza, para sujetarla contra sí, hundiendo los tenaces dedos en la negra y sedosa cabellera, y apretando sus labios ardorosos y distendidos, sobre los fríos, recogidos y herméticos, de ella.

—No. Así no —exige él, sin apenas desprenderse de los esquivos labios de ella—. Abre la boca.

—¡No! ¡Quita!

—¡Sí! ¡Abre!

—¡Quita! ¡Quita! ¡Que nos van... nos van... a ver!

Pero él la oprime más y más. La oprime y pega voraz, jadeante, su boca a la de ella, mientras sigue mezclando, delirante, las súplicas más tiernas y las más furiosas exigencias:

—Un momento. Un solo momento. ¡Anda!... ¡Ábrela!... Los cuatro labios bien grandes; bien apretaos.

De esta frenética manera, la besa incesante, en pleno arrebato de deseos; mientras forcejea con ella, y la estruja, y le retuerce los brazos; hasta que con golpe de macho mal educado, vencedor en sexual conquista, la suelta y exclama:

—¡Así, salá! ¡Castrona![1] ¡Así!

Entonces ella, sofocadísima, echa la cabeza hacia atrás, y con los ojos muy abiertos, ojos de espanto, fijos en la penumbra del cuarto vecino, dice:

—¡Mi tío! ¡Mi tío Domingo!

Juan, azogado, vuelve el rostro, y ve la figura del médico que despaciosamente, con los ojos muy abiertos y muy

---

[1] Castrona   puerca castrada.

brillantes, avanza por entre la casi oscuridad del cuarto de Adolfo. El muchacho, necesariamente impávido le dice a su compañera:

—Ahora verás, cómo lo arreglamos.

Se apodera del martillo y el destornillador, y con ellos empuñados se va sobre el órgano. Ella, le sigue avidísima. El mete el filo del destornillador en lo primero que halla en las rotas entrañas del octogenario aparato, y sobre el destornillador comienza a descargar martillazos; en tanto que ella oculta tras él la descompuesta cabellera, el rostro ardiente de bochorno, los ojos con el amago de llanto de un miedo inocultable y delator.

Domingo, empero, no hace más que asomar el rostro por la puerta divisora de ambas habitaciones, para inquirir, sin esperar respuesta:

—¿Qué hacen ustedes ahí?

E inmediatamente ordenar a Nena:

—Tú. Vete con tu tía.

Ella se va por la puerta del patio. Se va encogida, con las lágrimas al fin valientemente sujetas. El muchacho, por un momento más, descarga golpes sobre el mango del destornillador, clavándolo sobre acaso la más sana e inocente parte del carcomido órgano, a la vez que monologa mimético:

—¡Ahora vamos a ver! ¡Vamos a ver si esta noche tocamos o no tocamos toas las mazurkas!

Monólogo que felizmente puede cortar, porque tiene que correr a abrirle el portón de la cochera, al mandadero de la finquita de Güines. El mandadero, golpea duro, exigente, a lo guajiro, a fin de que cuanto antes le dejen entrar, con su tostado jipijapa de mexicano diámetro y dos serones cargados de pollos, quesos, frutas y legumbres, para la sonada comilona del día.

Domingo vuelve lentamente sobre sus pasos; atraviesa el comedor por entre el hombre que ensimismado escribe en su patriarcal mesa ministro y el grupo de la anciana inalarmable y la ahora en verdad enferma muchacha, y recruza, severo, hermético, misterioso, la puerta de su gabinete; la frontera de su aislado mundo de libros, papeles y microbianos cultivos.

Apenas la ha recruzado, oye que la sobrina habla afanosamente con su tía-abuela. Vuelve a acercarse a la puerta, y aunque no entiende todas las palabras de la asustada, percibe lo bastante para saber que ella se va a los altos, a recogerse, pretextando un aumento de cefalalgia. La anciana quiere que la nena le diga todo esto a Domingo; pero:

—¡No! ¡No! —opina ella fuertemente, dándole aspecto de pudor a la negativa, que reafirma, partiendo, a la vez, escalera arriba.

El tío comprende que la culpable ahora se siente reo, angustiosamente, y que va a los altos a serenarse, a orientarse, a preparar la defensa, a más que otra cosa, huir de un posible encuentro con él en este momento. El necesita hacer lo mismo: rehuirla, serenarse y analizar tranquilamente lo que ha visto, para obrar con calma en busca de la más justa, discreta, y eficaz solución del caso.

Juan se queda en el traspatio, ayudando, habilidoso, a los atareadísimos criados; esperando que los acontecimientos le indiquen que hay tormenta, y si por la bondad del médico amaina, o si por gravedad de origen, el mundo se le viene encima. Más que en anteriores ocasiones, le asusta lo hecho; le amarga y estremece, el más sincero, profundo arrepentimiento. Tanto le domina el egoísmo de estos pensamientos, que no saborea el menor recuerdo de la escena del cuarto, ni remotamente piensa en la angustiosa situación porque debe estar pasando la propia muchacha. El

recuerdo le es repelente, doloroso, como recuerdo de la
escena de un propio crimen, y la situación de ella, instintivamente le parece inimportante, rodeada de mil obvias
atenuaciones. ¿Qué le sucederá a él?

Nena, echada en su cama, con ropas y zapatos, tiene
además de los motivos de inquietud y temor que el tío le
ha supuesto, la tremenda, predominante angustia que le
ocasionan los testimonios de su gran culpa, que Juan tiene
quizás dónde, e inmóvil, enroscada en la cama, está atenta
al menor ruido que oye en el piso bajo, e incesantemente
maquina la forma de ver aquel mismo día a Juan, a costa
de todo posible riesgo, para exigirle la devolución de tan
comprometedores testimonios. No la preocupa tanto lo que
pueda pasar ahora, como lo que pudiera ocurrir en caso de
que la gente de la casa, enfurecida, descubriera el escondido montón de papelitos, o de que el muchacho amenazado,
acorralado lanzado a la calle, o despechado por el insulto
y los azotes, bestialmente los exhibiese.

Y así va pasando el día. A eso de las doce llegan las
mujeres de la iglesia. Con la madre y Cucusa, la "enferma"
capea bien la situación. Las otras mujeres no creen necesario subir, ante las explicaciones tranquilizadoras de Domingo:

—Achaques del caso.

Al mediar el día llegan dos coches, cargados, del Vedado: los muchachos, sudorosos, encendidos, parlanchines, con
todas las huellas físicas y verbales del gran juego de *base
ball* recién terminado, y la gente del Vedado: la respetable
hermana casada, de Doña Juanita; sus hijas, Monona —rubia, alta, maciza, próxima a unos espléndidos veinte años—;
Rosaura —quinceña que va pujante hacia el mismo esplen-
dor de su hermana—, dos impúberes de vestidito, algo
prietas, Luz Marina y Carmela; un varón flaco y nervudo,

de trajecito a la marinera, y otro rubio, de melena y batica: Lalo y Cuco.

La avalancha[1] de gente menuda fue al cuarto de Nena
a intentar mejorarla rápidamente a fuerza de buena voluntad, de contagio, de travesuras; todo inútil.

Vino el almuerzo. Hubo órgano y piano. Hubo una
mesa de frutas y tres sorbeteras repletas, voltijeadas, desta-
padas y tapadas, sin cesar, por la alegre muchachería. Juan
se mezclaba en todo: trabajo, hartazgos, expansiones regoci-
jadas, progresivamente confiado al no ver surgir la tormenta por parte alguna. Domingo, asimismo, se mezcló en todas
las celebraciones del onomástico de la madre, sonriente,
despreocupado, como todo el mundo.

Dentro de tal estado de cosas llegó la gran comida, o no
hablando en criollo, la gran cena. Celebraciones de esta
clase eran siempre como aquélla, en la quinta del Cerro:
verdaderas comilitonas, huérfanas de mayor atmósfera de
espiritual expansión y júbilo; como cabía en un hogar cuya
piedra esquinera hallábase definitivamente rota, y cuyos
principales componentes mostraban las más desacordes inclinaciones. Escasos invitados, y todos familiares. Un bando
hacía girar las conversaciones en torno de la madre y abue-
la, íntima y eternamente amargada, y otro las alentaba,
con el altivo dueño de la casa por centro de atracción. Y
a la hora de la sidra y la cerveza, en varios grupitos afines,
verbales desbordes de apasionamientos políticos, personalis-
tas o de caseras filosofías, plenos de todo el vivo repertorio
de las criollas indirectas, rectas y penetrantes, como balazos
de rifle.

Aquella tarde el familiar banquete, naturalmente comenzó con mayores reservas mentales en todas las personas
mayores que circundaron la mesa. Nena, siempre por lacónica prescripción de Domingo, se quedó encerrada en su

---

[1] *avalancha*   galicismo usado por alud.

cuarto. Domingo, que no obstante ser un desplazado, un excéntrico, en medio de las superficiales vehemencias de sus compañeros de mesa, solía animarla con sus anécdotas suavemente volterianas y sus genialidades generosamente didácticas, continuó mostrándose hermético y pensativo; preocupando así, más aún, a los que no lograban distraer el pensamiento de la habitación alta, en que estaba, ajada y solitaria, una de las flores más bellas del jardín familiar. Y Don Roberto, podía decirse que estaba prendido al mantel de la heliogabálica mesa por el alfiler de las transigencias sociales: aquella noche había disfrazada fiesta separatista en la propincua La Caridad del Cerro, con asistencia de los Zayas[1] y los Sanguily,[2] y Don Roberto, cabecilla de la Guerra larga, cubanamente irreligioso, renegaba por dentro de un maldito día de santo, que contendríale alejado hasta tarde, de los enfiestados salones de la histórica y cubanísima sociedad. En la gran corbata de piqué blanco de Don Roberto, brillaba aquella noche un compás y una escuadra, de oro, que el grado 18 sólo acostumbraba exhibir, ofensivamente, en las grandes solemnidades odiadas por la Hija de María:[3] velada en *La Caridad,* efemérides insurrectas o tenida gorda.

Allá a los postres, en un intermedio de órgano, Juan, Cuca y los otros muchachos que molían polkas y mazurcas, se presentaron chillonamente en el comedor. Don Roberto se empeñó en irse, y se fue, con locuaz e indignada protesta de su mujer. Aparecieron en lo alto de la escalera, Nena y Candelaria. Candelaria había subido a acompañar a Nena, y cuando la gran discusión, habíala obligado a converger al comedor. Es decir, a intentarlo. Porque, a media escalera, Domingo las detuvo, diciéndole a la estrujada y despeinada sobrina, secamente:

---

[1] *los Zayas*   José María, Francisco y Juan Bruno. Patriotas y cubanos ilustres desde antes de iniciarse la Guerra de los Diez Años.
[2] *los Sanguily*   Julio (1846-1906) y Manuel (1848-1925). Discípulos distinguidos del educador cubano José de Luz y Caballero.
[3] *Hija de María*   Congregación de mujeres católicas.

—No. No bajes. Vuelve para tu cuarto. Dentro de un momento voy a verte, y entonces Candelaria puede bajar a comer.

Nena se hizo cargo. La situación no era nada suave, ni tranquilizadora, ni propicia a valientes provocaciones. Y sólo un instante, por hacerse la desentendida, insistió:

—¿Pero, qué pasa?

—Nada —le contestó rápidamente Domingo, anticipándose a Laura, que iba a decir lo mismo, e intentar subir, mientras las primas del Vedado iniciaron el ademán de aplaudir la aparición de la "matunga"[1]—. No pasa nada. Vete para tu cuarto. Que voy a ser yo quien sube en seguida.

Y dirigiéndose a la cuñada:

—Tú quédate aquí. A desvanecer esta mala atmósfera. ¡Caramba! No le demos el mal rato tan completo a esta gente del Vedado. ¡Vamos! Váyanse a la sala. Hagan luz. Hagan música. Que Monona toque eso nuevo que anda por ahí: *La Gran Vía*, o cualquiera otra cosa.

Todos se dejaron convencer fácilmente. Laura sobre todo. Y como la hija ya iba a desaparecer en lo alto de la escalera, por decir algo le preguntó:

—¿Cómo sigues?

—Igual. Me duelen mucho la cabeza y los huesos.

—Bueno, detrás de Domingo subo yo. Eso no es nada. Déjame aquí un rato, ya que vamos a oír un poco de música; a salir del convento. ¡Por Dios! ¡Uf!

Instantes después, hasta Doña Candita estaba en la sala. La sala hallábase iluminada a toda lámpara. Monona, con las caderonas oprimidas, desbordadas en el banquito del inmenso piano de cola, alegremente tecleaba *La Gran Vía*, coreada en sus más pegajosos pasajes, por Corina, Cucusa

---

[1] *"matunga"* enferma.

y casi toda la gente joven. Después la rubia muchachona pasó a una danza de moda, dulzona y melancólica, que primas y primos comenzaron a bailar, torpes y jubilosos.

XVIII

Y es entonces que Candelaria baja a participar del atracón de pollo, pavo, lechón asado y media docena de postres, porque Domingo acaba de subir, entrar en el cuarto de Nena y lacónicamente ordenarle a la prieta fámula:

—Baja a comer.

En seguida aumenta la luz de la lámpara, y se sienta, en actitud de médico, junto a la cama de la sobrina. La sobrina medio se incorpora, se compone las ropas y después deja caer la cabeza sobre un brazo cuyo codo se hunde en las almohadas. En el fondo de esta estudiada actitud se mezclan un ansia vehementísima de saber lo que Domingo ha visto aquella mañana en el cuarto de los varones, el ardiente ruego al Señor de que el tío alcanzara a ver muy poco y la irrevocable determinación de negar, negar y negar, hasta la más fehaciente referencia al delito de que ya, indudablemente, él viene a hablarle.

—A ver, cómo tienes el pulso.

Y tan pronto como oprime entre los dedos la helada y trémula muñeca, Domingo prescinde de nuevos ambages, y olvidado de la arteria radial, de todo papel de médico, pasa al de juez, bruscamente:

—¡Conque te duelen la cabeza y los huesos, eh!

—¡Uf! ¡Muchísimo!

—Bueno. Yo he fingido tragármelo así todo el día. Pero, para los demás. Tú bien debes saber que estoy en el secreto.

—¿De qué? ¿De que no me duelen? —inquiere ella, simulando una fuerte sorpresa, la mayor serenidad, la más
pura inocencia.

—Sí. De eso mismo —contesta él, rápido, para seguir,
siempre directo, al grano—. A no ser que los besos y los
abrazos fueran tan fuertes...

—¿Qué besos y abrazos? —interroga ella, de nuevo, asom-
bradísima, impávida, ingenuísima, y sentándose ahora en
la cama, totalmente.

—¿Cuáles van a ser? Los de Juan: el flamante Don Juan
de la casa.

Ella fuerza una sonrisa, que es casi una mueca en sus
temblones labios, para aún probar la defensa de fingir que
toma esta terrible inquisición por una broma; pero él se
apresura a demostrar que viene preparado, sobre seguro,
inmune a todo artificio de sorpresa, de negativa, de des-
viación y demora:

—No te rías. Es tan inútil como todo lo demás que hagas por negarme que los he visto a ustedes dos, bien, pero
muy bien, esta mañana, cuando, allí escondidos, se besa-
ban y hacían otras barbaridades...

—¿Yooo? —y los labios nerviosísimos se abren en una
gran O, admirablemente teatralizada.

—Sí; tú. Y no me interrumpas. Vamos a acabar pronto,
que es lo que te conviene.

—¿Pero, yo, tío? ¿Esta mañana? ¿Será posible que hayas
creído...

—He creído lo que he visto.

—Te juro...

—Inútil. Inútil. He visto bien, admirablemente bien. Y
como te digo, lo que conviene es oír. Oír sin escandalizar,
sin perder tiempo. Antes de que suba tu madre o cualquiera otra persona. Oye:

Tira sobre la cama el brazo que sostenía con sus dedos, y aproxima y endurece la mirada, fija en los brillantes ojos de ella, a fin de continuar con redoblada energía:

—Has hecho una cosa tan increíble en una muchacha de tu edad, de tu educación, de una familia como la nuestra, que sólo porque la he visto la creo posible. Por fortuna para ti, y para todos, no ha sido otra persona de la casa quien los ha sorprendido a ustedes; porque así lo podremos arreglar todo, sin golpes, sin gritos, sin vergüenzas ni escándalo. Es decir, vergüenza, sí. Debe haberla para ti. Aunque no sea más que delante de mí. Porque, ¿qué clase de mujer decente eres tú?

Ella, que se sabe descubierta, se dispone a defender el camino de la mentira, paso a paso, y hasta el último punto que sea estrictamente defendible:

—Fue sólo hoy, y él fue quien tuvo la culpa. Se me echó encima...

—Mientes —la interrumpe él, sin ceder en firmeza y precisión—. Ni eso es cosa de un solo día, ni él puede tener toda la culpa. Al contrario. Tiene menos que tú. Tú sólo recibes buenos ejemplos; vas al colegio, y eres hoy una señorita decente; de una familia donde nunca ha habido escondrijos y porquerías, y ese chiquillo es un pobre huérfano, criado en la calle, de la cual ha traído aquí todos los resabios y malacrianzas. No tiene nada que perder, y todo le parece igual al mundo de suciedad de donde viene, y más, porque aquí bien poco le hemos enseñado. Ya ves que soy justo. Otro que no fuera yo, que no se explicara las cosas como yo me las explico, estaría echando espuma por la boca, queriéndose tragar al muchacho, echándole encima toda la culpa. La de él, y la tuya...

—El la tiene. Yo no quería —y comienza ella a sollozar, con dos hilos de lágrimas, descendiéndole por las mejillas—.

Yo no quería. El fue quien empezó...

El tío la corta:

—Inútil, y contraproducente, y peligroso, el que sigas diciéndome boberías, haciéndonos desaprovechar el poco tiempo que tenemos para arreglar esto, de una vez, para siempre, dejando el secreto entre poca, muy poca gente.

—Di.

—No quiero saber cómo empezó esa barbaridad. Ni cómo, ni cuándo. Lo que quiero, lo que necesito saber es si alguien, además de ti y de él, sabe esto. Si alguien ha visto, sospechado...

—No. Nadie —miente Nena, firmísima, restándole importancia al caso y siempre procurando quedarse lo más distante de toda la verdad que sea posible.

—¿Ni Mercedes, ni Candelaria, ni los muchachos?

—Ninguno.

—Bueno; aunque ya no me fío de ti, voy a creerlo. No voy a decir una palabra de esto a tu padre. Ni a Laura. Ni a la misma mamá. A nadie más que a tu abuelo.

—¡No, tío! —exclama ella, echándose a llorar, ya, a lágrima viva—. ¡No! ¡Por Dios! ¡Por lo que más quieras! No se lo digas a abuelito. Se lo dice a papá en seguida. Y me pegan. Y mata a Juan. Lo mata a golpes.

—¡Vaya! ¡Nada! No dirá nada, ni le pegarán a nadie. Mejor hubiera sido que hubieses pensado las cosas. Y no que yo soy quien tengo que hacerlo cuando han pasado.

—¿Y qué vas a hacer? Yo creo que no debes decírselo a abuelito. El es peor, tío. Dícelo a otro. A mamá. Al mismo papá, si quieres; pero a abuelito no.

—Sí. A él. Y lo único que pasará es que Juan se vaya en seguida.

—¿Para dónde?

—Lo que menos te importa. Ocúpate de ti. Tienes que
prometerme que te arrepientes profundamente, y no decir
una palabra, absolutamente una palabra, a nadie. Ni al
cura. ¿Me oyes?

—Sí. Te prometo todo. Por Dios y por mi madre, que te
prometo todo. Sigue.

—No. Nada más. Sólo eso. Darte cuenta de la barbaridad que has hecho; garantizarme que te arrepientes con
toda el alma, y cuidadito con decírselo al padre. A ese,
menos. Esto tiene que pasar sin correcorres, nerviosismos
y violencias, buenos únicamente para perjudicarnos a todos;
máxime tu porvenir. Que tú, tan loca, tan mentecata, has
querido echar por el suelo...

Pero aquí ella, conmovida por tan inesperada transigencia, por tan cariñosa severidad, por todos los bondadosos
esfuerzos de este tío único, le lanza los brazos al cuello, y
empapándole en lágrimas el rostro áspero, de tupida barba,
sin descañonar, le dice sincera, entregada:

—Mira. Sí. Juan tiene unos papelitos escritos por mí,
y un retrato.

—¿Ah, sí? ¡Ya ves! ¿Dónde los tiene?

—No sé. Pero, no se los pidas. Porque se va a saber todo.
No se los pidas. ¿Quieres? Déjaselos. Yo se los quito. ¿Eh?
¿Se los vas a dejar?

Y le besa afanosa en el cuello, hincándose los labios con
las púas de la durísima barba. Le besa en las mejillas. En
las sienes.

—No. Tú, no —responde él, separándola—. Tú procura-
rás no verle más a solas. Te guardarás mucho. ¡Cuidadito
con eso! O lo echo a perder todo. Confía en mí. Déjame;
que, como lo demás, yo también arreglaré esa parte. Ahora,
échate otra vez ahí. No salgas de la cama. Si viene tu madre o cualquiera, dile que esa excitación es de la enferme-

dad. Pero, procura calmarte, rápidamente. No llores más. Todo va a pasar bien. Y desde ahora, lo que debes es fijarte mucho en lo que haces. Ya no eres una niña. Yo te mandaré ahora un pomo de agua con azúcar y unas gotas de colorante, para que las tomes en cucharadas, haciéndote la que te pones buena con eso esta misma noche. Y vaya. ¡Quédate ahí! ¡Hasta mañana!

Se besan como dos amantes: en la boca.

Y mientras él, muy despacio, va hacia la puerta que da al corredor, pasándose a la vez el pañuelo por donde aún tiene las lágrimas de la abatida muchacha, ella le recomienda cálidamente:

—Cuidado con abuelito. ¿Eh?

—Sí. Con todo el mundo. Sólo tú y yo vamos a estar enterados.

Pero, en este mismo instante, al poner los pies en el corredor, ve que alguien, semioculto por la oscuridad de la noche, gana la escalera de caracol, silenciosa y rápidamente. Se inclina sobre la baranda para tratar de ver quién es, cuando llegue abajo, y después de un inconfundible ladrido del perro al que atraviesa las sombras del traspatio, fugazmente, percibe Domingo, en la semiclaridad del patio, a Juan, que entra en el cuarto de él y Adolfo, y hace luz.

Baja entonces a buen paso por la amplia escalera del comedor. En la sala sigue el bullicio: piano, risas, palmoteos. Saleta y comedor están desiertos. Al fondo, alguien, con un cajón entre las piernas y dos botellas de vino en la cabeza, florea una gran rumba. Domingo atraviesa su cuarto, y entra en el de Adolfo y Juan, rectamente.

—¿Qué escondes ahí?

Le dispara de improviso al huérfano, que, muy atareado, compone cosas en su baúl.

—Nada —responde el interrogado, en temblores, pero en un gran papel de indiferencia—. Arreglando.

—Sí. ¿A esta hora, verdad? No te interesa lo que pasa en la sala, ni la rumbita de la cocina. ¿No es eso? Pues, mira. De esto no va a saber nadie, nada. Pero, dame ahora mismo lo que tienes ahí de Nena.

—¿Qué?

—¿Tú no lo sabes? ¿O crees que no te he visto, oyendo por detrás de las puertas, como todo un chota? Dame eso. Sin más aspavientos, ni más miedos tardíos. Esto va a quedar entre nosotros dos, a condición, desde luego, de que andes pronto. ¡Conque, vamos!

—No tengo nada. Lo rompí y lo boté.

—Y de ahí no logra sacarle Domingo. Inútilmente, apela a la persuasión, a las amenazas, a todos los esfuerzos imaginables.

—No tengo nada. Lo boté.

Y cuando el médico, a fuerza de pruebas y de una absoluta seguridad en la acusación, le acorrala, hasta el último límite, el muchacho se encierra en un irritante, hermético mutismo de salvaje entercado. De pie, con la cabeza baja, los brazos caídos a lo largo del cuerpo y los labios apretados, sólo se mueve por las sacudidas que le da Domingo, oprimiéndole rudamente un brazo, al insistir desesperado:

—¿Pero vas a hablar, o no? ¿Cuándo lo rompiste? ¿A dónde lo botaste?

Hasta que, para no malgastar más el tiempo, ni exponer demasiado sus planes de discreción y practicismo, el médico se ve precisado a tomar otro camino: a emprender la búsqueda por cuenta propia. Ordena al muchacho que, poco a poco, vaya sacando todo lo que contiene el baúl, depositándolo en la cama y las sillas cercanas. El muchacho sabe que el secreto de su baúl es seguro, dificilísimo de encon-

trar, e impávido obedece la orden. Saca pantalones, camisas, una pelota, un saco de bolas, zapatos envueltos en papel de periódicos, que Domingo va registrando minuciosamente. El registro es largo, pero tan inútil como las verbales
acometidas del médico. Juan ha vaciado su baúl, cosa por
cosa, lentamente, sin soltar un monosílabo. Ha confirmado
que él no es Nena; que el huérfano endurecido por pre-
maturos y repetidos choques con las más negras realidades
de la vida, no puede ser tan sensible a las exigencias, los
razonamientos o los sentimentalismos de Don Domingo,
como su sobrina, la niña rodeada de todas las blanduras y
cariños de un hogar rico y feliz. Y menos en este momento,
después de haber el huérfano oído la conversación de ella
y el tío. Sobre todo ella: "¡Chismosa!" "¡Casasola!"[1] ¡Vamos! ¡Si él ahora lo que está es enfrenado, despechado,
convertido en furioso enemigo de todo el mundo en la
quinta.

—Bien. Perfectamente —acaba Domingo por tener la di-
plomática calma de resignarse, transitoriamente—. Tienes la
guaca[2] bien hecha. Yo por ahora me voy. Tú reflexionarás,
y verás lo que te conviene. Pero quiero hacerte una sola
advertencia: si te callas todo, dejándolo entre nosotros dos,
todavía las cosas te pueden salir bastante bien. Si no, te
pueden salir bastante mal.

E indicándole al muchacho el contenido del baúl, dis-
perso sobre la cama y las sillas próximas, le dice:

—Recoge eso, pronto.

A la par que con semblante ya nada hosco, con aire de
la más perfecta tranquilidad, toma el rumbo de la sala.

Cerciorado de hallarse solo, Juan, antes de colocar de
nuevo sus cosas en el baúl, palpa con satisfacción la disi-
mulada tablilla que oculta su "guaca", como acaba de llamarla Domingo, y estira después, esmeradamente, las orillas

---

[1] *"Casasola"* egoísta.

[2] *guaca*   monedas y otros objetos de valor que se mantienen
escondidos.

del papel que tapiza el interior del basto cofre, heredado de sus padres.

—¡Los he chivao! —exclama, al colocar sobre el escon-drijo, ahora para él precioso, tres pantalones, bien exten-didos.

En seguida, guarda todo lo demás, y sin poner ya esta noche, un pie fuera del cuarto; sin perder un segundo, se desviste, mata la luz, se vuelve de cara a la pared e intenta dormirse, con la mayor buena voluntad.

Empero, oye aún, por mucho tiempo, el piano, y todo el bullicio de la sala, y la creciente rumba de la cocina. Des-pués oye salir los dos carruajes cargados con la gente del Vedado. Oye luego todos los habituales últimos ruidos de la conventual casona; las vueltas que da Adolfo para des-vestirse a la luz del contiguo cuarto de Domingo, y echarse inmediatamente, con rechinar de alambres, en su amplísi-ma cama. Todavía percibe el regreso de los carruajes y los golpes que dan Ruperto, Ñango y los caballos, antes de ponerse a tono con el campesino silencio de la señorial ba-rriada. La luz persistente en la habitación de Domingo, le prolonga el nervioso desvelo, aún por largo rato. Y si no advierte el regreso de Don Roberto, es porque Don Roberto, después del entusiasmo de los discursos de *La Caridad*, no se ha resignado a dormir en su solitario catre de la sala.

Ya muy alta la madrugada, Juan puede vencer el primer insomnio de su vida. Y ahora, al rimar su menos agitada respiración con los angustiosos resoplidos, *post*-atracón, de Adolfo, que tanto contribuyeron a desvelarle, lo hace con el mismo temor que le ha dominado desde la entrada de Domingo en el cuarto. Un temor que le intranquiliza y desespera todo el día siguiente, durante el cual no logra ver a Nena; sólo dos veces cruza una rápida mirada con el médico, y nada extraordinario viene a alterar cierta calma, agorera y mal encarada, que flota en el ambiente de la quinta. Es un temor como el de los días que siguieron a su robo de cierto centén de Adolfo; no puede ver dos personas juntas, sin al punto imaginar que hablan del "caso"; si alguien sale a su encuentro, bruscamente, en el patio, en el jardín, en los cuartos, siente sobre sí los preludios de la tempestad. Pero, en verdad, no está ahora tan arrepentido, tan morbosamente achicado, como entonces. Hay en él en estos momentos, algo como obstinación de mártir voluntario, casi resignado, con la estoica resignación de los predestinados a sufrir las más dolorosas pruebas de un perro destino. ¡Que venga lo que ha de venir! No le van a matar. Y siendo así, de cuanto pueda pasarle, quedará vida para todos. ¡Y para todo!

Tan indomable se va sintiendo a medida que transcurren las horas, que por la tarde, al encontrarse con Candelaria, en el aislamiento del traspatio, siente un irresistible impulso de despechada o más bien, de vanidosa indiscreción:

—Oye —le dice quedamente a la criada de los altos— Ayer Don Domingo nos pilló, a mí y a Nena, como tú aquel día.

—¿De verdá? ¿Y aonde?

—En el mismo cuarto.

—¿Y no ha dicho na?

—Na.

—Pué mira. Má vale que te calle. Poque te puén da má palo que jonjolí[1] dan po medio.

Juan sigue su camino, después de encogerse de hombros y decir, con maquinal bravata:

—¿Y qué?

Pero en toda la tarde no suelta una palabra más acerca de los vientos de ciclón que se arremolinan sobre su cabeza.

---

[1] jonjolí ajonjolí.

XIX

Después de la comida, la gente de la quinta no puede soportar, en pie, los efectos del desvelo, el ajetreo y la hartura, de la noche anterior. A las nueve, no se oye en toda la casa la voz de un muchacho. Juan, más molido que los otros, y algo más calmado por la invariabilidad atmosférica, silenciosamente pasa a su cuarto, desde la oscuridad del fondo de la casa, en donde se ha desvanecido hasta ahora, y en la cual ya sólo brillan el cigarrito del chino cocinero y los ojos del perro de presa. Rendijas y postigos iluminados van desapareciendo, unos tras otros, en las sombras del patio y del corredor alto, Doña Juanita, va y viene, en sus últimos trajines caseros del día. Adolfo anda en la calle. Don Roberto, en un sillón, a la media luz del comedor, se ha dormido con la cabeza caída sobre el pecho, y un periódico debajo de los espejuelos. Unicamente en el gabinete de Domingo hay fuerte luz, y carreras de sombras por el techo y las paredes.

No marca aún el reloj del comedor las diez, cuando Goyo ha pasado, primero con el catre de Don Roberto cabalgándole sobre un sombrero, y en seguida con el suyo, camino a la sala. Don Roberto, despierto por los pasos del criado va a seguirle. Pero, en estos momentos la silueta de su hijo Domingo hace sombra chinesca en los cristales de la mamparita de su gabinete, momentáneamente; porque el médico, como si hubiese estado en acecho de este instante, se asoma y le dice al que pasa:

—Oye, papá. Entra. Que quiero hablar contigo.

—Supongo —advierte Don Roberto al pasar al gabinete— que no habrás escogido una hora tan mala para hablarme de lo de anoche.

—Claro. Ni loco que estuviera. Eso ya es crónico. Incurable. Y esto de ahora es nuevo. Y grave.

—¿Qué pasa? —inquiere el viejo, rápidamente despabilado.

—Siéntate un momento. Y primero, prométeme calma, para que nadie más se entere.

—Pero...

—No. No se ha caído el mundo, ni se va a caer. Se trata del muchacho ese, de Juan, y de la barbaridad que es el meter a gente extraña, en la casa de uno; gente con moral y costumbres distintas a las nuestras. Porque él no tendrá la culpa de ser como es, ni de traernos aquí sus infecciones callejeras...

—Pero, bueno. ¿Vas a acabar de decirme qué ha pasado?

Domingo le espeta a su padre, todo lo que sabe de la muy seria "novelita" de Juan y Nena. Todo lo que vió, y todo lo que a su juicio, debe hacerse.

Lo que debe hacerse —exclama Don Roberto después de tres interjecciones explosivas—. Lo que voy a hacer ahora mismo es sacarlo del catre a rienda limpia, y...

—No —le sujeta el médico, con la palabra y el ademán—. Eso se le ocurriría a cualquiera. Te he exigido calma, precisamente para obrar con prudencia, con talento. No creerás que cuando vi lo que vi no tuve que refrenarme; pero calcula tú cómo estaría a estas horas la bola.[1] No. Suprimir el mal y su influencia para el futuro, y para eso, hacer lo que sea preciso, pero en silencio. Por lo pronto, y cortado lo que me he ocupado de cortar, ese muchacho debe salir de aquí.

—Sí. Sí. Si nunca debimos traerlo. Que lo hubieran metido en la Beneficencia, como lo voy a meter mañana mismo. O que se hubiera muerto de hambre. Todo, antes de haberlo soltado entre los muchachos. Entre las niñas. ¡Sinvergüenza! ¡Con mi nieta, nada menos!

---

[1] *bola*   rumor que se extiende como noticia interesante y que no es cierta.

E inflamado el señor ante las monstruosidades que supone con quien es carne de su carne, hace otra vez el movimiento de ir en busca del culpable:

—¡Para que se vaya enterando de que todos no somos iguales!

—Pero logra Domingo contenerle de nuevo. Contenerle el impulso y el diapasón.

—Mira. Vuelvo a recomendarte calma. No puedes lanzarte a ninguna de esas salidas de calentura. Ni echar ese muchacho a la calle, ni meterlo en un asilo, ni ponerlo a aprender oficio, tan repentinamente. En seguida se entera toda La Habana; le agregan el doble o el triple, y por una niñada condenamos a esa muchacha a perpetua mancha. Sobre todo, no podemos poner en la puerta de la calle a quien no tiene a dónde ir.

—Tampoco lo hubiera tenido si no lo traemos aquí, de comebolas.[1] Tampoco tienen cien mil más a dónde ir.

—Pero, no es lo mismo. El vive a nuestro lado. Esta ha sido su casa desde hace tiempo. No podemos botarlo en forma de una venganza indigna. Además, seamos justos. Aquí no le hemos enseñado otras cosas. Al contrario, le hemos dado cada ejemplo... No hay chanchullo que no nos conozca. Le hemos mandado a lugares a donde no hubiéramos mandado a ningún muchacho de la casa. No. A éstos, al colegio. Y él, de criado. Mira. Verás lo que he pensado. ¿Vamos a meterlo en un colegio a pupilo? Yo pago la mitad.

—No. No. Hay que cortar. Tienes razón en lo que dices del porvenir de esa chiquilla, y por lo mismo debemos desligarnos del tipo ese, de la manera más rápida y completa que podamos. Vamos a aislarlo en seguida. A la mayor distancia y por todo el tiempo que se pueda. Si es para siempre, mejor. Después de esto, que desaparezca, si es posible. ¡Que lo parta un rayo!

[1] *comebolas* tontos.

—Bueno. También tengo la solución.

E inmediatamente, Domingo, tras de insistir de nuevo en que se hable en voz baja, expone su otra alternativa. Juan puede irse para la finca de Minas. Se le telegrafía a Rómulo, el pardo[1] mayoral; se avía al viajero, rápidamente, con una hamaca, un sombrero de guano,[2] unos zapatos de vaqueta y un repaso general de camisas y pantalones; se le aisla con toda prudencia y habilidad, y en cuanto venga respuesta de aceptación, se le lleva al ferrocarril y se le despacha para allá. Pretexto, con mucho de realidad: que las cosas siguen de mal en peor en la economía de la familia, y en la finca hace falta una persona, de números y de confianza, para que vaya conociendo el asunto de la caña, y pueda pesarla en la próxima zafra.[3] Allí el muchacho aprenderá a valerse por sí solo, e inconscientemente se irá emancipando de todo ajeno gobierno; alejándose de sus postizos tutores. Se hará un hombre . . .

—Bien, —asiente Don Roberto, del todo dominado por la prudencia y previsión de su hijo inteligentísimo—. Eso exactamente le decimos a tu madre. Y pasado mañana, yo mismo te lo llevo para Minas. Casualmente tengo que ir a ver cómo anda la siembra y cómo me instalan una *Fairbank*[4] nueva; aquella de que te hablé ahora días. Así lo sermoneo en el tren y le meto miedo, para que sujete la lengua. Después . . . Después yo te garantizo que él no vuelve a ver a Nena, ni sabe, nunca más en su vida, de ella. ¡Qué va! Puedes poner el visto bueno. Y tener la seguridad de que el muy canalla sale en coche;[5] porque ya no soy yo el que era antes. ¡Que si esto nos pasa hace diez o quince años . . . !

Padre e hijo salen al comedor, casi oscuro, despoblado y en total silencio. El primero sale rumbo a su catre, que blanquea, frío y estiradito, en un rincón de la sala; frente

---

[1] *pardo* mulato.
[2] *guano* hojas secas de palmas.
[3] *zafra* período durante el cual se muele la caña de azúcar. Dura cuatro o seis meses y se inicia en diciembre.
[4] *Fairbank* marca comercial de pesas. Por antonomasia las usadas para el ganado y la caña de azúcar.
[5] *en coche* ventajosamente.

al otro en que ya está, tiesa y amortajada, la negra humanidad del fidelísimo criado negro. El segundo se dirige a su cuarto; hace luz y se tira en su cama, vestido, rectilíneo, con la cabeza en alto sobre dos almohadas y una revista apoyada sobre el pecho, abierta entre las dos manos. Uno, ya excesivamente desvelado por la sorpresa y la indignación egoísta, pasa de largo frente al catre, y con toda oscuridad, todo silencio y toda precipitación, se va a dormir a la casa de la Calzada. Y el otro, una hora después, con idénticas precauciones; sobre todo sin mirar para el catre vacío, se va a pasar el resto de la noche, un poco más allá de la Calzada, serenamente.

Muy temprano, la mañana próxima, Don Roberto llama a Juan. El muchacho acude con paso y aspecto de reo de muerte; pero la sensación de patíbulo sólo le dura un instante. Porque Don Roberto, apenas le tiene delante, le dice brevemente:

—A ver si arreglas tus cosas, y te preparas para que vayas con Goyo o Ruperto a comprar un sombrero de yarey y una hamaca; que mañana .te vas para el campo; para Minas.

—¿Yo solo?

—Vas conmigo; pero tú a quedarte. Para que sepas lo que es portarse mal, y ser hombre, y arreglárselas uno por su cuenta.

Y a pesar de tanta y tan amenazadora ambigüedad, el muchacho queda pleno de ventura. A su edad, hasta los sucesos desfavorables, si vienen a romper la monotonía cotidiana, resultan bienvenidas felicidades. En seguida Juan tiene en la imaginación el ansiado viaje en ferrocarril, detrás de una maquinota veloz, ruidosa y humeante; un pueblo de Minas, magnificado hasta las proporciones de Matanzas o Cárdenas, y jubilosos cuadros de arboledas llenas de sol,

de frutas, de suaves herbazales, por donde correr, y rodar,
y vivir, en la más salvaje libertad. ¡Sin Doña Juanita, la
vieja de los dedos-pinzas! Y seguro ya de que nada ha de
sucederle, ahora, cuando él esperaba una hecatombe! ¿Que
en las breves y casi vengativas palabras de Don Roberto,
se vislumbran todos los rigores y penalidades de un trabajo de campo, fuerte, y, para un muchacho, excesivo?
¿Qué cuán distinta va a ser la casa de campo, sórdida y
miserable, de la quinta grande y rica; la gente ruda y desconocida, de la gente conocida y civilizada? Es mucho, para
ser momentáneamente imaginado a los catorce años, escasos, de edad. Además, él tiene la connatural resignación
del niño pobre, que sabe que ha de ser un hombre desde
muy temprano. Y un hombre con carne de miseria y sufrimiento. ¿Pasarle por la mente un tierno recuerdo de Nena?
¿Por el corazón un rayo de su amor? ¿De ese amor que le
ha llevado, enfermiza, vertiginosa, locamente, a tan enormes consecuencias? Ni la sombra de ello. El amor, en su
última esencia, no es más que atracción sexual. Lo demás es
poesía, novelismo, contagiosa literatura de civilizados, y
Juan está aún muy crudo, muy infantilmente salvaje, para
sentir, en momentos así, su superficial romanticismo de anteriores días. Podrá llevarse, de Nena, como reserva en las
células de la memoria, para las nuevas horas de eróticos ensueños, la visión de las frescas y bien torneadas carnes de
la muchacha y la sensación, dulce y cálida, de sus labios
grandes y húmedos; pero nada de exaltación sentimental y
romántica; nada de tristeza o de dolor. Al contrario: sigue
en instintivo anarquista, sobre todo con ella. ¡La muy "pre-
tensiosa"! ¡La muy p...!
    Si acaso, mientras interiormente monologa todo eso, que
es mientras riega la gran noticia entre la sensible "gente de
la cocina", le ensombrece la mente y le oprime el corazón,

vago y fugaz, el recuerdo de la "otra" que va a dejar en La Habana, bajo lejano, anónimo montoncito de tierra del cementerio nuevo.

También Doña Juanita, humana a su modo, tiene un piadoso recuerdo para Josefa Valdés, cuando se le habla de la partida del tierno hijo de la lavandera muerta, para el campo, en lamentable papel de hombre de trabajo. Hasta procura defenderle, aliada con la maternal Corina y el alma blanca de Adolfo, ya pleno de afecto hacia su compañero de cuarto y confidente de callejeros descarrilamientos. Tardíamente se percatan los tres de que se ha podido, y aún se puede, meterle en un colegio, o ponerle a aprender un oficio, en una ebanistería, en una fábrica de tabacos, en el taller de algún herrero o tonelero. Y no les cuesta poco trabajo, a Domingo y Don Roberto, defender su brusca determinación, sin descubrir su verdadero móvil, que sólo ellos dos conocen, y Candelaria sospecha, con fruitiva clarividencia de "enemigo pagado". Gracias a que es muy poderoso el motivo económico: En *Los Mameyes* (*Los Mameyes* se llama la finca de Minas) hace falta una persona que sepa de números, y que dentro de poco tiempo pueda ser pesador de caña, en la gran *Fairbank*, de que anoche hablara Don Roberto. ¡Y el azúcar está a muy bajo precio, para cargarle un nuevo sueldo a la colonia! Además, como nunca faltan razones altruistas, para justificar propósitos nacidos del pecado original del egoísmo, Domingo les argumenta, a su madre y a Corina:

—A él mismo le conviene. Después de todo, aquí no estamos enseñándole más que para criado. Es decir, haciéndole pagar la ropa, la comida y el rincón donde pone el catre, Hasta ahora, muy caritativos a nuestro modo, muy cristianamente desentendidos, no nos hemos acordado, ni del colegio, ni del oficio. Pues, total; para la clase de cole-

gio que le habríamos de dar, ya tiene bastante. Con lo que
sabe de lectura, escritura y cuentas, y su listeza (porque no
hay duda de que entre los muchachos de la casa... sólo
Fernando es más inteligente que él) en la finca puede
aprender muchas cosas de trabajo, útiles, de ganar dinero,
sin necesidad de seguir la carrera de criado de manos, o
cocinero... ¡Por Dios, que creo que el cambio le viene
muy a tiempo!

Y a su hermano, el abogado:

—Nos conviene, chico. Ese muchacho, aquí metido, con
las cosas que nos sabe a todos nosotros... ¡Es un peligro!
Piénsalo para que veas.

Tratándose de quien se trata, ya bastan los argumentos.
Máxime, que por causa del huérfano, no se va a contrariar
a Don Roberto y Domingo, las dos personas más importantes de la familia. Todos están de acuerdo, o se confor-
man. Los muchachos, más bien envidian al que va a conocer otro "pueblo", a "montar" en tren, a hacer mil cosas
distintas a las que todos los días se hacen en la quinta del
Cerro. Desde muy temprano, Nena, egoístamente complacida, se entera de la gran combinación ideada y felizmente
puesta en práctica por su bondadoso tío. El tío, en un bien
explicable valor entendido, tolera que la "enferma" diga
que las cucharadas fueron ineficaces, y que le siguen la
cefalalgia, el dolor de huesos, la falta de fuerzas, la inape-
tencia, el horror a la luz y a la gente... hasta el próximo
día. La "enferma", hondamente contrita, fervorosamente
entregada a sus padrinos celestiales, les da febriles y atro-
pelladas gracias por lo bien que va saliendo, ella, de tan
terrible mal paso; les ruega, con toda el alma, delirantemen-
te, que todo termine como lo ha pensado su tiíto del corazón. ¡Sí! ¡Que se vaya ese! ¡Que se vaya muy lejos, el muy
atrevido! Porque, si no ¿cómo ella va a bajar, y volverle a

ver, delante del propio Domingo? Y luego, el peligro. El inmenso peligro de que él, tan audaz, lo descubra todo, en un instante de arrebato o de despecho:

—¡Dios mío! ¡Que se vaya mañana mismo! ¡Virgen María! ¡Te lo juro por mi madre, que si pasa esto sin que me ocurra nada más, voy a ser buena; muy buena!

Y hasta cuando nadie la ve, pone los ojos de Magdalena de Guido Reni, en una Purísima litografiada, de estridente manto azul, que desde el centro de una pared del cuarto, impasible, clava la mirada en el techo; para ofrecerle cientos de avemarías, si sus ansias no quedan defraudadas; si no se pospone una sola hora la salida de Juan de la quinta.

—¡Que se vaya! —sin saber lo que dice le implora Nena, a la Purísima—. ¡Que se vaya bien pronto, Caridad del Cobre![1]

La mañana ha sido de gran actividad para la gente de la quinta. Domingo ha hecho su habitual consulta de pobres, con intermitencias de vueltas por su cuarto, por el patio, por los últimos departamentos de la casa, para evitar algún encuentro de su sobrina y el huérfano, o posibles indiscreciones de éste con los demás criados. Don Roberto anda en coche desde muy temprano. Ha ido al Banco, a "su" notaría, a un almacén importador de maquinaria, allá por Mercaderes, a enviarle un telegrama a Rómulo, el pardo mayoral de *Los Mameyes*, anunciándole el viaje; a veinte diligencias, todas imprescindibles antes de dejar La Habana. Al salir Don Roberto se ha llevado los nietos al colegio, aprovechando el carruaje, después de impacientarse, refunfuñar acremente, consultar treinta veces el reloj, porque los muchachos no acaban de desprenderse de la mesa del desayuno. ¡Caray! ¡Con tantos preparativos como tiene él que hacer, para poder "embarcarse" mañana! Juan ha desenterrado, de entre los mohosos arreos amontonados en el

---

[1] *Caridad del Cobre* Virgen patrona de Cuba.

cuarto de las tutancaménicas reliquias familiares, la octoge-
naria maleta de Don Roberto, abollada y polvorienta. La
ha frotado con una toalla, para dignificarla, y se la ha
llevado a Corina. Corina, como habitual mujer de su padre,
es la encargada de colocar en el anciano chisme de viaje,
las cosas más necesarias: camisas, ropa interior, bolitas de
calcetines, dos mudas de dril crudo, un envoltorio de papel
de periódicos, con las polainas y los borceguíes de cuero
virado, y otro envoltorio, con hilas, árnica, percloruro de
hierro y un papel escrito con lápiz, en gruesas letras: *"Si no
usas estas medicinas, déjaselas a Juan"*. Juan, mientras le
ha ido alcanzando, a Corina, todo eso, se ha metido en el
bolsillo del pantalón un pañuelito de seda, que ha pillado
en el armario de la que arregla la maleta, y entre pellejo y
camisa, media libra de chocolate, sustraída de la vieja cómoda de Doña Juanita. Después de ocultar el pañuelo y
la tableta de chocolate, en el consabido escondite de su baúl,
ha cruzado varias veces el patio pleno de sol, y las hileras
de habitaciones, llenas de trajín, para buscar opiniones y
comentarios, sobre su brusco cambio de domicilio, y de vida.

Evade a Doña Candita, que lo único que puede darle son
consejos de mariscastáñica mundología. Rehuye todo encuentro con Domingo, que tiene entre ceja y ceja lo de rescatar las carticas y papelitos de marras. Sortea a Doña Juanita, que anda ahora extraordinariamente atareada, de la sala
a la cocina, del piso bajo al alto. Doña Juanita se empeña
en probarles, a Candelaria, Mercedes, Goyo y el chino, que
ha de sobrarles tiempo para repartirse las faenas domésticas
que hasta ahora ha realizado Juan; como les sobró, a todos,
cuando con la cesantía de Cheché, tuvo una considerable
baja la servidumbre de la casa:

—Sobre todo, que el azúcar está por el suelo.

Mientras la dueña de la casa expone y repite esta suprema razón, que en Cuba significa la necesidad de trabajar
más... los que trabajan, Mercedes, de pasada, rápidamente,
anima al huérfano. Que no tenga miedo. No le va a pasar
la menor cosa grave. Al contrario, con la gente del campo
puede estar mejor que con estos "pretensiosos arruinaos".

El chino, con igual propósito e inconsciencia propia de su
ambiente moral, le dice:

—Campo ta mijó. Gana dinelo, y buca mulatica pa ti.

Y Candelaria:

—¡Muchacho! ¡Que te manden pa la quimbamba![1] Malo
habiá sío que te hubián dejao aquí, dipué de date una
mano e cuje, y con el odio de toos ello. ¡Yo, ni amarrá
digo lo que sé!

Tan tarde regresa Don Roberto, que cuando llega, Ruperto puede llevarse a todos los muchachos de la casa en
el carruaje: los nietos de los amos, a comprar unos libros,
que deben llevar por la tarde al colegio; el huérfano, a
comprar sus avíos para irse al campo la mañana siguiente.

A la hora de la siesta, cuando Don Roberto se ha ido a
su otra casa, los demás miembros se amodorran en sendas
mecedoras y la servidumbre murmura, allá por la cocina,
entre el golpear de lozas y cubiertos y el patear de los caballos en los tablones de la caballeriza, Domingo se encierra
con Juan, en su cuarto, para ver si en una segunda batalla
rescata las carticas, papeles y demás pruebas de la "barbaridad" de Nena y el huérfano, que éste oculta quizá dónde.
La batalla es inútil. Juan, sereno, confiado en la seguridad
de su "guaca", amontona todo lo que tiene en el baúl, sobre
su catre y la cama de Adolfo; sin que el médico logre descubrir el menor indicio de lo que busca, ni sacarle, al huérfano entercado en su hermetismo, otras razones que la consabida letanía:

---

[1] *quimbamba* vocablo que expresa lejanía o distancia inapreciable.

—No tengo ná. Lo boté tó.

Por la tarde, Adolfo viene a darse su baño del día. En su cariño al muchacho, y su pena por la partida de éste hacia las rudezas del campo, le ragala un reloj de níquel: su "viejo" reloj de estudiante, y otras chucherías, de uso, que recoge en su armario: una faja de cuero de venado, una bolsita de estambre, con anillos de plata, y un mechero con su piedra y su eslabón.

—Todo esto te vendrá de perillas, en el campo —le dice, mientras le ayuda a reacomodar las cosas en el baúl, y le alienta con promesas, en este momento sincerísimas. —Yo creo que no vas a estar allá, nada más que hasta después de la zafra. Después, yo mismo te iré a buscar. Para ... para no quedarme solo en el cuarto. ¿Eh?

En la tardecita, viene un carro, a llevarse el baúl de Juan. Por la noche, los muchachos se muestran sociables y afectuosos con el huérfano. Los demás, sólo hablan del viaje, de pasada, fugazmente; como si existiese un tácito acuerdo de restarle importancia. ¡Total! ¡Cinco leguas' de La Habana! tanto que nadie piensa en madrugar para despedir a los viajeros. La partida debe ser temprano, para aprovechar el tren de la mañana, y que el sol a plomo no les achicharre durante la tirada, a caballo, desde el paradero de Minas a la finca. A las diez, descontando a los naturalmente desvelados —el médico, Don Roberto, el huérfano y Nena— todos duermen en el espacioso y aristocrático caserón de los esposos Ruiz y Cárdenas. ¡Total! ¡Cinco leguas de La Habana! y el que ha de quedarse allá es el huérfano.

El huérfano no se duerme hasta que no oye roncar a Adolfo, y puede sacarle de un bolsillito del chaleco dos o tres pegajosos billetes del Banco Español de la Isla de Cuba. Sin embargo, está ya de pie, con Don Roberto, cuando comienza a aclarar. Con ellos sólo se han levantado los tres

---

¹ *Cinco leguas* aproximadamente 21 kilómetros.

negros y el chino de la quinta. El chino, a preparar el clásico desayuno de café con leche y pan; Ruperto, a enganchar el coche; Goyo, a servir; Donato, a regar las plantas. Todo este trajín se hace a la luz de las lámparas; pero cuando Don Roberto y su acompañante cruzan el jardín frontero, seguidos de Goyo, portador del hinchado maletón del primero, ya la mañana apunta clara, con un cielo que rápidamente se limpia de celajes y se tapiza de un rutilante azul nacarado. La aristocrática barriada está solitaria, dormida. Y los viajeros, al salir, sólo ven al negro jardinero, que suspende la brillante ducha de su regadera, para desencorvarse y saludar, con el sombrerón de yarey en la mano, y a Ruperto, ya entribunado en su pescante, el cuerpo erguido, las riendas en las manos, y las manos hieráticamente juntas sobre el pecho.

—A ver si arreas, —le dice Don Roberto al viejo cochero. Y cuando Goyo deposita la maleta en el pescante, debajo de las piernas de su congénere, y ha despedido con un golpe de cabeza al amo, y con un apretón de mano, al compañerito que parte, arranca el carruaje, rebotando sobre el mal empedrado callejón, afluente de la Calzada, Juan, sentado en los cojines del vehículo, al lado del seriote Don Roberto, disimula una vaga y fugaz tristeza, que en su alma de desorbitado de la vida, produce el instante de la separación del que ha sido su hogar durante unos cuantos años. Disimula el temblor de sus labios y el incontenible asomo de sus lágrimas de despedida, al agarrarse, excesivamente, como un mono, a los cojines laterales, para evitar que le lancen de su sitio los saltos y tirones que dan al vehículo, los potentes caballos, persignados por Ruperto con dos largos y restallantes latigazos.

Don Roberto, no cambia de actitud. No desarruga el ceño, ni despega los labios. El carruaje baja, célere y saltarín, por la Calzada. En la Calzada ya la ciudad comienza a desperezarse. El carruaje se cruza con varios coches de alquiler, que suben Cerro arriba, saltando ruidosos, detrás de los caballejos, estimulados a trallazos. Y se cruza con los tranvías de escuálidos mulos; con verdes montañas de maloja; con lecheros patiabiertos sobre los serones repletos de botijas. Comienzan a abrirse los establecimientos; a sonar campanas, silbatos, pregones y martillos; a poblarse las aceras, a medida que el carruaje desciende por Reina, acercándose a la plaza del Vapor. En las cercanías de la plaza, el coche va lento, no obstante los esfuerzos de un guardia, que lleva de un lado a otro los colorines de su uniforme, sus braceos de autómata y sus blasfemias catalanas, para lograr que avance, sin mayor interrupción, el señorial coche de pareja.

Vencidos los obstáculos del Mercado, pronto los caballos bracean potentes y airosos, ganando, Dragones abajo, las estrechas calles de La Habana vieja. Don Roberto, al fin, destapa su mutismo. ¡Maldito gobierno colonial! ¡Malditos gallegos policías! ¿A que perdían el tren por la injustificada demora en la Plaza? Pero Juan recoge las indirectas alusiones del "viejo", lacónicamente, con monosílabos. Hay en él mudez y seriedad, sistemáticas, de castigado y cierta vaga emoción, cierta tristeza recóndita e inconsciente. Va en el carruaje con la actitud del viajero que recorre las calles de una ciudad desconocida, solo y ensimismado. La ciudad le da un raro y fuerte sentido de las cosas; como si esta excepcional mañana de su vida tuviese que imprimir en su tierno cerebro un profundo e imperecedero recuerdo. Sobre todo, el espectáculo de la bahía, ahora en pleno trajín, y cuyas aguas va a incidir, por milésima vez, el *ferry* de Regla: el ferry que ha de llevarles, a Don Roberto y a él, a la Estación de donde parte el tren que pasa por Minas. La bahía

tiene ya tropical claridad de pleno día. El breve crepúsculo
ha durado menos que el viaje en coche, desde el Cerro al
Muelle de Luz, y el sol, rápidamente libertado de los celajes que le sujetaban, brilla, rotundo, alegre y cegador, sobre
los altos y artillados murallones de la Cabaña. El soberbio
cuadro natural que un sol de vida inunda de luz, acaba de
conmover profundamente el alma del abandonado muchacho. Mástiles embanderados; falúas que rasgan el brillante
espejo del mar, entre rápidos aleteos de remos; un humeante
vaporcillo, con pesada cauda de lanchones; velitas, blancas
y combadas, esparcidas por la anchura del Golfo, más allá
del Morro, y acá, enfrente, sobre los chorros de vapor y las
nubes de humo de la industriosa Regla, el verde, claro y
límpido, de los campos exornados de palmeras. Trepida la
hélice. El *ferry* comienza a separarse del muelle, lento y
silencioso. Juan, de pie junto a la barandilla de la tortu-
guesca embarcación; entre el nuevamente enseriado y hermético Don Roberto y la estallante maleta, rugosa y cuar-
teada, alza los ojos del espacio que con creciente rapidez
ábrese entre el *ferry* y los tablones del muelle; entre él y
La Habana. Los alza, para lanzar la mirada, con niebla de
lágrimas, sobre los edificios que ya rápidos se apartan de
él; hacia un remoto rincón de la ciudad: en un nuevo, fugaz, pero intenso recuerdo a la que se queda allá atrás, bajo
el lejano y desconocido montoncito de tierra.

XX

El ex ingenio Los Mameyes estaba en una llanura, con
el batey[2] junto a las primeras ondulaciones de la sierra
jaruqueña. Yendo de Minas, entrábase por una tranquera[3]
Al través del anchuroso mar de yerbas y cañaverales, divi-
sábase el batey con una manchita, en tonos verdes, de pal-

[1] *ingenio* fábrica de azúcar.

[2] *batey* lugar donde está el "ingenio" (ver Nota 1) y las viviendas de los que en él trabajan.

[3] *tranquera* portada rústica de un terreno cercado.

mas y frutales, rayada por la blanca torre del ingenio en ruinas, y resaltante sobre el telón de la sierra, desleído y giboso. Cuando el que marchaba finca adentro acercábase al batey, distinguía súbitamente en una hondonada, como inesperados arrecifes de aquel mar de verdura, los oscuros techos de guano del campesino caserío. Los techos de guano estaban en grupos de cuatro, de tres, de dos, y a cada grupo correspondía el mosaico, en todos los matices del verde, de un conuco¹raquíticamente trabajado: un polvoriento platanal, o una pajiza tabla de maíz, o un clareado hojerío de boniatos y malangas. La vieja torre era, vista desde cerca, gris y leprosa como los semiderruídos paredones de la que fue Casa de Máquinas y del cuadrilátero barracón, medio ocultos ya por una pujante invasión de manigua? Entre esta manigua negreaban aún dos enormes ruedas dentadas y tres primitivos tachos³de paila, que eran como parrales y macetas de los pujantes y lozanos bejucales criollos. Frente a estas ruinas, y al través del amplio espacio que antaño poblara un laborioso enjambre de esclavos y un incesante vaivén de carretas desbordantes de caña, alzábanse todavía, encaladas y libres de matorrales, la añeja casa de vivienda v el caserón que, en su tiempo, fuera mayordomía de aquel renombrado feudo de los Ruiz y Fontanills. Recortábase el cuadrado perfil de estas casonas vigorosamente sobre el verdioscuro de aquellos palmares y arboledas, que columbrábanse desde los lejanos linderos de la finca. Rodaba, al fondo, bajo la sombra de guásimas, palmas reales y cañabravas,⁴ la primera corriente de agua de la sierra, y a su lado, entre el margen y la orilla de los cañaverales, corría el ramal ferroviario que se llevaba los carros de caña de *Los Mameyes* y las fincas colindantes. En el sitio donde estaba el chucho⁵de *Los Mameyes* y su recién instalada *Fairbanks.* había un nuevo grupo de bohíos,⁶ medio caídos sobre las

---

¹ conuco   pequeña parcela de tierra propiedad de un campesino que la cultiva y donde tiene su vivienda.
² manigua   malezas.
³ tachos   pailas para cocer el melado de la caña de azúcar.
⁴ cañabravas   bambúes.
⁵ chucho   desvío del ferrocarril.
⁶ bohíos   vocablo indígena aplicado a la vivienda del campesi-

iniciales quebradas de la sierra. Entre aquel minúsculo ranchería y el batey de *Los Mameyes*, en medio kilómetro de llano espartillal, sólo alzábase además del disco blanco y rojo del chucho y la blanquísima caseta de la romana, la única arboleda de frutales separada del batey, el grupo de los doce años y corpulentos mameyes, que desde lejana época dieran nombre al lugar.

En *Los Mameyes* y en el ranchería del otro lado del arroyo, sólo hallábanse dos familias blancas. Una era la de un catalán, flaco y republicano, que tenía su tiendecita y su catalana en un aislado bohío, frente al chucho y la romana. La otra era la del partidario[1] de Don Roberto en la colonia de caña, tronco "isleño"[2] con injerto criollo y tiernos vástagos, arraigado en la antigua mayordomía, y que daba sombra, no muy suave y amplia, a una flor sencilla, solitaria, maltratada por el descarnado egoísmo de ciertos hogares miserables: Rosa, una huérfana de veinte o veinticinco años, prima hermana de la "señora" de la casa. La señora tenía treinta, pero hubiera podido atribuirse cuarenta, por efecto de la desidia personal, del matrimonio a los quince y de los partos a uno por año. La señora era Doña Cándida Chirino, apellido tan trascendente a isleño canario, como el del marido de Doña Cándida, Don Fidel Cabrero. Don Fidel entraba en la clase de los hijos de Canarias a quienes los vientos del vecino continente les tuesta la piel y les enrosca el cabello, a la vez que les infiltra moral, fortaleza y sentimientos de guerrero carabalí. Don Fidel tenía musculatura nudosa, delgados labios insinceros, mirada oblicua y pausada, ambagioso hablar de campesino avaro y socarrón. Don Fidel apenas sabía deletrear, y para escribir las doce letras de su firma, necesitaba que le dejasen disponible medio pliego de papel. Los vástagos eran seis; desde un varón de trece años, membrudo, soleado y pelirru-

---

[1] *partidario* que trabaja "a partido" reservando una parte de la cosecha para el propietario de la tierra.

[2] *"isleño"* natural de las Islas Canarias.

bio, hasta una hembrita de dos, perennemente desnuda. A
los mayores, Rosa les enseñaba, de noche, las letras y los
números. La joven pasaba los días ante la batea y 'el barril
clásicos, o ante una *New Home,* desdorada y herrumbrosa.
En estas faenas, con las ropas familiares teñidas de tierra
colorada, Rosa estaba siempre con los pies sin medias y en
chancletas, al aire los brazos blancos y rendondos, la negra
y espesa cabellera a medio desplomarse sobre los hombros,
los ojos puestos con tristeza, con•dolor, acaso con algún ine-
luctable arrepentimiento, por encima del sórdido rancherío
circundante, más allá de los remotos y ondulados horizontes de la finca. En la finca y sus contornos, ni un solo
hombre de la raza blanca aumentaba el grupo del catalán
y el cuñado de Rosa, y únicamente la concubina y la cuñada del mayoral Rómulo acercábanse algo en blancura,
por allí, a las mujeres residentes en la antigua mayordomía.
Caridad y Petra, que así llamábanse la mujer y la cuñada
de Rómulo, con un poco menos de trabajo y algo más aliño
personal, hubieran dado el tipo perfecto de la mulata cubana, la mujer más sensualmente atractiva del mundo:
grandes ojos invitadores, carnosos labios de gozadora, amplias caderas anadeantes y apetitosa progresión de suavidad
y blancura en las interioridades del combado escote. A pesar de escote y caderas tan maternales, Caridad llevaba cinco años de unión sexual sin hijos, y Petra era forzadamente
virgen. Rómulo empezaba a tener canas de mulato, que
son canas tardías. Cuando se enredó con Caridad trajo con-
sigo a dos varones, de ocho y nueve años, casi tan blancos
como los hijos de Don Fidel, y que le dejara huérfano de
madre la primera concubina en turno. Esta matizada familia
vivía en la ex casa de vivienda, aprovechando de ésta las
habitaciones fronteras, que aún no habían comenzado a
desmoronarse. La casa tenía típico portal de macizas y des-

conchadas columnas. La parte habitable componíase de una sala y cuatro piezas grandes, con pisos de rojos ladrillos unas, de hormigón otras. Amplios portales de claustro rodeaban el patio, que hallábase agujereado por el brocal y la catacumba de un aljibe en desuso. El traspatio era un enorme, tupido y umbroso cayo de monte de nísperos, granados, canisteles, mamoncillos y mangos de todas las procedencias. El mobiliario de las casas era muy parecido, con el lujo de más abundancia de sillas y mecedoras en la ex enfermería, y de que en ésta adornaba el cuarto matrimonial una cama camera, con armazón de hierro barnizado, perillas de cobre y exótico paisaje de calcomanía y nácar en la cabecera; taburetes[1] de cuero, mesas rústicas, un reloj carrasposo y dos o tres espejitos con el azogue manchado. Los adornos eran por el estilo de los de Doña Cándida, los catalanes y todos los bohíos adyacentes; litografías de específicos, grabados de *El Fígaro* o *La Caricatura*, algún almanaque de farmacia y dos o tres imágenes estrafalarias de la aparecida del Cobre o el purulento *San* Lázaro, con la repisa o el altarcito repleto de ofrendas, fetiches y amuletos, mezcla de religión, ñañiguismo y brujería. Estos, desde luego, eran más frecuentes y abundantes en los bohíos, poblados todos por gentes de color de la más primitiva, que en aquellas construcciones de corte siboney,[2] vivían la vida triste, sórdida y miserable de sus predecesores en esa vida: adultos semidesnudos, niños en cueros, ajuares de gitana inopia, salvaje promiscuidad de los sexos y de los humanos con los animales domésticos más sucios y malolientes. Nadie sabía leer en casa del mayoral, y con excepción de los elementales libros de Rosa, de los títulos de los reclamos y grabados aludidos, y de *Las Dominicales* y las cosas de Costa, Estévanez y Pi Margall, que recibía y conservaba el catalán de la tienda, no había una letra de molde en dos leguas a la redonda.

---

[1] *taburetes* silla rústica de madera y cuero.

[2] *siboney* indios aborígenes de Cuba.

Como siempre que venía a su finca Don Roberto, aquella
vez fue instalado en la sala de la casa del mayoral, que era
la pieza que más encalada se conservaba y menos carcomido
tenía el hormigón del piso. Dos sábanas, colgadas de un
cáñamo, de pared a pared, ocultaban el catre y los dos o
tres taburetes en que fueron colocados los adminículos de
rigor: la maleta, una palmatoria, un porrón con agua, un
abanico de guano y un revólver con la masa amarillenta de
balas. Juan quedó alojado en el primer cuarto, medianamente habitable, comenzando por las ruinas del fondo. Allí
le pusieron el baúl, el catre y media docena de clavos para
colgar la ropa, pero esta instalación no pasó de la primera
noche. No obstante las emociones y el ajetreo físico del
día, el muchacho apenas pudo dormir. Estuvo horas enteras temblando, enroscado en el catre, creyendo sentir, sucesivamente, alacranes en la almohada, un majá[1] en el cuarto, almas en pena en la ruidosa arboleda del traspatio. Y
en la mañana, cuando venciendo el amor propio, con rostro
ojeroso y labios casi sollozantes, se presentó a contar lo sucedido, pudo conmover la conciencia de todos y promover
un trasiego de gente, mediante el cual los tres muchachos
de la casa quedaron en una misma habitación.

Como lo del cuarto le salió todo, al aprendiz de campesino en los primeros días; mientras tuvo en torno suyo la
bienhechora influencia del señor de la finca. Ya el sermón
del tren había sido enérgico, pero no cruel. Primero, por
lo delicado del tema y la inseguridad de conciencia del
propio sermoneante, que exigían sumo cuidado en las in-
culpaciones, de chocantes pormenores y de unas posibles consecuencias peligrosísimas; pero, sobre todo, porque el ya
tonificado señor empezaba a sentir cierta pena, uno como
tardío arrepentimiento, por la forma brusca, demasiado ex-
peditiva, con que Domingo y él resolvieron cortar el con-

---

[1] *majá*   culebra no venenosa de Cuba, que llega a tener hasta dos metros de largo.

flicto creado por el muchacho en la quinta del Cerro. Y ya
lo hecho no tenía remedio, mas sus consecuencias podían ser
suavizadas sensiblemente, con sólo proponérselo Don Roberto. Le bastaba demostrar, a los ojos de aquella cerrera gente
campesina, áspera con el débil y servilona con el fuerte, que
él, el amo, sentía cariñoso interés por las cosas del huérfano. Así, a la hora de la llegada, cuando Don Roberto, Juan
y Rómulo trotaban finca adentro, bajo el creciente rigor de
un fuerte sol mañanero, el primero más de una vez había
disminuído la marcha de las cabalgaduras, apiadado de la
entrepierna del bisoño jinete. Lección de humanitarismo al
mulato mayoral, que hacía motivo de malgeniosa impaciencia, cuando no de hilarante gracia, la dolorosa iniciación del
muchacho en la vida guajira.[1] Y después, en la casa, hizo
la presentación, persona por persona, con la actitud más ri-
sueña y campechana. A todos pronosticó un grato resultado
con el ingreso del nuevo huésped de *Los Mameyes*. Rómulo
tendría un gran auxiliar en sus ocupaciones de jefe de la
finca; las mujeres, un compañero para las horas de ausencia
del hombre de la casa; los muchachos, un maestro capaz de
sacarles prontamente de la cartilla y la plana de palotes.

En la tarde del segundo día de la llegada de Juan a *Los
Mameyes,* mientras Don Roberto y Rómuo daban una gran
vuelta a caballo por los campos de "siembra", y Petra y
Caridad esforzábanse en mantener la casa extraordinariamente limpia y arreglada, los dos muchachos comenzaron
a iniciar a su compañero en las infantiles correrías y diver-
siones del campo; a servirle de *cicerone,* para que fuese
entrando en conocimiento con su nuevo mundo. Fueron
aquella tarde a recorrer el negrerío de los ranchos; las mis-
teriosas, enmaniguadas ruinas del viejo ingenio; las penum-
brosas y laberínticas arboledas de frutales; la serpenteante
y rumorosa corriente del arroyo propincuo, con sus "ba-

---

[1] *guajira campesina.*

ños", quietos, profundos, sombreados por nutridos grupos de palmas, guásimas y cañabravas.

XXI

Y fue al oscurecer de aquel mismo día que Don Roberto, el ciegamente ofendido e indignado Don Roberto de días antes, comenzó a darle a Juan una nueva lección de la moral que estaba obligado a aprender por su condición de muchacho sin familiares.

Después de la temprana comida, Don Roberto, todo ingenuidad, invitó a la gente de Rómulo para visitar a las mujeres de la "otra" casa y presentarles el recién llegado.

En el acto, a órdenes de Rómulo, Petra y Caridad se dirigieron al interior de la casa a peinarse y encascarillarse.

Juan las siguió de cerca, en busca de su sombrero.

Pero, al pasar por frente al cuarto donde entraron las dos mujeres, el muchacho pudo oír, asombrado, que Caridad rezongaba la más tremenda e insospechada indignación, y se detuvo, en la oscuridad, a enterarse.

—¡Ese viejo atrevío! —mascullaba enfurecida la mujer de Rómulo—. Si quiere seguí su sinvegüensería con esa blanca sucia, ¿pa qué tiene que llevano a nosotra a velo? ¿No ve que tú ere una señorita? Naturalmente. Como uno no pué decile que no, tiene que i a aguantale la vela.

En seguida Juan supuso lo que había en la "otra" casa. Sobraba el conocer a Don Roberto. Con lo descarnadamente refunfuñado por Caridad había bastante. Pero... ¿quién en aquella casa? ¿Acaso la mujer del "isleño"? ¡Cooooncho![1] Entonces las cosas no serían tan claras como parecían demostrarlo las palabras de la mayor de las mulatas. Ni la

---

[1] *¡Cooooncho!*   ¡Concho! Interjección vulgar que denota sorpresa.

gente aquella, ni el mismo viejo, podían llegar a tanto descaro.

Todavía Juan le daba vueltas a su sorpresa, cuando la visita llegó al portal de Don Fidel: Don Roberto y el huérfano, delante; Rómulo y sus muchachos, en el medio; y las dos mujeres, guajiramente detrás. Don Roberto iba de aplanchadito dril crudo, con la masónica escuadra rutilante en el cuello de la guayabera.

—¡Buenas noches! —gritó el amo ahuecando la voz.

Ladraron los perros, inevitables; surgió la luz en la sala de la ex mayordomía, y en seguida vino a la puerta la ensombrerada figura del canario, que dijo estentóreamente:

—¡Buenas noches, Don Roberto y la compaña! ¡Adentren pacá!

En la sala únicamente estaban, además del dueño de la casa, su mujer, aturdida y monosilábica, y la familia menuda, que enfrenada y a reculones acercábase a la visita.

Ya Juan, precozmente habituado a juzgar en materia de faldas, pensaba que en tal materia Don Roberto sin duda tenía un estómago a prueba de los más indigestos platos, cuando el señor de la finca preguntó por Rosa, seguido con ansiedad por las miradas de los otros visitantes.

—Está ahí drento —dijo indiferente Doña Cándida, indicando una próxima habitación donde parpadéaba un candil de petróleo, y dando en seguida las flácidas mejillas a los besos, rutinarios e insinceros, de las dos mulatas.

—Asiéntense —dijo a renglón seguido, indicando las mecedoras y taburetes disponibles, y haciéndole dúo al marido, que también mostraba los asientos, insistente:

—Asiéntense. Asiéntense.

Recayó un momento la conversación sobre el flamante morador de la casa de vivienda; pero sólo un momento. Don Roberto, con significativa impaciencia, inquirió de nuevo:

—Pero esa muchacha, ¿viene o no viene?

Acabaron por llamarla, una, dos, hasta cuatro veces, y al fin vino. No estaba entonces en chancletas y sin medias, ni con el pelo en desplomadas greñas, ni vestía un traje de trabajo, sucio, ajado y con las mangas al codo. Calzaba cortebajos de morado "pellejito" y flojas medias blancas de a peseta; traía el pelo recogido en la nuca por detonante cinta azul, malenvolvíale el encogido pero fruitivo cuerpo, un vestidito de holán color de rosa, a florecitas coloradas. Con los ojos bajos, la voz débil y trémula y una forzada, brevísima sonrisa, saludó al conjunto y se adelantó, luego, a medio extender la inerte diestra, para entregársela a la voraz y apretona de Don Roberto, y las abochornadas mejillas a los hipócritas besos de sus prietas vecinas. Después se sentó entre ambas, encorvada, casi de espaldas al señor de la visita, y simuló interesarse en la charla común, en la que sólo intercalaba ahora un "sí", después un "no", luego un "quién sabe", y más tarde alguna maquinal admiración religiosa:

—¡Jesús! ¡Caridad del Cobre!

Pero a pesar de esta sandez y aquel cerril encogimiento y todo el guajiro lujo de Rosá, Don Roberto la hallaba deliciosa, incitante, y mientras la conversación seguía su natural curso de indirectas de vecinos, de eufemismos cargados de amistosos venenos, el viejo no quitaba los ojos de la joven, ni perdía coyuntura para aludirla en la plática y atraer su atención con cuanto chiste lograba pujar para obtenerlo. Caridad, entretanto, no podía evitar que la ira interior le asomase a los labios en burdas reticencias, y a los ojos en zafio y agresivo entornar de párpados. Doña Cándida, nerviosísima, procuraba morder y tragar su inexteriorizable vergüenza. Rómulo hablaba, apuntando una sonrisa fija de envidia o de grosero *chantage* en sus carnosos y morados labios de sátiro afrocriollo. Don Fidel se hacía el desentendido, en un franco valor entendido de alcahueteo moral, servil. Y mientras los otros muchachos correteaban en el portal, Petra y Juan, en por ellos advertida coincidencia, casi en telepático acuerdo, observaban el odioso cuadro, mudos e inmóviles.

De pronto Don Roberto, incontenible, con la ciega audacia que da al hombre sensual la proximidad de la carne deseada, dijo atrevidísimo:

—Bueno, Rosa. Vamos a hacer un poco de café, que el que acabo de tomar con la comida estaba tan simbombo, que me he quedado con las ganas.

Se puso de pie, y agregó dominante:

——¡Vamos! ¡Te acompaño!

Hubo ansiedad en los rostros y ruidosa agitación en mecedoras y taburetes. Pero ¿quién se daba por entendido? ¿Cómo decentemente oponerse al deseo, de café, del amo de la finca, y a que fuera Rosa quien lo hiciese?

La joven se arrancó del asiento, sumisa, pero musitándole, tímidamente, a Petra:

—Ven tú también, chica.

—No —atajó bruscamente Caridad—. Petra no puede ir.

Y no explicó por qué, ni nadie se atrevió a pedirlo.

Doña Cándida quiso llamar a uno de sus hijos; mas Don Roberto, siempre en ingenuo, pero siempre imperativo, dispuesto a salirse con la suya, la contuvo, diciéndole a Juan:

—¡A ver! ¡Ven tú! Ya que ésta, tan joven y tan masuda, le tiene miedo a los muertos.

Se ausentaron los tres. Don Roberto ordenó a Juan que fuese delante con la agónica y oscilante luz del candil, anteriormente dejado por Rosa en un próximo cuarto. Juan llegó mucho antes que los otros, rezagados en las tinieblas de las piezotas semivacías por un afanoso secretear, restregar y forcejear, harto esperado, perceptible y significativo para el huérfano. El drama de que él vivía, ahora, otra cruda escena, era bien claro. La joven, deseada por Don Roberto desde que comenzara a levantársele el pecho, acaso desde niña, rechazaba heroicamente hasta donde le era posible con el amo, la brutal entrega a que, cada vez que venía a *Los Mameyes*, y con la cobarde y adulona pasividad del "isleño" y su mujer, se obstinaba en obligarla aquel desalmado hurgador de faldas pobres. Juan, con su prematuro conocimiento del primordial *leit motiv* de la vida criolla, comprendió en seguida que Rosa era uno de los más fuertes motivos de las largas y frecuentes estadas del viejo en la finca, y que hasta entonces éste había tenido que contentarse con furtivos manoseos y restregones, semejantes a los de aquel momento, y cuando más con un pasivo y resignado "dejar hacer" de la indefensa joven, como el que en seguida presenciara. A pesar de que entre las cenizas del fogón aún quedaban brasas suficientes para rehacer el fuego que necesitaba el pretextado café, Don Roberto mandó a Juan a pedirle una caja de fósforos a la gente de la sala. Cuando el muchacho regresó, oyó que Rosa, refiriéndose a él, decía muy sofocada, anhelante:

—¡Ahí viene! ¡Quite, que ahí viene!

Y vio cómo Don Roberto, sudoroso, congestionado, animalizado, acorralaba a la resistida Rosa en una esquina, y mientras sujetábala con un brazo y una rodilla, la besaba en el cuello, en los llorosos ojos, en los convulsos labios, en donde podía, mientras que con la otra mano en garra prendíase de uno de los rotundos pechos de la joven.

Advertida la presencia de Juan, dehízose el violento grupo, y luego, mientras Rosa, doblada sobre el fogón, de espaldas a Don Roberto y el muchacho, avivaba la lumbre, evaporando en ella alguna lágrima, el viejo, jadeante, con los ojos muy brillosos, trataba de calmar a la joven y suavizar lo hecho, diciéndole cínicamente, congraciador con ella y el huérfano, como si refiriérase a lo más puro y natural del mundo:

—¡Eh, Juan! ¿Qué te parece esta muchachona? ¿No es verdad que a cualquiera se le van las manos y se propasa? Ahora, que tú eres una persona reservada ... Y te das cuenta. ¿No? ¡Tú eres un hombre, qué caray!

Juan, a pesar de "ser un hombre", sólo tuvo insinceros monosílabos para responder, mientras se echaba a un lado, nervioso, ardiendo en bochorno e indignación. Le pasó por el alma, en ingenua protesta, amargamente, el recuerdo de su madre, e hizo ademán de irse.

Pero Don Roberto lo contuvo:

—No. No te vayas, para que ayudes a llevar el café.

Pronto el olor de la rica infusión saturó el ambiente de la innoble escena, ahora silencioso, nublado de humo, y en que temblaban, al llamear de la leña, los burdos y renegridos tarecos de la espaciosa cocina rural. Luego, Don Roberto se adelantó, camino de la sala, y detrás de él regresaron a la tertulia, Juan, portador del candil y un gran jarro de hojalata, rebosante de la prieta y aromática bebida, y Rosa con una enorme fuente llana, a modo de bandeja, llena de tazas de todas las estaturas, casi todas con chillones dibujos y cursis leyendas amorosas.

En la sala apenas se hablaba, cuando regresaron los que traían el café. Este, y la presencia de Don Roberto, con quien era preciso "dejar hacer", "dejar pasar", pronto estimularon las lenguas. Recomenzó la conversación, chispeante de certeras indirectas, sobre la moralidad ajena, antes de dar paso a los rústicos temas de bandidos, muertos ambuiantes y epidemias históricas. Hasta que los guajiritos dejaron de bullir en el portal, y vinieron, unos a cabecear en sendos taburetes y, otros, a doblarse sobre las faldas de las mujeres, y Doña Cándida no podía contener sus bostezos espanta-visitas, y el de Islas, por tercera vez, francamente, sin respeto a canon social alguno, inquirió la hora de Don Roberto.

Por último, fué inconteniblemente tarde. Tardísimo. Casi las nueve. Los muchachos fueron despertados a gritos y sacudidas. Volvieron los campesinos estrujones de manos, entonces perezosas por el sueño; los besos mutuos, de las mujeres, ya más visiblemente falsos, por las bostezantes palabras de despedida que los acompañaban; las frases de halago al nuevo huésped de *Los Mameyes*, arrancadas como con un tirabuzón de aquellos cuerpos doblados y entumecidos, que se estiraban bestialmente al acompañar a los otros hasta el linde del portal.

Y segundos después, la gente de la casa de vivienda cruzaba el batey, fresco, silencioso, pleno de aromas, bajo la radiante serenidad de un cielo tropical, remoto y espolvoreado de estrellas. Ladraron un momento los perros de la mayordomía. Les contestaron durante mucho tiempo los de los ranchos propincuos, donde ya no brillaba una luz. Cesaron los ladridos cuando las voces de los "trasnochadores" perdiéronse en el interior de la vieja casona. Quedó entonces, en la nocturna paz de la llanura y los montes aledaños, el interminable silbo de las aves nocturnas y el incesante chirriar de los insectos, y con esta música, minutos después, a pesar de toda la excitación de sus nervios y la apretura de su alma, Juan quedóse infantilmente entregado al sueño de su inolvidable, segunda noche de campo.

XXII

Temprano en las mañanas, Don Roberto y Rómulo recorrían los campos a caballo; a la hora de la siesta, dormían, en calzoncillos, a la fresca sombra del amplio soportal, y en las noches, en un corro de taburetes, a medio batey, y al amparo de una humareda ahuyentadora de mosquitos, hablaban con Don Fidel y algún otro colono de las cercanías, de ganado, de miles de arrobas de caña y de los sabrosos retoños mulateriles que despuntaban por los vecinos rancheríos. Unicamente en las tardes, cuando comenzaba el terral que las refrescaba, Don Roberto separábase de su mestizo empleado para ir a tomar "el" café a casa de Don Fidel.

Si Juan estaba a esa hora en la casa, oía refunfuñar moralidades a Caridad, indignada por aquella diaria visita vespertina del "viejo" a la casa de Don Fidel Cabrero. Y tanto. Como que, según la maldiciente mulata, el segundo de los "blanquitos" de Doña Cándida era un "forro", más o menos consentido, que ésta habíale encajado al "isleño", en colaboración con Don Roberto.

Pero Juan pocos días estaba en la casa al atardecer. Casi no pasaba bajo techo más horas que las de la noche. Porque desde que presenció las frenéticas violencias eróticas de Don Roberto con Rosa, como si el fuerte espectáculo bruscamente le hubiese lanzado en la total pubertad, cayó Juan en una especie de abatimiento, de insólita neurosis, con manía de soledad y mutismo, sólo practicable por la influencia protectora que, en torno del muchacho, ejercía la presencia del amo en la finca. Dejó Juan el incipiente corretear en compañía de los otros muchachos del batey, por entre el tronquerío de las arboledas, las siembras y cercados de las próximas sitierías,[1] los enmaniguados altibajos del arroyo vecino y sus "baños" prestigiosos: las pozas quietas, profundas, sombreadas, con lisas márgenes cubiertas de yerba suave y fresca. Juan, con un mirar y un andar vagos, apesadumbrados, alejábase solo, silencioso, hacia el frondoso bosque de mangos que cerraba el fondo dè la casa, alargándolo por todo un kilómetro, hasta un enorme palmar al que a veces extendía sus misantrópicas excursiones el momentáneamente desequilibrado muchacho; cuando no se internaba horas y horas de la tarde, en la inextricable vegetación que cubría las ruinas de la casa de máquinas, hasta situarse en algún espacio libre de ramajes y sombreado por los pletóricos arbustos del manigual. Entre los mangos, como entre las palmas y como entre las enmarañadas ruinas del ingenio, el melancólico adolescente se echaba sobre la yerba o el hojerío que alfombraban la tierra, a ver correr las nubes, arrullarse las aves, perseguirse los insectos y desfilar los ejércitos de hormigas con sus banderolas de hojitas y pétalos. Después, la fatiga del mirar insaciable y del interno desfilar cinematográfico de recuerdos, la laxitud de la precitada crisis fisiológica y el enervante aroma de la estival vegetación del trópico, le dejaban rendido de sueño. Dormía hasta que las primeras gotas de un aguacero, o de un oblicuo rayo del sol poniente, no interrumpido por los ramajes, o el ruidoso zureo crepuscular de judíos y torcazas, despertábanle y poníanle en precipitado regreso a la casa. A veces tenía que ir ya, directamente, a la desnuda mesa, cercada por la parda familia, presidida por Don Roberto. La mesa plena de una renegrida e incivil vasijería de cocina, humeante y olorosa.

Una tarde, cuando llegaba Juan a uno de aquellos espacios sombreados y sin maniguas, vino a sus oídos la voz

---

[1] *sitierías* estancias.

de una mujer que hablaba afanosa, pero a pausas, con una ronca voz de hombre que batallaba, o exigía, imperiosa:

—No. No; que todavía me lastima —oyó Juan que la mujer dijo una vez, como defendiéndose de algo, más fuertemente que en sus anteriores frases.

Se acercó curiosísimo, anhelante, pero con gran sigilo.

En seguida vio al través de ramas y yerbajos, que en otro claro de manigua, casi pegado al caserón de Don Fidel, entre un hojerío de higueretas y sobre un colchón de yerbas, estaban Rosa y Don Roberto; ella violentamente echada sobre las piernas de él, discutiendo y forcejeando, a máximo esfuerzo.

—No puedo. No puedo —alegaba ella incesante, luchando a la vez con ambas manos heroicamente.

Pero el viejo la asía, atacaba y olfateaba por todas partes, y la carne de la mujer joven, así deseada, estrujada y vencida por las manos y labios voraces del hombre enardecido, al fin comenzó a ceder, a rendirse, a entregar, primero, los lugares desvestidos, después, los labios flojos de laxitud y deseo, luego las partes más ocultas y genuinas del sexo.

De pronto la mano, velluda y sarmentosa, engarfiada, dentro del escote suculento, y la mano oscura y tremante que hurgaba debajo de las faldas, sobrepuestas y blanquísimas, se lanzaron a los botones de la chambra y a los broches del repleto trajecillo interior, zafándolos aturdida y febrilmente. Brotó por la abertura un pecho blanco y rotundo, y de él se prendió el congestionado vejete como un ternero hambriento.

La cabeza de Rosa, con la negra cabellera casi desplomada, cayó hacia atrás, como en un desmayo. Sobre ella abalanzóse Don Roberto. Los dos cuerpos, entrelazados, estremecidos, hundiéronse en el acogedor lecho de yerbas.

Y sintió Juan, entonces, cómo la vista se le nublaba, cómo un temblor mortal, pero extrañamente dulce le recorría el cuerpo, y que uno, como delicioso síncope le echaba por tierra, sin sentido; como en una muerte incomparablemente deleitosa ...

Minutos después, cuando Juan recobró el dominio de su razón, Rosa desaparecía en el fondo de la casona propincua y Don Roberto, componiéndose las ajadas ropas, despojándolas de hojas secas y manchas de verdoso zumo, apresurábase a alejarse en sentido contrario: visiblemente en dirección de la semiderruída casona en que alojábase.

Hacia el mismo sitio se dirigió Juan, pero por opuesto camino.

Tropicalmente, a los catorce años y meses de edad, fue púber, y el mismo día en que lo fue, tuvo la primera visión, real y plena, del goce de la mujer por el hombre; de la única y bestial realidad del amor.

XXIII

Otras tardes estuvo Juan en aquel claro de manigua. En algunas no anduvo lejos de perder la comida, por haberle sorprendido el atardecer en una prolongada siesta de anémico, o embebido con la imaginación de seres y cosas en las nubes que un preludio de ocaso comenzaba a reunir y colorear. Pero no volvió a ver a Rosa y Don Roberto, en bucólico grupo amoroso, entre bejucos y ramajes, sobre fresca alfombra de yerbas y hojas.

Seguramente ya no era necesario tan poético como incomod゜ género amoroso. Don Fidel estaba a partir un piñón[1] con Don Roberto en aquellos.días. El amo de *Los Mameyes* acababa de obtener un buen contrato con la gente de

---
[1] *a partir un piñón* halagador.

Rosario, el ingenio que molía la caña de ambos socios. Además, Don Roberto, ducho en ablandar peñas cuando una "fruta" estaba al caerse de la mata, en menos de una semana había obsequiado a su consocio con dos cosas apreciadísimas: un gallo de ilustre prosapia trinitaria, adquirido en Jaruco, y un "siete mil"[1], descolgado del "armatoste" del tendero catalán. Sobre todo, los hechos consumados. Y Don Roberto desde días antes, no sólo tomaba el café en casa de Don Fidel, cada tarde, sino que lo tomaba a solas con Rosa, en un cuarto semicerrado. Entre tanto, el isleño Cabrero, con la carne peluda casi toda al aire, roncaba sobre un catre abierto en la sala, y la honrada señora de Cabrero, recostada en un prieto taburete, a la sombra de la frontera arcada de la casa, espulgaba a sus hembritas en cueros, y le cerraba la entrada a la intonsa prole de calzones en la verija, que a tal hora pilleaba por el batey y sus alrededores.

Mas, la exprimida virilidad de Don Roberto no pudo soportar muchos cafés seguidos, con una mujer más, y menos con una mujer de excitante carne fresca y blanca. Y después de una progresiva disminución de visitas; tras de quejarse de insomnios, palpitaciones y neuralgias; al cabo de dos o tres semanas, en que levantáronsele flácidas bolsas de cardíaco, debajo de los ojos y en las comisuras labiales, dándole notorio y alarmante aspecto de enfermizo abatimiento, el viejo e impenitente erotómano decidió cortar aquella su estada en *Los Mameyes,* que como tantas otras, casi no tuvo más objetivo que la satisfacción de la curiosidad carnal número tantos. Así, en una nublada, melancólica mañana presagiadora de lluvia, por el camino de Minas y apareada su cabalgadura a la del mulato mayoral, Don Roberto se alejó de *Los Mameyes.* La noche antes, al anunciar su regreso a La Habana, dijo, de modo que Juan lo oyera, que volvería al comienzo de la zafra. Por la mañana,

---

[1] un *"siete mil"* billete de lotería.

al darle guajiramente la mano a toda la gente de ambas casas, hizo la recomendación general de que le cuidasen. bien al muchacho; particularizándola después, al decirle visiblemente conmovido, a Rómulo:

—Enséñamelo a trabajar; no me lo apures mucho, porque es gente de pueblo, y está algo flaco.

Sin saber por qué, Juan se sintió los ojos húmedos y el corazón fuertemente oprimido, y no fue de los que se quedaron en el portal, a ver cómo se alejaban rumbo a La Habana, por entre los piñones de una cerca interminable, los dos tostados sombrerones de jipijapa.

Y se acabó el vagar melancólico por maniguas y arboledas. A la embrionaria teneduría de libros que, en mugrientas libretas y apuntes, de chapeos, desmontes y siembras, llevaba el huérfano, uniéronse las clases de palotes y deletreos, trabajosísimos, que, en cartillas y cuadernos sucios de tierra colorada, les daba, a las torpes y pasudas cabezas infantiles de la casa. Y en esa fatigosa ginmasia mental, de cerrados horizontes, empezaron a alternar todos los rudos quehaceres campesinos encomendados a los guajiritos del batey. Que eso únicamente iba a ser Juan, en Los Mameyes: un guajirito más. Un guajirito flaco, sin curtir y desamparado.

De todos los muchachos de ambas casas, sólo el mayor de los de Rómulo tenía un oficio fijo; era el mandadero, encargado de ir y venir, diariamente, de la finca a Minas, de Minas a la finca, escarranchado sobre un serón repleto de botijas de leche, que tintineaban, acompasadamente, al cerrado trote de una matusalénica yegua rosilla. Esta leche era el producto de una ordeña, de la que pronto participó Juan, torpe y asustadamente enredado con los ronzales y las patas de vacas y terneros, en la neblinosa oscuridad de las madrugadas. Después la rústica muchachería desgranaba

y esparcía el maíz de las gallinas; bañaba caballos en un
lejano remanso del arroyo; enyugaba los bueyes de una rastra, para, en plena hora meridiana, acarrear dos pipas de
agua potable, desde los manantiales brotados entre las primeras estribaciones de la sierra, y algunas tardes amontona-
ba estiércol, para abono, en la inmensidad de los potreros,
calcinados por todo un día de fuego canicular, entre ganado
mugidor, pendenciero y de amenazadora cornamenta.

Con la muchachería, y entre tales rudos quehaceres,
Juan viose empujado a pillear nuevamente por los escondi-
tes del arroyo, de caminos, guardarrayas y arboledas. La
pillería sólo era posible en las mañanas, mientras Rómulo, a
caballo, recorría cercas y linderos, o les echaba un vistazo
fiscalizador a las cuadrillas de siembras y chapeos, o a la
hora de la siesta, mientras el mulatón semidesnudo la roncaba, espatarrado sobre el catre y a la sombra de los soportales de la casa. Que si Don Fidel era manso con sus hijos,
Rómulo únicamente se las entendía con los suyos a trompadas y varazos. Esto, si la falta no era sonada, o el humor
del juez no era de perros en aquellos momentos; porque de
lo contrario se impovisaba un típico "bocabajo", a manos y
pies atados, y la soga de los azotes doblada en cuatro. Juan,
consciente de su desamparo, a fuerza de la más justificada
hipocresía, librose mucho tiempo de toda reprimenda que
pasara de alguna que otra fuerte turbonada de regaños y amenazas; pero tenía constantemente suspendido sobre su cabeza el peligro, no sólo de los pescozones y cujazos, sino el
de aquel terrible 'bocabajo" de que hablaban con espanto
los mulaticos de la casa. Existiendo el sistema, cualquier
día le tocaba el turno: porque se equivocase el fiscal, o porque se aburriese de esperar la hora de ensayar al muchacho, al "blanquito", en el bárbaro suplicio. Así Juan, como
los propios hijos de Rómulo, no le guardaba respeto, ni

menos cariño, a quien siempre tenía las manos fáciles para
largar un sopapo, o para empuñar el cinturón y descargarlo
furioso sobre las carnes sometidas e indefensas que le caye-
sen debajo. Le tenían miedo. Un miedo de que participaban
las mujeres de la casa, y que las hacía ser tolerantes y encubridoras con los muchachos; porque les horrorizaba la
constante amenaza del "bocabajo", y la posibilidad de que,
como ya más de una vez ocurriera, los cintarazos comenza-
ran en la flaca humanidad de un chiquillo empavorecido
y terminasen en las rendondas carnes de la madre, enfurecida en la defensa de su hijo.

Pero, con todo y el miedo, los muchachos salvajemente
criados, se arriesgaban a todo; aun a lo más prohibido, pero
sordamente tolerado por el coco: el baño de dos o tres horas, al mediodía, en la poza más ancha, honda y soleada,
con toda la pandilla en cueros. La pandilla completa era
la de todos los varones del batey, matizada de canela y carbón por media docena de arrapiezos de los vecinos bohíos
de ex esclavos. De los mestizos hijos de Rómulo, el más
interesante para Juan era el mandadero, Antonio. Antonio,
ya en pleno "desarrollo", gustaba de ilustrar a los más chicos con las lúbricas manifestaciones de tal "desarrollo", que
en verdad era excesivo, de genuina factura afrocriolla, y
que le permitía ejercer sobre todos los demás una abusiva
dictadura de hombre. De lo que era. Antonio, con el cuerpo
torcido para lanzar un guijarro, en torneo de pedradas, los
pies hundidos en el chispeante espejo del remanso y el
mojado cuerpo rebrillando bajo un cenit de fuego, era la
viva imagen del Discóbolo, musculoso e incontrastable. Su
hermano José, sólo un año menor, era todavía un niño,
totalmente, y máxime al lado del grandote. De los "blanquitos" de Don Fidel, y de toda aquella fila inquieta y
multicolor, de infantiles desnudos, que chorreaban agua y

sudor a la orilla del "baño", era Pepín, el segundo, el "forro" de Don Roberto y Doña Cándida, según Caridad, quien más simpatía, mayor confianza e incontrastables impulsos de íntimo compañerismo, despertaba en Juan. Ni Julio, que era un año mayor, ni Armando y Fidelito, menores que él, tenían la fisonomía y la inteligencia, atrayentísima, de Pepín. Pepín, desnudito, barnizado de agua, sentado sobre una piedra después de una zambullida, era, por contraste de estatuaria con Antonio, el *Fedele che si leva la spina* del Capitolio. Significativo contraste de fuerzas físicas y de colores etnográficos, que hacíase más ostensible, al pasar a los más prietos ejemplares de aquella desnuda fauna tropical.

Allí, nadando en la umbrosa y revuelta poza, o extendida sobre los guijarros de la margen, secándose a la llameante caricia del sol meridiano, la desnudez de cada uno de los pilluelos era casta y orgullosa desnudez de efebos que vivían la vida, fuerte y serena, de la Naturaleza. Pero, bien antes o después del colectivo baño, bien en las otras escapadas del día, aquel hato de imberbes, churrosos y medio en cueros, tras de apedrear pájaros, nidadas y frutales, franca y gozosamente, se subdividía en grupos, entonces por tácito y vergonzante acuerdo, para ocultarse entre las soledades de las arboledas, o entre los más umbríos y remotos grupos de cañabravas, y allí entregarse a las prácticas de onanismo, enervantes y destructoras. Y por fortuna era sólo el onanismo lo que les pervertía y desgastaba, sin mutos tocamientos o peores desviaciones de que pudieran ser víctimas los más chicos, los más débiles físicamente, o los de más pasiva personalidad. Contra toda esa idea de tal género amparábales su propia dignidad de muchachos campesinos, que a la vez llevaban en la sangre la influencia, más o menos lejana, del ascendiente africano, salvajemente puro, fuerte y natural.

—¡Eso sí que no!

Era lo primero que surgía, sincero y decisivo, en su psicología de criollos y en todas sus fuerzas físicas, dispuestas a
la protesta y a la defensa, al menor pensamiento de tal
índole, exteriorizado en el bochornoso ambiente del envi-
ciado cotarro. Era con lo único que se atrevían a desafiar
el odiado título de chota:

—Lo digo en casa. Eso sí que lo digo.

Pero sólo a tal extremo llegaba toda guía familiar, toda
vigilancia de los menores, todo freno de educación y tutela.
Del mismo modo que con aquellas carnes y aquellas ropas,
puercas, del escondite, sentábanse a la mesa a comer con
los dedos, limpiarse con los codos y beber en la alcarraza
común, sin el menor reparo de las personas mayores, podían
impunemente perderse en los campos, por grupos, en promiscuidad de tamaños y colores, sin que a nadie inquietasen
las prematuras y desequilibradoras iniciaciones a que expo-
níanse los más tiernos de la cuadrilla, ni las obsesiones perturbadoras y degradantes a que podían entregarse los gran-
decitos, a la vez que trabajaban rudamente y sólo descansa-
ban de noche, en sucio y malsano montón. Sobrentendido
que tan salvaje abandono e impunidad tenía, además del
límite de todo lo que no perturbase la siesta, o desafiase la
autoridad de Rómulo a su regreso de la matutina vuelta por
el campo, el límite de no causar el más leve daño material
a las propiedades del tirano de la casa. Atascar la rastra en
los fangueros del ojo de agua, sacarle espejera a una cabalgadura usada en viaje al pueblo, romper una taza o un cal-
dero a la hora del fregado; eso sí ponía sacudimientos de
tercianas en las carnes de la colectividad, con los amagos de
cincha doblada, o la suprema amenaza, en temblón y burdamente irónico acento de guapo.

—Cuando el negro quié bocabajo, e mismo lo anda bu-
cando.

U otra cosa, en lugar de la palabra "negro".

Descontando la general escapatoria del baño, todas las correrías a campo abierto y todos los esotéricos alejamientos de Juan eran con su rubio y flacucho compañero: con Pepín. Ciertas veces les acompañaban algunos de los negritos pasirrojos, gambados y ombligudos, de los cercanos bohíos; pero ni les gustaba compañía alguna cuando la excursión iba a ser larga, en distancia y tiempo, ni solían llevar en su grupo, fuese grande o no la escapada, a muchacho cualquiera de cualquiera de las dos casas del batey. Cuando Juan y Pepín andaban juntos, era cuando menos el huérfano se sentía inclinado a las solitarias manipulaciones perversas. Era una fuerte simpatía personal, una verdadera amistad en todo el sublime desinterés de este supremo sentimiento, lo que unía a los dos "blanquitos", débiles, comprensivos e inteligentes. El huérfano, el "baracutey",[1] como solían llamarle los otros, sólo encontraba un eco cariñoso en aquel muchachito, suave y generoso, de quien "también" decíase que era hijo del descastado viejo Don Roberto, y en él acumulaba toda la fuerza afectiva de su ser, bondadoso y sentimental, que no tenía a quien querer en el mundo. De Juan eran todas las infantiles dudas, secretos, interrogaciones y esperanzas de Pepín. De Pepín, y sólo de él, eran las fuertes penas, los terribles recuerdos ocultos y los más profundos rencores y propósitos, del alma intensa y prematuramente vivida del huérfano. Cuando estaban juntos se les pasaba el tiempo, veloz e insensible, en un diálogo que más bien era monólogo para el que hablaba y éxtasis auditivo para el que oía: Pepín casi siempre. Ese tiempo era de horas y horas, cada vez que se les presentaba, a los inseparables, una rara oportunidad de alejarse del batey un día entero. Como cuando Rómulo y Don Fidel peleaban algún gallo en Jaruco, en Matanzas o en

---

[1] "baracutey" solitario.

la propia "Bana"! Entonces no eran sólo las mutuas confidencias y las mutuas interrogaciones fruitivas, interminables; sino que era preciso realizar alguna estafa de menor
cuantía, en las que era felicísima la imaginación de Pepín,
o algún hurto al descuido, magistralmente trabajado por la
vieja experiencia de Juan. De otro modo no podían pasar
todo el día fuera de sus respectivas casas, sin quedarse sin
comer, o sin exponerse a un peligroso carrerazo delante de
algún jinete bestializado: guajiro acabado de robar, o guardia civil sediento de ejercicios cubanófobos.

Cierta vez Pepín, yendo con Juan por el caserío del otro
lado del arroyo, vendió a un jinete dos fracciones de un
billete de lotería, de fecha atrasada, y con el importe almor-
zaron sardinas, guayaba, queso y galletas, en la tienda del
catalán, e inmediatamente después, a la sombra de unas
guásimas, echados ambos de bruces sobre la yerba, el hijo
de Doña Candita le contó a su camarada, cómo ya otra vez
había vendido billetes atrasados a un mismísimo guardia
civil, y cómo la última Semana Santa le había dado, por
dos pesetas, una china del río a un negro brujo, adivino,
diciéndole que era una "piedra de rayo", que se robara de su
casa.

—¿Y qué, verdad? —le había dicho a Juan que le oía y
le miraba atentamente—. ¡Mi padre se ha salvao mag veces
así! Mira: él, cuando le llevaba las cuentas a Rómulo, apun-
taba gente demá en la libreta, en combinación. Ya tú verá
cómo te lo hace hacer, a ti, cualquié día.

—¡Uh! Ya. Y roba en la leche, y en los mandaos.

—¡Ah! Ya tú ve. Tol mundo roba.

En otros días, con la rápida y cortante protesta de Juan,
Pepín le dijo que, en ambas casas del batey, se le tenía, a
él, al huérfano, por hijo escondido de Don Roberto. Y también le descubrió a su amigo, otro gran enredo familiar,

---

¹ *"Bana"* La Habana.

del que sólo atrevíanse a hacer mención muy ocultamente Don Fidel y Doña Cándida: Rómulo estaba enamorado de su cuñada. Siempre estaba pegado a la mulatica, con el pretexto de que le exprimiese las espinillas, le escarbara en la casposa cabeza o le alisase, con el peine, la lana rebeldísima, y hasta algunas veces se la encajaba delante de la montura, para corretear a caballo con ella, por el batey, "haciéndose el bobo". Bueno: una tarde las dos mestizas estaban bañándose en un abrigado recodo del arroyo, llamado "la poza de las mujeres". Pepín se fue entre la manigua, cautelosamente, a ver si pillaba algo, y a quien por poco no pilló fue a Rómulo, que ante el inminente peligro de verse descubierto por el que se acercaba, rompió a correr por entre la maleza, estrepitosamente. ¿A quién quería ver "encuera"? A su mujer no, porque con ella se acostaba cada noche.

—¡Bueno! —había terminado Pepín, más sesudo aún— ¡cualquier día hay ahí un lío e sangre!

A su vez Juan le dijo, a su amiguito, cómo en *Los Mameyes* no le tenían por hijo de Don Fidel, sino de Don Roberto. Al contrario de lo hecho por el huérfano, Pepín no protestó. Más bien agregó, ingenuamente, que sí, que todo el mundo le hallaba parecido con Don Roberto, quien tenía con el rubito especiales cariños y singulares generosidades, no siempre a la vista de los demás.

—¿Entonces tu mamá... —había comenzado a preguntarle Juan.

—¿Y qué? Se casó con un bobo —contestó muy tranquilo el criollito.

Juan contó a su amigo, además, con cubano graficismo, con vehemente exultación sexual —que Pepín tragó vorazmente— la escena estupenda, por él presenciada entre los matorrales de las ruinas del ingenio, de Don Roberto cubriendo a Rosa. ¡Cómo le había excitado el cuadro! ¡Qué formas! ¡Cuánto le había perturbado desde entonces, y qué de febriles y debilitantes delirios eróticos, de frenéticas manipulaciones solitarias, habíanle proporcionado aquellas divinas visiones del amor! Y Juan le explicó a Pepín cómo eran de sublimes tales manipulaciones, acompañadas de unos cuadros imaginativos, así: ¡Ya vería él, cuando pasara del "desarrollo"! Porque antes no. El lo sabía por experiencia. Y fue de este modo que Juan pasó un día a descubrirle su mas íntimo, su más orgulloso, pero también su más grave secreto, a Pepín, al describirle cómo en las visiones lúbricas de sus momentos de unisexual lujuria, el mezclaba la evocación de las formas, plenas y sazonadas de Rosa, con la imaginación de las carnes redonditas y virginales de Nena.

Fue un domingo. Don Fidel y Rómulo partieron el sábado en la noche, para una sonada y muy anunciada fiesta de gallos en Cárdenas, no debían regresar hasta el mediodía del lunes. Juan, ansioso de descubrir campos, y Pepín, que guardaba un viejo deseo de ver el mar, preparáronse desde la noche antes, y a poco de salir el sol tomaron el rumbo de la no cercana costa; primero, haciendo zigzags por trillos y veredas; alejándose después, rectamente, por un afluente del camino de Santa Cruz. A las diez estaban en lo alto de unos peñascales, encantados por el espectáculo del mar, anchuroso y rumoroso, sin una vela ni una nubecilla de humo, y encantados, además, con una gran recolección de uvas caletas y los preparativos de un almuerzo de plátanos asados, fruto de un robo en el camino, y de café con azúcar, hurtados por Pepín en su casa.

Después del gozoso yantar —gozoso por el apetito de la caminata y el picante de la aventura— echáronse los dos muchachos en la frescura de un lecho de grama, sombreado por las oquedades de los grandes peñascos que limitaban la playa estrechísima: Juan, a rememorar, nostálgico, si-

lencioso, los tiempos en que tenía madre, y libérrimamente
correteaba por el litoral habanero; Pepín, a escudriñar, incansable, la azul llanura del mar, ansioso de descubrir la
aproximación de un barco, como entero logro del ansiado
cuadro marino. Vino más tarde la hora de la confidencia,
del desborde de añoranzas y anhelos de Juan, y Juan pasó
ante la absorta atención de Pepín, la fuerte y sugestiva cinta
cinematográfica de sus relaciones con la preciosa nieta de
Don Roberto. Dijo el huérfano, con calor y color de sensual
innato, los párrafos descriptivos de la pujante hermosura
tropical de la niña habanera, y los pasajes en que encare-
ciera los sublimes goces ocultos que reiteradamente le pro-
porcionara el ver y tocar aquella imponderable precocidad
de muchacha sazonada y sabrosa. Explicó luego, con plebeyo
rencor, cómo ella, egoísta y despectiva, le echara a él toda
la culpa, en la hora de prueba del descubrimiento que hiciera Domingo, y cómo su expulsión, silenciosa, casi subrepticia y seguramente inmisericorde, de la quinta del Cerro.
Pero ¡Ah! También él se negó a soltar las cartas, papeles
y otros recuerdos de la "novia" orgullosa y aristocrática, quedando así como todo un hombre.

Y fue, en tan propicia hora de lealtad, de vanidad, que
Pelín logró arrancarle a su amigo, sin proponérselo, el gran
secreto de su alma:

—¿Y aónde están los papeles?

—Entoavía los tengo. Y bien guardaos.

—¿Pero aónde?

—¡Eh! ¿Y tú por qué quiere saberlo tan apurao? En un
güeco econdío. Con los papeles que pueen probar que yo
no soy hijo der viejo ese.

—¡Ah...! Pue, mira, muchacho. Hace bien en tenelo
bien guardaos. Porque con esos papeles los tienes bien cogíos. A ella, y a toos. Cogíos por la jáquima.[1]

---

[1] *jáquima* cabestro de cordel para conducir las bestias.

XXIV

Llegó la zafra, y entonces fue otra la vida de Juan.

Dejaba el catre mucho antes que todos los demás habitantes de las dos casonas: a las tres de la madrugada. A veces, a las dos; porque era Rómulo quien lo despertaba a voces desde su catre y, por si acaso no fuera a quedarse dormido después sin llamar al muchacho, en cuanto abría los ojos pasada la media noche, el mulato gritaba:

—¡Juan! ¡Juan! ¡Arriba! Que está aclarando.

Tenía Juan que levantarse a tal hora, porque ya andaba en funciones de pesador de caña, en la nueva *Fairbanks* del batey. Soñoliento y encorvado bajo el pantalón y la camisita de dril crudo, por el frío vientecito que llegaba de la próxima costa en la invernal madrugada, el muchachito cruzaba el batey para reunirse a' los carreteros que, debajo del propincuo grupo de mameyes hacían café, unos, mientras otros enyugaban y unos pocos llegaban desperdigados, anunciándose con el traquetear de sus carretas, estallantes de caña, en los fangosos carriles de las guardarrayas! Salvaba Juan el pedazo de llano que separaba la casa de *Los Mameyes*, a la claridad sutilísima, incierta, del cielo tropicalmente cubierto de estrellas y luceros, o cuando había luna, con el regalo de su luz, fría y plateada, o cuando, por ser algo tarde, un claror carminoso surgía por el rumbo de Matanzas, recortando el ondulado perfil de la sierra. Le orientaba el resplandor de fragua que echaba sobre el informe bulto de *Los Mameyes*, los candiles de petróleo que alumbraban la faena de los carreteros. Allí tomaba Juan su desayuno de café puro y galletas de barco, ínsipidas y duras, para irse después a la romana, con la primera "cargada". Casi siempre iba arrebujado en una

---

[1] *guardarrayas* caminos entre los cañaverales.

vieja chamarreta o en algún agujereado chaquetón que le
prestaba el negro carretero, compadecido del friolento haba-
nerito blanco. Muchas veces, mientras daba tumbos en la
carreta, llevaba su mente, con impreciso rencor de anarquista intuitivo, a la quinta del Cerro, en donde a tal hora
dormían, abrigaditos, los que despiadadamente le expulsaron de la ciudad, obligándole a vivir la vida fuerte y cruda
del campo. Alumbrándose con el candil de cada carretero,
pesaba cada carreta llena de caña. Necesitaba tener mucho
cuidado, para que sólo entrasen en la plataforma de la pesa
las altísimas ruedas de la carreta y las ocho patas de la
yunta de pie; porque en cuanto se le pegaban los párpados
un solo momento, le metían en la plataforma las patas de los
bueyes de guía, o las de un par de carreteros. Lo mismo
después, cuando acababa de vaciar la carreta en la jaula
del ferrocarril, enchuchada enfrente, debía pesar la tara.
De lo contrario podía venirle encima una tanda de improperios y pescozones, suministrados por Rómulo, tan atento
a evitar que nadie robase la menor cosa, como a robarse
él todo lo posible. Al salir el sol, ya estaba allí cuidando de
que Juan se equivocase en cada resta, en favor de la "casa",
y en cuentas claras con Don Fidel, con quien después en-
tendíase el mestizo. Como a las seis pasaba el tren de los
"vacíos", que dejaba allí una o dos jaulas más. Y a las ocho
ya estaba Juan de vuelta en la casa, después de pesar todas
"sus" carretas de la mañana. A esa hora tomaba un tazón
de leche con café, a veces acompañado con dos trozos de
boniato, o de harina de maíz, fría, restante del día anterior.
E inmediatamente comenzaba a poner en limpio sus cuentas de pesador de caña. Esta operación duraba un par de
horas; dos horas en que sólo trajinaban en la casa Petra
y Caridad. Los varones de ambas casas, con motivo de la
zafra, tenían todos ocupación fuera de ellas: Rómulo y Don

Fidel, de la romana se iban a recorrer los "cortes". Antonio andaba en sus funciones de mandadero. José ayudaba a llevar bueyes a tomar agua, al paso del arroyo, con los hijos de Don Fidel, también convertidos en narigoneros oficiosos, en cortadores de cogollo, en mandaderos de batey. Y fue en estas dos horas diarias, mientras Caridad trasteaba en la cocina, Juan llenaba de números sus churrosas libretas y Petra barría y desempolvaba, haciendo trepidar sus formas vírgenes y opulentas ante la deseosa mirada del muchacho, que surgió un idilio entre aquellos dos jóvenes "extraños", cobijados debajo del mismo techo. Surgió el idilio, lento, tímido, sin palabras. Fue, primero, un mirarse fija, profunda, silenciosamente, cada vez que se hallaban allí, en la "sala", solos, bien lejos de Caridad, y cada vez que tropezábanse, sin testigos, en los rincones del fondo de la casa, en la lejana e invisible cocina, bajo las bóvedas umbrías, solitarias y encubridoras, de la aledaña arboleda. Vino después la audacia de hablar y hablar, incesantemente, "ingenuamente", forzando los escasos temas de su campesina atmósfera, mientras cada cual realizaba su matutina tarea en la "sala". Llegaron, asimismo, lógica, naturalmente, los increíbles arrestos de darse golosinas, florecillas, apretones de manos, entre el ir y venir de la gente de la casa; a hurtadillas de los despiertos ojos de Antonio y José, y de los celosos y desconfiados de Rómulo. Y aunque sobre el idilio cerníase, amenazadora, la sombra del "bocabajo", por partida doble, acaso una desastrosa tragedia de celos, absurdos y bestiales, las poderosas fuerzas de la vida fueron empujando, progresivamente, por los fuertes caminos de la pasión a los dos jóvenes. El constante mirarse, mutuo y extático, del espigado "blanquito" de los ojazos tristes y expresivos, y de la carnuda mestiza de los grandes ojos voluptuosos; los roces, retozos y apretones de juveniles carnes, en los

[1] "cortes" lugares donde se ha cortado o se está cortando la caña de azúcar.

sitios más apartados y recónditos de la casa y el batey;
toda la creciente atracción erótica del aquel convivir íntimo, de perenne contacto, pronto llevaron las cosas a las
más ciegas audacias de enamorados. Menudearon las "inocentes" citas, "para tumbar frutas" en la arboleda, "para
recoger huevos" entre los matorrales, "para partir leña frente a la cocina". En ciertos días de alta presión amorosa,
la misma Petra atrevíase a juntar sus rotundas piernas con
las nervudas de Juan, por debajo de la propia mesa de comer, que dominaba la mirada torva, estúpida, de Rómulo.
Pero era el muchacho, perturbado por los sexuales fraudes
solitarios —cuyas descargas iban entonces acompañadas por
imágenes de la mulatica— quien más se lanzaba, incontenible, a todos los intentos de ver y palpar las carnes enamoradas; ávido como estaba de mujer, de adentrarse frenéticamente por los verdaderos caminos del placer amoroso.
Así, cuando después del almuerzo extendíase en el catre
a echar la siesta que le permitían, por los madrugones,
hacía acercarse, a imperiosos gestos de hombre amado, a
la deseada muchacha, para hacerla objeto de tirones hacia
el catre, con los peligrosos cuchicheos y forcejeos naturales
del caso. O cuando reuníanse por las tardecitas, en los
matorrales plenos de nidales de gallina o en la sombrosa
y despoblada arboleda, antes de irse él a pesar las "cargadas" del anochecer, le lanzaba los brazos al talle en un afa
noso esfuerzo por atraerla hacia sí, para besarla, estrujarla,
derribarla en la yerba. Entonces, en el cuarto, como en los
matorrales o la arboleda, la escena se deshacía, al escapar
ella sofocada, asustadísima, y perseguirla él arrojada, locamente, a veces hasta el límite de lo temerario. Tan temerario como cuando él, al mediodía, o de noche, acercábase
en puntillas, sorteando el cruce de los otros moradores de
la casa, para ir avizorar, al través de las rendijas de las

puertas, a la mulatica desnuda, en un casero baño de batea, o en los preparativos para acostarse. Era en las primeras horas de la noche, cuando regresaba de pesar la "caña de la tarde", las que únicamente dejaba de estar en la casa, cerca de Petra, persiguiéndola con la vista, acechándole los pasos, viviendo junto a ella, minuto a minuto. Porque a tal hora era cuando Rómulo solía propasarse en sus "ingenuos" manoseos con la sabrosa muchachona ("cariñosos" apretones, solícitos "peinados", "paternales" nalgadas) soliviantando incontenibllemente al muchacho, listísimo y enamorado. O porque era entonces que Juan podía reunirse y alejarse con Pepín, los dos solos, a contarse en voz baja sus líos, secretos, exploraciones y descubrimientos de hombrecitos.

Pero entre los secretos que Juan hacía secretos de dos, no se hallaban los relacionados con los amorosos escarceos de Petra y él. En esto demostraba el mismo espíritu de absoluto hermetismo de que diera pruebas en lo de las cartas y papeles de Nena, hasta aquella hora de lealtad que tuviera con Pepín, frente a la conmovedora grandeza del mar. En lo de Petra, el riesgo era lo bastante grande e inminente para reforzar el carácter reservado del huérfano con llaves a prueba de todos los impulsos comunicativos de las amistades primerizas, Y cuenta que había sobrados motivos para que se desbocase la más modesta vanidad tenoril de muchacho con enamorada. *Su* mulatica era, reconocidamente, la más linda y la más en punto de caramelo de *Los Mameyes* y todos sus territorios adyacentes. ¡La "ma" buena! Como decían, llenándose la boca con tan expresiva exclamación, todos los varones de doce años en adelante que recorrían los campos, desde la línea de los Unidos hasta el mar; desde la sierra hasta el Cojímar. Y, además: ella no era únicamente la "noviecita" ingenua, que le miraba y le miraba, con ojos de santa en éxtasis, ni la mulata en sazón, pujante, atraída a eróticos agarrones y retozos por la proximidad de la carne de hombre, joven y de selección, sino la jovenzuela verdadera y profundamente enamorada, que daba pruebas de ello al exponerse a todos los terribles peligros por él desafiados, y al prometerle, con honda y visible sinceridad, en sus pocos momentos de pura, y serena, y dulcísima emoción amorosa, todas las determinaciones necesarias para burlar tales peligros y aun para deshacerse de ellos definitivamente. Porque ellos tenían algunos instantes de soledad y serenidad, siquiera fuese de tarde en tarde, y hasta el día inevitable, en que con estrépito de hecatombe se les descubriese la novela. Unas veces, mientras Rómulo dormía la siesta y Antonio y José andaban por el arroyo o por las casas del otro lado del mismo, Petra y Juan, por distintos rumbos o con distintos pretextos, salían de la casa y coincidían en el extremo opuesto de la arboleda. Otras veces, Petra, con la disculpa de ir a buscar unas cañas o a recoger la ropa tendida en el patio, o a juntar algunas florecitas silvestres, salía al anochecer, al encuentro de Juan, cuando el muchacho regresaba de pesar la caña de la tarde. En ocasiones su audacia llegaba a tanto, que Juan, a poco de comer, decía:

—Voy un rato a casa de Don Fidel.

Para quedarse en el camino, oculto entre las maniguas de las ruinas del ingenio, y allí esperar a Petra, que un instante después también exclamaba:

—Voy a casa de Doña Cándida.

Y en cuanto desvanecíase entre las sombras del batey, desvíabase atrevida, pero asustadísima, hacia el "hueco" de matorrales en que no menos audaz, pero tembloroso, la esperaba él, para estar con ella un momento a solas.

Así, una tarde, bajo el ramaje de los frutales y de espaldas a un sol grande, esférico, que incendiaba el horizonte por el rumbo de La Habana; otras tardes, bajo el cielo en fin de crepúsculo, empalidecido, con tonos de nácar y todas las gradaciones del rosa; o en un instante de noche, bajo la bóveda celeste tachonada de estrellas, y sobre un retazo de terreno enyerbado, entre sombrías maniguas, hablaban, ocultos y solos, los dos enamorados. Hablaban seriamente, o reían jubilosos y felices; contándose mil naderías y pequeñeces, casi siempre sobre el mismo monótono, eterno, pero sublime *leit motiv* del amor, y también casi siempre acabando en los planes más atrevidos para seguir deslizándose por el plano inclinado de la pasión, y en las ideas más arraigadas y de más tremendas consecuencias, para cualquier día predestinado y acaso próximo, en que el freno ajeno, o la propia, creciente atracción sexual se les hiciese irresistible. Hablaban, sin advertir que se les iba el tiempo; que a veces alzaban demasiado la voz; que, por momentos, ella, al reir una gracia que él le dedicaba, echaba atrás la cabeza, en feliz abandono y con peligrosísimo gorjeo de su voz plena de emoción. Hasta que la mujer, siempre mujer, se percataba de la tardanza, de la inminencia del peligro en prolongar la cita, y deshacía el idílico grupo, emprendiendo el cauteloso regreso a la casa. En el regreso, siempre que era posible, él la acompañaba aún varios minutos, andando quedito y silencioso al lado de "su" negra, como cariñosamente la llamaba, en tanto ella le miraba con toda la fuerza apasionada y penetrante de sus ojos de mestiza enamorada. Quedaba él, después, quieto, alelado, viéndola alejarse. Por la emoción de la despedida, se alejaba ella con fuertes alzamientos en aquel su túrgido escote, que tenía una progresiva y tentadora blancura hacia el hondo camino del seno, y por el andar innatamente garboso y atrayente de cubana, con los núbiles pechos y las redondas caderas, trepidantes bajo las telitas del rústico indumento, finas, escasas y transparentes.

Mientras tanto, nada sabían de la vida de Juan en la quinta del Cerro, y de la quinta del Cerro muy poco sabía Juan. Ibase cumpliendo, así, claramente, el propósito de Don Roberto y Domingo, al lanzar al pobre muchacho al campo, desprendiéndole de aquella familiar residencia en que tanto tiempo viviera al lado de todos. Lo mismo podía ir a parar con su peligroso amorío, a la cárcel, al cementerio o al bandidaje, que perder un brazo al caerse de un árbol o aniquilarse por la anemia de los vicios sin freno, o partirse en dos bajo la rueda de una carreta, sin la menor preocupación para los que meses antes le tenían casi como un familiar; al menos como uno de tantos animales domésticos, perro o criado, que llegan a despertar cariño e interés, siquiera sea por la fuerza de una larga convivencia debajo del mismo techo.

El propio Don Roberto, después de darle aquella lección de inmisericorde ser superior que le diera con Rosa, apenas si había mencionado brevemente al huérfano, al escribirle a Rómulo sobre asuntos de la quinta y de la finca, en cartas que el mismo huérfano tenía que leerle, junto con los diarios habaneros que solían acompañarlas, al mestizo encargado. En esas cartas se hablaba casi siempre de arrobas de caña, de jornales, de yuntas de bueyes, y de lo imprescindible que era el exprimir bien todo aquello para apuntalar las infinitas amenazas de ruina que perennemente surgían en la quinta, y a las cuales no podían ofrecer mayor resistencia los tres doctores de la casa. A últimas fechas la señorial residencia había sufrido un tremendo descalabro, se le había hecho un terrible hueco en el presupuesto económico: Doña Candita al fin tomó su último vaso de leche;

al fin se dobló para el último sueño en su amplio butacón
de cuero, y fué preciso sepultarla con todo el chillón aparato religioso y profano 'que exigía la aristocrática barriada
del Cerro y los cremísticos apellidos Ruiz y Fontanills.

Un día, la carta de Don Roberto trajo la noticia de que
"Don" Robertico iba a llegar a *Los Mameyes,* en la mañana siguiente, con sus arreos de caza, sus perros y el
lógico propósito de correr la pólvora por maniguas y cañaverales, tras las pocas codornices y las poquísimas becaci-
nas que ya por entonces quedaban en aquellos "civilizados"
contornos. Venía el hijo de Don Roberto a sacar provecho
de una tregua impuesta en las labores de la zafra, de todos
aquellos campos, por una grave interrupción en la maquinaria del central; tregua que permitiríale la compañía de
Juan y los otros muchachos al gran cazador.

Llegó a la vera de Antonio, y entre todo un tartarinesco
tren de redes, cartuchos, armas blancas y de fuego, seguido por tres perros, que con sólo haber trotado desde el ferrocarril al batey llegaron a éste jadeantes, agotados, con
tres palmos de lengua afuera. Le instalaron como a Don
Roberto, en la sala. No puso, como el inmortal tarasconés,
espeluznantes letreros a su aparatoso despliegue de armas,
municiones y artefactos de muerte; pero sí tuvo cuidado de
colgarse a la cintura, desde los primeros momentos, cincuenta tiros de revólver, el revólver y un largo machete de
cruz, y de recostar contra el taburete del pie del catre, un
flamante rifle venadero.

Como si en sus planes cinegéticos también entrase la ilusión de cazar alguna criollita, que desquitárale un tanto de
la monotonía conyugal y del oscuro fiambre de que disfrutaba en comandita con su hermano, allá en La Habana,
Robertico se salió de quicio cuando vió a Petra. Tanto que,

en seguida, con desaprensión de erotómano que le habla a
un muchacho que no es su hijo, le dijo a Juan:

—¡Muchacho! ¡Qué chiquita! Eso está como un zapote
maduro, que por donde quiera que lo aprieten suelta al·
míbar.

Al enamorado, poca gracia le hizo la frase, y menos lo
que alentaba y podía venir detrás de ella. Robertico no lo
advirtió, ni de haberlo advertido, mucho le hubiera importado. En aquella casa, donde todos eran a excederse en aten·
ciones con él, poco podía entorpecerle o perturbarle lo que
Juan, el pesador de caña, pensara o hiciera.

En el almuerzo, Robertico se desquitó del hambre de pollo
que ya iba siendo endémica en la rica mansión del Cerro.
Se hartó asimismo de mirar a Petra, para atraer su atención
hacia tan significativa insistencia, y para calcular, golosamente, lo que ocultaban las ropas estrechas, desgastadas,
lavadísimas. Apenas terminó, quiso echarse encima todo su
abrumador tren de cazador, y salir con Juan a corretear
palomas. No fue corto el discurso de que hubo menester
Rómulo para disuadir al hombre, explicándole algo muy
importante, seguramente olvidado, en sus manoseados textos
de caza: aun en "invierno", a tal hora el sol de los trópicos
raja las piedras, y si no se les tira a las auras...

Fueron en la tarde, seguidos de los perros, a velar el
paso de las aves, de llanos y cañales, a la sierra. Ya a tal
hora el nuevo hombre de *Los Mameyes* iba doblemente
indignado con el intruso habanero. Doblemente, porque
no sólo vislumbraba una nueva e insufrible rivalidad en
sus amores, sino porque habiéndole tomado el otro, auto-
ritariamente, como compañero de sus boberías cinegéticas,
malograríanse las esperanzas que él, Juan, había puesto en
aquellos días de asueto proporcionados por una bienhadada

rotura en el ingenio. ¡Adiós soñado dormir la madrugada,, proyectadas escapatorias con Pepín, juegos de *base ball* en el batey, baños de cuatro horas en la prestigiosa "poza de los varones", rumbas a bongó y marugas en los cercanos bohíos! ¡Adiós, supremamente, sortilegio de las citas robadas, inquietas, deliciosas, con la enamorada fascinadora, atrayentísima!

En cuanto llegaron a la linde de un próximo cañaveral, frente al primer monte de la vecina sierra, Robertico empezó a hablar de Petra. Estaban de pie, recatados en la extensa sombra que las cañas altísimas hacían con el sol ya muy bajo. El cazador apoyado en la cargada escopeta; Juan con los perros sujetos por los collares.

—Pero, ¡qué buena está esa mulata!

Y como Juan nada dijera:

—¿Eh? —insistió el otro, sonriente, campechano—. ¡Muy sabrosa!

Juan, ya campesino, terco, a pesar de tener conciencia de lo imprudente que estaba con su seriedad y sus pocas ganas de hablar, nada dijo. Fue Robertico quien tuvo que volver a perturbar el silencio del campo; pero entonces con dos fogonazos de la escopeta a otras tantas palomas que internáronse en el monte, sólo heridas por el susto.

—Estamos muy pegados a la caña, para poder coger puntería. Cuando viene uno a ver la caza, ya está encima.

De esto sí quiso hablar Juan, y hasta discutir con el señor cazador, opinando que tampoco era bueno separarse mucho de las cañas, porque se hacía uno muy visible de las palomas. Y también quiso hablar mucho, acaso más de la cuenta, cuando el recién llegado se sintió inclinado a lanzar su curiosidad imaginativa, en cuestión de faldas más o menos sucias, en torno del batey:

—¿Y qué otra carne buena hay por ahí, por el vecindario?

—¡Uh! Hay otras. ¡Ya lo creo! Mire. Allí, en casa de Madan, donde bailan la rumba, hay dos negritas, que esas sí que están sabrosas.

—Pero, ¿muy prietas?

—No. Un poco colorás. Pero tiernecitas. ¡Y masúas!

—No. Negras, no.

—No. Si no son mucho ma prietas que la que ustedes tienen allá, en la Bana. Ademá, en la casa que está frente al catalán, hay dos guajiras buenas de verdá, verdá. Una es novia de un civil del puesto de Jaruco; pero ella y la hermana son dos mosquitas muertas, que con la toná del baile y lo juegos de prendas, cumbanchean y se arriestregan con too el mundo. Pero...

—¡SSiii! —le interrumpió Robertico, llevándose el índice a los labios, y en seguida la culata del escopetón al hombro.

Otros dos disparos inútiles, y reanudó Juan la conversación. Sobre todo, quedaba Rosa; que esa sí era blanca, bien blanca; buena hembra, y sin padres. Sólo que...

—Dicen que Don Roberto es su piezo.

—¿El viejo? ¿Papá? ¡Vamos! —dijo como si la noticia fuese lo más natural del mundo—. Milagro que tan fiera como es no le fajó a la mulata.

—Porque está Rómulo por medio.

—¡Ah! ¿Y tú crees que Rómulo?...

—Yo... no sé. Pero, como, además ella es señorita, y su cuñá...

Nueva interrupción, y nuevos disparos de los cañones de la escopeta. Esta vez una nubecilla de plumas se deshace en lenta lluvia sobre el verdor de una guásima, y los perros no han corrido inútilmente. El más grande trae una palo-

mita, con una brutal herida en el pecho, y se la entrega al
cazador. Por la herida se le ven las entrañas, destrozadas,
palpitantes, al pobre animalito. A Juan se le oprime el pecho de lástima, y, como al principio, vuelve a quedarse
monosilábico, con un nuevo motivo de antipatía, casi de
odio, hacia el intruso.

El intruso quiere seguir explorando el ambiente, en
cuanto a "hembras"; pero la tendencia al mutismo de Juan,
le impulsa a atronar los campos con nuevas salvas de escopeta, y luego volver a la casa, seguido a mayor distancia
por el huérfano, que por los perros. Robertico lleva todavía
un rato cargada la escopeta. Juan carga la palomita muerta;
la mirada torva y rencorosa en el padre de Nena; la intención en el deseo de que, al descargar la escopeta, se le dis-
pare y le eche fuera las entrañas, como las de la avecilla
que, aún tibia, llevaba él, el celoso, acostada en la palma
de la mano, piadosamente.

A la llegada a la casa, cuando le preguntaron por el
fruto del tiroteo que desde allí se había oído todo el atardecer, el cazador culpó a la proximidad en que se hallaba
el cañaveral del monte, y a las palomas, empeñadas en no
retirarse a dormir en bandadas. Después, el cazador volvió
a comer ave, pero de corral. Comió pollo. Y volvió a mirar
y remirar a Petra, con una vehemencia sensual que ya a
Juan se le iba haciendo insufrible.

Muchos días seguidos tornaron a ir de caza Robertico y
Juan. Algunas veces agregóse otro de los muchachos de la
casa. Sólo cuando esto ocurrió pudo Robertico dejar de
poner sobre el tapete la conversación sobre mujeres; aunque sin mayor provecho, no obstante el derroche de alentador descaro que empleaba con Juan. En el muchacho iba
creciendo la rivalidad amorosa, a medida que aumentaba
en el hombre el deseo de terminar el aislamiento en que

se hallaba su mal acostumbrada virilidad. Mientras uno iba perdiendo la ilusión de poder pescar algo en los inópicos rancheríos, sentía más fuerte el imán de la sabrosa mulatica, el otro sentía crecer el natural impulso de romper violentamente, con el que intentaba robarle sus más puras, naturales y justificadas ilusiones amorosas. Cualquier día tiraba de la manta, descubriendo tales intenciones de un modo brusco, y a presencia del propio Rómulo. ¡A ver si se entraban a tiros o a machetazos! Juan, cada vez que veía a Robertico con la escopeta, deseaba, hora a hora con mayor vehemencia, que se le descargase involuntariamente, haciéndole volver a La Habana con una perdigonada en las costillas. Como ya, muchas veces, yendo con Rómulo en el pértigo de una carreta desbordante de caña, había Juan deseado, ansiosamente, que el mulato cayese, tendido en cruz, bajo una de las enormes ruedas.

Cierta tarde, entre tiro y tiro, Robertico, insistiendo sobre su mismo, invariable tema, con los labios resecos, los ojos encendidos en lujuria y en todo el rostro una gran expresión de cinismo, interrogó:

—Pero, tú, Juan ¿nunca la has visto en cueros?

Rápido contestó Juan que no. Rápido y seco. Pero el "amo" insistió. ¡Vamos! A otro perro con aquel hueso. Lo que le ocurría al muchacho era que le daba vergüenza decirlo. Pero ¿por qué? ¡Bah! ¿Eh? ¿A dónde se bañaban las mujeres allí?

Como Robertico, por no cohibir más al muchacho, le hablaba de soslayo, no pudo ver que éste había vuelto los ojos hacia la escopeta, echada en tierra, junto a ambos, e inmediatamente hacia la guardarraya, ancha, solitaria e interminable, que se perdía rumbo a Matanzas, y que tenía en la mirada una expresión turbia, espantosa.

E insistió en la pregunta. ¿Las mujeres se bañaban en el arroyo?

Cejó el muchacho. Sí. Las mujeres se bañaban en "su" poza. Pero sólo cuando había bastante agua, y no estaba revuelta. Las que más lo hacían eran las negritas Madan. A esto replicó Robertico, que ¡Bueno! Cuando faltaba el pan, se comía casabe.[1] Después de todo, las mujeres de color eran más fáciles; traían menos líos.

—Por eso estamos tan acostumbrados... ¿A qué hora van?

—Antes del almuerzo.

—¿Todos los días?

—Sí.

Hasta que el creciente, agresivo hermetismo del muchacho, y la composición de lugar que mentalmente se hace Robertico para ir a avizorar a las mujeres el mismísimo día siguiente, al través de los maniguales ribereños, cortan el diálogo y la cacería por aquella vez.

La otra vez fue la próxima mañana. Una mañana clara, soleada, sin un átomo de brisa, pesadamente calurosa. Juan había citado a Petra para la arboleda so pretexto de una búsqueda de huevos, a fin de advertirle que no fuese al arroyo aquel día. Claro que ya ellos varias veces habían hablado, cálida y rencorosamente, de aquel entrometido que venía a complicar, aún más, las perturbaciones en que desenvolvíanse las relaciones de ambos, cerniendo sobre ellas nuevas nubes de amenaza y tragedia. Petra no pudo ir a la cita, porque andaban ociosos por la casa, José y el propio, temidísimo Rómulo. Robertico se había marchado muy temprano, con la escopeta, por primera vez solo, y rumbo al arroyo. Allá como a las nueve cruzaron por el batey, también rumbo al arroyo, las mentadas jóvenes negras de la

---

[1] *casabe*   pan de harina de yuca. Un refrán cubano que aconseja conformidad, dice: "a falta de pan, casabe".

casa del ex esclavo Madan, seguidas por dos negritas flacas, pasirrojas, casi en cueros. Una de las jóvenes, al pasar cerca de la casa, le gritó a las mujeres de ésta:

—¡Caridá! ¡Petra! ¿Utede no van hoy?

—Sí. Ahoritica.

Y detrás de las otras mujeres salieron al batey Petra y Caridad, con sendos bultitos debajo de un brazo.

Tardó algo Juan en deshacerse de Rómulo, que le hizo escribir una carta para Don Roberto. Se adentró rápido por las ruinas y maniguales aledaños, dirigiéndose cada vez con mayor cuidado, con menos ruido y toda clase de precauciones, hacia el recodo de monte, alto y tupido, que servíale de oculta atalaya, sobre la "poza de las mujeres". Tan pronto como se internó en los matorrales y comenzó a trepar por los pedruscos, pudo observar un rastro algo inseguro, pero indudable, de zapatos con tacones, y algunos gajos recién partidos. Si era campesino bastante para sorprender rastros, y hacer deducciones sobre ellos, también lo era para llevar cuchillo a la cintura. Hizo unos tajos, a derecha e izquierda, desgajando arbustos, sutilmente, y se desvió del rumbo seguido por el rastro, que era, sin duda, el rumbo tomado por Robertico, para observar ocultamente el baño de las mujeres. No anduvo mucho más, sin salir de súbito a un clarito del monte, y hallarse improvisadamente delante del boticario, que estaba echado boca abajo en la yerba, la escopeta paralela al cuerpo, y la cabeza en alto, con los ojos fijos en el grupo de bañistas. Al oir los últimos pasos de Juan, el acechador se volvió, contrariado, pero con cínica, desarmadora, sonrisa:

—¿Qué hubo? ¿Ya ves como tú también vienes a rascabuchear?

—Sí —dijo Juan en seco, acercándose a su nervioso interlocutor, y quedándose de pie a su lado.

Desde allí se divisaba completa, e impunemente, la "poza de las mujeres". En un recodo del remanso; debajo de un tupido dosel de cañabravas, hallábase el multicolor grupo de niñas y mujeres, en cueros las primeras, con el fino y empapado camisón ceñido al cuerpo, las mayores. En aquel momento no se veía a Petra, oculta por el tronquerío de las cañas; pero en cambio la vista era completa sobre Rosa, que estaba de espaldas, con la negra cabellera suelta, la mojada tela de la camisa ceñidita a las caderas y las rotundas piernas hundidas en el agua, sólo hasta las rodillas. El hombre apenas respiraba. Todo su ser estaba concentrado en los ojos; que voraces seguían todos los movimientos de la joven blanca, semidesnuda y afanada en un minucioso, prolongado aseo de todo su cuerpo. El muchachón estaba al lado del hombre, inmóvil, indeciso en sus pensamientos, a la vez medroso, abochornado e indignado. Miraba, sin ver, lo que hacían y mostraban las niñas y las mujeres, confiadamente entregadas a su baño de égloga. Toda su alma estaba puesta en el ardiente deseo de que su novia no se moviese del macizo de bambúes, protector de aquellas purísimas formas, aún vírgenes de miradas de hombre. Y eso que Robertico, ávido de que no se perdiese un paso, un esguince, la más breve *pose* erótica de cualquiera de las bañistas, estremecido de lujuria, en pleno goce de aquel insólito y por siempre recordable momento sensual, no cesaba de decir, secreteante, afanoso:

—¡Ahora! ¡Mira! ¡Fíjate en la negrita! ¡Y cómo está Rosa!

Y luego, con los ojos hambrientamente clavados en los troncos de las cañas:

—¡Quieto, muchacho! ¡Espérate! Que creo que ahora viene la mulata.

Juan quedó sin respiración. Pero, no. Petra, como si presintiese el peligro de la espiación, de la sorpresa, no salía de su escondite. Entonces Robertico, mirando a Juan con aquella expresión de agresivo cinismo, de lujuria incontenible, exigente de rápido, bestial desahogo, con que ya le mirara en tardes anteriores, le dijo de repente:

—¿Tú no sabes hacer una cosa que hace la caña?

—¿Cómo? ¿Qué dice usted?

—Sí. Mira. La caña... hace güin. ¿No? Hace... ¿qué te diré?... sombra. Y hace paja.[1]

—¿Eh? —volvió a interrogar Juan, casi sin aliento ya—. ¿Qué dice usted?

—Lo que has oído. ¿Quieres? Para aprovechar eso.

E hizo ademán de señalar para el perturbador grupo de las hembras desnudas y semi desnudas.

Pero nada más que el ademán hizo; porque Juan cortó en seco, agresivo, brutalizado, ya con la intención puesta en el cuchillo que llevaba a la cintura:

—Busque a su hija Nena, si la necesita —le replicó bien claro, sin dejar sitio a la menor duda, sin el menor temblor en la voz.

Pero...

—¿Qué dices, perro? —rugió Robertico, a la vez que se incorporaba con dificultad; porque instintivamente quería hacerlo ya con la escopeta en la mano y el índice en el gatillo.

Juan, después de vacilar un instante, echó a correr, en zig zag, estrepitosamente, partiendo bejucos y ramajes, desgarrándose con ellos las ropas y la piel, en un descenso loco, desesperado, en pleno pánico, del pedregoso monte.

Había sonado un disparo, seguido de los gritos de sorpresa y espanto de las mujeres. Sonó otro fogonazo que acabó de ponerlas en escandalosa fuga, vistiéndose aturdidas, con piezas mojadas y secas al mismo tiempo.

---

[1] *hace paja*   frase de doble sentido. Usada como transitivo por "masturbar (se)".

Un segundo después de su acto primo, Robertico estaba arrepentidísimo. Corrió en la dirección seguida por el fugitivo, anhelando con todo su ser no encontrarle en tierra; no hallar rastro de sangre; no tener que orientarse por los lamentos del jovenzuelo, cribado a perdigones y retorciéndose en la maleza, con las manos apretadas sobre una bárbara herida. Cuando vio que no le encontraba, y comenzó a creer que saliera ileso, tuvo verdaderas ansias de poderle encontrar antes de su regreso a la casa, o antes de que se determinase a huir de la finca. ¡Horror! Una causa por homicidio frustrado. Peligrosísimas explicaciones con Rómulo. Sobre todo, el lío en la quinta. ¡Su mujer!

Corriendo llegó a las ruinas. Situóse en un sitio desde donde dominaba el batey con la vista, y todas las entradas de la casa. Estaba dispuesto a cortarle el camino al muchacho, y proponerle el pacto de callar ambos el lance, perdonándose y defendiéndose de Rómulo mutuamente. Después acabaría de conquistarle a fuerza de obsequios. Hasta un paseo a La Habana, ¡qué caramba!

Eso pensaba, jadeante, nerviosísimo, recatado tras un arbusto, cuando vió a Juan a dos metros de distancia, también oculto, espantado, sudoroso, avizorado el batey y todos sus trillos afluentes.

Le llamó el otro, conteniéndole en el primer impulso de emprender nueva y delirante carrera por las maniguas cercanas.

—¡Psch! ¡No corras! ¡Nada te hago! ¡Palabra! ¡Palabra! Al contrario. Oye. ¿Te hice daño?

—Se contuvo Juan. Dijo que sólo había sufrido en la piel y la ropa: unos arañazos. Robertico, acercándose, le ratificó su palabra de honor de no engañarle, y en seguida expuso sus conciliadoras intenciones. De aquello, primeramente, no había que decir una palabra. A nadie. El había sido, lo reconocía, un cínico, un animal; pero no era preciso hablar más del asunto. Además, también Juan le había contestado fuerte. Estaban en paz. Y lo dicho: nada, ni a nadie. Entonces, ni nunca. ¿No era eso?

—Así.

—Pues, andando. Tú por un lado, y yo por otro. Para explicar lo de los tiros, el sofocón y la ripiera de ropas, diremos que estábamos cazando, y hemos venido por haber oído la gritería de las mujeres al meterle dos tiros a un venado. Corriéndole detrás, con los perros, te arañaste y rompiste la ropa. ¿Eh?

—Sí. Meno lo del venao, porque metemo la pata. Nadien ha visto venaos por aquí nunca. Y ese mulato es muy fiera. No crea que se va a tragar la pírdora, así, tan fácilmente. ¡Si se ha olío de la posa!...

XXV

Bien calculó Juan. Rómulo no se mostraba muy satisfecho con la explicación dada por Robertico y el muchacho, de aquel suceso que ya era la comidilla en casas y bohíos de *Los Mameyes,* y que amenazaba convertirse en perdurable tema de guajira charla. ¿Desgarrarse así, Juan, las ropas y el pellejo, corriendo detrás de palomas heridas? Y los perros, ¿qué papel pintaban entonces? Además: ¿Palomas a las nueve de la mañana, y allí, sobre la "poza de las mujeres", precisamente? ¡Bueno! Lo decía el hijo del amo... Pero, así y todo, el mulato había exclamado, con doble intención, socarronamente:

—Yo creo que a usté, mi amigo, entretenío con otras cosas, se le ha dío el tiro por la culata...

Con tal actitud de recelo en Rómulo, y la natural inseguridad en cuanto a lo que pudiera descubrir Juan, si el mulato le apretaba en una formal averiguación, Robertico decidió tomar el tren que al caer la tarde pasaba por Minas, rumbo a La Habana. Le acompañaron hasta el ferrocarril, Rómulo y Antonio. Media hora antes de la partida, Robertico procuró tener un aparte con Juan para regalarle un centén, que quizás desde cuál año inmemorial llevaba como mascota en el monedero de dorada redecilla. Después, le prometió "el" viaje a la capital, al comienzo del tiempo muerto. Luego le hizo a Rómulo la indicación de que ya era hora de ponerle un "sueldecito" al pesador de caña, pues no iba a estar siempre como "hijo de familia". Y todavía, como si aún le pareciera corta tanta largueza, al echar encima de sí y de la cabalgadura sus arreos de caza, con voz y pulso firmes, se desprendió del *Smith and Wetson*, calibre 38, con su cinto repleto de balas, entregándoselos a Juan.

—Toma. Te regalo esto, porque voy a comprar uno más moderno en La Habana.

Los circunstantes: Rómulo, Don Fidel y Antonio, enrojecieron de maldad; Juan, de no sabía qué. Y Robertico tuvo que insistir, con forzada naturalidad y hasta como ofendido por la general sorpresa, para que el jovenzuelo aceptase el rumboso, el embarazoso presente. El presente quedó desairadamente colgado de la diestra del guajirito; hasta la partida, un tanto fría y silenciosa, de los tres jinetes.

Como José se largó corriendo a la otra casa a dar la estupenda noticia del estupendo regalo, y como las mujeres le tenían miedo al revólver, Juan pudo quedarse solo un momento: el momento preciso para meterse en el "cuarto de los varones" a guardar el arma y sus municiones en el baúl, debajo de la ropa, y en el bolsillo de un viejo pantalón, el centén. Eran cinco duros, que podían ser salvadores en cualquiera de los momentos de apuro que, dada la atmósfera reinante, vislumbraba el muchacho por todas partes. El era persona precavida y reservada. Y de la existencia de ese centén en su poder, sabía menos gente que la que estaba, enterada de la existencia de su tesoro de cartas de Nena; porque esto era sabido de Pepín, y lo de la moneda de oro sólo sabíalo él en *Los Mameyes*.

Ansiosos como estaban de comunicarse sus impresiones y de conocer bien el terreno donde pisaban desde la hora de los fogonazos y el correcorre, Petra y Juan aprovecharon el primer momento propicio para verse a solas. Fue al anochecer, cuando Rómulo y Antonio se hallaban lo más lejos posible; José, en casa de Don Fidel, y Caridad pelando plátanos y calabaza para la comida, insólitamente tarde, de aquel ajetreadísimo día. De pretexto sirvió el socorridísimo de la búsqueda de nidales, a que da siempre lugar la primitiva avicultura del guajiro.

Apenas los dos enamorados se vieron solos, ocultos por medio kilómetro de frondas ya envueltas en sombras crepusculares, Juan contó, vehementísimo, todo lo ocurrido: cómo supuso él, desde temprano, que Robertico intentaba aquella mañana esconderse en el montoncito para ver encorarse y bañarse a las mujeres; cómo él, Juan, quiso advertírselo a ella, inútilmente; cómo salió después, resuelto a tropezarse con aquel "castrón", sorprenderle en flagrante delito de acecho y malograrle así tan indigno propósito:

—Sobre to, por ti.

Y tras de decirle esto a la novia, mirándola rendidamente en el fondo de los voluptuosos ojazos, acabó por referirle, con rediviva emoción de la realidad, a todo criollo graficismo, lo ocurrido después de la sorpresa. Estuvo, sobre todo, elocuente, al relatar el momento en que él le soltó al sinvergüenza, lo de que buscase a su hija Nena, para aquello por él, por Juan, ahora aludido con vergonzosos rodeos, y más elocuente al explicar cómo no pudo hacerle cara al que tenía una escopeta cargada y, por las pruebas, la inten- ción de usarla eficazmente. Luego, aunque con penosos am- bages, pasó por la reconciliación, rápida, inmediata, de Robertico y él; callándose, humanamente, la ansiedad con que él aceptó el pacto de ocultación de lo ocurrido. Lo del revólver, lo explicó como un regalo al viejo amigo, al ex morador de la quinta del Cerro. Lo del centén también se lo tragó, por su consabida desconfianza; como por lo mismo, por temor a los celos y al despecho retrospectivos de la enamorada, le ocultaba pétrea, herméticamente, el secreto de Nena.

Con el ánimo en suspenso oyó Petra el esperado y emo- cionante relato de Juan. Con toda la seria importancia de la narración, y a pesar de la agitación del narrador, éste no pudo olvidar su perenne afán de asir las incitantes carnes de la novia. Apenas dijo lo último del interesantísimo cuen- to, extendió sus manos, aún tremantes por la excitación mental y física del vehemente discurso, hacia las manos frías y nerviosas de la emocionada. Por primera vez ella se las entregó sin lucha, sin intermitencias, largamente, con- fiadamente. Hallábanse de pie y de frente, separados sólo por el espacio que los brazos necesitaban para caer, en co- lumpios, entre ambos, y unidos por el poderoso imán de sus ojos, brillantes, en mutuo mirarse, fijo y penetrante. Sin hablarse; sin soltar él las manos inertes que nerviosas apretaban las suyas, se atrevió enlazarla por el talle. Des- pués atrajo el pecho núbil, estremecido de pasión; los grue- sos labios, temblones y entreabiertos, hacia los ávidos y lujuriosos de él. E impulsada por una mezcla de piedad y admiración al héroe del conmovedor suceso, rindió ella, no

ya sus ansiadísimos labios, sino toda la tibia y húmeda flor
de su boca entreabierta, al primer beso amoroso, pleno e
interminable, de la vida de ambos.

Regresaron muy juntos, estorbándose al andar, hasta muy
cerca de la casa, que ya tenía resplandores de fragua en la
cocina y amarilla claridad de petróleo en las puertas y
ventanas delánteras. Regresaron, él ya embriagado, deslumbrado, perturbadísimo, por aquel su primer asomo a los
reales caminos del amor; ella maternalmente conmovida,
acariciándole los lugares cercanos a los desgarros de la piel,
en las manos, en el pecho, en todas las partes que más
expuestas estuvieron a los alfilerazos de la manigua, en la
desesperada carrera de la mañana. Regresaron sin pensar en
la mentira que debía excusar tan inútil demora. Por lo
ambagiosos que estuvieron, y por algo de temor, de inquietud, que les dejó en la voz y en el semblante la emoción
de la inolvidable cita, Caridad sintió cruzar por sus vías
cerebrales, duras y angostas, la primera sospecha de aquel
enredo amoroso que el tiempo y las cosas apretaban cada
día más, naturalmente.

Tardaron tanto Rómulo y Antonio, que Caridad decidió
guardarles la comida y comer con los demás.

Tan pronto como engulló lo suyo, Juan fué a reunirse
con Pepín. No quería que Caridad le notase el forzado
propósito de no mirar a Petra, y además tenía necesidad de
mantener el "cuento" de lo ocurrido en la mañana. El hijo
de Don Fidel salió al encuentro de su inseparable amigo al
medio batey. El batey estaba tenuemente iluminado
por el fino arco de una luna nueva y por miriadas de estrellas esparcidas por todo el cielo, limpio, azulado, profundísimo. Los dos amigos se internaron un tanto en las ruinas,
y allí, sentados, encaramados sobre uno de los viejos tachos,
repletos de tierra y revestidos de yerba, hablaron.

Lo hicieron con deseos e interés tales, que no obstante haber parado mientes en los ladrillos, que en crescendo, fueron anunciando la proximidad de Rómulo y Antonio por el camino de Minas, olvidaron después el momento en que padre e hijo debieron llegar, y acaso molestarse el primero por no hallar al huérfano a la puerta de la casa, listo para hacerle el debido recibimiento, quitarle de las manos las riendas y desensillar las cabalgaduras.

Cuando más entusiasmados, filosóficos, estaban Juan y Pepín, oyeron la voz de Rómulo, que estentórea llamaba:

—¡Juan! ¡Juan!

—¡Voy! ¡Ya voy! —contestó el muchachón, también a gritos.

Y saltó del tacho, para salir rápido de allí, mientras su amigo le decía, apuradísimo:

—¡Corre! ¡Corre!

E inmediatamente, uniendo sus gritos a los del otro:

—¡Va! ¡Allá vaaa!

Apenas estuvo Juan en el claro del batey, vio a Rómulo de pie en el portal, con el marco débilmente iluminado detrás, y más adentro de la casa las figuras de Antonio, Caridad, José, acaso Petra; agitadas y agrupadas.

Ya cuando estuvo más cerca el asustado adolescente, se adelantó hacia él, recto y rápido, el infando mestizo, en tanto que su mujer, con cierta precipitación de ansiedad o de angustia en la voz, le contenía:

—¡Espérate, hombre! Come, primero, y arregla eso dispué.

E insolentado él, la replicaba:

—¡Sa! Tú no tiene que metete en ná. Pa drento! ¡Tos pa drento!

Y encarándose con Juan, los brazos en jarra, la cabeza ladeada y los párpados entornados zafiamente:

—¡A vel! ¿Aonde tiene la mielda e pistolita esa?

—Allá dentro; en el baúl.

—Pos tráela. Pégatela en la cintura si quiere. Que aquí te espero.

—Pero Don Rómulo...

—¡Ná! ¡Sió! Trae er revorvito.

Y el infeliz muchacho, presa del mayor de los miedos, aunque en verdad combinado con la mayor de las indignaciones, entró en la casa a buscar el revólver, sin atreverse a decir una palabra más, de protesta o de súplica; sin que nadie más osara hacerlo.

Volvió con el revólver y el cinturón lleno de balas, colgándoles de la diestra en la actitud menos guerrera posible. Los demás quedaron en la "sala", expectantes, asustadísimos, sin respirar casi.

Apenas llegó a donde le esperaba el enfierado amo de la casa, éste le dijo, a la vez que con la mano izquierda se apoderaba del revólver y las balas y con la diestra asía fuertemente, colgantemente, su propia faja de cuero, de cuatro dedos de ancho:

—¡A vé! ¡Desgrasiao! Tira con eso, o dámelo acá.

Y en tanto el verdaderamente desgraciado jovenzuelo, le extendía el arma y sus municiones, presuroso, tembloroso, torcido ya ante la inminencia de los fajazos, continuó, progresivamente soez y amenazador:

—¡Vamo! ¿Qué hacían tú y el mamalón ese eta mañana? ¿Agüeitando a la mujere encuera, no?

—No. Don Rómulo...

Pero "Don" Rómulo no le dejó explicarse. No lo quería, y cayó sobre el moral y materialmente inerme huérfano, a improperios y cintarazos:

—Ese revorve e pa mí. Lo chicharrone de la gente rica, no deben tené arma. ¡Malagradecío! ¡Hijo e casa cuna! ¡Canalla!

No hizo, no pudo hacer Juan más que endurecer el cuerpo y torcerse a cada bárbaro correazo, que pronto fueron sustituídos por trompadas, a dos manos, a todo vuelo de los brazos furiosos, como de hombre a hombre.

Una de las trompadas al fin alcanzó a Juan entre ceja y oreja. Saltó la sangre. El muchacho sintió un fuerte zumbido dentro del cráneo, a la vez que se le nublaba la vista y el cuerpo le giraba, para caer. Se llevó ambas manos a la frente. Y no cayó; porque aquel salvaje enfurecido, repentinamente asustado de lo lejos a que llegara en su bárbara acometida, le retuvo de pie, mientras rezongaba, fingiendo inarrepentimiento, ratificación de su autoridad y fiereza; resoplante, agitadísimo:

—¡Vamo, hombre! Ete revorve va a sé tuyo po e forro. ¿Te ha convencío? ¡Vaya, vaya! ¡Regalo...! ¡Como que lo negro somo bobo! ¡Bah! Anda pa casa!

Obedece Juan, sin soltar aún la primera lágrima; sin siquiera llevarse las manos a los sitios más bárbaramente marcados por la faja. Poniéndose ésta, y siempre resoplando, como si aún culpase al otro por el disgusto, le sigue Rómulo. Pasan por delante de los otros, que no chistan, ni siquiera levantan los ojos del suelo para un rápido vistazo a la víctima, que pasa rectilínea, seria, firme, muda. Si Petra hubiese levantado la vista, habríansela visto empañada por las lágrimas. Caridad y sus hijos seguían con el corazón desbocado de miedo y de impotente lástima.

El hotentote redivivo; el que tan bestial salto atrás acababa de dar, no quiso comer. Después el hijo aclaró, que lo habían hecho en "la" fonda de Minas. Juan, a oscuras, sin quitarse más que los zapatos; sin pasarse por las magulladas y partidas carnes, siquiera fuese un paño con agua, se tendió cuan largo era en el casi desnudo catre; deseoso de estar solo, de que nadie le viniese a preguntar la menor cosa; gozando casi con el ardor de los golpes, y con el odio y la rabia y las ansias de venganza que le hinchaban el pecho, hasta el ahogo.

Para que ni aun los muchachos, sus compañeros de cuarto, quisieran curarle, consolarle, interrogarle, se dispuso a hacerse el dormido cuando, más tarde, les sintiese llegar. Así, ocultó la mancha sangrienta de la sien, volviéndose de lado, después de poner entre aquélla y la leprosa almohada, un viejo trapo cualquiera. Y sin quererlo se durmió de veras, vencido por el natural aplanamiento en que repentina e invenciblemente cayeran sus nervios, después de las grandes y reiteradas sacudidas de tan insólito día de brutales emociones y sensaciones.

No le despertaron los otros. Despertó solo, por el ardor de una cortada que tenía en la espinilla derecha; cortada que se había hecho con una hoja de guinea, en la carrera de la mañana, y que luego le lastimara uno de los correazos, al que le hurtara, doblándose, la parte superior del cuerpo. Despertó poco después de la media noche, cuando dejaban de ladrar los perros de todas las cercanías, y comenzaban las clarinadas de los gallos, de casa a casa, de batey a batey. Tenía mucha sed, y la piel reseca, ardiente. Tenía fiebre. Estuvo un buen rato dudando si se levantaba para ir, por la oscuridad, descalzo, a tomar agua. Porque ¿si despertaba el mulato, y de pronto le suponía otras intenciones? Al fin pudo más el temor, la exigencia física y la resignación del que desde temprano sabe que todo ha de hacérselo, y a mucho ha de exponerse en la vida. ¡Si fuera Antonio, o José, el febril! Pero era él, el huérfano. ¿No le habían dejado acostarse sin ver si tenía alguna herida o golpe im-

portante, y menos aún, sin atenuarle en lo más mínimo la
injuria y la iniquidad de aquella feroz mano de correa, con
una sola pregunta misericorde? Con estas dolorosas especulaciones, y tremando de miedo y calentura fue al comedor
y tragó ávido media alcarraza de agua. Con aquel doloroso
meditar quedóse después en el catre, inmóvil, silencioso, ya
definitivamente desvelado. Calmosamente respiraban sus
compañeros de habitación, y roncaba, allá lejos, aquel "negro' 'abusador y sinvergüenza. En su odio —desquite de lo
que había dejado de enconarse y revolverse impotente después de la innoble azotaina— olvidó a la misma Petra, que
acaso a tal hora también velaba angustiada, adolorida, con
el cerebro estallante de terribles ideas. Sí; bien abusador y
sinvergüenza era aquel mulato. Se había enfurecido por su
sospecha de que habían visto desnuda, no a la mujer, sino
a la cuñada. Después llevó tan inmoral indignación al más
descarado egoísmo: a quedarse con el revólver y el cinturón
repleto de balas, so pretexto de rabia. ¡Claro! Como el des-
pojado no podía quejarse del despojo, escribiéndoselo al de
La Habana; al otro canalla. ¡Lástima que su impotencia de
huérfano, aún muy tierno, le impidiese desafiarles a todos,
a plena dignidad, de hombre a hombres, valientemente,
sabrosamente, hasta saciarse! Y así, excitado por el recuerdo
de la iniquidad sufrida; recuerdo surgido en un momento
de febril exaltación cerebral, tuvo Juan Cabrera sus primeras horas de rebelde y enconado análisis de su destino de
ser no ligado al destino de otros seres; de cero humano,
cuya existencia, y suerte y meta en la tierra, éranles indiferentes a toda la sociedad, a todo el mundo conocido y desconocido. El era el débil, el infeliz, y por tanto se le podía
apalear, si osaba esconderse en la manigua para ver a las
mujeres desnudas. Eso sólo podía hacerlo impunemente un
poderoso como Rómulo, o un hijo de casa rica, como el

canalla de Robertico; que sí se creyó con derecho a proponerle una porquería, una infamia, cuando se excitó con el
grupo de hembras en cueros. En cambio a él, al huérfano,
le arrojaron de la quinta, por haber intentado algo mucho
más natural, más moralmente recto, con Nena; que además
se insinuaba, se prestaba, con el muchacho educado en la
calle y en la "bodega". ¡Y aquel mismo Domingo, tan bueno casi siempre, y que, sin embargo, en un momento de
cólera y más que de cólera, de exaltado egoísmo familiar,
había propuesto, como un mal menor, pero mal de todas
maneras, que le metieran allí, en el feudo de *Los Mameyes*,
bajo la férula, salvaje e irresponsable, de un animal con ropas! ¡Y la vieja santurrona, tan lista siempre para golpear
carnes de hijo ajeno! ¡Ah! Pero acaso alguna vez le llegaría
su turno. Pensó en los cinco duros que guardaba en el baúl.
Recordó que conocía los caminos, para desaparecer cualquier
momento en La Habana. Al recordarlo, tuvo un instante en
la mente, la figura y la barriada, plebeyísimas, de Julián, su
antiguo camarada mestizo. Tuvo también en el cerebro,
momentáneamente, fruitivamente, aquel rincón de su baúl,
en que avaro y a toda mala intención, guardaba su tesoro
de cartas de Nena. Y luego, profundamente se hizo el primer propósito, a conciencia, claro y firme, de toda su vida:
el propósito de prepararse, de disponerse, de propiciar todas
las ocasiones para largarse de *Los Mameyes*, para odiar sin
intermitencias, mientras tanto, al inicuo mulato; para defenderse en la vida, ya, a partir de aquel abuso, contra todos
los demás; con toda clase de armas, materiales e inmateriales, de llevar al cinto o en la mente mal intencionada, y a
costa de todas las consecuencias imaginables.

Hizo luz Rómulo para levantarse, y Juan, otra vez sediento, fue al comedor, a vaciarse en las resecas fauces de
febricitante la media alcarraza de agua que antes le sobrara.

—¿Aonde va tú, tan madrugador? —le interrogó el pardo, al salirle al encuentro—. Tiene maquinao algo pa hoy también?

—Lo que tengo e calentura.

—¡Calentura! —gruñó entre rezongón, todavía, y paternalmente amainado—. ¡Calentura! ¡Sinvergüensura e lo que tú tiene! Anda, acuétate, y cuando aclare, lávate, quítate toas esas costras de churre y de jesuíta.

Las "sinvergüensuras" eran los golpes, arañazos e hinchazones, que Juan mostraba por todas partes. Juan obedeció. El nuevo atracón de agua hizo que la fiebre brotase en copioso sudor y que el febricitante se rindiese en un profundo sueño de narcotizado.

Le despertó Caridad al pasarle una mano por la frente, para tomarle la temperatura, a la vez que le presentaba una humeante taza de café con leche, y le llamaba:

—¡Oye, Juan! ¿Qué tienes?

—Tenía calentura; pero creo que ya se me quitó.

Le dijo Caridad que aún estaba tibio. Le hizo tomar el alimento. Le autorizó para quedarse en el catre, diciéndole que Rómulo había salido a caballo, que Antonio andaba ya camino de Minas, como todos los días, y que José estaba en la "otra" casa, chismeando detalles de lo ocurrido seguramente.

El paso de Caridad por el cuarto, trajo a Juan, dulcemente, el recuerdo de Petra. La sentía trajinar por la "sala", mientras afuera triunfaba un esplendoroso sol de media mañana, y de sembrados y arboledas llegaban hasta la cerrada habitación, suaves perfumes de silvestres flores y penetrantes aromas de las tropicales frondas. Juan supuso a la joven triste, pesarosa y amedrentada, y se apenó a todo ánimo, y a todo pecho, se dolió de haberla olvidado, cuando en verdad la amaba, cuando era el suyo el único corazón hermano que tenía en la vida; cuando ahora mismo sentía revivir en todo su ser la embriaguez, la deleitosa sensación enloquecedora, que en él maravillosamente floreciera la noche anterior, al juntarse sus bocas en el primer beso, fuerte, voraz, interminable. Una impaciencia por verla; un vehementísimo deseo de volver a besarla, a palparla, mientras le murmurase su pasión, su fidelidad, su inquebrantable firmeza de hacerla suya, sustituyó al borrascoso razonar de la madrugada y a la anémica somnolencia de momentos antes.

El cuarto, en verdad, no estaba todo cerrado. Tenía entreabierta la puerta que daba al patio. Por ella pasó y en ella se detuvo cuantas veces le fue posible, Petra. El la llamaba, por señas, imperiosamente. Ella, con la mano extendida, en lo alto, le decía que le esperase.

No esperó en vano, ni mucho. Al primer momento en que Caridad se ausentó, arboleda adentro, Petra entró a preguntarle cosas, rápidamente, atropelladamente, al escarnecido, y él se incorporó para contestarle con igual precipitación, pero asiéndola, atrayéndola hacia sí, besándola, al propio tiempo que le decía:

—No es nada. No te apures. No te dejaré por nada. Y si tú quieres nos iremos. Nos iremos lejos. Muy lejos.

Y en un instante en que estuvieron callados, con los oídos vorazmente abiertos para percibir toda peligrosa proximidad y los labios pegados, frenéticamente, él, rápido, decidido, hundió la diestra en el tentador escote, hinchado por oleadas de emoción, para apoderarse de un pecho redondo, elástico, que tibiamente le llenaba la mano. E inmóvil, confiada y amorosa, le dejó hacer su gusto, porque todo empuja cuando estamos en el "plano inclinado", y como en el día anterior, el amor, la ternura femenina, cedió inerme, rendida por un poderoso, irrefrenable sentimiento de piedad ante el hombre querido, maltratado y sufriente.

Así pasaron dos días. La fiebre de Juan daba intermitencias, pero no desaparecía de una vez. Rómulo entraba en el cuarto, algunas, muy pocas veces, a seguir gruñendo paternales amenazas y condescendencias, al propio tiempo. Caridad se acercaba con alimentos y aromáticas infusiones de la guajira farmacopea. Antonio, José y Pepín, a charlar un rato. Petra una o dos veces por día, en momentos propicios, a dejarse asir, besar y atraer por el calenturiento.

En la tercera noche después de la recordable del gran "disgusto" de Rómulo, Juan, a media noche, despertó con un ardor y una comezón terribles, insoportables, en aquella cortada de la espinilla. No pudiendo soportarlos, callado, sin despertar a los demás, comenzó a quejarse, al principio, a gritar después, a medida que aumentaban unos como tremendos lancetazos en el interior de la cortada. Cada vez gritaba más y se revolvía desesperado, con la pierna suspendida en el aire, convulsa, presa de las dos manos engarfiadas por el dolor. Al fin se dieron por aludidos los demás. Acudió primero Rómulo. Después Caridad y Petra. Despertaron a Antonio y José, que se asustaron de ver la desencajada, lacrimosa cara del que noches atrás resistiera mudo y firme, una gran tanda de fajazos y trompadas.

Apenas Rómulo acercó un candil a la herida, enconadísima, exclamó convencido:

—Le ha caído queresa; bicho, y si no se lo matamo, no poemos dormí; ni él, ni naiden.

Mandó a Antonio a coger unas naranjas agrias; a Caridad y Petra a calentar una cazuela de agua, y él se fue a cortar y aguzar un gajo de guayabo.

Y momentos después curaron a Juan. Le curaron como a un ternero con gusanos; que, como diagnosticara Rómulo, gusanos tenía en la descuidada herida el muchacho. Antonio y José le sujetaron las piernas; Caridad el tronco y los brazos, por si no bastaban las afirmaciones de todos, de que si no era así, no podría dormir en toda la noche, el dolor le iría en aumento y lo mismo la horrible gusanera. Con la púa de guayabo, Rómulo, resueltamente, le extrajo algunos bichos y le abrió un tanto los bordes de la herida, en carne viva. En seguida la rellenó con raspaduras de cáscaras de naranja; la ciñó, bien fuerte, y con los demás se sentó a esperar el estupendo resultado de aquel violento tóxico de los gusanos. Rabió y gritó aún más Juan, con las mordidas que le daban los animaluchos, acosados por el veneno. Fue el del muchacho un verdadero paroxismo de dolor y desesperación, insoportable sin aquellas manifestaciones de sufrimiento, por mucho que éstas le avergonzasen en presencia de los demás, en presencia de Petra. De pronto el dolor comenzó a ceder rápidamente, y momentos después pudo Rómulo extraer la mezcla de zumo de corteza de naranja y de gusanos muertos. Luego raspó, con la púa, y a toda firmeza, entre gritos y sacudidas del sufriente, el quemado y sangrante interior de la herida; la lavó con agua tibia; la vendó, y luego se fueron todos a dormir el resto de la madrugada. Juan estuvo una, dos, tres horas despierto, con un dolor vivísimo en la herida, oyendo sólo el incesante ladrar de los perros, promovido por los desesperados gritos con que él mismo rasgara, siniestramente, el profundo silencio de los campos.

Tres días más tarde Juan estaba en pie. Llevaba el pantalón enrollado hasta más arriba de la herida y ésta envuelta en una venda percudida de tierra colorada. Tanto como con el vejamen que le infligiera Rómulo al golpearle abusivamente cuando ya casi era hombre, sufrió el infortunado jovenzuelo con las bromas fuertes, crudelísimas, bromas de guajirotes, con que aludíanle a la podre que cayérale en la herida:

—¡Muchacho! ¿Te cayó bicho en la tripa del ombligo? —le dijo Don Fidel cuando le vio por primera vez después del suceso.

Y el hijo mayor de Don Fidel, Julio:

—Sí. Como a un ternero mal parío y cagao de aura.

E igualmente los carreteros, cuando al reanudarse el corte de caña, apareció de los primeros, a la hora del café, bajo los mameyes, el hombre de la báscula:

—¡Cabayero! Ha llegao Queso e Roquefol.

—¡Hola! ¡Compadre! ¿Cómo e que uté e tan gallego que se deja caé bicho en log ñame?

Y cuando el choteado quiso defenderse con algunas boconadas para que le dejasen tranquilo, uno de los más prietos del grupo acabó de aplastarle con el ridículo, provocando una general explosión de carcajadas, al advertir cómicamente enseriado:

—¡Cuidao, señore! Que se calentó Gusanera.

Sólo Pepín, entre toda la gente de calzones de la finca, supo evadir alusiones a tan vergonzosa miseria, piadosamente.

Las mujeres sí supieron compadecer al que no tenía padre ni madre, y la compasión fue, como era naturalísimo, motivo de nuevas debilidades amorosas, de mayores concesiones imprudentísimas al cada día más exigente, más regustado, más enloquecido novio.

Tanto, que una tarde en que por distintos caminos y con diversos pretextos reuniéronse en un lejano y sombroso rincón de la cercana arboleda, accedió ella a realizar algo verdaderamente temerario, increíble, dadas las circunstancias en que desenvolvíanse las relaciones amorosas de ambos; algo que veníale él pidiendo sin cesar, angustiosamente, llorosamente, como sensual de cuerpo entero que era, cada vez que hallábanse juntos y solos. Ella dormía sola, en el cuarto que estaba entre el de Caridad y Rómulo y el de los varones. Desde aquella noche de la gritería por lo de los gusanos, él dormía en el cuarto próximo al de Antonio y José. La madrugada siguiente, cuando Rómulo llamase a Juan para que se levantase a pesar las primeras carretas llegadas poco después de la media noche, ella, que siempre despertábase con los mayoralescos gritos del cuñado, se levantaría descalza, y para siempre poder excusarse de haber tenido que "ir afuera", saldría al costado exterior de la casa, a un gran pedazo enyerbado que extendíase a lo largo del gris paredón, entre éste y los ramajosos guayabos que por allí cercaban la ex casa de vivienda. Todo le parecía fácil a él, y todo llegó a hacérselo creer hacedero, y no peligroso a ella. En la casa, por suerte, no había perros, y las gallinas dormían en los árboles del fondo. El guayabalito brindaba protectoras sombras y facilidades para zigzagueantes escapatorias. Por otra parte, si los pillaban ¿qué? Huirían de una vez. Como ya ambos sabían trabajar, se casaban o se amancebaban, y "a gozar mucho los dos junticos".

Sobre todo:

—Allí no vamo aser na malo. Por mi madre —juraba él, con los poderosos ojos suplicantes—. Sólo a besarno acostaos, bien pegaítos, en la yerba, mucho rato, como no podemos hacerlo aquí, con tanto apuro y tanto mieo.

Fue Petra. Pero fue sólo porque lo había prometido, y temía enojarle si dejábale defraudado. Fue completamente vestida y con el busto envuelto en una agujereada manta de prieto estambre. La esperaba él, tan temblón como ella, por el miedo de la arriesgadísima aventura y el penetrante frío de la madrugada de febrero. No llegaron a echarse en

la yerba, que estaba húmeda por el rocío. Constantemente
quedaban en suspenso, de espanto. En todo ruido del tenebroso guayabal, creían sentir el temible reptar de un majá,
la espantosa aproximación de algún perro, husmeante y
delator, o lo que pudiera ser aún más catastrófico: los sigi-
losos pasos de Rómulo. Más habían gozado en las vesper-
tinas escapatorias a la arboleda. Como que casi no estuvieron juntos diez minutos. Y después no volvió Juan a obtener la repetición, sino a costa de incesantes súplicas,
sabiamente mezcladas con terribles amenazas de novio en-
greído. Más tarde las obtuvo en lógico aumento. Aumento
de veces, de duración, de confianza en la impunidad, del
frenético trenzarse los cuerpos, tirados en las yerbas frías y
húmedas. Los juveniles cuerpos aún con las ropas en sus
sitios, pero ceñidísimas por la vehemencia del afanoso contacto.

Fue en aquel mismo mes de febrero: el día 14 de febrero
de 1895, que llegó a *Los Mameyes,* por medio de una carta
del día 12, *La Lucha* del 13 y un detallado relato del Jefe
de Estación de Minas a Antonio, el propio 14, la más estupenda y trascendental noticia. El 12 por la noche había
muerto Don Roberto. Según el conductor que contáraselo
al Jefe de Estación, y que vivía por la Ciénaga, Don Roberto había muerto en su ley. Cenó ropavieja al salir de *La
Caridad,* a las doce de la noche; se fue a casa de la barragana de la Calzada, a la una, y dos horas después le llevaban en un catre, en cuatro hombros, para la quinta familiar. Era plebeya fábula, corriente por el Cerro, que, por
muchas horas, un férreo priapismo habíase opuesto, tenaz
e irreverente, a que fuese tapado el señorial ataúd. La carta
era de Adolfo, quien al dar la gran noticia, anunciábale a
Rómulo que próximamente vendría a imponerse de los
asuntos de la finca, en cuyo manejo debía el mayoral intro-

ducir nuevas, inverosímiles economías. *La Lucha* dedicaba a la muerte de Don Roberto una de esas notas sociales extensas, ditirámbicas, ultracursis, con que aún hoy continúa, excepcionalmente entregado al ridículo, el periodismo cubano. Don Roberto no había sido bueno ni malo. Muchas de sus maldades eran hijas de las costumbres de su época y de su medio ambiente. Pero el cronista de *La Lucha*, que no pudo ensalzar las más verídicas bondades del aristócrata, que eran su ideal patriótico y su ejecutoria separatista, echó mano a la paleta de los lugares comunes más encomiásticos y también más insinceros, para atiborrar la columna orlada de negro dedicada al "connotado" señor, con el más perfecto retrato del más perfecto hombre de bien: moral, correcto, bondadoso, caritativo, modelo de esposos, paradigma de caballeros cristianos y espejo de padres de familia.

Temblores, por dolorosos recuerdos y profunda indignación, tuvo Juan, en la voz, al leerle tanta mentira social, al corro formado por los otros moradores de la casa, consternados por aquella lectura emocionada, del huérfano. Al propio Rómulo se le abrillantaron de lágrimas los ojos y le vibró doliente la voz, al referirse al jefe muerto, cuando Juan concluyó de leer. Jefe de Rómulo había sido en la Guerra Grande Don Roberto:

—¡Dende entonse era como mi padre! ¡Er probe! ¡Cualquiel día le sigo er rastro!

A Caridad, por eso del "padre", también se le humedecieron los ojos, pero sólo momentáneamente; porque en seguida rezongó por allá, por la cocina, refiriéndose a Rosa y Doña Cándida.

—Bueno. Que le den la noticia a la do viuda, pá que preparen e luto.

Fueron los varones a darles la noticia. Juan andaba el último, y mientras cruzaron el batey, el muchacho, instintivamente pensó que, sinvergüenza y todo, aquel viejo le unía al pasado: era algo más o menos remoto e impreciso que le quedaba en la vida. Pero pronto reaccionó: también instintivamente buscó otro punto de contacto con su vida anterior, otra vaga esperanza de asidero para cualquier necesidad del porvenir, y pensó en Adolfo: el más leal, justo y sincero de los hijos del viejo muerto.

En la "otra" casa la noticia causó, primero, el natural estupor. Después, Don Fidel, asustadísimo por lo que pudiérale ocurrir en lo económico, corrió al encuentro de Rómulo. Doña Cándida, lánguidamente se desmadejó en un sillón. Rosa se fue a una piedra del fondo de la casa, a llorar al gran egoísta, al desaprensivo sembrador y esparcidor de hijos anónimos, que acaso le dejaba ya uno en germen, en aquella leve comba del juvenil vientre, sobre la cual iba ella entonces goteando su llanto, lento y silencioso.

Amontonáronse entonces las horas de grandes emociones en la finca.

Cuatro días después de la muerte de Don Roberto, cundió la noticia de hallarse por aquellos alrededores el famoso bandido Manuel García, "Rey de los campos de Cuba", con su audaz partida. Nadie aventurábase solo por los caminos. Casas y bohíos, quedábanse cerrados y a oscuras en cuanto entraba la noche. La noche poblábase de incesantes ladridos, de los perros de todos los contornos, a las parejas de guardias civiles, que sigilosamente marchaban a madrugar en caminos y guardarrayas propicios a la emboscada. Los guardias civiles asomaban de día por todos los rumbos, en grandes grupos, con la carabina en guardia, los uniformes remendados, y caídos sobre los cogotes rojos del sol, los grises sombrerones escarapelados. Rómulo desenterró de quizás qué rincón, un herrumbroso *Springfield*, que acompañárale en la de los Diez Años, y lo puso al alcance de Antonio, detrás de la infranqueable puerta del mayoral. Y como mayoral, inmunemente colgóse a la cintura el magnífico revólver que muy egoísta le quitara a Juan, con su amarilla ringlera de balas centelleantes.

Mier·tras anduviese por allí Manuel García, le estaba vedado a Alfonso venir a la finca, so pena de un incómodo, y nada deseable encuentro con el bandido. Murió éste, en Ceiba Mocha, la noche del 23; pero tampoco pudo pensar en el viaje el heredero, porque el 24 era enorme la inquietud en todo el país, con el simultáneo levantamiento de los caudillos separatistas de Oriente, y de Juan Gualberto Gómez y López Coloma[1] en Ibarra, provincia de Matanzas. Riesgoso le hubiera sido al hijo del insurrecto salir de La Habana, en tren que partiera rumbo a aquella provincia, y más aún andar cabalgando por trillos y caminos, con el armado mulato a la vera.

El mulato y el catalán de la tiendecita fueron los más excitados con los acontecimientos; y si Rómulo hubiese estado conspirando, acaso hubiera tenido a su lado, desde el primer momento, para tomar las armas libertadoras, a aquel conterránco de José Miró, el Director de *El Liberal*, de Manzanillo, que acababa de pronunciarse en la comarca de los Céspedes y los Masó.[2] Rómulo echaba grandes parrafadas secretas con el tendero. Ambos les ponían "cara de malos", a los guardias civiles, que entonces correteaban incesantemente los caballos por atajos, veredas y caminos reales. Y al propio Don Fidel, que fuera guerrillero[3] español en la del 68. Las mujeres estaban alarmadísimas, con las posibles consecuencias de la Guerra en los hogares. Petra, hondamente enamorada; en esos días del noviazgo en que todo el Universo se concentra en el amor, hallábase, sobre

[1] *Juan Gualberto Gómez y López Coloma* El patriota cubano (1854-1933) - amigo de Martí - y su ayudante fusilado en 1896.
[2] *comarca de los Céspedes y los Masó* Oriente. De Carlos Manuel (1819-1875) - Padre de la Patria - y Bartolomé (1830-1907), Mayor General.
[3] *guerrillero* se le decía despectivamente a los civiles que tomaron las armas contra la Independencia de Cuba.

todas, asustadísima, presagiando terribles sucesos, que habrían de separarla del inseparable.

La noticia del desembarco de los Maceo[1] (en recuerdo del cual bautizara Rómulo a sus hijos con los nombres de Antonio y José), fue para el mulato el motivo de exaltadísimo júbilo, y para Juan y Petra, de gran susto, primero; de enorme trascendencia después. Enumeraba el mayoral, en la nocturna tertulia casera, los incontables triunfos estratégicos de Antonio Maceo, "Coco del soldao", y las insólitas proezas de José, "Guapo como él solo", cuando, entusiasmado con sus patrióticos recuerdos e intenciones, decidió festejar la feliz llegada a los dominios de Cuba Libre, de los inolvidables caudillos orientales. Iba él a salir en la madrugada, camino de un lejano corte de caña, de donde regresaría a la hora del almuerzo. Para el almuerzo debía matar Antonio, antes de su cotidiano viaje a Minas, un hermoso lechón que ya comenzaba a cebarse, por allá, por la arboleda, entre las aves de la casa. Pero sucedió que Antonio se retrasó algo aquella mañana en el catre, y que por conducto de Caridad, y contra las protestas de ésta, dejó a Juan el encargo de darle la puñalada al cerdo, y ayudar a las mujeres a descuartizarlo. Caridad suponía que a Juan le faltaría valor para hundir el grande y ancho cuchillo de la cocina en el pecho del animalito condenado a muerte. Y suponía bien. Aun a costa de cualquiera consecuencia, el muchacho se negó obstinadamente a coger el arma que Caridad insistía en ponerle en las manos, advirtiéndole, a la vez, todos los peligros posibles, si "él", si Rómulo, el amo, volvía a la casa y hallaba el puerco vivo o medio crudo. A sujetarlo se comprometía José. Petra, dispuesta a evitar una catástrofe y aun a riesgo de excitar las latentes sospechas de su hermana, ofrecíase al "cobarde" para ayudarle en la cruenta faena.

---

[1] *los Maceo* Antonio (1845-1896). Patriota y Jefe importante de la Guerra de los Diez Años. Héroe de la invasión de Oriente a Occidente en 1896. Su hermano José también luchó y murió el mismo año.

—Vamo —le decía—. Y si no podemo con una puñalá, le damo veinte.

Pero Juan, terco. El, por ninguna consideración le daba una cuchillada a un animal a sangre fría. No era aún bastante guajiro para aquello, y acaso no seríalo nunca. Buscaría a Don Fidel, o a cualquier negro amigo del vecino rancherío, y si mientras tanto se pasaba el tiempo y aparecía Rómulo con impulsos violentos, ¿qué se le iba a hacer? Mas eso sí: él no estaba dispuesto, en esta vez ni en ninguna otra ya en lo sucesivo, a dejarse golpear fácilmente. Hallábase, por lo contrario, en propósito de defenderse, sucediera lo que sucediese. Al menos, estaba resuelto a irse. volviendo así a su verdadero modo de ser, abierto, decidido, refractario al abuso y la injusticia. Como había hecho con Cheché, y el día del cura abusador. Como hizo días antes, con un propio hijo de Don Roberto, ¡qué caray! En tanto lo pensaba, y cuando, al fin, un negro amigo, ya algo tarde descuartizaba el puerco, llegó Rómulo.

Enterarse el mulato de lo ocurrido, y dirigirse farfullando amenazas y denuestos, al fondo de la casa, en busca de una soga, todo fue uno. Juan, a su vez, se colocó en medio de la sala, midiendo alternativamente, con los ojos muy abiertos y muy inquietos, la distancia que le separaba del arranque del camino de Minas y el breve espacio a que hallábase de él el *Springfield*, recientemente cargado, y puesto, por Rómulo, detrás de la puerta. Y no miraba el oxidado fusil con sólo el arranque instintivo, indeciso, con que días atrás, en parecido momento, contemplara el flamante rifle de Robertico. Lo miraba a toda conciencia, con la fatalista resolución de acosado hijo del arroyo, que se sabe siempre en camino de la cárcel, el hospital o el despoblado. Pero todavía esta vez no estalló la tormenta en la casa, cargada de brutales pasiones. Rómulo no encontró a mano una so ga, una cincha o un palo. O no quiso encontrarlos, para que el caso no culminara en un disgusto de tal calibre, que le descompusiese la patriótica ahitera y el feliz ambiente casero. Este, con toda lógica, era ya pésimo, perturbadísimo con los ruegos, lágrimas y correcorres, con que Caridad, Petra y el propio negro verdugo del lechón, contribuyeron a que el suceso no pasara de un susto. Por más que el muchacho hubo de soportar, como mínimo mal soportable, como imprescindible desahogo del tirano vanamente disgustado un cuarto de hora de violentos, tartajosos calificativos: ¡Hembra! ¡Mamalón! ¡El "señó dotol"! ¡Y "entoavía" soñaba con llevar un "quimbo" a la cintura, el "so" marica! Juan no lloró la vez anterior, cuando Rómulo le flagelara y abofeteara por primera vez; pero esta vez destiló lágrimas lentas y silenciosas, mientras de pie, en un rincón oculto del vociferante mestizote, recibía sus abusivas injurias. Fueron las suyas, entonces, lágrimas de horror y de dolor: de horror por un próximo día de tragedia; de dolor, por el porvenir de sus amores; por el de su propia amada compañera. Ella le vio llorar, y fue así que aquel malhadado suceso, además de pasar a la memoria de ambos como susto enorme por siempre recordable, quedó en la historia de sus vidas como hecho de la más decisiva trascendencia. Por aquellas lágrimas; como supremo desagravio a tan hiriente ultraje; como piadoso consuelo que llegase más alto, que el sufrimiento del Amado, la joven mestiza, pura, natural, verdadera, profundamente enamorada, quiso, anheló consentir en entregarse a él, y en hacerlo en seguida, allanándole el camino; casi excitándole a la renovación del incesante ruego; a todo deseo de mujer enternecida: ¡El pobre!

Petra se entregó a él aquella misma noche, totalmente, sobre la yerba aún no mojada, plena de fuerte aroma campestre, como los pletóricos guayabales que ampararon el virgílico idilio. Las lágrimas que humedecieron sus apasionados ojos de criolla, brillaron al tenue resplandor del amplio y remoto cielo de los trópicos, tachonado de estrellas. También él, por vez primera gozó el amor enteramente, verdaderamente, gozó a la Mujer. Y fue así la iniciación amorosa de ambos, más pura, más natural, más humanamente feliz y verdadera, que la que realízase en la alcoba nupcial, a la hora largamente prefijada y previos los engaños, las astucias cinegéticas y las mercantiles estipulaciones del noviazgo civilizado. Fue la cópula inicial, libre, al modo primitivo, de dos seres jóvenes, completamente aptos para el amor, que por gradaciones no medidas, no estudiadas, suavemente, dulcemente, en una inesperada hora de instintivo delirio amoroso, llegan a la embriagadora plenitud del supremo abrazo.

Después; dado aquel atrevido salto, aturdidor, enloquecedor, siguieron los dos jóvenes gustando mutuamente imantados, los obsesionantes deleites sexuales, con todos los sustos, furores, y temeridades de los amores primerizos, rodeados de obstáculos y peligros.

Mientras tanto, acabábase la zafra azucarera, y llegaban desde La Habana, extraordinarias noticias: cartas de Adolfo, que marcaban el proceso de desmembración familiar, después de la caída del tronco paterno; diarios que reflejaban el curso del nuevo esfuerzo revolucionario realizado por una cortísima minoría de cubanos.

Fracasaron López Coloma y Juan Gualberto Gómez. Acudían los veteranos desde las poblaciones y desde la emigración. A su paso por campos y caseríos, surgía la leva, forzosa o voluntaria. Primero murió el cubano Crombet,[1] después el español Bosch. Un día la Revolución perdió a Martí,[2] y otro día el propio Martínez Campos[3] vio caer, a su lado, al General Santocildes.[4] Santocildes deja su nombre

[1] *Crombet,* Flor (1851-1895). Coronel de la Guerra Grande.
[2] *Martí,* José (1853-1895). Apóstol de la independencia de Cuba.
[3] *Martínez Campos,* Arsenio (1831-1900). General español derrotado por Antonio Maceo.
[4] *Santocildes* general español muerto en la batalla de "Peralejo".

unido a la primera acción importante ganada por los liber
tadores; Martí hace inmortal el nombre de un rincón de
manigua cubana, al morir en el primer encuentro ganado
por los españoles. Después de *Dos Ríos*[1] y *Peralejo*, toda la
serie de combates y operaciones que marcan el pujante desarrollo de la decisiva contienda. Y así van excitando a los
moradores de *Los Mameyes* y grabándose en su memoria,
entre sus anhelos, temores, esperanzas y propósitos, comunes
o divergentes, todos los nombres históricos: Bayamo, Las
Tunas, Máximo Gómez,[2] Goulet, Suárez Valdés, Jobito,
Nicolás Ferrer, Masó, Quintín Banderas,[3] Jiménez Sandoval,[4] Aguas Claras, Ramón de las Yaguas, Sao del Indio, la
Invasión.

Al encuentro de la Invasión, partió Domingo, el más
digno hijo del impenitente separatista Don Roberto. Partió
inadvertidamente para todos; sorprendiendo a su propia enlutada madre, que acaso hubiera sido moral obstáculo a la
patriótica partida, si no contara él con dejarla al amparo
de dos hermanos a quienes, con toda evidencia, no les tiraba el "monte". Y como al "monte" se fue el bondadoso hombre, no a ganar grados por méritos de procedencia, no a
domiciliarse, constantemente, en rancheríos, hospitales y
prefecturas, mientras otros sacaban del fuego las castañas
del porvenir; como tomó el camino de la Revolución, con
el sereno y consciente propósito de batirse con los españoles, hombro a hombro con el negro, con el guajiro más
humilde, murió prontamente, en uno de los gloriosos combates promovidos en Las Villas por la llegada, multiplicación y avance de las huestes invasoras. Murió Domingo, el
médico habanero, el socio "innato" de la *Sociedad Económica de Amigos del País*, con el encabritado caballo de
frente y cerca del enemigo, el humeante revólver empuñado en la blanca diestra de hombre de gabinete y en la voz

[1] *Dos Ríos*   acción donde murió Martí el 19 de mayo de 1895.
[2] *Máximo Gómez*   Generalísimo (1836-1905). Dominicano. De-
dicó su vida a la Independencia de Cuba.
[3] *Quintín Banderas*   Mayor General (1833-1906). Insurrecto
desde 1851.
[4] *Jiménez Sandoval*   Coronel español. Jefe de la columna
que abatió a Martí en Dos Ríos.

firme y serena, voz de mártir predestinado, frases de guerrero aliento. Como Adolfo del Castillo;[1] como Juan Bruno Zayas; como tantos otros que no supieron conservarse para ministros, senadores y presidentes de República.

Con la muerte de Domingo, precipitóse la disgregación de la familia. Doña Juanita, con los cardíacos levantamientos fofos del rostro, pronunciadísimos; los ojos en dolorosa, bovina resignación; exacerbada en su misticismo, hasta no perder ni los cubanófobos sermones de los enemigos del hijo muerto; en llorosa y medrosa unión de las hijas solteras, refugióse en la quinta del Vedado. La del Cerro fué alquilada. Robertico se llevó a la dulce Laura y los hijos a una de las casas dejadas por Don Roberto en la arrabaleña, entonces pobrísima barriada de la Víbora; casa de portales verde cotorra y colonial balconada inmensa. Los soportales daban acceso a la botica inópica, improvisada, despintada, con que Robertico quiso buscarse la vida, al amparo de su hasta' entonces casi olvidado título; mientras su mujer, resignadamente, se agujereaba los versallescos dedos zurciendo medias y calcetines, a la luz que filtraban las polvorientas persianas de los herrumbrosos balcones arrabaleños. Adolfo ocupó el piso bajo de la única casa que les quedaba por La Habana vieja, para instalarse en él con un bufete, a "esperar", y con su juego de cuarto desalojado de la quinta. En aquella disolución de un hogar cubano por los efectos de la enconada guerra civil, los ex esclavos, incapaces de lanzarse al mundo con sus propias fuerzas, o encariñados con los ex amos, se dividieron para seguir a la sombra de los gajos desprendidos del caído tronco familiar. Mercedes emigró con Doña Juanita y las "niñas", al Vedado. Candelaria fue a cargar con todo el rudo trabajo de los altos de *La Milagrosa*, la botica así bautizada, porque seguramente vivía de milagro. Goyo fue a sacudir libros hermé-

---

[1] *Adolfo del Castillo* (1864-1897) educador y patriota cubano muerto en La Habana luchando por la Independencia.

ticos y muebles sin empleo, al bufete de Adolfo. El Chino,
Romualdo y el congo jardinero, Ñango, fueron a caer quizás
en qué otra noria de sus vidas.

La situación llegó a hacerse insostenible en *Los Mameyes,* con la proximidad de la invasión. A la relativa tranquilidad dejada en los campos occidentales por el fracaso de
Juan Gualberto Gómez y López Coloma, sucedió un nuevo
período de sorda, pero trascendente inquietud en casas y
caminos. Por estos corrían, levantando densas y rojizas pol-
varedas, piquetes de guardias civiles y escuadrones de línea.
Cada día pasaban por la vía de los Unidos, uno o dos trenes repletos de gente uniformada, para intentar contener
el alúd insurrecto, que saltaba las férreas represas de Si-
guanea, Maltiempo y Coliseo. De la zafra no se había podido cobrar un centavo. Los frutos menores no hallaban
mercado en las poblaciones. Los lecheros no lograban reunirse con el dinero de sus clientes en La Habana. Comenzaba el hambre y extendíase la desnudez por caseríos y sitierías. Y entre los hombres, cada cual preparábase a enca-
rar los acontecimientos, de acuerdo con sus deseos e incli-
nándose, algo egoístamente olvidados de hijos y mujeres.
Don Fidel tenía ya su número en la lista de inscripciones
para formar la guerrilla de Jaruco. Rómulo hablaba de desaparecer de la casa un día antes del cruce de la vanguardia
invasora, para unirse a Maceo, sin riesgo de que antes car-
gasen con él españoles. A Juan hacíasele aún más insostenible la situación, porque con todo y sentirse muy patriota,
no lograba vencer el temor que infundíale la palabra "guerra". La guerra era algo espantoso, en que inevitablemente
debía uno morir en seguida. En el primer combate. Si no
era de un tajo de machete o de un horrible balazo de
Remington, sería sólo del miedo de verse bajo un aguacero
de proyectiles; entre terribles voces de mando y alaridos de

batalla; aferrado a un caballo, enloquecido de miedo, o alineado con otros, en desenfrenada carrera hacia una mortífera fila de atronadores rifles y resplandecientes bayonetas. Juan miraba con más apego hacia el camino de Minas, afluente del ferrocarril de La Habana, que hacia el horizonte matancero pleno de desastrosos, mortales presagios. Miraba en dirección de La Habana, temiendo, dolorosamente, la que ya parecía inevitable separación de Petra y él. Si no despertaba un día la gente de *Los Mameyes*, entre una granizada de "parque amarillo" o entre la tromba de los cañaverales en llamas, despertaba con la noticia de que Antonio, José, Rómulo o Caridad, había descubierto el amorío temerario, avanzadísimo, ya insubsanable, de Petra y él; lo cual, para los efectos interiores, no dejaría de ser tan catastrófico como la aparición de la tea invasora por las llanuras de la finca, o la súbita transformación del batey semiabandonado, en campo de batalla de "soldaos" y "mambises". Sobre todo Caridad, que ya desde semanas atrás andábale masculládole a Petra por los rincones, que llevaba tres meses sin verla en los recatados menesteres exigidos por el mensual período de grandes ojeras y pañuelo en la cabeza. Ya casi más que sospechar, Caridad estaba persuadida de que su hermana pasaría seis meses más, sin ojeras y sin pañuelo, y si nada decía altamente, abiertamente, era porque el miedo al inevitable ciclón, la iba conteniendo de hora en hora. ¡Caridad del Cobre! ¡Se iba a caer el mundo! Juan, desde luego, preparábase para todo. Y así cuando la noticia de la muerte de Domingo dio una mayor sacudida a la comunidad, él, Juan, al propio tiempo pensaba: "Ya se han muerto los únicos dos que sabían lo de Nena"; arregló lo último que le quedaba para, en un momento dado, poder largarse de la finca, con todo aquello que mayor interés pudiera tener para él, entonces o después. Tenía una faja de las llamadas "culebras", gran lujo de la época entre la gente de trabajo, y capaces de ocultar una gran cantidad de monedas. Metió en la faja sus hasta entonces intocados cinco duros, que le diera Robertico; los viejos, cuarteados papeles heredados de la madre; el paquetito de cartas y esquelas de Nena, y se la pegó entre pellejo y calzoncillo. Después, ocultas entre las faldas de la camisa fue sacando de la casa sus mejores ropas, y reuniéndolas en el bohío de aquel negro amigo, que meses atrás sacárale del apuro del cerdo. Vivía el negro, solo, cerca del batey, y a poco del arranque del camino de Minas. Juan continuaba pensando en La Habana, como meta de la carrera que seguramente haríale emprender Rómulo, o la guerra. Al pensar en la ciudad, tenía una vaga idea de Adolfo, de Julián, de su antiguo barrio ribereño, miserable y hamponesco, de las quintas y escampados de aquellos mismos alrededores, en donde acaso podríase dormir... Y pensaba con tristeza, con verdadero dolor, en el abandono de Petra, que andaba ya muy nerviosa, asustada, acometida por frecuentes crisis de lágrimas, inocultables e inexplicables. Pero no podía Juan evitarlo. Tenía que prepararse, las ropas y el ánimo. Y ya estaba preparado para lo que pudiese sobrevenir.

E indudablemente se preparó a tiempo.

Una mañana estaban solos en la casa, Caridad, Petra y Juan. Los últimos hablaban en la sala. Hablaban rencorosos con el destino. Sobre todo ella, que ya odiaba oculta, profundamente, las dos personalizaciones de su presentida gran desgracia: Rómulo y Maceo. Juan, enternecido, sincero, formulaba la eterna promesa de fidelidad y de propósito de esperar y luchar, hasta el triunfo del mutuo amor. Desde muchas semanas atrás estaban convencidos ambos, de que era preferible La Habana, para él, a la tragedia con Rómulo, o a la disyuntiva: la leva de la Invasión, que se lo llevase al ataque de la capital, cercada de trincheras, alambradas y fortalezas. Caridad iba y venía de los cuartos y el comedor a la cocina, cautelosa, vigilante, esforzándose por oir algo que acabárale de sacar de la viva sospecha a la plena y decisiva convicción. Rómulo estaba en la trastienda del catalán, con sus hijos, otros futuros insurrectos, y los hijos de estos últimos. Había llegado la hora de encomendar a los menores el auxilio y amparo de las mujeres, para el caso de que ya, improvisamente, apareciese por uno de los caminos convergentes en el batey, la vanguardia de una tropa invasora. La reunión, desde luego, era a puertas cerradas, con la catalana Doña Perica de vigilante, y los muchachos, conscientes de su importante papel, rebeldes todos, enseriados y formalísimos.

En una de las veces en que Caridad, silenciosa y toda oídos, se acercó al comedor, pudo oír que Petra la aludía con encono. Si no fuese por ella, la joven también prepararíase a huir, y al lado de *su* hombre tomaría el camino de La Habana, con el bulto al hombro, gitanescamente, a correr la aventura de la vida libre, pobre y sin techo, con él. Pero:

—¡Mi salá hermana!

Egoísta, bruta al fin, la alusión decidió a Caridad. Fue un impulso, combinado, de necesidad de romper la tensión nerviosa en que se hallaba, desde hacía algún tiempo, y de vengarse inmediatamente, sonadamente, del desamor que acababa de demostrarle la hermana. Simuló "ir afuera", alejándose de modo bien visible, en línea recta, hacia muy lejos, allá al fondo de la arboleda que era como selvático patio de las casas. Y apenas se hizo a un lado, reemprendió el camino, a toda carrera, rompiendo gajos y malezas; hasta llegar a los derruídos paredones del fondo. Una vez allí, se descalzó, quedándose con los zapatos en la mano, y a pies desnudos y paso rápido, avanzó hacia las habitaciones interiores, metiendo los ojos, ansiosos, por todas las puertas que iba hallando a su paso.

Sorprendió a los enamorados en pleno restregón amoroso; él, semidoblado sobre ella, en el catre del segundo cuarto; ella, histérica de dolor y erotismo, en propicia complicación incontrastable, dándose, casi pidiéndole la inmediata posesión.

Al ver a Caridad se incorporaron aterrados. La espía, la presunta delatora, quedó enmarcada en la puerta, con los brazos en jarra, en el rostro anhelante y congestionado una felina expresión de gozo, y en la voz, entrecortada, afanosa, por la enorme carrera, esta significativa, amenazadora exclamación:

—¡Por eso te tengo tan salá! ¿No e verdá?

Se volvió rumbo a la cocina, jurando, farfullante, que todo había de decírselo a Rómulo, tan pronto como éste volviese, y pasase lo que pasase. Detrás de ella se fue Petra, suplicando, prometiendo, pronosticando una enorme tragedia; a la vez que lloraba a lágrima viva, se retorcía las manos y se mesaba el encrespado pelo, desesperadamente:

—¡Por la memoria e mamá, chica! ¡Te juro quel se va ahora mimitico de aquí! ¡Rómulo nog va a matar a toos!

Juan, aunque perturbado por mil terribles ideas y sentimientos, diversos y terribles, sin perder un segundo de la soledad en que acababan de dejarle, salió al batey, atravesándolo con paso firme, sereno, decidido. Se encaminó al bohío del solitario africano que guardábale la ropa, ya hecha un bulto. El bohío hallábase solo en aquel instante. Entró; cogió el bulto, y echándoselo al hombro, hizo rumbo a Minas, aceleradamente. Por puro movimiento instintivo, a cada rato se palpaba la faja por fuera de la ropa, a fin de cerciorarse de que estaba en su puesto, y volvía la cabeza para comprobar que nadie se acercaba detrás de él, ni nada extraordinario notábase por el rumbo del batey.

Una vez tuvo que meterse entre los piñones que orillaban el camino para evitar el cruce con un guajiro conocido, que trotaba en su arrenquín, rumbo al caserío de *Los Mameyes*. Otra vez viose obligado a un largo rodeo por entre un alto guineal, para que no le viesen desde un bohío amigo. Después tuvo que echarse al suelo, dentro de un zanja algo encharcada, para ocultarse del paso de una recua, vacía, al trote, convertida en tropel de guardias civiles, por el miedo que ya predominaba en él, sobre toda otra sensación y todo pensamiento.

Al llegar a una bifurcación de caminos, pensó en el acto desviarse por el que terminaba en Campo Florido. Campo Florido le daba lo mismo que Minas. Total, unos cuantos centavos más en el billete de tercera, para La Habana, y era menos probable que por allí le persiguieran Rómulo y Antonio, si galopaban a alcanzarle por aquellos rumbos. Ya en el otro camino, amplio y extendido en medio de una llanura manchada por un grupo de frutales, se sintió un tanto más seguro. Y mientras veloz dejaba terreno atrás, la mente se le fue al nebuloso cuadro que le esperaba al término del viaje: Adolfo, o Julián, o la vieja amiga de Revillagigedo, o los bancos de un parque, o los matorrales del Vedado, y también el pensamiento viajó hacia atrás: el bestial drama de los primeros momentos; el horrible martirio de Petra, que seguiría al drama; las imágenes del *Cantar de los Cantares*, que quedábansele allá para siempre, y aquello, triste, fatal, inevitable, que germinaba en las entrañas de la primera, de la única mujer gozada.

Ya las lágrimas, la apretazón del pecho, acortábanle el paso, cuando vio un débil y rápido espejear de armas, a lo lejos del camino. Corrió a ocultarse en un cercano bohío.

Inútilmente, porque la pareja de civiles siguió de largo, al trote de sus resudadas cabalgaduras. Media hora después estaba en Campo Florido. Una hora más tarde rodaba hacia La Habana, en vagón de tercera, semivacío. Aunque casi todo el pasaje se componía de niños y mujeres, fugitivos de las regiones invadidas por la insurrección, nadie iba sucio y maloliente; porque no era un tren europeo; un "mixto" de los que describe don Pío Baroja, enciclopédico de *Baedeker* y diccionario, y americanófobo por incurable despecho. Ya no podía alcanzar al huyente el que, de haberle alcanzado en la soledad del camino, celoso, bestial, salvaje burlado, acaso habría precipitado con un crimen, su ingreso en la Revolución, Jordán de malhechores...

Llegó a la estación de Regla, al anochecer. La alegría de volver a La Habana, anulábase ante una honda pena por lo dejado atrás y la espantosa incertidumbre de lo que podía aguardarle en la enorme ciudad, ya envuelta en la sombría tristeza del crepúsculo. Tan hermética y emocionada era la expresión de su rostro, que de haberse fijado en él cualquiera de los oficiales y policías que viajaban en el *ferry*, le hubieran detenido e interrogado, antes de poner los pies en el Muelle de Luz, con su campesino indumento percudido de tierra colorada, sus cortebajos de vaqueta, despellejados y polvorientos, y su lío de ropas, formado por un guajiro pañuelo de colorines.

Al desembarcar, escurrióse por entre las crecientes sombras de La Machina. Miró con cierto odio hacia una falúa que llegaba cargada de soldados de la Cabaña, y hacia la bandera española, que en aquellos momentos descendía, plegada, lentamente, del mástil de la enorme y grisácea fortaleza. Se metió entre las dos filas de casas de la calle de la Muralla hasta la Plaza Vieja. Allí, famélicamente, con el hambre de todo un día, abordó un puesto de frituras.

Una lustrosa y fondilluda negra le despachó media docena
de bollos calientes y olorosos, que no tardó en devorar, en-
gullendo a la vez un mollete y medio jarro de café con leche.
Se orientó entonces. ¿A la Caleta, en busca de Julián? ¿A
una fonda de a peseta la cama, por Dragones o Egido? ¿O
a ver si tenía la suerte de encontrar, a Adolfo, por la casona
de La Habana vieja? Se decidió por esto último. Pagó, y
con el ardor de la manteca rancia en la garganta, y su bulto
de ropas colgándole de la diestra, subió por la misma calle
de Muralla, donde había algunas luces, viandantes y vehículos; doblando luego por entre las dos hileras de faroles
de Aguiar, que iban estrechándose, hasta casi juntarse allá
abajo, cerca de la Punta, que era por donde estaba la casa
entonces ocupada por Adolfo.

La encontró fácilmente. Pudo decir que le había salido al
paso. En una roja, enorme puerta de zaguán, estaba la
chapa profesional, abrillantada cuotidianamente por Goyo,
y que en aquel momento cabrilleaba al reflejar la inquieta
luz de un cercano foco eléctrico:

ADOLFO RUÍZ Y FONTANILLS

Abogado

Novelesca casualidad de la vida. Adolfo en aquel momento iba a salir, correctamente vestido de negro. Perfumado. Con jovial y elegante empaque.

Juan le salió al paso, en medio del semialumbrado
zaguán:

—Buenas noches, don Adolfo.

—¡Muchacho! ¿Qué haces aquí?

—Vengo para La Habana.

—No. Vienes no. Estás en La Habana. ¿Y qué? ¿Huyéndole a la.quema?

—Sí señor.

—Pues, mira. Yo me voy a ver la novia ¿sabes? Entra por aquí. Dile a Goyo que te dé algo de comer. Que te prepare dónde dormir; pero no te acuestes hasta que yo venga, para que me cuentes.

Y ya andando hacia la puerta de la calle; maquinalmente, y no para que le contestase, pregunta:

—¿Y la gente por allá? ¿Y Rómulo? Bien. ¿No?

—Sí, señor.

—Bueno. Entra. Llama a Goyo. Y no salgas. Espérame, que yo vuelvo temprano. Si te ven por ahí con esa cara y esa ropa, te mandan a la Cabaña, a hacerle compañía a Julio. Sanguily.

Desapareció en la calle.

Y después de lo último que dijo Adolfo, Juan entró en busca de Goyo, su viejo compañero de servidumbre. Entró, sintiéndose repentinamente más tímido, receloso y aguajirado, que hasta entonces.

XXVI

Como la quinta del Cerro, la casa de la calle de Aguiar era de puro estilo antiguo. Zaguán de cuadrada puerta con hileras de clavos cabezones. Sala con tres anchísimas ventanas. Saleta, gabinete y cuarto de enormes dimensiones. Patio claustral. Comedor y cocina de restorán. Habitaciones para media docena de criados.

Naturalmente, en la casa de Aguiar no vivían solos Adolfo y el veterano criado Goyo. Al igual que en muchas casas de La Habana, en aquellos rudos tiempos de la guerra de independencia, vivían allí dos grupos familares. El otro grupo lo formaban tres solteronas, Betancourt, de procedencia camagüeyana, vitaliciamente acompañadas por una friel y sufrida anciana negra. Las cuatro mujeres ocupaban la sala y los cuartos, como inquilinas de Adolfo. Adolfo disponía del zaguán, la saleta, el gabinete y parte de las habitaciones del fondo. Baño, comedor, despensa y cocina, eran disfrutados en común. El paso de los cuartos a la sala, hacíanlo las Betancourt por el gabinete, que Adolfo sólo uasaba para dormir en las noches. El buen nombre de las Betancourt, y máxime su integridad de doncellas, en nada podían perjudicarse por la convivencia con un soltero, gracias a la presencia de la negra criada y a que pasaba como proverbial, entre camagüeyanos, que las inquilinas del abogado formaban el grupo de mujeres más inabordables de las orillas del Tínima: largas, pálidas, angulosas y místicamente cerriles. Las tres peinaban moños color de ceniza, llevaban abanicos de arrugas en las sienes, leían con espejuelos todas las soporíferas lecturas piadosas que caían al alcance de sus manos y usaban monjiles botas de merino, por exigencia de callos, juanetes y reumáticas deformaciones. Por orden de edad, y comenzando por la mayor, se llamaban: Tula, Cornelia y Agripina.

Juan, desde la primera noche, fácilmente satisfizo la curiosidad de Adolfo: la invasión cargó con toda la culpa de la presencia del primero en La Habana. Las Betancourt, suavemente comprendieron las relaciones afectuosas que justificaban la hospitalidad del "licenciado" con el "recogido"; admitieron, a toda cordialidad criolla, la convivencia con el nuevo huésped, a base tan sólo de que recogiese los verbales arranques insurrectos con que las asustara desde

aquella primera noche. Cuidado, hijo. En La Habana española los cubanos tenían que coserse la boca.

Después le dejaron acostarse en un amplio, arcaico y
enfundado sofá de la sala.

Y ha recordado él, siempre, tal noche, como una horrible
noche más en su agitada vida. Vida de Cristo humano,
infinitamente superior en sufrimientos a la del Cristo ve-
nerado en los altares. Aunque por aquellas calles no había
entonces excesivo número de carruajes, vendedores y noctámbulos estrepitosos, fue el ruido de la ciudad lo primero
que contribuyó a mantener el natural desvelo de quien tantas y tan fuertes emociones recibiera durante el día. Además, el guajiro casi no podía resistir el súbito cambio del aire
aromatizado de los campos, por el norte que soplaba desde
los bajos de la Punta, saturado de emanaciones de verte-
dero y de pútridos lodazales marinos. Después, la mente, al
irse en pos del sano y tranquilo ambiente campesino, dolorosamente recordó los amores acabados de perder de un
modo violento y despiadado. A las vivas imágenes eróticas,
a las cálidas imaginaciones de la dulce carne de mujer,
atrás dejada en cruel y acaso definitiva ausencia, unióse la
angustiosa consideración del terrible estado en que dejara
aquella mañana, en el salvajismo de los campos revolucio-
nados, a la adorada criatura: a la pobre jovenzuela inerme
ante las exacerbadas pasiones de Rómulo, celoso y despechado. Se estremeció, con sofá y todo, al acometerle un
febril miedo retrospectivo, por lo que había podido ocurrirle
al huir, a campo traviesa, de los bestializados hermanos y
cuñado de Petra. ¡Qué susto y qué correr tembloroso, cada
vez que creyó oir el galopar de las cabalgaduras siguién-
dole el rastro! ¡Cómo se le paralizaba el corazón, de espanto, cada vez que en los caminos de la fuga, por la llanura
silente y desolada, vio aparecer la silueta, la polvareda o el

rebrillar de armas, de un presunto enemigo! Entonces llegó
a pensar, que aún no estaba a salvo. Era muy posible que
el mulatón embrutecido viniese a buscarle a La Habana,
con fieras intenciones de venganza y escarmiento. En tal
caso era seguro que si la tragedia no le llavaba al hospital
o al cementerio, perdería aquel su ya único albergue posible, a causa del natural disgusto del abogado, al verse metido en plebeyo escándalo, por bondadoso y hospitalario.
E incesantemente, con tan negras ideas entraban a hervir
en el caldeado cerebro del insomne otras no menos angus-
tiosas. Atrás había quedado también, como secuela de la
inolvidable escapatoria, el baúl; lo único que casi le daba
condición de ser humano, con derecho a habitar un pedazo
cualquiera de la tierra; la única prenda que materialmente
le ligaba ya a los padres muertos. ¡Sus padres! ¡Sobre todo,
su pobre madre, más recordada que aquél! ¡Otra vez estaban cerca el uno del otro! Pero, ¿cómo? Ella mezclada con
la tierra, allá por los escampados de La Habana, al lado
opuesto de este en que ambos vivieron mutuamente conso-
lados y aun felices de estar juntos en medio de su misma
miseria. ¿Y entonces? ¿Hasta cuándo le dejarían estar bajo
aquel techo, en un rincón de aquellas paredes? ¿No vendría Robertico, en cuanto le descubriese, a maquinar con
su hermano para que echase de nuevo a la calle al "recogido", al pegote, a quien sólo sentíase ligado por un sucio,
vergonzoso secreto? Y si le echaban ¿a dónde iría con su
bulto de burdos, corcusidos y mal lavados indumentos campesinos?

Toda esta mental ebullición de calenturiento, mantúvole
hasta muy vencida la noche revolviéndose nervioso, angus-
tiado, sollozante. Porque, sí: lloró como nunca llorara hasta
entonces: amargamente, desesperadamente, con un nudo de

dolor y de congoja en medio del pecho y la cara ardiente, bañada en sudor y lágrimas.

En un instante de aplanamiento nervioso se quedó dormido. Y durmió con un sueño de pesadillas monstruosas y trágicas, hasta que Goyo le despertó golpeándole suave, con una escoba que ya llevaba una larga tarea hecha.

—¡Eh! ¡Compadre! ¡No se habaneрée tan pronto! Que se enfría el café.

La jovialidad del viejo amigo; la mañana de sol, fresca y alegre; el recuerdo de la franqueza y cordialidad con que recibiéranle en aquella casa; todo ello produjo una feliz reacción de tranquilidad y optimismo en la ajetreada alma del ya harto vivido hombre de diez y siete años.

Una escena para Juan siempre recordable con cinematográfica precisión, fue la del momento en que a solas, nerviosamente, se quitara de sobre el pellejo de la cintura, para ocultarla entre sus ropas, la faja portadora de los viejos papeles amarillentos heredados de la madre; las quince o veinte pesetas restantes del famoso obsequio de Robertico, y las cartas, papeles y estampitas con letra de Nena. Los ocultó, con un descolorido ferrotipo de Petra, en la cómoda de caoba, de inmemorial origen camagüeyano, prestada por las solteronas para reemplazo del perdido baúl, y que entre Goyo y él colocaron en húmedo, penumbroso rincón del fondo de la casa. Y al hacerlo tuvo un hondo y estremecedor presentimiento. Acaso aquellas dos mujeres, que a su lado sintieran las primeras sacudidas carnales, no estuvieran para siempre dejadas atrás, con el pasado de él. Más aún: las cosas continuaban por un camino que en horas quizás no muy lejanas, podía llevarles, a ellas y a él, a encontrarse de nuevo en intensos capítulos de la humana novela de sus vidas.

Y todavía, en aquella su primera semana de la casa de Aguiar, lograron fijarse con cierta profundidad en su mente, las alternativas de temor y optimismo, de tristeza y satisfacción, de rebeldía en contra del destino y de acatamiento de sus designios. Todavía se grabaron firmes en su espíritu, los sentimientos de inmensa tristeza y de dolorosa nostalgia por la pérdida de la mujer amada, los pueriles propósitos de futura venganza contra Rómulo, los patrióticos ímpetus de escurrirse, osadamente, por los suburbios de la ciudad, camino de la insurrección, y unos nuevos, vehementes y egoístas deseos de adherirse a Adolfo, de manera inseparable, para a su lado aprender, aprender a todo afán, hasta hacerse un hombre de alguna cultura.

Con dos ternos usados de Adolfo y una botella de bencina, un sastre de buena voluntad le hizo a Juan dos flamantes trajes de saco y pantalón. Los sacos quedaron inevitablemente largos y holgados, pero el "empleado" del bufete había adquirido decente presentación. Máxime, porque las Betancourt, por congraciarse con el dueño de la casa, con quien estaban en atraso, se encargaron de trocar, más o menos chapuceramente, las campesinas guayaberas en camisas para llevar con saco, y más o menos fácilmente, el propio abandono del guajirito en el personal cuidado del joven habanero, con uñas, cabeza y orejas limpias.

En las mañanas, Juan limpiaba y arreglaba el bufete, instalado en la saleta. Después ordenaba y abrillantaba las encuadernaciones de pasta española con títulos dorados, que uniformemente llenaban los estantes. O hacía mandados "decentes". O llenaba cuadernos de escritura para mejorar la letra. O leía en dos inmensas obras, en varios tomos, donde su criolla facultad de asimilación, aunque sin base previa, rápidamente absorbía, como una esponja el agua, apetitosos conocimientos. Las obras, recuerda él, se llamaban: *El Mundo Físico* y *La Ciencia y sus Hombres*, y de ellas obtuvo autodidácticas nociones definitivamente inolvidables y que más tarde fueron base de una mayor y más general adquisición de saber.

Mientras tanto, Adolfo se iba al Vedado, a pasar un rato con las adoloridas mujeres de la familia. O a revolver papel sellado en casa de la novia, recién heredera de muy estimables bienes. O acomodado ante su profesional escritorio leía todos los diarios de La Habana, tragándose ávidamente las noticias y editoriales relacionados con el incontrastable avance de la Revolución libertadora. O ante el mismo escritorio, y con un tomo de Derecho entre los dedos, seguía "esperando".

Según Goyo, a su modo, le contara a Juan, al abogado, en la "espera", sólo le había caído un negocio redondo: la novia. Yucateca, hija única de un lerdista previsoramente emigrado de su país desde que el General Díaz se hizo vitalicio Presidente de la República, acababa de heredar, con su madre, corpulenta mestiza "encatrinada", unas fincas henequeneras que el padre dejara allende el Golfo y media docena de casas adquiridas en la emigración: en La Habana. Al fontanillesco suelto que Adolfo hizo publicar en varios diarios, cuando se puso a "trabajar", y los B. L. M.[1] no menos cursis que entonces repartiera por correo, respondieron madre e hija, sanamente, encargándole el desenmarañar censos, hipotecas y reclamaciones. Con ojos de águila y bolsillo necesitado, el habanero le hizo la corte a la meridana, rápidamente, vorazmente, y el matrimonio se preparaba a toda marcha, para darle al hombre todos estos maravillosos dones: una dócil, graciosa y apasionada trigueña de veinte años y sabrosas carnes; una salvadora inyección de oro mexicano, que era oro inmejorable, al desnutrido patrimonio dejado por Don Roberto; un bálsamo para la herida

[1] *B.L.M.* cartas formales que terminan diciendo: "Besa La Mano".

que abriera en el pecho del abogado, la bala española que derribara al hermano médico, joven y bondadoso, de su caballo de guerra; el inmejorable pretexto de aquel matrimonio con extranjera, para abandonar la Isla, sobre firme base económica, dejando atrás lo que ya hacíasele insoportable: las provocaciones, la vigilancia, la inquina, el roce de los "gallegos".

Carmen llamábase la futura esposa de Adolfo. Carmen Juárez y Pech. La conoció Juan el día de Nuestra Señora del Carmen, en que, empaquetado dentro de uno de sus trajes reconstruídos, le llevó una cajita, dos veces envuelta con papel blanco y cintita roja, estuche de un par de pendientes antiguos, de oro y diamantes. El obsequio resultaba *chic*; pero en verdad, Adolfo no lo había escogido. Se agarró de los viejos pendientes, como de un clavo rojo, cuando días antes del onomástico de la novia, una de las Betancourt se los mostró, proponiéndole, con voz y mano trémulas y lágrimas contenidas entre las pestañas, que aceptase las queridas alhajas en pago de atrasados alquileres. A Carmen, lectora insaciable, clara inteligencia de híbrida adelantada, le pareció precioso el regalo. A Juan, nueva virilidad súbitamente aislada, la joven le pareció encantadora. Le daban gracia especial, propia, los pómulos y las cejas levemente mayas, y estaban por demás apetitosas sus redondeces, trigueño-rosadas, de tropical de veinte años, realzadas por la lujosa y perfumada bata de encajes del gran día de santo. Para el adolescente fue una deslumbrante sorpresa. Desde que oyera lo de "yucateca", habíale sonado a asiático, a onomatopeya de cosa fea. Hasta recordaba haber oído alguna vez, entre sus congéneres del pueblo, la frase: "Más feo que un chino yucateco". Y ¡qué va! ¡El gran bocado se iba a llevar Don Adolfo! Hablaron. Ya ella le conocía por el "licenciado". Le dijo, bromista, que cuántos secretos no le

sabría el muchachón al soltero abogado. El hijo de Josefa
Valdés, pensó en muchas cosas. Entre otras, la pobre muchacha de Revillagigedo, y la sospechosa receta oculta, he-
redada del padre por el futuro marido de Carmen. Pero,
claro, nada dijo; nada dejó entrever, malicioso y congraciador. Juan salió de aquella casa, situada en Campanario, con
locuaces, sonrientes expresiones de simpatía, de la muchacha y de la madre, a quien halló en el último momento
—cuadrada y "sí" asiática— y después, para completar el
cuadro de general satisfacción, Adolfo, aunque encantado,
halagado como hombre, tuvo que cortar con un benévolo
"Bueno, basta", las exclamaciones del muchacho, cuando el
abogado se atrevió a pedirle parecer acerca de su prometida:
    —¡Huy! ¡Qué linda! ¡Qué gordita está! —y pasándose las
manos ahuecadas cerca del pecho y las caderas—: Con esto
de aquí, y de aquí ¡más levantao!
    Otro día fue al Vedado, pasando por su antiguo barrio de
la Caleta y la calle del Príncipe. La casucha donde viviera
con su madre ya no existía. En aquel escampado por donde, en inolvidable noche, huyera el asesino de su primer
padrastro, había un par de manzanas de casas. En una esquina vio a *Pimentón*, el viejo guardia de Orden Público,
con la hilera de metálicos botones más curvada, el rostro
más encendido por la ginebra y el rayadillo más desteñido
y remendado. Antes había visto, sentado en la acera de la
Beneficencia, con el roto sombrero en la mano, en muda y
eterna demanda de limosna, al ciego mulato cuyos bodrios
compartiera cuando era morador del barrio, y al súbito
arranque de irle a sorprender gratamente con el inesperado
saludo, sucedió ingratamente el humano sentimiento, egoísta y refrenador, de no dejarse ver por quien tan miserables
favores le hiciera un día. Encontró más grande, lógicamente más grande, la *bodega* de antaño. Contaba ya con media

docena de *gallegos*. Se llamaba *El Peral*. Y tenía como muestra, en la fachada, una chapucera reproducción del histo-
riado submarino español, con una enorme y chillona bandera nacional en el único mástil. En la *bodega* un antiguo
convecino, repartidor de cantinas y fregador de coches, informó a Juan acerca de lo único que llevárale aquel día al
viejo barrio: Julián había aprendido a tabaquero y estaba
emigrado en la tierra de la novia de Don Adolfo. En la
quinta del Vedado le recibieron con frialdad. Bien era cierto que ofreciáse doloroso el estado de aquellas gentes enlu-
tadas, bruscamente caídas en una vergonzante inopia, que
vagaban por el caserón arrabaleño como sombras, como si
hubiesen perdido todo sentido de la vida. Corina, cerrada
de negro aun dentro de la casa, sin horizonte fuera de ésta,
convertida en fatalmente inútil la belleza serena de sus hermosos ojos de criolla y las magníficas opulencias de su soberbia plenitud de casi treinta años; y Doña Juanita, arrinconada, vaga en el andar y en la mirada de los cardíacos
ojillos, cercados de bolsas y arrugas, fueron las que recibieron a Juan, con maquinales y heladas frases:

—¡Ah! ¿Tú por aquí? —le saludó la señora, con el llanto
en los ojos y en los convulsos labios, como ocurríale con
cuanto le recordaba al hijo muerto—. ¿Qué haces en casa
de Adolfo?

—¡Hola! ¡Qué grande estás!

Por eso, y por no darle franca entrada, no le dijeron
mucho más. Ni ellas, ni la hermana de Corina, ni los primos hechos ya hombres y mujeres.

Fue un criado hablador quien, ya el muchacho de regreso, le contó muchas cosas: la gente de la quinta y de la
botica de Jesús del Monte, estaba viviendo de lo que angustiosa, dolorosamente, iba vendiendo: hoy una joya, mañana
una vajilla, otro día un cuadro de mérito, y otro un mueble,

un carruaje, un viejo y ocioso caballo de tiro. La policía secreta vigilaba la quinta. La correspondencia llegaba abierta. Los españoles de una casa cercana les escarnecían con gritos, cantos y ruidosas cuchufletas. Pero, contra viento y marea, los muchachos seguían estudiando. Nena se iría para Yucatán con Adolfo, cuando éste se casara.

Juan, al emprender el regreso a la casa de Aguiar, pensaba, con sincera pena, en la penuria de aquella pobre familia rica, que como tantas otras de las principales ciudades cubanas, tenía que despojarse de las cosas más queridas para poder sobrellevar, amargamente, mortalmente, los borrascosos y trágicos días de la Revolución. Porque no les tenía rencor, el "recogido". Y predominaron en él, entonces, los sentimientos de afecto y de patriótica solidaridad y, sobre todo otro pensamiento, el muy inquietante que despertara en su harto agitada mente, la última noticia que le diera el locuaz fámulo: Adolfo y Carmen se llevarían a Nena con ellos a Yucatán. Según sus razones, allá estaba Julián. Y para completar la increíble casualidad, él, el hijo de Josefa Valdés, hallábase fatalmente empujado hacia la misma convergencia. Porque la simpatía de Carmen hacia él había ido en crescendo; favorecíale con una franca, sentimental protección, y ya era asunto acordado entre ella y Adolfo, entonces propicio a toda benevolencia, que el jovenzuelo no habría de quedarse sin hogar, en La Habana de los "voluntarios",[1] por el matrimonio de ellos.

—Me voy a echar un hijo más grande que yo —había ella dicho y repetido en presencia de Juan, sonriente, afectuosa, reafirmando un día después de otro su propósito de llevárselo a Mérida, prohijándole—. ¡Lo vamos a hacer un hombre!

¡Nena y él, juntos en un viaje! ¡Y luego, en una misma casa otra vez! ¡E inmediato a ambos, Julián, el amigo más

---

[1] "voluntarios" cuerpo de españoles residentes en Cuba que ayudaron al ejército regular contra los insurrectos.

íntimo que hasta entonces tuviera; el camarada que tan fuerte e indeclinable ascendiente ejercía sobre él! ¿Qué iba a pasar? ¿Cuál sería la actitud de ella con él? ¿Vendría en son de guerra, para contenerle las posibles audacias, fundadas en los secretos del pasado, que ya sólo ambos conocían? ¿O al contrario, inclinaríase a engatusarle, inútilmente, con sus seducciones de perversa innata, avaloradas por las de su cuerpo hermoso y suculento? Porque ¡qué sabrosa! ¡Qué linda debía estar la ya mujer en plena sazón!

No tuvo que imaginarlo mucho tiempo.

Al fin llegó el momento de ir a la casa de La Víbora. Le envió allá Adolfo, de noche, con una receta para la mayor de las Betancourt. Receta gratis, por aquello de que la pobreza repartida entre muchos toca a menos. El mandadero se puso todo lo elegante que lo permitía el mejor de los ternos rehechos: un terno de cheviot azul prusia, con la fina tela todavía en buen uso, pero con el saco inevitablemente largo y holgado. Hizo el trayecto en "carrito". En éste, un natural enemigo de sacos y corbatas, interpretando el burlón sonreir que en la plebeya mayoría causaba el jovenzuelo ostensiblemente vestido con ajeno desecho, le gritó clownesco:

—¡Compae! Yo creo quel muelto era má grande que uté.

Con esta hilarante alusión a su llamativo indumento, aumentóse la espectación hormigueante en Juan, desde que le mandaron a la casa de La Víbora. La casa de Fernando, el de la inteligencia penetrante de intenciones y el ojo finísimo para la captura del ridículo. La casa de Robertico, quien no podría verle resurgir inesperadamente entre la familia, sin íntima vergüenza y fuerte repulsa, acaso disfrazadas de sonriente acogida. ¡La casa de Nena!

Esto último predominba en él, naturalmente, en tal momento, atizándole la ofuscación y el nerviosismo de la flaca humanidad empaquetada en cheviot azul prusia. Era la perturbadora incógnita, que de nuevo le llenaba el cerebro de interrogaciones, entonces más apremiantes. ¿Le recibiría ella con odio? ¿Con horror? ¿Con lástima? ¿Con una mezcla de todo ello? ¿O con la más despectiva indiferencia? ¿Se dejaría ver de él, cuando supiese que estaba en la casa?

Llegado el instante de hacer la señal de parada y ponerse de pie, notó que tenía agitadísimo el corazón y temblonas las piernas, casi visiblemente.

Al bajarse del tranvía, dos patibularios tipos de policías secretos le siguieron los pasos, suponiéndole un precoz conspirador, camino de arrabaleños maniguales poblados de espías y emisarios de Cuba Libre.

Así, de tal modo agravada su inquietud de ánimo, salvó la media cuadra que le separaba del cuadro de luz arrojado en la oscuridad de la calle, por las dos puertas de la botica, y entró en ella.

En la botica estaban Robertico y Erasmo, con sendas batas blancas. Robertico, tras la vitrina del *Dispensario* —letras doradas sobre cristal lechoso— manipulando un menjurge para una negra —pañuelo de colorines en la cabeza, con las puntas caídas sobre los ojos, como orejas de burra cansada— que esperaba sólidamente esponjada sobre un prieto sillón de brazos. Erasmo venía de la rebotica, con la cabeza ladeada —síntoma infalible de que hacíasele crónica la encefálica anemia— y un pesado, solemne libraco pendiéndole de la diestra.

Fue Erasmo quien primero vio a Juan.

Equilibró la cabeza, sorprendido; pero no dejó traslucir la sorpresa. Nada de un inferior como Juan tenía importancia. Ni su inesperada presencia entre unas gentes con las cuales compartiera hogar y vida varios años. Glacial y desmayado le dijo al padre:

—Mira quién está ahí.

Sacó el farmacéutico la cabeza por junto a la D de *Dispensario*, y también con perfecto dominio de sus nervios, exclamó:

—¡Hola!

En seguida le preguntó qué hacía en La Habana y qué le traía por allí, a la vez que le invitaba a acercarse.

Se acercó el aparecido. Con sobresalto difícilmente refrenado, supo Robertico cómo el muchacho se hallaba en casa de Adolfo desde semanas atrás, y por qué venía a ponerle, entonces, ante sus espejuelos de boticario en faena, una receta gratuita. Sólo Erasmo permaneció olímpico. Los otros dos hablaron todavía un buen rato, con voz insegura, sin el menor dominio mental y nervioso. Pero lo disimulaban: Robertico, amasando, afanoso, con la espátula y sobre un ripio de mármol, su maloliente emplasto; Juan, recorriendo con perdida mirada la desportillada tarrería de loza blanca, que exornaba los farmacéuticos estantes con sus desteñidos latinajos dorados. También se le iba la vista, pero con ansiedad, hacia lo alto de una escalera, roja de almagre, que comunicaba la rebotica con el piso de arriba, y sobre todo cuando ya, entre saltos e incoherencias, llevaba contado todo lo contable a padre e hijo; la receta estaba a medio despachar; la negra se hacía marchado con la suya despachada, e hijo y padre no daban señales de llevarle escalera arriba, para que le viesen los demás. Su ansiedad era mayor cuando sonaban recios pasos de varón cerca del hueco de la escalera, prometiendo la aparición de Betico o de Fernando, o cuando golpeaban el piso alto finos tacones de mujer, recordando la proximidad de la criatura deslumbrante que él traía en la imaginación.

De pronto los recios pasos de varón sonaron en la escalera. Era Fernando. Mente sana en cuerpo sano, acogió al antiguo compañero de hogar e infancia con ruidosa simpatía. Dio la voz de alarma a los del piso alto, e ignorando la opinión del padre, se llevó a Juan escalones arriba, haciéndole contestar, a grandes síntesis, ansiosas interrogaciones:

—¿Cuándo viniste para La Habana? ¿Sabes que murió mi abuelo? ¿Ya te vieron en la otra casa? ¿Llegaste a ver a los insurrectos?

Le recibieron Betico y Candelaria, avidísimos. La escalera daba a la saleta. Allí le sentaron, en un sofá negro, endeble, casi jubilado. Betico se tiró junto al visitante, y Candelaria se le plantó enfrente, con los brazos en jarra. Fernando fue a buscar a las mujeres. Al principio sólo vino Laura, que le saludó como correspondía: señorial, displicente. Se quedó de pie, en actitud de seguir pronto rumbo a la sala. Continuaron las preguntas, que obligaron al inesperado visitante a repetir la historia, a largos trazos, que ya hiciera abajo. La mención de Domingo puso brillo de lágrimas en los ojos de Laura, quien así enternecida accedió a sentarse, a oir los relatos de guerra que Juan inventaba para hacerse el interesante, y dar tiempo a que al fin asomase por la puerta del cuarto Nena. Cuca, por quien para desorientar preguntara él, estaba ya en la cama. Betico le oía estático, con un libro de colegio entre las manos, mientras Juan describía a Maceo, a caballo, con el machete desenvainado, y a Quintín Banderas, con argollas en las orejas y la nariz.

Súbito brotó, junto a la puerta del primer cuarto, una voz que inconteniblemente estremeció a Juan. Entró dominadora, ama de la reunión, con los ojazos pestañudos francamente abiertos, afectuosos, en armoniosa rima con la sincera sonrisa de su boca fresca y linda.

—¡Hola, Juan! ¿Qué hay? ¿Desde cuándo estás en La Habana?

Le dijo, viniendo a su encuentro y tendiéndole la mano, franca, efusiva, como nadie lo hiciera.

—¿Qué hay?

Respondió el trémulo jovenzuelo, poniendo entre la tibia mano blanca y cordial, la diestra floja y tímida.

No era cosa de recomenzar la historia. La realidad era más emocionante, más deslumbradora, que cuanto el adolescente, de súbito privado de mujer, imaginara en sus más cálidos momentos, atando recuerdos y fantaseando esperanzas. ¡Qué sobrecogimiento tan dominador, tan inocultable, le produjo la presencia de "ella"! ¡Qué mágica atracción indesviable, en la música de su voz y el brillo de sus ojos hermosísimos! ¡Cuán bella estaba! ¡Cuán fuerte!

La pobreza teníala escasa de ropa negra y obligábala a vestir, dentro de la casa, los trajes claros que le quedaban de los días anteriores al doble luto familiar. Y así aquella noche usaba un tenue, escaso y desvaído túnico color de rosa, que le ceñía, estallante, las túrgidas curvas del seno, las caderas y los muslos, y al sentarse dejó a la vista los entonces ansiadísimos cuatro dedos de pantorrilla. ¡De unas pantorrillas que atrajeron la mirada de Juan con irresistibilidad de imán! ¡Como los ojos, la boca, el escote, alto y blanco, y todo aquel conjunto armónico, deslumbrante, de juvenil belleza femenina!

El deslumbramiento lo tenían ya descontado los demás, hembras y varones. Acostumbrados les tenía la singular hermosura de la joven. Con deslumbrarle contaba ella, como nadie consciente de su poder de mujer bonita, para poder hablarle tranquilamente, afectuosamente, sin mostrar rubor, desvaneciendo toda posible idea de cobardía, por el secreto ya sólo existente entre ambos. Y le habló simpática, hasta cariñosa, con cariño y simpatía de ser superior que por muy superior y muy alto, puede condescender sin desdoros ni peligros. O como esos listos a quienes uno les conoce antiguas malandanzas, y responden a las alusiones acerca de ellas, con las palabras y las actitudes más naturales e indiferentes, para despistar. Como las palabras y la actitud de Robertico, momentos antes.

Pero el deslumbrado lo fue tanto, que no obstante el afectuoso interés que Nena vino a sumar a las cosas extraordinarias por él contadas, pronto acabó de perder el escaso dominio sobre de sí que le restaba, y ya era él quien esperaba que le hablasen de la familia, de los progresos mentales de Fernando —ya en la Universidad—, de los progresos físicos de Cuca, de la muerte de Don Roberto —rehumedecimiento de los ojos de Laura—, a la vez que se refería a lo crecida —por no decir otra cosa— que estaba Nena; sin apenas quitar los ojos de las piernas hipnóticas, con indominable obsesión, mortificante para los demás.

Ya por esto, Laura al fin se determinaba a aislarse en la sala, restándole la última gota de importancia a la presencia del ex "recogido" de la familia; Betico le hacía señas a Nena para que se compusiese el vestido, y Candelaria, maliciosa, imprudente, pero haciéndose la ingenua, preguntaba:

—¿Te acuerdas, Nena, de cuando tos jugábamos a lo encondíos y a lo cocinaos, abajo e lacama e Don Adolfo?

Cuando Erasmo gritó desde abajo:

—¡Vamos! ¡Juan! ¡Ya está esto!

El aludido se puso de pie. Tenía que irse. Díjole adiós desde allí a Laura, que no se dignó moverse de su sillón por tan poca cosa. Todos los varones le estrecharon la mano. Después Candelaria, quien, en dúo con Fernando, rogó al antiguo compañero que volviese por allí con frecuencia.

Y Nena, apretando entre su mano, franca y cálida, la temerosa del hechizado; reafirmando su indiferencia y tranquilidad ante la vuelta de él al contacto de la familia, secundó
extremosamente los cariñosos deseos de los demás:

—Sí, chico —le dijo reteniéndole la floja mano en el
electrizante calor de la suya y haciéndole bajar los ojos con
el irresistible dominio de los de ella—. Vuelve. Pero para
pasarte una tarde. Y así me cuentas, a mí sola, lo que no
alcancé a oir ahora. Y de la guajirita que debes haber dejado por allá. ¿Eh? ¿Vas a venir?

Se deshizo de ella y de los demás, cogiendo el sombrero,
retrocediendo hacia la escalera, procurando esconder las ridículas holguras del "flus"[1] que fuera de Adolfo, sin mirar
los ojos fascinadores más que a ráfagas medrosísimas, y
afirmando incoherente:

—Sí. Sí. Si Don Adolfo me deja voy a volver. O cuando
ustedes vayan. Bueno, adiós. Pero, sin guajirita, Nena. Te
lo contaré ahora, o luego. Tu no vas para México?

—Sí. ¿Por qué?

—Por nada. ¡Adiós!

—Pero, oye...

—No. No. ¡Adiós! ¡Hasta otro día! Vuelvo.

Y ya llegaba al extremo inferior de la escalera, rápidamente.

Allí le esperaba Robertico, con el paquetito de la medicina y el encargo de comunicarle sus recuerdos a Adolfo,
y a la enferma sus deseos de mejoría; pero no a Juan sus
deseos de que volviese por allí, sino un apretón de manos
y un adiós breve, definitivo, que el jovenzuelo, aturdido y
tembloroso, contestó en alto, para hacerlo extensivo a Erasmo. Erasmo, con los codos apoyados en una alta carpeta,
sobre la que estaba el libraco de marras, y la cabeza apo-

---

[1] "flus"   flux. Traje de pantalón, chaleco y chaqueta ("saco").

yada en las manos, ni siquiera la levantó, para decir, himaláyico:

—Abur, joven.

Un oportuno "carrito"[1] le recogió en seguida. En el "carrito" buscó el asiento disponible más lejano del ahumado y tremante farolito de petróleo, a fin de rehuir de curiosas miradas el ridículo "flus" como si ya fuese aquella la última vez que fuera a ponérselo. Tan rápida y completamente se sustrajo del tranquilo mundo exterior para entregarse a su interior agitación complejísima, que el viaje hasta el paradero de San Juan de Dios le pareció increiblemente veloz. Pocos minutos después estaba ante "su" casa. Adolfo no había regresado aún. La Betancourt enferma, con el anguloso cuerpecillo envuelto en blanco ropón, el ropón recatado tras una mampara y un brazo extendido, recibió la medicina y el recado del tratamiento. Instantes después, en la sala, a la temblona y amarilla luz de un preagónico "trabuco", Juan vestía su sofá y luego se desvestía para acostarse.

En el sofá, como entre las luces aisladas y mortecinas de la calle de Aguiar, y como momentos antes en el traqueteante y desvencijado tranvía de caballos, hirvieron en la mente de Juan todas las confusas y perturbadoras ideas con que saliera de su emocionante visita a la casa de La Víbora. ¡Y tan emocionante! Sólo por su nerviosidad, por su falta de mental dominio, pudo imprudentemente anticipar la noticia de que también debía irse a México con Adolfo y su mujer. ¿Y si se alarmaba Robertico y venía a maquinar en su contra? ¿Qué camino le quedaba, entonces? Uno solo: echarse el bulto de ropas a la espalda, y marchar calles adelante, hasta salir al campo, sin consejos ni instrucciones para disimular u ocultarse de los españoles, y dar con sus huesos en una avanzada insurrecta, si antes no daba con

---

[1] "carrito"   tranvía movido por caballos.

ellos en una bartolina de La Cabaña. Que en uno u otro
lado ya encontraría techo y algo de comer. O una bala que
le resolviese el problema de una vez. Pero ¡qué sano, qué
generoso estuvo Fernando! ¡Y cuán sencillo Betico! Tanto,
como despectivos y orgullosos estuvieron Laura, el sabio de
Erasmo y el hipocritón del padre de familia. ¡Vamos! ¡Qué
iba a volver él por allí! Ni ¿con cuál objeto? Su amiguito Pepín, con toda su listeza, estaba equivocado. ¿De qué les
servía a los de abajo, a los inermes, el conocerle las secretas
máculas a los encaramados en fuertes posiciones? Eso, en
todo caso, podría ser útil, de igual a igual, de potencia a
potencia. Allí estaba si no, la actitud de Nena. ¿Qué se
proponía, o al menos, pensaba de él? Poco. Acaso nada. De
lo que sí estaba él seguro era de que ella se sentía inabor-
dable, inaccesible; como le viniera a él a la mente al verla:
¡Qué fuerte! Y así continuaba viéndola, después de la visita: inalcanzable, imposible; como reina esplendente de belleza, para su joven lacayo enamorado. Predominó ella entonces, como hasta aquel instante, en el afanoso burbujear
de ideas del caldeado cerebro juvenil. Tuvo en sus oídos,
vivísimo, el eco de la musical voz que había vibrado encantadora entre los húmedos dientes blanquísimos y los labios
frescos y carnosos. Tuvo ante los ojos de la febril imaginación, como ante los ojos de la carne, magnificados por el
deseo, los pechos, duros y redondos, semejantes a medias
toronjas en sazón, que la débil tela rosadita ceñía elástica-
mente, y la incitante pantorrilla, asomada bajo el corto vestido, evocadora de voluptuosas visiones de ligas, encajes y
hermosas carnes sonrosadas. El deseo imperó sobre todo lo
demás. Latíanle a Juan las sienes. Le ardían, de resecas,
las fauces. Los dedos, como labios lujuriosos, ansiaban calor
y suavidad de curvadas morbideces femeninas. Y las imágenes de mulata hermosa y desnuda, que hasta entonces po-

blaran momentos como aquel, no surgieron ya; muertas quedaron para siempre, ante el progresivo y obsesionante desfile de las visiones de redondas carnes sonrosadas.

Trepidó el sofá.

Adolfo hizo luz y ruido en el zaguán y el gabinete.

E instantes después, tras un "¡Quién sabe!" suspirado desde lo más hondo del pecho, rápidamente anemiado el cerebro y laxa la red de sus nervios, Juan cayó en un profundo sueño de juventud.

Muy temprano en la mañana siguiente, se presentó Robertico en la casa de la calle de Aguiar. Cornelia y Agripina Betancourt, silenciosas, heridas por la pena de tener a Tula enferma, en cama, trajinaban en la cerrada hilera de cuartos. Negra y negro lo hacían en la cocina. Sentado a su escritorio, Adolfo distribuía cantidades de dinero en un apunte, con el cual debía ir Juan en seguida a compras y pagos de mínimos preparativos de matrimonio. El dinero acababa de dejarlo en manos de Adolfo un dueño de casa de empeños, judío de Asturias, a quien el abogado malvendiera los que ya casi eran sus últimos muebles. Juan, con los codos en su mesa ministro, de decorativo empleado del "bufete" tragaba páginas de *La Ciencia y sus Hombres*. Con él se enfrentó el que entraba, antes que con los demás.

—¡Hola! —le dijo por todo "Buenos días".

Y pasó de largo, sin mirarle a la cara.

El hermano lo recibió con efusiva sorpresa:

—¡Qué milagro! ¡Tú por aquí, y tan temprano!

E instándole a sentarse allí, frente a él, le pidió disculpa por un momento de desatención, para llamar a Juan y mandarle a la calle con los encargos:

—Llévate los libros a Obispo, y no regatees mucho. Suéltalos por lo que te den. Vete después por Teniente Rey, y diles que ya no quiero los coches. La cosa va a ser íntima, de luto, afortunadamente. Vuelve con el pagaré a casa de Mario. Si te paga, págale a Cabrisas. Paga los cuellos, los puños y las corbatas. Compra todo eso que va ahí en el apunte, y recoge el estuche en casa de Borbolla. Eso lo último, para que de una vez se lo lleves a Carmen. Y acuérdate. No le aceptes propina. De ninguna manera. ¿Oyes?

Oyó todo, muy bien, Juan. No obstante lo preocupado, lo casi asustado que instantáneamente le puso la temprana e inesperada visita de Robertico. Oyó asimismo, bien claro, cuando pasó de regreso, con el sombrero en la mano y rumbo a la calle, que el boticario hablaba con afanoso misterio, de algo "imprudente", "innecesario", que debía pensarse mucho antes de hacerlo. El jovenzuelo certeramente supuso de qué se trataba. Ya lo había presentido desde que viera llegar al otro. Y se propuso, humanamente, ardientemente asirse a la maternal simpatía de Carmen, con todos los recursos de su prematura experiencia de la vida.

Cuando, como a las diez de la mañana, llegó a casa de la prometida de Adolfo, ésta seguramente acababa de bañarse y de pasar por uno de aquellos laboriosos lavados de cabeza de los tiempos de Schopenhaüer. Vestía una rica y blanquísima baja de encajes, con probabilidad impacientemente sacada de la "habitación". Con la espumosa albura de la bata y el trigueño-rosado de la bonita cara, alegrada por la llegada del mensajero del novio, contrastaba la negra y lustrosa, y abundante cabellera, esparcida sobre los hombros y toda la espalda. Era la imagen de novia en alcoba nupcial, que poblaba el sueño de los jóvenes enamorados en tales tiempos schopenhaüerianos.

No tuvo Juan que esforzarse para exclamar, por todo saludo, y mientras le alargaba el estuche, de que hablara

Adolfo, nítidamente envuelto en papel blanco y cruzado por un rojo cordoncito:

—¡Qué lástima que no sea Don Adolfo quien se lo trae!

No le costó esfuerzo, pero se puso rojo de emoción, de tardía cortedad, casi de miedo. Ella, comprendiendo, también ruborizada, entre complacida y temerosa, al fin dijo alentadora, en mujer:

—¿Por?

—¡Ah! Pues . . . —y se encogió de hombros, sonriente, malicioso.

—¿Qué? ¿Estoy muy bonita?

—¡Huy! —replicó él, rápido; segurísimo.

—Pero, para Don Adolfo no soy tan bonita, ¿verdad?

—Desatóse él en vehementes afirmaciones, mientras ella, ya ganada por la lisonja —la más inapreciable lisonja para una mujer— comenzó a desatar el cordoncito, llamando a la vez a la madre para que viniese a ver el obsequio de Adolfo.

Era un elegante y artístico estuche de tocador, de plata y carey, que por seguro costara medio mobiliario y media biblioteca de los vendidos por el abogado en aquellos días. Cuando más contenta, más infantilmente alborozada estaba la joven con el regalo, Juan, intempestivamente, le dijo:

—Bueno. Mire que yo también estoy muy contento con el matrimonio. No se vayan ustedes a arrepentir y dejarme en La Habana.

—¿Nosotros? ¿Y por qué?

—No. Por si acaso . . .

—¡Qué va! Tú te irás con nosotros, de todos modos.

—¿De todos modos? ¿De todos modos?

—Sí, muchacho. ¿Cómo te vamos a dejar aquí, para que te eche mano ese Weyler,[1] a quien tanto miedo tienen ustedes los habaneros?

---

[1] *Weyler,* Valeriano. Cruel general español que sustituyó a Martínez Campos.

—¿Seguro?

—Palabra.

A Juan en el arrabal y en el campo le habían enseñado que la palabra empeñada por una mujer valía poca cosa; pero fue tal el acento con que lo dijo la joven, feliz y, por tanto, generosa, que el mozo se sintió garantizado.

Volvió a Aguiar, rápido, optimista, a pesar de la amenaza que allí dejara. Volvió con cien verbales y cálidas expresiones de gracias; una esquelita cerrada, y un peso metido a la fuerza en el bolsillito pectoral del saco.

Encontró a Adolfo en el "bufete". Le dijo que todo estaba hecho de acuerdo con las órdenes recibidas. Y cuando disponíase a lisonjear al novio con la ponderación de lo linda que estaba la novia aquella mañana, con su gran bata de señora y el pelo suelto, le cortaron el mundológico discurso con estas frases, dichas muy formalmente:

—Mira. Te voy a decir una cosa en secreto, confiado en la discreción y reserva de que hasta ahora me has dado pruebas. Roberto ha venido a decirme que tú no debes ir con nosotros a México.

—¿Y por qué?

—Boberías. Que porque sabes los secretos de la familia, y, sobre todo, los de nosotros los varones, y porque va Nena.

—¿Y eso qué tiene que ver? Ella va con ustedes; con su familia; y yo, como no soy...

—¡Claro! —le interrumpió Adolfo para atajar la imprudencia provocada por la de su estúpido hermano y la de él mismo al soltársela al "recogido"—. Pero, tú sabes, como él es padre, es la primera vez que se separa de su hija... ve visiones... estupideces... y ya no sabe qué precauciones tomar. Sin embargo, lo importante es que yo nada le he prometido, y que tú debes ir con nosotros. No vuelvas por allá; y si él o los muchachos o cualquiera otro te pregunta, dile que no sabes; que crees que no vas. ¿Sabes? Y sigue haciéndote querer de Carmen y su madre.

Sí. Si acaba de rogarme que no me "raje", como dice que dicen en su tierra. Hasta me ha metido miedo con Weyler. ¡Por mi madre!

—¡Psch! Olvida ese nombre. Vamos a tener cuidado hasta el último momento.

Y en seguida, juntos, revisaron encargos y cuentas.

A Juan la lectura, el roce con personas educadas y las exigencias del "flus" y la corbata, le iban, no sólo civilizando el gusto, el léxico y los modales, sin afinándole la natural inteligencia con incesante rapidez. Así, sobre todos los efectos de temor y disgusto que le produjera el proceder del farmacéutico, predominó en él, éste, uno de sus primeros descubrimientos filosóficos:

—¡Qué sinvergüenza es el mundo!

Exclamación libertada, casi audiblemente, al pasar por el patio, rumbo al fondo de la casa, y que fue seguida de los más sarcásticos pensamientos:

—¡Dice que ve visiones! ¡Que porque es padre! ¡Como si a los de su casta siempre les preocuparan los hijos, y todas las madres... de sus hijos! En lo que sí tiene razón es en lo de los secretos que le sé. ¡Ya lo creo! Como que ese es todo el apuro, el correcorre, y la misma intención de gata de la otra lengüilarga; intención de desprenderse de uno, aunque sea echándole a la calle, a comer rancho y dormir en los parques. A que lo parta un rayo. Pero, está bien. Yo trago y... guardo.

Estas negras reservas mentales dominaron su cerebro durante todos aquellos críticos días anteriores a la boda de Adolfo.

Robertico también estuvo a ver a la futura cuñada, para
de soslayo, provocar el tema del viaje de Juan; pero no sólo
no se atrevió a forzar la situación, ante las inclinaciones
favorables de Carmen hacia el huérfano, sino que enterado
por la novia, Adolfo, todo amor y complacencia paroxisma-
les con ella en aquellos últimos momentos del noviazgo,
corrió a casa de su hermano, a contenerle las que él creía
ridículas barbaridades.

Dada la situación, luto, guerra, horror a Weyler, casi indisimulable arranquera del novio, y preparativos de un
inmediato abandono del país, se acordó que la luna de miel
comenzase con una semana de permanencia de los recién
casados, en casa de Carmen. La casa de Aguiar quedaría
a cargo de Goyo, quien habría de vivir de lo que, poco o
mucho, le dieran las Betancourt, y la renta de la parte delantera de la casa, que una vez marchado Adolfo, podría
alquilársela "hasta" a los españoles. Nena, la tarde de la
partida, podía ir directamente al muelle, con sus familiares.
La fecha antes de la que habría de ser histórica en la vida
de Carmen y Adolfo, Juan estuvo todo el día en casa de las
yucatecas, trajinando, afanoso, formalísimo, atentísimo; atán-
dolas a su suerte por el afecto, por la compartición de la
felicidad, por el halago en el elogio de cuanto salía a relucir
de la "habitación". ¡Qué bata más linda! ¡Qué vestido más
elegante! ¡Cuántas prendas! ¡Cómo estaba aquella cama!

Ya en el último momento, al pasar por la alcoba nupcial,
vio Juan, extendido sobre el amplio lecho, todo el primer
íntimo avío de la desposada, blanquísimo y encintado en
color de rosa. Se detuvo a contemplarlo. Las ligas, anchas,
también rosadas, de sugestiva circunferencia, le extasiaron
en deleitosas deducciones. Recordando la medicina recons-
tituyente, cuya fórmula Adolfo heredara de su padre, y que
en aquellos días se "repitiera" varias veces, iba Juan a excla-

mar, en un gran desahogo a media voz: "¡Qué doble salvada se va a dar este otro pájaro de cuenta!", cuando Carmen en esa misma fracción de segundo, le sorprendió en flagrante delito de pecaminosa curiosidad, e irreflexivamente, rápidamente, le hizo variar la exclamación, llevando la lisonja a importunísimo extremo:

—¡Qué par de ligotas!

La cara de la joven de súbito enrojeció. Hubo en ella una visible expresión de duda: ¿ingenuidad, o atrevimiento? En el acto Juan comprendió su imprudencia, arrepintiéndose de ella. ¡Qué bruto, que animal soy todavía! —pensó mientras Carmen, muy seria y muy impiadosa, le ordenaba salir del cuarto. La brújula de su egoísmo le puso, franca, como único norte, el obrar y aun el pensar bien de todos, y más que de otros, del mismísimo Adolfo. Y en esa orientación quedóse inflexiblemente hasta el final de aquella gran hora de crisis, de prueba. Por suerte suya.

En la noche volvió Juan a la casa de Aguiar. Volvió en coche, con un anciano baulito, en el cual debía recoger "sus cosas", y volver con ellas dos días después: el de tornabodas.

La boda fue en la sala de la casa, ante un altarcito poco católico; es decir, humilde (media vara de crucifijo de plata, un luis de velas de cera, unos blanquísimos pañitos casi convertidos en pura tira bordada y dos brazados de flores recogidas entre convecinos) y ante las familias del Vedado y la Víbora, los sirvientes de todos y tres compatriotas de las yucatecas, entre ellos el propio cura oficiante, salido de su tierra en la expulsión anticlerical número tantos. Carmen salió del cuarto, donde las mujeres le prendieron velos y flores de azahar, lindísima, contrastando —como su blancura entre las negras siluetas que la rodeaban— su cara feliz, sonriente, con las melancólicas, compungidas o llorosas de las otras mujeres. Enamorada, honesta, inteligente, la en-

cantaba aquella boda sin mirones, sin risitas insolentes, sin
atracones a costa de un acto que sólo resulta inmoral, casi
obsceno, cuando se le anuncia y se le expone, a todo el
mundo. Pero ... Estaba muy linda Carmen; más linda para Juan, que no podía dejar de pensar como tenía que pensar en tal momento más que en la propia Nena. Nena estaba cerrada de luto, con moño retrabajado y cargazón de
ropa blanca interior (la semidesnudez que tanto la realzaba,
era pecado entonces, fuera de la intimidad hogareña) y
Carmen, además de su radiante dicha de joven enamorada,
a dos pasos del amor pleno, lucía espléndida, encantadora,
con el semiescotado y mediomanco traje nupcial. Y más,
porque Juan veía, con los ojos del deseo, debajo de la blanca y flexible tela de seda, las espumas del encaje con cin-
titas rosadas, y las ligas anchas, amplísimas, que por la tarde
contemplara en la cama del matrimonio. Y con los incansables ojos verdaderos, ansiosísimos, el virginal rostro de la
joven y el retazo de carne blanca, plena, que agitábase en
el escote, emocionada, mientras el sacerdote gargarizaba sus
rutinarios arcaicismos ceremoniales.

De pronto, al levantar la novia un momento la mirada,
para pasarla céleremente por los atentos e impresionados
circunstantes, tropezaron sus ojos con los extáticos de Juan.
Su emoción, instantáneamente, se hizo más roja. Juan, a
su vez, en el instante bajó y desvió la mirada, evidenciando
su "delito", e instintivamente, contrariadísimo, abandonó la
sala, aprovechando para ello el movimiento en todos producido por un cambio terminante del acto sacramental.

Minutos después, también desvió la mirada al sorprender
a Nena, al final de la carrera de cuartos, en el momento
de alzarse una media. Y cuenta que la media era negra, y
que el recuerdo de la portentosa pierna, resaltante sobre
el blanco fondo de las abudantes ropas interiores, habría

de quedar en su memoria, presto a plasmarse nítidamente a la mayor evocación. Pero era que él temblaba de inseguridad, de invencible miedo.

¡Si Carmen llegaba a comprender, a justificar, las prevenciones del cuñado!

Así, Juan casi no vio aquella noche —entre los taponazos de las botellas, las bandejas de dulces y helados, y los chistes, alusiones y comentarios de la boda y el viaje subsiguiente, que el luctuoso ambiente permitiera— ni muchas veces después, a Carmen, ni a Nena, ni a mujer joven alguna de la familia.

Después, sus recuerdos se confunden al recordar los pródromos del viaje, el propio viaje y su término. Más que confundirse, se esfuman. Sí sabe que el baulito llevaba todas "sus cosas"; todas, inclusive, desde luego, su paquetito de papeles y retratos. Recuerda también, que tuvo que ocultar sus lágrimas frente a la enlutada y sollozante comitiva que despidiera a los viajeros, frente al remolcador que le llevaba al *Saratoga*. Allí, el olor a barco, inició el mareo de cuarenta y ocho horas, que todos —menos los marinos y trotatierras— debieron a un norte[1] que hacía hervir en oleadas y espumarajos al temido Golfo. Y en los escasos momento de lucidez, de posición vertical y estómago caliente, ráfagas de recuerdos: la aborrecida bandera española en un vapor que cruzara cerca del *Saratoga*; un comentario con Nena, al ver, lejanas, las montañas pinareñas, donde Maceo arrojaba cargas de machete y cargas de dinamita sobre cuarenta batallones de odiados "gallegos"; las galanterías, las miradas desnudadoras y la solícita admiración de todos los hombres de a bordo, frente al sofá acojinado o la silla de extensión, donde la linda cubana dormitase o lamentase el mareo, que aumentábale la criolla palidez, agrandábale las

---

[1] *norte*   viento fresco de invierno con lloviznas.

ojeras embellecedoras de los ojos bellísimos, y esparcíale al viento la copiosa cabellera negra.

Hasta el recuerdo de un muelle muy largo, con tablones desclavados, oscilantes, y laberintos de inseguros rieles herrumbrosos; poblado de sedosas y blanquísimas pacas de henequén, hileras de mulos escuálidos y malolientes, y una extraña humanidad jornalera, amarillenta, descalza, semi-desnuda, silenciosa. El muelle se balanceaba como el barco, y no ha olvidado Juan que tenía necesidad de agarrarse a cuanto hallaba a su paso, como si estuviera en el cachum-bambé de la cubierta, cerca de la barandilla chorreante y vertiginosa, o entre los panales de literas de la "segunda", con su insoportable olor a soga, a albayalde, a bodrios mari-neros, a agruras de bacinillas repletas de mareo; a barco.

XXVII

Las propiedades yucatecas venidas a dominio de Adolfo por el matrimonio, eran media docena de casas en Mérida, y dos grandes fincas henequeneras. Una de éstas tenía patriarcal "casa de vivienda", como la de un ingenio cuba-no de la época: una sola planta, de elevadísimo techo en-vigado y macizas paredes encaladas; gran soportal, de cicló-peas columnas rotundas y pisos de bermejos ladrillos, gas-tados y polvorientos, que se extendían por todas las espaciosas habitaciones; patio empedrado, con el brocal del aljibe medio a medio, y al fondo alto tapial verdinegro, por cuyo borde asomaban enfermizos platanales, o columbrábase la pedre-gosa llanura, erizada de verdes bayonetas de henequén. Esta casa hallábase a dos kilómetros de Mérida. Situación ideal; porque se estaba lo suficiente lejos del chapotear de los vehículos, por la entonces lodosa ciudad; de sus chismes, atisbos y mezcolanzas de aldea grande, y lo bastante cerca para tener siempre a mano las más urgentes necesidades de la civilización: el médico, el teatro, la letra de molde, la mampara del Gobernador. Allí, previos unos arreglos generales y una nutrida provisión de mestizas, para el comal, la batea, los calderos y el cepillo de fregar los suelos, instaláronse los recién llegados. Para Nena aquello era un destierro; pero esta consideración era atenuada, desde el primer momento, por otras muy atendibles de ella misma y de los demás: en La Habana, el luto, el angustioso ambiente de guerra y la estrechez económica, teníanla enclaustrada en el caserón de la Víbora. Además, como buena cubana, ella debía compartir las penas de la revolución libertadora, resignadamente. Por otra parte, aquel destierro aliviaba la situación en la casa de sus padres y hermanos. Allí, en el yucateco caserón, tenía de todo en abundancia, inclusive cariño de hermana en Carmen, y de madre en la madre de Carmen. Por último, ya llegaría hasta la finca henequenera la juventud meridana. Entre ella, la docena de pretendientes que caería, como nube de langosta en pletórica milpa, sobre la bella habanera aparecida en los alrededores de la aislada y monótona ciudad peninsular. Ya había visto avanzadas de la plaga de enamorados, entre los nuevos familiares que acudieron a Progreso para recibir a los viajeros. Jóvenes, fuertes, tostados y endurecidos algunos de ellos en los calcinados pedregales de las haciendas, sintiéronse cohibidos ante la muchacha de ciudad grande, que, además, como ingenuamente confesara uno de ellos, "ofuscaba de puro linda"; pero no quitaron los ojos de ella, mientras los suyos, brillantes y agrandados por la emoción, curioseaban el exótico contraste de seres y cosas, hecho posible por sólo un viaje de cuarenta horas, sin dejar por ello de percibir la muda, profunda, extática admiración que gratamente la envolvía.

Después de la agitación surgida con la llegada de los dueños, la arcaica vivienda campesina recobró su perenne quietud de conventual residencia yucateca.

Y es al caer la tarde. Una brisa ligera mueve las hojas de los plátanos asomados sobre las tapias y comienza a desleír, en los enormes ámbitos de la casona, el hálito de horno de los recién soleados henequenales. So pretexto de un merecido descanso de viajeros, los nuevos esposos, como nuevos esposos más que como viajeros, estrenan una gran hamaca de blanca "hilera", encintada de azul, que extiende su suave curva a todo lo ancho de la matrimonial recámara. La madre de Carmen, en el traspatio, se desquita de quince años de nostálgico exilio, pastoreando el doméstico mestizaje. Nena y Juan, ahora algo inquietos, algo desolados, ante el brusco cambio de ambiente, convergen hacia el amplio soportal frontero. Allí se acercan y permanecen juntos, solos, nerviosos, plenos de reservas mentales, en un breve prólogo de insinceridades, que tiene por motivo los, para ellos, rarísimos trajes y costumbres del país yucateco. Ella, por bromear y congraciarse, viste un hipil de finísimo hilo, que al insinuar veladamente las líneas de los senos y las caderas, las realza hasta promover la tentación de él. La tentación verbal, al menos. Por ahí se desvían los comentarios: por el hipil, femenil indumentaria aindiada, ancha y ajena a la línea humana; menos cuando la línea en verdad existe, como en Nena.

Aquí los hombres andan en calzoncillos y las mujeres en camisón.

Lo ha dicho él, con los ojos fijos en los pectorales levantamientos del hipil. Los ojos en desvergonzada intención (¡qué! ¡bueno!, también pudiera ser inocentísima) de ver lo que al cabo del tiempo y los hechos pasados, hay dentro de ella.

Y ella; deteniéndole en seco, pero sin cohibirle; que ahora parece no convenir:

—Oye, oye. ¿Sabes que la educación no te ha crecido con el cuerpo? ¿Qué manera de hablar es esa?

—¿Eh? ¿Y qué cosa mala he dicho? ¿Eso no parece un camisón? Ahora sí; que, claro, contigo no; porque tú tienes buen cuerpo...

—Bueno —dice ella repentinamente cambiada, en apariencia, por la femenil complacencia del halago; en el fondo por súbita, osada decisión de al fin encararse con algo imposible, los ojos bellos, y los labios frutales, y la voz sojuzgadora, todo en poderoso juego de personal influencia—. ¿A dónde está todo aquello?

—¿Qué?

—Todas aquellas boberías de muchachos; cuando estábamos locos, y jugábamos a una serie de barbaridades, y tú guardabas los papelitos.

—¡Vaya! ¿Boberías, locuras y barbaridades, porque éramos novios?

—Eramos, no. Jugábamos a los novios. Pero bien. ¿Dónde está todo aquello?

—No sé.

—¿Cómo no vas a saber? ¿Los botaste? ¿Los perdiste? ¿O los tienes todavía?

—¡Qué sé yo!

Y se encoge de hombros, en una clara negación afirmativa, con los ojos cínicamente clavados en los de ella. Hay en esa mirada una evidentísima mezcla de temibles intenciones: intención de hombre en erótico impulso, de *chan-*

tage para abrirle futuros cauces: de plebeyas complacencias rencorosas.

Y el escarceo se prolonga y acalora. Reclama ella, exigiendo y suplicando, en alternativa, sin reclamar empero mayor respeto social, ni mostrarse inaccesible a los propósitos de él. Por el momento ella va a su finalidad. Niega él, en un estira y encoge, que le enardece de sexual deseo inconsciente, ciego. Siguen solos, a gran distancia de todas las demás personas de la casa. La tierra, con tropical rapidez, va invadiendo de sombras crepusculares las altas claridades del cielo, falto de sol. De pronto el aturdido, el obseso, propone:

—Bueno. ¿Vamos a mi cuarto?

—¿Los tienes allí?

—Sí.

—¿Me los vas a dar para romperlos?

—Sí.

E instantáneamente, emocionada, más nerviosa aún en este momento crítico, tras cuyo rebase está la quietud, la seguridad, definitivas, parte delante de él, encaminándose a pasos cuidadosos hacia el corredor de claustro que corre a lo largo del claustral patio.

Llegan al cuarto donde están las pertenencias de Juan: el baulito, dos bultos de libros, papeles y otras etcéteras, y la hamaca, ya extendida de pared a pared. Juan ha seguido a la muchacha, con los ojos encandilados por el trepidar de las redondeces que posteriormente levantan la débil tela del hipil. E instándola a arrinconarse, por señas, cada vez más encendido, más perturbado, comienza a entornar las puertas que dan al patio.

—No. No —protesta ella en secreto, pero enérgica, alarmada—. ¿Para qué?

—Para que no nos vean.

—No. Nadie nos ve. Anda. Anda pronto.

—Sí nos pueden ver.

—Que no, digo. Acaba de una vez. Vamos. ¿Dónde los tienes?

—Aquí, en el cuarto. Ahora va. Pero ya que nadie nos ve, anda, dame un beso.

Y al soltar la temeraria idea, avanza hacia Nena; las manos ahuecadas como en tierno molde para las mejillas, los brazos extendidos; los labios suavemente juntos, listos para el beso.

Pero:

—¡Oh! —exclama ella, en apagada pero sincera repulsa profundísima—. ¡Atrevido!

Y con la cara entre las dos manos, roja, agitadísima, con humedecimiento de indignación y vergüenza en los ojos, sale corredor adelante, repitiendo farfullante:

—¡Atrevido! ¡Atrevido!

—¡Oye! —la llama él, apuradísimo—. ¡Mira! ¡Toma!

Inútilmente.

Desaparece ella por una de las habitaciones delanteras. Se queda él de pie, en medio de su cuarto, ya en sombras, esperando algún ruido elocuente por allá, por las habitaciones delanteras. Está en un estado nervioso tan indomable, que en todo caso sería delator, perturbador de todo razonamiento defensivo.

¿Y para qué? En frío, él es irresoluto, sumiso ante el prójimo y los acontecimientos poderosos; pero, enardecido, rebelde, como está ahora, ¡bah!

—Que venga quien venga a preguntarme —monologa en cubano guapo, mientras sin darse cuenta comienza a reunir sus cosas—. ¡Vamos, hombre! Van a saber quién es

un desgraciado en punto de caramelo. Le voy a decir verdades como esta casa, y si cree que puede pegarme y arre-
glarlo así todo, en seguida va a saber que no es cosa de
pegar en seco, sino de fajarse de hombre a hombre, y luego,
nada. Aquí no estamos en Cuba. Ni yo soy la carne de
huérfano que era cuando lo del señor Robertico, o el señor
Rómulo. A trabajar por ahí. De todos modos tengo que
hacerlo aquí, y en todas partes. ¡Que vengan si quieren!

Mas, no. Sólo se acercan los pasos de dos masculinas
sandalias de mestizo, que le hacen callar. Después no oye
más ruidos que el de unos trastos metálicos por la cocina;
el de un molinito de cacao, que seguramente hace girar
una sudorosa mestiza, bajo la esclavista mirada de la "ama"
no menos mestiza en verdad, y luego el suave y tranquilo
abrirse las ventanas y las puertas de la tibia alcoba matrimonial, hasta ahora hermética y silenciosa.

—¡Castrones!

Exclama, aún secreteante, Juan, con la mente puesta
en los dos "descarados", que han permanecido dos horas
encerrados, tranquilamente, frescamente, ante los ojos de
toda la gente de la casa, amos y criados, varones y hembras, jóvenes y canosos.

Y después de tal exclamación, nada significativo ocurre.
Nada por el momento.

XXVIII

No comió Nena aquella noche. Dijo que tenía un fuerte
dolor de oídos, e inquieta unos momentos, pensativa otros,
pero sin las pestañas secas un sólo instante, refugióse sola
en su cuarto, mientras los otros comieron y luego hicieron

tertulia en la fresca semioscuridad del soportal, poblada de virgílicos mosquitos.

Juan hizo su primera comida yucateca solo, en la mesa de la cocina, calurosa y mal alumbrada. Las mestizas aisladamente, con el plato de frijoles y la torre de tortillas en las piernas; cerriles; abochornadas; agudizada en presencia del joven forastero, la religiosa fobia del varón. Tenía él por dentro la procesión de duda, expectación y valentonería, que le dejara el osado arrebato sexual de momentos antes; pero el choteo, el erotismo, la versatilidad criollos, lograron distraerle por momentos: la tortilla es pan y cuchara para las mestizas. Las mestizas babosean una jarra de barro, donde todas beben, los labios brillantes de frijol con puerco. Pero la carne, morena y torneadita, de dos jóvenes mestizas, que aún no le han mirado de frente una sola vez, predomina en la nerviosa preocupación del habanero. Es, sobre todo, que le ha dejado excitadísimo la pugna con Nena. Juan se pone frecuentemente de pie, pretexto de buscar agua, una cuchara y luego "pan de trigo", despreciando las tortillas —para lanzar ojeadas hacia al seno de las mesticitas, que comen en cuclillas casi. Les busca conversación, inútilmente. Las sigue con la vista, atentísimo, insinuante, cuando alguna de ellas pasa por su lado, con los duros pechos de india enhiestos, gelatinantes, bajo el blanco hipil, remedo como ya él le dijera a Nena, de íntimo y casto camisón.

Las jóvenes mestizas son las criadas de mano de la casa. En la noche han ido y venido, trayéndoles, a los señores en tertulia, bien unas pantuflas, bien un abanico mata mosquitos, bien agua de beber en frescas y rezumantes alcarrazas. En la mañana van y vienen, barriendo, desempolvando, lavando el terroso enladrillado del piso. Notan todos, en la noche y en la mañana, el mirar brillante, an-

sioso, con que el joven sigue todos los pasos y movimientos
de las dos sazonadas y apetitosas vírgenes color de aceite.
Y antes de que Nena salga de su cuarto; antes de que Juan
pueda juzgar, por el rostro y las actitudes de ella, sus
intenciones, Adolfo, súbitamente temeroso de haber metido
en su casa, entre tantas mujeres, la virilidad aislada del
criollo mozalbete; Adolfo a la vez comprensivo, humano,
previo malicioso comentario con su joven esposa, llama a
Juan; le autoriza para pasarse el día entero conociendo a
Mérida, y le da diez tostones para sus gastos.

Se va Juan a Mérida, pisándole los talones a la desme-
surada sombra que ante sus pasos extiende el sol recién
salido; tan recién salido que apenas si entibia el aire de la
mañana. Va preocupado, rebelde, arrepentido, avergonzado,
irresoluto, nerviosísimo, por lo de la noche anterior y sus
probables consecuencias; pero va también gozoso en busca
de Julián, a buscar, al fin, otra cosa que nunca se ha atrevido a buscar solo; pero que ya le es necesario, obsesionante.

No ha curioseado aún la mitad de la larga y recta calle
céntrica por donde se ha adentrado en la ciudad; no llega
aún a la basta catedral, pétrea, vetusta y con aspillera,
como arcaica fortaleza, cuyas cuadradas torres divisara él
desde la finca, cuando atrae su atención una vieja casa encalada, por cuya chata puerta y enrejada ventanota, sale
el bullicio de una viva, inconfundible, para Juan emocionante, charla cubana.

Se detiene ante la ventana. Dentro hay una docena de
hombres, blancos, pardos y negros, curvados, goteantes de
sudor, sobre sendas mesas de tabaquero, dispuestas en apretado semicírculo. Las paredes están tapizadas con retratos,
caricaturas, escudos, banderas y criollos pasajes; todo lito-
grafiado o emborronado con barata creyonería. ¡Coonchó!
Los retratos son de Maceo, de Martí, del Chino Viejo.¹ Los

---

¹ *Chino Viejo*   Máximo Gómez.

escudos y banderas son tricolores, con la estrella solitaria. Una bandera es grande, de tela; la primera bandera cubana de tela, grande, que ve Juan Cabrera.

Va a recorrer los rostros de los tabaqueros, algunos de los cuales ya le miran de soslayo, complacidos, vanidosos, por la expectación que en el transeúnte producen las cosas de Cuba insurrecta, cuando uno de aquellos rostros, sorprendido, alegre, pleno de viva cordialidad, se queda fijo en él, a la vez que exclama emocionado:

—¡Juan!

—¡Julián!

Y corren ambos a encontrarse en la puerta, ante la expectación de los demás; agregando Julián, al hacerlo:

—¿De dónde cae éste ahora?

Y Juan:

—¡Qué pronto, caray!

Aunque están en México, no se abrazan; porque no es el cubano aficionado a efusivos contactos. Sin embargo, se estrechan las diestras brevemente. Mutuamente se hallan crecidísimos; hechos unos hombres. Julián en verdad, tiene, en el delgado rostro, sombras de viril plenitud, y sobre su mesa de trabajo, casi "media rueda",[1] que ya lleva hecha en la mañana.

Hace Julián la presentación en franca, general e inceremoniosa fórmula popular. La presentación —¡oh, asombrosas casualidades de la vida!— es pronto ruidosamente cortada por uno de los tabaqueros, prieto, espigado, con listada camiseta de crepé y el huesudo cráneo recién rapadito, que no ha quitado los ojos de la cara nueva un solo instante.

—Oye. ¿Tú no ere Juan, el que jugaba con losotro po Príncipe y Cayo Hueso?

---

[1] "media rueda"   mazo de tabacos.

Juan reconoce en seguida al que, años atrás, era jefe de la temible banda mataperril llamada la pandilla del Príncipe.

—¡Ah! Sí. Que les cogíamos dulces a los chinos, juntos. ¿No?

Se estrechan también las diestras.

Apenas Juan les cuenta, a sus viejos amigos, cómo y con quién ha venido a Yucatán, todos comienzan a acosar al recién llegado de La Habana con preguntas acerca del odiado Weyler, de los odiadísimos voluntarios, de los "traidores" de la autonomía,[1] de los "guerrilleros" que beben ginebra en el *Europa* y en los cafetines circundantes de la Plaza de Armas. Preguntas y comentarios que por su ruidoso antiespañolismo, sorprenden al que acaba de salir del terrorismo españolizante de la capital cubana. Entusiasmado olvida su impulso de exploración meridiana. ¡Qué gusto oír hablar así, a boca llena, de Estrada Palma,[2] de Calixto García,[3] del Generalísimo, del Ejército Libertador, de combates en que el machete destroza siempre a la bayoneta! ¡Qué sorprendente el ver tan viva, sincera, estrepitosamente empatrioterado al oscuro y semidesnudo tabaquero, hijo del "solar" y el "placer", ex terror de chinos, guardias y bodegueros en el habanero arrabal del Príncipe!

Cuando quiere marcharse, ya es media mañana. Julián le dice que se quede, para salir a almorzar juntos, y después ver algo de la ciudad. Acepta Juan, con tal de ser él quien pague el almuerzo. Propone, entonces, Julián, que su amigo haga de lector de tabaquería un momento, y acepta Juan, como Julián aceptó lo otro; encantados ambos de estar juntos. ¡Ya se contarán muchas cosas después: al medio día y en la tarde! Y le ponen una silla en medio del corro ,apretujado, sudoroso, pleno de humo y de acres emanaciones de nicotina, y al lado de la silla, en la más próxima de una de las mesas, periódicos de la capital mexi-

---

[1] *"traidores" de la autonomía* cubanos que pretendieron lograr ventajas para Cuba por vías pacíficas.

[2] *Estrada Palma* Tomás (1832-1908). Primer presidente electo de la República.

[3] *Calixto García* (1839 1898) General cubano de las tres guerras de Independencia.

cana y cuarteados números de El Porvenir, Patria y otros voceros de las fervorosas emigraciones separatistas, que pueblan los sectores cubanos de Nueva York y la Florida.

Al principio, tiémblale un tanto la voz al jovenzuelo, nada acostumbrado a la modesta acción pública. Pero luego, lee tan entusiasmado, tan lleno de gozosa curiosidad, tan clara y tan inspiradamente, que mantiene en total absorción mística al patriótico auditorio: apenas hacen ruido las chavetas[1] atareadísimas; apenas se oye un profundo suspiro, como coronación de algún elocuente párrafo revolucionario.

—¡Bien! ¡qué buen lector! —exclama uno al terminar la lectura, y con la más cálida y general aprobación:

—¡Que se repita otro día! ¡Bueno por el gallito criollo!

Almuerzan Juan y Julián en un restaurancejo de la Plaza Grande. Salvo el pan, que no es la blanca e indígena tortilla de maíz, todo el menú es de la tierra: mole, tamal, frijolitos, cerveza yucateca: la cerveza y la alegría de la reunión después de tanto tiempo y al través de tan fuerte vida, desata las lenguas; máxime la del flamante tabaquero. Juan, sin soltar sus prendas, sus grandes secretos, expresa sus rebeldías, sus ganas de salir de la vieja tutela de los otros. ¡Está tan cansado, tan aburrido, que cualquier día se hace hombre libre, aunque eso sea hacerse vagabundo, peón de albañil, jornalero de campo! Y de ahí no pasa. Pero por ahí toma coyuntura Julián para hablar hasta por los codos. Ordenó el menú yucateco, porque a él le gusta mucho este país; lo quiere. La gente es muy buena, muy hospitalaria. Todo el mundo encuentra trabajo en Yucatán, y si no lo encuentra pronto, siempre halla donde comer. Ahí está, si no, el ex jefe de la pandilla y ex amigo de Juan y él. No es tabaquero. No es más que despalillador, remojador y barrendero de la tabaquería, y lo pasa bien desde el primer día en que llegó de polizón a Yucatán, después

---

[1] chavetas cuchilla curva para cortar la capa del tabaco.

de darle una puñalada a un "gallego" bodeguero, que se
despertó en el momento en que el otro trajinaba, con llaves
y ganzúas, en la oscura trastienda de una aislada bodeguita.
Eso se lo dice él, Julián, en secreto, a su amigo; porque el
otro se lo ha dicho en confianza, a título de viejos "ecobios"[1] del barrio del Príncipe. ¿Y qué? ¡El pobre! Es un
desgraciado, sin la menor instrucción ni oficio. ¿Verdad?
Los periódicos anarquistas que se leen en la tabaquería
explican muy bien eso. Además, el apuñaleado fue un
"gallego", y este infeliz muchacho es muy cubano, muy
patriota, como Juan ha visto en la mañana. Por último, él,
Julián, no le va a denunciar, ni a zafarle el cuerpo. Cada
uno vive y se defiende como puede: como sabe. ¿No?

Juan no está en momento de disentir, de desagradar.
Mucho mejor está en pájaro escapado de la jaula, en insu-
bordinado, que en otra cosa, y hasta opina al hilo con su
locuaz amigo:

—Sí. Después de todo eso nos enseñaron, y eso casi nos
enseñan. Mira tú. Esos que me tienen recogido...

—Pues nada, dice Julián al mundólogo, optimista y mexi-
canófilo. Si "su" gente sigue fregando mucho a Juan, que
se largue de la finca. No le faltará qué comer, ni donde
dormir. Por lo pronto, leyéndoles a los tabaqueros... Y
si no, buscando ocupación por ahí. En Mérida nadie se
muere de hambre. Ni en Mérida, ni en ningún lugar
de México. Otro ejemplo, él. Y con la mayor naturalidad,
sin esfuerzo alguno, más bien con presunción, le dice a su
amigo:

—Yo, todos los días, a la hora del almuerzo, me tengo
tumbados veinte reales mexicanos. Y con eso me alcanza,
porque tengo una querida campechana, en el mejor congal
de aquí, y con eso, completo. Ahora, después del almuerzo
volveremos a la tabaquería, para terminar mi tarea, y nos

---

[1] "ecobios" cobios. Amigos y confidentes en lenguaje vulgar.

iremos para allá después. A ver si te consigues una ma-
tinée, de capricho. ¡Que siendo cubano!... ¡Con esto de
la guerra de independencia tenemos unas simpatías, viejo!
Y si no. ¿Tú no traes mucha plata? Porque me parece que
te he visto cargado de verdad. ¿Eh?

—¡Cómo! ¡Y con unas ganas!

Del restaurante volvieron a la tabaquería, con sendas,
grandes "fumas"[1] entre los labios. Era el primer puro de
Juan; fuerte estimulante que uníase a la también desacostumbrada cerveza. Fácilmente logró Julián que su amigo
aceptase volver, primero a la tabaquería, para que aquél
terminase su cotidiana tarea y después le acompañase a ver
algo de la ciudad; mientras, llegaban las cinco de la tarde,
hora en que terminaba la "sala" en los burdeles, y entraban
los amigos de corazón de las entonces desocupadas pupilas.
Con la presencia de Juan volvió a encenderse, bulliciosa,
la tertulia de los tabaqueros. Y allí escuchó el joven, de
labios de un gran hablador kropotkinista, una opinión contraria a la de Julián, acerca del México de aquellos días;
México del porfirismo, dictatorial, reaccionario, oligárquico:

—Sí. Aquí nunca falta trabajo, pero hay que buscarlo
a escondidas; porque al desgraciado que encuentren por
ahí, sin empleo, ¡ay mi madre! ¡Coge componte y calabozo,
y hasta trabajo forzado! Y mira; desde ahora mismo, muchacho... ¡Subuso! Punto en boca.

Estas palabras hicieron profundo camino en el ánimo de
Juan, y no sólo por el tono sugestivo con que fueron dichas,
sino por los gestos y exclamaciones, de resuelta afirmación,
con que las acogiera la mayoría. Juan oyó aquello, y se puso
repentinamente pensativo. Acaso no debió hacer lo que
hizo la noche anterior. Sin duda era muy atrayente la situación de libertad, de gran independencia, que acababa de
entrever; que vivía Julián. ¿Pero era sensato entusiasmarse

---

[1] "fumas"   tabacos que los dueños de tabaquerías regalan
a sus operarios.

demasiado con ella? ¿Era ya, él, un hombre capaz de lanzarse así, a pecho abierto y hombros adelante, en el difícil mar de la vida libre, sin ajeno auxilio?

Mas, de tal aislamiento mental pronto le sacó Julián. Julián acababa de entregar su tarea. Acababa también de lavarse y peinarse, en el interior de la tabaquería.

—¡Ey, chico! —dijo el tabaquero, despabilando al ensimismado—. Vámonos por ahí, hasta las cinco, y después para allá.

Allá: al burdel, llegaron poco después de la hora pensada. Frente a la casa, pegados a la acera y dentro de una gran franja de sombra, estaban dos coches calesas. Los aurigas, amodorrados, dentro; los caballejos, encogidos y babeantes; los viejos charoles, estrellados de fango, reseco y arcilloso. Los caruajes le indicaron a Julián, que aún había pupilas ocupadas, e iniciando a su amigo, le dijo que, sin saber antes si una de las "ocupadas" no era la campechana, no podrían entrar. Ello sería un papel feo e inconveniente para él.

Pero la duda fue instantánea. Se abrió la gran puerta verdioscura, con férreo aldabón de tres libras, y salió un colega de Julián, con flamante traje de dril blanco, y leontina, tabaco, bastón y hebilla de la faja, grandísimos. A preguntas de su colega cubano, le informó que Lupe, la campechana, estaba en su cuarto, desocupada, y le franqueó la puerta.

Entraron los que llegaban.

La sala y la saleta estaban totalmente despobladas. A primera vez vio Juan que la casa era adecuada, típica: como las que él recordaba haber visto, desde fuera, en La Habana. Gran sala delantera, con ruedo de mecedoras, para la exposición de la mercancía, y gran número de chillonas litografías de desnudos, que por lo burdas y carentes de naturalidad, nada decían a los sentidos. Una saleta, con muchos y grandes muebles de comedor grande. Dos hileras de cuartos, con sendas puertas y ventanas, a entrambos lados de un largo patio embaldosado, y a tal hora, con una gran franja de sombra y una ligera corriente de brisa. El fondo, como el de cualquiera gran casa de familia.

Siguió Juan a su amigo, tres o cuatro pasos de distancia. Iba súbitamente ruborizado, inseguro, acobardado ante la probabilidad de descubrir, desdichadamente, su condición de debutante en tales andanzas de hombre, con titubeos y encogimientos irreprimibles. Tardíos temores, que no llegaban hasta hacerle retroceder por la despoblada sala y escapar por la puerta a medio abrir, gracias a que moralmente le remolcaba el avanzar, seguro, naturalísimo, de hombre de la casa, con que Julián dirigíase al interior. Remolque además combinado con los impulsos de deseo y curiosidad, sexuales, del catecúmeno.

Del patio venía un quejumbroso canto de mujer, gritado por una lamentable voz de campana rajada, y "en las alas del deseo" de *Marina*, sordamente cantado, maquinalmente repetido, por un hombre encerrado en una habitación. Esta habitación era la primera, a uno de los lados del patio. Al pasar por frente a ella, Julián se la señaló, a Juan, con un movimiento de cabeza, y le dijo:

—Uno de los que tiene el coche afuera. Ya acabó.

Y al cruzar por frente a otra habitación de enfrente, que tenía la puerta entornada, y detrás de ella un sordo diálogo:

—Y el otro.

Continúan caminando hacia el interior, y viéndolo todo. Ven delante de un cuarto, por la puerta y la ventana, abiertas de par en par, un hombre, con ropa interior, de colorines, extendido en una gran cama, y al pie de ésta, como en una escena burguesa, castísima, de matrimonio bien avenido, la gruesa compañera —blanca bata de mujer honrada— zurciendo un canastillo repleto de medias. En otro cuarto, frente a la ventana entreabierta, un saco de dril blanco, colgado en el espaldar de una silla, y doblado encima un cinturón de cuero amarillo, cruzado por un enorme cuchillo, envainado en charol negro. Más puertas cerradas o entornadas, y dentro nuevos diálogos en voz baja. Allá al fondo, en la gran pieza que cierra el patio, una mujer gruesa, prietusca, ajamonada, en camisón y chancletas sin medias, con negra y larga pelambre debajo de los brazos, patiabierta entre una mecedora y una silla: nuevo motivo de temor para Juan, que, siendo jovencito, con imágenes de jovencitas en el cerebro, difícilmente podría apechugar, sonriente, conquistador, irrespetuoso, con una mujerona así. ¡Concho! ¡Que no le fuese a tocar una como esta! De un cuarto, delante de los dos amigos, sale, con una mecedora en una mano y un periódico en la otra, un hombre alto, musculoso, con ancho pantalón de lanilla, fina camiseta azul pálido y un enorme revólver enfundado sobre los riñones. Va a colocar su mecedora en la franja de sombra, para arrellanarse a leer, cuando Julián le grita:

—¡Coronel!

—¡Hola, Cuba! ¿Qué pasa?

Y alzando fuertemente la voz:

—¡Luuúpe! ¡Aquí está Cuba!

Siempre de pie, se vuelve para Julián, y refiriéndose a Juan, le pregunta:

—¿Y este muchacho? ¿Cubano también?

Julián hace la presentación. El *Coronel* es el marido de la matrona. Cuando El *Coronel* les manda que continúen hacia la gran pieza transversal, en el trayecto Julián agrega encomiástico:

—¡Un hombre más echao palante! ¡Guapo, verdá!

La pieza transversal, claro, es del ancho de la sala y la saleta. Seguramente fue construida para comedor. Pero ahora es salón de íntima tertulia, de tragos, de menudos quehaceres, de defensa contra el calor de la tarde, por la ligereza y desarreglo de ropas imposibles en la "sala".

Además de la jamona en camisón, aquí está Lupe. Lupe recibe a "su" hombre acercándose a él; pero sólo acercándose, humildemente, servilmente; para no exponerse al despectivo rechazo de un beso, o de un cariñoso apretón de cintura. Lupe, es chaparra, con hermoso pelo castaño, ensortijado, y jóvenes, gorditas, sensuales carnes de mulata clara. Al saludar y recibir la presentación del compatriota de su querido,[1] sonríe sabrosamente, con labios y dientes tan bonitos, tan apetitosos, que ponen riesgosa imprudencia en los ojos del presentado. Este, de soslayo, ha advertido la presencia de otras mujeres. Una de ellas, también espatarrada en una mecedora, le mira con cierta dureza. Viene la adecuada presentación. Es la matrona. Juan, de pie, cada vez más turbado, en cuanto la matrona deja de mirarle, y mientras Julián y Lupe hablan bajito, con maliciosa sonrisa y significativos guiños burlones, observa a la matrona: está en traje interior y sayuela; por la parte superior del traje, se desbordan dos pechos, enormes y aceitunados, como fofos almohadones sucios. Tiene bozo de monja vieja, como la portera de la *Beneficencia* de La Habana; pantorrillas de mesa de billar; collares y aretes como los de una turca litográfica, que tenía Caridad en su casa de *Los Mameyes*. La otra mujer está de pie, llevándose a los labios, con sibaríticas pausas, un jarro de hojalata, que tiene rocío y tintineo de hielo en trocitos. Trigueña, delgada, bata de encajes y muselina, blanquísimos. La bata dibuja un cuerpo esbelto, pero huesudo, y deja ver, por debajo, los pies en chanclas,

---

[1] *querido   amante.*

sin medias, venosos y peludos. Por encima del jarro que tiene en los labios, la mujer mira a Juan con una de sus profesionales miradas de invitación. Pero Juan desvía la mirada; disimula, recorriendo la pieza con la vista; siente que todo en él está frío, deprimido, arrugado. La joven gozándose en la turbación del jovenzuelo, insiste más efectivamente:

—¡Oye! —le dice—. ¿Quieres refresco?

Y le ofrece el jarro.

—¡No, gracias!

—Bueno. ¿Te quieres ocupar entonces?

E inclina la cabeza, y entorna los ojos, descocadamente, para subrayar la invitación.

—No —responde él, al canto, enérgico, haciéndose el hombre—. No estoy apurado.

—Sí —interviene Julián, que está en una mecedora, con Lupe en las piernas—. No me azores al muchacho.

—¿Qué? ¿Vienes a debutar?[1] —pregunta, abusadora la mujer.

Se defiende Juan con balbuceantes guaperías; rojo como un tomate. Le defiende, guasón pero terminante, Julián. Y Lupe. E interviene la matrona, diciendo burdamente chistosa, y a la vez interesada:

—Bueno. Pero ya que está aquí, que pruebe. Con esta no, porque esta espera a su marido, y no quiere bronca.

—No; si a mi tampoco me gusta servir de criandera —dice la otra despechada—. Además no es hora de sala.

—Sí —riposta Julián—. Pero él ha venido conmigo.

—Se acabó —vuelve a gritar la matrona—. A ver. ¡Julia! ¡Julia, la huera! ¡Ven acá!

Y agrega por lo bajo:

---

[1] *debutar* galicismo por "iniciar".

—Esta no tiene marido.

Mientras, tratando de vencer los gritos de la voz de campana rajada, que sigue tarareando su sonsonete de burdel, por allá por uno de los cuartos, una voz fina, agradable, contesta:

—¡Allá voy, doña Carmen! ¡Allá voy!

Lupe, atrae a Juan, para calmarle, con preguntas que demuestren interés por la vida, por las cosas, del muchacho; con la inteligente y comprensiva intervención de Julián. Le hacen sentarse cerca. Se va la trigueña, arrastrando las chanclas y contoneándose despectivamente. La matrona, entornando los ojos, soñolienta, encarga a los amantes de presentar a *La Huera,* cuando llegue. Interviene en la charla la gordota del camisón y los bigotes de las axilas al aire. E inmediatamente, entre el lejano silbar de algún chulo aburrido y la cantaleta de marras, se percibe el suave golpear de unos tacones femeninos, que se acercan.

Ante el silencio y la expectación general, que esos pasos producen, entra en la pieza una joven rubia, menuda, casi una niña, con rasgados y pestañudos ojos; claro y chapucero, pero romántico vestido azul celeste. No es minuciosamente bonita; tiene un rubio y unos pómulos ligeramente amestizados; mas el conjunto es suave, agradable, y los ojos le dan un aire de ternura y espiritualidad, para Juan atrayentísimo. Es la imagen de jovencita, que Juan, que todo jovencito ve en sus amorosos ensueños. Y él queda encantado. Los otros; ella misma, lo advierten, y lo dicen:

—¿Qué? ¿Te gusto?

—Sí —sólo dice él, tímido, pero deseoso de serlo cada minuto menos.

—¡Vamos! ¡Fiera! —corean los otros bromistas, alentadores—. La chel te ha gustado verdá.

Y ella:

—Y él a mí. ¡Si es un "boshito" más lindo!

Le dice, con los ojos entornados, fijos en los de él; la deándose, dejándosele caer, sobre las piernas aun no muy seguras, no muy libres de la gran agitación que le perturba la carne y la mente.

El peso y el calor de la muchacha, le llevan la turbación al jovenzuelo, al máximo extremo. Le salta violento el corazón. Se le nubla la vista, y arrullado, mimado por ella, con besos monosílabos, alargados, enloquecedores, comienza él a ceñirla fuertemente, a besarla insaciable, a palparla, frenético, piernas arriba; en la sedeña tibieza de las medias, las ligas, la corta camisa. Si ella hace guiños burlescos; si los hacen los otros; si todos gozan con aquella su ridícula entrega de novicio, él no lo percibe; no puede pensar en ello. Tiene todo su ser en la total, absorbente, excitación sexual que le produce la mujer joven, bonita, maciza, sofocante, que tiene entre los brazos. La primera, desde que perdiera a Petra. La primera blanca.

—Espérate —le dice ella, que en verdad está trémula, sonrojada, acaso enternecida por ese sentimiento algo maternal que experimentan las meretrices ante los adolescentes; acaso sentimentalizada, súbitamente deseosa de él; a la vez que se incorpora suavemente, sin soltarle las manos, e indicándole la matrona, que ronca en su esquina. —Cuidado no se despierte. Ven. Ven a mi cuarto.

Advierte Juan, entonces, que los otros se han ido, dejándole solo con la joven y la gorda durmiente. Se deja llevar por las tibias y madorosas manos de la joven hacia el patio. En el patio, en su mecedora, boquiabierto y resoplante, dormita el *Coronel*. Nadie más hay por allí. En los cuartos prevalece un gran silencio. De la calle viene el repicar de

una campanilla de un vendedor de helados, y sobre el
techo de la casa gira silbante un férreo molino de viento.

Avanzan ambos, siempre él a remolque de ella, casi en
puntillas. Le empuja ella puerta adentro de un cuarto,
bien amueblado; las paredes llenas de fotografías, cuadros
y estampas, y le dice en voz baja:

—Anda, mi vida. Entra, cierra y vete quitando la ropa;
que ahora vuelvo.

Obedece Juan, en cuanto a entrar y cerrar; pero, de
momento, quédase irresoluto en medio del cuarto; presa
otra vez de un extraño temor. ¿Adónde habrá ido ella? ¿Le
alcanzará el dinero que le queda, para pagar esto, en una
casa tan buena y con una muchacha tan "fina"? ¿Se le
quitará esta desazón, este encogimiento, inoportunísimo,
inquietante, expuesto al ridículo, y que ni siquiera el anterior deleitoso contacto con la muchacha logra vencer?
Advierte que se ha quedado lelo, intempestivamente ocupado en admirar el mobiliario y los adornos del cuarto, para
él demasiado lujoso. La cama sobre todo. ¡Qué cama!
Ancha, con almohadones de crochet, y lazos rosados; con
las sábanas muy blancas, tersas, satinaditas. Pero ¿qué hacer? Comienza a desnudarse rápidamente. Le asalta entonces un nuevo temor. Su ropa interior tiene sudor de todo
el día, y es ropa interior de muchacho pobre. Aunque él
se está iniciando ahora, en la práctica del burdel, es maestro en la teoría desde sus tiempos de pillete en La Habana.
¡Qué ropa, para romper una pelota![1] Piensa que lo mejor
es meterse, con camiseta y calzoncillos, debajo de la sábana.
A pesar del calor concentrado en la cerrada habitación él
tiene frío; casi tiembla, de dudas y temores incoercibles.
Ensabanado comienza a esperar. Le laten las sienes, hasta
mover la almohada. No oye ningún ruido fuerte en la casa.
En el techo continúa chirriando la "veleta" de zinc. El

---

[1] *romper una pelota*   aprovechar una oportunidad excepcional.

vendedor de helados sacude, ahora fuertemente, cerca de la puerta de la calle, su campanilla anunciadora. Truena, en una más cercana amenaza del aguacero que el asfixiante calor desde temprano presagia.

De pronto irrumpe Julia. Trae la ropa interior en un brazo arqueado, y sobre el cuerpecillo, duro y torneadito, sólo el vestido, húmedo y con la posterior fila de botones toda desabrochada.

—Me fuí a dar una regadera.

Tira la ropa interior en un rincón, y a la vez que saca los brazos de las mangas, para dejar que le ruede el vestido hasta los pies, exclama:

—¡Ahora verás!

Se queda desnuda; rectas las piernas derechitas; enhiestos y temblones los pechos redonditos; doblada en la más iniciante posición, mientras saca de las gavetas de una cómoda unas medias rosadas, dos anchas ligas del mismo color, un camisón encintado de rojo.

Juan, anhelante, no pierde un movimiento o una contracción muscular, del obsesionante desnudo. Está deslumbrado. Ella, no obstante, le hace hablar, mientras presurosa se pone todo aquello, fino y limpio, que acaba de escoger en las gavetas.

—¿Por qué te tapas?

—Tengo frío.

—¿Frío ahora? ¿O es que te da vergüenza? ¿Tú nunca . . . ?

—¡Uh! ¡Yo he tenido una querida!

—¿Dónde?

—En Cuba, en el campo. Una mulatica, que yo mismo perdí.[1]

—¡Ajá, eh? ¡So sinvergüencita! Pero nunca has tenido una blanca.

---

[1] *perdí* quité la virginidad.

Y él, franco, puro, humanamente verdadero:

—No, blanca no, y menos tan bonita como tú.

—Pues... ¡Cataplúm!

Y diciéndole cayó al lado de él, trenzando con el suyo su cuerpo; prendiéndose a sus labios, voraz, succionante, frenética. Porque, en verdad no sólo para él quedó, pronto, todo el mundo y toda la vida, limitados al espacio que ambos ocupaban en la cama.

La cama, en casi dos horas, apenas tuvo momentos de quietud. Eran una médula, y unos nervios, y una sangre, de menos de veinte años; aherrojados por la estúpida moral del cristiano civilizado. Mas, en esos escasos y cortos momentos de quietud, Juan fue tan feliz como en el deleitoso frenesí de los espasmos. ¡Qué mundo tan desconocido, tan bello, el de aquellos instantes! Una cama ancha, limpia, adornada. Nada que le apurase, o asustase, como en sus primeros contactos con el amor, con Petra, allá en los campos de Cuba. Y sobre todo: ¡Cuán solo estaba él en la tierra! ¡Qué falta le hacían unas manos, como aquellas, blancas y suaves, y unos labios así, tibios y dulces, que le acariciasen y le diesen la miel de la vida! ¡Cuánto hay de bueno en una mujer, aunque sea una infeliz de lupanar!

Y en tales momentos hablaron. Hablaron sin dar tregua a las manos acariciadoras, sin desenlazar casi los cuerpos, entregados totalmente el uno al otro. Ella era de Ticul. Allí las mestizas solían ser rubias. Ella "fue" mestiza. Mestiza quería decir, en términos familiares del país, la que, teniendo mezcla de blanco e indio, se vestía con el traje típico: hipil, rebozo y zapatos de punto corva. Pero, a ella "la perdió" un hacendado, dueño de la finca donde ella naciera y viviera con sus padres, hasta ser "señorita". La señora del hacendado se enteró; tomó cartas en el asunto, y logró, con las autoridades esclavistas de entonces, arrojarla de la finca, del pueblo inmediato, ¡hasta Mérida! y allí, pobre, sola, acosada por los explotadores de muchachas menesterosas, había caído en manos de Doña Carmen. Para Doña Carmen ella era un filón, porque era bonita, según decían, y sólo llevaba tres meses en la carrera... Claro, Doña Carmen no quería que ella tuviese querido; aunque sí le toleraba algún que otro "capricho"; sobre todo cuando ella, con sus mañas, hábilmente, se enredaba en uno así, a escondidas, de sopetón, descubriéndolo cuando ya era irremediable. En cambio, ya comprobaba él qué bien la tenían. Aquel cuarto era el mejor y más arreglado de la casa. Su ropa también era más abundante y buena. Por supuesto, que también lo ganaba; porque:

—¿Sabes tú como vienen hombres a verme? Y ¡qué hombres! Los principales. Los más ricos. El Gobernador. Y hasta un padre, de la catedral, que me lleva a un "bohío" de él y otros muchos. ¿Eh? ¿Qué te parece?

A él aquello, ingenuamente, le dolía. ¡Oh! ¡Si ella pudiera ser de él solo! Locos, pasajeros deliquios de jovenzuelos aturdidos, embriagados de placer amoroso. La historia, breve, cortada, temerosa, que él la hiciera de su vida y su situación, pronto demostró la locura, la sandez, de hablar de aquella felicidad inverosímil, absurda.

Julián les tocó en la puerta, gritándoles, a la vez:

—¡Oigan! ¡Hasta cuándo!

—¡Va! —contestó ella, tirándose decidida de la cama, a lavarse y vestirse.

—Pero, pronto. Que ya están comiendo. Que es tarde, y ahorita empieza a venir gente.

—Nadie te lo ha preguntado —replicó Juan, bromeando con unos celos, no muy a flor de piel; no sin cierto dolor, verdaderamente.

Ella, complacida; enternecida una vez más, le premió el chiste; se le colgó del cuello, y lo besó ruidosa, frenéticamente; veinte; treinta veces. Y después cien, mientras ambos se vestían, despacio, entorpecidos por el constante agarrarse, y prenderse de los labios, largamente.

De súbito le asaltó, de nuevo, el temor del pago. Y lo abordó resuelto:

—¿Cuánto te tengo que dar?

—¡M...!

—¿Por?

—Porque nadie te ha pedido dinero. Dime cuándo vuelves y basta.

—¿Pero, tú lo vas a pagar?

—No seas bobo. ¿Te crees que soy esclava de Doña Carmen? ¿O que soy tan infeliz que no puedo tener un capricho? Lo que quiero saber es cuándo vuelves. Y si es posible, para un dormitorio; toda la noche. Y gozar mucho... E insiste en volver a besarle, hasta imposibilitarle que él explique lo difícil que le va a ser volver a menudo, y más de noche, para quedarse allí.

—Lárgate de allí. Yo te mantengo.

Se quedó él mirándola, indeciso. ¡A la verdad, que aquella vida que acaba de entrever! ¿Pero él podía mantenerse, como amigo de una mujer de burdel, entre aquellos hombrones guapos, formidables, que llevaban grandes revólvers y cuchillos al cinto?

—¿Qué me contestas? —interroga ella sonriente, resplandeciente, con los brazos en jarra frente a él— ¿quieres que se lo diga a Doña Carmen?

Brusco empuja la puerta Julián y entra.

—¡Vamos, chico! Esto no se puede hacer. Yo voy a pagar el pato; Doña Carmen está endiablada.

—Bueno vamos.

Se despiden Julia y Juan, con un beso larguísimo. Ella exige que él le prometa volver pronto. El lo promete, y sale, al lado, mejor detrás de Julián, que se retira a largos pasos farfullando:

—¡Compadre! ¡Qué idilio! ¡Casi las ocho de la noche!

Ya al pasar por la sala tienen que dar las buenas noches a tres o cuatro pupilas, en comienzo de "sala", todas empolvadas, emperifolladas, olorosas. Una es una mulata cubana, de alto moño de pasas,[1] grandes argollas de lucumí[2] y flacas piernas estevadas; que al trasponer los jóvenes la puerta, les dice cariñosa:

—¡Abur,[3] paisanos!

Aun, en la calle; mientras presurosos andaban hacia el centro de la ciudad, Julián quiso continuar refunfuñando por el embobamiento de novicio de Juan, que les hizo salir a hora tan avanzada, e impropia, del burdel. ¡Caray! ¡Que le viera a él, con qué prudencia, con qué dignidad de "hombre" había procedido! Pero, ¡ah, no!, Juan le discutía. ¡Vamos! ¡No era poca la diferencia! Ya su amigo y Lupe estarían aburridos; en tanto que Julia y él se acababan de conocer. Además, él estaba hecho un hierro, de fuerte, con tan prolongado ayuno. Sobre todo; sí, sobre todo: "su chiquita" era la mejor de la casa; de todas las casas del barrio, y si le apuraban mucho, de toda Mérida. ¡Qué sabrosa! ¡Qué manzanita más buena; más sabrosa! Juan iba con el grato calor de las carnes de *La Huera,* sobre sus propias carnes; con el eco de la acariciadora voz en lo más recóndito de los oídos; con el olfato impregnado de los enervantes olores del femenino cuerpo lujurioso; con la tibieza y la dulzura de "sus" labios, febriles de deseos, en los labios que la besaron, insaciables y frenéticos. Iba ebrio de gozo, orondo, regustado, enamorado. Y aquella primera gran felici-

---

[1] *pasas* pelo natural del negro.

[2] *lucumí* negro africano.

[3] *Abur* Agur. Usado como despedida en algunas regiones de Cuba.

dad del goce de la mujer blanca, bonita, deseada y que
desea, un cuarto cerrado, solos, ¡en la cama! se le desbor-
daba por los labios, por los ojos, por todos los poros, aunque Julián con sus grandes tonos de hombre fuerte, se
burlase de él considerándole un niño, un bobo, un "negro
con potrico".[1]

—No me cobró —repetía vanidoso—. No me cobró, y
quiere que vuelva; que sea su marido.

Sobre esto también discutieron. Julián le embullaba a
dar el salto, de la finca henequenera a la tabaquería; de
criado a sostenido de una meretriz... ¡Total...!

Pero, con todo su propicio estado de ánimo, Juan nada
se atrevió a decidir. Más bien, repentinamente advirtió
que era tardísimo. El y su amigo debían despedirse en
seguida. Ni comer en Mérida podría. Como sobrábale dinero, ganaría tiempo yéndose en un coche.

Y llamó a un cochero.

Apenas tuvo tiempo de decirle, antes de que el coche
arrancara, a Julián, plantado, displicente en medio de la
acera:

—Voy a volver pronto. Espérame. Y dile a la chiquita
que me espere. ¡Abur!

No vio Juan, al entrar en la casa, a Nena. Ni a Adolfo.
Pero no necesitaba ser un lince para comprender que sus
asuntos andaban mal por allí dentro: Carmen y su madre
le contestaron el saludo secamente, y alguien había estado
andando en sus cosas, que estaban cambiadas de lugar, y
a medio abrir, menos el baúl.

Lo comprobaba minuciosamente, cuando se le presentó
Adolfo, lento y cejijunto:

—Prepárate para que mañana, en el tren de las seis, te
vayas para Peto; a la otra finca. Que allí tienes empleo.

---

[1] *"negro con potrico"* expresión usada principalmente en
las provincias orientales que denota alegría y satisfacción
por algo que se ha recibido.

Prefirió no aclarar; resignarse fatalmente, como ser sin derecho alguno para timonear su destino. O acaso como hombre que tiene diez horas para decidir una inminente y grave crisis de su vida.

Al parecer, tampoco Adolfo tenía grandes deseos de aclarar, de razonar, quizás sincerarse, quizás arrepentirse. Se fue hacia la sala. Juan se echó, vestido en la cama. Mató la luz del quinqué que alguien pusiérale en el cuarto. No se preocupó al ver que dejaba abiertas las puertas de su cuarto. Ni de ver si algo significativo sorprendía en medio de los sordos y escasos ruidos de la casa y los campos, en comienzo de la noche. Ya este, Adolfo, le había dicho igual que su padre años atrás: "Prepárate, para que mañana te vayas al campo"; a cambiar de casa, y de destino. Como cuando aprehendieron a su madre. Como cuando descubrieron que tenía una mujer. Como... ¡Y Julián y los otros, tan libres; tan hombres! ¡Y aquella mujer tan linda, tan buena, tan maternal con él; la primera que desde que tenía uso de razón y sentimientos de hombre, le hablara dulcemente, le acariciara con vibrante ternura, le reconociera beligerancia de unidad social, humana! ¡E inhumanamente, ahora a Peto! ¿Dónde estaba eso? ¿Qué vida de esclavo, de solitario, de desterrado de la civilización iba a hacer allá, entre gentes extrañas, semisalvajes, acaso malhechores? ¿Y hasta cuándo? ¿Cómo le delató Nena? ¿Qué designios podrían tener, ahora, con él; con el atrevido; con el criado que guardaba un secreto de familia, peligroso y documentado? De ahí, otra noche de dudas; de indecisiones; de arrepentimientos; de ácratas, ateístas autojustificaciones de hijo del arroyo; de irresolución; de dolor por el súbito alejamiento de una mujer querida, y que le quiere;

apenas gozada; nuevo corazón acabado de hermanar al suyo.
Noche de sonambúlico andar, llorar, jurar, retorcerse, pro-
ferir terribles amenazas, sollozantes de odio y rabia.

XXIX

Abandono de la patria. Primer viaje por el mar. Im-
pensada y osadísima acometida a Nena. Soliviantador encuentro con su inolvidable camarada Julián. Desconcertante
primer hallazgo de una querida gratis, sabrosa, jovencita.
Expulsión de su "nuevo" hogar, al terrible desamparo y
soledad de unos campos semisalvajes... Tan sacudido quedó el cerebro de Juan con aquella súbita precipitación de
fuertes acontecimientos, que sólo ha podido recordar, después, algunos instantes muy aislados, de muchos días de
vida turbia, anormal, desatentada.

No vio a Adolfo, al partir en la mañana. Ni a Nena.
El cuarto de Adolfo, el de Nena; todos los cuartos de la
casa, cerrados. Sólo trajinaba, con él, un cochero mestizo,
que tenía el coche de la casa listo, cabe el soportal del frente; le dio el desayuno de chocolate, queso y pan; le ayudó
a colocar el equipaje en el vehículo y le entregó una carta
de Adolfo, para el encargado de la finca de Peto. Una carta
como la que le enviaron a Rómulo, antes de que Don Roberto arrancase con él para *Los Mameyes*, años atrás. Siquiera, entonces le dijeron por qué le despachaban como
un bulto, para el campo. Ahora, ni se lo decían, ni podía
convencerse de la realidad de sus suposiciones, por el rostro
y la actitud de quienes le expulsaban de su lado. La causa,
esa vez, era sin duda alguna la misma de la lejana vez anterior: Nena. ¿Pero qué habría dicho Nena? ¿Cuál la opinión de Carmen? ¿Hasta dónde Adolfo le repudiaba, des-

pués de lo ocurrido, y qué alcance intentaba darle a esta
brusca separación? Porque, si Nena lo había dicho todo,
era rarísimo que Adolfo no se le hubiera venido encima,
hecho una fiera herida, o que al menos le hubiese puesto,
con sus bultos en medio del camino. Por más que ¿tirar a
un joven, casi un niño, así, al arroyo, en país desconocido?
¿Y el escándalo? ¡Qué iban a hacerlo, aquellos "sinver-
güenzas", "abusadores"! ¡Porque, no obstante reconocer,
allá en el fondo de su fermentación de febriles ideas, que
él no era del todo inocente, estaba en rebelde, en malcriado; tascaba el freno.

E impulsos tuvo de rasgar la carta en cien pedazos, y
hacer que le llevasen su baúl y apéndices a la tabaquería
de los cubanos. ¡De una vez! ¡Al c...! ¡Que, por lo menos, Nena y él marineros eran y en la mar andaban!

Tuvo esos impulsos mientras, camino del ferrocarril,
en el coche polvoriento y traqueteante, a espaldas del mes-
tizo-esfinge, mestizo-máquina, cejijunto e impenetrable. Los
tuvo cuando se vio sobre las ocho ruedas de un vagón de
tercera, tiznado, despintado, con dos estrechos bancos de
madera, paralelos, a todo lo largo del vagón; llenos de prieta
y cobriza gente, de rara configuración y que sólo hablaba
su lengua indígena. Los tuvo cuando, tan pronto como
partió el tren, abrió cuidadosamente el sobre de la carta
que llevaba para el Encargado, y vio la forma lacónica, rígida, seca, en que le "mandaban" a trabajar en la oficina de
la finca. Los tuvo también; impulsos de bajarse en un caserío cualquiera y emprender el regreso, cada vez que consideró cómo dejaba kilómetros atrás, aquel tren desvencijado y saltarín, separándole de la casa donde tenía un resto
de calor afectuoso, un resto de hogar. Los tuvo cada vez
que volvió los ojos hacia el huyente horizonte, verde de
henequenales; donde quedaban, cada vez más lejos, la que-

rida linda y Julián —únicos corazones amigos; cada vez
más remota, Cuba. Los tuvo, recrudecidos, al pasar por
aquellos pueblos tristes, polvosos, calcinados, con manzanas
de tapias de piedra y tres casas por cuadra, y aislados, lentos, misteriosos habitantes de color de tierra cocida. Los
tuvo violentos, incontenibles, durante todas las horas de la
noche —nuevas horas de desesperación y congoja —de aquel
día en que otro coche, más polvoriento, más chirriante, más
primitivo, le dejó en la finca de Peto.

La primera visión de la finca de Peto fue, para Juan,
una noche muy oscura, con escasas lucecitas mortecinas
en lo alto y abajo, en la soledad de una gran llanura silenciosa. Un hombre alto, huesudo, con dientes largos y mal
clavados, seco de piel y de palabras —el destinatario de la
carta— que esperó al viajero al pie de la volanta y le llevó
luego a la casa principal; seguidos ambos de dos sombras
arrebujadas, que cargaron los equipajes y luego trajinaron,
silenciosas por toda la casa, sólo alumbrada a trechos, por
pobres velas, de luz amarilla y temblorosa. La casa era como
la otra, tosca, grande, con el enladrillado más terroso y las
habitaciones más desnudas, más desoladas por la yucateca
sustitución de la cama por la hamaca. La de Juan ya estaba
colgada en un cuartito que tenía dos malas mesitas y dos
malos estantes, desbarnizados, con libros, papeles, talonarios.
Allí le dejó el Encargado, con una vela, una alcarraza y
una escueta despedida:

—Este es el escritorio de la finca. Al despertarte, cuando
suene el pito del tren de raspa, te levantas y cuelgas la
hamaca; que aquí mismo vas a trabajar. Buenas noches.

Recuerda que, al levantarse, pronto se le despejó la mente.
Tenía diez y ocho años. Tenía multiplicados rencores profundos; imprecisas ideas de venganza; recónditas, consoladoras esperanzas de satisfacerlas. El día comenzaba claro,

alegre, con ruidos y hálitos de plena vida, que entraban por
lo alto de la puerta del cuartito, cortada en dos; marquito
de un trozo de cielo azul, diáfano, luminoso. Revisó sus
bultos, para ver si todo estaba intacto. ¡Sobre todo, la cerra-
dura del baúl! Que allí estaba "aquello". Luego, el dinero
que llevaba en el bolsillo. Tenía cerca de ocho pesos. Al-
canzaba para un pasaje a Mérida. ¡Lástima que, con la rabia
y la desesperación, se le olvidara ver si era posible robarse
algo, al salir de la otra casa!

Abrió la puerta. Frente a la casa había un batey. De un
lado el tren de raspa: casa de madera y zinc, una chimenea
larga y negra, silbidos y nubecillas de vapor; algo así como
un ingenito de guarapo y raspadura, que había allá, cerca
de Jaruco, en Cuba. Más lejos, la ondeante mancha amarilla del secadero de fibra. Luego, unas vagonetas rebosan-
tes de un zumo verde y leñoso. Otras vagonetas de ferrocarril portátil, vacías, mezcladas con dos parejas de mulos
flacos y pellejudos. Enfrente un diseminado caserío, mixto
de piedra, madera, zinc y paja, con fondo de platanales
y arboledas altísimas, pero clareadas, polvorientas, requema-
das. Y, hasta el horizonte, un mar de cepas de henequén.
La línea del horizonte estaba rota por otra chimenea y otro
caserío, lejanos, allá a la izquierda, en línea recta con el
soportal de la casa. Por allí regresaba el tren que le trajo.
Por allí estaba Mérida. Diseminados por el conjunto veíanse
hombres que iban y venían hacendosos. Casi todos eran
indios semidesnudos; pero en torno del tren de raspa, había
gente blanca, vestida del todo, que le miraban en línea
recta, con inteligente curiosidad. Y, aunque indias y mestizas, vió algunas mujercitas con el hipil muy blanco y muy
levantadito en las redondeces del seno. ¡Había mujeres!

El Encargado le explicó "su" trabajo: apuntar en libretas de jornales; escribir unos rutinarios modelos de ferro-

carril; llevar dos libros de cuentas personales de los indios:
"Cuenta grande" y "Cuenta chica". Pero en estos libros
Juan no debía anotar la menor cosa, sin la intervención
del Encargado. Sobre todo, en la "Cuenta grande". Mientras el indio no la saldaba, no podía irse de la finca, no
obstante ser un ciudadano libre de una República democrática, con leyes que prohibían esta pérdida del albedrío,
a virtud de deudas. Y claro. ¡Cómo iba a permitirse que el
indio pudiese saldar la cuenta! La finca tenía más o menos
valor según el número de indios que poseía. Como las fincas
de ganado, según el número de reses. La "Cuenta grande" estaba solemnemente guardada en un alto entrepaño de uno de
los estantes; exactamente debajo de otro sagrado impreso:
la imagen litografiada del Señor de las Ampollas, rico, ve-
nerado y milagrosísimo Cristo de la Catedral de Mérida.
Ya Juan había visto una copia en la otra casa; como la vió
después en cada rancho de indios y mestizos, protegidos
del Señor.

Comió mal, por el exceso de chile en el guiso de carne,
de manteca en los frijoles: por la ausencia de pan, susti-
tuído por la tortilla; por la adustez de su compañero de
mesa, que inútilmente quiso ser social y afable con su auxiliar; canario dispéptico, lentamente asesinado por el maíz,
el chile y la grasa de puerco, eternamente recondenado, porque al cabo de diez años de América, estaba en una ínfima
finca henequenera, lejísimo de la ciudad, con una mestizota
barragana en Peto y otra allí en la casa, de criada, cocinera
y machucadora de la ropa sucia.

Aquel y otros días completó su comida, con sardinas en
lata y galletas, en la tiendecita de la finca. Allí hizo amistad con el huache que estaba tras el mostrador. Por la
noche, fue centro de la tertulia formada por los empleados
del tren de raspa, en la propia tienducha, entre tragos de

"habanero" y humo de pajizo tabaco. Hizo cuentos y descripciones de La Habana; de la Revolución separatista, y cuando le oyeron leer, en alta voz, a un mestizo que, con tal objeto, trajérale un diario de Mérida, algunos se agruparon para oirle. Era quien mejor leía en la finca. Siguió siendo el más simpático, el de mayor personalidad. Por primera vez era hombre con fueros de tal, con algo que opinar en la vida, con "beligerancia"[1] en las luchas del mundo, con amigos y consideraciones, y afectos, de igual a igual. Le hablaron de un músico cubano residente en Peto. Peto estaba a dos kilómetros de allí. El cubano comía en casa de otro músico, mestizo, que vivía a medio camino, entre Peto y la finca. ¿Por qué no iba a comer Juan allí, si como afirmaba, no podía con las tortillas, el chile y el frijol con puerco, del Encargado seriote y estreñido?

Una mañana la fámula color de aceituna y ajamonada, frotaba los ladrillos del suelo, de rodillas en ellos, con agua, jabón y cepillo. Era en la habitación próxima al cuartito escritorio. El Encargado no estaba en la casa. Juan llevaba un rato sin apartar los ojos de las rollizas caderas, agitadas por el trabajo, en un vaivén que remedaba el más afanoso ajetreo sexual. El joven se puso de pie. Instó a la mujer a que le siguiese al cuarto de ella. Ella no se negó rotundamente, y él, así alentado con la complacencia, o la servil sumisión de la mestiza, la asió por las muñecas, y con imperio de macho enardecido, con magnéticas inflexiones en la voz suplicante, exigente, la llevó hasta la lejana hamaca; la dobló en ella, y la gozó furioso, entre las bilingües negativas. —¡No! ¡No! ¡Mac!— con que la mestiza comenzó fuertemente, allá lejos, y ahogada, débilmente, terminó en la hamaca.

Otra mañana le planteó al Encargado lo de ir a comer a casa del músico; donde comía el otro cubano perdido por

---

[1] "beligerancia" criterio efectivo.

aquellos alrededores. El no acababa de acostumbrarse a las tortillas y al frijol diario, mañana y tarde. "Y ¿cómo yo puedo?" —le había preguntado, negándose, el canario. Discutió Juan, diciendo que él se lo pagaría de lo que ganaba. La réplica del canario fue de nuevo contraria, rotundamente negativa. Habló Juan de escribirle a Adolfo, rogándole que, al fin aclarase cómo estaba él allí, y cuáles facultades tenía, sobre de él, el Encargado. —Don Adolfo me ha escrito —repuso el otro— y me ha dicho que ya él tiene pocas ligas contigo; que tú estás aquí, como todos: "por tu cuenta". Pues, siendo así, insistió Juan en que le dejasen ir a comer a donde le diera la gana. Ya se violentaban ambos cuando, presentóse en la casa un teniente del Ejército Federal. ¡Chitón! Aquel era el amo de vidas y haciendas en diez leguas a la redonda. Y Juan recordaba la "Cuenta grande" y lo que aquel día se dijera, en la tabaquería de Mérida, sobre la amordazante tiranía imperante en el país. Sobre todo, contra quienes no tenían fincas henequeneras, tonsuras sacerdotales o grandes entorchados, con los cuales imponer respeto a los tenientes y demás uniformados de menor cuantía. Esto mismo contuvo a Juan muchas veces: cuando la nostalgia de la ticuleña, añorada en largos ensueños voluptuosos, divinizada al través del recuerdo y la distancia, imaginativamente contrastada con aquellas indias y mestizas circundantes, estallaba en arranques de rebeldía y escapatoria; cuando indignábase con los desahogos, de judío y de negrero, de aquel odioso isleño, español al fin; cuando estremecíase de ansias de escapatoria y desaparición total de la finca, las noches en que aquel "ca..." le prohibía concurrir a la tertulia de la tienda, donde comenzaba a tener fraternales amigos.

Al fin logró que el isleño le dejase comer en casa del músico. Aunque ocultándolo, el hombre comenzaba a demostrarle cierta forma de afecto. Además, había dado una recia batalla para lograrlo, y no tanto por la necesidad de cambiar de alimentación, como por la de andar solo unos minutos por el camino, y la de entrar en una casa en donde hubiese mujeres jóvenes. Y allí las había.

Don Basilio se llamaba el músico. Tocaba el clarinete. Don Basilio explicó que él no tenía fonda. Si le daba de comer a Cirilo, el otro cubano, debíase a que éste era su amigo y además —un además muy importante— jefe de la banda de Peto. Cirilo se hallaba a la sazón en Mérida. Buscaba nuevas piezas para la banda; excusa para andar en no sabíase qué raras conspiraciones, con vista a largarse a Cuba en una expedición. Acaso tardaría semanas en volver, si volvía. Todos le esperaban con afecto; deseosos de su fracaso como filibustero. Era un hombre muy bueno, muy ilustrado, muy decente. Esto de decente lo recalcó don Basilio, con los ojillos mayas muy fijos en los del joven. ¡Lástima que no fuera religioso!

Don Basilio tenía mujer veracruzana —autora de las buenas comidas de la casa— una hija soltera y otra que llevaba siempre en el rebozo a un mesticito llorón, encajado sobre un vientre en pipa, que le alzaba el hipil media cuarta por delante. Era casada. Unico medio de que tuvieran retoños las hijas de Don Basilio. Don Basilio Pech era ex concejal de Peto, segundo jefe de la banda de Peto, y presidente del Gremio Católico de Santa Cecilia, de Peto. Juan pensó, en cubano, que Don Basilio era de los del papel de China. La mestiza soltera se llamaba Marta, y era joven, menuda, chaparrita, pomulosa, con un suave colorcito de canela y los ojos, casi siempre bajos, tan mongólicos como los pómulos. Pero cuando tímidamente los alzaba eran grandes y brillantes, y los pechos apuntaban

redondos y firmes, e insinuábanse tentadoras, bajo la teli-
lla del hipil, las leves curvas de las caderas. A pesar de la
advertencia de Don Basilio, de que sólo aceptaba el darle
de comer a Juan, porque ello seguramente le agradarí aa
su compatriota; a pesar de las indirectas sobre la decencia
de Cirilo; a pesar del papel de China; a pesar de tantas
represas, la erotomanía del criollo se había desbordado desde que vió a la mesticita: la buscaba incesante, con los ojos,
para en seguida clavárselos, incontenibles, en los núbiles
pechitos tremantes.

Marta iba a los conciertos dominicales que, en la plaza
de Peto, daba la banda, a la sazón dirigida por Don Basilio.
lba con otras jóvenes de hipil, rebozo y cortebajos de raso,
corvos y lentejuelados. Juan concurría al concierto, con
algún blanco amigo del tren de raspa, a mirarla y remi-
rarla; como a las horas de la comida; como en algunas noches en que acudía a la casa, so pretexto de complacer a
la familia, con sus excepcionales dotes de lector en alta
voz. La familia, sin excluir al yerno de Don Basilio —que
llegaba del trabajo después de ya oscurecido— y algún otro
vecino de las afueras del pueblo, agrupábanse en torno del
que leía los diarios de Mérida, los impresos revolucionarios
cubanos y páginas de unos tomos de a kilo de Dumas,
Montepín y Víctor Hugo; únicos libros en todos aquellos
arrabales, propiedad de Don Basilio, desde que era concejal,
con aspiraciones de ser jefe político. Las vibrantes inflexiones de la voz, amplia y sonora, del lector, en los mosquete-
riles lances de Artagnan, en las truculentas escenas de
Montepin y en los idilios de Mario y Cosette, subyugaban
al auditorio, le ganaban la voluntad hasta más allá de las
horas de lectura, y alzaban, en oleadas de emoción, dos
vírgenes senos redonditos, detrás de los cuales latía un
dulce, ignoto, misterioso sentimiento.

Se convierten en novios de una clase ya casi desaparecida: novios de miradas. Mientras mayores son las ocasiones y la duración de las miradas, más va Juan abandonando la nocturna tertulia de la tienda, y más osado se vuelve en sus eróticas acometidas a la cuarentona fámula mestiza. Gracias a este pobre desahogo —desahogo mutuo, dicho sea con perdón de la que hacíase la víctima sumisa, con sus bochornos, forcejeos y celestiales invocaciones— Juan no forzaba la situación, para pasar de las miradas y las sonrisas giocóndicas, a algo más positivo para desafiar la moralina de hipil y sandalias de la famlia Pech.

Pero una mañana, por poco el Encargado no sorprendió a Juan y a la masuda mestiza en uno de sus afanosos restregones de hamacas, y a partir de entonces se le hicieron más infrecuentes, más acaloradas, casi imposibles, las eróticas sesiones, hasta aquel día siempre a manos, para cuando regresaba él, encendido, del lado de Marta. E invertidos quedaron los términos. A mayores dificultades con la socorrida mestizona, menos continencia cerca de la apetitosa doncella. Sus voluptuosos delirios, dormido y despierto, con recordadas, sabrosas imágenes rubias de Julia y fantaseadas, sabrosísimas carnes morenas de Marta, convirtiéronse en perturbadoras e incontrastables. A Mérida, o a lo que fuese necesario con Marta. He ahí la idea fija que se le metió en la cabeza y comenzó a llevarle a la locura. ¿Y si se casase? Don Adolfo y don Encargado mediantes ¿qué cosa más fácil para tener mujer, libre, cómoda, desahogadamente; a la vista de todos y para todas las noches? ¿Qué problema era ese? El tenía ya unos ahorros. Si se los gastaba ¿qué? Siempre le saldrían baratísimas las "veces", ¡y con una doncellita! ¿Mestiza? ¿Ignorante? ¡Bah! El no era de Peto, ni de Yucatán, y la guerra en Cuba no iba a durar

toda la vida. ¿Otras reflexiones? No se le ocurrieron. Ni
era lógico que se le ocurrieran.

Una noche vino al mundo el segundo nieto de Don
Basilio. Juan, servicialísimo, pasó varias horas en la casa.
En el atareo de la familia, Juan se cruzó dos o tres veces,
a solas y en rincones mal alumbrados con Marta. Marta
le sonrió con desconocida intensidad. La última vez él, de
improviso, se apoderó de una mano de ella, y se la besó.
No pudo volver a verla en el resto de la noche. De aquella
sonrisa de franca correspondencia pasional; de aquel ingenuo desliz del beso en la mano, difícilmente podría él pasar,
dada las preocupaciones morales de Don Basilio y los car-
tabones sociales a que tenía sometida a su, por todos con-
ceptos, oscura familia. Y cabalmente; después de la excitación de aquellos sencillos escarceos amorosos, tras de haber
estado tan próximo a ella, a los pechitos salientes y temblones, que su ansiosa mirada más de una vez, sorprendiera
colgantes, en el hueco dejado por el hipil, al doblarse ella
en uno de los urgentes quehaceres de aquella noche; pasado
el erótico desvelo que le siguiera, más trastornadora y exigente debía tornársele la idea fija de "comerse"[1] —gráfica
palabra de su soliloquio— a la virgen mestiza. No podía
dejarla para otro. Total: casarse.

La casa de aquella finca era grande y tenía ciertas comodidades, porque fue construída para posibles veraneos de la
familia. Una de las comodidades era un tanque, enorme,
con su "veleta", para elevar agua del aljibe enormísimo, y
tener así grifos de agua potable en todas las habitaciones.
Uno de estos grifos estaba en medio de la arboleda de
plátanos y otros frutales, que constituían el kilométrico patio sin tapia. Era como una fuente de pueblo, debajo de la
herrumbrosa armazón de angulares soportes del tanque
y su descomunal, chirriante "veleta". De todos los ámbitos de

---

[1] "comerse" poseer.

la arboleda, convergían a esta fuente, tortuosos senderitos trazados por mujeres, ancianos y niños, que en los meses de sequía, estaban autorizados para venir, por entre el sombroso hojerío de los árboles, a llevar vasijas de agua pluvial. Las mujeres —religiosas separaciones muy observadas en el país— solían venir solas, al caer las tardes. Comúnmente eran muchachas. Al llegar iban depositando en la encharcada tierra sus vasijas: latas, cubos y algunos cántaros a veces servían, para que con ellos en la cabeza y en los brazos colgantes, las mesticitas reprodujesen, inconscientes, airosas figuras de antiguo arte escultórico. Grupo de vasijas, y grupo de charladoras, que reían, narraban, comentaban, los mismos triviales tópicos de siempre: chismes de familia, trabajos domésticos, tristezas y amores.

María, la hermana de Marta, había estado viniendo a buscar agua, con su cántaro, hasta el momento de dr a luz. La sustituyó Marta. Juan lo supo, y la esperó al regreso, por donde debía venir ya sola: cerca de su casa. No se atrevió a salirle de frente, cerrándole el paso, para no asustarla y exponerse a incontenible y ruidosa escapatoria. Se aproximó a ella, en suave convergencia.

—Oye.

—¿Qué? —inquirió ella alarmada, llevándose a la vez las manos a las asas del cántaro que cargaba en la cabeza; como para estar lista a correr—. ¿Qué quieres?

Juan se hizo cargo.

—Nada más que saber una cosa, que no he podido preguntarte delante de la gente. ¿Quieres que nos casemos?

—Sí. Sí.

Y andando de lado, tan nerviosa que comenzó a derramársele el agua, dejándole perlas brillantísimas en el terso rostro acanelado y la telita de hipil pegada, transparente, a los morunos pechos, se atrevió a contestar más; todo lo más que pudo:

—Dícelo a papá.

Tuvo él impulsos de hombre de las cavernas. Pero se contuvo. Por el momento se conformó con verla desaparecer por entre las malezas, siempre andando de medio lado, a rápidos saltitos, casi corriendo.

Sólo por el momento se conformó. Aquella excitante situación fué la última gota.

Por la noche le planteó, en un propicio aparte, resultamente, el asunto a Don Basilio. Como él esperaba —lo esperaba por sus observaciones de criollo listo— Don Basilio también le dió el "sí". Encogiéndose de hombros dijo:

—Si ella y Don Adolfo están conformes...

Aquella misma noche se encaró Juan con el isleño, para comunicarle su resolución y saber a qué atenerse, por allí, y por parte de Adolfo.

Si éste no tenía inconveniente —repuso el isleño— él, pues... tampoco.

Juan le escribió a Adolfo. Mientras tanto, todo iba siendo ultimado entre el joven y su futuro suegro. Si no les dejaban, a los nuevos casados, hacer su hogar en la casi vacía casa donde trabajaba el joven, Don Basilio les daría un cuarto; todos vivirían bajo el mismo techo, como ya lo hacían sus otros hijos: María y su marido. La cuestión era que sus hijas se casasen en la paz de Dios; bajo la égida de la moral y la iglesia. Adolfo, displicente, despectivo, con significativa incorrección, en vez de contestarle directamente a Juan, lo hizo en carta al Encargado: "*Si tiene dinero, que se case como y cuando le plazca, y a ver si ahora, con esa responsabilidad que va a echar sobre sus hombros, comienza a ser un poco más decente, más buena persona, más honrado*".

Cuando el Encargado le leyó aquello a Juan, Juan se atrevió a decir:

—Bueno. Lo que me importa es que no le importe que me case.

E inmediatamente pensó:

—Lo de la moral, que se la recete a sí mismo.

XXX

Llegó la gran hora de la boda. Es decir, para Juan por lo que le esperaba después de los sonrojos y turbaciones de la ceremonia. Y nada más. El no iba a dar el gran salto del matrimonio con noción o sentimiento alguno de responsabilidades morales, sociales ni de ninguna otra índole. ¡Lo que le entregaban aquella noche! He ahí lo grande.

Como a las ocho de la noche, solo, con su primer terno de paño hecho a la medida, emprendió el camino de la que, desde aquella hora, iba a ser su casa. El isleño, con los demás invitados del tren de raspa, y otros amigos y conocidos, le esperaban allá.

Noche sin luna, pero clara, diáfana, multimillonaria de estrellas. Allá, adelante del camino, también titilaban algunas estrellitas: las luces de Peto y sus alrededores. A un lado, una constelación de estas luces indicaban el sitio de la sonada fiesta social. Juan avanzaba lento, con el sombrero en la mano y el simétrico peinado al aire fresco y oloroso de los campos. Rasgó el espacio un volador lejano, que luego se deshizo en una lluvia de fugaces bengalas. Llegaron hasta Juan las notas de la banda, entre las cuales sobresalían los estridores del clarinete de Don Basilio. Ascendió el reguero de chispas de un segundo volador. Y en seguida otro. Detonaron casi a la vez. Hubo un lejano redo-

ble de ecos, seguido del frenético ladrar de los perros de
cien milpas y ranchos. El que ladraba más cerca continuó
por mucho rato aún. Ladrábale a Juan, a medida que éste
se iba acercando a una puertecilla iluminada. Como si allí
le esperasen, uniéronse al novio tres mestizos endominga-
dos: un hombre y dos mujeres. El hombre echó adelante,
al lado de Juan, y las mujeres le siguieron, con sus trotecitos
de bestezuelas de trabajo. Solamente los dos varones hablaban, o más bien Juan era quien le extraía al otro algunas
respuestas, a monosílabos; como con sacacorchos; mientras
el grupo se acercaba rápido a la constelación de fiesteras
lucecillas, cada vez más grandes y en mayor número.

Apenas entra Juan en la extraordinaria claridad de la
casa, dos de sus compañeros de la finca, no yucatecos, gri-
tan jubilosos:

—¡Juan! ¡Juan! ¡Ahí está el novio!

Y corren a recibirle, mientras los músicos, que ya han
besado algunas botellas de "habanero" —como los que gri-
taron al ver a Juan— rompen a tocar una polka. Detonan,
uno tras otro, los últimos tres voladores de la media docena
encargada por el padrino, a Mérida. En seguida le presentan el padrino, a Juan: un francés gordo, canoso, bigotudo
y con espejuelos, dueño del más grande almacén mixto de
Peto, y a quien todo el mundo llamaba El Musiú.

Eje, con Marta, de la fiesta; centro de todas las miradas,
alusiones, comentarios y maliciosas indirectas del caso, ya
el novio desde aquel momento no ve, ni retiene en la memoria más que breves y confusas visiones de seres y cosas.
Turbadísimo se enfrenta con la novia, para saludarla. Está
en una esquina, entre primas y amiguitas, que forman una
sola mancha en blancos hipiles de lujo, con franjas multi-
floras, de estambre bordado al canevá; realzado el vistoso
traje regional por los reflejos de los grandes rosarios dora-

dos y el chispear de las lentejuelas que espolvorean los
típicos zapatos, de punta levantada. Marta está cambiada,
para Juan. Las medias de basto algodón, flojas, el corto
y barato velillo nupcial, las tres ramitas de un deplorable
azahar de pasta, el blanco trajecito, estrecho y chapucero,
sobre un corset que es coraza de inquisitorial suplicio, las
mejillas abochornadas por la conciencia del ridículo y por
la pintura extraída de un rojo papel d e alfileres; todo
aquello tan postizo, tan exótico, tan lamentablemente inge
nuo, no da el conjunto, puro, sencillo, humano, atrayente,
que ha levantado y acrecido los deseos de él. El la tiene en
su imaginación como ella es; como necesita que esté, cuanto
antes mejor: con el trigueño rostro limpio, alegre y natu
ral; el hipil y el fustancillo, sueltos y transparentes, y las
piernas bien torneadas, redonditas, en su piel de un suave,
único, delicioso color de carne morena y verdadera. Hay
filas de asientos, de diversos colores y hechuras, como en
un velorio; como en todo hogareño acontecimiento entre
pobres. Las mujeres, no rompen su tertulia aparte. Los
hombres forman grupos en aquellas mismas sillas, o fuera de
los tres ranchos unidos, que forman el hogar de don Basilio.
Los hombres que están fuera, fuman, beben y piden música.
Son los no yucatecos del tren de raspa, que allí gozan del
fresco, desterrado de los ranchos por el calor de las respi
raciones y de la profusión de luces. Circulan afanosas,
atendiéndolo todo, la madre y la hermana de Marta, y José,
el marido de ésta. Vuelve a tocar la banda, reunida en el
raquítico jardincito de la entrada. Alguien enciende las
velas del altar, y se ve entonces el gran adorno de ramajes
y cadenetas de papel de colores, que realza el rancho cen
tral. Los ramajes y papeles, van, con cierta intuición
artística, a formar una gran gruta de fuertes policromías
al altar. El altar está hecho con una mesilla, cuyas patas

de pino sin cepillar asoman por debajo del "paño", y un cajoncito forrado con papel de color que forma la única grada. Entre doce largas velas nuevecitas, parece que suda un santo de palo, jerga y encajes, para Juan desconocido. La jerga es carmelita. El santo tiene una aureola de hoja-lata, clavada en el cogote y en los brazos colgados en columpio, un Niño Jesús, boludo y asustado. Entran nuevos convidados. Surge un acordeón por el patio, polarizado así de la banda que domina el frente. Llega el cura. El cura le da unos consejos, de religioso sermón a este novio tan aturdido y nervioso. El novio, además, advierte que el cura de Peto, como todos los curas que conoce, es español, y le oye con disgusto, con el juicio en una impropicia combinación de separatista y descreído. ¡Vaya! ¡Este cura rojizo, con el botijudo abdomen repleto del chocolate con hojaldre que acaba de engullir, y que le sale, en regüeldos, a la carnosa, belfuda boca de glotón de todas las glotonerías! ¡Sinvergüenza, que le ha cogido treinta tostones por casarle sin necesidad de papeles, prontamente! El cura no pierde más tiempo. Se arremolina la gente, ansiosa y sudorosa, frente al altar; en torno de la pareja de jóvenes, tremanies, ciegos y sordos por la vergüenza del espectáculo de que son protagonistas; en torno también de los marselleses bigotes de *El Musiú*, de una parsimoniosa señora con las sedas estallantes por las gorduras, que malamente ciñen, y de la mancha negra y casi redonda del cura de Peto. Después: letanía de frases masculladas por el cura; no sabíase qué nigromancias con las manos, y un anillo, y otra vez la gente se reparte bromista, charladora, por todas partes. Le dice a Juan, alguien, que tome del brazo a Marta, y que se vayan a sentarse un rato en medio de una hilera de asientos. ¡Ya! Después de aquel breve instante, de diálogos, lecturas y cubileteos, inentendidos, maqui-

nales, todo era permitido, natural, fácil. Tanto que el pro
pio Don Basilio, con los ojitos. más achicados aún por el
"habanero", se acercó a Juan y Marta, para decirles, en
secreto temblón y silbante:

—Váyanse por ahí, por el camino, a coger fresco solos,
hasta que se vaya la gente.

De pasada por el frente al ranchito que les tenían des
tinado, a Marta y él, vió la gran hamaca "camera"¹ de hilera rosada, con cintas del mismo color, como la de Adolfo
y Carmen allá en la otra finca, y le dijo muy bajito a "su"
mujer:

—Mira.

E inmediatamente la enlazó con un brazo por la cintura,
la atrajo hacia así y se perdió —incrustado en ella y con
la cabeza baja y torcida, en demanda del primero del soñado millón de besos— en la oscura soledad del camino.

Allá en los ranchos, quedaba el vivo ritmo de un zapateado y un remolino de gente que bailaba, repicando
fuertemente en el piso con la taconería de madera de sus
insólitas sandalias de lujo; con los agudos taconcitos de los
corvos y lentejuelados corsebajos de las mestizas que sal-
taban anhelantes, con los brazos flojos, caídos a lo largo
del cuerpo.

Allí, en el camino, estaba la felicidad, la verdadera, la
humana, la pura, la que ignora lo trascendente; como la
que quedaba allá en los ranchos, entre el golpear de tacones y timbales, los alaridos del clarinete de Don Basilio
y las rondas de mistela y "habanero".

XXXI

Cirilo Seijas, jefe de la banda municipal de Peto, tenía
treinta y tantos años y era, además de músico, barbero.

---

¹ "camera" de tamaño suficiente para dos personas.

Visto por fuera daba este conjunto: bajo, huesudo, ale-
chuzado, abierto de extremidades. Esto último quiere decir
que por arriba tenía una tupida melena rojiza, partida en
dos grandes crenchas, como de herrumbrosos alambres
ondeados, y por debajo, los tacones tan unidos como ene-
mistadas estaban las puntas de los zapatos. Zapatos siempre
de corte bajo y siempre a medio descalzar, por causa de una
crónica torcedura de tacones. Por dentro podía decirse que
era una víctima de la Casa Maucci. Tragando, en una
ingénita voracidad de letra de molde, no calmada ni en-
cauzada al comienzo de la vida, ese ajiaco de volúmenes
lamentablemente baratos, para cuya multiplicación se ha
echado a mano a todo lo editable, Cirilo Seijas se había hecho, en la cabeza, un tremendo amasijo de Stirner y Kropotkine, de Tolstoy y Nietzche, de Bakounine y Marx, de
Spencer y Reclús, de Darwin y Flammarión, de Zola y
Víctor Hugo. De todo eso, así mezclado, asimiló una cultura que, aunque fragmentaria, era muy superior a la de
sus amigos y conocidos; a la de su ambiente de barbero
y mal músico; lo bastante superior para que a veces le cos-
tase trabajo ganarse la vida. Cierto que a Spencer le en-
tendió a medias, a Nietzche menos que a medias, a Stirner
casi nada; pero no obstante ello y a pesar de su inadecuada
inferioridad física y profesional, se quedó en superhombre.
Superhombre por lo que razonaba; por lo que filosofaba.
En el fondo, verdaderamente, era bueno, compasivo, sentía
primos impulsos de ir al Bien por medio de la guerra al
Mal, y así cuando obraba por disparo de sus sentimientos
exaltados, olvidaba curiosamente su nietzchismo: odiaba a
los curas, esos admirables individualistas disfrazados; trina-
ba en contra de la esclavitud del pueblo yucateco de aquellos días anteriores a Alvarado y Felipe Carrillo (mal que
os pese, señores Moheno y Compañía), y andaba desespe-

rado porque no acababa de salir de México una expedición que le llevase a pelear por la patria.

Cirilo encontró en Juan a un cubano enemigo de España; a un compatriota, joven e inteligente, descarrilado por la odiada sociedad cristiana, a un lector, claro y vibrante, con una vista suficiente para ir supliendo la que se quedara en las quinientas pesetas de tomos de Maucci; al único discípulo capaz de comprenderle, en cien henequenales a la redonda; al solo compañero en quien concentrar todos sus afectivos sentimientos de paradójico Diógenes, sin ambiente y sin cronistas.

Y la transitoria amistad de Cirilo, produjo en la vida de Juan Cabrera una impresión fuerte, hondamente arada, plena de grandes trascendencias; comprobadora del determinismo que maneja a los fantoches humanos y su escenario del mundo, burlándose de morales y religiones.

Como barbero y peluquero, Cirilo tenía una corta y escogida clientela: la veintena de hombres que, en Peto, hablaban español además del maya. Con excepción del cura. En una pequeña barbería, con un solo sillón y profusos adornos patrióticos y eruditos (un escudo y una bandera de Cuba Libre, fotograbados de filósofos centroeuropeos y libertadores americanos, las apostólicas barbas de Kropotkine al lado de las del Marqués de Santa Lucía) "arreglaba" al Jefe Político; al francés, padrino de boda de Juan, al turco dueño de la mejor tienda de ropa, al turco dueño de la mejor panadería, al boticario de la única botica, al catalán de la fonda —partidario de los separatistas cubanos— a dos médicos, tres licenciados y media docena de encargados de haciendas. En esa barbería Cirilo, entre cliente y cliente, maquinaba con papeles de Música y hacía gritar su cornetín. Allí extendía, de noche, su solitaria hamaca yucateca. Y allí pasaba, con Juan, las horas de in-

308   CARLOS LOVEIRA

terminable diálogo, en las primeras horas de la noche y durante casi todas las de los domingos y fiestas de guardar. De tarde en tarde iban ambos a un rancho perdido entre las polvorientas albarradas de las afueras de Peto, donde Cirilo tenía una ocasional "señora", y la "señora" una hermana a quien Juan iba aficionándose, lentamente. Frente a estas dos mestizas, como en la barbería, como en las frecuentes visitas que Cirilo hacíale a su compañero durante las horas del trabajo, como en casa de la familia de Juan, revisaban libros y periódicos, discutían, comentaban y hora a hora se iban apretando más en una amistad honda, sincera, de mutua compenetración, y tan absorbente, que lo era por encima de las conveniencias materiales de un empleo de finca henequenera de la época; por encima de la atracción sexual de una mujer tiernecita, en pleno, sabroso deslumbramiento erótico; por encima del derecho al calor, a la dedicación que aquella criatura humilde, sensible merecía de su lindo marido, sincera, totalmente adorado. Marta comenzó a odiar a Cirilo; odio manso, callado, como todo sentimiento alimentado con sangre india. E indudable era que Marta, con su doble clara intuición de mujer y de mestiza, andaba en lo cierto. Aunque no sería sólo Cirilo quien habría de jugar un importante papel en el porvenir de aquel raro, absurdo matrimonio de ocasión. Serían muchas otras circunstancias, de las cuales el nietzchano iba sólo a ser una más.

A la dirección de Cirilo, también amigo de Julián, venían las tardías cartas en que el tabaquero trasladábale a Juan recados de la rubia ticuleña, interesada en hacerle saber, a "su" cubano, que no le olvidaba un momento y que esperaba tenerle algún día en Mérida, cuando él se apiadase de ella, para darle todo, todo lo suyo. Subrayaba Julián tales recados, incitantemente, diciéndole a su amigo que

la sentimental muchacha manteníase inalterablemente
"viuda", añorándole siempre en las tertulias de la saleta y
en sus quejumbrosos cantos de la "sala". Al lado de Cirilo
también leía Juan los periódicos separatistas enviados desde
New York y la Florida, a los clubes cubanos de Mérida, y
las cartas donde los Massaguer, Loret de Mola y otros
conspiradores de la capital de Yucatán, le hablaban al barbero de la marcha de la Revolución y le enviaban recibos
de clubes, papeletas de rifas, bonos separatistas y otros medios de reunir fondos con destino a la Junta Revolucionaria
de 56 New Street. Juan, empatrioterado hasta el misticismo por Cirilo, tomaba para sí recibos, papeletas y bonos, y
se los hacía tomar a sus compañeros del tren de raspa, sim-
patizadores de la causa de Cuba. Se los hacía adquirir aun
al mismo isleño Encargado, ya gran amigo de Juan, por
fuerza de los intereses creados... en el manejo de libros y
libretas de la contabilidad de la finca. Al lado de Cirilo
Juan vio multiplicarse los conocimientos que adquiriera,
en el bufete habanero de Adolfo, con la voraz lectura de
La Ciencia y sus Hombres y *El Mundo Físico*. Con Cirilo
vino en conocimiento de grandes nociones generales: de
música, de geografía, de mecánica universal, de evolucio-
nismo. De esto último Cirilo tenía un concepto bien fun-
dado, bien correlacionado, inconmovible, aunque en ello,
como en toda su autodidáctica cultura, hubiese no uno sino
mil eslabones perdidos, mil lagunas que rellenar con intuición y buena voluntad. Pero Juan "intuía", absorbía, espe-
culaba, con bastante claridad y rapidez; máxime porque las
rebeldías morales y sociales hasta entonces vagas, latentes,
en él, adquirieron en el íntimo trato con Cirilo, arraigo y
fortaleza de cosa consciente. Comenzó a darse bastante clara
cuenta de su situación en la vida, y por lo tanto de la necesidad de prepararse para vivirla lo mejor posible.

Por ahí; por la necesidad de ver cómo era posible que
Juan viviese la vida del mejor modo posible, fue por donde
hizo más mella en el espíritu de éste la amistad de Cirilo.
Por ahí se manifestó siempre, con todo su predominio, la
especulación individualista del verbo de aquel paradójico
Zaratustra. Para vivir la vida del mejor modo posible, según
Cirilo, Juan tenía que vivirla más allá del Bien y del Mal.
No abandonar totalmente, no perder de vista en tanto fuese
posible, a la familia que le trajera a Yucatán. Con excepción del secreto de las cartas y papeles de Nena, todo, todo
lo de ella, y lo de Adolfo y lo de toda la familia, habíaselo
contado Juan a su amigo: desde que Don Roberto había
sido su subrepticio padrastro, y alguien en la quinta del
Cerro supusiese que era algo más, hasta el exabrupto libi-
dinoso del padre de Nena en el arroyo de *Los Mameyes*;
pasando por los restregones de ella y él en los solitarios
rincones de la quinta. Alargar, alargar hasta todo posible
límite una amistad así, falsa pero explotable. Y en cualquier
momento hacer algo parecido con la muchacha de Mérida,
sin cursis sentimentalismos ni tontas preocupaciones morales. ¡Bah! No querer uno acostarse con la misma mujer
que se acostase con diez hombres más cada día. ¿Por qué?
La hembra humana sólo era... eso; una hembra de tantas.
Y si no hubiera sido por "aquel chandala de San Pablo"
(cita de *El Anticristo*) jamás la humanidad habría andado
enredada en tantos y tan amargos líos por la separación de
una mujer para cada hombre. ¿Había placer y dinero, a
cambio de andar con un *Smith and Wetson* en la cintura y
"permanganearse"[1] cada noche? Pues... era cosa de pensarlo. En todo caso, Juan también iba a dar lo suyo. Por
fortuna tenía bastante que dar: estaba en condiciones de
dedicarse al donjuanismo profesional. Profesión como otra
cualquiera. Ejemplo: aquel propio Don Adolfo, de que

---

[1] *"permanganearse"* lavarse con soluciones de permangana-
to para evitar enfermedades venéreas.

hablaba Juan. ¿Qué cosa había hecho sino chulear, con el salvoconducto del matrimonio, a la rica henequenera? Lo que sentía él, Cirilo, era que ya, flaco de tanto soplar el cornetín, con canas en la melena y los pies convertidos en verdaderos archipiélagos de callos y juanetes, no estaba para entusiasmar a ninguna ticuleña. Que si no... Y en cuanto a que el matrimonio con aquella mesticita, Marta, pudiera ser una traba... ¡Uh! ¡Cristianerías! No era preciso mirar mucho para ver, franca y netamente, el porqué de aquel matrimonio. El joven, cabalmente por fuero de juventud, tenía imperiosa necesidad de mujer. En torno de él otros hombres, después del trabajo, después de un paseo, después de las nocturnas vueltas de noria por la plaza de Peto, se metían con las suyas al lado —algunas muy apetitosas, muy estimulantes— en sus respectivos cuartos dormitorios; todo ello, sencillamente; porque se habían casado. Pues bien: él se inclinó a la muchacha que más a mano tenía y que "mejorcita" estaba entre todas las asequibles. La muchacha, por la misma inclinación instintiva, fue cayendo del lado de él. Para hacer lo que los demás, tenían que casarse, y se casaron. Nada más. ¿O pensaba Juan, un joven blanco, de buena presencia, inteligente, con acaso cuáles grandes probabilidades en la vida, quedarse allí, entre aquellas gentes semicivilizadas, aun después de terminada la guerra de Cuba, para sólo dedicarse al pastoreo de prietos esclavos y hacerle, a una pobre e ignorante hembrezuela, un indito tras otro, por los años de los años? ¡No, hombre! Aquello estaba bien para ir pasando, él, el mal tiempo, y ella una muy agradecible temporada de amor con un joven blanco, buen mozo, envidiable tipo de selección con respecto de ella y sus congéneres. Después; cuando él desapareciese, a ella le quedaría bien asegurada la parte económica con el padre, jefe de la banda en cuanto Cirilo desapareciese definitiva-

mente del pueblo, y para la parte amorosa también tendría
arreglo, porque, dentro del "género híbrido", estaba atrayente, suculenta, y no habría de faltarle una veintena de
oscuros mocetones, de sus gustos y condiciones, entre los
cuales escogerle sustituto al cubano emigrado, que pasara
una vez por Peto como deslumbrante bólido.

A veces Juan se quedaba ensimismado, oyendo a su
amigo: con la vista perdida en una vieja y descascarada
esferita terrestre, que el último tenía en el fondo de la
barbería, y que servíales para sus clases geográficas. Otras
el ensimismamiento le dominaba mientras comía, con su
mujer y los demás Pech, en la rústica mesa del grupo de
ranchos en que todos vivían; cerca del comal, del primitivo
molinillo de chocolate, de los prietos, hollinosos hoyos de
la barbacoa; de todo aquello tan ajeno, tan exótico para
él. Tan ajeno y exótico, cada vez más, como "su" familia,
con la cual, comenzando por su mujer, nada podía hablar
de lo que hablaba, de lo que aprendía, con Cirilo. A la
cual tenía que estar siempre atajando, con bruscas interjecciones, en sus sencillas opiniones morales, religiosas, de
caseras filosofías, para él insoportables; que le enfermaban;
le disparaban los nervios. Cuando no caía en grandes mutismos al lado de todos; al lado de ella misma, en la gran
hamaca encintada, donde el contacto de las morenas carnes
redonditas sólo rara, periódica, metódicamente, le excitaban
ya; donde la monogamia, verdugo del amor, le iba aburriendo, falta de otros alicientes, con lenta pero irremediable
pertinacia. En estos mutismos, únicos momentos en que no
estaba bajo la influencia del trabajo o de la amistad dominadora de Cirilo, la imaginación solía írsele fugazmente
hacia el recuerdo de Petra; recuerdo sentimental, caritativo,
y por eso fugaz; porque pronto reaccionaba en individualista, en hombre fuerte; como Cirilo. Con más persisten-

cia veníanle imágenes de añoradas carnes blancas; las sonrosadas, satinaditas, de niña cálida y rozagante, únicas de
Nena que le quedaban en la retina mental, y que a veces
febrilmente inquietaban sus sueños y soliloquios, y las formas de mujer rubia, nuevecita, sin huesos ni adiposidades,
e incansables, serpenteantes, sudorosas, con fuerte olor a
sexo encendido, que Julia le incrustara en la carne y en el
cerebro aquella tarde de insaciable furor amoroso.

Un día Cirilo repentinamente le dijo a Juan:

—Oye, Marta tiene una pipita¹ y un desarrollo de caderas...

—Sí. Creo que seis meses.

—Bien. ¿Y tú no vas a pensar eso en serio? ¡Nada menos
que seis meses! En fin, tú harás lo que quieras; pero yo
en tu lugar, ya estaría siempre con los ojos en el camino
de Mérida. Por lo pronto, Mérida. Luego, podría acabarse
la guerra de Cuba, o venir quizás qué. Que para volver.
en último caso, siempre habría tiempo.

XXXII

Juan bajaba, en un atardecer, como en cien más, solo,
cansado, sin premura, del escritorio de la finca a su casa.
Era la melancólica hora del crepúsculo campesino, en un
campo pétreo, árido, calcinado, suelo de una raza también
pétrea, seca, inalterable. Juan iba camino de la insipidez
espiritual de Marta, del monótono ambiente de toda su casa, de la eterna tranquilidad de Peto, entre dos paralelas
de albarradas grises y polvorientas, procedentes de su cotidiano, monocorde sempiterno hacer números y más números en los libros y papeles de la finca. Iba también triste,
con la cabeza ladeada y los ojos, vagos, apesadumbrados.

---

¹*pipita* vientre abultado por el embarazo.

fijos en el trillado del ancho camino. De pronto, en un recodo cercano a la casa, se tropezó con Cirilo, que habiéndole visto aproximarse, después de esperarle largo rato, salía a su encuentro:

—¡Compadre! ¡Qué cara de suicida traes!

—¡Y dilo! ¡Traigo cuarenta grados de aburrimiento!

—Pues mira —le dijo Cirilo, alargándole una car.a, que acababa de desenterrar de lo más profundo del saco—. Me he anticipado a traerte esto, para que no lo fuera a ver algún Pech. A ver si es algo con que te puedas dar un salto a Mérida.

—A Mérida o a la... misma cantidad y clase de letras, cambiándolas un poco de sitio. Estoy hasta la coronilla de Pe.o, de los Pech, de los indios, de los turcos, del maya y hasta del copón divino.

Y se fue a Mérida.

Se fue improvisadamente, resueltamente, locamente; sin plan determinado; sin querer pensar con calma y serenidad, cómo podría arreglar en todo caso, la osada mentira con que engañara al Encargado, a Don Basilio y a la propia Marta, para emprender el viaje; sin desmayos sentimentales, carita.ivos, de conciencia, cuando tuvo que dar explicaciones a la infeliz mesticita en avanzado embarazo, llorosa, arrinconada, plena de angustiosos presentimientos. Se las dió breves, de lado, sin mirarle a la cara, esforzándose por mantener la voz clara, segura, sincera, como voz de quien procede bien, en línea recta, a impulsos de lo verd.dero:

—Don Adolfo me manda a buscar. No sé para qué será. Pero sea lo que sea; si es para quedarme por al.á, en cuanto pueda te vendré a buscar. ¡Figúrate! ¡Cuando el isleño nada ha tenido que decirme en con.ra!

Pero no tenía valor para acariciarla, para besarla, para otra cosa más que para si acaso repetir maquinalmente:

—¡Bueno! ¡No llores, muchacha! —cada vez que venía una crisis de congoja—: ¡No llores!

Al fin ella se resignaba, con esa misteriosa, estoica conformidad del indio.

—¡Qué le vamos a hacer!

¿Y el baúl? ¿Por qué llevaba el baúl?

—¡Eh! ¿Y a dónde voy a llevar la ropa?

—¡Ah! ¡Sí! Es verdad.

Y se fue con el baúl, con todo lo suyo, fríamente, siguiendo la línea recta que se había trazado:

—¡A Mérida! ¡A la civilización! ¡A donde estaba Julián! ¡Y Julia!

De ahí en adelante; de Julián y Julia hacia el porvenir más cercano, nada, nada pensado. Lo importante era lo inmediato: el placer representado por la huída de Peto, el maldito Peto, sin saber hasta cuándo, y por la alegre conjunción con su viejo amigo, y con aquel retazo de Cuba, alegre y bullicioso, que era la tabaquería de Mérida, y con Julia. ¡Con Julia! ¡Tan simpática! ¡Tan viva! ¡Tan apetitosa! Y que acababa de escribirle la carta entregada por Cirilo. Carta llena de la frase "mi nenito", con seis o siete "corazón mío", y las más incitantes promesas de goces intensos, de entregas totales, de servil rendimiento de bestezuela enamorada, de felicidad, única e inacabable, con él; sólo con él; con el "cubanito lindo y sabroso".

Una hora después de la nerviosa llegada de Juan a Mérida, Julián y él rodaban, en un carretón, sentados sobre el baúl del primero, rumbo a la tabaquería. Todo iba bien. El dueño de la tabaquería, a cambio de la lectura a los obreros, le daba albergue: hueco para el baúl y la hamaca en un cuartito fuertemente impregnado de nicotina por cuatro, cinco, hasta seis tercios de tabaco, resumen de toda la materia prima de la casa. Los tabaqueros, según acostumbrábase en La Habana, daríanle sendas cantidades semanales. Esto, dado el corto número de tabaqueros, no era gran puñado; pero él contaba, por lo pronto, con ver si atrevíase a sacar algo con Julia, miel sobre hojuelas, y además: lector de tabaquería era un oficio, para la galería, entre la cual pudieran hallarse las autoridades, y un camino para aprender un oficio, y un medio de continuar adquiriendo mayor cultura, "por el fósforo que iríale dejando en la punta de los dedos cada tomo que hojease" desde su tribuna de lector. Por último, no habíase tropezado con gente alguna, de la finca de Adolfo; ni en las calles, ni en el momento en que el tren detuviérale —con el corazón en la boca— frente al apeadero de la propia finca.

Juan estuvo muy comunicativo con los tabaqueros aquella tarde. Les ratificó, con todo lujo de gráficos detalles, elocuentemente, conmovedoramente, las noticias hasta ellos llegadas del estado de ignorancia, esclavitud y fanatismo, en que vivían los trabajadores, indios y mestizos, en aquellas haciendas henequeneras plenas de cristos de las Ampollas. A Julián le contó toda su vida en Peto, aludiendo, sin cesar, con admiración y cariño, a Cirilo Seijas. Pero, por encima de tanta locuacidad, acaso como psíquico motor de la misma, estaba la vibrante expectación por el ya muy próximo encuentro con Julia. Este objetivo inmediato, esta gran nerviosa preocupación, predominaba en su mente; exaltábale el supremo egoísmo del instinto amoroso, impidiéndole detenerse a reconsiderar su falsa, ilógica, alocada presencia en Mérida. Situación quizá si insostenible, tanto como irremediable; acaso como la del curro del cuento, sólo tenía un objetivo, una idea fija, una obsesión:

Esta noche, Julia. ¡Esta noche!

En su habitual visita de la tarde a casa de doña **Carmen,**
Julián sorprendió jubilosamente a Julia, con la noticia de
que Juan hallábase en Mérida y proponíase venir a verla
después de la "sala" de la noche. Se lo dijo a solas, y ella
le contestó impaciente, fuera de sí:

—¡Qué sala, ni sala! Que venga bien temprano. Tráemelo
tú mismo. La vieja sabe que yo hago sala cuando me da
la gana, y cuando no, no. Por algo estoy joven y sana. Yo
tengo mis amigos, que no se ocupan con cualquiera y pagan
bien. Con eso nos basta a las dos. ¡No faltaba más! ¡Con
mi chiquito en Mérida! Esta noche, "bosh", sólo para él y
desde bien tempranito.

E iba y venía, a la vez que hablaba nerviosísima, echándole constantes ojeadas al espejo, comenzando a sacar lo
más lujoso de sus gavetas, tirando después al suelo las ropas
de la cama, para vestirla y adornada de limpio. ¿Podría
dormir allí toda la noche? ¿Se iba a quedar en Mérida?
¿Venía muy prieto del sol de la hacienda? ¿Julián la encontraba flaca o gorda? ¿Verdad que el pelo se le estaba
poniendo castaño?

—¡Ah! Y mira. No me lo traigas hasta aquí. No quiero
que me lo vea nadie antes que yo. Dile que me espere
con un coche en la esquina. O no. Un poco más allá. En
lo oscuro. Debajo de los ramones. Los gendarmes no nos
dejarán pasear por el centro; pero nos iremos por las orillas,
solitos los dos. ¿Eh? ¿Lo vas a traer temprano?

—Sí. Cómo no. Cuando quieras. Ahorita mismo si te parece. ¡Comadre! ¡Qué empelotada te has dado!

Esta apreciación en argot cubano, aunque fuerte y expresiva, no era del todo exacta, sin embargo. Julia estaba tan
pura, natural y románticamente enamorada, como la más
honesta y sentimental hija de buena familia; aunque les

parezca imposible a los que hacen casilleros, para repartir en ellos quizás cuántas clases de amores.

Y así, una joven que tenía ostentosos modales de burdel provinciano y léxico a tono con tales modales; una mujer que se acostara ya con cien hombres distintos y habría de acostarse con mil más, hasta horas antes y desde horas después, mercenariamente, recibió, acarició, besó y estrujó a su amante, una hora, dos, tres horas; como dos recién casados que hicieran en coche su primer paseo de tornabodas; como dos aturdidos, frenéticos enamorados, sin facilidades de alcoba, de los jardines de las Tullerías o de los Campos Elíseos, nocturnos: ciega, sorda, suspirosa, muerta para todo lo que había en el mundo más allá del cuerpo del joven en quien estaba incrustada. El joven no menos rendido, besador succionador; no menos infatigable en el palpar y oprimir las sudorosas carnes deseadas. El cochero, aunque asombrado por lo insólito del caso, tuvo suficiente filosofía criolla para conducirse como si conociera los propios Campos Elíseos y cien veces llevara sofocados idilios has a las mismísimas acogedoras rejas de las Tullerías. E implícitamente: en el mismo coche, y en los bancos del arrabaleño paseo donde el cochero les dejara solos, tuvo prólogo de dos o tres páginas, el fuerte, alocado, delirante capítulo de amor, que aquella noche dejara inolvidable recuerdo en la vida del cubano, sin hogar ni rumbo, y la malograda flor de ternura y sentimentalismo, nacida en Ticul.

A la una de la madrugada, con la llave propia de Julia, y después de cenar en barriotero kiosco panuchos, enchiladas y chocolates, entraron en casa de doña Carmen. De allí, tras un inacabable epílogo de interminables besos y abrazos, salió Juan a las nueve de la mañana siguiente. Salió con lamentable blancor de polvo sobre el ya harto pálido rostro. Iba soñoliento, ojeroso, adoloridos los huesos, el cráneo con una sensación de vacío y temblor, pareciéndole como si el piso estuviera una cuarta más abajo de donde afirmaba los pies. Iba satisfecho, por lo cual iba algo melancólico.

Entonces, mientras vencía cuadras y más cuadras meridianas, larguísimas, pensó un momento en su situación e instantáneamente puso la mente en Peto, en la hacienda de Peto, en "su" casa de Peto, viéndolo todo en el cuadro de sol, vida y trabajo, que seguramente daría a tal hora el conjunto evocado. ¿Qué dirían los Pech, cuando supiesen que nadie le había llamado desde Mérida? ¿Qué harían el isleño y Don Basilio, en contra de él? ¿O acaso la propia desesperada Marta, en contra de sí misma? ¿Y el mismo Adolfo, cuando se enterase? Y por último; aun prescindiendo de los otros, ¿qué orientación, qué camino llevaba él? ¿Se iba a divorciar a lo "baracutey"? Todo sin embargo, se lo fue contestando a sí mismo, como en todo caso se lo contestaría a otro. El criollo suele vivir preocupado sólo por el más inmediato presente. "Voy a comprar un par de zapatos de charol para el baile del domingo, aunque el lunes tenga que dar lechada con ellos puestos". "Tengo que comprar un carruaje para los carnavales, aunque después tenga que regalarlo".

"Tengo que apoderarme de esa hembra, aun a costa de casarme sin otra pertenencia que la cama". Así Juan: "estoy aburrido de Peto, ahíto de esta mujer ya demasiado barrigona; pues me voy a Mérida, en donde dispongo de Julia, que me gusta mucho y está enamorada de mí, e inmediatamente; esta misma noche..." Y con aquella noche en el cerebro, como único norte y solo fin, salió para Mérida, con equipaje y todo, llevando por toda base, como disculpa, como único paracaídas moral, para tan absurdo salto en el vacío, una mentira de lo más flojo y deleznable.

Claro. El era así con mayores motivos que otros cubanos.
No habían sembrado en su espíritu otras semillas morales.
Nunca tuvo enseñanzas familiares, que le hicieran ver las
cosas con formalidad y detenimiento. ¿Le escribía don Basilio, o la propia Marta, con alarma, reproche o amenaza,
por haberse descubierto la mentira? Impertérrito le contestaría que la mentira era verdad: se trataba de cierto secreto
servicio, a don Adolfo, que éste no quería descubrir. Si no
llegaban cartas de Peto, comenzaba él a escribir a Peto en
seguida. ¿Se encontraba con Adolfo en Mérida, o éste le
buscaba hasta encontrarle? Le daría la primera excusa que
le viniese a los labios, y en último extremo, se rebelaba:
le daba la gana de trabajar donde mejor le pareciese, y en
cuanto a lo moral, en su vida privada nadie tenía pito que
tocar. ¡Y listo! ¿Pero no pensaba volver al lado de Marta?
Pues... sí. Más adelante. Cuando saliera de los afanes y
envoltorios del parto; de la lata de mostrarle el recién nacido
a medio Peto; de encerrarse cada noche en el cuarto, con
la hamaquita, chillona y maloliente. Mientras tanto él,
juicioso, con la mejor buena voluntad, iría reuniendo dinero. ¡Con tantas prendas como guardaba Julia en su armario! Ya él las había estado "descubriendo" y hasta aquella mañana se puso majaderísima, queriéndole dejar en el
meñique, insistentemente, un anillo de oro, con un blanco
brillantito. Pensar en Julia, y tener ya predominante en la
mente un nuevo seductor objetivo inmediato, todo fue uno:
—A la tarde, con Julia...

XXXIII

Así pasan los días de Juan en Mérida.
La lectura de la mañana, en la tabaquería; lectura de
diarios y revistas aumenta sus conocimientos de hombres

y cosas, de doctrinas y problemas, esparcidos por el mundo.
La lectura de la tarde; lectura de novela e historia, le procura un nuevo elemento de cultura, hasta ahora excluído
en su autoinstrucción y no menos valioso; arte, belleza,
emotividad, humana comprensión. ¿Pero educación, disciplina social, práctico sentido de la vida? Come con Julián
y otros clientes de sucios y ruidosos fonduchos. Pronto participa de todos los vicios de sus compañeros de tabaquería:
fuma, juega y pierde horas enteras en hablar y discutir,
gritonamente, en torno de las tesis más triviales, menos
edificantes, plenas de lamentables apasionamientos de solar
y barracón. Al caer la tarde y después, a la media noche,
a casa de doña Carmen. No pasan muchos días, sin que,
para poder continuar yendo a casa de doña Carmen, tenga
que ponerle empuñadura de plata a un grueso bastón de
yaya, de un tabaquero amigo. Después comienza a usar
ropa interior de colorines, una moneda de oro, como dije,
y media melenita de corte alto y recto en la nuca. Así
como va él adaptándose; a medida que se convierte en
uno de tantos *souteneurs* típicos, Julia se torna más y más
"pupila"; más y más se acerca a los modelos que debe imitar y naturalmente imita: las maestras de la clase, las compañeras de mayor edad y más arraigadas mañas, hábitos e
inclinaciones de burdel. Tiene Julia grandes altercados con
doña Carmen, porque se empeña en no aceptar "dormitorios"[1], por bien pagados que éstos sean. Las noches son para
Juan. Bastante cumple ella con hacer "sala" hasta casi la
una de la madrugada, y tener hasta esa hora "al muchacho" rondando por esquinas y cafetines próximos. E insiste:
ella todavía no está vieja ni sifilítica, para tener que estarse
"ocupando", a todas las horas del día y de la noche. Cualquiera de sus amigos, el Jefe Político por ejemplo, le da
más por una "siesta" que lo obtenido por otras en un día

---

[1] *"dormitorios"* pasar toda una noche con un solo hombre
previo el pago de una cantidad de dinero.

entero de entra y sale. Este nombre, el Jefe Político, es una de las razones, entre las otras muy poderosas, que ablandan a la dura, judaica, tiránica doña Carmen, tratándose de Julia: casado, oliváceo cincuentón, estallante dentro del brillante terno de dril blanco, al Jefe Político le gusta, insaciablemente, la fina y rubia muchachona. Suele llevarla, dos mediodías a la semana, a un "bohío", escondido entre tapias y frutales, allá por la esquina de "El Mono". Y doña Carmen, dueña de prostíbulo tiene que estar siempre de buenas con el señor Jefe Político. Por lo de "vieja y sifilítica", o por ilógicos, morbosos celos, también tiene Julia grandes peloteras[1] con las otras hetairas; peloteras detestables, insufribles para él; porque ve a la muchacha de fondo bueno, afectivo, sentimental: de mente clara y juiciosa, ofuscarse hasta cegar, y con los brazos en jarra, la cabeza ladeada en soez desprecio, el rostro inflamado y las yugulares estallantes, enrostrarles, a sus compañeras más ajadas, más corroídas por los años de desvelos y de miserias físicas y morales, hirientes ultrajes abusivos. A Juan mismo le ocasiona grandes desazones, porque tras de estas excitaciones nerviosas, o por el histerismo de los celos, le provoca, tildándolo de cobarde, de nada chulo, de hombre de buen diente, capaz de apechugar con toda clase de carne con faldas: negra, india, vieja o "podrida". Lo dice llorosa, con los labios convulsos por la rabia, mientras se tira de la rubia cabellera alborotada y se rasga las ropas. Juan, entre el temor de quedar como poco hombre, de ser declarado inservible, demasiado señorito, para amante de mujer pública, y su natural inclinación a lo tierno e idílico, suele decidirse por un siempre villano término medio: un brusco cierre de puertas y ventana del cuarto, una fuerte tenaza, con los dedos contraídos, a la muñeca, y al fin, dos o tres brutales,

---

[1] *peloteras discusiones escandalosas.*

infamantes empujones, seguidos de imperiosas, cortantes
preguntas de macho enfurecido:

—¿Eh? ¿Soy hombre, o no? ¿Quieres más?

—No. Mi nenito, no. Ven. Por tu madre. Ven.

E indica ella la cama, para la cópula derivativa, temblona, regada con lágrimas, plena de estertores y rugidos.
Además, por ese mismo natural, tierno e idílico, de Juan,
y porque Julia tiene cada día más alto concepto de su
valer como hembra sana, joven y bonita —el más preciado
filón de doña Carmen y sus abastecedores de lujos— se
ha frustrado en gran parte la idea acariciada por Juan, desde Peto y sus primeros días de Mérida, haciendo los más
optimistas cálculos: la idea de vivir de ella. Ha pasado y
pasa días de verdaderos apuros económicos, y no se atreve
a pedirle, lo que ella jamás le ofrece: dinero. Si acaso,
algún mínimo préstamo, que nunca se paga y regalillos
como el del solitario, la moneda-dije, vichís e irlandas para
ropa interior, pañuelos, calcetines. Y ya es bastante vileza
para él. Sin embargo, soporta todo eso; traga situaciones
chocantes; comparte guaperías, y realiza heroicos esfuerzos
para calmar degeneraciones e histerismos, a cambio de un
poco de ternura, de cariño, de romántica compensación a su
vida dificultosa, inaceptable y desorbitada; a cambio, sobre
todo, de acoplarse con una mujer que le gusta, el mayor
número de veces posible.

En las primeras horas de la noche, Juan formaba grupo,
con Julián y otros tabaqueros, en un banco de la Plaza
Grande. Temas habituales de la tertulia eran la guerra de
Cuba y el contraste que había entre las libertades populares de aquella isla, colonia española, y la península yucateca. Estado soberano de la República liberal y democrática, del México de tales días. Pasaban por allí rumbo a
la enorme Catedral, frontera a la Plaza, o de regreso de

ella, los grupos de mestizas, sirvientas de casas ricas y naturalmente muy católicas, con el pecho adornado con largos
rosarios y los pies en el suelo; todas siempre arracimadas
delante de alguna vieja encargada, gorda y también con
hipil que las pastoreaba religiosamente, de la casa a la iglesia, de la iglesia a la casa; todas muy serias, con los ojos
bajos y el trote apurado. Allí, en la Plaza, solían cruzar
por entre los indios y mestizos descalzos y mal vestidos, los
militares de don Porfirio, saludables, presuntuosos, centelleantes de charoles y metales, y los curas rozagantes, cal-
mosos, no menos satisfechos que los militares; adaptadísimos
al medio ambiente esclavista del Yucatán de entonces, sin
cristianas cosquillas de ninguna especie.

En aquel grupo de exaltados comentadores, Juan era
el más gráfico, certero y vehemente. Su vehemencia debíase
más que a rebeldía antiburguesa y más que a reflejo del
antimilitarismo y el anticlericalismo del ilógico Nietzsche
de Peto, a la influencia sentimental que en él iban ejer-
ciendo los libros puramente literarios de la tabaquería.
Sentía honda conmiseración por el pueblo yucateco, tan
bueno, tan afectuoso y hospitalario, y tan sofiscado, y embrutecido, y empobrecido, por aquellos sus expoliadores,
miembros todos de cofradías y hermandades religiosas. Eran
los primeros brotes, firmes y duraderos, de los gérmenes de
bondad, afectivos, generosos, que latían en él desde niño, que
le eran connaturales y que hasta entonces sólo de tarde en
tarde y muy levemente se manifestara: en ciertos momentos
en que recordara a su madre; en su pura y fraternal amistad
a Pepín, allá en *Los Mameyes*; en su lástima a Rosa; en
su afecto a Julián y Cirilo; en lo mucho de inclinación cariñosa, espiritual, que había en sus relaciones con Julia, mujer de prostíbulo. Ya, muchas veces, leyendo algún sentimental párrafo novelesco, de dolorosas infidelidades y aban-

donos de mujeres enamoradas, nublábansele casi los ojos y ahogábasele casi la voz, produciendo con ello honda emoción en sus oyentes. Era el recuerdo de la infeliz Marta. Lo mismo ocurrióle cada vez que le escribió: le dolía el engaño; evocaba el momento de la despedida, la crueldad con que siguió su camino de escapatoria una vez que pensó en él, e imaginaba las amarguras de ella, en la hora del parto, abandonada por un marido tan adorado, tan necesario e insustituíble. Entonces le temblaba la mano, y esforzábase por ser cariñoso con la pluma y por darle a sus mentiras piadoso aspecto de verdades inconcusas. Primero, afirmó que, aunque Adolfo lo negase, le había mandado a venir a Mérida; sólo que lo ocultaba porque tratábase de asuntos reservados... Después, su viaje habíase debido al intento de ir a pelear por la patria oprimida, y no se había atrevido a decírselo a ella. Fracasó la expedición, y él ahora estaba trabajando y ahorrando para traerla pronto, "muy pronto"; ya que él, a la finca de Peto le era imposible regresar, y si no era a la finca... Claro. Eso era a ratos. Porque ¿regresar? ¿Reemprender el viaje al través de aquellas pedregosas llanuras, áridas, desoladas, interminables, para volver a vivir con una familia de mestizos harto atrasaditos de raza y cultura; alejándose de nuevo de la civilización, del puerto —camino de La Habana— y enredándose otra vez en lo que ya, aunque con violento egoísmo, lograra desenredarse? Era para pensarlo, demorándolo lo más posible. Así, le dolería, pero seguiría fingiendo imposibles; mintiendo fidelidades, profundísimo arrepentimiento por lo brusco de la separación, honradísimos propósitos de subsanar lo hecho, próximamente. Próximamente, a partir de cada carta.

Cierta tarde Juan se hallaba cerca de la estación del ferrocarril por donde un día vino de Peto, en momentos de surgir de ella la fila de coches —dando tumbos en la fangosa calle, como botecillos que avanzasen hacia un mar abierto y agitado —cargado de viajeros y equipajes. Sin saber cómo se le ocurrió que en uno de los coches podía venir Marta, o don Basilio, o los dos. La ocurrencia fue un verdadero presentimiento. No precisamente en un coche, pero allá adelante avanzaba calle arriba un mestizo grueso, de alón jipijapa, con un bultito largo, recto y negro, debajo del brazo y un blanco saquillo, en la mano. Aquel bulto podía ser un clarinete, porque el mestizo se parecía enormemente a don Basilio. Juan, asustado, se recató un tanto, con cierto disimulo, en la esquina por donde en aquel momento pasaba, y terminar de cerciorarse. E increíble casualidad; inmensa suerte la de haber ido él por allí aquella tarde: era don Basilio.

Por la calle transversal acertó a pasar un coche que venía atrasado, en busca de viajeros. Juan se tiró en el vehículo, diciéndole, a la vez, al del pescante.

—Dale vuelta. Aprisa. Y coge para Santiago.

El carrerazo, en coche, no le sirvió para pensar mucho y hacerse una composición de lugar; sólo tuvo una idea: irse de la tabaquería y no dejarse ver en las calles hasta la media noche, hora de reunirse con Julia. Pero le fue útil, para llegar con alguna serenidad a su casa. A tal hora todavía trabajaban algunos tabaqueros, entre ellos Julián.

—Caballeros —les dijo él insólitamente llegado en coche. —Acabo de ver, a distancia, a mi suegro, que salía del tren de Peto. Trae este rumbo. ¿Qué hago?

—Toma —le respondió instantáneamente un pardo achinado, generoso amigo de Juan y de todos sus amigos, al propio tiempo que le alargaba una llave, con toda rapidez extraída de un bolsillo del pantalón—. Métete en mi cuarto. Coge mi hamaca. Acuéstate y lee. Que yo luego te llevaré la tuya. Y allí comeremos los dos cualquier cosa mientras tanto.

Todos aprobaron. Para todos era lo más natural que se le zafase el cuerpo a un suegro así; como antes habían estado, unánimemente, de acuerdo con la escapatoria de su joven camarada, de Peto. No porque la muchacha era mestiza. ¡Oh, no! ¡Naturalmente! Entre ellos, el que más y el que menos, era socialista, igualitario; pero ¿un joven así; un verdadero muchacho, ya casado? ¿Y en Peto...?

El cochero esperaba. Juan se metió en el coche, y le dirigió hacia un cuartucho de las inmediaciones de Santa Ana.

Allí estuvo una semana. De acuerdo con su facilidad para ser reservado, cuando le convenía, nada le dijo a Julia, y nada quiso que le dijera Julián. Con el propio servicial compañerismo con que uno de los tabaqueros le trajo a su cuarto y compartió con él el diario guiso cubano hecho en un anafe; todos juntos continuaron pagándole aquellos días en que nada les leyera, y más de uno se prestó, espontáneamente a convencer a don Basilio —cuando éste estuvo en la tabaquería a indagar el paradero del "guardado"— de que éste andaba por Veracruz, tratando de irse a la guerra de Cuba.

No se fue muy convencido don Basilio. Dijo que intentaba quedarse en Mérida algunos días, y que cuando regresase a Peto sería para volver pronto a la capital del Estado. A la semana recibió Juan una carta de Marta. Carta dirigida a la tabaquería como siempre; "por si acaso él regresaba a Mérida". El tono de esta frase, como las de toda la carta quería ser irónico, y era más bien de un amenazante sarcasmo de mestizos taimados: don Basilio había venido en busca de unos "riales", porque como ya Juan era padre de un "chamaco", lo más lindo del mundo,

debía cumplir con sus deberes de "casado por la iglesia".
Además, también vino para ver si a Juan le pasaba "algo
malo", y en tal caso "avisar a la justicia". Para eso, volvería
un día de aquellos. Porque él también trajo su clarinete a
componer, y por falta de unas piezas de repuesto, no exis-
tentes en Mérida por el momento, tuvo que dejarlo allí.
Entonces don Basilio volvería, a ver si ya Juan estaba en
la tabaquería, "o en cualquiera otra parte".

Días más tarde, y por primera vez desde que volviera a
Mérida, Juan se encontró con Adolfo. Venía éste por una
acera y aquél por otra, en dirección contraria. Iban a coincidir frente a una breve plazuela. De pronto Adolfo per-
cibió al joven, y súbitamente apretó el paso, y se internó
de soslayo en la plazuela, cabeceando como un papalote.
A Juan le pareció natural el gesto: Adolfo no quería correr
el menor riesgo de juntarse con su ex protegido, nuevamente; ni a medias, ni por más o menos tiempo. De ningún modo. Aquello estaba muerto y enterrado. Y a Juan
le dolió; porque Adolfo había sido bueno con él, y porque
aún guardábale afecto a su viejo compañero de cuarto. Así,
se alejó pensativo. ¿Qué le diría Nena, aquella tarde?
¿Toda la verdad, o parte? Seguramente lo último, y aun
esto lo habría hecho por la necesidad de librarse de la especie de abuso, de *chantage,* de que él hiciérala objeto
aquella vez, en que tan bruto habíase manifestado. ¿Cómo
habría ella podido quedarse, con él, en la misma casa, después de aquel arrebato de loco? Cuando más, le dijo al tío
que él, Juan, la miraba mucho y, haciéndose el tonto la
quería tocar; como también hacíalo con las mestizas criadas, y el tío cortó por lo sano. ¡Al campo! Y para deshacerse de él, lenta pero definitivamente. Como en La Habana lo realizaran el viejo don Roberto y el médico Domingo. ¿Pero el secreto que sólo éstos, y ella y él sabían? ¿Des-

cubriríale ella eso, al tío? Difícil. Muy difícil. Y como re-
mate pensó:

—¿Y si me arriesgase a presentarme allí, en casa de ella,
un día?

No le dio vueltas esta idea mucho tiempo en el meollo.
Volvió a tropezarse con Adolfo; otra vez de improviso; al
cruzar ambos una bocacalle. Volvió Adolfo a bajar la cabeza, como si fuese a darle un cabezazo al otro, a la vez
que le dijo, en tono forzado y cortante:

—¡Abur!

—¡Abur!

Una semana más tarde comenzaban las anuales fiestas
del Señor de las Ampollas, milagrero crucifijo de la Catedral meridana. Casi dos semanas solían durar estas fiestas
religiosas, famosísimas en todo el país, por sus costosas y
aparatosas estridencias. Cada día la música, la misa cantada, los fuegos artificiales y demás ruidosos alicientes, estaban a cargo de uno de los gremios obreros, organizados
por curas, con y sin tonsura, como parte del dominio político religioso imperante en aquellos lares. Los gremios la-
boraban bajo la advocación de San Juan, San Pedro, San
José y otros abogados celestiales, y a los tabaqueros cubanos, que cada noche reuníanse, con Juan, en la Plaza Grande; obreros ya iniciados en el obrerismo de combate desde
la Primera Internacional, causábales el más locuaz regocijo,
regocijo en el fondo sarcástico y rebelde, el cruce hacia la
Catedral, de aquellos obreros, descalzos o en sandalias, con
velas, estandartes y murga procesional. Ya hacía varias noches que notaron cómo unos sospechosos tipos de policía
secretos les rondaban; a veces el mismo Jefe Político, al pasar por allí lanzaba sobre el grupo inquisidoras miradas.
Aquella noche; cuando más entusiasmados estaban todos
los cubanos, comentando el paso de los carpinteros, con-

gregados en torno de un gran estandarte con la imagen de
San José, notaron que uno de los tipos de "secreta" dirigíase, rápidamente, sospechosamente, hacia un grupo de guardias de uniforme. En el acto el grupo acordó disolverse.
Juan, Julián y el pardo achinado diririgiéndose a *La Lonja,*
sociedad donde estaba a punto de comenzar uno de los tantos bailes que componían la parte profana de las fiestas del
Cristo de las Ampollas. Fiesta de heneequeneros, militares,
comerciantes y otra gente gorda, natural era que los tres
cubanos sólo fuesen al baile... por fuera.

Llegaron y mezcláronse con los otros curiosos agrupados
en la calle, frente a las ventanas del salón. Se entretuvie-
ron observando a las primeras parejas llegadas y que impacientes habían inaugurado el baile desde muy temprano.
Tema principal de los comentarios del grupo era el desaire
con que se estaba bailando una danza cubana:

—¡Qué va, viejo! ¡Para eso hay que tener su canelita en
la sangre!¹

Pero pronto apareció una pareja que bailaba otra danza
importada, con todo su voluptuoso ritmo. Eran Adolfo y
su sobrina. ¡Nena! Juan retrocedió, e hizo retroceder a sus
amigos, hacia lo más denso y menos iluminado de los grupos.

—Mira. Esa es Nena. La muchacha cubana de allá. La
de aquello que te conté.

Le dijo a Julián.

—¡Ah, sí!

E inmediatamente, sin más ni más, a grandes rasgos,
Julián le contó al otro habanero, quién era la joven, y lo
que siendo niña hiciera con Juan.

Este seguía todos los pasos de ella, embebido, repitiendo
cálidamente, lo que los otros decían:

—¡Qué cubana, caballeros!

—¡Qué hembra, mi madre!

---

¹ *canelita en la sangre* algún antepasado de la raza negra.

En verdad Nena estaba encantadora. Bella y bien formada como era, realzábala ahora la edad de la plenitud juvenil y el vaporoso traje de baile, sin mangas y a regular escote.

Cambió de compañero, y ambos parecían poner empeño en no separarse de una de las grandes ventanas; acaso por huir él de los cincuenta candidatos o compañeros de baile que ella tenía; acaso para lucir ambos, a los de la calle, la visiblemente admirada hermosura de ella. Acercáronse, entonces, Juan y los otros, a entusiastas instancias de éstos:

—No seas bobo. Acércate. Para que te vea. ¡Uh! No creas en boberías. Tú fuiste el primero, viejo. Y por muy rica y engreída de su belleza que esté... Acuérdate de la novela aquella del otro día, de la hija de la marquesa, que se enredó con el cochero.

Juan asentía. Y miraba incansable, emocionado. ¡Qué brazo más lindo! Jamás se había fijado él en los brazos de una mujer. Nunca sospechara que aquellas partes del cuerpo femenino pudieran ser una cosa tan bella:

—¡Qué redondos y qué blancos! Miren ese mollero que tiene sobre el brazo del hombre.

Al fin con tanto mirar y admirar, llamativos, le vio ella. Abrió, asombrada, los ojos preciosísimos, y luego, a cada vuelta, le miraba, muy seria, pero con franca insistencia.

—¿No te lo dije? —pregunta ansioso Julián, acaso movido también por cierto morbosismo sensual—. ¿No te lo dije? Mira cómo te busca con los ojos.

—¡Uh! —exclama el otro—. ¡La mujer esa quiere algo contigo! ¡Uh! Si se está mirando. Cambia de sitio, para que veas como te sigue buscando.

Cambiaron de sitio, y así fue. Ella lo haría por quizás qué raro miedo a las posibles intenciones de él, o porque supusiera que estaba hablando indiscreta, vengativamente, de ella, o por supiérase cuál otra causa; pero continuaba mirándole con la más exci.ante fijeza. Fue una especie de rarísimo *flirt*, que duró hasta que ella, tarde en la noche, regiamente envuelta en una flexible y centelleante "salida" subió al ancho carruaje de Adolfo, y éste partió con ambos y la mujer del abogado. Porque Juan, hasta entonces, y ya abandonado por sus compañeros, permaneció allí, exponiéndose a la consiguiente histérica pelo.era con la blonda Julia.

No hubo pelotera, porque supo fingir un oportuno dolor de cabeza; que le sirvió para no darle cara, a la amante, "a otra mujer", en toda la noche; para pasar algunas horas desvelado, con los ojos abiertos en la oscuridad, y en el cerebro de nuevo la idea de presentarse un día en casa de Adolfo.

XXXIV

Aquella llegada tarde, de Juan, al prostíbulo de doña Carmen, fue motivo de uno de los cien altercados habidos entre Julia y la matrona, desde el ingreso del cubano como amante de la rubia e indómita pupila; altercado casi previsto y de no menos esperadas y graves consecuencias.

La noche siguiente, dirigíase Juan lentamente hacia el burdel. Faltaba casi una hora para que terminase la "sala", e iba él deteniéndose fren.e a cafetines y billares; "haciendo tiempo", cuando de manos a boca se tropezó con el querido de la matrona. *El Coronel,* le abordó con un seco:

—Hola.

Seguido de esta cita:

—Espérame, a las doce, por allí debajo de los ramones.

Y continuó de largo y de prisa, moviendo el bulto del revólver, debajo del terso y flamante saco de dril blanco.

—¡Vaya! Llegó aquello.

Monologó Juan, de antemano, resignado. No tenía revólver, porque sólo a los chulos influyentes permitíaselo la policía. Y *El Coronel*, además de influyente, era temible. Pero Juan tenía su yaya con empuñadura de plata, y con la yaya una serie de observaciones filosóficas, de hombre superior a su medio, acerca de *El Coronel*. *El Coronel*, como casi todos los guapos viejos, "vivía de la tonada". En sus mocedades seguramente había sido temible, a juzgar por la fama de hombre "con cementerio" de que disfrutaba (nunca más justificado el lugar común) entre la gente del bronce. Pero, según razones, ya llevaba ocho o diez años sin tener necesidad de darle un tiro, un leñazo o un par de puñaladas a prójimo alguno. Le bastaba con el respeto disciplinario que sólo su nombre imponía; respeto muchas veces mutuo, entre él y los otros guapos profesionales de la Zona, por aquello de que perro no come perro. Pero ya Juan le había estado contemplando muchas veces, furtivamente, con la pena con que se contempla a las notabilidades en ocaso. *El Coronel* ya no soltaba los espejuelos; cuando estaba en camiseta exhibía unos molleros flácidos y un vientre con gruesas arrugas de tejido grasoso, y ya una vez había estado media semana con un pie envuelto en lanas y estirado sobre una silla.

—Esta noche; ahorita mismo (se decía Juan, mientras caminaba hacia la sombra de los ramones cercanos al burdel), voy yo a ver si es verdad que el hombre todavía se faja; porque ya llegó el momento de no aguantar más abusos, o de que acaben conmigo. No me dejo quitar la mujer, y lo que cuelga, mansamente. Tengo que ir, y voy. A él le pasa lo mismo, por supuesto. Pues... que suceda lo que tenga que suceder.

E imprimía fuerte presión a los dedos que empuñaban
la yaya, siguiendo inconsciente los fieros impulsos del inflamado cerebro: en cuanto *El Coronel* hiciese el menor
gesto agresivo, le descargaría un yayazo, a toda fuerza, sobre el brazo derecho, para impedirle la extracción y el
uso del revólver, y seguidamente, si era necesario:

—Leña, y más leña.

Y sólo esas ideas; ningún pensamiento refrenador, hubo
en su caletre de hombre, obligado a serlo plenamente, de
acuerdo con su vida y su medio.

Así llegó a la oscuridad y aislamiento del grupo de árboles, lugar de la cita.

No esperó quince segundos. Como si *El Coronel* le
hubiese estado aguardando, oculto, prontamente apareció
en la cercana calle malalumbrada, e hizo un rápido corte,
para enfrentarse con el que le esperaba.

—Oye —le dijo al llegar—. Ya Carmen y yo estamos hasta la mismísima coronilla contigo y la huera. Así es que
no me vuelvas más a la casa, y cuidadito con que yo sepa
que le has dicho a ella que yo te he botado.

E inmediatamente cerró los puños, poniéndose en guardia.

—¿Y por qué? —interrogó Juan, apretando la empuñadura de la yaya, a su vez—. ¿Qué ha pasado?

—Yo soy *El Coronel*. Y *El Coronel* nunca le ha dado
explicaciones a los hombres.

E hizo amedrentador ademán de cogerle la delantera a
la yaya, con el revólver.

Pero pensado y hecho, Juan, con ciego impulso, con el
máximo de su fuerza, le largó un tremendo yayazo, que
acertó a caer cerca de la muñeca del brazo derecho de *El
Coronel,* haciéndole abrir los dedos, agarrotados en el cabo
del revólver, ya a medio sacar. El revólver cayó en las polvorientas hojas secas, acumuladas debajo de los ramones,

y *El Coronel* tuvo que sostenerse, con la otra mano, la diestra doblada, colgante, en ángulo, mientras decía, rabioso y adolorido:

—Me has partido el brazo. Pero vete de México. Métete debajo de la tierra, hijo de... cubana; porque si no te voy a tronar de todos modos. ¡Te mato como a un perro!

Juan, recto en sus pies, con la yaya empuñada, contemplando a su hombre con lástima que estaba muy lejos de ser sarcástica, le dijo:

—Está bien. Si puedes, mátame más adelante. Ahora quédate ahí, con la mano bien agarrada, que voy a buscar quien te recoja, y a entregar esto.

"Esto" era el revólver, que a la vez que hablaba, el joven cuidadosamente, siempre vigilante, había recogido del suelo.

El dolor dobló a *El Coronel* sobre el polvo y la hojarasca del lugar. Se dobló gritando:

—¡No te vayas, traidor! ¡Eh! ¡Auxilio! ¡Atajen a ese! ¡Auxilio!

Juan, tan lentamente como vino, se alejó rumbo a la cercana calle, casi la primera de la ciudad por aquel lado de la Zona. En sentido contrario corría un grupo de hombres. Las puertas de cafés y burdeles, pobláronse de gente menos arrestada. Entre los que corrían hacia las voces de auxilio, en contra de Juan, hallábase un guardia. El guardia pitaba, el pito sostenido con los dientes; en la diestra el pistolón de reglamento.

—¡Alto ahí! —gritó al encararse con el que avanzaba con el garrote en una mano y un revólver en la otra; lo gritó, apuntándole al vientre, a la vez, con el cañón de su enorme pistola—. Deme eso, y venga conmigo.

E hizo ademán de hacer regresar a Juan, después de despojarle de las armas.

Pero Juan se resistió. Que la gente fuese a buscar el herido. No había ningún peligro. Se trataba de que *El Coronel* había querido pegarle un tiro y él se apresuró a descargarle un garrotazo, partiéndole el brazo; desarmándole. El se entregaba. El guardia le llevaba preso. La gente recogía al herido. Y nada más.

Aceptó el guardia. Partió con el garrote y el revólver colgándoles de la izquierda; el preso, bien preso en la diestra, y soplando sin tregua, el pito cogido entre los dientes. Tropezaron con otro guardia. A indicaciones del primero, siguió el segundo hacia el grupo que en la oscuridad, debajo de los ramones, se arremolinaba y gritaba:

—¡*El Coronel*! ¡Han herido a *El Coronel*!

Lo que pronto repitieron, aderezado con un importante detalle, los grupos de noctámbulos, hombres y mujeres, con quienes fueron tropezando, Juan y el guardia, en su camino hacia la próxima gendarmería:

—¡Juan, el cubano querido de la Huera, que ha herido a *El Coronel*! ¡Nada menos que a *El Coronel*!

Juan fue presentado ante el teniente de guardia. El teniente, soñoliento, malhumorado, a la luz de un pobre farolete de petróleo, anotó el "caso" en un libro de amarillentos folios, y después, entregándole a un gendarme otro farol, ahumado y parpadeante, le ordenó:

—Métalo en el 2, que tiene las tarimas desocupadas.

Juan estaba muy nervioso para siquiera pensar en acostarse sobre el lecho de tablas, ásperas, nudosas y

—Sin siquiera un desgraciado zarape.

A la vez que dijo lo anterior, volvió a la reja, ya cerrada y abandonada por el gendarme. Allí se quedó con las manos agarradas a los barrotes y los ojos fijos en una débil, pálida claridad de vela, que una lejana puertecilla arrojaba sobre las desiguales baldosas del patizuelo. Un momento estuvo inquieto, ansioso, porque le pareció oír voces de mujeres, allá por la entrada del edificio. La voz de Julia, o una muy parecida. Seguramente intentaba verle, y no la dejaban. De súbito cesó aquella lejana algarabía, que fue sustituída por el roncar de algún compañero beodo, metido en próximo calabozo, o por un tintinear de espuelas, que pasaban hacia el fondo de la casa, donde se oía patear de caballos. Juan sentóse en el suelo, con la espalda encajada en una esquina de la pared. Aunque en su cabeza predominaban las ideas fatalistas, germinadoras de resignación. ("Consecuencia natural de esta vida, que yo no he escogido, como nadie escoge la suya". Tenía que ser". Después de todo, no deja de convenirme: ya sé que no me tiembla el cuerpo cuando llega la hora de dar o recibir golpes." "¡Ni con los coroneles!"); aunque su caso era relativamente leve, no dejó de estar muy agitado, nervioso, con la mente en violento ir y venir, de Peto a la tabaquería, de Julián al pardo que aún guardábale el equipaje, de la casa de Adolfo a la botica donde estarían curando a *El Coronel*, de Nena a Julia. Al fin con todas sus violentas cavilaciones, el cerebro fue cediendo al natural aplanamiento nervioso, consecuencia de las anteriores sacudidas intensísimas: Juan acomodó la cabeza en la esquina; cerró los ojos, y durmió su primera noche de prisión.

XXXV

Trasladado a la Jefatura, la prisión preventiva de Juan extendióse indefinidamente. ¿Y la ley? Lo prohibía: era preciso procesar o libertar. Pero las autoridades mexicanas de entonces eran autoridades "enérgicas", y éstas suelen

ponerse la ley por montera, no obstante tenerla siempre
en los labios y en la punta de la pluma. Los "secretas" que
rondaban en torno de Juan y sus amigos, cuando cada noche reuníanse en la Plaza Grande a mal hablar de los curas
y el Gobierno, habían rendido desfavorables informes acerca de los componentes del grupo, y sus nombres andaban
en los apuntes de la policía, como candidatos para una
posible redada de los extranjeros perniciosos. Por otra parte, al Jefe Político, poderoso Scarpia vestido de dril blanco,
le escocía grandemente que con todo y ser Jefe Político,
tuviera él que pagarle con largura, a la rubia pupila de
Doña Carmen, lo que el cubanillo aquel obtenía sólo a título de joven fuerte. Sin embargo, Juan no era sólo un
souteneur, público y notorio; aunque no fuese notoria y
pública su mayor atenuante: el no recibir dinero contante
y sonante de su querida, y sí sólo buscar con ella la satisfacción de sus imperiosas necesidades de hombre en plena juventud. Tratándose de "gente maleante" no tenía el señor
Jefe Político, ni nadie, que detenerse a averiguar u oír tales
sutilezas. Así se los hizo saber el Juez y el propio Jefe Político, a los dos compañeros de Juan, únicas personas interesadas en la suerte del joven pobre y extraño. El juez,
además, decía tener motivo, que a los propios tabaqueros
les pareció lo que era: un absurdo. Según el juez no podía hacerse la menor cosa en cuanto a procesar o no a Juan,
porque *El Coronel* no acababa de sanar. Y esto era cierto:
el cincuentón con gota militar y arrecifes sifilíticos en las
mejillas y el cogote, tenía una fractura conminuta del ra-
dio, y entre reducciones, entablillados, desentablillados y
otros dolorosos ajetreos, andaba en inminente riesgo de tener que hacerse respetar, en lo sucesivo, con una sola mano.
    Durante los primeros días, predominó en Juan el temor
de ser expulsado del país. La expulsión significaba el paso

del Cuartel de Mérida a La Cabaña de La Habana y acaso
a Melilla o a Fernando Poo: "por chulo y por desafecto a
la patria", como rezara más tarde la popular canción separatista. El temor se fundaba en que, lógicamente, el Vice-
cónsul español, debía tener a Juan, como a todos los cubanos
residentes en Mérida, encasillado en una nómina de "traidores y laborantes". Y Juan vio aumentarse, terriblemente,
noche tras noche, el natural desvelo que producíale la dureza de su lecho de preso pobre con la espantosa idea fija. En
cada dos gendarmes que entraban, juntos, en el patio del
Cuartel, creía ver a la pareja encargada de conducirle a la
pesebrera del vapor. Esperaba ansioso las horas de visita,
y desde que comenzaba ésta impaciente avizoraba la gran
puerta del cuartel, amarillo racimo de gendarmes, en busca
de Julián y los otros compañeros, que pudieran decirle si
sabían algo de "aquello". Por contagio de negras ideas, hubo
nocturnos instantes en que llegó a temer, con viva angustia, que cualquiera madrugada le sacasen a las afueras de
la ciudad y mejicanamente le colgasen de un árbol, a bailar
un zapateado sin piso. En estos infrecuentes instantes llegó
a sentir cierto inconfeso arrepentimiento, por haber estado
tan presto a aceptar el desafío de *El Coronel*, sin previas
explicaciones, sin esfuerzo alguno en contrario. Quizá si
sobrellevando un poco a *El Coronel* y haciéndole reflexionar
otro poco, con una terminante demostración de evidente
valentía, hubiera podido evitarse o atenuarse el lance.
Pero siempre vino rápiday y fuerte la reacción. Ya
había soportado exceso de abusos en la vida. Tenía que
defenderse en ella, aunque fuese la suya una vida inmoral,
curvilínea, censurable. Por ese camino le empujó el azar
de su origen, de su educación, de su desvalidez en el mundo. Lo más que podría hacer, entonces que comenzaba a
tener conciencia de las cosas, era cambiar de rumbo, seguir

aprendiendo, buscar trabajo serio; ser, para recordar la frase de uno de sus autores, el escultor de su propia personalidad. Personalidad recta, normal, como la de tantos hombres que van por el mundo sin necesidad de dormir en burdeles ni verse forzados a defender la cama y su dueña, a tiros y yayazos. La reacción en contra de los tardíos arrepentimientos fue manifestándose más fuertemente, a medida que iba sintiéndose optimista por el alejamiento de toda probabilidad de expulsión del país. Según sus compañeros de la tabaquería, en tal sentido venían laborando, con buen éxito los directores de los *clubs* separatistas de la ciudad. La labor hallaba fáciles vías, porque los mejicanos, porfiristas y antiporfiristas, eran decididos partidarios de los insurrectos cubanos. La reacción en favor de un cambio de frente en la vida, fue, imponiéndose sobre otros pensamientos de Juan en la proporción en que renacía en él la seguridad de permanecer en Mérida, aunque fuese en la cárcel, y con tal renacimiento la calma suficiente para filosofar en torno de todo lo que le rodeaba en el Cuartel; relacionándolo con cuanto estaba más allá del centinela de la puerta, y ligando el conjunto a las duras realidades del pasado y los inquietantes vislumbres del porvenir.

¿Quiénes sufrían allí largas condenas correccionales o interminables prisiones preventivas? Medio centenar de indios y mestizos, que tenían por todo vocabulario cien palabras en maya y español adulterados. Gente con educación o dinero, sólo había el seis por ciento, según cálculo de Juan, ex encargado de la contabilidad en Peto: un viejo y barbudo barcelonés, vendedor ambulante de letras de molde y, por ambas razones, mal avenido con el régimen porfirista; un maestro de escuela, que solía andar por puebluchos y henequenales con libros y folletos de los que importaba con el barcelonés, y a quien era necesario ablandarle los huesos escasos de carne, a fuerza de tarima y de algunos palos perdidos en los rincones oscuros, y un cabezón, cogotudo abogado, mestizo, siempre aislado con versos y novelas, de los que parecía saber más que de ganzúas legales; pues habíase enredado en "la red de la justicia", únicamente por hacer cosas que hacían muchos de sus colegas, sin siquiera rozar un solo hilo del código. Los tres hacían buenas migas con Juan; pero él les zafaba el cuerpo, al maestro y al librero, porque hallábales aburridos, con sus monotonías libertarias, excluyentes de todo otro tema de conversación: mañana, tarde y noche. Del abogado sí era Juan gran amigo. El cubano había comenzado a escribir, con sus impresiones del Cuartel, "para ver qué tal lo hacía". El abogado las hallaba aceptables, cuenta habida de la falta de práctica del autor:

—Sobre todo, hay soltura y viveza en la narración.

Había dicho el abogado, desde el primer día. Después le recitaba, a su compañero, versos y prosas, y le prestaba libros, revistas y diarios. Juan acostumbraba corresponder, sencillo, sincero:

—Espere, licenciado. Yo se lo traigo.

O bien:

—Déjelo. Yo lo limpio por usted.

Ahorrándole así los trabajos más desagradables, en los quehaceres encargados a los presos del Cuartel.

El abogado dormía en hamaca, en un cuartucho con dos tarimas, donde a fuerza de ruegos y a costa de bruscas contestaciones de cabios y sargentos, llegó a lograr que le dejasen solo, con Juan. Por el mismo sistema de la insistencia, día tras día, obtuvo permiso para que su amigo pudiese también recibir y colgar una hamaca. Así al menos podían cuidar mejor el cuerpo y rehuir, siquiera fuese en las noches, el repelente espectáculo de algunos compañeros

locos de pelagra, quejumbrosos y aberrantes. Sobre todo,
un joven mestizo, de posaderas siempre muy ceñidas, melena partida en dos rizadas crenchas y rostro encascarillado,
a quien ya Juan, el mejor tipo entre los presos, había tenido
que sacar a empellones de su tarima, donde subrepticiamente acostárase varias veces para acercarse luego, restre-
gueante como un gato, al joven solitariamente acostado.

La hamaca habíasela enviado Julia, a Juan, por conducto de Julián. ¡Qué bien se comportaban estos dos seres, no
morales ni decentes! ¡Qué notas más interesantes para las
cuartillas de Juan, y más para sus filosofías de preso novicio, inteligente, en plena crisis de orientaciones personales! A Julia la reyerta bajo los ramones habíale costado la
salida de la casa de Doña Carmen, después de un mayúscu-
lo altercado con la vieja matrona, y tras de perder casi todos
sus trajes, sus adornos de cuarto, sus ahorros. En los burdeles yucatecos empleábase el conocido sistema de la cuenta,
nunca saldada, y contra toda ley obligaba a las pupilas a
permanecer en una *casa*, en tanto debíale un centavo. Ya
se sabe que el sistema había pasado, de los burdeles, a las
haciendas yucatecas. De acuerdo con tal sistema, Julia tuvo
que salir del lado de Doña Carmen, como salió: teniendo
que ganar mucho, y ahorrar más, en la nueva casa, para
resarcirse de las consecuencias de la catástrofe. No obstante
lo anterior, Julia tuvo dinero para la hamaca, para pagarle
al preso la ropa lavada, para hacerle servir una cantina, desde la fonda más cercana al Cuartel, para tenerle siempre
media docena de tostones, nunca innecesarios entre los car-
celeros con y sin uniforme. No obstante sus propósitos de
enmienda, Juan —¿qué remedio en tal situación?— aceptaba
el dinero que la amante obtenía comerciando con su cuerpo.
Portador de mandados y de las cuentas y papeles de Julia a
Juan y de Juan a Julia, era el amigo Julián. A Julia no le

dejaba ir, de visita al Cuartel, el Jefe Político. Scarpia le había puesto la proa, a la muchacha, porque ésta habíase negado a acostarse más con él, desde que comenzara a tratar con tan fuerte rigor al cubano. Y la proa de aquel hombre, era poderosa proa de acorazado de primera. Nuevo motivo de rigor, en todos los órdenes y a todas las horas, para la fidelísima mujer. Esta, por último, había puesto todas sus mañas y coqueterías en el empeño de acercarse al juez, vejete gordo, rojizo, patiabierto, que cuando no estaba en el juzgado, hallábase atravesando la Plaza Grande, rumbo a la Catedral, o de regreso de la Catedral, con un negro libro de oraciones empuñado en la diestra. Con el vejete, halagado y regustado, contaba ella para propiciar la rápida salida del Cuartel y de Yucatán, en cuanto sanase *El Coronel* y estuviese todo listo para su escapada con Juan. Julián, el pardo achinado y el viejo compañero de Juan, en las lejanas correrías por el barrio habanero de El Príncipe, no faltaban a una sola de las visitas de presos en El Cuartel: a traerle al amigo en desgracia periódicos insurrectos; interesantes noticias sobre la guerra de Cuba, en la cual participaban ya los norteamericanos, como consecuencia de la voladura del *Maine*[1] en la bahía de La Habana; provisión de "fumas" y cigarros para él y el amigo abogado; datos sobre la situación de *El Coronel,* que según razones seguía con el brazo como un as de bastos, torcido, hinchado y lleno de significativas protuberancias. Lo cual no era óbice para que continuase lanzando bravatas, como una que llegara íntegra a oídos cubanos:

—Lo que es ese doncellito habanero no se me va para su Cuba Libre, o Cuba gringa, sin arreglar esta cuentecita —y señalaba el brazo, que llevaba casi un año con cien vueltas de vendaje y dos libras de algodón— o sin tronarme antes, bien tronado. ·

---

[1] *voladura del Maine*   explosion trágica de ese crucero perteneciente a la Armada de los Estados Unidos, la noche del 15 de febrero de 1898·

A partir del *Maine* y la *Joint Resolution*,¹ precipitáronse
las inquie:udes para Juan. Recibió una doliente y cariñosa
carta de Marta, la triste mesticita viuda de marido vivo.
Lamentaba la desgracia de él; aseguraba que esto sólo ocurriera por haberse Juan alejado de "su" hogar, para irse de
parranda con las mujeres malas; ella le perdonaba, pues
"¡Qué se le iba a hacer Señor!", y rogábale por el hijito de
ambos, que en cuanto saliese del Cuartel volviese a Peto,
a trabajar, a vivir con y para los suyos. Con la carta venía
un oscuro ferrotipo, que al dorso, con la letra de la madre,
traía esta dedicatoria del hijo: *Para mi papasito lindo.* El
hijo era una bola de carne, tirada entre almohadas, con los
mongólicos ojillos perdidos entre las grasas de la cabezota.
A Juan la carta y la fotografía no le conmovieron como
esposo ni como padre; pero le conmovieron profundamente
como hombre de nobles sentimientos básicos. Mientras leía
la carta tuvo que estarse tragando un nudo enorme, que
tenía en la garganta, y moviendo los ojos, para que no cua-
jasen en ellos las lágrimas. ¡Qué barbaridad! ¡Los pobres!
Hizo trizas carta y retrato. Rehuyó la tarde entera, al abogado y a todo el mundo. Se llamó canalla, a sí mismo, cien
veces seguidas. Pero a pesar de ello; no obstante su decisión
de cambiar de rumbo de vida, no pudo hacerse el menor
propósito, la menor idea, de volver alguna vez a Peto. Doloroso aquello; infame si se quería; mas imposible de des-
hacer lo hecho. Nada; ningún poderoso sentimiento humano le empujaba hacia allá salvo el de la conmiseración. Y
ya, para enterrarse en el lejano pueblucho, medio muerto
y medio civilizado, con Marta, toda la vida, la conmiseración era insuficiente amarre. Sería aliviar la llaga, momentáneamente, cuando ya estaba en camino de curación,
para rasgarla después más hondamente, más dolorosamente,
y dejarla, para siempre, en carne viva. ¡Cómo, si ya casi

---

¹ *Joint Resolution*   (1898) Declaración del Congreso norteamericano en favor de la independencia de Cuba.

era libre Cuba! ¡Si Julia, la mujer mala, como llamábale Marta, teníale comprado el albedrío, a fuerte precio de lealtad, de nobleza, de incansable consagración! ¡Si nunca, en sus eróticos sueños de joven sexualmente aislado, surgían otras femeniles imágenes que las formas, tersas y sonrosadas de Nena, en el maravilloso instante de convertirse en mujer!

Tras de la carta, vino Cirilo. Venía el superhombre a matar dos pájaros de un tiro: acercarse a la patria en alborada de independencia, y visitar a su ex-discípulo, para confortarle el espíritu, lavándoselo de todo "morbo sentimental", en cuanto a Peto, donde ya todo seguía su curso fatal, lógico, "más allá del bien y del mal", como todo lo humano; como dijo el Maestro.

También estuvo en Mérida don Basilio; pero no en el Cuartel. Le había visto Cirilo, en la puerta del templete del Divino Maestro, hablando misteriosamente con el padre Pérez, un curazo español, alto y macizo, que solía atravesar las saháricas calles y plazas de Mérida, en pleno agosto, dentro de una levita y un sombrero de copa, negros, felpudos, asfixiantes. Zaratustra, adivinó que el objeto de la visita era la búsqueda de Juan; pero que seguramente el padre Pérez impuso su criterio de que mejor era una mestiza más con hijo y sin marido, que un insurrecto, enemigo de la Religión, con libros en la faltriquera y palabra fácil, metido por lejanos límites de la católica península sureña. Hasta en los ademanes de "divinidad irritada" con que el padre Pérez terminara su monólogo con el calambuco mestizo, le pareció comprender, al cubano, estas concluyentes palabras:

—¡Que lo expulsen! ¡Que le apliquen el 33!

Llegó a las místicas emigraciones separatistas la noticia de los trascendentales resultados que tuvieron las prácticas de tiro al blanco de los norteamericanos en Santiago[1] y

---

[1] *Santiago* capital de la provincia de Oriente donde fue fácilmente derrotada la escuadra española por los barcos norteamericanos el 3 de julio de 1898.

en Cavite! Los cables calificaban los hechos de batalla naval; pero Juan Cabrera les puso ese título: tiro al blanco; de igual modo que Luis Bonafoux, en los mismos días, las llamaba fugas navales. ¿Combate de diez para uno, y el uno con balas que casi no llegaban hasta ninguno de los otros? Los cubanos de Mérida, como los de todas partes, estaban locos de alegría, y casi locos los yucatecos conscientes del valor espiritual e histórico de tan sonados acontecimientos. Celebróse una gran velada en el Club Separatista. Al acto concurrieron expatriados de Progreso, de los últimos rincones de Yucatán, de los vecinos Estados de Campeche y Tabasco. Hablaron los inagotables oradores de la emigración y los mejores de Mérida. Se tocó todo el repertorio de *La Bayamesa*, el *Himno Invasor*, la *Diana Mambisa*, y al final entre el Himno mexicano y el de Bayamo,[2] se presentó un cuadro vivo, en que predominara, sobre un grupo de meridanas e hijas de la Gran Antilla, una bellísima habanera, de grandes y dulces ojos de criolla; envueltas las esculturales formas en los colores de la patria; ceñida la hermosa cabellera negra por el gorro frigio, con su blanca y rutilante estrella solitaria.

La habanera era Nena. Juan, todo emoción, oyó el relato de labios· del excitadísimo Julián. La había él reconocido desde que la viera entrar en el salón repleto de gente frenética de entusiasmo. Y más, al verla con Adolfo, a quien como a ella conocía desde la noche del baile en *La Lonja*. Al principio le costó trabajo creer que fuesen ellos. Nunca les había visto, ni siquiera a él, al hombre, en los actos separatistas... Pero, metiendo brazos y hombros por entre la multitud, había logrado acercarse a ellos, y hasta hablarle, a él, valiéndose para dirigirle la palabra, de la índole popular, patriótica, democrática, de la fiesta. Con la independencia, todos los cubanos eran hermanos:

[1]*Cavite* derrota en las Islas Filipinas de la escuadra española del Pacífico.

[2]*Bayamo* Himno Nacional de Cuba.

—Doctor. ¿Usted sabe dónde está Juan Cabrera?

—Sí. Leí algo de él. ¿En la cárcel, no?

—En el cuartel. El pobre. ¿Verdad? Tan cubano como es, y que no pueda estar aquí.

—No estar aquí, y no poderse ir con todos nosotros. Porque, ahora, no creo que haya cubano que se quede fuera de Cuba. Pero... suya es la culpa. Tiene muy mala cabeza.

—¿Y usted, por qué no nos ayuda con su influencia, para que se pueda ir él, también? ¡El infeliz! El, ¿qué culpa tiene? Huérfano; vagabundo.

—Sí; pero no estoy obligado; él no es nada nuestro. Es un muchacho, que recogieron en casa de mis padres; pero... nada más.

Y nada obtuvo Julián de Don Adolfo, ni aun en aquel momento de supremos entusiasmos, de almas abiertas a los más generosos impulsos, de corazones trepidantes por las más puras y sublimes emociones. El hombre hasta se alejó, duro, hiriente, de quien viniera a perturbarle el hondo y total disfrute de hora tan extraordinaria. Y uno y otro volvieron a mezclarse, a confundirse, en las oleadas de la masa humana, apretujada, enardecida, vociferante, que llenaba el salón de los cubanos, exornado de luces, guirnaldas y banderas.

—Por cierto, chico —quiso terminar Julián, significativo— que la mujer también me reconoció, y me miraba y miraba, tanto, que, como es tan linda, me tenía hipnotizado y... abochornado. Te lo juro. Porque, figúrate, como es ella de por sí, y vestida de Cuba, parecía una diosa. ¡Divina!

Juan tuvo que cortar a su amigo, diciéndole sonriente; pero con los ojos húmedos y el pecho agitadísimo:

—¿Lo haces de intento, compadre? Fíjate en que estoy preso, ahora que Cuba va a ser libre, y todos ustedes también están libres... y yo...

Al fin le cayeron dos lágrimas. Julián tuvo que acudir rápido, no menos enternecido:

—Mira que te ven llorar. No seas bobo. Tú no habrás podido ir a la velada; pero eso es lo de arriba; lo superficial. Lo cierto, lo importante, es que ya tenemos patria, y que a la larga, tú, y yo, y todos, nos iremos para allá. ¡Vamos! Si en vez de llorar, lo que debemos es mostrarnos alegres.

—Y lo estoy. Pero... es que no sé cómo es que estando alegre, tengo ganas de llorar.

—Porque hay alegrías así, de grandes. Pero bueno —y se frotó las manos fruitivamente— ahora, a ver cómo nos vamos todos.

E inmediatamente se puso a hacer planes con el amigo preso.

Los planes comenzaron a salir bien. Firmado el Tratado de París,[1] inicióse el desfile de cubanos hacia La Habana. Un día el ex compañero de Juan, del barrio de El Príncipe. Otro, el pardo achinado, que antes dejara las pertenencias de Juan a cargo de Julián. Más tarde Adolfo, con su mujer y Nena en el mismo barco que Cirilo. Julián no quería irse sin antes asegurar que Juan habría de seguirle de cerca, cuando menos. Claro que el ideal de su amistad era compartir con su amigo el departamento de tercera, en que habría de regresar, gloriosamente, a tierras de Cuba. Su impaciencia, por un lado, y las seguridades de Julia de que todo estaba arreglado para que Juan fuese expulsado entonces, decidieron al otro a marcharse, únicamente acompañado por el equipaje de su amigo.

---

[1] *Tratado de París*   convenio de paz suscrito con los comisionados españoles y norteamericanos el 10 de diciembre de 1898.

Como lo dijera Julia sucedieron las cosas. El Juez, que de día no soltaba el negro libro de oraciones nada más que para sentarse a su mesa del Juzgado, a la de comer de su casa o al pie de la hamaca que tenía, para la rubia y él, en escondido "bohío" de los arrabales, arregló las cosas de modo que Juan no sufriese, por aquella "reyerta con lesiones", mayor prisión que la preventiva, harto prolongada, que llevaba sufrida en el Cuartel. Pero, eso sí: que al salir de la prisión se le expulsase por extranjero pernicioso, según rencorosos y siempre vivos deseos del señor Jefe Político.

Le expulsaron, sin que se le permitiera a Julia el consuelo de verle, de despedirle, en aquel día de pena inolvidable.

Un policía secreto, que se creía vestido de tal porque llevaba traje de *souteneur* barato, le sacó del Cuartel; después de un abrazo de despedida al abogado y al maestro rural, que le, dijo profético:

—La libertad de Cuba debe ser una gran cosa para nosotros. El pueblo yucateco está muy esclavizado, y vivimos muy cerca de ustedes.

La salida de Mérida fue muy de mañana, inesperadamente; cuando Julia, y él, y todos, tenían noticias de que iba a ser días más tarde, e intentaba la muchacha verle siquiera fuese de lejos; desde un coche que le pasara y repasado por el lado, mientras ella desde dentro le agitaba un pañuelo y le decía adiós, emplazándole para pronto: en La Habana.

En Progreso, Juan siempre misteriosamente acompañado, pasó al remolcador, ocupado por otros viajeros, todos de primera; desconocidos. Al verle así, con el vigilante pegote al lado, con el bultito de ropas colgándole de la diestra, le hicieron hueco, despiadadamente. Después, en el vapor, todos fueron iguales; es decir, seres libres. Porque los otros iban en cuartos, salones y cubiertas, limpios y cómodos, y él en tercera, donde a veces se es menos que un baúl o un perro de rico.

Media hora después, desde un redondo y salitroso hueco cercano a la línea de flotación, vio cómo esfumábase allá atrás, allá lejos, la blanca manchita de Progreso, con la varita vertical del faro en el medio, y cómo iba cambiando de perfiles la costa baja, azulosa, con grandes lepras de la piedra omnipresente, fecunda en henequenales, a que aferrábase, trabajador y fervoroso, un pueblo noble, fraternal, hospitalario.

La mente se le fue, a Juan, momentáneamente, a un rinconcito lejano, perdido por allá detrás de dos centenares de kilómetros de aquellos borrosos campos, que ya acaso no vería jamás en su vida. Se le oprimió el corazón. Allí quedaba un mal rastro, dejado por él; un dolor ya irremediable. Allí, en toda aquella inmensa línea de litoral que ya se hundía en el océano, quedaba una tierra que él, a pesar de todo, quería sinceramente. Pero, ya libre de las aguas bajas que circundan la península yucateca, el vapor comenzó a trepidar fuertemente, tanto como el corazón del solitario pasajero de tercera. El vapor cortaba rápido las aguas del Golfo, que tenía por límite, allá delante, los arrecifes de la Punta, de la Caleta, del Caletón inolvidable; y al considerarlo, arrancóse la imaginación de Juan Cabrera, de los parajes que, minuto a minuto, alejábanse por la popa, para adelantarse a gozar el gozo sublime, inenarrable, de la llegada frente a las blancas azoteas, los rojos tejados y las pétreas torres de la ciudad nativa. La llegada frente al Morro, donde las ilusiones de ingenuo patriota de poco mas de veinte años, el sentimental optimismo político de un emigrado separatista, acabado de convertirse en hombre con voto, esperaba hallar, sola,[1] ondeante y triunfadora, la bandera de la patria libre.

XXXVI

El expulsado desembarcó sin tropiezo. Sólo hubo de echarle una breve mirada, desde el sombrero a los zapatos, el aduanero, que le abrió el bultito del equipaje. El equipaje tenía más libros que ropa. En el mismo muelle le conquistó un agente de *La Diana,* una de las fondas de a real el plato y medio peso la cama, que ocupaban casi toda la cuadra de Dragones, entre Aguila y Amistad. El pasajero ocupó un coche, y en todo el trayecto hasta *La Diana* se fue bebiendo, con los ojos, con toda el alma, los seres y las cosas que hallaba a su paso. ¡Cuba libre! ¡Vida nueva! Traía catorce centenes y el solitario y otros mínimos regalos de Julia, susceptibles de ser canjeados por dinero y papeletas de empeño, en caso de apuro. Natural era que el regocijo por el regreso a la patria recién libertada le brotase por todos los poros, aumentado con el más desbordante optimismo. Con aquellos recursos económicos y salud, ganas de trabajar, poco más de veinte años, el reactivo del reciente escarmiento ¿cómo no habría él de conseguir una modesta ocupación, para vivir modestamente? Y hasta —¿por qué no?— mandar algo a Peto, de cuando en cuando. Ahora: en busca de Julián, para recuperar el baúl y pedirle, a la vez, consejo y orientación con vista a la consecución de empleo. Al mismo tiempo, tratar de ver a Goyo, Candelaria o alguno de los hijos de Robertico, para saber de aquella gente, de Rómulo, de Petra, de Nena. Escribirle a Julia, a fin de enterarla del feliz arribo a Cuba, e irle

[1] *sola* alusión a la indeseada presencia de las fuerzas norteamericanas en Cuba.

pretextando obstáculos a la venida de ella, indefinidamente, sensatamente. ¡Vida nueva! Darle sabrosos desquites a la joven sangre, con algunas de las divinas cubanas que traía en la imaginación, exaltada por la larga abstinencia y el patriótico recrudecimiento. A gozar, a plenos pulmones, el ambiente de La Habana, sin soldados españoles, con los odiados voluntarios definitivamente restituídos a sus mostradores y trastiendas, con sus calles, paseos y edificios, plagados de banderas cubanas, y por dondequiera los amables grupos de rojizos, resudados, casi asfixiados militares "americanos", que acababan de batirse con Cervera[1] y Vara del Rey,[2] por humanidad.

¡Cuba libre! En los primeros días, Juan muy temprano dejaba su cama de La Diana para aún con el gusto del saboreado café cubano en la boca irse hasta la Quinta de los Molinos, a disfrutar de las maniobras de la mambisa escolta del Generalísimo, para tratar de ver al propio Chino Viejo recto, austero, inmaculado héroe de la gloriosa epopeya, para contemplar, boquiabierto, emocionadísimo, la entrada o la salida de algún General famoso, con las estrellas rutilantes en el cuello de la guerrera de resplandeciente dril blanco, jinete en el caballo que, según la exaltada fantasía patriótica del repatriado, seguramente montara el héroe en Mal Tiempo o Cacarajícara.[3] Y después a ver el paso de algún entierro, también de héroe, envuelto en la bandera tricolor y precedido de alguna banda revolucionaria, ya civilizada, con sus metales nuevos y lustrosos, que ondulaban cadenciosos, siguiendo los pueriles contoneos de un flamante tambor mayor. Y luego, a cualquiera fiesta patriótica donde la misma banda tocase y retocase el Himno, la Marcha Invasora, la Diana mambisa y otras músicas guerreras, que sólo el diez por ciento de los cubanos oyera antes de los últimos seis u ocho meses, y oír también los dis-

[1] Cervera   Almirante español que rindió la escuadra en Santiago de Cuba.

[2] Vara del Rey   General español muerto por los norteamericanos en El Caney.

[3] héroe en Mal Tiempo o Cacarajícara   el General Antonio Maceo.

cursos en que vociferantes oradores acuñaron muchas de.
esas líricas parrafadas de patrióticas garrulerías, con que
luego han hecho dinero y fama de grandes hombres, no
pocos simuladores del talento y patriotismo, huecos como
cañabravas. Después, a los lugares donde empleaban cubanos, según decían. Por las noches, a colgarse de los oídos
los tubos de goma de algún callejero fonógrafo, para oír
por vigésima· vez los cilindros de Peralejo, Coliseo y Sao del
Indio, o a ver en *Cuba* o *Alhambra*, las patrióticas obras,
improvisadas como hongos, a base de Paz, Unión y Concor-
dia, celestialmente. Y entre uno y otro exquisito goce, al
pasar por parques y esquinas de importancia, a saborear,
lenta, fruitivamente, los sabrosos bocados de la tierra, tanto
tiempo y tan incansablemente añorados en extraña tierra:
tostados pastelitos de carne o de guayaba, en el *Europa;*
ruedas de sin igual piña cubana, engullidas de pie, con dedos y labios goteantes, junto a los sombreados kioscos del
Campo de Marte; cusubés y majaretes¹ de los tableros gua-
recidos bajo los soportales de las grandes tabaquerías, y en
las noches, olorosos y sabrosos bollitos, de las fritadas de
cierta famosa negra de la Plaza del Vapor.

Pero...

La realidad comenzó a aguar alegrías y optimismos. El
bolsillo del pantalón, donde estaba el montoncito de centenes disminuía de peso con alarmante rapidez; en tanto que
aumentaban, día a día, los aspirantes a empleo, aglomera-
dos en las antesalas de los nuevos gobernantes, nativos e im-
portados. "¿Sabe usted inglés?" "¿Estuvo usted en la guerra?"
y como la mayoría contestaba negativamente, a la hora del
cierre de las oficinas, salía de cada una de ellas medio centenar de desesperados que fiaban su suerte a la tarjeta o
carta de recomendación, de compromiso arrancada a algún
General o Coronel, más o menos jurídico, más o menos es-

---

¹ *cusubés y majaretes*   dulces fuertemente azucarados de al-
midón de yuca y harina de maíz respectivamente.

354   CARLOS LOVEIRA

pecializado en prefecturas. En prefecturas, con guajiritas
casadas ante el Prefecto, o por detrás, que ciertamente no
era muy dis.into. Los únicos aspirantes que no solían salir
decepcionados y casi suicidas de tales antesalas, eran los
de verdad recomendados por aquellos Generales y Coroneles, y entre los últimos, naturalmente, no estaba Juan, el
desconocido, el no emparentado con la aristocracia de la ex
colonia, el que no tenía ex condiscípulos de Belén y los
Escolapios. Y fue preciso ir abandonando la idea de colocarse, a título de buena letra, clara redacción y elemental
manejo de los números. Fuera de la burocracia oficial ¿dónde? A buscar, por lo tanto, trabajo del que se encontrase.
Intentó cargar maderas en Estanillo, pero después de hacerle ir varias mañanas seguidas, le dijeron que estaba muy
flaco y poco curtido para echarse encima vigas y tablones,
durante horas del día. Mientras tanto, comprendía la necesidad de salir de la fonda, y alquilar un cuarto, a fin de ir
estirando el dinero lo más posible, y de no cometer el absurdo de colocarse por un peso al día, en tanto en la fonda no
gastaba menos de un peso veinte; pero el temor de meterse
en los gastos del alquiler adelantado y aunque fuese un
catre, una silla y una palangana, le contenía. Máxime, porque continuaba teniendo varias promesas de empleo, alguna
de las cuales al fin debía cristalizar: Cirilo, a quien encon-
trara de guarda-parque, luchaba, nada nietzchanamente; es
decir, piadoso y fraternal, por buscarle empleo en el "cuerpo". Cárdenas, el pardo achinado que hiciérase su amigo,
con tan buenos méritos, en la emigración, estaba encargado
de buscarle, a Juan, al ansiado Julián, y a la vez, la lectura
en el chinchalito[2] de treinta chavetas donde Cárdenas trabajaba. Y Corujeda, un cómico cubano, que acababa de pasar un ciclón económico, en provincias, con los bufos de la
Meireles, asimismo nutría la esperanza de Juan con una

[1]*Belén y los Escolapios* Colegios católicos privados.
[2]*chinchalito* tabaquería pequeña.

promesa de empleo. Corujeda también confiaba en **Cuba** libre. Un general admirador le iba a conseguir un hueco **en** el presupuesto, ya que el teatro no daba más que hambre, y en cuanto él entrase en nómina detrás iría su joven **ami**go. La amistad habíanla hecho en una de las interminables e inolvidables antesalas. De la antesala salía Corujeda con un hambre mordiente y desesperada, y en Juan hallaba un plato de frijoles con arroz y otro de arroz con hígado 'litaliana"[1] —pan y café gratis— en una de las fondas de chinos de Egido o de la Puerta de Tierra. Juan sacrificaba su almuerzo de treinta centavos en *La Diana,* para compartirlos con el pobre Corujeda en la *Primera del Polvorín.* Corujeda le daba a su providencial amigo por la cuerda de los versos y la prosa.

Hubo momentos de debilidad en Juan. Desesperado **de** hallar empleo, y cuando ya estiraba el último centén hasta lo inverosímil, pensó en acudir a casa de Adolfo —casa de dos pisos, con soportal, Galiano y Lagunas, donde ya había visto las placas del abogado y el hermano farmacéutico; donde debía estar Ella...— pero siempre tuvo un momento de moral heroísmo, que le equilibró en el plano de la dignidad. Allí vencido, humillado, nunca. Análogo heroísmo moral; anónimo heroísmo increíble de quien a pesar de **todo** y por su sola cuenta quería ser hombre normal y bueno, libráronle de otros momentos de desmayos, en que **pensó** valerse de su experiencia de "amante de corazón" para explotar a una muy solicitada camagüeyana, muy blanca y **de** muy bellos ojos, en cuya accesoria durmiera ya varias **noches,** sin pérdida alguna por la cama pagada en *La Diana.* ¡No! ¡Eso tampoco! Todavía le quedaba el brillantito, los **botones** de oro con iniciales, el cinturón de hebilla de plata **y el** natural crédito con el "gallego" de la fonda, los **primeros** días después de quedarse completamente sin dinero.

---

[1] *"litaliana"* a la italiana.

El brillante, los botones y el cinturón estaban empeñados cuando al fin un día Cárdenas trajo a Julián a *La Diana*. Comenzaba la noche y Juan estaba despojándose de un pantalón y una camisa, rotos y sucios, para darse una ducha y ponerse ropa mejor. La otra era ropa de trabajo. Juan había encontrado ocupación: ochenta centavos por diez horas de labor en un almacén exportador de piñas. Las roturas y la melosa suciedad de la ropa de trabajo, eran las huellas de un trabajo que le había dejado con aquella muda de menos —él, que sólo tenía tres en tanto no recuperase su baúl— y las manos gordas, febriles, por las grietas y pinchazos, enconados, que el aprendizaje de aquel oficio penoso y mezquino le producía. La emoción que causárale el ansiado encuentro con Julián, que le abordó con sincera y ruidosa efusión, estuvo a punto de derivar en llanto difícilmente reprimible, cuando quien tenía los nervios quebrantados a fuerza de tantas amarguras tragadas sin un alma amiga al lado, les explicó a sus visitantes la rudeza de aquel aprendizaje, que hacíale llegar al cuarto, cada noche, con la cintura partida de dolor y las manos como las mostraba tembloroso:

—Tan hinchadas y ardientes, que ya no puedo más.

—Poder sí puedes —contestó Julián—. A todos los que hacen eso mismo, les habrá costado otro tanto, hasta que se acostumbraron. Lo malo está en que ¿cómo vas a ganar ocho reales y pagar fonda de diez o doce? Tú tienes que buscar un cuarto, o algún compañero que te lleve al suyo; como hace Cárdenas. Cárdenas no coge más de un peso o peso veinte en la tabaquería, y tiene que vivir con su hermana y el marido en un cuarto de solar.

Explicó Juan cómo había llegado a tal extremo en la fonda: temor de meterse en un desembolso grande, para tomar un cuarto, y ponerle tres tarecos dentro, y más por la creencia de que, de un momento a otro, habría de cuajarle alguna de las muchas promesas de empleo que tuvo por delante. ¿Quién hubiera podido creer lo contrario? ¿En Cuba libre?

—Cuba no es libre todavía —aclaró Cárdenas.

—Ni cuando lo sea, estaremos mucho mejor los que no hemos ido a la guerra, ni tenemos parientes mártires, ni somos de buena familia... —dijo Julián con firme lenguaje de tabaquero leído y oratoria exaltación de socialista, más o menos declarado, ante la social injusticia presente, allí en un cuarto de fonda, y fuera de ella. Mira, si no, el Don Adolfo, ese amigo tuyo. ¿Ya sabes que lo han nombrado juez de instrucción?

—¿Sí?

—Juez de instrucción, y al hermano boticario... ¿No se llama Roberto Ruiz?

—Sí.

—Pues, alcaide de la cárcel. Ya han gritado a todos los vientos que son hermanos del Teniente Coronel Domingo Ruiz, muerto en campaña. Trajeron los restos a La Habana, e hicieron una gran fiesta. Lo enterraron con el padre, y sacaron a relucir, desde luego, que el viejo era veterano de la de los diez años. Con eso, y con que además de libertadores y republicanos pertenecieron a la gran aristocracia colonial, que seguirá siendo la de tu Cuba libre... ya podemos ver lo arreglados que vamos a estar.

A pesar de que las noticias de Julián eran interesantes; sin embargo de lo grata que era la conjunción de los amigos tanto tiempo separados, el estado de incertidumbre en que hallábase Juan sólo permitíale ser monosilábico en los comentarios de las peroratas de sus amigos. El quería saber de su baúl y saber si Julián estaba en condiciones de ayudarle, buscándole empleo, de lector, de despalillador, de

mozo de limpieza o de cualquiera otra cosa, en una tabaquería, y sobre todo, sacarle de *La Diana*, si era posible
aquella misma noche. Con Cárdenas no había que contar.
No iba a meterle, también, en el cuarto del solar, con la
hermana y el marido.

Con Julián tampoco. Se iba la siguiente mañana para
Pinar del Río, de encargado de un chinchalito: trabajo
suave y bien retribuído. Lo sentía profundamente: le daba
pena irse y dejar a su amigo en aquella situación. Pero ¿qué
remedio? Vería a ver si le conseguía algo que hacer en
Vuelta Abajo, para mandarle en seguida el dinero del pasaje. Mientras tanto ¿por qué no le escribía a Julia, para
que viniese? ¿O por qué no se daba una vuelta por donde
estaban Adolfo y el hermano? Por otra parte, Cárdenas le
estaba buscando un puesto de lector. O Cirilo...

Pero total nada. Julián hablaba con visible sinceridad,
con ostensible afecto, con inocultable pena por la situación
de su amigo. Pero, en todos esos recursos había pensado
éste, sin necesidad de que otro se los sugiriese.

Al fin, mientras hablaban, Juan estuvo vestido de limpio,
listo para ir a comer. Sus amigos tampoco habían comido.
Julián convidó para una fondita aledaña de la Plaza del
Vapor. Para esto sí podía distraer algo del dinero con que
contaba para el viaje a Pinar del Río. Y para sacar un
menudo del bolsillo e insertárselo cariñosamente a Juan en
el bolsillito del reloj, en el pantalón, donde tenía redondo
bultito de pesetas, acaso de calderilla:

—Toma ese par de pesos, para que te sigas defendiendo.
El baúl te lo mandaré por mi cuenta, aprovechando el carretón que mañana me lleve el mío, ahí, a Villanueva.

La comida, con el lujo de una botella de clarete de ba-
rrica, puso calor de plétora en el cerebro, con el consecuen-
te acaloramiento de la conversación. En la mesa y luego en

un banco del Campo de Marte, se agotaron todos los temas
naturales del grupo: Mérida, los yanquis, la Constituyente,
el yayazo de *El Coronel*, los patriotas de última hora. Hablaron con la tranquilidad y el optimismo de millonarios
que tienen resuelto el problema de los problemas. Cuando
se separaron ya a Julián y Cárdenas no les parecía tan
dura la situación de su amigo, no pensaba en ella:

—Hasta mañana.

—Hasta mañana.

E inmediatamente Juan volvió a *La Diana*, a entregarle,
a cuenta, al "gallego", los dos pesos que le diera Julián,
junto con las pesetas que aquella tarde le pagaran en el
almacén de piñas. Cumplió una vez más con el hombre.
Se lo hizo resaltar, queriendo ser afectuoso, congraciador.
El siempre procuraba cumplir, corresponder a las atenciones
de Don Fulano. Pero Don Fulano era dueño de fonda pobre, y en aquel negocio ser bondadoso era quedarse sin
fonda. Al otro día, cuando vio entrar el baúl de Juan, le
dijo:

—Mira. Ya te he dicho. Lo mejor que haces es buscarte
un cuarto. No puedes seguir aquí.

Y no dejó a Juan que le diese más explicaciones, de que
esperaba colocarse, de que todo iba a salir bien algún día.

—No —repitió el fondero, terco, reacio, con los ojos
cerrados, y moviendo la cabeza de un lado a otro—. No
puedo. Ya, duerme aquí esta noche; pero mañana mira a
ver cómo te las arreglas.

Cuando Juan se dirigía a la vecina estación de Villanueva a despedir a su amigo, con la noticia de que el "gallego", después de tener él su baúl dentro y haberle cogido
su único capital de tres pesos, le ponía en la puerta de la
calle, se encontró con Corujeda. Corujeda le había prometido que, si lograba alquilar un cuarto antes que su amigo

(supremo objetivo de ambos, llamado a realizarse más tarde
o más temprano) llevaríale de compañero; demostrándole
así que sabía corresponder al compañerismo de "brujas"[1] que
el otro practicara con él, en *La Primera del Polvorín* y lugares adyacentes. Y ya tenía el cuarto, en una casa de vecindad de la calle de Virtudes. Lo había tomado con un dine-
rito que estaba ganando en el *Teatro Cuba*, donde hacía de
"segundo", en una pareja de cantadores cubanos. Allí acababa de meter el equipaje, que acabábale de traer uno de
los compañeros hasta entonces "aboyados" por un pueblucho
de Las Villas. El equipaje: un catrecito de campaña, adquirido de un soldado yanqui; dos jaulas, una con una
pareja de canarios y otra con dos periquitos de la India, y
algunas ropas de teatro, libretos, telones. Con los telones
podía hacerse Juan una cama, hasta que cambiase la situación. Lo importante era estar bajo techo.

—Lo malo está en que ¿para qué metiste el baúl en la
fonda?

—Eso no. Porque lo saco.

—¿Lo sacas? Tú eres muy inteligente; pero no sabes la
menor cosa de la vida. El gallego te ha botado, porque ha
visto el baúl y figúrate...

—¿Qué? No pretenderá quedarse con él. Porque el equipaje de uno no se puede embargar, o detener, por deuda.

—Con los brujas se puede todo. No seas bobo. Pero
mira nosotros también tenemos nuestros recursos. Y te ad-
vierto que me llamo bruja, porque lo estoy en este momento.
Que yo, como soy tan buen cómico como el primero, he
ganado mucha plata. ¡He hecho cada temporada! Pero, mira. Resuélvete a ir perdiendo el baúl. No queda más remedio. Pero vete sacando lo que puedas. A pesar de lo que te
he dicho, el gallego te aguantará tres o cuatro días más. Los
gallegos, después de todo, no son tan malos. Vete ponien-

---

[1] *"brujas"* carentes de dinero

do la ropa debajo de la otra, y sacando cosas en los bolsillos, y envueltas en papel, para la lavandera... Y toma.

Le dió una llave. El cuarto tenía dos. Virtudes 48. Cuarto 17. Podía decirle al encargado que también iba a vivir allí. Podía dormir en el catrecito hasta las dos o las tres de la mañana, hora en que solía acostarse él, noctámbulo como todo buen cómico.

Ante la noticia del consternado amigo, todavía Julián pudo exprimir el no pletórico bolsillo y darle un peso más, junto con unas frases de consuelo, dichas con la mejor buena voluntad y el más conmovido acento de pena. De ahí se. fue Juan en busca de Cirilo, que solía hacer su posta en el cuarto de la mañana, y si bien no podía llevarle a vivir con él, porque estaba en la estación de los guardaparques, acostumbraba a convidarle a almorzar y hasta teníale prometido que, cuando las cosas llegasen a tal extremo, dejaríale dormir en uno de los bancos del Campo de Marte: de habitante de la luna, pero al menos sin que le despertasen, a cada rato, con dos toletazos en las suelas, o casi suelas, de los zapatos.

Almorzó con Cirilo. Después comenzó a dar viajes, vestido con dos camisas, dos pantalones y tres o cuatro calcetines de los de sus buenos tiempos de taco de burdel. Envueltos en un periódico, cuidadosamente revisados, sacó sus papeles de marras.

—Los papeles de esa ca... —dijo con rabia de menesteroso desesperado, al apretar los cordeles del paquete.

Tres noches después, estaba sentado en el catrecito de Virtudes 48, con una vela al lado y el paquete de papeles en las rodillas. Tiempo tenía de dormir en la mañana, aunque fuese sobre los duros y angulosos telones que ya Corujeda le preparase, parsimoniosamente, paternalmente, en el suelo, entre las paredes de una .esquina. Quería revisar

los papeles, para ver, entonces, tranquilo, fríamente, sin
infantiles fantasías, qué valor positivo podría tener aquello,
en un momento dado.

Efectivamente. Las carticas y los papelitos, evidenciaban
los afanes voluptuosos en que la autora andaba enredada
cuando escribió aquellos renglones. Se hablaba de lo "pesado" que se había puesto él tal o cual día, con sus besos
y aquellos "toqueteos" de "abajo de la cama", por lo que
ella le amenazaba con no jugar más con él, y con no seguir
"las relaciones". La dedicatoria del retrato, era clarísima.
Las marcas marginales de los dos libros de Paul de Koch,
estaban hechas con el mismo lápiz, con igual intensidad
de presión, y algunas de ellas eran palabras sueltas, rayas
y cruces, sin duda trazadas por la propia mano que escribiera las cartas y esquelitas. ¡Efectivamente! Lo envolvió
todo, de nuevo, lentamente, esmeradamente. Lo colocó en
el fondo de un cajoncito donde Corujeda tenía tres o cuatro
libros,, y encima puso toda la ropa suya que cupo, extendiendo luego los libros sobre el conjunto, a modo de tapa.
Se acostó en sus telones. Mató la luz. Y se quedó mucho
tiempo despierto, con los ojos abiertos en la oscuridad, ajeno
a los nocturnos ruidos de Virtudes 48, pesebrera de cien
malos hijos de Dios; porque tenía en la cabeza un febril
"barrenillo"[1] con Nena; y sus papeles y la gran casa de columnas, de Galiano y Lagunas.

Despierto lo halló Corujeda, pero se hizo el dormido.
Despierto estaba en la hora en que comenzaron a rodar
por Virtudes los primeros carros de pan y de leche. Cuando
comenzaba a quedarse dormido, le hicieron levantarse, los
canarios y periquitos, que empezaban a chillar, y como si
no fuese bastante, a rociarle con paja de alpiste y con el
agua de las tazas, en que se bañaban y tornaban a bañarse,
odiosamente.

---

[1] "barrenillo" preocupación insistente.

XXXVII

Muchos días, en un interminable sucesión de meses, los pájaros de Corujeda hicieron madrugar a Juan con la temprana ducha de alpiste y agua sucia. Fue el terrible viacrucis del cristo con saco, zapatos y calcetines, que tiene necesidad de vivir y abrirse paso en una ciudad moderna, sin dinero, sin influencia de gente poderosa, sin nada que esta gente pueda esperar o tener de él. Fue la afrenta de las antesalas inacabables, desesperantes, frente a la mampara que se abre cien veces, para dar paso a los ases de la política y del dinero, o a secretarios particulares, reservados y mentirosos, y ni una sola para darle entrada a uno de los cincuenta bostezantes, de aburrimiento o de hambre, "portadores" de cartas y tarjetas de recomendación, rutinarias e insinceras. Fue el caerse de un pobre puesto un día para no hallar otro en todo un mes; el no almorzar hoy y no desayunarse mañana; el ir recibiendo tantos azotes de la inopia sobre las míseras ropas, que cada vez se hacen más rebajantes del amor propio, más propicio a la desconsideración del prójimo, más aisladora de la gente que puede dar trabajo. Fueron tantas horas de una vida anormal, inverosímil, con el cerebro a tono de pobreza con el estómago, con la personalidad tan rebajada e insegura, que no las recuerda él sino como algo pasado en un largo sueño de anémico o de convaleciente.

Así, cuando ya Juan se acostumbraba a desbrozar y envolver piñas, le dejaron cesante por economías. Después cargó vigas y tablones, en un depósito de maderas, próximo al Cementerio. Al principio, por la falta de costumbre, las vigas y los tablones hundían sus filos en los hombros hinchados y adoloridos del aprendiz de cargador, y por la misma falta y la de alimentos adecuados, las piernas bailaban, estremecidas e inseguras, bajo el peso de las maderas.

—¡Pobres los hijos de madres pobres! ¡Tanta lucha! ¡Tantos desvelos, con el corazón en angustia y los ojos mojados, junto al lecho del muchacho enfermo, o herido, o con hambre...!

Exlamó Juan una tarde, con los ojos vueltos hacia los yerbajos del fondo del Cementerio, al bajar, agobiado de cansancio y dolores, por la orilla de la tierra sembrada de cruces y no tapiada todavía. Cuando tomó el tranvía, rumbo a Virtudes 48, algunos pasajeros miraron compasivos al joven que venía del lado del Cementerio, con los ojos húmedos y el cuerpo encorvado bajo las míseras ropas de jornalero, pegajosas de sudor y de resinas. Más tarse se acostumbró. Tuvo. dinero para comer lo necesario; para renovar parte de las ropas en ruina; para poner un catre frente al de Corujeda; para ayudarle a pagar el cuarto. Así Corujeda y Juan fueron es.rechando su amistad. Y Corujeda, mientras obtenía una contrata para Puerto Rico que nunca llegaba, o en tanto le abrían un hueco en las siempre apretadas filas de *Alhambra*, iba compartiendo con Juan medios de café con leche, *sandwiches* de pasta de guayaba, desayunos de arroz con frijoles, a la una de la tarde o a las ocho de la noche, y unas veces tres reales para sendos "pelados", y otras cuatro o cinco pesetas para el lavado de las ropas más precisas. Dos de las ocupaciones de Juan debióselas a Corujeda. Valiéndose de sus compañeros de farándula, le metió de comparsa, a medio peso por noche, en una gran temporada de ópera. Después logró colocarle de dependiente en el café del Teatro *Cuba*. El empleo no duro mucho. Juan carecía del debido aspecto de sumisión; gustaba de entretenerse hablando con actores, periodistas y demás gente relacionada con la letra de molde; resultaba demasiado señorito para el amo; porque comía con algún cuidado y le faltaba habilidad para no refutar, decidido, las barbaridades que aquél aplomadamente soltaba desde la cabecera de la mesa. Una vez Corujeda y Juan tuvieron que apelar a la venta de los periquitos de la India, para impedir que el encargado de Virtudes 48 les echase a la calle, por tener un atraso de tres meses en el alquiler del cuarto. Corujeda se separó de sus inseparables amigos enjaulados, pero Juan (mayor pena) tuvo que cargar con la jaula, de casa en casa, durante varios días, hasta que al fin un oficial yanqui se llevó los animalitos, pagándolos como turista. Otra vez Juan halló la Providencia en un dependiente de fonda enamorado. La fonda era de chinos (Galiano y Virtudes) y tenía un "reservado",[1] para las personas "decentes", que atendía un joven cubano. Juan iba a la hora en que el despacho estaba casi al terminar y así, sin apuros, dependiente y marchante, hablando de libros y teatro, se hicieron amigos; máxime porque el primero estaba enamorado de una muchacha bonita, con buena letra y romántica como Margarita Gautier, y el segundo le daba por esa cuerda, sabiamente; abriendo con asombro los ojos, ante la fotografía, la escritura y la folletinesca redacción de la muchacha. El enamorado empezó por cobrarle a Juan la mitad de lo que consumía, y acabó por regalarle la comida, dejarle envolver y meterse en el bolsillo un biftec para Corujeda y darle, "de contra", el vuelto de un peso, que simulaba echar en el cajoncito de la venta diaria. A este extremo se llegó porque Juan le hizo creer que era poeta y escritor en desgracia, y le redactaba los borradores de las cartas para la novia, y de algunos versos, que exaltaban la generosidad del dependiente, al exaltarle la admiración por el poeta. Las cartas eran adaptaciones de un tomo de Jorge Sand, que Juan había traído de Mérida junto con otro de

---

[1] "reservado" comedor privado.

Campoamor, de donde textualmente copiaba una o dos
"Doloras", diarias, con destino a su hombre. El truco duró
tanto, que un día, al decirle a Corujeda, en ayunas a la
una de la tarde:

—Nos chivamos. Parece que trabaron al hombre, y me
he quedado con las "Doloras" en el bolsillo.

—¡Compadre! ¡Ya era hora! ¿Qué plagiario cubano ha
sacado tanto de sus trabajos?

Poco después de perder aquella providencia, Juan creyó
encontrar otra. Bajaba una noche, por Galiano, hacia el mar,
cuando de manos a boca tropezó con Candelaria:

—¡Muchacho! ¡Qué grande estás!

—¡Y tú, qué atrayente!

Y lo dijo Juan con los ojos muy brillantes agrandados;
todo él en sonriente sinceridad. ¡Vaya si atraía la "negrita",
su vieja compañera del Cerro! Doblemente. Como doble era
el motivo —fundamental motivo humano— que la hacía
adorable, providencial, para el joven "brujo": era la hora
de las cocineras, y Candelaria llevaba un bultito hecho
con una servilleta, debajo del típico "chalesito" negro; el
"chalesito" caía, ajustándose, sobre un talle y unas caderas,
juveniles, macizas, encorsetadas, que imantaban las manos,
allí, en la semioscuridad de aquellos apartados soportales de
Galiano. El primer pensamiento de Juan fue crudo, cruda-
mente sintetizado:

—¡Qué buena está para chulearla!

Pero desde el principio ella le cierra el paso a toda tenoril
insinuación, con una familiar actitud de vieja compañera,
que sólo puede tratar a su interlocutor, de igual a igual,
como si continuase siendo el muchacho pobre, recogido,
infeliz, de la quinta del Cerro. Además, ella le hace reaccionar de la mala tentación, resabio justificado de sus tiem-

pjos de *souteneur*, porque su situación es horrible. Le hace
reaccionar, al decirle que está de cocinera en casa de Adolfo
y Robertico. De allá venía en aquel momento.

—¡Chico! ¡La que está ma linda e Nena! ¿Te acuerda
allá, ebajo e la cama?

E instantánea, rápidamente, le da cuenta de todo lo de
aquella gente. Cuca también tenía novio, con el cual "se
manoseaba descaradamente". Robertico, con el empleíto de
alcaide, "¡ganaba más dinero!" Doña Laura, "¡tenía más
vestidos!" Doña Juanita estaba muy "fruncía",[1] muy delica-
da; tanto que estaban apurando la boda de Cuca, para que
el luto de la vieja no fuese a descomponer el matrimonio;
porque el novio era "otro" juez, amigo de Adolfo. Fernando, Erasmo y Betico, están en la Universidad. Fernando
ya está al recibirse de abogado. No ha obtenido más que
notas de sobresaliente. Días antes se había batido, a sable,
con otro estudiante, y éste estaba en cama, gravísimo. ¡Era
valiente! ¡Huy! ¿Y buen mozo?

—Si lo ve no lo conoce.

E insistió en dar noticias. La colonia *Los Mameyes* daba
la mar de plata.

—¿Y Rómulo? —preguntó Juan—. ¿No te acuerdas? ¿El
mayoral?

—¡Ah, sí! Por aquí anda, de guardia. Cualquié día te
encuentra con é. ¿Por qué no vas por allá?

—¿Alguna vez se acuerdan de mí?

—Sí. Nena me preguntó si te había vito en La Habana,
una vé. Pero, luego, no quiso ma conversación de ti. Parece
que na má quería saber si tú está en Cuba.

Por último, Candelaria dijo que ella no había estado
todo el tiempo con aquella gente. Cuando el bloqueo[2] apretó tuvo que írsela a buscar por ahí, como pudo. Entonces
se había quedado a vivir independiente, en cuarto propio,

---

[1] *"fruncía"*   fruncida. En lenguaje figurado: vieja arrugada.
[2] *bloqueo*   de las costas de Cuba al iniciarse la Guerra entre
Estados Unidos y España.

que ahora estaba en Virtudes, un poco más abajo del 48. Juan la habría acompañado hasta el cuarto, a compartir lo que iba en el bultito con... ¿Quién sería? No lo indagó. Ni descubrió su hambre. Sino que le reiteró su admiración a la "negrita", con un tímido "Te has puesto linda, verdá", y —eso sí— quedó en volver a encontrarla por allí, otras veces, a la misma hora.

Separóse de Candelaria con cien ideas inquietantes, y entre ellas dos claras y precisas: para Nena era una preocupación que él estuviera en La Habana; Rómulo estaba en la captal, de policía; esto era, con muchos grados de jerarquía social sobre Juan Cabrera.

Desde aquel momento comenzó a fijarse en cuanto policía algo atezado vislumbraba. Una mañana topó con Rómulo. Como Juan, gracias a una racha de buena suerte de Corujeda, acababa de vestirse de limpio, el uniformado lo recibió no del todo apático. Candelaria había dicho que el ex mayoral era "guagdia"; pero el hombre llevaba centelleantes galones de sargento. Juan, al vérselos, le preguntó sorprendido:

—¿Pero, usted es sargento?

—Sí. ¿Y qué? ¿Tú no sabes que yo estuve en la guerra?

—Sí. Claro. Si sólo me sorprende porque me habían dicho que usted no era más que guardia.

—Pues soy sargento. No me querían dar el puesto, porque andaban viendo si yo casi no sabía leer y escribir. Pero, figúrate. Yo peleé con el mismo Máximo Gómez. Cuando le dije lo que me pasaba, cogió un coche, se fué a ver al Jefe de la Policía, y le dijo:

—Póngame a éste de sargento. El que servía para llevar galones en la guerra, sirve para llevarlos en La Habana.

—Y se acabó —dijo Juan, irónico; pero sin parecerlo.

Después preguntó:

—¿Y por allá?

La interrogación era vaga, pero de un valor entendido. Informó Rómulo.

—Caridad se murió cuando yo estaba en la guerra. Antonio y José andan, trabajando, por allá, por la Vuelta Arriba. Y de Petra. ¿Tú nada has averiguado de ella, verdad?

E incrustó la vista en la de Juan, duramente.

—Sí—repuso éste indeciso—. Pero... sin resultado alguno. Nadie ha podido darme razón.

—Pues yo sí puedo. Está en Cárdenas. Muy pobre, y con el muchacho que le dejaste.

—¡Ah! ¿Sí?

—Sí, señor. Conque vamos a ver qué se hace. ¿Dónde vives tú?

—En Guanabacoa; en la calle de Martí.

—¿Martí qué?

Y el sargento sacó libreta y lápiz. Se los dió al joven, a la vez que le dijo:

—A ver. Tú que tienes mejor letra, apúntamelo ahí.

La conversación era en el Campo de Marte. Se acercó Cirilo, quien estaba de guardia, y había columbrado a su amigo desde lejos. El sargento de policía no quiso entrar en plática con el guardaparque, y se alejó, con los molledos vueltos hacia adelante, en ostentación de los bruñidos galones de plata, marciales balanceos de tambor mayor, a la vez que le pedía, a Juan, con cierto tono de mando, de significativo retintín:

—Escríbele a Petra. Maceo 137. Y búscame luego por aquí, o por el prescinto. Pero, ojo con engañarme. ¿Eh?

—Sí, señor. Sí.

Brevemente le dijo Juan a Cirilo quién era el sargento, explicándole a la vez lo alarmantes que parecíanle las últimas frases del hombre. Cirilo andaba algo enseriado con su amigo. Este era un comebolas, a pesar de todo lo que sabía. Por no haber traído a la "chiquita" yucateca para La Habana, y haberse puesto a rehuir todo engrampe con "las que daban", cuando aún le quedaba buena ropa y figura de hombre con derecho a la vida, andaba como andaba; convertido en lo que Nietzche llamaba un cero social. Ya le había regañado varias veces, con análogas razones a las que en seguida empleó aquella misma mañana:

—Tú tienes que temerle al guajirazo uniformado ese, por lo mismo que te ha pasado y seguirá pasando todo. Por guanajo![1] Por andar con moralinas, cuando no tenías una peseta, ni una gran influencia, ni ninguna otra cosa, con que poder ser moral.

—Bueno. Es que luchaba, por abrirme paso de otro modo... Sigo luchando. Yo he leído mucho desde que estuvimos en Peto, chico; y ahora sé otras cosas. Creo que el camino recto es el más cómodo.

—Bien, sigue tu camino recto. Que lo que es hasta ahora...

—Sí. Sigo mal. Pero la experiencia también vale. Ya supe en Mérida, y ya he sabido aquí el trabajo que cuesta vivir sin trabajar. Algún día ensartaré la aguja.

—Lo que es con el talaje con que andas ahora... Porque yo te garantizo una cosa. Es muy distinto presentarse uno con saco, corbata, bien calzado, aunque sepan que todo eso es mal habido, (es decir, para ellos. Para mí, todo en este mundo es bien habido) que vestido de cesante honrado, o de obrero, virtuoso y trabajador. ¡Vamos! Hasta el último ordenanza de oficinita se cree superior a ti, y si cuando te niega la entrada no te vas pronto, hasta te em-

---

[1] guanajo tonto.

puja. Por mi madre que te empuja. Y si no, mira a tu sargento. ¡El trabajo que le costaría echarte por delante, a empellones y toletazos, y después acusarte de lo primero que le viniera a la boca! ¡Ja, ja!

Esta última idea hizo estremecer a Juan. La conversación no podía continuar. Cirilo hablaba como triunfador, con el estómago lleno y la nómina en lontananza: para fin de mes. Cortaron displicentes:

—Bueno —dijo Juan—. Tú sabes mucho. Pero yo también sé algo. Ya veremos quién tiene razón. Abur. Y a ver si el nietzchismo te saca de guardaparque; porque superhombría, para hablar de ella solamente...

—Pues, abur; honrado del solar de Virtudes. ¡Ya te lo tendrán en cuenta!

—Abur, chico.

Dejaron de enseñarse los dientes, en perruna sonrisa de bromas y veras. El uno se alejó parque adentro, golpeando las verjitas del jardín, con su tolete, y el otro Dragones arriba, en sentido contrario al que llevara el apadrinado de Máximo Gómez; con un súbito y exagerado sobresalto en el anémico caletre.

XXXVIII

Estaba próximo el primer 20 de Mayo.[1] La Habana vibraba de patriótico entusiasmo. Nos encontrábamos en el cenit de aquella época en que casi todos los cubanos anhelábamos contribuir, fervientemente, a la afirmación y engrandecimiento de una República ejemplar. Se dice "casi", porque no faltaban mezquinas almas despechadas. Ni faltaban libertadores, ya convertidos en cubanos de superior fabricación que los otros, que vislumbraban la política de

---

[1] *20 de Mayo*   (1902) las fuerzas de ocupación americanas entregaron el gobierno de Cuba al presidente electo Don Tomás Estrada Palma.

bajo vuelo, gracias a la cual habrían de convertirse en *souteneurs* de la patria. Vibraba La Habana de patriótico entusiasmo. Levantábamos arcos en las principales bocacales. Entraban en la ciudad carros y caballos cargados con verdes montañas de guano para las enramadas nutridas de banderas, farolillos y cadenetas de papel multicolor. Rodaban por todas partes los carruajes nuevos, charolados, con los más hermosos caballos, que en las tardes y noches formaban interminables, bulliciosas hileras; Prado abajo, Prado arriba, como en ensayo de la invasión multitudinaria, anhelante y frenética, que habría de invadir aquellos lugares, a la hora de izar la Estrella Solitaria, en el Morro propincuo. Las estaciones ferroviarias de Regla y Villanueva, arrojaban trenes cargados de viajeros, varones, hembras, grandes, pequeños, de primera y de tercera clase.

En, uno de aquellos trenes vino a La Habana Julián. En otro, Pepín Cabrero, aquel "blanquito" que fuera inseparable amigo y confidente de Juan, corazón hermano de éste, allá, en el recordado feudo de *Los Mameyes*.

En el café del teatro *Cuba* encontráronse Julián y Juan. Juan y Corujeda solían calentar allí sendas sillas, en espera de habituales contertulios, cómicos casi siempre, que convidasen a café, y a veces, providencialmente, a *sandwich*. El pardo Cárdenas habíale ·informado a Julián de aquel paradero de su amigo. Julián halló a Juan a solas, y le habló largo y tendido, con verdadero interés de alma amiga.

—Se comprueba en ti un caso que vengo observando entre nuestra gente, entre los cubanos, que realmente me preocupa. Primero por ti, y después, por el porvenir de todo esto que estamos levantando aquí, para nosotros.

—¿Qué caso?

—¿Cuál va a ser? Tú eres un muchacho inteligente. Ni un uno por mil sabe lo que tú sabes, para puntualizar me-

jor la cosa. Iinclusive eres buen tipo. (No te sonrías, que
no es momento de choteos de mal género). Y sin embargo,
¡cuidado que estás fregado, como diría un yucateco!

—La falta de relaciones, de influencias, de un oficio...

—¡No, hombre! La falta de método; de acción organiza-
da; de no emborracharse con los libros y las musarañas. El
oficio se aprende. ¿Ese cómico amigo tuyo no te ha podido
meter en un teatro; en un periódico; en cualquier cosa,
compadre? Lo que te pasa es lo que te digo. A que sigues
con el escepticismo y el aburrimiento que te metió en la
cabeza aquel Cirilo, de Peto, con sus Nietzches, sus estoicos
y no sé qué más. ¿Eh?

—Nada de eso. Aquellas ideas pasaron a la historia en mí.

—Bien hecho; porque yo comprendo eso del nietzchismo,
para practicarlo, sin andar diciéndolo. No cree uno en san-
ciones morales. No cree uno en la misma moral. En nada.
Pero se lo calla; dice lo contrario, y hace *idem*. Así, más
nietzchano que yo nadie. Así son todos los que triunfan;
los que le dan la razón a Nietzche. Tú, di que crees en
todo; pero echa hacia delante, por todos los caminos y a
toda costa. Y deja a Cirilo de guardaparque.

—Ya lo dejé. Casi todo eso se lo dije el otro día. Y que-
damos medio peleados.

—Bueno. Yo he venido a ver izar el trapo en el Morro.
Pero también he venido a quedarme en La Habana. Me
he metido en la política, con la gente que ha triunfado.
Don Tomás[1] es el hombre. Y yo estoy dispuesto a ir adelante, al lado del viejo. La tabaquería para los bobos. Tú
tienes que hacer lo que yo. Tampoco tengo influencias, ni
dinero. No tengo siquiera tu cultura.

—¡Vamos!

—Sí. Cultura de eso que me has oído. Hace seis años
que me estoy metiendo literatura y filosofía, en las fábri-

---

[1] *Don Tomás Estrada Palma.*

cas; pero de lo otro, de lo práctico, de conocimientos verdad, nada sé. Tú mismo, si me examinas, hasta de ortogra-
fía, me suspendes. Pero tengo método, tengo meta, y voy
hacia ella con sentido de la realidad; dando los pasos uno
a uno, y en firme. Y si no me muero, ya verás. Ambiciones
no me faltan. ¡He metido cada discurso en Pinar del Río!
De modo que tú, a pensar desde ahora lo que haces. Nada
de coger un peso, después de dos días sin comer, e irse a
despachar jamón, pavo frío, vasitos de láguer...
—¿Yo?
—Sí. Tú. Me lo ha contado Cárdenas. Y que una vez
cobraste los cincuenta pesos que tenías ahorrados en este
café, y te compraste un reloj de quince pesos, que luego
empeñaste en tres, y lo perdiste. Otra vez le diste diez pesos,
acabados de cobrar, a una corista de este teatro, y al otro
día no te quedaba un centavo para sacar la ropa de en casa
de los chinos y tuvo que sacártela Cárdenas. Porque claro,
hasta a sablista[1] se va uno acostumbrando; va perdiendo la
vergüenza así.
—Chico. Pero es que está uno tan hambriento de esas
cosas, que ve por todas partes, y que nunca puede alcanzar, que cuando coge plata... Pero, eso de la vergüenza...
—Nada. Te hablo así, con derecho de amigo, que quiere
ayudarte, que se apena de verte en una situación, de ningún modo inevitable. ¡Vaya! Coge este peso. Vete a comer
por ahí. Y búscame. No mañana, porque estaré ocupado.
Pero sí antes del 20 de Mayo. Estoy en Campanario 205.
    Le extiende la diestra, y le aprieta la suya, a Juan, fuer-
te, lealmente. Con el apretón y las frases que lo acompa-
ñan, le inyecta optimismo, voluntad de reacción:
—Ya sabes. Campanario 205. Búscame, que vas a hacer
un cambio. A ver si ahora acuñas, en la realidad, aquella
frase, voluntariosa y entusiasta, con que llegaste de la emi-

---

[1] *sablista*   que pide dinero prestado sin intención de resti-
tuirlo.

gración: ¡Cuba libre, vida nueva! Ahora sí va a ser de verdad Cuba Libre. ¡Abur, viejo!

—Abur, chico! Abur, Julián. ¡Qué hombre eres!

La pintura de su situación, que le hizo a Juan su afectuoso e inteligente amigo, fue un fuerte reactivo de la retina espiritual de aquel náufrago de la vida. La inyección de optimismo abrió largo y profundo camino en las células cerebrales del que ya difícilmente luchaba con una fuerte e interminable marejada de infortunio. Aquello quedó allí, para manifestarse en salvadora reacción oportunamente. Pero todavía vino una influencia contraria, gaje natural de aquella clase de vida, que puso a Juan en la inminencia de una perdición absoluta y definitiva: su encuentro con Pepín.

Fue dos noches después de la entrevista con Julián. Caminaba Juan, como a las nueve, sin haber comido ni tener esperanza de hacerlo, por la superpoblación que sufrían todos los lugares céntricos de la ciudad en tales momentos, cuando advirtió que alguien caminaba a su lado, inseparable, pegajoso, masticando algo, a carrillos llenos y examinándole, insistentemente, de arriba abajo. Al fin se detuvo, se enfrentó con aquella sombra inseparable, y se halló con un jovenzuelo pálido, delgado, con barato y esmirriado traje de dril, tostado sombrero de pajilla y negros zapatos, deformados, polvorientos, que era:

—¡Pepín!

—¡Juan! ¡Muchacho! Te he venío siguiendo como tres cuadras; pero no me atrevía a decirte ná; porque me se parecía y no me se parecía.

—¿Y tú, qué haces aquí?

—He venío pa ver subir la bandera en el Morro. ¿Y tú?

—Yo vivo aquí. Pero... ¡más chivado, chico!

—Como yo, entonces. Mira. Este *sandwich* que me estoy acabando de empujar es mi comida.

—Pues... yo ni siquiera eso. Pero, bueno. Ya está uno acostumbrado. Vamos a virar para atrás, y sentarnos en un banco del parque, para que hablemos.

Retrocedieron. Pero no se quedaron en el parque. En el corto camino habían cerrado un trato. A Pepín quedábanle sesenta centavos de los cuatro pesos con que viniera, patrióticamente, desde Matanzas, a gozar del ansiado momento sublime que estaba en la mente y en los labios de todo el mundo: lo de la bandera en el Morro. Con aquellos sesenta centavos pensaba dormir en una posada de Egido, y dejar para un fuerte desayuno al día siguiente. Dios diría. Juan le propuso que le diera para un *sandwich*, a cambio de que él llevase a su amigo a dormir, con él, en su catre del 17 de Virtudes 48. Así podrían hablar bastante, insaciablemente, y quedarse juntos, de un modo o de otro, para plantarse en La Punta, desde las ocho de la mañana del 20, a coger puesto temprano. Aceptó Pepín. El se encargaba de otro *sandwich*, y encima tomarían sendos vasitos de láguer helado. ¿Eh? Concluyeron por comprar los *sandwich* de los de a real. Tres; uno para Corujeda, de quien Juan le hizo un breve resumen, a Pepín.

Regresaron al Parque. Ocuparon, solos, uno de los bancos menos visibles. Regados los cerebros con sangre de digestión, complicada con láguer, hízose aún más cálida y suelta la conversación de los dos viejos amigos que llevaban sin verse desde hacía tiempo; tantas cosas. Hablaba Pepín de La Habana, a la que venía por primera vez entonces. Y habló de Matanzas, donde estaba de mozo de limpieza en el Hospital. Al Hospital había ido a parar, por la vía de la cárcel, adonde viniera por segunda vez, debido a dos "lances", dos "negocios", por el campo, que le salieron mal.

—¿Qué? —interrogó Juan, súbitamente atemorizado, arrepentido de haber brindado casa al mocito, y hasta de estar allí con él—. ¿Robos?

—No. Dos golpes buenos que iba a dar, con un coronel, que había juntao un montón de reses entre Santa Clara y Matanzas, y dos veces que quisimo mandarlas pa la Bana, no trabaron. ¡La suerte mía, fue que el hombre era coronel! Por donde salía él tenía que salir yo. ¡Que si no...!

Contó, después de Los Mameyes y de las dos familias. A su padre, al acabarse la guerra, los insurrectos le dieron machete, por "guerrillero". La madre, loca, en Mazorra. Las hermanas, en Matanzas unas veces; en Cárdenas y Colón, otras, porque estaban en "la vida"[1]. A Rosa él mismo la había colocado de lavandera en el Hospital de Matanzas. ¡Estaba más acabada! ¡La pobre! ¿Y de Petra, no sabía Juan?

—Sí. Sé que está en Cárdenas, con el muchacho. Pero. Oye. Cuéntame qué pasó aquel día que me fuí de la finca.

—¡Muchacho! Por poco acaba con ella aquel día. Casi le deflecó el cinto encima. Sobre tó por la barriga. Con eso fue con lo que má se enconó. Le hizo saltar la sangre, a chorro, y la mulata tuvo aquello hinchao como un tambol lo meno un mé. Depué la cogió con tol mundo. Nosotro teníamo una yegüita de él, con la que hacíamos relajo. Y a lo tre día de la cosa, no trabó, a José y a mí, con la yegua, y no cayó a pedrá limpia. A mí me tuvo una semana derrengao, del seborucaso[2] que me metió por lo riñone. Y tuve que contar en casa que había sido una caída, pa que el viejo no se fuera a fajar con él. Pero, por poquito me mata. Por porquitico.

—Aquí está el animal ese, nada menos, que de sargento de policía.

Y por ahí siguió Juan contando su parte: Mérida, Julia, la cárcel de Mérida. Nena. Este tema fue promovido por

---

[1] "la vida" en la prostitución.
[2] seborucaso pedrada.

Pepín una vez, y otra y otra, impacientemente; en toda favorable coyuntura; cada vez que por cualquier motivo saltó el nombre de la joven, en medio del interesante diálogo. Era algo como una rara voluptuosidad de saber cosas de aquella mujer, cuyas excitantes formas de niña, blanca y hermosa, le incrustara Juan en el cerebro, a su amigo, a la orilla de la mar, aquel día, de sabrosas e inolvidables confidencias. Y era a la vez morboso incentivo aquel paquetito de cartas y papeles, aún en poder de Juan, el "bruja", y que contenían frases de amor, de cita, de pecado, escritos del puño y letra de una bella señorita de la "mejor sociedad habanera".

Al filo de la media noche subieron por Neptuno hacia Virtudes 48, vía el teatro *Cuba*. No hallaron allí a Corujeda. Entraron en la casa de vecindad cuando ya de aquel humano avispero, apenas si quedaba algún zumbido en dos o tres cuartos, aún con luz. Por allá por el fondo, al parpadeante resplandor de un anafe cargado de planchas, una mujer flaca y sucia, sorbía algo caliente, de un jarrito de hojalata. Dentro de su cuarto había otra luz, débil y parpadeante: una vela sin duda. La imaginación de Juan vio, a la luz de la vela, la tabla de planchar, con una canasta de ropa rociada al pie, y acaso un par de chiquillos, pálidos, semidesnudos, tendidos en el catre, paralelo a la cama: dos muchachos de "solar"; un Pepín y un Juan del futuro. Y Juan acabó de perder su temor, su despego, del primer momento, hacia el candidato a presidiario, que, peligrosamente, iba a compartir su casa y su cama, quizás cuántas noches.

Ya en el cuarto, como antes en el Parque, como hacía un momento en el trayecto del Parque al cuarto, Pepín, a pesar de los esfuerzos en contrario, de Juan, no quitó el dedo de la llaga; aunque la frase, tratándose de Nena sea un verdadero sacrilegio. Nena y los papeles de Nena, traían sonsacado, perturbado, a Pepín desde que encontrárase con Juan. Juan le cambiaba la conversación o le contenía los malos impulsos, filosofando en conservador. ¡Qué va! Le había él cogido mucho miedo a la cárcel, desde lo de Mérida. Estaba convencido de que ser honrado era un buen negocio. Mejor que el otro. Recordó aquello de que en el mundo había que ser yunque o martillo. Y a martillo no podía llegar ningún pobre desafiando la Ley. Se convertía uno en pararrayos de todos los abusos. Pero el otro, avanzando, o retrocediendo, o serpenteando, según venían las cosas, machacaba e insistía sobre el tema. A la postre, Juan, conmovido con aquella observación filosófica que le arrancara la planchadora a las doce de la noche, accedió a mostrarle los malditos papeles a Pepín. Mientras llegaba Corujeda. Que no tenía el menor indicio de todo aquello.

Pepín examinó los papeles entre exclamaciones de:

—¡Uh! ¡Esto no tiene precio! ¡Y tú pasando tanta miseria, con todo esto en tu poder! ¡Esto vale dinero, y más que dinero: tú puede hacer de esta mujer lo que quieras, si no eres sanaco![1]

Y hasta propuso:

—¿Quieres dejarme operar por mi cuenta, a base de esto?

—No. No. Ni te ocupes. No estoy tan loco como tú.

—¿Loco? Déjame para que veas.

—No. Y no. Tú eres muy guajiro todavía, y juzgas todo eso muy fácil; sobre todo lo de hacer con ella lo que se me antoje; porque tienes la cabeza llena de cuentos de banco de parque.

—¿De banco de parque, no?

—Sí. De negra vieja. Cuentos de camino, como dicen en el campo.

---

[1] *sanaco* mentecato.

El forcejeo de intenciones duró hasta que entró Corujeda. Corujeda aceptó a Pepín. Aceptó, después, de la manera más elocuente, el *sandwich* de Pepín. Y después, todos
a dormir, mientras más tiempo mejor.

Lo de dormir mientras más mejor, era porque sólo había
dinero para desayunarse con café viudo. La jornada se presentaba negra. Juan no podría ver a Julián, único puerto
de salvación, posible, hasta las ocho de la noche. Y a las
cinco, la mala consejera, aliándose a Pepín, hizo capitular
a Juan. No es lo mismo querer ser moral y virtuoso, sentado en un catre, en el cuarto de un "solar", a las cinco
de la tarde, con el estómago vacío, que, por ejemplo,
suavemente hundido en los cojines de un chalet del Vedado, con la digestión de una buena comida y la seguridad
de que el cocinero, de gorro y delantal blanquísimos, comienza a matar los pollos para la otra. Sin embargo, la
capitulación fue muy condicional, rodeada de las mayores
precauciones; pero capitulación al fin. A saber: Pepín se
presentaría en casa de los Ruíz y Fontanills, a título de ex
morador de *Los Mameyes* y amigo de Juan, enfermo en el
solar de Virtudes. Juan no sabía una palabra de aquello;
pero él, Pepín, en vista de la anemia ("¿Eh? Anemia. Porque si vienen y te encuentran sin fiebre...") que tenía
al borde de la tumba a su amigo, iba a pedir un socorro:
un par de pesos, para comprar una medicina y algunos alimentos. Juan iría con el mensajero hasta una cuadra de
distancia de Galiano y Lagunas. Allí, recatado tras las columnas de los soportales, avizoraría la parte exterior del
lance. Si columbraba a alguien, que saliese en compañía
del mandadero, rumbo a Virtudes, el enfermo correría a
meterse en el 17; en el catre, con la menor cantidad posible
de ropa y la mayor expresión preagónica que fuese capaz
de fingir. Por lo menos, los dos pesos vendrían. ¡Vaya si

vendrían! Dentro de media hora: sendos platos de sopa caliente y sendas "torres" de mechada con arroz. Y encima de eso —que ciertamente no era poco— sabría Juan a qué atenerse con aquella gente, en lo porvenir. Conque:

—¿Vamos?

—Bueno. Vamos.

Hasta Galiano fueron juntos. Luego Juan comenzó a quedarse rezagado, mientras Pepín redoblaba el paso. Desde la esquina de Animas, acera de los nones; simulando una indiferencia difícil de simular dadas las circunstancias, vio Juan cómo su arrestado amigo entraba, resueltísimo, en la gran puerta de color de chocolate con hileras de brillantes clavos metálicos. Después, a cada minuto que pasaba la simulación de indiferencia iba haciéndose más imposible. Juan iba y venía, en media cuadra de acera, sin casi quitar los ojos de aquella puerta hipnotizante, ni aun cuando andaba de espaldas a la esquina de Lagunas. Tanto se demoraba Pepín, que el que se impacientaba esperando comenzó a ponerse inoculablemente nervioso, arrepentido, con hambre y todo, del paso que estaba dando en aquel momento. Recordó su inferioridad social, pararrayos de abusos, según su propia frase. Pronto le vino a la mente la idea de que Pepín llevase el diabólico impulso de lanzarse al *chantaje*, con su guajira impreparación; con aquellas ideas de "banco de parque" metidas en el cerebro; acaso con algunos de los malditos papeles encima; hurtados en un descuido de él, de Juan. Hecho el caramillo de pavorosas ideas, recordó los antecedentes penales del otro; se le ocurrió hasta que podían prenderle por hacerse el enfermo sin estarlo; se dispuso a enojarse con Pepín, aunque trajese los dos pesos. ¡Vaya! ¡A no aceptar un solo centavo de ellos! Y ya pensaba volverse a Virtudes 48, a ver si el paquete de papeles estaba intacto; a llevárselos de allí; a esconderlos, cuando una negra apareció en la puerta, inquieta, bajándose las mangas hasta las muñecas, buscando algo en la calle, en los soportales vecinos, a distancia, ansiosamente:

Era Candelaria.

Juan, visiblemente asustado la vio dirigirse hacia San Lázaro, y luego, asustadísimo, reaparecer con un policía; ambos a grandes pasos, y en línea recta hacia la casa de los Ruíz y Fontanills.

Entraron. Transcurrieron dos, tres, diez minutos larguísimos. Juan ya estaba, otra vez, en la esquina de Virtudes. Comenzaron a agruparse curiosos, haciendo semicírculo frente a la puerta. Al fin se abrió el grupo, y de entre él salió el policía, con Pepín sujeto por una muñeca y el rumbo de San Lázaro, de nuevo.

Juan emprendió célere, excitadísimo, el rumbo del teatro *Cuba*. ¡A buscar a Corujeda! ¡No! A Corujeda, nada. ¡A Virtudes 48! Tampoco. Allí irían a buscarle, casi seguro, dentro de un cuarto de hora. Mejor era seguir de largo para el Prado; sentarse allí, en un banco, y pensar bien lo que debía hacer. Mientras, serenarse. Estábase delatando con aquel nerviosismo; con aquel anhelar agi adísimo.

No llegaba al Prado, cuando pensó que debía volver atrás, en el acto; entrar en el 17, y llevar de allí los papeles: a cualquier parte. Hizo el camino a grandes pasos; a grandes saltos subió hasta el cuarto. Atropelladamente sacó el bulto de cartas y papeles, que estaba intocado: como lo dejaran Pepín y él la noche antes. Salió con los manuscritos, envueltos y amarrados. Fue al *Cuba*. Se los entregó al cantinero, su viejo camarada de trabajo en el café, diciéndole:

—Oye, chico: guárdame esos documentos ahí; con cuidado; en lugar seguro.

Era tal su inquietud, que pronto se arrepintió de haber dejado aquello allí. Y más: de haber llamado la atención del cantinero, con tanta recomendación de seguridad. Pero no se atrevió a volver atrás. Hizo rumbo, nuevamente, hacia el Prado. Ya no tenía hambre. ¡Qué buen par de platos de sopa y de carne mechada con arroz! ¿Y qué habría hecho aquel bárbaro? ¿Y qué hacía él aquella noche? A la estación de policía, para indagar, era un absurdo. Al fin pudo comenzar a tener dos o tres ideas claras y firmes: quedarse allí, en un banco del Prado, solitario en medio del río humano de peatones y carruajes, que corría por el centro del paseo y a entrambos lados; con su miedo y su hambre, entre los porteros, y sirvientes, y trabajadores, que levantaban arcos y engalanaban balcones, para la próxima, gloriosa jornada patriótica. ¡Ah! Ir al encuentro de Candelaria, a la hora habitual. Buscar a Julián, en Campanario, para darle el paquete. (¡Eso era!) y sacarle unos reales para almorzar . . . a las diez de la noche. Si Julián le daba algo, y él no podía ver a Candelaria, destinaría un medio a *La Ultima Hora*, periódico de la media noche: para ver si publicaba algo, en los partes de los "prescintos", o de los juzgados. ¿Qué pasaría?

Candelaria lo aclaró. Regañona y aún nerviosa; pero lo aclaró completamente:

—¡Pero qué animales son utede! ¡Cómo han metío la pata!

—¡Oye! ¡Oye! Yo nada he metido. Ni sé siquiera lo que ha pasado. Precisamente, he estado esperándote para que me hagas el favor de contarme.

Candelaria no quería tragarse, así, tan suavemente, que Juan no estuviese al cabo de la calle, en todo lo que iba a hacer Pepín, y en todo lo que podía pasarle. Sin embargo, casi sin detenerse —para que no fueran a verla desde la casa— contó lo visto y oído por ella. No era todo, pero sí bastante para juzgar. Pepín llegó y le pidió los dos pesos a Cuca, que fue quien lo recibió. Mientras Cuca fue a darle cuenta, a Doña Laura, de la llegada y solicitud del "bruja", se reunieron en torno de él Betico, Erasmo, Nena: a curiosear. "Tú vivías en la finca, ¿verdad?", "¿Cómo te llamas?", "¿Dónde vive Juan?" De pronto Nena se quedó sola con Pepín, y aquel "estúpido" le dijo que si ella "le reunía" cinco centenes (sin decírselo a persona alguna) Juan le mandaría "no sé qué" que éste guardaba desde "allá, en el Cerro". ¡Ah! Y el bárbaro dijo que aquel recado era del propio Juan. Entonces Nena se metió por allá dentro; se formó un corre-corre y un "runrún" tremendo; hasta que la llamaron para buscar un guardia. Acusaron al pobre diablo de haber ido a pedir dos pesos, como un pretexto para robar: había abierto un buró que estaba en la saleta, y comenzado a sacar cosas de las gavetas. ¡La verdad, ni a palos! ¡Vamos! ¡Una gente de tantas campanillas! Y bien: el muchacho se había defendido un rato; pero al fin salió. Fernando, que ya se sentía en pellejo de abogado, y puso solución de continuidad a la discusión:

¡Nada! ¡Nada! Que se lo lleven. Nosotros lo acusamos de estar robando y se acabó. Lléveselo, guardia. —Mira a ver qué haces con tus papeles. ¡Que si te los cogen encima!

Iba Juan a volver a discutir, que él era ajeno a lo sucedido, cuando por la misma puerta de donde saliera Pepín, con su escurrido traje de dril y su tostado pajilla, con un guardia prendido de la muñeca, salió un joven alto, con blanquísimo terno, que se dirigió a uno de dos coches de lujo, situados en la acera opuesta.

—¡Fernando! exclamó Candelaria —me voy.

Y apretó el paso, por entre la interminable teoría de columnas que corren a lo largo de la calzada; detrás de una de las cuales quedóse Juan, para ver sin ser visto.

Pasó el coche, con el caballo airoso, enfrenado, bracea-
dor; con el cochero erguido, las riendas empuñadas a la
altura del pecho, hierático; con Fernando negligentemente
arrellanado en el asiento, el sombrero en éste y las piernas
cruzadas con señorial elegancia. Detrás, a pie, rumbo al
final de Campanario, marchó Juan. Llevaba un mundo de
conjeturas e irresoluciones en el caletre. A cada rato se
desahogaba con un profundo suspiro, rematado por una
exclamación de invariable letra:

—¡Qué vida!

Estuvo en el café del *Cuba*. Recogió su paquete. En
aquel momento, y luego, mi .ntras lo tuvo encima, pasó por
el miedo más intenso, desde las cinco de la tarde. Llegó a
temblar; a tener castañeteos de dientes, incoercibles y de
los más importunos, entonces que iba a ver a Julián.

Halló a Julián. En el último momento pudo dominarse.
Julián le dió un peso y la grata nueva de haberle conse-
guido un puesto de lector, en cierta tabaquería preparada
para abrir sus puertas el primer lunes después del 20 de
Mayo. A cambio del peso y la noticia, Juan le dio a guardar, a Julián, su paquete de papeles, no sin explicarle qué
era aquello. Julián estaba en antecedentes, y aunque ignoraba lo más mínimo de cuanto Juan le ocultaba en tal momento, significativamente le contestó, al recibir el paquete:

—Anjá! Aquí, en mi poder, ellos mejor guardados y tú
más resguardado.

La función de almorzar a las nueve de la noche, debió
ser función absorbente de todo el ser; pero el momento era
demasiado fuerte, demasiado crítico, y Juan tragó con hambre, pero sin gozar, dignamente, la inmensa felicidad de
¡al fin comer! Y comer bastante. Era mucha la agitación
que tenía en el cerebro; tremendas, alocadas, febriles, las
ideas que conmovíanle toda la red nerviosa, haciéndole ba-

tanear el corazón reciamente. Razón tenía Candelaria. ¡Qué
animal, Pepín! ¡Qué modo de engañarse, de no advertir
que estaba en La Habana, de meter la pata! Y cuidado
que si ahora cuando Julián le conseguía trabajo, la perdía
por aquel guajiro burro... Porque él deseaba, ansiaba,
cada día más, asirse a un empleo, a algo sólido, para no
desprenderse de él "ni con candela". Comer, vestirse, salir
del "solar", deshacerse para toda la vida de los Pepín, ¡no
tener la cárcel siempre en espera!

Compró *La Ultima Hora*. En los partes de policía estaba
lo de Galiano y Lagunas. "Tentativa de hurto". El título
le hizo murmurar algo fuerte, aplicado a las presuntas
víctimas de la tentativa de *chantaje*; pero toda "la calentura" se volvió en contra de Pepín, cuando leyó que este
diera en la estación de policía "su" dirección: Virtudes 48.
¡Si Corujeda, por casualidad, veía aquello! ¡Si Adolfo, juez,
y Roberto, alcaide, fraguaban cualquier procedimiento "legal", para acabar de quitárselo a él, del camino!

La copiosa digestión, después de la gran debilidad y
junto con el aplanamiento nervioso, secuela de tanta excitación y angustia, comenzó a cerrarle los ojos, allá como a
las once, en la silla del *Cuba* donde esperaba a Corujeda.

Lo primero que pudo ver, al entrar en Virtudes 48, fue
a la lavandera en que Pepín y él fijáranse la noche anterior,
a la misma hora. Seguramente continuaba su semanal tarea
de planchado. La mujer entraba en el cuarto, a la vez que
escupía en una plancha, acabada de tomar del anafe, para
probar su calor. Luego vio la sombra, alargada, moverse
laboriosa sobre la pared, débilmente alumbrada por las
luces oscilantes, combinadas de las brasas y la vela. Volvió
Juan a imaginar dos pequeñas criaturas, tiradas en un catre
semidesnudo, mientras la madre remataba, medio muerta
de cansancio y desnutrición, una jornada de plancha, de

doce o catorce horas. Tuvo una asociación de ideas, fugaces, pero no del todo inconexas. La casita de su madre y él, allá en Príncipe, cuando ella lavaba las sábanas de la Beneficencia; aquella frase de Pepín, una tarde, en *Los Mameyes,* para disculpar sus pillerías: "Todo el mundo roba"; el cuadro del jovenzuelo, saliendo de la casa de Galiano, sujeto por un guardia, con su indumento pobre y ajado, y el de Fernando ("¡Sobrino de Pepín, señores moralistas!") trajeado de hilo blanco, saludable, elegantemente semiextendido en un carruaje de lujo, rumbo al grato paseo nocturno del Prado y el Malecón.

Cuando entró en el 17, ya pensaba en ir al siguiente día, al vivac, a ver a su amigo. Acababa de perdonárselo todo, ante la idea de que Pepín era tan hijo de Don Roberto como el padre de Fernando: "Un espermatozoide que tuvo la mala suerte de que le echasen al mundo en *Los Mameyes* en vez de en el Cerro". Ante los cuadros imaginados, sobre todo, el de las criaturitas de la lavandera: "Futuros Pepín y Juan", como pensara la noche anterior. O como lo pensaba entonces mismo:

—Carne de presidio. Carne de garrote.

XXXIX

Días después de la prisión de Pepín, venciendo su horror a la cárcel Juan fue a visitarle. Consecuencia amistosa y ansias de conocer detalladamente lo ocurrido en Galiano y Lagunas. Pero apenas llevaba cinco minutos entre los infelices, visitados y visitantes —pavorosa evocación del Cuartel de Mérida —vio a Robertico y Robertico le vio a él, inmutándosele el semblante de visible manera. El señor Alcaide, cuyo impecable traje de dril blanco era una chocante ostentación de lujo y poderío, en medio del remiendo y la chancleta allí predominantes, clavó los ojos, duros y rápidos, en el ex recogido del Cerro y *Los Mameyes*. Fue momentánea, instintiva casi, la acción de Juan. Se puso de pie, en el acto, a la vez que interrogó a Pepín, con la naturalidad mejor simulada del mundo:

—¿Blancos o pectorales?

—Blancos —respondió Pepín, magistralmente.

Y Juan, como si sólo fuese a dar un salto a la calle de Cárcel, en busca de cigarrillos, hizo rumbo al portalón, pasó rápido por junto al ahuyentador centinela de tercerola al hombro, e internóse luego por Morro, en precipitado camino hacia la Plaza del Polvorín. Se había salvado de tener antecedentes policíacos en su país.

Semanas más tarde, había mitin obrero en el teatro *Cuba*. Las organizaciones de tabaqueros querían hacer sus pinitos junto con los de la República, democrática y libertaria, predicada por Martí en las tabaquerías de Tampa y Cayo Hueso. Hubo palos, plan de machete y tiros. En el *Cuba* los tribunos obreristas lanzaban sus tronitosas protestas en contra de las primeras autoridades "enérgicas" de la Nación. El auditorio tenía dos mil cabezas, de todos los colores de cabezas humanas, arracimadas, abejeantes, en asientos, pasillos, barandas, aceras. Juan estaba sentado en un palco. Era ya lector de tabaquería. Tabaquería pequeña; el empleo que le consiguiera Julián. Julián estaba en el escenario; estaba en político. Para aquella noche de inconformidades populares, Julián había organizado un "mitincito", siendo Juan uno de los oradores en turno. Pero la huelga de tabaqueros le tenía "bruja". Faltábale dinero hasta para sacar el lavado de casa de los chinos, y su traje de aquel momento era en verdad indigno de un tribuno. "Flus" de dril crudo, sucio, blanducho, con manchas de sudor y mugre en las bocas de los bolsillos, como en las bocamangas y en la orilla del cuello. Cára pálida, melancólica, con un raro brillo de tristezas en los grandes ojos expresivos. Por ello comenzó a mirarle, con melosa, ridícula insistencia de jamona enamorada, un sujeto botijudo, con colgantes adiposidades en el rostro, aviejado y amarillento, y viscosos ojos de batracio mayor de edad. Al principio, el hombre fue un "secreta" para Juan, y por esto también le miraba fijamente. El hombre, así inconscientemente alentado, comenzó a moverse, a acuñarse entre la multitud, paso a paso, de soslayo, rumbo a Juan. Simulaba moverse a impulsos de las sacudidas nerviosas que le producían los trallazos oratorios que inflamaban la sala. Cuando Juan vino a darse cuenta de la situación, tenía al gordote metido entre las piernas. Le miró entonces curioso, sorprendido, y el hombre, con táctica naturalísima, se introdujo la diestra en el bolsillo; hizo tintinear oro y plata, e inmediatamente, con los nudillos, comenzó una serie de maniobras táctiles, morbosamente descaradas. Juan pensó en los chinos, en el mitin, en el "reservado" de la fondita de Galiano y Virtudes... Pero, reaccionó la voluntad de salvación, ya reforzada por un empleo de lector de tabaquería y una bien fundada esperanza de próximo empleo público (ya él hacía política con Julián, y Julián iba como la espuma); reaccionó la dignidad, y Juan, con imponente alteración de la voz y de toda su persona, se deshizo de aquel desgraciado, triunfalmente:

—¡Con permiso! ¡Oiga, amigo; que es con usted! ¡Con permiso!

Y salió del *Cuba*, con quince centavos en el bolsillo, la hora de la comida bastante avanzada y en la mente esta maldita idea anarquista:

—En una situación así querría yo probar a esos que siempre están con lo de la gente maleante y de domicilio desconocido. Al señor Alcaide de la Cárcel de La Habana. Por ejemplo.

Pero —¡al fin!— el cubano Juan Cabrera cayó en un renglón de las nóminas del Estado. Inmediatamente dejó la oratoria y las reuniones políticas, con notable y locuaz desagrado de Julián, que con toda sinceridad lamentábalo más por su amigo que por él. Pero al amigo no le tiraba la política que necesitaba comenzar por abajo, con intrigas y oratorias comprapleitos. Esto último, sobre todo. Juan quería formalizarse. Ansiaba asegurarse en la nómina que era nada menos que asegurarse la entonces envidiable mensualidad de sesenta pesos. Sesenta pesos, eran la comida segura; el traje decente; huída del vivac posible y del tremendo Virtudes 48; sábanas y almohadas limpias, como las que conociera con Julia; remiendos a la conciencia; aspiraciones al amor; camino de la suspirada decencia en la vida. ¡Vida, al fin! ¡Oh! ¡Cómo iba a trabajar, a aprender, a portarse bien!

Realizados tan supremos deseos, la vida se le hizo feliz. Se vio instalado en una oficinita anexa a la del Secretario Particular del Honorable Señor Secretario de tal y tal; frente a un buró aún en estado de merecer, con carpeta y portasecante del último pedido de materiales; al lado de una joven mecanógrafa, de pelo rubio oscuro y a grandes ondas, como viruta de caoba. ("¡Qué bonito pelo tiene usted, Julita!") con vista al entra y sale de generales y coroneles todavía admirados, y saboreando, día a día, cada vez que sonaba en el gran timbre la hora de salida, los dos pesos que caían en el chequecito de fin de mes. Estas deliciosas agitaciones tenían sus naturales contrastes desagradables: los cambios de Secretarios y las intrigas electorales, en las que Juan llevaba la peor parte, por su prontamente averiguado horror a la política. Los políticos, árbitros de la suerte de los empleados públicos, no hacían muy puras migas con los burócratas resistidos a ser "del partido", o llevar un *ista* que concordase con algún nombre de los que tenían la llave de los rayos. Ya podían tener preparación y buena voluntad como las de Juan. ¡Para obtener un ascenso! ¡Para siquiera conservar el rengloncito de la nómina! Los políticos necesitaban tener el mayor número posible de peones en el tablero administrativo de la República, su amante de corazón. ¿Ante eso, qué importaba un pobre Juan Cabrera, con todos sus afanes de afianzamiento y progreso en una vida modestísima? ¿A cada rato no se quedaban, repentinamente, sin medios de vida cincuenta o cien hogares pobres, porque subía Fulano o bajaba Mengano? Pero... estas agitaciones nada eran, comparadas con las del intenso vivir pretérito de Juan. Lenta e insensiblemente se fue acostumbrando. Por mucho tiempo su existencia no pasó de ser la de un verdadero burócrata: existencia resignada, monótona, anquilosante, que no ha querido recordar él más que a grandes rasgos, por épocas de años enteros; todo lo contrario de los capítulos de su pasado, siempre reproducidos con verbo fácil, cálido, evocador.

Ese pasado, naturalmente, a cada rato le sacude con mayor violencia que los cambios de Secretario y las intriguillas burocráticas.

Cierta tarde, al salir de la oficina (Julita al lado hasta la esquina del tranvía) rumbo a "su" casa de huéspedes de estudiantes provincianos, allá por Reina; con "flus", cuello y zapatos, limpios y bien llevados, tropieza con Rómulo:

—¿Aquí trabajas tú?

—Sí. Ahora. Hace poco.

—Bueno. Búscame, como te dije. Te conviene. Vivo en Corrales 7, ahora. Voy a traer a Petra.

—Bueno. Gracias. Abur. ¿Eh?

Y Juan, disimulando la mala impresión, apretó el paso, haciéndoselo apretar a Julita, mientras le decía:

—Gente conocida; de allá de la finca.

Y estuvo preocupado una semana.

Otra vez Adolfo entró en la Secretaría y le vio. Ya el hermano del mártir era Presidente de una sala de la Audiencia de La Habana. Juan hizo un caramillo de inquietantes conjeturas. ¿No le recomendaría desfavorablemente con el General de turno en la Secretaría? Las conjeturas le tuvieron preocupado dos semanas. Pero, después de todo, Adolfo le quería en el fondo. Y además: era hombre noble. Al fin, respiró. Un mes le duró la preocupación que le causara el encontrarse en la antesala del General, con Robertico. Robertico le miró duramente, mientras ponía zafias narices de asco y balanceaba la cabeza, de arriba abajo, como si dijese:

—¿Pero este bandido está empleado aquí?

La actitud era temible para el "bandido"; porque Robertico, que antes traficara con dietas de presos, ahora compraba casas y más casas traficando con las consignaciones para inmigrantes, y era hombre influyente con todos los generales y doctores[1] del Presupuesto. Muy significativamente, y para agravarle la inquietud, que teníale con desgana e insomnio (¡oh, su cheque de fin de mes!) el Secretario Particular, creyéndolo inverosímil, le entregó un anónimo que recogiera al abrir, la correspondencia del General, donde decíanle a éste que Juan tenía abandonadas dos mujeres, una de ellas en Yucatán, con la dirección tal y tal, y que un hombre de la moralidad y el patriotismo del Jefe de

---

[1] *generales y doctores*   Se alude a la novela de Loveira publicada en 1920.

aquel Departamento, no debía tener a su lado un sujeto de baja moralidad. Juan leyó el anónimo, delante del Secretario Particular, y luego lo hizo *confetti*, con magistral inalterabilidad. Pero, un momento después, ya solo: como si tuviese delante al "canalla", exclamó audiblemente:

—¡Baja moralidad yo! ¿Y tú y todos los tuyos, desgraciado? No me anden acosando demasiado; no se vayan a atrever a lanzarme otra vez a la calle; porque tú, y ella...

Se fue a ver a Julián, que postulábase para representante. ¡Concho! Que no le fueran a quitar el puesto. Que ni siquiera fuese a enterarse Julita de que eran mentiras las mentiras que sobre su pasado de muchacho con familia, con casa, le contara él para dignificarse ante los ojos de ella. ¿Quién, por mucho que haya leído a los filósofos se encara con los prejuicios de cierta clase? ¿Cómo espontáneamente haberle confesado a ella, con su lindo pelo y sus ojos grises, grandes y penetrantes, que él hasta el día que entró en la Secretaría había sido un pobre huérfano recogido? ¡Huérfano! La mejor prueba de que el mito cristiano no debíase a inspiración divina, hallábase en el error de haber matado a Cristo, en vez de quitarle los padres cuando era niño. ¡El bobo de Herodes!

Con estas negras filosofías presentóse a Julián. Julián aprovechó gozoso, la oportunidad de demostrar lo bien fundadas que estuvieron siempre sus indicaciones a su amigo:

—Pero si es lo que te he dicho siempre, compadre. Para asegurarte tienes que hacer política. Dicen que en España el hombre pobre y emprendedor no tiene más camino que el teatro o los toros. Pues, en Cuba, la política. Tú tienes condiciones de presencia, voz e ideas, para la tribuna. Cuando se te antoje, escribirás mejor que muchos directores de periódico. Pero, hijo. De empleadito, con sesenta pesos...

Uno de tantos casos raros de hombres que saben mucho, y viven muy mal, por falta de espíritu combativo. Mírate en el espejo del propio Robertico. No me podrás negar que vale más que tú. Te tiene metido en la piña. Cuando tú, con un poco de esfuerzo, podrías decirle: "Somos pares, mi amigo".

La inyección de "espíritu combativo" le duró a Juan, hasta que Julián obtuvo su acta de congresista, y le consiguió un aumento de cuarenta pesos. Discurseó, redactó manifiestos, e hizo de tripas corazón, con un cuarenta y cinco en la cintura, en un colegio electoral allá, por el matadero. Con la influencia de Julián, un diario publicó un suelto, con fotografía, del ascendido a cien pesos. En seguida le fue a ver Rómulo, para anunciarle que ya Petra estaba en Corrales 7, e invitarle a ir a verla. A Juan acaso le habría convenido darse su vuelta por allí, para envaselinar al protegido de Máximo Gómez, y ver cómo andaba la mulata de aspecto, de susceptibilidad, de resolverle el fundamental problema criollo, que con la carne tarifada le iba muy mal a hombre de sus idílicas inclinaciones; pero reaccionó. No quería líos sentimentales, con la pardita y "lo otro", ni de otra clase, con Rómulo Barbarorum. ¡Tiempo al tiempo! ¡A ver si al fin . . . !

Junto con el nombramiento de cien pesos, le dieron el encargo de revisar todos los periódicos, de La Habana y de provincias, para señalar con lápiz rojo cuanto se refierese a la Secretaría, al Secretario, a la política del Secretario. Demostró sagacidad y golpe de vista, en las breves notas con que marginaba los escritos, y pronto le encargaron de redactar las notas de la propia Secretaría, para dárselas a los repórters que hacían la información del Departamento. Pronto se advirtió lo que aquel abogado yucateco, compañero de prisión de Juan, advirtiera en la prosa del diario que éste escribiera entonces: facilidad y soltura. Los repórters se hicieron grandes amigos del Subsecretario Particular, como le dijo un día uno de ellos, Domínguez, acuñando el mote. Los repórters solían hacer tertulia en la oficina, ante el espectáculo siempre placentero de una mujer joven, que además de una bella cabeza y unos ojos muy bonitos, tenía el rostro fresco y alegre. Cierta mañana, al irrumpir Domínguez en la oficina, encontró a Juan dictándole, a Julita, muy cerca de la máquina.

—¡Hum! De aquí va a salir algo —dijo el periodista, sonriendo malicioso:

—¿Qué? —interrogaron los aludidos, a la vez, queriendo mantener incólume la más respetuosa seriedad.

—Un periodista.

—¡Ah! ¡Vamos!

—¿O dos, no?

Y ya aquí los dos tuvieron que sonreir, abochornados, significativamente.

Fue aquella primera exteriorización, más o menos franca, de lo que ambos habían tenido en la mente más de una vez. Juan llevaba hecho un buen estudio de la joven. Los ojos, la rubia cabeza de medalla y la juvenil frescura del rostro, junto con una amplia curva posterior de caderas, salvávanla de la fealdad; porque tenía nariz y labios gruesos, pómulos de Maceo, escote casi vacío y piernas bastante delgadas. En lo encefálico, gustábale reunirse con las otras mecanógrafas, para caer y recaer, incansablemente, en el tema de los *voiles* y los *georgette;* leía a Carolina, y no al Caballero Audaz y Guido de Verona, porque aún eran desconocidos, y era amiga de todas las Fulanitas y Zutanitas de la gran sociedad habanera, al través de Fontanills,[1] su favorito periodista de todas las mañanas. Ganaba 83 con 33; vivía con sus padres y un hermano, éste y el padre también

---

[1] *Fontanills,* Enrique (1891-1932). Periodista que redactaba la sección "Habaneras" del Diario de la Marina.

burócratas de menos de cien pesos al mes, y como todas, aspiraba a un buen matrimonio, incansablemente. Las primeras veces que Juan le pasó por la mente, después de confesarse a sí misma que el joven tenía los ojos y la inteligencia muy atrayentes, rehuyó en el acto toda idea de posibilidad matrimonial. Con cien pesos al mes, ni siquiera podría ella emanciparse de la oficina. ¡Qué va! ¡Todavía, si progresara y se atreviese! Porque él aún no se había atrevido a más que alguna mirada incisiva, pero muy rápida, ciertos piropos de buen gusto, oportunamente encajados, y esta o la otra atención generosa, ganadora de simpatía y buena voluntad. Por parte de Juan, cuando tras de estar un buen rato cerca de los hermosos cabellos y las opulencias oprimidas en el asientito mecanográfico, sentía la tentación del noviazgo, con sus sabrosos aperitivos, pronto reaccionaba en sensato, en hombre que vive con la realidad: no estaba realmente enamorado. Julita estaba bien para un idilio de iniciación; para una larga y fruitiva luna de miel; pero no a precio de matrimonio, que para él era precio enorme, incalculable. ¡El lío moral, siempre posible, por lo de Petra! y peor aún. ¡Las posibles complicaciones legales y sentimentales por lo de Peto! ¡Nada menos que un franco caso de bigamia! ¡Absurdo! ¡Imposible!

Pero siguen juntos y aislados en la oficina. Continúan las miradas que se encuentran y se sostienen. Insisten los ojos en posarse con prolongado deleite en el lindo cábello rubio. Cada día es menos resistible el imán de la carne femenina, joven y blanca. Hay inútiles afanes, con este o el otro "ingenuo" pretexto, para acercarse, para rozar, para ver más allá de lo visible. Y también una resistencia inconfesada, pero firme, que es poderosa secuela de la dominadora pasión del joven: el deseo. Y el joven cae en ese sueño morboso, en ese período de locura, que suele expresarse dicien-

do que uno está encaprichado. Ya son posibles todos los
desatinos. En tal delirio, hasta el casarse deja de ser una barbaridad. ¿Peligros morales y legales? ¿Y qué? ¿Acaso va a
resignarse a la soltería vitalicia? ¿Qué beneficio práctico,
verdadero, obtenía aquella infeliz de Peto con que él per-
maneciese sin casarse toda la vida? Pensar en deberes sociales sería una sandez. ¿Qué cuentas tenía él que rendirle a
la sociedad? Y en cuanto al peligro legal, éste era muy remoto. Con casarse por lo civil... Seguramente que su boda
no habría de publicarse en la crónica social de los grandes
diarios. (¡Pobre Julita!) Por último: a fin de evitar que
Adolfo o Robertico, enterados, quisieran aprovechar el delito para aplastarle, se decidiría, de una vez, a meterse a
periodista. Llevaba él observado que el periodista era hombre poseedor del respeto ajeno, porque era hombre temido.
Una sección, pagada o no, en un diario, con la firma
Juan Cabrera, sin duda habría de ser una infallible retranca
para Galiano y Lagunas.

Pepín, recién salido de la cárcel, estuvo a verle para pedirle el precio del pasaje a Matanzas, y él se lo dió prontamente: por pena y porque el alejamiento de aquel peligroso
nexo con el pasado, facilitábale el camino de sus absorben-
tes designios. Después, por medio de uno de sus amigos periodistas, con el refuerzo de una recomendación de Julián,
logró publicar en folletín, arreglado en forma de novelesco
relato, su diario de la prisión de Mérida. Así su nombre
salió diariamente en un periódico, en los titulares del folletín, y después cobró trescientos pesos por su trabajo.

Ya tenía él una cuentecita corriente en el banco (consejo
reiterado del mundólogo Julián), no obstante que, de cuando en vez, solía enviar un giro de quince o veinte pesos
a Peto. A la cuentecita fueron a parar doscientos sesenta,

de los trescientos pesos del folletín; porque esa vez el giro
a Peto fue de cuarenta pesos.

Todavía tuvo sus sofocònes con Peto y con Rómulo. Este
vino a buscarle una tarde, a la oficina, para que fuese a
ver a Petra, ya en La Habana, y a Juan no le costó poco
trabajo capear al hombre, a fin de que no se enterase Julita,
y para aplazar la visita, hasta un día de aquellos. La gente
de Peto, en cuanto vio aumentar el dinero girado, comenzó
a tener extraordinarias necesidades y a insinuar, inortográ-
ficamente, las más significativas amenazas. Mas, él estaba
en pleno delirio. Formalizó el noviazgo, sin necesidad de
rituales declaraciones: gracias al camino, largo e insensible,
recorrido ya por la inclinación amorosa de él y la misma inclinación, *plus* la prolongada soltería, de ella. ¡Qué caray!
Juan tenía porvenir. No todos los días se encontraba un
hombre joven, sano, de bonitos ojos, con voz agradable, limpio, talentoso y otras cualidades que ella veía entonces, claramente. Hasta gracias debía dar a Dios, por haberle puesto este hombre al lado, un día tras otro, para que se fuese
"encaprichando", por grados, hasta el extremo de disponerse
a dar el salto heroico.

Y Juan pidió la "entrada" en casa de Julia Rojas y
Martínez.

Ya no muy jóvenes, tuvieron la sensatez de ser formales
y juiciosos en la oficina. Pero, cuatro veces cada día, en un
asiento del "carrito", las caderonas se oprimían contra las
del deseoso, y cada noche los cuerpos se juntaban durante
dos o tres horas, a mirarse ansiosos, a beberse el agitado
aliento pasional, a hurtar de ajenas miradas, rápidas y afanosas caricias de las manos y los labios. Lo que no es muy
prolongable a partir de los primeros años de la juventud; lo
que empujaba a Juan, cada vez más, hacia la "barbaridad"
que habíasele metido entre ceja y ceja.

Cierta mañana viene, en la crónica social de un gran
diario, la reseña de la boda de Nena con el hijo del conocido *sportman* y "connotado" hombre de negocios, Don
Nicolás Castellón: Polito Castellón y Baró. Polito es cam-
peón de *singles*, *doubles* y otros términos exóticos, que les
vienen de perillas a los cronistas sociales. La mamá de Polito
pertenece a la más rancia aristocracia habanera. Y el cronista, al mencionar por segunda vez a Don Nicolás, le llama
el acaudalado propietario de los centrales *Rosita* y *Angelita*.
El cronista hace constar. —por centésima vez desde que es
cronista— que la familia Castellón tiene un soberbio pala-
cete en el Vedado, en cuya artística capilla, lujosamente
adornada por el Jardín Tal, efectuóse la ceremonia, y de
donde luego partieron los recién casados, hacia su bella residencia del propio Vedado, en un flamante *Rolls Royce*,
regalo del padre del novio.

No leyó nunca Julita una de aquellas crónicas, con emoción y minuciosidad mayores que las de Juan tal mañana:

—¡Con un hijo de Castellón! exclamó—. ¡Cómo va esta
gente! Viento en popa.

Leyó la lista de los regalos de boda, con sus catorce juegos de té, sus dieciséis tarjeteros, sus ochenticinco jarrones
y sus diez docenas de pañuelos. La cosquilleante mención
del par de ligas de novia, obsequio de alguien, el sincero
arranque del cronista, al calificar a Nena como "una de las
más bellas mujeres de La Habana", el fotograbado, en óvalo, que no obstante ser fotograbado para papel de diario,
mostraba a la joven Señora Ruiz de Castellón en toda su
espléndida hermosura, dejaron a Juan nervioso y perturbado. Mucho más perturbado y nervioso que la consideración
acerca de los progresos de aquella gran familia criolla. Esto
era filosofía de inconforme. Lo otro era sentimiento. La
única mujer que perduraba siempre en su mente era Nena;

acaso por lo mismo que el deseo por ella levantado nunca fue muerto por la posesión. La mención de las ligas de novia revivió, plástica, en su cerebro la imagen de aquellas maravillosas piernas, que en el propio cerebro llevaba él incrustadas hacía más de quince años. La noche anterior Polito Castellón había tenido el·recreo de aquellas piernas, realzadas por sedas y encajes, en una regia alcoba, tibia y perfumada. Y aquellos ojos que refulgían como luceros en el óvalo fotográfico, habríanse incendiado de deseo, de tentación, de nerviosa curiosidad sexual; por primera vez desde las veces en que él la iniciara en las caricias de los cabellos, el beberse el mutuo aliento voluptuoso, la delirante demanda del beso y el palpar las redondeces, tibias y suaves, de las piernas inolvidables . . . La boda de Nena, con la mezcla de celo, despecho y erotismo, sobre todo lo último, fue empujón decisivo en el plano inclinado en que se hallaba Juan, soltero con novia deseada e insusceptible de llegar a más, sin antes pasar por el Registro Civil: Juan Cabrera. comenzó a hacer y realizar planes de matrimonio.

Con lo que tenía en el banco, adquirió a plazos una casita en La Víbora: tranvía a la puerta. Julita y él vivirían juntos con los padres y el hermano de ella, y así los gastos, compartidos, serían más sobrellevables. Lo que habría de destinarse a alquileres, destinaríase a pagar los plazos de la casa. La boda, en la intimidad. Ya no sólo tendría Julita que deshacerse de la ilusión de la crónica, sino de todo acto ceremonioso. Ni ceremonia podría llamarse el acto frío, serio, rígido, como el de sacar un pasaporte, del matrimonio civil. Julita —¡claro!— no trabajaría más "en la calle". Eso era muy cubano. Como cubano era —en todas las edades y planos sociales— el motivo topododeroso que puso a Juan, durante varios días, en gozosa e incansable actividad: la confluencia de dos muslos femeninos.

En medio de su jubiloso atareo tropezó con Julián, oportunamente. Justo: de todos modos tenía él que verle, para darle la noticia de la boda y pedirle que le sirviera de testigo.

—Eso sí. No le vayas a decir una palabra de esto a persona alguna, y menos de la Secretaría. Me ha costado gran trabajo que Julita se conformase con no dar la noticia a sus compañeras. ¡Calcula tú! Hacer que una mujer se calle "su" acontecimiento máximo. Pero lo he logrado, con un pretexto, como te digo. Y bien. ¿Qué te parece?

—Un poco arriesgado. Pero un poco nada más. No creo que la gente esa, de Ruiz... Además, tú has hecho bien. En silencio. Es difícil que, al menos por ahora, se enteren. Por lo demás ¿qué? ¿Tú no le mandas algo al chamaco?

—Sí. Y seguiré.

—Pues, lo otro, ya lo hemos hablado. El caso de la mestiza es el mismo de la mulata, aquella de la finca, que me contaste. Por cierto que ¿no leíste que mataron a Rómulo, al sargento?

—No. ¿Cuándo?

—Hace como una semana. Si salió en todos los periódicos. En el asalto de un juego en Zanja. No sé cómo no lo has leído.

—No leo nunca los líos de policía. Pero... Tú estás seguro?

—Segurísimo. ¿No había estado con Máximo Gómez? Pues lo tendieron como veterano. Además, sargento de la Quinta Estación.

—Pues, chico; perdóname el egoísmo. Mi más sentida autofelicitación. Una piedra menos para el tejado de vidrio. Además, ese fue un salvaje, hasta con sus propios hijos.

—A mí... Pero continuando en lo que te decía. A la mesticita podías haberle hecho lo mismo que a la mulatica, si no te apuras en casarte. ¿Y porque te casaste de bobo, de impaciente, de criollo imprevisor y gozón, vas a estar amarrado hasta que te quedes calvo? Lo malo, si acaso, no está en eso. Sino en casarte a base de cien pesos al mes. Aunque bien es verdad que no hay animalada que por bien no venga. Puede ser que la libreta del bodeguero te obligue a meterte a orador o periodista político. Por lo menos, a organizador de manifestaciones, recibimientos, banquetes y serenatas de onomásticos. Tú no has querido fijarte en lo rápido y productivo que es este aprendizaje. Y luego. ¡La carrera! ¡Qué carrera esta nuestra, de congresista! Sin trabajo, sin responsabilidad, sin superiores jerárquicos, con largo e invariable plazo para la cesantía (y esto, si uno es bobo; que no hay uno de nosotros que lo sea. Digo, me parece).

Juan sonríe el golpe bromista, y Julián reitera, pormenorizando:

—Figúrate. Yo me puedo estar un año, y dos, sin hacer una ley, sin hacer un capítulo de ley, sin ir a comisiones, sin votar. ¡Vaya! Sin decir un monosílabo. Como tantos que todos conocemos. ¿Y qué? Al fin de mes, el cheque, o los cheques para la familia, para los amigos, para los puntales políticos. Vacaciones de Semana Santa. Vacaciones de Navidad. Receso entre legislatura y legislatura. Inmunidad. ¿Que luego hay quien se fija en que hemos hecho unas treinta o cuarenta leyes, con un costo de dos o tres millones de pesos? Cuentas que lleva el viento. Esos mismos millones, y la influencia, y el respeto a la inmunidad, nos ponen a salvo de la letra de molde. De modo que tú dirás. ¿Hay en el mundo igual sabrosura que la sabrosura de ser senador o representante? Y tú, de comebolas, metiéndote siete horas diarias de oficina. ¡Trabajando!

—Y duro.

—Y teniéndole miedo a los fieras esos. ¡Ah! A propósito.
Ví que se casó Nena. Por cierto que me hizo mucha gracia la crónica. Decía: la corona de azahares, símbolo de
pureza. Bueno. Me vas a perdonar. Después de leer eso me
atreví a abrir el paquete. Lo estuve leyendo y ... ¡cuidado
que debo sentirme satisfecho de no haberme quedado atrás
en la vida. ¡Qué mundo, chico! ¡Qué jaula de lobos!

—Estás inspirándote demasiado. Si estuviera aquí Erasmo,
un hermano de Nena, te diría que *Nil novi sub sole;* es decir que eso es fiambre, porque ya hace tiempo que se dijo
que *Homo hominis lupus.* ¿Vas a ser mi testigo de boda,
o no?

Sí, hombre. Claro. ¡Veo que tienes un miedo de perder
el puesto...! Que ni siquiera me oyes. Pues bien. Sí. Cómo no. Seré tu testigo. Te daré antes el paquete, para que
lo rompas. O si quieres, lo rompo yo. Le doy candela. Ya
qué vas a hacer con eso.

—No. No —saltó Juan, con quizá cual idea incomprensible; porque nada hay más incomprensible que el alma
humana—. ¿Qué apuro en romperlo? Es chico, y en niguna
parte estorba. Vamos a dejarlo así. Guárdamelo.

XL

Y así fue el segundo matrimonio de Juan. Así su tercer
disfrute de primicias de mujer. Ciclo amoroso de hombre
experimentado. De a tantos por vida. Feliz, sabroso, atareado, sin duda alguna; pero sin romanticismos de cosa
trascendental, para él; sin importancia de hecho memorable,
ni en las escasas invitaciones, ni en el primer brindis con
el *champagne,* pagado por Julián, ni en la comida de aquella tarde, con tres pollos, un *cake* con letrero alusivo y una

gran pucha de capullos de rosas, no menos simbólicos; ni en la mismísima camisa del gran holocausto, de fina seda color de rosa, con cintas y encajes rociados de *Coty*.

Pero se desgració, para decirlo con el burdo cubanismo con que él mismo lo pensara prontamente. Julita le venía todo lo ajustado que lo pide la famosa maldición árabe. Con eso y ser cubano, la Mujer le absorbió; le sorbió, mejor dicho, con toda la maligna influencia de que hablara Zaratustra. Se entregó al amor; a sumar veces y más veces, semanas y años, como único objetivo. Dominado por el inentibiable apego a la carne de Julita, le dominan los celos, y no permite que ella trabaje fuera de la casa. Doble mal, porque sigue la afición a la crónica social; el delirio de fiestas, joyas, trajes, mantones y *roof gardens*... ajenos; el charloteo con amigas de la misma cuerda, casi todas prolongadoras de cruces y equivocaciones telefónicas, y porque la situación económica se hace cada vez más desacorde con ese ficticio mundo interior de Julita y la hogareña felicidad, que el cansado aventurero anhela a plena alma.

Juan, cumplidor, laborioso, inteligente, llega a Oficial Quinto y rápidamente a Jefe de Negociado; pero un hijo primero, una hija después (el Nene y la Nena), el compromiso de la mensualidad para ir redimiendo la casa, el pavoroso aumento "habanero" en el costo de la vida y las medias de seda, los zapatos de esta moda y de la otra, y el sombrero de verano, de invierno, de entretiempo, de noche y de día; todo ello va agudizando el desequilibrio económico; amargándole la vida, con la horrible cantinela doméstica de la falta de dinero: "Este mes no se puede pagar al bodeguero". "El turco no quiso dejarme las toallas, a plazos". "El cobrador de la luz ha estado tres veces con el recibo, y a mí no me ve más la cara". "Desde que me casé, hace tres años, tengo este mismo maldito chal, que ya no lo usan ni las lavanderas".

—*Ora pro nobis* —repetíase Juan, mentalmente, y seguía trabajando, luchando o, confiado (siempre optimista, siempre ingenuo) en continuar ascendiendo en la escala burocrática, y en algún día abrirse paso, en un periódico, con su pluma.

Al fin, este ambiente casero le fue haciendo reaccionar, de tanta entrega a la mujer. ¡Qué caray! Cada uno tenía su vida y su *yo*. Bastante batallaba y más de la cuenta se estaba entregando a "ella"; cuando si él fuera buey solo, soberanamente bien que se lamería. Así, fue cambiando sus noches y sus días de asueto. Hasta entonces los pasaba en casa, invariable e inútilmente empeñado en hacerle gozar, comprender, sus lecturas a Julita. En esto, en especulaciones sobre cosas ambientes o de la vida en general, no tenía más desahogos, que algún paseo, muy de tarde en tarde, con Julián, en la máquina de éste, o almorzando con él, o en rápidas charlas de esquina, de tranvía, de oficina, con Cirilo, Corujeda, Cárdenas o cualquier compañero de noria burocrática; sobre todo, con un tal Ganciño, viejito apocado, mal vestido, hondo filósofo espontáneo, que trabajaba a sus órdenes, en el Negociado, y a quien afectuosamente bautizara con el mote de *Diógenes con Palm Beach*.

En la casa, nadie le quería sinceramente: nadie le comprendía. El cuñado nunca pudo detenerse a oirle recitar unos versos, tres minutos. A sus explicaciones sobre fenómenos naturales, cuestiones internacionales y otras materias de conocimiento, solía contestar con algún choteíto mimético, encubridor de la absoluta vaciedad mental; exactamente lo mismo que cierto Director, de un Departamento de la Secretaría, que de todo debate o conversación, serios, escapá-

base siempre con algún chiste de "gradas de sol". Cierta vez
oyó Juan que su cuñado, murmurando del marido de la
hermana, a escondida, le decía *el dotol*. La suegra le quería a su modo; pero no le perdonaba que no dijese "¡Jesús!",
cuando alguien estornudaba. Menos le perdonaba que se
negase a bautizar los hijos, o a ir algún domingo a misa,
de brazo de Julita, emperifollada como para un baile. El
suegro le miraba con desdén. ¡Tan sabio y tan bruja! Sobre
todo, que había venido a meterse en la familia, para quitarle la fama de inteligente que el viejo tenía, de puertas
adentro, por haber sido empleado del Gobierno en tiempo
de España y tener muy buena letra. ¡Cuánta ignorancia
le puso en evidencia Juan! ¡Y qué odio llegó a tomarle el
autor de Julita, por momentos! Con lo único que ya podía
pasar algunas horas tranquilas o gratas, era de puerta del
cuarto para adentro, en noches en que la endémica manía
erótica le dominaba, y tenía entonces la resignación de no
ver, ni esperar ver, en Julita otra cosa más idílica, más sentimental, más seria, de lo que era: una hembra sana, limpia, maciza, muy útil para la faena amorosa. O con los hijos,
a los cuales, en verdad, durante los primeros tiempos no
había querido gran cosa. Al menos, no había tenido conciencia de ello. Entonces sí. Les hacía juegos; los sacaba a
dar una vuelta por la acera, o los dormía en las piernas,
alternativamente; mientras la madre, con el *Diario* en la
mano, buscaba nombres conocidos, en las listas de onomásticos, de Fontanills, o en grupitos de ventana, le oía, a una
vecina, las mil maravillas de lujo y bienestar de Fulanita,
que tenía un viejo, rico y de tapadillo.

Comienza entonces a leer con ahinco. Asiste a cuantos
actos culturales puede, dedicándoles las horas que antes
empleaba en satisfacer la vanidad de una mujer, que sabién-
dose deseable, se hacía rendir pleitesía absorbente y con se-

guridad perniciosa. El retorno a la letra de molde, a la comunión intelectual, le vuelven la maldita tendencia a filosofar. Máxime, porque se pone a escribir unos episodios de la Revolución estilo *Episodios Nacionales* de Galdós —cantera que tiene por riquísima e inexplotada— y la excitación y la vergüenza, por las odiosas realidades que palpa, en una sociedad tan costosamente libertada de extraña tutela.

Con el primer libro de episodios —relatos de unos Generales que tuvo por Jefe en la Secretaría— triunfó. Triunfó literariamente. Plumas del país y plumas extranjeras, enjuiciaron la obra, cargando la mano de los elogios. Para sus ayudas de cámara —compañeros de hogar y oficina— no fué Juan hombre grande por aquel triunfo. ¡Bah! ¡Escritor! Además, seguía viviendo como antes; haciendo lo que todos los demás. Ni siquiera le aumentaban el sueldo por eso. Pero Juan cifró grandes esperanzas, cargamentos de ilusiones, en su triunfo. Sus mismos compañeros de letras; los más valiosos por la lealtad y el talento, sabían apreciar la honradez artística de él, su sinceridad, su alejamiento de todo mercado de bombos, intrigas y simulaciones. Vendría el desahogo económico, clave de la resolución de todos los problemas domésticos; inclusive el problema Julita, la enloquecida por el medio ambiente de ostentación y *flirt*, y el de poder escribir, escribir, escribir.

La decepción con Julita fue lenta, porque lento fue el proceso de cambio realizado en las ideas e inclinaciones de la que hallábase en la riesgosa edad de los treinta y tantos. Riesgosa, cuando la base espiritual es mala. Pero la decepción con los compañeros de letras, sí fue rápida, brusca, de amargo efecto en el alma de Juan. El literato es mala familia zoológica. Abundan los tipos propensos a la ciguatera: el matón, el simulador, el fracasado envidioso, el que presta bombos al ciento por ciento y otros cuya existencia Juan hasta entonces desconocia. Estos especímenes sienten profundísima la fobia del talento. El talento los penetra, los sopesa, los clasifica, y si no paga el bombo justificado con el bombo mentiroso, si no se deja cobrar el barato, si se encara virilmente con el bilioso rostro de los adoloridos por el bien ajeno, la guerra sorda, curvilínea, hombro con hombro, surge violentísima, sin cuartel. Juan tenía talento. Más del que las malas personas de la literatura habanera en un principio creyeron. Entonces: es decir, al comienzo, le auparon con todos los ditirambos de la crítica impresionista y de las afirmaciones *a priori,* para despistar; para de ese modo saciar su rabia contra otros triunfadores de mérito. Le calificaron del mejor ensayista cubano, por mortificar y empequeñecer a los malqueridos consagrados, del ensayo histórico cubano. Hicieron comparaciones enojosas, con estilistas de renombre, para rebajarles ante lectores de suplementos dominicales. Pero, después, súbitamente, le volvieron la espalda al nuevo consagrado, silenciando su labor, olvidando su obra y su personalidad a la hora de los recuentos tendenciosos, comparándolo, desfavorablemente con cualquier flamante hongo de la letra de molde. Unas veces, miméticamente; otras por instinto de asociación con sus congéneres en las faltas de sintaxis, en la caquexia literaria, en la penuria de ideas. Juan no sólo tuvo que resignarse a confiar en la resistencia de su obra, para el consuelo de la gloria futura, sin esperar ventaja alguna de ella, para la lucha del momento; sino que no faltaron periodistas, literatos fracasados, que vinieran a acibararle la vida con la noticia de que alguien les había contado lo de la familia abandonada en Peto. Incisivo toquecito de alerta, que algún vigilante de honras ajenas diera desde los altos de Galiano y Lagunas, y que el eco de la maldad humana iba repitiendo de redacción en redacción.

Su desengaño con los políticos, perdonavidas de compatriotas pobres, no fue menos aniquilante. Había mimado la esperanza de que, así como Heredia, con un solo tomo de versos, llegaba a la Academia Francesa, él, con trescientas páginas saturadas de estilo, de ideas y sentimientos fuertes, podría subir hasta un alto renglón sinecural, desde donde poder servir a la patria y servirse a sí mismo, con un aporte literario, logrado en la serenidad y la dedicación, espirituales, más absolutas. Que a eso también podían dedicar algunos pesos del Presupuesto y las Colecturías los mencionados señores políticos, siempre preocupadísimos por la suerte del país, los intereses del país, el porvenir del país. Pero ¡qué va! Con literatura no se les podía "entrar" a los padres de la patria, según pudo Juan afirmar prontamente. Lo que les interesaba era la gente burocrática, o aspirante a tal, que organizaba serenatas de onomásticos, o firmaba manifiestos juanpalotistas, o denunciaba a los compañeros del otro bando, o marchaba, de infantería, en las grandes mascaradas políticas, entre los zarandeantes nalgatorios de la chusma bailadora de congas, o tenía empeño en presentar a hermanas y mujeres, buenas hembras, y con las aficiones de las amigas de Julita. Fuera de aquello, todo era indigno de la mirada de coroneles, generales, doctores y demás sacrificados por la patria: la literatura, como la competencia y la buena voluntad en el servicio. Cabrera y Ganciño, su amigo, el filósofo del Negociado, podían contar con inteligencia para que les sobrase y darle un poco al Director de los chistes tapaburros; podían tener las mejores notas en sus expedientes personales; podían llevar años y más años de servicio; pero todo esto de poco habría de valerles a la hora de defender sus puestos frente a un fulanito cualquiera que, en Camajuaní o en el barrio del Pilar, hubiera luchado por el triunfo del General en turno. A la hora de quitarle el Negociado o de vislumbrarse un ascenso, lo mismo le sonaría a los Jefes del Departamento el nombre de Juan Cabrera que el nombre José Pérez o Paco Pío. De modo que la meta posible, estaba ya alcanzada; el Negociado, con los apretados doscientos pesos al mes. ¡Y gracias! Ni medios para continuar escribiendo cuartillas, sin membretes ni gerundios; ni sobrantes económicos, para amansar a los pedigüeños de Peto; ni temible personalidad para sujetar a los que conocíanle las malandanzas de su vida; ni otros sobrantes para saciar el hambre insaciable, de "compras", de Julita, o para asignarle una cantidad mensual y que le dejase tranquilo, solo, en medio de la abundancia de mujeres de todas las encarnaduras y todos los precios, que hay en La Habana. ¡Sin dinero, clave de todas las soluciones, por los años de los años!

Y así pasaron algunos.

En la inalterable monotonía de la vida del burócrata, que es la de la gran masa de criollos no ricos; de la inmensa mayoría del cubano de las ciudades. Vida rutinaria, sin salientes emotivos, sin notas inusitadas, sin materia prima para el recuerdo, mental o escrito, de hombre hasta entonces tan extraordinario como Juan Cabrera.

A las seis y media, cada mañana de día hábil; a toque de timbre de despertador; como una monja, a toque de campana; como soldado, a toque de corneta; día tras día; año tras año, Juan se incorpora en la cama, hace hueco para sentarse, empujando con una cadera a Julita, que de todo está aburrida menos de dormir, y estira hacia abajo el brazo derecho, en busca del primer zapato con que tropiecen sus dedos.

A partir de este momento, todos sus pasos durante el día tienen, invariablemente, el mismo orden mecánico, rutinario, anquilosante. Va a la cama de los muchachos a desper-

tarles, para que temprano tomen el camino del colegio. Va
a ver si encuentra un pedazo de sábana o refajo, para que
le sirva de toalla. Va a ver si la suegra, vitalicia criada de
todos y eterno tapasucio de la hija, tiene pan, o leche,
para el café matutino. En la próxima esquina toma el tranvía de la misma hora que los mil días anteriores. A las cuatro cuadras justas, pide transferencia. A los dos minutos
exactos cruza el tranvía de la combinación. En el camino
consulta los mismos relojes: las ocho menos veinte, menos
diez, menos cinco, en punto, y cinco, y diez... Baja los
veinte escalones de la misma estación del elevado. Sube con
otros carneros del redil burocrático. Firma el tercero, porque antes han entrado, Ganciño el tímido y el Jefe de la
Sección, que no tiene otro móvil ni más horizonte en la
vida, que llevar bien los asuntos de la oficina, tener con-
tentos a los superiores, oirse llamar Jefe y esperar jubilarse
algún día, con una mesadita rehervida y el honroso título
de Ex Jefe de la Sección tal y tal. Con disgusto del Jefe,
Juan Cabrera prende la hebra con Ganciño. Un día, han
llegado sorteando las gotas de un muriente aguacero, las
meadas de tejados y azoteas, los arroyitos y charcos de la
lluvia recién caída. Ganciño trae el desteñido y deshila-
chado *Palm Beach* hecho una sopa:

—Mira cómo me ha puesto la hermana lluvia —le dice,
a Juan, su compañero de cínicas filosofías, y por ahí encien-
den el diálogo.

O bien ya ha llegado Betancourt, que está en pleno sa-
rampión vegetariano, y es blanco propicio para iniciar la
discusión; porque Ganciño, malévolo, en un momento dado, le ha dicho a Juan:

—Y si no, pregúnteselo a Betancourt. ¡Betancourt! ¡Oye!
¿No es verdad que todo se cura con agua como en el cine?

Ríe Juan el chiste; sabroso porque es chiste de marcado nihilismo. Betancourt se cree en el caso de poner un disco khunista. Ganciño le dice que está treinta años atrasado. Hace treinta años que él pasó esa fiebre. Ahora no quiere saber nada con vegetarianos. Y menos para comer. Es más barato pagarles el entierro que la alfalfa. El Jefe hace brillar las gafas una, dos, tres veces, por encima del buró, y la charla queda reducida a Ganciño y Juan; a media voz; mientras ambos preparan borradores para los mecanógrafos, que ya van llegando: "De orden del Honorable Señor Secretario de este Departamento . . . " En la charla de Ganciño y Juan saltan los nombres de Nietzche, Jesús, el Presidente, Rosendo, Mr. Wilson, Tagore, Jaurés y Capablanca, y frases tan cabalísticas, tan en esperanto para los compañeros de oficina, como el "Determinismo biológico", "el periespíritu", "la intermunicipalidad" o esta expresión indignada, significativa:

—¡Oh! Este hijodeputismo de algunos!

Es que están en el prólogo de los comentarios de las injusticias, de las indignidades, del absorbente egoísmo de los hombres públicos del país; comentarios que a la hora de la tarde, entre salida y salida del Jefe, llegarán a su tono más amargo, más inflado, más monomaníaco, en los dos inconformes y descreídos del Departamento.

Fuera de estas verbosidades derivativas, la monotonía sigue imperturbable e imperturbada durante todo el día. Cien veces el "de orden del Honorable Señor . . . " Luego, la entrada del día, que obliga a Ganciño a abrir el libraco del Registro, para anotar cien escritos, cada nota encabezada con un gerundio: "Inforando", "Solicitando", "Consultando", y a Juan a redactar una docena de informes, difíciles, engorrosos, que le robaban la energía cerebral con que hubiera podido escribir todo un brillante "episodio". Este deprimente trabajo, a veces era amargamente interrumpido por alguna noticia desagradable. No habría dinero para pagarles la mensualidad a los empleados, hasta el 5 ó 6 del próximo mes, aunque ya los senadores y representantes habían cobrado desde el 20. En *Bienes y Cuentas* había movimiento de cesantías y nombramientos. Se anunciaba una rebaja del veinte por ciento en las nóminas del Estado. El Secretario llevaba dos días con cara de pocos amigos. Para el puesto de Fulano, viejo empleado acabado de dejar cesante, nombraban a un tal *Cachivache*. Cabrerita, aquel pardito que había estado de ordenanza en el Departamento, y que no sabía ni poner un sobre, acababa de salir de Representante. Los únicos momentos agradables del día, eran las dos horas de salida, y las de la noche. En las horas de salida, las empleadas jóvenes, rientes y parleras, ponían una nota de color, alegría y sensualismo, en patios y corredores, en los grandes portalones de salida, en el trozo de calle que separaba el vetusto edificio colonial de la Secretaría, de la estación del Elevado, en la propia estación, y más en la indiscreta escalerita que a él conducía. Esta salida, esta escalerita, la posición en que quedaba Juan, de pie, tras de los bancos de espera de la estacionilla elevada, donde sentábanse las mujeres, contribuyendo mucho a disminuir los celos, el interés que él (¡gran estúpido!) al principio demostraba por los desvíos y rebeldías de Julita, amargándose la vida como un indocumentado cualquiera. ¡Bah! Se reafirmó en sus ideas, ya muy anteriores; había muchas mujeres en el mundo. De todos los dibujos y al alcance de todas las fortunas. Fortunas materiales e inmateriales. Cifras precedidas del signo de peso, o caudal de simpatías, de inteligencia, de afinidades intelectuales, de recursos para prestar ciertos servicios de un valor inapreciable. ¡Huy! Julita, por ejemplo, contaba con que teníale robado el albedrío, acaso la propia

dignidad, con el imán irresistible de sus pechos blancos, redondos, cubanamente juntos, que mil veces admirara extático o elogiara cálidamente. Y él, desde allí; desde detrás
del banco donde las mecanógrafas sentábanse a esperar tranvías, atisbaba ¡cada seno! Y cuántos ojos bellos e inteligentes. Y qué voces tan agradables en las charlas sobre 'fallas"
y "ratinés". Y en la escalera, qué vislumbres de piernas muy
superiores a las semicanillas de su mujer. Estas mismas consideraciones contribuyeron a tranquilizarle las horas de la
noche. Antes le alteraba los nervios a su mujer y se los
alteraba a sí mismo, con un horrible mal gusto, averiguan-
do, de manera más o menos directa, dónde había estado Julita durante el día, con quién y a qué; pretendiendo ense-
riar, a la fuerza, a quien parecía empeñado en no tener en
el alma serenidad de decencia, de nobleza, de propia estimación. Ahora, mientras esperaba la hora de la cama, ocu-
pábase en ayudar a los hijos en el estudio de sus lecciones,
en ir a este o el otro acto cultural, en alejarse del suelo
con la droga heroica de sus malditos autores inevitables;
totalmente despreocupado de los movimientos de Julita. Filosóficamente despreocupado. Su mujer, como mujer, le
llenaba cumplidamente sus necesidades de vista y tacto, ínti-
mos. Era una buena hembra, para un buen criollo sensual.
Si algo pasaba, ocultamente, ojos que no veían, etcétera,
etcétera. Si alguna vez, por algún cabo que ella dejase de
atar, confiada en tan sabrosa impunidad, una prueba de
infidelidad, más o menos extrema, saltaba a la vista, ¡qué
alegría! Con la casita, ya casi redimida, y una pequeña renta, quedaría tranquilo, por la parte de los muchachos. Y el
sueldo, para él solo, sería un capital. ¡A gozar del capital,
de *su* independencia, de *su* inapreciable condición de hombre!

—De modo, Julita, que de ti depende. Volveré a ser el mismo, si tu comportamiento en el futuro me hace comprender que estaba yo en un error, o que exageraba, celosamente, la nota de las suposiciones. Me verás, confiado, enamorado, sin reservas mentales, como siempre. Si no... ¡a vivir cada uno su vida, de acuerdo con la más alta o más baja aristocracia espiritual de que se disponga!

Y después de repetirse, mentalmente, análogas conclusiones serenísimas, hundíase en la morfina. La morfina de nuevos autores favoritos, de quienes sólo tenía cálidas, autorizadas recomendaciones: Le Dantec, Ingenieros, France, Queiroz, Bartrina, Heine. O la morfina de toda la gente vieja, que ahora volvía a leer, y que en combinación con una fuerte experiencia de la vida y una connatural predisposición, comenzaron a orientarle filosóficamente. De tanta seguridad de que no existía Dios, ni alma inmortal, ni Bien ni Mal ni nada ni nadie serio, lógico, trascendental, en el Universo; de tanto veneno intelectual, en fin, unido a las irritantes realidades del ambiente, salían aquellos rencorosos y malditos diálogos con Ganciño, con Julián, a veces, y los propios soliloquios de inconformidad y rebeldía, cuando comparaba su pasado y su presente, con el de otros afortunados en la ruleta de la vida.

—Desengáñate, Ganciño. Este mundo es una especie de pelota de *foot ball*, llena de hormigas, a la cual un jugador desconocido ha dado un tremendo puntapié, lanzándola a dar vueltas por el espacio; sin que las hormigas tengan la menor idea de dónde vienen, a dónde van, ni para qué van y vienen. Lo que no impide que los animalitos, agarrados a la superficie se maten unos a otros, por seguir aferrados a ella, y por seguir, llenos de tontas ilusiones.

—No, Juan. Si no estoy engañado. Hace tiempo que he descubierto ese mediterráneo. Pero es que, a pesar de que

hace tiempo, siempre fue tarde. Y como las hormigas, me
agarro a la pelota; porque es preciso vivir. Pero, para ti, no
es tarde. Y yo sólo me asombro, como se asombra todo el
que te conoce, de que tú, que siempre estás con Nietzche y
Le Dantec en la boca, tengas tantas preocupaciones para
entorpecerte el camino del triunfo. Ni esas preocupaciones
domésticas, de que, a título de viejo, me has hecho confidente, ni las de pudor ante una sociedad, a la que nada
le interesas, debieran contenerte, para echar adelante, y hacer lo que todos los demás hacen. Quién mejor que tú:
escritor; has hecho tus pinitos oratorios; sabes para enseñar-
les a cien personajes de la patria, y para hacer lo que te dé
la gana con el pueblo soberano. Soberano mentecato... Y
si no, mira a...

Y aquí, ambos entraban en la autopsia de la vida criolla,
"con la manga al codo". Juan, con talento, con cultura, con
voluntad para el trabajo, soltaba el quilo en una oficina,
día tras día, malgastando el tiempo y la energía, que debiera
dedicar a una vocación ennoblecedora, para él y para la sociedad en que vivía, y en cambio una serie de indocumentados, de audaces trepadores, con *alias* en las generales,
Colt a la cintura y surcos de navaja, o de sífilis, donde el
otro tenía fósforo, sin dar un golpe útil al pueblo que les
pagaba derrochadoramente, vivían en una abundancia feliz,
sosegada, desaprensiva. Un caso: Juan residía enfrente de
un Senador y al lado de un Representante. En una semana
Juan rendía un trabajo superior, en esfuerzo y en resultados positivos, al de los dos congresistas vecinos, en un año.
El Senador era de los que ya él clasificara como incapaces
de redactar una Ley, un capítulo de Ley, una enmienda
de dos renglones; orgánicamente incapacitados para ordenar
una frase de diez o doce palabras, o hacerse cargo del más
breve asunto, clara y correctamente explicado. El Represen-

tante tenía talento, pero un extranjero hubiera creído que
la Cámara de Diputados se reunía siempre a media noche
y que los señores Representantes tenían el deber de recorrer
constantemente el país, como inspectores de impuestos, es-
coltas de trenes o algo parecido; porque aquel hombre, cuando dejaba su casa de día, era siempre con una maleta y una
capa de agua, y de noche, muy empaquetado, perfumado,
erguido y con una conquistadora rosa en el ojal del impecable "número cien"! Los seiscientos del sueldo y los mil y
pico de lo otro, seguían corriendo, mientras el hombre andaba guisando su particularísimo pote electoral, o gastando
su tiempo y sus fuerzas, con la o las "chiquitas"² de uso
privado. ¡Y qué casas, la de enfrente y la de al lado! Dos
pisos, cien bombillas eléctricas, profesora de piano para las
dos niñas, siempre vestidas de seda; uniformes del Instituto,
gran buró de caoba, repleto de acciones, pagarés, cheques;
ortofónica además del piano; *garajes* con sendos pares de
máquinas, y cuatro *chauffeurs* malcriados. En casa de Juan
secábase la gente con pedazos de sábanas o de refajos; hacían constantes tramoyas con la luz eléctrica, para que en
ningún momento hubiese más de dos bombillitas consu-
miendo corriente; los muchachos iban al colegio municipal,
con los zapatos perforados, o sin sombrero el Nene, o con
la faldita muy remendada la Nena. Los viejos abrigos, eran
frazadas en invierno. La nevera del bodeguero de la esquina, era la nevera de la familia en verano; porque de allí
traía el Nene un jarro de agua helada, a cada hora de comida. La misma casita a cada rato estaba a punto de perderse,
o de caer en la sima de una hipoteca, porque se debían
tres o cuatro mensualidades de amortizaciones. ¡Y qué mila-
gros de arroz con bacalao, o harina con camarones secos, o
sopones de huesos, papas y fideos, hacía la madre de la
"aristocrática" Julita, en los últimos diez días de cada mes!

---

¹ *"número cien"* traje de "Dril Cien": de tela blanca de
hilo y algodón.

² *"chiquitas"* mujeres jóvenes.

Y no eran solamente ciertos senadores o representantes. Allí estaba, entre otros, Montes, aquel Jefe de Sección. Había venido al Departamento sin saber cómo se cogía en las manos un expediente, ¡ah! ¡Pero qué bien sabía realizar colectas para regalos de onomásticos y organizar manifestaciones y recibimientos; llevando exacta cuenta de quiénes se dejaban convertir en comparsas y quiénes no! Allí estaba, asimismo, Barrerita. Barrerita llevava cinco años en el Departamento, con doscientos cincuenta pesos, aditamento de dietas constantes y comisiones reservadas; pero ignoraba aún cómo se escribía, completa, su categoría administrativa. Barrerita especializaba en diplomas de honor y tarjas conmemorativas. Recientemente se había inaugurado un servicio sanitario aparte para mozos y ordenanzas. Barrerita hizo colocar una tarja de bronce, que rezaba: "Servicios sanitarios, etc. Inaugurados, siendo Presidente de la República el General Fulano, y Secretario de X Y Z, el doctor Mengano". Otros elementos irritantes: los especialistas en Congresos Internacionales. Tal era la pasmosa multiplicidad de sus conocimientos, que lo mismo servían para un Congreso de Neomalthusianismo que para uno de Aviación. Eran diez o doce nombres. Surgía un Congreso Internacional de cualquier materia; pues bastaba con echar diez o doce papelitos, con tales nombres, en un sombrero, y sacar dos o tres. Ya estaba la Delegación de Cuba al Congreso Internacional en turno. Luego, las dinastías republicanas... Estos seis hermanos escritores, oradores y diplomáticos, de generación espontánea, que siempre estaban recordando sus servicios constantes a la patria, pero no la cantidad anual que a la patria costaban tales servicios. O aquella familia Ruíz y Fontanills, como tantas otras, de héroes y mártires. ¡Qué bien les iba con la patria, por la cual derramaron su sangre... los otros! ¡Qué fuerte, un Robertico, por ejemplo! Un cerebral hasta la aberración, como lo demostrara en *Los Mameyes*, ya casado y con una hija señorita. Un tiburón de jugosas sinecuras y torrenciales filtraciones, como lo estaba diciendo a voces la gran farmacia, de media cuadra y dos pisos, que acababa de inaugurar en Galiano, sin otra base que tres grandes puestos del Estado ,en que cayera con diligencia y voracidad de bibijagua. Sin embargo ¡cómo tenía Juan que andar con cuidado, con él y los suyos, para que no fueran a hacerle pasar más miseria de la que pasaba, y hasta hundirle en la cárcel, por inmoral ... !

Mientras tanto, la agobiante duda de si el Nene podrá ir al Instituto, o si desgraciadamente será necesario irle preparando para que también sea Jefe de Negociado algún día. Como la Nena, asimismo mecanógrafa; como la madre. La duda agobia a la madre tanto como al padre; interesada ahora, humanamente, en el porvenir de sus hijos, y más amoldada a las realidades de la vida; a la realidad del techo, la comida y los trapitos, seguros; por la pavorosa proximidad de los cuarenta. Lógico: él a la vez se pone viejo. Un día tiene que ponerse un puente, para sustituir dos incisivos negramente agujereados. Otro, va en busca de espejuelos. Otro, de un apagacanas. Otro, de glicerofosfatos. Es el comienzo de la desintegración, que no puede engañarle, a él, hombre de lecturas y de fría penetración de la verdad.

Otro día irán a buscarme adrenalina, o un balón de oxígeno, y luego la caja de los trapos prietos y las tachuelas plateadas. Y total, no falta mucho. Puedo calcular el tiempo. Aun siendo optimista, unos catorce o diez y seis años más. Porque llegar a los sesenta, ya sería llegar a donde pocos.

En momentos así tropieza con Julián. Julián, grueso, fuerte, defendiéndose de los años con la buena ropa y la viveza del semblante del hombre satisfecho, le sigue em- pujando al cambio; aunque ya lo hace a regañadientes, aburrido:

—Ya, para qué voy a decirte lo de siempre. Tú quieres seguir chivado. Mira, Cárdenas con seguridad sale Consejero en la próxima. Y *Filetes* tú te acuerdas de *Filete*, aquel negrito de la carnicería de Príncipe. Pues... asegurado en la Cámara, con la piña del doctor Bluf. Y si no, chico. vete para un banco, para un ferrocarril; piensa en un negocio; te doy algún dinero, y vamos a la mitad. Pero resucita de algún modo. Parece mentira que en este festín de botellas, de garrafones, de pedidos de fondos, de colecturías y negocios de todas clases, te estés quedando atrás. Piensa en aquel Subsecretario tuyo. Cuando ensartó la Subsecretaría dijo que si duraba en ella seis meses, resolvía su problema. "¡Que me dejen en el puesto seis meses, y vamos a ver si es verdad que liquido!" Y liquidó. Tres casas tiene; ya no se baja de la máquina² ni suelta el número cien, limpiecito, un momento del día. Y de ti a él, sin adulaciones de amigo, chico...

A Juan a veces le venía la fiebre de largarse del Gobierno, meterse en el comercio, en la misma política, y hasta lo hablaba con Julita, ya más dispuesta a hablar de estas cosas; pero esa fiebre tenía su piramidón: ¿Y la familia? ¿Y la casita, ya casi redimida? ¿Con qué iban a pasarlo, si las otras puertas estaban tan cerradas, para él, como para la mayoría de los cubanos?

Cierto sábado en la mañana, leyó Juan que aquella tarde, a las tres, tomaba Adolfo posesión del cargo de Presidente de la Audiencia de La Habana, después de haberlo sido de una de sus salas, y que, a la vez, aprovechando el acto de la toma de posesión, también haría la suya Fernando, nom-

---

¹*botellas* sueldo que se cobra del gobierno sin tener que trabajar.
²*máquina* automóvil.

brado casi simultáneamente Fiscal de la Sala Primera. Como el acto era público y los sábados por la tarde no había trabajo en la oficina, se plantó su mejor traje, y allá se largó.

En un salón rotulado "Tribunal Pleno" estaba apretujada una concurrencia de sedas y driles blancos rutilantes: abogados, catedráticos, militares, oficiales de policía y algunas sotanas con jerárquicos morados. Los asientos estaban todos ocupados, ya había algunas señoras de pie, en torno de la mesa de la ceremonia; en tanto que muchos hombres, de los que no tenían "flus" ni uniforme de dril blanco, se agrupaban en las puertas y en el pasillo del fondo. Por aquí avanzó, acuñándose, Juan Cabrera. Como era alto, pronto vio a todos los que le interesaba ver, y todos, sucesivamente, le fueron descubriendo, serio, erguido, todo ojos, entre aquella concurrencia de segunda clase del pasillo. Además del flamante señor Presidente de la Audiencia, y del no menos recién horneado Fiscal de la Sala Segunda, estaban: Betico, con la cara siempre boba, a pesar del bigotito a la moda; Erasmo, candidato a Secretario de Instrucción Pública, "con la cabeza inclinada por el peso de las riquezas interiores"; Robertico, con tres brillantones en el príncipe y los ojos más llamativos, de pachecal suficiencia e inflada ostentación, que el propio tresillo de la corbata, y ¡Nena! Nena, con el marido. Uno de esos inconfundibles, sospechosos tipos rubios, en que tan pródiga es la revuelta etnología criolla: cara rojiza, esponja avariósica en el cuello y las mejillas, y la calva incipiente a la altura de las orejas de su soberbia mujer. ¡Soberbia, en verdad! Algo más gruesa ya, bien ataviada, discretamente pintada, a la vista el antepecho y los brazos, indeclinablemente bellos, estaba Nena en una espléndida y apetitosa madurez de mujer bonita y hermosa. Juan detenía la mirada un momento en Fernando, que ya le saludara, cordial, simpático, comprensivo,

Otro momento, en el señor Presidente, con cuya vista, dura, o nerviosa, o despectiva, cruzábase la suya. O en la de Robertico, que sí la mantenía sobre la del intruso, intensa, agresiva, sarcástica. Y largamente, impertinentemente, en el rostro de Nena, que, desde que un instante antes le viera, no había vuelto la cara hacia el lugar donde él se hallaba, sino mostrábase inquieta, preocupada en aparecer despreocupada.

Al fin comenzó Adolfo su discurso de recepción. Salieron a relucir las grandes cosas con mayúsculas de que habla Eça: la Ley, la Moral, el Derecho. La mirada impertinente de Juan, ya no sólo era mirada. Era también una semisonrisa incisiva, mortificante, de escéptico fastidio, que interiormente se reía de "todas aquellas sublimes zarandajas". Adolfo se había percatado. Robertico, mucho más que Adolfo, y ya casi llamaba la atención de algunos concurrentes, con ciertos nerviosismos y visajes, con que parecía pedirle al hermano algo extraordinario e indemorable. De pronto Adolfo se fue del seguro, rectilíneo, con algunas vehementes indirectas, acerca de los malvados que andaban por el mundo, burlando la Ley, la Moral y el Derecho; fomentando la desgracia en los hogares y el libertinaje en la Sociedad; sin que se le prestase a la Justicia todo el apoyo, toda la fuerza colectiva necesaria, para hacerla imperar, con la espada desnuda, al lado del Bien; en guardia frente al Mal. La sonrisa de Juan tenía ya el efecto de una carcajada de mortificante intención, de desbordante sarcasmo. Súbitamente sentíase retador; sentíase superior a toda aquella vacua solemnidad; tenía dándole vueltas por la cabeza todo un mundo de traviesas ideas. ¡La moral! ¡La moral de lo que Robertico había querido hacerle en las maniguas de *Los Mameyes!* ¡La moral, de don Roberto, el hurgafaldas creador de la dinastía! ¡La Ley! ¡La Ley, que le dejaba, al farmacéutico trepador, con la boticona· de Galiano, en que habíase convertido la mínima y polvorienta "La Milagrosa" de la Víbora! ¡La Justicia! ¡Lá justicia de que Fernando estuviese allí, fuerte, hermoso, destellando inteligencia, coronando un alto escalón más en su vida de triunfador dotado de todas las armas de triunfo; mientras por allá por Matanzas andaba el otro hijo de la misma sangre familiar, Pepín, flaco, pálido, ignorante, candidato a bartolina, *punching bag* de todos los odios sociales! Llegó a sonreir franco, y a chasquear la lengua provocativamente. Entonces Robertico interrumpió al hermano orador, de modo brusco, incontenible:

—¡Un momento! ¡Un momento! ¡A ver! Un ujier que despeje aquel pasillo.

Todos se vuelven hacia allí. Algunos se ponen de pie. No tienen que llegar hasta el pasillo los dos ujieres que obedecen la orden del intruso; por más que el intruso es hermano del señor Presidente. ¡No es nada! Los ciudadanos de inferior madera se han retirado hacia los amplios corredores del vetusto edificio cuadrangular, rumbo a los gastados escalones de la gran escalera de mármol. Juan entre ellos. Juan ha recibido un empujón en el alma, cargada de inconformidad, de rebeldía, de insurección social. No sabe hasta dónde le llevará el impulso, ni puede ordenar sus ideas y refrenar sus nervios, para calcularlo.

Pero va impulsado.

Acaso está al comienzo de la hora de explosión que, un día u otro, tiene todo genuino cubano, presa de una idea, un hecho, una situación, carcomas constantes de los nervios y el cerebro.

XLI

Lo llevaba Juan resuelto cuando llegó aquella tarde a su casa. Entraría en la política, el periodismo, ambas actividades a la vez o cualquiera otra, viva, plena de amplios horizontes. Si era precisa condición la de jugarse la vida, no le arredraba la condición. Morir, bruja e inerme, dentro de catorce o diez y seis años, o morir ahora, también bruja, pero en la lucha por la resolución "del" problema, eran equivalentes. "Respetable público: —dijo el hombre del cuento, desde el tablado del patíbulo donde iban a ajusticiarle momentos después—. Respetable público: dentro de cincuenta años, todos calvos". Lo mismo era estar calvo antes que después; pero él no se resignaba a continuar con la personalidad disminuída, sufriendo injustificada miseria, formando parte a pesar de su talento literario, de aquellas gentes de segunda clase, que un Robertico cualquiera expulsaba de un acto público, por dos o tres demostraciones de inquietud de alguna de ellas. Todo era encontrar la oportunidad, o mejor, propiciarla. O que la mina repleta de vida y de verdades, amargas; de dinamita de rebeldía en contra de todo lo visible e invisible del cosmos, recibiese otra pedrada, dura y temeraria, como la de la Audiencia.

Y en la Audiencia fue.

Leyó Juan una mañana que, en la Sala de la Audiencia de La Habana, celebrábase aquella tarde el juicio oral, por asesinato, con motivo de unas elecciones políticas, contra el procesado Antonio Baró, para quien tenía solicitado el Fiscal, doctor Fernando Fontanills y Jústiz, la pena de muerte. Juan Cabrera experimentó una gran sorpresa. Su aversión a la lectura de los casos de justicia, en la prensa

diaria, teníale en cabal desconocimiento de que Antonio
Baró había matado a un hombre. Y Antonio Baró, por el
nombre, la edad y el retrato que el diario publicaba, no era
otra persona que el hijo mayor de Rómulo; el bautizado, en
hora de paternal sentimentalismo, con el nombre del máximo
Maceo. Desde el primer momento Juan se propuso ir aquella tarde a la Audiencia. Le convenía, para seguir cargando la mina. En verdad, comenzó a cargarla desde temprano, comentando el caso con Ganciño, y luego, a la hora de
almorzar, con Julita. Ya Julita, como Ganciño, conocía todos los renglones de la historia de Juan, menos los que
por pudor, por inexplicable imperativo de personal estimación dejara él de contarles. Y así pudo extenderse con ellos
en filosófica explotación del caso de Fernando y Antonio,
Fiscal uno, acusado el otro; ampliando los biliosos comentarios a la suerte diversa, inganada, puramente circunstan-
cial, de cada uno de los muchachos con quienes convivió
cuando él también lo era: Erasmo y Fernando, por un lado;
Pepín, Antonio, el negro jefe de la pandilla asaltadora de
chinos, el propio Julián, él mismo. El contraste más apro-
vechable era el de Pepín y su sobrino natural Fernando;
contraste que ya le saltara a la vista, con dura impresión,
la tarde aquella del lío en Galiano y Lagunas; los dos esper-
matozoides: el que se anidó en una señora de selección, en
el hogar legal de la quinta del Cerro, y el que lo hizo en
la hembra de trabajo, entre las maniguas de *Los Mameyes*.
En un momento de inspiración, recitó una frase, honda y
verdadera, de cierto novelista cubano:

—La vida es una interminable sucesión de consecuencias.

E inmediatamente acuñó, de un solo golpe de exaltación
intelectual, tres o cuatro pensamientos, que dejaron boquiabierto de admiración a Ganciño —siempre y a pesar de

todo, en "ayuda de cámara"— y acaso algún día sirvieran a Juan, como tesis de primera página, en el libro de sus memorias:

La vida es azar: desde el inescogido germen, bueno o malo con que venimos a ella, hasta el cadalso o el pedestal a donde finalmente pueden encaramarnos algún día.

Un hogar decente, una niñez desahogada y varios años de Universidad, pueden conducir a un sillón de Fiscal; por el *solar*, la *bodega* y el cañaveral, fácilmente se llega al banquillo de los acusados.

La filosofía individualista es la única que está al hilo con la naturaleza del hombre y su medio ambiente; pero tan tonto es predicarla, como cuerdo practicarla disfrazado de altruista.

El estudio que hay que hacer de los ajusticiados, no es de orden antropológico, de lombrosismos que ya sólo mientan los indocumentados. Es de sociología.

Fernando entró en la vida sano, hermoso, inteligente, con una limpia partida bautismal, en un hogar limpio, tranquilo, desahogado. ¿Averiguarían los periodistas del cliché lombrosiano con qué taras patológicas, por cuáles caminos amorosos, en qué ambiente moral y con cuáles enseñanzas, se tuvo que desenvolver en el mundo Antonio Baró? ¿Tuvo libros, maestros, ternuras hogareñas, ejemplos morales, facilidades para la lucha por la existencia? ¿Sabía leer y escribir, señores lombrosianos?

Con estas bilis cerebrales y el estómago casi vacío, llegó a la Audiencia.

Llegó a la una. Llevaba los bolsillos tan vacíos como el estómago. Otra gran predisposición para el morbo que llevaba metido en los nervios y el cerebro. Ya las comparaciones no eran entre Fernando y Pepín, o de conjunto, entre los muchachos pobres y ricos con los cuales se criara. Las había personalizado. A punto había estado, él mismo, de llegar a Pepín, o terminar como Antonio Baró. Padre pobre y tuberculoso. Hogar de viuda lavandera. Escuela de *placer* y *bodega.* Impotente testigo de todas las forzosas degradaciones morales de su madre. Tragante de todos los abusos y todas las humillaciones, en la quinta del Cerro. Precoz confidente de todas las barraganías de Adolfo, de Robertico, del "connotado" padre de familia, don Roberto Ruíz. ¡Aquel don Roberto, masón grado no sabíase cuánto, patriota creador de la dinastía de Galiano y Lagunas! ¡Cómo abandonó una noche, a la madre de él, de Juan, con un ataque, y cómo la metió luego en un hospital, para que muriese sola, con el gran dolor del hijo que dejaba abandonado en este mundo de fieras! Y así pasaron, rápidamente, por su excitadísimo cerebro, otros pasajes de su vida. Rosa, la blanquita de *Los Mameyes.* Robertico, buscando restregones sexuales con mulaticas guajiras, con negritas almagradas de tierra colorada, con varones indefensos, "recogidos", como él; como el propio Juan. Aquel Rómulo bárbaro, que no tenía para el huérfano caído bajo su férula, para ese propio hijo que ahora estaba en camino del patíbulo, otros halagos, otras ternuras, otras recompensas, que la injuria soez, la trompada ciega, el bocabajo infamante. Aquellos roces, en la edad en que la mente es una esponja de ejemplos, con los matones de barracón y cañaveral, con guajiros incultos, de cuchillo y machete sembrados en la cintura; con todos los instintos primitivos y todos los ciegos impulsos de la joven virilidad aislada. Y la cárcel de Mérida. Y la casa de vecindad de Virtudes. Y anteriormente, la soledad y el desamparo de su cuartico de empleado en la feudal hacienda de Peto. ¡Que vinieran a hablarle de albedríos, de inclinaciones, de lombrosismos! ¡Cualquiera podría demostrarlo que todo lo que hacíase detrás de aquellos rótulos ("Sala tal y tal") no era una farsa, consciente o inconsciente para cuantos en ello participaban o en ello creían! Allí estaba si no, aquella concurrencia de acusados, testigos y amigos de unos y de otros, de que él formaba parte, y que apretábase frente a las salas, en espera de los juicios. Campesinos, gente obrera, clase media de ínfima subdivisión, mujeres de manta al hombro, o de sedas artificiales, baratas, efímeras. Difícilmente se distinguía una persona bien vestida y de decente o talentoso aspecto. Estos se enredaban poco y flojo en la "red de la justicia". La facilidad de vida, la cultura, la aristocracia mental, eran aisladores poderosos, evidentes, de cárceles y patíbulos. Por cada hombre bien, que allí había, contábanse cien pobres, cien ignorantes. La misma proporción que en el garrote. Ujieres y ordenanzas trataban a aquella gente con aires de superioridad, despectiva o agresivamente a veces. Cada minuto negreaba entre driles y *palm beachs* baratos, una toga de defensor o acusador. Juan pensaba:

—¡Qué vergonzosos secretos, físicos o morales, habrá debajo de ese solemne trapo prieto!

O cuando pasó un alto funcionario administrativo, católico de grandes campanillas, que venía a ver cómo sus subalternos, acusaban, juzgaban, separaban . . . responsabilidades, en el caso del mulato Antonio.

—¡A cuántos huérfanos habrá desvalijado en el bufete! ¡Cuántas misérrimas herencias habrá engullido! ¡Entre cuántos muslos enémicos se habrá metido, explotando la miseria o el dolor de la desvalidez femenina!

Hizo número en el chorro humano que irrumpió en una de las salas, para presenciar el primer juicio de la tarde;

mientras, esposado y con dos guardias detrás, llegase Antonio, e irle a saludar, entonces, llevándole una emoción de tierno consuelo. ¡El pobre!

Cuando se acuñó entre una fila de curiosos ocupantes de uno de los largos bancos destinados al público, tenía los ojos húmedos empañados. La sirena de un buque en despedida al conmover el aire y callar al Presidente, desde las aguas propincuas, hiciéronle saltar el corazón con multiplicada violencia. Debió tomar aquel día mayor dosis de glicerofosfatos. Estaba fuera de todo propio gobierno. Acaso iba a llamar la atención de los ujieres o de los señores de la sala, con sus ostensibles nerviosismos, o con alguna involuntaria exclamación de irrespeto y escándalo.

El acusado era un pobre diablo, pálido, maletudo, pretuberculoso, mal vestido, con aspecto de sumisión a la desgracia. Juan pensó:

—Yo. En el solar de Virtudes.

Le acusaban dos guardias rurales, sin testigos, de haberle hallado, en unas canteras de extramuros, cerca de un bulto de utensilios de cocina robados, días antes, en rica casa vecina. Los guardias incurrieron en unas significativas contradicciones. Uno le halló cerca del bulto; otro lejos. Después, los dos acusadores, cuando encontraron el bulto no vieron al acusado, sino media hora más tarde, al volver por allí, en busca de culpables. El caso era claro, para el escritor Juan Cabrera. Escritor y hombre "disparado" en aquel momento. Caso diario: cargar con la culpa de un delito misterioso al primer sujeto, con malos antecedentes, que tiene la mala suerte de hallarse en la zona de peligro, a la hora de los afanes policíacos por descubrir al autor o los autores de hechos indescubribles, o a la hora de cobrarle sustos, carreras y sofocones, a un individuo perennemente empeñado en apropiarse lo ajeno, sin antes haber estudiado el Código. Habló el Fiscal, ensañándose; sobre todo, con el tono hiriente, despectivo, como si tratárase de un personal enemigo, carente de todo derecho a la dignidad personal.

—Bien es verdad, que se trata —pensó Juan.

Mientras el abogado hablaba, como cuando lo hizo el fiscal, el Presidente firmaba una torre de papeles, que un ujier, al lado, iba secando, a la vez que secreteaba con el firmón. Uno de los magistrados, viejito cardíaco, calvo y de ojillos mates, cabeceaba una invencible somnolencia, *post* almuerzo. El otro magistrado, joven, saludable, de viva mirada, seguramente por pena, simulaba poner atención al discurso deshilvanado, insincero, perfectamente ocioso, del defensor; quien sin duda alguna, no era un gran criminalista pagado por el "bruja" aquel, encorvado, hundido, en el terrible banquillo. El defensor era un jovenzuelo recién salido de las aulas. No sólo no se atrevió a detenerse, para obligar a los señores de la sala a que le escuchasen, sino que, a una fugaz seña del Presidente, comenzó a cortar, a grandes rasgos, las incoherencias que decía haciéndolas más incoherentes, más inútiles y risibles.

Con no refrenada imprudencia, Juan se puso de pie, y salió de allí. Salió de la misma Audiencia. Dejó a Antonio sin su rayito de comprensión y ternura. Como si huyese de grande e inminente peligro. Huía, en verdad. Huía de una incontenible expresión de protesta y desacato, cuando se acercase a Antonio Baró, peligroso criminal, custodiado por gente de uniforme, cejijunta e inflamable en tales circunstancias. Hubiera sido algo así como propiciar el aborto de la violenta reacción, en su vida, que venía planeando, *in mente*, desde la recordable toma de posesión de Adolfo. Era preciso el método; precisas ciertas medidas de precau-

ción y seguridad, antes de arriesgarse; antes de exponerse
a cualquiera insospechado y siempre posible ataque de Robertico, de Adolfo, del propio Fernando; gente de leyes, de
grandes influencias en aquella mismísima Audiencia de La
Habana. ¡Nada menos! ¡Y con lo acabado de comprobar
en aquel juicio!

—¡Desahogados! ¡Comediantes! ¡Fieras! Pero ya seremos
iguales. Puesto que es condición de vida la de adaptarse al
medio.

Cuando va para su casa, con todos estos grados de presión
en la caldera cerebral, compra un diario de la *tarde*, y ve
lo del *Minnesota*, el barco de guerra norteamericano, que
viene a respaldar ciertas notas conminatorias, con la disciplinaria amenaza de sus cañones! A la vez que mezcla su
patriótica indignación, con la otra que le esfervece en el
cráneo, vislumbra la oportunidad de valerse de una grave
situación, que tanto conmueve al país, para lanzar sus primeros artículos, anunciadores de que hay nuevos colmillos
en la manada.

Su mujer lo encuentra bien —porque confía en las fuerzas de él y porque trajes, sombreros y medias de seda, andan cada día más distantes— cuando Juan llega y le suelta
este discurso:

—¿Has leído lo del *Minnesota?* Pues ahora mismo voy a
escribir mi primer artículo; a ver si es verdad que me pide
colaboración para publicarla, para ayudarme, Jiménez; el
periodista ese, amigo de Julián. No pude quedarme a esperar a Antonio. Entré a presenciar un juicio, que había antes, y me calenté. Salí disparado, a romper fuego definitivamente. De modo que: lo hablado. Desde esta noche te
vas a casa de Rosita, con los muchachos, a practicar otra
vez la máquina, y enseñársela a ellos; así como a aprender

---

[1] Ver Estudio Preliminar.

taquigrafía. Es preciso desplegar todas las fuerzas. La casita, ya, de todas maneras, aunque me pase algo en la oficina
o en cualquiera parte, con un poco de esfuerzo, sale a flote;
te queda un techo si me muero, o me matan. Aunque, desde luego, no creo que esto último sea inevitable. Es precaución. Ahora sí; acuérdate de lo que te he hablado última-
mente. A los muchachos, sobre todo al Nene, me lo enseñas,
si no puedo yo terminarlo, para vivir en esta tierra, y no
en el Cielo. Cristo parece que tuvo mucha prisa en irse,
después de bajar a este mundo, con la misión que le dieron,
y ya hemos visto lo poco que hemos adelantado en cuanto
a no comernos los unos a los otros. En primer lugar, remáchale en el cerebro la más grande, la más profunda máxima
de todos los tiempos: "Si puedes, haz dinero honradamente. Si no, haz dinero". O redúcela, para mayor facilidad
y porque es bastante: "Haz dinero". Con dinero es difícil
que uno haga, por ejemplo, lo que ha hecho Antonio Baró.
Y si lo hace, dispondrá de los mejores abogados; de los pri-
vilegios que, en la cárcel como en todas partes, se compran
con dinero, y de las conciencias venales que puedan estar
en acecho entre togas y legajos. Con dinero se dispone de
los grandes especialistas médicos, que no curan a los pobres.
Con dinero se puede adquirir la más amplia cultura. Con
dinero, mal o bien habido, nos tratan los más austeros y
descollantes sujetos; desde el magistrado al sacerdote; desde
la más encopetada madre de familia, hasta la santa Superiora del más exclusivista colegio de aristocráticas vírgenes.
Con dinero se consiguen diplomas, presidencias, condeco-
raciones. Con dinero es más fácil que nos "quieran" las mujeres. Con dinero, únicamente se es libre de veras, digno
de veras, hombre de veras. Así, el dinero no será toda la
felicidad; pero es elemento esencial, indispensable, para tener, o disfrutar plenamente, el amor, la salud, la cultura,

la moralidad, la estimación social, los honores públicos, la verdadera libertad de inclinaciones, la real condición de hombre, digno y libre. Otra enseñanza maravillosa es aquella de "La moral se estudia en el Código", que acabo de recordar, momentos hace, frente a toda la aparatosa mojiganga del juicio oral ese que he visto, en contra de un infeliz llamado *Pata hinchá,* o cosa así. Se puede ocupar una docena de puestos públicos de once varas; puede uno enriquecerse en ellos, como con la lámpara de Aladino; se puede ser corruptor de mujeres necesitadas, tener tres o cuatro a la vista de todo el mundo, tragar casas, herencias, caballerías de tierra; todo eso, y mucho más, impunemente, si impunemente sabe uno serpentear por entre los preceptos del Código, sin lastimarlos. Por último; que maneje automóvil, y en cuanto pueda, aeroplano, y los puños, lo más científicamente posible. Vamos a mandarle a aprender boxeo. Una buena trompada, de esas que ponen grillos en las sienes y tela metálica en los ojos, es el mejor modo de probar que uno tiene razón. Y sable y espada. Y mucho tiro al blanco. Comprarle una pistola, y que salga conmigo al campo, o contigo, si falto yo. Que sepa la manera más segura, más fija, de llenarle los intestinos de ojales al primer hermano que se le ponga delante con fraternales intenciones. Y... ¡Dame papel!

Mientras se lo traen, decide acerca del pseudónimo que va a escoger. El mejor es uno en que viene pensando desde hace días: *Juan Criollo.* Es pseudónimo ajustado a su vida, a su psicología, hasta ahora. Y lo será, si al fin triunfa en la única y rápida carrera de la política: sensual, noblote, frívolo, imprevisor, escéptico instintivo, dignidad siempre en guardia, rica mina cerebral gastada en salvas, incoherencia de ideas, de acción y propósitos, y alguna vez en la vida jugador, burócrata y político. Y en la política, de la nada a la opulencia, vertiginosamente. ¡*Juan Criollo*!

Ya con el papel delante, opta por el estilo de panfleto, desgarrando el suyo, natural y espontáneo: el estilo limpio, preciso y elegante, de sus notables ensayos. Estilo de panfleto, e imitación del titulado Sumo Pontífice de los panfletarios, asombro de los papanatas:

A TIRO LIMPIO

Traidores, como aquellos desnaturalizados guerrilleros, "hermanos, pero de mala semilla" que salpicaron de lodo las páginas gloriosas de la Guerra de Independencia, son estos miserables políticos nuestros que están destruyendo la República.

Más traidores y más cobardes.

Porque no tienen ni la inconsciencia de aquellos seres incultos, ni el valor que éstos demostraron jugándose la vida frente a los patriotas.

Esos traidores de ahora llevan la escarapela escondida, plegada en las anfractuosidades cerebrales.

Visten el rayadillo patricida debajo de la dura epidermis, oculto en el cieno del corazón.

Son incapaces de proclamar sus egoísmos conscientes.

Al contrario, los disfrazan de cívicos anhelos, de patrióticas generosidades.

Y la desesperada defensa o la temeraria conquista de prebendas, de sustanciosas jefaturas y pachecales poltronas, llevan el antifaz de celos republicanos, de altruismos democráticos.

En tanto los pocos ciudadanos dignos del honroso calificativo; los que no "han puesto sus manos en ella", conociendo a los traidores por los muchos años que llevan de soportarlos, lloran y enloquecen con el dolor de la impotencia.

¡No pueden salvar la República, que es de ellos, de sus hijos y de sus nietos, más, infinitamente más que de los que la han sangrado y envilecido!

Y no pueden porque no hay Pueblo.

Porque los traidores, junto con la República, han sangrado y envilecido al Pueblo.

Que si no ¡ay de ellos si se consumara el crimen!

¡Ay de ellos, entonces, si la Estrella Solitaria que brilla en la sangre vertida en medio siglo de martirios libertarios, desapareciese del firmamento de las libertades americanas!

¡No habrían de valerles "Minnesotas"!

A tiro limpio serían aniquilados antes de que pudiesen hallar extraña e indigna protección.

A tiro limpio habrían de perecer todos los traidores; a manos del verdadero pueblo cubano, si éste no supiese de "congas y chambelonas", y conciencia tuviera de su doloroso vivir.

Si fuese el pueblo de Figueroa, de Martí, de
Maceo; que sabía de dignidad, de nobles idea-
les, de heroismos libertarios.
Y de guásimas vengadoras.

Juan Criollo.

Cinco años después, Juan Cabrera lleva cuatro de Representante, y comienza a meter un pie en el Senado. Tiene
tranquila la conciencia, porque manda media colecturía a
Peto; le paga una casita a Petra y tiene al antes olvidado
hijo pardito en un Negociado de Obras Públicas. Tiene a
Julita, con cuenta abierta en El Encanto, encantada de la
vida. Al Nene, finalizando el bachillerato y en la Y.M.C.A,.
dando y recibiendo puñetazos y estocadas. A la Nena, con
profesora de francés e inglés, y profesor de canto y violín.
Tiene una rubita de cutis de rosa y formas deliciosamente
modernistas, en casa de dos pisos, con piano y criados, allá
por el Ensanche de la Habana. Visita una casa de frescos y
sabrosos bocados nocturnos, por allí por el Malecón. Tiene
acciones, colonias, tiempo para hacer literatura y diez casas
propias, una de ellas, la magnífica en que vive, comprada
al doctor Roberto Ruíz. Tiene un solitario de mil pesos, dos
máquinas en su casa número uno, y otra en el Ensanche;
diez billetes de libre tránsito y cincuenta "fluses" de dril
número cien.

Un día almuerza con Julián, para charlar, para celebrar
su triunfo, según idea del último, mil veces expuesta y
pospuesta.

—Bueno —le pregunta Julián, ya con el Benedictino
encima del cocktail y el Sauternes—. ¿Qué hago con aquel
famoso paquete de papeles amorosos? ¿Te los llevo un día
a la Cámara, para romperlos? ·

--¡No! Rómpelos tú. Después de todo, hay que ser humano. La pobre muchacha, no era ni moral, ni inmoral. Era una niña, con toda la fuerza imprevisora de la edad y el instinto. Irresponsable, totalmente.

—¡Qué generoso y comprensivo estás!

—El triunfo, chico.

—Y que ahora sí puedes decir que has triunfado.

—Sí. Criollamente.

—Como debía ser. No vivimos sino en Cuba; entre criollos. Y ahora; cuando venga la necesaria reacción; cuando llegue el inevitable momento de regenerarnos...

—¡Que vengan regeneraciones! Ahí nos las den todas.

—FIN—

www.ingramcontent.com/pod-product-compliance
Lightning Source LLC
Chambersburg PA
CBHW050104120726
47904CB00004B/1206